D1325687

DODELIJKE AMBITIE

Joy Fielding

Dodelijke ambitie

H&W

VAN HOLKEMA & WARENDORF
Unieboek BV, Houten/Antwerpen

Oorspronkelijke titel: *Charley's Web*
Vertaling: Yvonne de Swart
Omslagontwerp: Spacebar / Robert Muda
Omslagfoto: Ralph A. Clevenger / Corbis
Opmaak: ZetSpiegel, Best

Tweede druk 2009

www.unieboek.nl
www.joyfielding.com

ISBN 978 90 475 0765 9 / NUR 332

Voor Annie,
Ik ben dol op je

I

Van:	Woedende lezer
Aan:	Charley@CharleysWeb.com
Onderwerp:	JE BENT DE SLECHTSTE COLUMNIST OOIT!!!
Datum:	Maandag 22 januari 2007, 07:59

Hallo Charley,

Even een berichtje om je te laten weten dat je behalve
DE SLECHTSTE COLUMNIST OOIT!!! hoogstwaarschijnlijk
ook DE MEEST ZELFINGENOMEN VROUW OP DEZE
PLANEET!!! bent. Je ziet al aan je foto – het lange, golvende
blonde haar, de sluwe blik in de grote, neergeslagen ogen,
het subtiele, zelfgenoegzame lachje om die ongetwijfeld met
Restylane opgevulde lippen – dat je denkt dat de zon alleen
voor jou opgaat. Je smakeloze columns over winkelen, op zoek
naar de perfecte naaldhakken en de juiste tint blush, en over
do manier waarop je omgaat met de eisen van een nieuwe
persoonlijke trainer hebben me alleen maar in mijn oordeel
gesterkt. En hoe haal je het in vredesnaam in je hoofd te
denken dat iemand ook maar enige interesse heeft in je laatste
uitstapje in de wereld van de ultieme oppervlakkigheid: de
Brazilian wax?!!! Vóór je beeldende en onnodig choquerende
beschrijving van het ontharen van je schaamstreek in de krant
van zondag ('WEBB SITE', zondag 21 januari) had ik zelfs geen
idee dat zoiets bestond, laat staan dat een volwassen vrouw
– ik weet uit een vorige column dat je in maart je dertigste
verjaardag hebt gevierd – vrijwillig zou instemmen met een
dergelijke barbaarse behandeling. Ik vraag me af hoe je arme

vader heeft gereageerd toen hij las dat zijn in Harvard opgeleide dochter haar lichaam op zo'n beschamende wijze infantiliseert. Ik vraag me af hoe je moeder haar vriendinnen nog
met opgeheven hoofd onder ogen kan komen, terwijl er voortdurend zulke privé- of mag ik zeggen 'intieme' zaken op straat
gegooid worden. (Gelukkig hebben je ouders twee andere
dochters op wie ze hun hoop kunnen vestigen!!! Alle lof trouwens voor Anne vanwege het ongelooflijke succes van haar
laatste roman, *Remember Love*, op plaats negen van *The New
York Times*-bestsellerlijst, met stip!!! En alle eer aan Emily, die
een uitstekende indruk maakte toen ze vorige maand Diane
Sawyer verving in *Good Morning America*!!!) Dat zijn nog eens
dochters op wie ouders trots kunnen zijn.

Over dochters gesproken, wat moet je achtjarige dochter wel
niet denken als ze je naakt door het huis ziet paraderen – en
ik weet zeker dat je dat doet, gezien het genoegen dat je erin
schept je op papier exhibitionistisch uit te drukken!!! Om nog
maar niet te spreken van de pesterijen die je vijfjarige zoon zal
moeten ondergaan van zijn klasgenootjes van wie de ouders
ongetwijfeld net zo ontzet waren na het lezen van die column
van zondag. Het artikel over seksspeeltjes van vorige week
was al erg genoeg!!

Kun je dan niet verder kijken dan dat brutale neusje van je
lang is – ongetwijfeld het resultaat van de beste plastische
chirurgie die er te koop is – en bedenken wat de gevolgen zijn
van dergelijke indiscrete kletspraat voor deze twee onschuldige kinderen?! (Maar ja, wat kun je ook verwachten van een
vrouw die er prat op gaat dat ze met geen van de vaders van
haar kinderen is getrouwd?!!!)

Ik heb het helemaal gehad met je inhoudsloze gebazel over
van alles en nog wat, Charley. (Bedankt dat je je eigenlijke
naam Charlotte niet gebruikt. Daarmee bespaarde je ons in elk
geval de schending van het allermooiste kinderboek!) Na drie
jaar – hoofdschuddend!!! – je onbenullige mijmerijen te hebben

gelezen is de maat vol. Ik zou me liever aan mijn onge-
schonden schaamhaar ophangen dan nog één woord van
je onvolwassen schrijfsels te moeten lezen, en ik kan er niet
langer achter staan een krant te steunen die ervoor kiest die
te publiceren. Ik zeg dan ook met onmiddellijke ingang mijn
abonnement op de *Palm Beach Post* op.

Ik ben ervan overtuigd dat ik uit naam van vele walgende en
ontevreden lezers spreek als ik zeg: KUN JE NIET JE KOP
HOUDEN EN OPHOEPELEN?!!!!

Charley Webb staarde naar de boze brief op haar computerscherm
en wist niet of ze moest lachen of huilen. Niet alleen het feit dat de
brief zo grof was maakte haar van streek – door de jaren heen had
ze er heel wat ontvangen die erger waren, vanochtend nog. Evenmin was het de bijna hysterische toon ervan. Ze was wel gewend
aan verontwaardigde lezers. Ook was het niet het woeste, overda-
dige gebruik van leestekens. Schrijvers van boze e-mails hadden nu
eenmaal de neiging al hun zinnen belangrijk te vinden en maakten
daarom scheutig gebruik van hoofdletters, cursivering en vooral
uitroeptekens. Het was zelfs niet het persoonlijke karakter van de
aanval. Iedere willekeurige vrouw die duizend woorden had gewijd
aan de Brazilian wax die ze onlangs had laten doen, kon op persoonlijke aanvallen rekenen. Sommige mensen – onder wie een
paar van haar collega's – zouden zelfs zeggen dat ze die had uitge-
lokt, dat ze zich erop liet voorstaan provocerend te zijn. Ze had gekregen wat ze verdiende, zouden ze zeggen.
    Misschien hadden ze wel gelijk.
    Charley haalde haar schouders op. Ze was gewend aan contro-
verse en kritiek. Ze was eraan gewend dat mensen haar incompe-
tent vonden, dat ze voor lichtgewicht werd uitgemaakt en dat ze
haar talloze andere, minder vleiende benamingen gaven. Ze was er
inmiddels aan gewend dat haar motieven in twijfel getrokken werden, dat haar integriteit werd betwist en haar uiterlijk tot in detail
geanalyseerd en afgekraakt. Ook was ze eraan gewend dat werd gezegd dat ze haar plek in de krant juist aan datzelfde uiterlijk te danken had. Of dat een van haar beroemdere zussen als kruiwagen had

gefungeerd. Of dat haar vader, zeer gewaardeerd hoogleraar Engelse literatuur aan de universiteit van Yale, zijn invloed had doen gelden om haar aan die baan te helpen.

Ze was er wel aan gewend dat ze haar een slechte dochter, een nog slechtere moeder en waardeloos rolmodel noemden. Dergelijke aantijgingen gleden doorgaans van haar 'mooie schouders'. Wat was het dan in deze e-mail dat maakte dat ze niet wist of ze moest lachen of huilen? Wat was het waardoor ze zich zo akelig kwetsbaar voelde?

Misschien zat de nasleep van haar vorige column haar nog steeds dwars. Haar buurvrouw Lynn Moore, die een paar huizen bij haar vandaan woonde in een straatje in West Palm dat ooit vervallen, maar nu bijna trendy was, had haar een paar dagen voor Kerst uitgenodigd voor een zogenaamde Passion Party. Het bleek een variatie op de aloude Tupperwareparty te zijn, maar in plaats van allerlei onverslijtbare plastic bakjes stonden er vibrators en dildo's uitgestald. Charley had zich uitstekend vermaakt met het betasten van de verschillende 'kunstvoorwerpen' en het luisteren naar de overdreven verkooppraatjes van Passions enthousiaste vertegenwoordigster – 'En dames, dit ogenschijnlijk onschuldige kralensnoer, ik kan jullie verzekeren dat het in één woord wonderbaarlijk is. En dan heb ik het over meervoudige orgasmen! Dit is een kerstcadeau waar je het hele jaar plezier van hebt!' – om er vervolgens in haar column een maand later vilein verslag van te doen.

'Hoe kon je dat nou doen?' was de vraag waarmee Lynn op Charley was afgestapt op de dag dat de column verscheen. Ze stond op het stoepje voor de voordeur van Charleys kleine driekamerbungalow. In haar gebalde vuist hield ze de tot een stevige bal verpropte column, haar vingers om Charleys papieren keel gekromd. 'Ik dacht dat we vriendinnen waren.'

'We zíjn vriendinnen,' had Charley geprotesteerd, hoewel ze in werkelijkheid meer kennissen dan echte vriendinnen waren. Charley had geen echte vriendinnen.

'Hoe kon je dit dan doen?'

'Ik begrijp het niet. Wat heb ik gedaan?'

'Je begrijpt het niet?' had Lynn ongelovig herhaald. 'Begrijp je niet wat je gedaan hebt? Je hebt me vernederd, dat is wat je hebt gedaan. Je hebt me afgeschilderd als een seksbeluste idioot. Mijn man is razend. Mijn schoonmoeder is in tranen. Mijn dochter geneert zich dood. Mijn telefoon staat al de hele ochtend roodgloeiend.'

'Ik heb toch niet gezegd dat jij het bent.'

'Dat was ook echt niet nodig. "Mijn gastvrouw,"' citeerde Lynn uit haar hoofd, '"een brunette van in de veertig – sportieve, strakke capribroek, vijf centimeter lange, met kristallen versierde nagels en zeven centimeter hoge hakken – woont in een beeldig wit, met hout betimmerd huis vol verse bloemen uit haar prachtige tuin. Een grote Amerikaanse vlag wappert trots op haar kleine, keurig verzorgde gazon." Rara, wie zou dat nou zijn.'

'Dat kan toch iedereen zijn. Ik vind je overdreven gevoelig.'

'O ja? Ben ik overdreven gevoelig? Ik nodig je uit voor een party, stel je aan mijn vriendinnen voor, schenk je niet één, maar méérdere glazen champagne…'

'Alsjeblieft Lynn. Wat had je dan verwacht?' onderbrak Charley haar, geërgerd omdat ze zich moest verdedigen. 'Ik ben verslaggever. Dat weet je. Het is fantastisch materiaal voor mij. Natuurlijk ga ik daarover schrijven. Dat weet je als je me uitnodigt.'

'Ik heb je niet als verslaggever uitgenodigd.'

'Het is mijn werk,' bracht Charley haar in herinnering. 'Dat is wat ik ben.'

'Ik heb me vergist,' zei Lynn slechts. 'Ik dacht dat je meer was.'

Er viel een ongemakkelijke stilte terwijl Charley uit alle macht probeerde Lynns woorden niet te diep tot zich te laten doordringen. 'Het spijt me dat ik je teleurgesteld heb.'

Zwaaiend met haar vijf centimeter lange nagels wuifde Lynn Charleys verontschuldiging weg. 'Maar het spijt je niet dat je die column geschreven hebt. Of wel soms?' Ze liep weg over het tuinpad.

'Lynn…'

'Hoepel toch op.'

KUN JE NIET JE KOP HOUDEN EN OPHOEPELEN?!!!!

Charley staarde naar haar computerscherm. Zou Lynn Moore haar Woedende Lezer zijn? Ongerust gleden haar ogen over de tekst die Woedende Lezer geschreven had, zoekend naar echo's van Lynns enigszins lijzige, zuidelijke manier van praten, maar ze vond niets. De waarheid was dat Woedende Lezer iedereen kon zijn. In de dertig jaar dat ze op deze planeet rondliep, waarvan drie achter dit bureau, had Charley Webb al heel wat mensen tegen de haren in gestreken. Er waren er genoeg die wilden dat ze haar kop hield en ophoepelde. 'Ik dacht dat je meer was,' herhaalde ze fluisterend. Hoeveel anderen hadden dezelfde fout gemaakt?

Van:	Charley Webb
Aan:	Woedende Lezer
Onderwerp:	Een weloverwogen antwoord
Datum:	Maandag 22 januari 2007, 10:17

Beste Woedende Lezer,

Wow!!!! Dat was me nog eens een brief!!!! (Zoals u ziet, heb ik ook een uitroepteken op mijn computer!!!!!) Bedankt voor het schrijven ervan. Het is interessant om te zien hoe lezers op mijn columns reageren, ook al zijn ze niet altijd positief. Als ik me niet vergis begrijp ik dat u niet zo gelukkig was met mijn laatste columns. Dat spijt me echt, maar wat moet ik er eigenlijk mee? Je kunt het nu eenmaal niet altijd iedereen naar de zin maken. Ik kwam er al lang geleden achter dat het zinloos is om dat te proberen. Lezen is zo'n subjectieve bezigheid, en wat voor de een de hemel is, is voor de ander de hel. Het is duidelijk dat ik wat u betreft de duivel in eigen persoon ben!!!!!

Hoewel ik uw recht zich te vergissen fel verdedig, voel ik de behoefte enkele van uw gewaagdere uitspraken te weerleggen. (U beticht mij van 'indiscrete kletspraat', maar ik vind uw manier van uitdrukken eigenlijk ronduit schandelijk!!!) Ten eerste heb ik helemaal nooit Restylane gebruikt om mijn lippen op te vullen. Mijn lippen zijn de lippen waar ik mee geboren ben, en omdat ze prima voldoen voorzover je dat van lippen kunt zeggen, vond ik ze nooit bijzonder opmerkelijk, anders zou ik er wel eens een column over hebben geschreven. Ook brak ik toen ik zeven was mijn neus, toen ik tegen een stenen muur aan rende om te ontkomen aan mijn jongere broertje, die met een kousenbandslang achter me aan zat die hij in onze achtertuin had gevonden. Het resultaat is een levenslange angst voor reptielen en een neus die iets naar links staat, wat sommige mensen juist charmant vinden. Ik heb nooit de minste behoefte gevoeld er iets aan te laten doen, hoewel ik er toch eens over zal nadenken nu u hem 'brutaal' noemt.

Het verbaast me dat u nog nooit van een Brazilian wax had gehoord voordat u er in mijn column over las, want ik kan u verzekeren dat het al heel lang bestaat. Maar waarom las u in hemelsnaam door toen u eenmaal begreep waar ik over schreef en besefte dat een dergelijk onderwerp kwetsend was voor uw tere zieltje (en daar zijn er vandaag de dag nogal wat van)?!!! (Eindelijk kan ik ?!!! gebruiken. Heerlijk!!!!)

Wat mijn vader denkt over het feit dat zijn in Harvard opgeleide dochter zichzelf op deze manier 'infantiliseert' (mooi woord!), ik denk dat hij er niet van op de hoogte is – gezien zijn terug-getrokken leven in zijn ivoren toren in Yale – en als hij het wel weet, zal het hem een zorg zijn, aangezien we elkaar in jaren niet meer gesproken hebben. (Vaste lezers van 'WEBB SITE' zouden dit moeten weten!!!) Wat mijn moeder betreft: zij hoeft haar vriendinnen niet met opgeheven hoofd onder ogen te komen omdat ze die, net als ik, niet heeft. (Misschien voer voor mijn aanstaande moederdagcolumn, die u helaas zult missen.) Mijn kinderen, die wel veel vriendjes en vriendinnetjes hebben, zijn gelukkig onwetend van het inhoudsloze gebazel van hun moeder, en omdat ik er – verrassing! – geen gewoon-te van maak naakt door het huis te paraderen, hoeven ze er niet een of andere overbodige, artistieke mening over het ontharen van mijn schaamstreek op na te houden. Wow! Dat is een hele mondvol, zelfs op papier!!! En dat ik met geen van de vaders van mijn kinderen getrouwd ben – ter aanvulling: of heb samengewoond – tja, ik heb de kinderen in elk geval niet het slachtoffer laten worden van de spanningen die een scheiding teweegbrengt, in tegenstelling tot mijn beide succesvollere zussen die er vierenhalf achter de rug hebben – Emily is drie keer gescheiden, Anne één keer en is met de tweede bezig. (Ik zal overigens uw felicitaties aan hen beiden overbrengen voor hun recente, welverdiende successen.)

Wat mijn column betreft, zou u moeten beseffen dat ik exact het werk doe waar ik voor ben aangenomen. Toen ik drie jaar geleden bij de *Palm Beach Post* begon, vertelde hoofdredacteur Michael Duff me dat hij niet alleen geïnteresseerd was in een jonger lezerspubliek, maar vooral in wat mensen van mijn leeftijd denken en doen. Kortom, hij was, dit in tegenstelling tot u, hevig geïnteresseerd in 'alles omtrent Charley'. Waar hij vooral niét in geïnteresseerd was, was objectieve journalistiek. Integendeel, hij wilde dat ik volkomen subjectief, eerlijk, openhartig en hopelijk ook controversieel was.

Gezien alle e-mails die ik vanochtend heb ontvangen ben ik daar al aardig in geslaagd. Het spijt me dat u mijn schrijfsels onvolwassen vindt en dat u uw abonnement op onze prachtige krant hebt opgezegd, maar dat is natuurlijk uw goed recht. Ik zal mijn werk blijven doen: commentaar leveren op de hedendaagse maatschappij, verslag uitbrengen over de zeden en gewoonten van de Amerikaanse jeugd, belangrijke onderwerpen zoals vrouwenmishandeling en de verspreiding van porno bij de kop nemen en over mijn uitstapjes in 'de wereld van de ultieme oppervlakkigheid' schrijven. Jammer dat u niet meegaat.

Groet, Charlotte Webb (Sorry. Kon het niet laten.)

Charleys vingers hingen enige seconden boven VERZENDEN voor ze naar de DELETE verschoven, die ze indrukte. Ze zag de woorden onmiddellijk van haar scherm verdwijnen terwijl de drukke maandagochtendgeluiden om haar heen zich aan haar opdrongen: het telefoongerinkel, het getik op de toetsenborden, de regen tegen de enorme ramen van de derde verdieping van het lichte, vier verdiepingen hoge gebouw. Ze hoorde haar collega's buiten haar werkruimte praten, gezellig informerend naar elkaars weekend. Ze luisterde naar hun vriendschappelijke plagerijen, gelach en onschuldige geroddel, en vroeg zich heel even af waarom niemand bij haar bureau was komen staan om naar háár weekend te informeren of om haar met haar laatste column te complimenteren. Maar dat deed nooit iemand.

Ze zou hun gedrag gemakkelijk als professionele jaloezie kunnen afdoen – ze wist dat de meeste van haar collega's haar columns, en als gevolg daarvan ook haar persoon, stompzinnig en onbenullig vonden en zich stoorden aan haar succes – maar in werkelijkheid had ze hun steeds toenemende kilte voornamelijk aan zichzelf te danken. Met opzet had ze hun toenaderingen genegeerd toen ze bij de *Palm Beach Post* kwam werken, omdat ze dacht dat het beter, veiliger was om relaties puur professioneel te houden. (Zo vond ze het ook geen goed idee om al te vriendschappelijk met de buren om te gaan. En o, wat had ze dat goed gezien!) Ze was niet direct onvriendelijk, maar gewoon een tikje gereserveerd. Haar collega's hadden de boodschap al snel begrepen. Niemand vindt het leuk om afgewezen te worden, vooral journalisten niet, die dat immers vaker overkomt. Algauw kwam er een eind aan de uitnodigingen voor de spontane etentjes en werd ze niet meer gevraagd na het werk mee te gaan om iets te drinken. Zelfs een beleefd 'Hallo. Hoe is het?' kon er niet meer vanaf.

Tot vanochtend, dacht ze huiverend, terugdenkend aan de obscene, wellustige blik van haar chef, Mitchell Johnson toen ze langs de glazen wand van zijn kantoor was gelopen. Weinig subtiel had Mitch ongegeneerd naar het kruis van haar Rock & Republic-jeans gestaard en gevraagd: 'Groeit het? Gáát het, bedoel ik, niet groeit het,' verbeterde hij zichzelf, alsof zijn vergissing per ongeluk was.

Hij denkt dat hij me kent, dacht Charley, terwijl ze in haar bruinleren stoel achteroverleunde en langs de wand staarde die haar kleine werkruimte afscheidde van de tientallen andere werkplekken in de grote redactieruimte. De grote zaal was in drieën verdeeld, hoewel die indeling meer imaginair dan concreet was. De grootste afdeling was voor de journalisten die de 'lopende zaken' versloegen en nieuwsberichten maakten; een tweede afdeling was gereserveerd voor columnisten zoals zijzelf die wekelijks kopij leverden en over specifieke onderwerpen schreven; de derde voor de eindredacteuren en het secretariaat. Uren achtereen werkten mensen achter hun computer, terwijl ze in headsets blaften of een ouderwetse, zwarte hoorn tussen schouder en oor geklemd hielden. Affaires moesten onthuld en gevolgd worden, deadlines gehaald, standpunten ingenomen en verklaringen bevestigd. Er was altijd wel iemand die binnen kwam vliegen of wegrende, iemand die om advies, een mening of hulp vroeg.

Nooit vroeg iemand Charley iets.

Ze denken dat ze me kennen, dacht Charley. Omdat ik over Passion Party's en Brazilian waxes schrijf, denken ze dat ik een oppervlakkige trut ben en dat ze alles van me weten.

Ze weten niets.

KUN JE NIET JE KOP HOUDEN EN OPHOEPELEN?!!!!

Van: Charley Webb
Aan: Woedende Lezer
Onderwerp: Een weloverwogen antwoord
Datum: Maandag 22 januari 2007, 10:37

Beste Woedende Lezer,

U bent gemeen.

Groet, Charley Webb

Dit keer drukte Charley wel op VERZENDEN en wachtte tot haar computer bevestigde dat het bericht verstuurd was. 'Misschien had ik het niet moeten doen,' mompelde ze een paar tellen later. Het was nooit verstandig om een lezer doelbewust tegen je in het harnas te jagen. Er waren heel wat kruitvaten die stonden te wachten op een excuus om te kunnen exploderen. Ik had haar gewoon moeten negeren, dacht Charley toen haar telefoon ging. Ze boog naar voren en nam op. 'Charley Webb,' zei ze, in plaats van 'hallo'.

'Je bent een waardeloze slet,' snauwde een mannenstem. 'Je zou als een vis gefileerd moeten worden.'

'Mam, ben jij dat?' vroeg Charley. Ze beet op haar tong. Waarom had ze niet eerst naar de nummerweergave op het display van haar telefoon gekeken? Ze had toch besloten mensen niet langer opzettelijk tegen zich in het harnas te jagen? Ze zou gewoon op moeten hangen, sprak ze zichzelf toe terwijl ze de hoorn in haar hand hield. De verbinding werd verbroken. Onmiddellijk daarna ging de telefoon opnieuw. En weer nam ze op zonder het nummer te controleren. 'Mam?' zei ze.

'Hoe weet jij dat?' antwoordde haar moeder.

Charley grinnikte terwijl ze de verbaasde uitdrukking op het lange, hoekige gezicht van haar moeder voor zich zag. Elizabeth Webb was vijfenvijftig en had blauwzwart schouderlang haar dat de bijna bovenaardse blankheid van haar huid accentueerde. Ze was een meter zesentachtig en kleedde zich in lange, wijde rokken die de lengte van haar benen minimaliseerden en in laag uitgesneden bloesjes die de grootte van haar borsten maximaliseerden. Ze was mooi, dat vond iedereen, en nog net zo mooi als in de tijd dat ze Charleys leeftijd had en al moeder van vier kleine kinderen was. Charley had weinig herinneringen aan die tijd en al helemaal weinig foto's, want haar moeder was uit haar leven verdwenen toen ze nog maar net acht was.

Twee jaar geleden was Elizabeth Webb plotseling weer opgedoken, vol enthousiasme om het contact te hernieuwen met de kinderen die ze ongeveer twintig jaar eerder had verlaten. Charleys zussen hadden ervoor gekozen loyaal aan hun vader te blijven en weigerden haar te vergeven dat ze naar Australië vertrokken was, niet met een andere man, wat misschien nog te vergeven was, maar met een andere vrouw, wat absoluut niet te vergeven was. Alleen Charley was nieuwsgierig genoeg – haar vader zou het ongetwijfeld 'rancuneus' noemen – erin toe te stemmen haar weer te zien. Haar broer, en dat was echt iets voor hem, bleef het contact met beide ouders mijden.

'Ik wilde je alleen even laten weten dat ik vreselijk genoten heb van je column gisteren,' zei haar moeder met een licht Australisch accent dat elk woord iets zangerigs gaf. 'Ik ben altijd al nieuwsgierig geweest naar dat soort dingen.'

Charley knikte. Zo moeder, zo dochter, dacht ze ondanks zichzelf. 'Dank je.'

'Ik heb je gisteren een paar keer gebeld, maar je was er niet.'

'Je hebt geen bericht achtergelaten.'

'Je weet dat ik dat soort dingen haat,' zei haar moeder.

Charley lachte. Nog maar net in Palm Beach en na twintig jaar rimboe was haar moeder bang voor alles wat maar enigszins technisch was. Ze had geen computer en geen mobiele telefoon. Voicemail bleef een bron van verwondering en frustratie en internet ging al helemaal boven haar pet. 'Ik ben naar Miami geweest, naar Bram,' legde Charley uit.

Stilte. Daarna: 'Hoe gaat het met je broer?'

'Ik weet het niet. Hij was niet in zijn flat. Ik heb uren gewacht.'

'Wist hij dat je zou komen?'

'Ja.'

Weer stilte, dit keer langer. Daarna: 'Denk je dat hij…' De stem van haar moeder stierf weg.

'… drinkt en aan de drugs is?'

'Wat denk jij?'

'Misschien. Ik weet het niet.'

'Ik maak me vreselijk zorgen om hem.'

'Een beetje laat, vind je niet?' De woorden waren uit haar mond voor ze het wist. 'Sorry,' verontschuldigde ze zich onmiddellijk.

'Het is goed,' gaf haar moeder toe. 'Ik zal het wel verdiend hebben.'

'Ik bedoelde het niet gemeen.'

'Natuurlijk wel,' zei haar moeder zonder wrok. 'Dat maakt je zo'n goeie schrijver. En je zus zo'n middelmatige,' kon ze niet nalaten eraan toe te voegen.

'Mam…'

'Sorry, schat. Ik bedoelde het niet gemeen,' zei ze met de woorden van Charley.

'Natuurlijk wel.' Charley glimlachte, en ze wist dat haar moeder dat ook deed. 'Nou, ik moet maar weer eens ophangen.'

'Misschien kan ik binnenkort even langskomen om de kinderen te zien…'

'Goed idee.' Afwezig klikte Charley een e-mail open.

Van: Iemand met smaak
Aan: Charley@CharleysWeb.com
Onderwerp: Perverse personen
Datum: Maandag 22 januari 2007, 10:40

Beste Charley,

Hoewel ik gewoonlijk iemand ben die gelooft in LEVEN EN LATEN LEVEN, heeft je laatste column mij gedwongen dit idee te laten varen. Je voorlaatste column over seksspeeltjes was al erg genoeg, maar de laatste is een belediging voor ieder goed christenmens. Wat een walgelijke, weerzinwekkende perverse persoon ben jij. Je verdient het IN DE HEL TE BRANDEN. *STERF, BITCH, STERF* en neem die bastaard-kinderen van je mee!

P.S.: Ik zou ze maar goed in de gaten houden als ik jou was. Je weet nog niet half waartoe sommige mensen in staat zijn.

Charley voelde haar adem in haar longen bevriezen. 'Mam, ik moet gaan.' Ze hing op, sprong overeind en stootte haar stoel omver terwijl ze haar werkruimte uit rende.

2

'Oké, Charley, probeer rustig te worden.'

'Hoe kan ik rustig worden? Een of andere idioot bedreigt mijn kinderen.'

'Oké. Haal een paar keer diep adem en vertel me nog een keer…'

Charley ademde even diep in, terwijl Michael Duff van achter zijn massief eiken bureau opstond en naar de deur liep van het ruime, door glazen wanden omgeven kantoor dat de zuidwestelijke hoek van de benedenverdieping besloeg.

Een groepje journalisten had zich voor het kantoor verzameld om te zien waar alle commotie om was. 'Problemen?' vroeg iemand.

'Alles in orde,' antwoordde Michael.

'Alles draait om Charley,' hoorde ze een vrouw laatdunkend mompelen toen Michael de deur sloot.

'Oké, vertel me nog eens precies wat er in die e-mail stond,' beval hij, Charley gebarend te gaan zitten.

Charley negeerde de twee groenleren stoelen voor Michaels bureau. Ze bleef liever over het zandkleurige tapijt heen en weer lopen. Buiten sloeg de regen tegen de ramen, het geluid concurrerend met het geraas van het verkeer op de nabijgelegen I-95. 'Er stond in dat ik in de hel moest branden, en "sterf, bitch, sterf", en dat ik mijn bastaardkinderen mee moest nemen.'

'Nou, blijkbaar is het niet je grootste fan…'

'En daarna stond er dat ik ze goed in de gaten moest houden, dat je nooit weet waar mensen toe in staat zijn.'

Michael fronste bezorgd zijn voorhoofd terwijl hij op de zijkant van zijn bureau ging zitten. Zijn bruine ogen vernauwden zich. 'Stond er nog meer in?'

'Nee, dat was het. Genoeg zou ik zo zeggen.'

Michael wreef met zijn hand over zijn sterke kaak, streek een paar grijze haarlokken die over zijn brede voorhoofd waren gevallen naar achteren en sloeg zijn gespierde armen voor zijn omvangrijke borst. Charley volgde elke beweging en het viel haar op dat alles aan deze oudere man extra groot was, iets wat haar in andere omstandigheden misschien gerust zou stellen, maar wat die ochtend haar groeiend gevoel van machteloosheid alleen maar benadrukte. Ze luisterde naar zijn krachtige stem, merkte het vanzelfsprekende gezag op dat zelfs in de kleinste gebaren tot uiting kwam en voelde zich zwak en krachteloos. Ze keek naar hem en begreep voor het eerst wat mensen bedoelen als ze het over 'natuurlijk gezag' hebben. Natuurlijk, dacht ze. Niet veroverd. Niet opgeeist. Een man als Michael Duff had niet hoeven vechten om de leiding te hebben, zoals bij haar altijd het geval leek. Het hoorde bij hem. Het was iets wat hij als vanzelfsprekend beschouwde, iets wat hij natuurlijk vond.

'Ik had niet zo binnen moeten komen vallen,' verontschuldigde Charley zich, terugdenkend aan de theatrale manier waarop ze het kantoor zonder te kloppen was binnengestormd. Ze wierp een blik op de journalisten die achter de glazen wand aan hun bureau zaten. Ze wist dat ze, ook al keken ze niet in haar richting, haar nog steeds in de gaten hielden. En over haar oordeelden.

'Het is heel begrijpelijk dat je van streek bent.'

'Het is niet zo dat ik nooit eerder vervelende e-mails heb ontvangen. Doodsbedreigingen zelfs.'

Journalisten die in de schijnwerpers staan hebben nu eenmaal met onaangename e-mails te maken, maar de meeste zijn even onschuldig als de huwelijksaanzoeken die ze ook wel krijgen. Behalve scheldbrieven ontvangen ze ook complimenten voor een knap stukje werk en heel vaak liefdesverklaringen. Sommige lezers geven suggesties voor toekomstige columns, andere sturen naaktfoto's van zichzelf en een verbazend groot aantal zoekt iemand die zijn levensverhaal wil opschrijven. Charley had de afgelopen weken twee van dat soort verzoeken ontvangen. Ze had ze zo vriendelijk mogelijk afgeslagen – andere verplichtingen, daar ben ik niet de juiste persoon voor, u zou het zelf moeten proberen – maar er zijn nu eenmaal mensen die zo'n afwijzing persoonlijk opvatten.

'Het is de eerste keer dat iemand mijn kinderen bedreigt,' zei ze, terwijl haar ogen zich met tranen vulden. 'Vind je dat ik overdreven reageer?'

'Helemaal niet. We moeten dit soort bedreigingen heel serieus nemen. Je hebt die brief toch wel gesaved?'

'Natuurlijk.'

'Goed. Ik zal de politie vertellen wat er gebeurd is en hun een kopie van de e-mail sturen. Hopelijk is die te traceren.'

'Die e-mail is vast in een internetcafé geschreven.'

'Dat weet ik nog zo net niet,' zei Michael. 'Meestal zijn dit soort idioten niet zo slim. Het zou me niet verbazen als die engerd gewoon zijn huiscomputer heeft gebruikt.'

'Zíjn? Denk je dat het een man is?'

'Het komt op mij als typisch mannelijk imponeergedrag over.'

'Wat moet ik nu doen?'

'Je kúnt niet veel doen, behalve extra voorzichtig zijn,' antwoordde Michael schouderophalend. 'Doe de deur niet open voor vreemden; probeer niemand tegen je in het harnas te jagen. Houd je kinderen goed in de gaten en laat het verder aan de politie over. Ik denk niet dat hij je nog eens zal lastigvallen. Dit soort mannen zijn eigenlijk lafaards. Hij heeft zijn kruit verschoten met die e-mail.'

Charley lachte en voelde zich weer wat veiliger. 'Die column van gisteren heeft kennelijk heel wat mensen geschokt.'

'Dat betekent dat je het goed gedaan hebt.'

'Dank je.'

'Probeer je geen zorgen te maken,' zei Michael, toen ze de deur van zijn kantoor opende en naar buiten stapte.

'Alles goed?' vroeg een van de secretaresses, toen Charley langs haar bureau liep.

'Alles goed,' antwoordde ze, zonder te stoppen of achterom te kijken, bang anders in tranen uit te barsten.

'Het kale mysterie,' fluisterde iemand, hard genoeg om het te kunnen verstaan.

'Het zal wel jeuken als een gek.'

Onderdrukt gelach achtervolgde Charley tot in haar werkcel. Wat zou het heerlijk zijn om een deur met een klap dicht te slaan, dacht ze, terwijl ze naar binnen liep en zich bukte om haar stoel die gevallen was weer rechtop te zetten. De bedreigende e-mail was van haar computerscherm verdwenen en vervangen door haar screensaver: een foto van haar kinderen van een jaar terug. Charley staarde naar hun mooie gezichtjes en zette in gedachten de veranderingen van de afgelopen twaalf maanden op een rijtje: Franny's tandeloze lach was op de foto verlegener dan die van nu, haar twee voortanden waren eindelijk doorgebroken, en haar bruine haar was korter en lichter van kleur, maar haar heldergroene ogen hadden nog dezelfde twinkeling. Over de schouders van haar jongere broertje lag één sproeterige arm gedrapeerd, schattig om te zien maar waarschijnlijk alleen maar een poging om hem rustig te houden. James, op de foto nog vier, was één bonk nerveuze energie, zelfs als hij zich niet bewoog. En ook al waren zijn wangen nu minder dik en was hij een paar centimeter gegroeid, hij had nog evenveel energie. Hij leek wel een engeltje met zijn lichtblonde krullen en zijn helderblauwe ogen, dacht ze, terwijl ze haar vingers naar het scherm bracht om over het kuiltje in zijn kin te strijken, maar het was een echte dondersteen. Ze aanbad hem. Naar hem en zijn zusje starend kon Charley niet geloven dat ze zoiets perfects had geproduceerd. Soms deed haar lichaam pijn van de liefde die ze voor haar kinderen voelde. Waarom had niemand haar erop voorbereid? Waarom had niemand haar ooit verteld dat het mogelijk was zoveel liefde te voelen?

Waarschijnlijk omdat er niemand was geweest om het haar te vertellen.

Charley ging op haar stoel zitten en reikte naar de bovenste la van haar bureau. Ze pakte een exemplaar van de laatste roman van haar zus Anne, *Remember Love*, die haar twee weken geleden was toegestuurd en die ze nog moest lezen. Als de omslag haar niet zou doen walgen – een afbeelding van een jonge bruid, haar met tranen gevulde ogen slechts gedeeltelijk overschaduwd door haar bruidssluier – zou het de opdracht voor in het boek wel zijn. *Voor mijn geweldige vader, Robert Webb.* Waar ging dit over? Was dat haar vader? Charley dacht aan de kille, verbitterde man in wiens huis ze was opgegroeid, een huis vol dreigende stiltes en echo's van strenge kritiek. Had haar vader ooit iets aardigs te zeggen? Tegen wie dan ook?

Charley bladerde naar de titelpagina. *Voor Charlotte*, had haar zus geschreven in een handschrift met veel lussen en krullen, waar ze ongetwijfeld weken op had geoefend. *Het beste, Anne.* Alsof ze vreemden voor elkaar waren. Wat misschien inderdaad het geval was.

Ze bladerde door naar het eerste hoofdstuk en las de openings-zin: *De eerste keer dat Tiffany Lang Blake Castle zag, wist ze dat haar leven voorgoed veranderd was.*

'Mijn hemel.'

Het was niet dat hij de knapste man was die ze ooit had gezien, hoewel dat ontegenzeggelijk het geval was. Het was niet het blauw van zijn ogen of de manier waarop hij dwars door haar heen leek te kijken, alsof hij regelrecht in haar ziel staarde en haar meest verborgen gedachten kon lezen. Het was evenmin de schaamte-loosheid waarmee hij bezit van de kamer nam, zijn smalle heupen iets naar voren, zijn duimen uitdagend in de zakken van zijn strak-ke jeans, de trek om zijn volle mond die een stille uitnodiging ken-baar maakte en haar uitdaagde dichterbij te komen. Op eigen ri-sico, zei hij zonder te spreken.

'Goeie genade.'

'Wat lees je?' klonk een stem achter haar.

Charley sloeg het boek met een klap dicht. 'Kan ik iets voor je doen, Mitch?' vroeg ze zonder zich om te draaien.

'Ik hoorde dat je een doodsbedreiging hebt gehad.'

Charley draaide zich om. Mitch Johnson was een man van mid-delbare leeftijd met een bierbuik en een kalend hoofd, die om rede-nen die Charley niet kon bevatten, dacht dat hij onweerstaanbaar was voor vrouwen. In een bestudeerde pose waarvan ze het idee had dat hij die zelf sexy vond, stond hij tegen de muur van haar werkcel geleund; er stond een frons op zijn ronde gezicht en hij deed een poging ernstig te kijken.

'Je had naar mij moeten komen,' zei hij vermanend. 'Ik ben je chef, je direct leidinggevende,' bracht hij haar in herinnering; sub-tiliteit was niet bepaald zijn sterkste kant. 'Niet telkens als je een probleempje hebt meteen naar Michael rennen.'

'Ik beschouw het niet als een probleempje.'

'Moet toch eerst naar mij komen,' zei Mitch. Hij had de hinderlijke gewoonte om de persoonlijke voornaamwoorden aan het begin van zijn zinnen weg te laten.

'Sorry. Ik heb er helemaal niet bij nagedacht.'

'Denk voortaan eerst even na,' zei hij.

'Ik hoop dat er geen volgende keer zal zijn.'

'Zou op z'n minst kunnen proberen om de volgende keer iets te schrijven wat minder provocerend is,' zei hij, terwijl zijn blik afgleed naar haar kruis.

Charley vouwde haar handen op het boek op haar schoot om zijn uitzicht te belemmeren.

'Niet dat ik persoonlijk niet genoten heb van je exposé van gisteren. Ik heb nog een poging gedaan om mijn vrouw over te halen op de Braziliaanse toer te gaan.' Hij knipoogde. 'Denk dat ze minder avontuurlijk is dan jij.'

Charley draaide zich om naar haar computer. 'Ik zal je een kopie van die e-mail sturen,' zei ze, de daarvoor bestemde toetsen indrukkend.

'Doe dat. En de volgende keer...'

'Ben je de eerste die het weet.'

'Goed. Ben altijd al graag de eerste geweest.'

Ook al zat ze met haar rug naar hem toe, ze voelde dat hij stond te knipogen. Wat hadden sommige mannen toch, vroeg ze zich af. Hadden ze nog nooit van ongewenste intimiteiten gehoord? Dachten ze soms dat het niet op hen van toepassing was? Ze twijfelde er trouwens aan of ze bijval van haar collega's zou krijgen. Lokte ze dit soort seksuele plagerijen niet zelf uit met haar columns? hoorde ze haar collega-columnisten vragen. Van ons hoef je geen medelijden te verwachten.

Maak je geen zorgen, dacht ze, terwijl ze het boek op haar schoot omdraaide. Ik ben er allang mee gestopt om nog iets van iemand te verwachten.

Charley staarde naar de charmante foto van haar zus op de achterflap van het boek. Anne zat op een roze fluwelen bank tussen decoratieve witkanten kussens, haar lange kastanjebruine haar losjes opgestoken, een paar fotogenieke krullen langs haar hartvormige gezicht. Ondanks de dikke laag make-up viel haar schoonheid niet te ontkennen. Maar mascara of oogschaduw kon de droefheid in haar ogen niet verbloemen. Charley had in de tabloids gelezen over Annes laatste scheiding van echtgenoot nummer twee, een eersteklas eikel. Het gerucht ging dat hij alimentatie vroeg en dreigde de voogdij over hun twee dochtertjes op te eisen als hij die niet kreeg. Als Charley het zich goed herinnerde was Darcy twee jaar en Tess nog maar acht maanden. Wat een ellende, dacht ze, naar de telefoon reikend. Uit haar geestelijke dossier diepte ze het nummer van haar zus in New York op en toetste het in voor ze van gedachten kon veranderen.

'Het huis van Webb,' kondigde de huishoudster na het eerste belletje kortaf aan.

'Kan ik Anne alstublieft spreken? Ik ben haar zus.'

'Juffrouw Anne,' riep de huishoudster. 'Het is Emily.'

'Nee, het is…'

'Em, hoe is het?' zei haar zus toen ze aan de lijn kwam.

'Ik ben Emily niet,' verbeterde Charley haar.

'Charlotte?'

'Charley,' verbeterde ze weer.

Er viel een lange stilte.

'Anne? Ben je er nog?'

'Ja.'

'Ik dacht even dat de verbinding verbroken was.'

'Het verbaast me gewoon dat je belt, dat is alles. Gaat het goed?'

'Ja, prima.'

'Met onze moeder?'

'Met haar gaat het goed. En met onze vader?'

'Prima.'

'Fijn.'

Weer viel er een stilte, dit keer nog langer.

'En hoe is het met de kinderen?' vroeg Charley.

'Goed. En met die van jou?'

'Geweldig.'

'Je hebt zeker wel gehoord dat A.J. en ik uit elkaar gaan.'

'Ja, wat naar.'

'Nou, ik ben blij dat ik van die ellendeling af ben. Die zak bedriegt me met twee van mijn beste vriendinnen en heeft ook nog eens het lef om alimentatie te eisen. Dat snap je toch niet, of wel soms?'

Charley wist niet wat haar meer verbaasde: het feit dat de man die eerdaags haar ex-zwager zou zijn het met de twee beste vriendinnen van haar zus deed of het feit dat Anne er zoveel had. 'Hoe is het met Emily?' vroeg ze.

'Met Em gaat het fantastisch. Je hebt haar natuurlijk bij *Good Morning America* gezien.'

'Nee, ik heb het gemist. Niemand heeft me gezegd dat...'

'Ze was grandioos. Ze schijnen haar een vast programma te willen geven.'

'Dat zou mooi zijn.'

'Ja, zeker. Hoe is het met Bram?'

'Wel goed. Heb jij de laatste tijd nog iets van hem gehoord?'

'Wat denk je? Hij belt mij nog minder dan jou. Hoezo? Is er iets?'

'Nee.'

'Wat is er aan de hand, Charley? Waarom bel je eigenlijk?'

Ja, waarom had ze eigenlijk gebeld?

'Heeft iemand van *People* contact met je gezocht?' vroeg Anne.

'Hoezo *People*?'

'*People*, het tijdschrift. Mijn manager probeert hen ervan te overtuigen een artikel aan mij te wijden. Ze dacht eraan om over de gezusters Brontë te schrijven.'

'Wat?'

'Emily vindt het een goed plan. Hebben ze je nog niet gebeld?'

'Nee. Nog niet. Weet je, de reden dat ik bel... Ik wilde je even bedanken voor je boek. Heel lief van je om me een exemplaar te sturen.'

'O, ja. Dat was ook een idee van mijn manager. Ze dacht dat je er misschien iets over zou schrijven in je column. Ik heb haar gezegd dat je het waarschijnlijk niet eens zou lezen. En, heb je het gelezen?'

'Nog niet, maar ik ben van plan er dit weekend aan te beginnen.'

'Zal wel.'

'Ik heb gehoord dat het echt goed is,' deed Charley nog een poging.

'Iedereen zegt dat het mijn beste boek is.'

'Op de negende plaats.'

'Volgende week de zesde.'

'Geweldig, zeg.'

'Iedereen is heel tevreden.'

'Dat zal wel, ja.'

'De komende twee maanden ben ik volgeboekt met lezingen.'

'O ja? Denk je dat je ook nog deze kant op komt?'

'Misschien. Ik weet mijn programma nog niet precies.'

'Bel me als je iets meer weet.'

'Waarom?'

De vraag was in zijn eenvoud scherp en doordringend. 'Ik dacht dat we misschien allemaal weer eens bij elkaar konden komen,' improviseerde Charley, en ze probeerde zich de laatste keer te herinneren dat ze een van haar beide zussen had gezien.

Weer viel er een stilte, de langste.

'Wie weet. Ik ga weer verder nu. Bedankt voor het bellen.'

'Bedankt voor het boek.'

'Het beste,' zei Anne voor ze ophing.

'Het beste,' herhaalde Charley, en terwijl ze de hoorn neerlegde en haar ogen sloot probeerde ze het moment vast te stellen waarop de teloorgang van haar familie langzaam maar zeker was begonnen. Ongetwijfeld zou haar vader haar moeder de schuld geven en volhouden dat haar vlucht het gezin onherstelbaar had beschadigd. Haar moeder zou ertegen inbrengen dat de liefdeloosheid van Robert Webb haar in de armen van een ander had gedreven. Dat die ander een vrouw was, had haar vaders woede alleen maar aangewakkerd.

Zo had het niet mogen gaan.

Op het eerste gezicht waren Robert en Elizabeth Webb een ideaal stel, mooi en ontwikkeld, jong en verliefd. Zelfs hun namen pasten goed bij elkaar, vooral voor een gerespecteerd professor Engelse literatuur. Robert en Elizabeth, net als Robert Browning en zijn vrouw Elizabeth Barrett Browning, de bekende romantische dichters. Wat geweldig toepasselijk, hadden ze gekscherend gezegd. Behalve dat Robert Webb allesbehalve romantisch bleek te zijn en dat Elizabeth er algauw achter kwam dat ze op een heer verliefd was geworden, maar met een boer was getrouwd.

In acht jaar tijd kregen ze vier kinderen. Charlotte kwam als eerste – *Charlotte's Web* was haar moeders liefste kinderboek, en de woordspeling was voor een deskundige op het gebied van Engelse literatuur te kostelijk om te weerstaan – twee jaar later gevolgd door Emily en weer twee jaar later door Anne. 'Onze eigen gezusters Brontë,' had haar moeder tegen iedereen die het maar horen wilde gezegd. En toen werd de jongen geboren op wie haar vader al die tijd gehoopt had. Ze hadden serieus overwogen hem Branwell te noemen, naar de enige broer van de gezusters Brontë, maar omdat Branwell in tegenstelling tot zijn zussen nergens iets van terechtbracht, hadden ze besloten hem Bram te noemen, naar Bram Stoker, de schrijver van *Dracula,* de bloedzuigende graaf. Deze naamsverandering had echter niet geholpen. Zoals de gezusters Webb het voorbeeld van hun illustere naamgenoten hadden gevolgd, zo vervulde ook Bram zijn rol door in Branwells voetsporen te treden en het niet ver te schoppen. 'Het is mijn lot,' zei hij altijd, Branwells verslaving aan drugs en alcohol aanvoerend als inspiratie voor die van hemzelf.

Weer reikte Charley naar de telefoon. Ze moest Bram bellen, dacht ze, hoewel een gesprek met haar jongere broer altijd op een frustratie uitliep. Ze voelde zich al gefrustreerd genoeg. Vooral nadat hij het afgelopen weekend niet was komen opdagen. Toen ze in het drukke vakantieverkeer helemaal naar Miami was gereden – in Zuid-Florida duurde de vakantie van december tot en met maart – had ze zijn flat leeg aangetroffen en was haar broer in geen velden of wegen te bekennen geweest.

Vroeger zou ze zich er zorgen om hebben gemaakt, maar die tijd was voorbij. Het was te vaak gebeurd. 'Ik zie je om acht uur,' had hij vaak genoeg gezegd, om vervolgens pas om middernacht te verschijnen. 'Vrijdag zes uur ben ik er voor het avondeten,' had hij haar herhaaldelijk verzekerd, om de maandag erna rond lunchtijd op te komen dagen. Dat hij drugs gebruikte wist Charley al jaren. Ze had gehoopt dat de terugkeer van hun moeder zijn leven een andere wending zou geven. Maar dat was nu bijna twee jaar geleden, en Bram weigerde nog steeds iets met haar te maken te hebben. Het ging zo mogelijk nog slechter met hem dan daarvoor.

'Klop, klop,' riep een vrouw achter Charley.

Charley draaide op haar stoel en zag Monica Turnbull staan: begin twintig, gitzwart gemillimeterd haar, zilveren piercing door haar rechterneusvleugel en bloedrode nagels om een witte envelop geklemd.

'Je hebt post,' riep Monica vrolijk. 'Geen virtueel gezeik, maar een heuse brief,' vervolgde ze, hem in Charleys uitgespreide hand werpend.

Charley staarde naar het meisjesachtige handschrift op de witte envelop en moest daarna twee keer naar de afzender kijken. 'Pembroke Correctional? Dat is toch een gevangenis?'

'Je hebt blijkbaar een fan.'

'Net waar ik behoefte aan heb.' De telefoon ging. 'Dank je!' riep Charley, toen Monica met haar vingers gedag zwaaide. 'Charley Webb,' zei ze, de hoorn opnemend.

'Met Glen McLaren. Ik heb je broer.'

'Wat?'

'Je weet waar je me kunt vinden.'

De verbinding werd verbroken.

3

'Waar is mijn broer?' vroeg Charley, de zware voordeur van Prime openduwend, een chique nachtclub en dé gelegenheid van Palm Beach om uit te gaan en gezien te worden. Prime beroemde zich op bezoekers die vooral jong, vooral rijk en vooral ook mooi waren – of vanwege hun geld mooi genoemd werden. Ze kwamen er om elkaar te ontmoeten, hun blonde, in laagjes geknipte haar fotogeniek rond te zwaaien, te pronken met hun afgetrainde, zongebruinde lichamen gehuld in de laatste designerkleding en om het aan te leggen met oude vrienden, vriendinnen, toekomstige minnaars en discrete dealers. Charley had in een recente, niet al te complimenteuze column aan de nachtclub gerefereerd als 'Prime Meat', wat de groeiende popularatit van de club alleen maar ten goede was gekomen.

De eerste keer dat Charley Prime had bezocht was in de vroege uurtjes van een laat weekend in oktober. Zoals de meeste van haar leeftijdgenoten had ook zij de combinatie van spiegels en mahoniehout, harde muziek en gedempt licht, duur parfum en zweet aanvankelijk fantastisch gevonden. In de vijf minuten die het haar had gekost om zich door de uiterst schaars geklede massa een weg te banen naar de indrukwekkende, overdadig bevoorrade bar die de gehele linkerkant van de ruimte in beslag nam, was ze benaderd door een drietal knappe mannen, een vrouw met enorme nepborsten en een koor onzichtbare stemmen die haar van alles, van ecstasy tot heroïne, te koop aanboden. 'Je kunt het zo gek niet be denken of ik heb het,' had iemand verleidelijk in Charleys oor gefluisterd, terwijl een jonge, mondaine vrouw op wankele hoge hakken langs haar strompelde, het witte poeder nog aan haar neus klevend. Lawaai en gelach hadden Charley tot de bar gevolgd, verdwaalde handen hadden haar billen betast, terwijl de voortdurende beat van de muziek elk denken verhinderde. Charley had beseft hoe gemakkelijk het zou zijn om zich aan de zinloosheid van het hele gebeuren over te geven, te dansen, zich te laten meedrijven en alles te vergeten.

Ik denk niet. Dus ik besta niet.

Het was heel aanlokkelijk geweest.

Maar nu, in het onvoordelige licht van een regenachtige ochtend, had het vertrek nog nauwelijks iets van de nachtelijke glamour en decadentie. Het was er doods, als een overbelichte foto. Het was niet meer dan een grote, lege ruimte met een verlaten, houten dansvloer. Ongeveer twintig vierpersoonstafels stonden dicht op elkaar in de verste hoek rechtsachter voor klanten die iets wilden eten. Een aantal hoge tweepersoontafels stond over de ruimte verspreid en werd bewaakt door torenhoge bronzen beelden van naakte vrouwen met uitdrukkingsloze gezichten, de armen gebogen, de handpalmen naar voren gericht en de vingers naar het zeven meter hoge plafond wijzend, in een pose van verachtelijke overgave.

'Waar is mijn broer?' vroeg Charley opnieuw, naar de bar kijkend waar Glen McLaren op een bruinleren kruk zat, met de ochtendkrant op de sportpagina's opengeslagen voor zich op de bruinmarmeren toog.

McLaren was geheel in het zwart gekleed. Hij was misschien vijfendertig, lang en slank en minder knap dan Charley zich van hun laatste ontmoeting herinnerde. In het daglicht waren zijn gelaatstrekken grover, zijn neus breder en zijn bruine ogen slaperiger, hoewel ze wel voelde dat die haar uitkleedden toen ze dichterbij kwam. 'Mejuffrouw Webb,' begroette hij haar. 'Leuk je weer eens te zien.'

'Waar is mijn broer?'

'Het gaat goed met hem.'

'Ik vroeg niet hoe het met hem gaat. Ik vroeg waar hij is.'

'Wil je iets drinken?' vroeg Glen, alsof ze niets gezegd had. 'Wat jus d'orange of…'

'Ik wil niets drinken.'

'… een kop koffie?'

'Ik wil geen koffie. Luister. Jij hebt me gebeld. Je zei dat je mijn broer had.'

'En jíj hebt vorige maand in je column onaangename dingen over mij en mijn club gezegd. Althans, dat heb ik begrepen.' Hij grinnikte. 'Persoonlijk heb ik je column nog nooit gelezen.'

'Dan hoef je er ook niet al te kwaad over te zijn.'

'Helaas zijn er heel veel mensen, onder wie onze hooggeachte burgemeester en de hoofdcommissaris van politie, die niet zo'n ontwikkelde smaak hebben als ik en die je columns wel lezen. Ik heb de afgelopen paar weken behoorlijk wat ongewenste aandacht gekregen.'

'Dat spijt me.'

'Echt?'

'Nee, niet echt. Maar wat heeft dit eigenlijk met mijn broer te maken?'

'Niets. Ik maak gewoon een praatje.'

'Ik ben niet geïnteresseerd in praatjes, meneer McLaren.'

'Glen,' verbeterde hij.

'Ik ben niet geïnteresseerd in praatjes, meneer McLaren,' herhaalde Charley, haar oversized, beige leren handtas van haar ene naar haar andere schouder verplaatsend. 'Ik ben geïnteresseerd in het vinden van mijn broer. Heb je hem of niet?'

'Ja.' McLaren lachte schaapachtig. 'God, de laatste keer dat ik ja zei heeft het me een fortuin gekost.' Hij liet zijn kin zakken en keek flirterig omhoog. 'Kun je niet lachen? Ik probeer aardig te zijn.'

'Waarom?' Charley keek de nachtclub rond en zag niemand behalve een kelner die aan de andere kant van de dansvloer de tafeltjes aan het afnemen was.

'Waarom ik probeer aardig te zijn? O, geen idee. Omdat je mooi bent? Omdat je journalist bent? Omdat ik bij je in de smaak wil vallen? Of misschien probeer ik gewoon je broekje in te komen.'

Het vertrek vulde zich met Charleys ongeduldige zucht. 'Neuken uit wraak doe ik niet, meneer McLaren.'

Glen haalde zijn schouders op en richtte zich weer op de sportpagina's van de ochtendkrant. Als hij al van haar grove taal was geschrokken, liet hij niets merken. 'Interessant, omdat je er blijkbaar geen moeite mee hebt mensen te verneuken.'

Hij is snel, dacht Charley. Dat moest ze hem nageven. 'Dat zal je leren niet met journalisten te praten.'

'Maar misschien herinner je je dat ik de laatste keer dat ik je sprak nog helemaal niet wist dat je journalist was. Ik had geen idee dat er zoiets als 'WEBB SITE' bestond. Goeie naam voor een column trouwens.'

'Dank je.'

'Ik was gewoon in de veronderstelling dat ik met een mooie vrouw praatte, een vrouw op wie ik graag indruk wilde maken.'

'Maar waar je onmiddellijk ook weer mee stopte toen je besefte dat ze niet met je naar bed zou gaan.'

'Ik ben een man, Charley. Al dat gepraat hoeft voor mij niet.'

'Waarom praten we nu dan?'

Glen glimlachte weer – iets wat hij met alarmerende regelmaat deed, dacht Charley – wat de huid rond zijn slaperige, bruine ogen deed rimpelen. 'Ik vind het gewoon leuk om je een beetje voor de gek te houden.'

'Ik hou er niet van voor de gek gehouden te worden.'

'Was dat de reden van dat literaire woedeaanvalletje van je? Had je het gevoel dat je voor de gek gehouden werd en kwetste dat je?'

'Het heeft niks met kwetsen te maken,' antwoordde Charley, en ze probeerde niet te veel van de woorden 'literaire woedeaanvalletje' te genieten. 'En het heeft ook niks te maken met de reden waarom ik vanochtend van mijn werk ben opgestapt en in de stromende regen helemaal hiernaartoe ben gereden.'

'Zo ver is het nou ook weer niet,' bracht Glen te berde.

'Waar is mijn broer?'

Glen knikte naar het achtergedeelte van de nachtclub. 'In mijn kantoor.'

Onmiddellijk rende Charley die richting uit.

'Naar links,' zei Glen, die achter haar aan kwam.

Snel schoot Charley naar het achterste gedeelte van de club. Ze duwde de handbewerkte mahoniehouten deur naar Glens kantoor open, terwijl haar tas tegen haar heup sloeg. Hoewel de lamellen gedeeltelijk waren gesloten en het in de met houten panelen betimmerde kamer bijna helemaal donker was, kon ze de vorm van een man onderscheiden die languit op zijn rug op een rode fluwelen bank lag. Zijn rechtervoet stond op de grond, zijn linkerarm lag dramatisch boven zijn hoofd, en zijn lichtbruine haar hing slap over zijn voorhoofd. 'Mijn god. Wat heb je met hem gedaan?'

Glen deed het licht aan. 'Rustig maar. Hij slaapt gewoon.'

'Slaapt?' Charley liet haar tas op de grond vallen en rende naar haar broer. Ze knielde naast hem neer, legde haar hoofd op zijn borst en luisterde of ze hem hoorde ademen.

'Hij is flauwgevallen.'

'Flauwgevallen? Wat heb je hem gegeven?'

'Ik heb hem een kop koffie aangeboden, maar hij is eigenwijs. Net als jij. Hij zei dat hij geen koffie wilde.'

'Bram?' zei Charley, zacht aan zijn schouder schuddend. Daarna minder zacht. 'Bram, word eens wakker.' Ze keek van haar broer naar McLaren. 'Ik begrijp het niet. Wat doet hij hier?'

'O, wil je nu wel praten?' Glen liet zich op de andere, kleinere bank zakken die haaks op de bank stond waarop Bram de nacht had doorgebracht.

'Hoe ken je mijn broer eigenlijk?'

'Ik ken hem nauwelijks,' gaf Glen toe. 'Ik heb hem gisteravond voor het eerst gezien toen ik hem verzocht te vertrekken.'

'Waar heb je het over?'

'Volgens mijn barkeeper kwam je broer hier gisteravond rond tien uur binnen. Hij dronk een paar glazen, sprak een paar jonge vrouwen aan en werd agressief toen ze niks van hem moesten hebben. Hij begon onbeschofte taal uit te slaan, hij werd ronduit grof en liet iedereen binnen schreeuwafstand weten dat hij was gekomen om wat dope te scoren, en hij vroeg waar al die dealers waren over wie hij in de column van zijn zus gelezen had.'

'Zo wist je natuurlijk dat hij mijn broer was,' stelde Charley vast, terwijl ze met haar ogen rolde.

'Inderdaad, en toen hij was flauwgevallen heb ik in zijn portefeuille naar zijn identiteitsbewijs gezocht.'

'Hoe laat was dat precies?'

'Rond een uur of één.'

'Hoe is hij aan die blauwe plek op zijn gezicht gekomen?' Voorzichtig streek Charley met haar vinger over haar broers bleke wang. Ze voelde hem schrikken, maar zijn ogen bleven gesloten. 'Heb jij hem geslagen?'

'Ik had geen keus.'

'Wat bedoel je, je had geen keus?'

'Hij was dronken en waarschijnlijk ook stoned. Ik zei dat ik een taxi zou bellen om hem thuis te brengen, maar dat wilde hij niet. Hij zei dat hij prima in z'n eentje terug naar Miami kon rijden. Ik kon hem niet laten gaan. Ik ben achter hem aan gelopen tot de parkeer-plaats en ik heb gezegd dat hij niet in staat was om te rijden, maar hij zei dat ik maar eens moest proberen hem tegen te houden.' Glen haalde zijn schouders op. 'Zoals ik al zei, ik had geen keus.'

'Je speelde de barmhartige Samaritaan?'

'Ik wilde gewoon niet dat hij met z'n dronken kop achter het stuur kroop en iemand doodreed. Een rechtszaak is wel het laatste waar ik behoefte aan heb.'

Charley zag een bliksemschicht achter de half geopende metalen lamellen, en een paar tellen later volgde er een donderslag. 'Je hebt hem dus maar hierheen gebracht?'

'Had je liever gehad dat ik hem buiten had achtergelaten?'

'Ik hoop dat je geen bedankje van me verwacht,' zei Charley.

'Ik moet er niet aan denken! Ik dacht dat je wilde weten waar hij was.'

'Doe je altijd zo dramatisch?' vroeg Charley, zijn stem aan de telefoon nabootsend. *'Ik heb je broer. Je weet waar je me kunt vinden.'*

Glen lachte. 'Gewoon een geintje. Je beschouwt me toch al als een of andere crimineel. Dus deed ik ook zo.'

'Volgens mij heb ik de term "wannabe-gangster" gebruikt. Dat is niet hetzelfde als "crimineel",' verbeterde Charley hem.

'Au.' Glen greep naar zijn borst alsof hij dodelijk was verwond.

'Bén je een crimineel?' kon Charley niet nalaten een paar tellen later te vragen.

'Gaan we vertrouwelijk doen? Beloof je dat ik er de volgende week niets over in de krant lees?'

'Ik dacht dat je mijn columns niet las.'

Glen glimlachte. 'Ik ben geen crimineel. ' Hij keek naar haar sla-pende broer. 'Gebeurt dit wel vaker?'

'Dat gaat je niks aan.'

'Nee, maar het is mijn bank. Je kunt op z'n minst aardig zijn tot hij wakker wordt.'

'Sorry. Aardig zijn is iets waar ik nooit goed in ben geweest.'

'Waarom verbaast dat me niet?'

'Omdat je zo intelligent bent en zoveel inzicht hebt. Ben ik nou aardig?'

'Een beetje onbeholpen.'

'Graag of niet.'

'Wil dit zeggen dat je zult overwegen om met me naar bed te gaan?'

'Geen denken aan.'

Weer een bliksemflits. Weer een donderslag.

'Storm op komst,' constateerde Glen.

'Geweldig,' zei Charley spottend. 'Ik heb het altijd al heerlijk gevonden om in de stromende regen over de 1-95 te rijden.'

'Ik denk dat jij voorlopig even nergens heen gaat.'

Charley keek van het raam naar haar broer, die nu tevreden naast haar lag te snurken. 'Geweldig,' herhaalde ze.

'Toch maar een kop koffie?'

'Waarom ben je zo aardig voor me?'

'Heb je er moeite mee als mensen aardig voor je zijn?'

Charley hief haar handen in de lucht, een gebaar van overgave dat opmerkelijk veel leek op dat van de uitdrukkingsloze bronzen beelden in het andere vertrek. 'Oké, een kop koffie,' antwoordde ze. 'Waarom niet?'

'Inderdaad, waarom niet?' echode Glen, naar de deur lopend. 'Hoe drink je je koffie?'

'Zwart.'

'Ik dacht wel dat je dat zou zeggen. Ben zo terug,' zei hij, terwijl er weer een bliksemflits door de lucht schoot, onmiddellijk gevolgd door een spectaculaire donderslag.

'Je mist een prachtige show,' zei Charley tegen haar slapende broer, terwijl ze opstond en naar het raam liep. Met een ruk opende ze de lamellen en staarde naar de hevige stortbui. Nergens in de wereld was de regen zoals in Florida, dacht ze, naar de enorme druppels kijkend die als woedende vuisten tegen de ruiten sloegen. Deze regen overviel je zonder enig mededogen, vernietigde zo goed als alles op zijn pad en verblindde je. Als ze in de auto gezeten had, zou ze genoodzaakt zijn geweest te stoppen en te wachten tot de bui over was.

Kon dat onaangenamer zijn dan te moeten wachten in het kantoor van de man die ze in haar column kleinerend 'wannabe-gangster' had genoemd, terwijl haar broer op de roodfluwelen bank van diezelfde man zijn roes uitsliep? 'Waarom doe je me dit allemaal aan?' vroeg ze hem, terwijl een volgende lichtflits de lucht doorkliefde en haar gedeukte, zilverkleurige Camry verlichtte die op de parkeerplaats naast Brams antieke, nog altijd vlekkeloze, donkergroene MG stond. 'Die auto was altijd al je alles,' mompelde ze, terwijl een nieuwe donderslag de palmbomen heen en weer schudde en de nachtclub op zijn grondvesten deed trillen. 'God, Bram. Wat is er met je aan de hand? Waarom verziek je altijd alles?' Ze liep terug naar de bank en ging naast hem zitten. 'Bram, wakker worden. Kom op. Genoeg nu. Het is tijd om volwassen te worden en naar huis te gaan. Kom op, Bram,' zei ze weer. 'Genoeg is genoeg.'

Bram zei niets, hoewel zijn lange, donkere wimpers provocerend trilden, alsof hij alleen met welgekozen bewoordingen overgehaald kon worden zijn ogen te openen.

'Bram,' zei Charley, ongeduldig tegen zijn arm duwend. 'Bram, hoor je me?'

Nog steeds niets.

'Je kunt hier niet mee doorgaan, Bram,' las Charley hem de les. 'Je kunt er niet elke keer maar weer een zooitje van maken en verwachten dat mensen je helpen. Het wordt nu vervelend. En je wordt er nu eenmaal niet jonger op,' voegde ze eraan toe, hoewel hij met z'n vierentwintig jaar nog niet echt een kandidaat voor het bejaardenhuis was. 'Het wordt tijd dat je je leven eens serieus neemt.' Ze zuchtte. Haar broer had het leven al lang geleden opgegeven. 'Mama heeft vanochtend gebeld,' vervolgde ze, zich herinnerend dat van de vier kinderen haar broer zich het best aan het vertrek van hun moeder had aangepast. Misschien omdat hij indertijd nog maar twee was en te jong om te beseffen wat er precies aan de hand was. Hij had een paar dagen om zijn mammie gehuild en was vervolgens vol vertrouwen in de armen gekropen van de vrouw die hun vader als haar vervangster in dienst had genomen. Hij had zich aan haar vastgeklampt tot de vrouw er twee jaar later vandoor ging na een geschil met hun vader over salaris. Ook zij was vertrokken zonder afscheid te nemen. Daarna volgde er een hele serie huishoudsters, zoveel en zo gezichtsloos als de bronzen beelden achter de deur van Glens kantoor. Ze bleven nooit lang. Hun vaders bikkelharde koppigheid zorgde daar wel voor. 'Ze maakt zich zorgen om je,' zei Charley tegen haar broer, denkend aan haar eigen kinderen en ze vroeg zich af, zoals altijd wanneer ze te lang over haar moeder nadacht, hoe ze zo had kunnen vertrekken en hen zo had kunnen achterlaten.

'Ik wilde je meenemen,' had haar moeder geprobeerd uit te leggen toen ze twee jaar geleden weer in Charleys leven was gekomen. 'Maar ik wist dat je vader het niet zou toestaan dat ik je het land mee uit nam. Maar ik moest weg. Als ik langer in dat huis was gebleven, was ik doodgegaan.'

'Dus liet je ons maar achter,' vatte Charley samen, niet van plan het haar moeder gemakkelijk te maken.

'O, maar kijk wat er van je geworden is,' kwam onmiddellijk haar moeders antwoord. 'Je hebt het geweldig gedaan. Al mijn dochters hebben het fantastisch gedaan.'

'En Bram? Wat dacht je van hem?'

Op die vraag had Elizabeth Webb geen antwoord gegeven.

'Bram,' zei Charley. 'Bram, wakker worden. Het is tijd om naar huis te gaan.' Ze rook de koffie nog voordat ze zich had omgedraaid en Glen zag staan.

'Is er al enige vooruitgang?' vroeg hij vanuit de deuropening, zijn arm naar haar uitstrekkend.

Ze schudde haar hoofd. 'Ruikt verrukkelijk,' zei ze, terwijl ze de beker van hem aannam en de damp naar haar neus oprees.

'Je hebt geluk. Paul heeft net verse gezet.'

Charley nam langzaam een slok. 'Heerlijk. Dank je.'

'Graag gedaan.' Hij ging weer op de andere bank zitten.

'Wil jij niet?'

'Ik ben niet zo'n koffiedrinker.'

'O nee? Waarom niet?'

'Het gaat volgens mij niet goed samen met al die cocaïne in mijn lijf,' antwoordde hij met een uitgestreken gezicht, en even wist Charley niet of hij het meende. 'Grapje,' legde hij snel uit. 'Hoewel, kennelijk geen leuk grapje. Vooral niet in deze situatie.' Hij keek naar haar broer.

'Denk je dat hij aan de coke is?'

'Ik denk dat hij met een knetterende hoofdpijn wakker zal worden,' zei Glen, zonder antwoord op de vraag te geven. 'Wat is zijn probleem eigenlijk?'

Charley nam nog een slok koffie en weer schoot er een bliksem door de lucht. 'Denk je nu echt dat ik mijn broers problemen met jou ga bespreken?'

'Problemen?' herhaalde Glen, met de nadruk op de laatste twee letters.

'Dat heet een stijlfiguur.'

'Of een verspreking.'

'Mijn broer is een beetje een verloren ziel,' gaf Charley toe, terwijl een dreunende donderslag haar woorden benadrukte.

'Hoe lang is hij al aan het dwalen?'

Charley moest bijna lachen. De 'wannabe-gangster' had blijkbaar iets dichterlijks. 'Ik wil er liever niet over praten,' antwoordde ze, hoewel ze er in werkelijkheid opeens vreselijk behoefte aan had. *Zolang ik me kan herinneren maakt hij er zooitje van,* wilde ze uitschreeuwen. *Hij drinkt al vanaf zijn veertiende, en is al net zo lang aan de drugs. Als tiener is hij van alle privéscholen in Connecticut geschopt. Daarna zakte hij voor zijn eerste jaar op de Brown-universiteit en vertrok naar het zuiden om bij mij in Florida te komen wonen, waar hij zich inschreef op de avondschool van de universiteit van Miami. Daar hangt hij vanaf die tijd rond en volgt de ene zinloze cursus na de andere, maar hij neemt niet de moeite om eindscripties te schrijven. Hij woont in een gemeubileerde flat in een onguur deel van de stad, werkt zo weinig mogelijk, alleen wanneer hij het erfenisje moet aanvullen dat onze grootmoeder van vaders kant ons heeft nagelaten en dat onze geliefde vader, als beheerder van haar nalatenschap, maandelijks in karige porties besloot uit te keren.* 'Een van zijn weinige goeie ideeën,' mompelde ze.

'Sorry?' vroeg Glen.

'Goed idee, een kop koffie,' verbeterde Charley zichzelf, zich afvragend of ze hem daarmee kon afschepen.

'Fijn zo.' De telefoon ging. Glen stond op van de bank en liep in drie reuzenstappen naar zijn bureau. 'McLaren,' zei hij toen hij opnam. 'Hé, hoe is het met jou?' vroeg hij, zijn stem zakte en werd meteen zacht en verleidelijk. Hij legde zijn hand op de hoorn en fluisterde naar Charley: 'Even een minuutje.'

'Wil je dat ik wegga?'

Hij schudde zijn hoofd. 'Niet nodig.' Hij ging achter zijn bureau zitten en draaide zijn zwartleren stoel met hoge rugleuning naar het raam. 'Natuurlijk vind ik het fijn dat je belt. Nee, je stoort echt niet.'

Charley fronste haar wenkbrauwen. Buiten nam de storm iets af. Ze kon nu de toppen van een rij enorme palmbomen onderscheiden die bogen in de wind. 'Wakker worden, Bram,' fluisterde ze met opeengeklemde kaken. Ze liep terug naar de bank en probeerde Glens telefoongesprek niet af te luisteren.

'Ik heb geen plannen voor vanavond,' hoorde ze hem zeggen.

Een fikse donderslag zou nu mooi uitkomen, dacht ze, terwijl ze hem hoorde lachen. Ze vroeg zich af wat ze kon doen om de klank in zijn stem niet te hoeven horen. Ze reikte naar haar tas op de grond. Ze zou Emily in New York kunnen bellen. Emily was de enige van haar broer en zussen die ze die dag nog niet gesproken had. En Emily zou zeker net zo opgetogen zijn iets van haar te horen als Anne.

'Natuurlijk zou ik graag je nieuwe flat willen zien,' fluisterde Glen poeslief.

'O, in godsnaam,' riep Charley, een lachje forcerend toen Glen zijn stoel omdraaide om te zien wat er aan de hand was. 'Ik zoek iets,' fluisterde ze, een witte envelop uit haar tas trekkend. 'Gevonden,' riep ze, hoewel ze zich eigenlijk nauwelijks herinnerde dat ze, voordat ze het redactielokaal was ontvlucht, de brief in haar tas had gestopt.

Je hebt post, had Monica gezegd.

Charley draaide de envelop om en bestudeerde de afzender. *Pembroke Correctional.*

Je hebt blijkbaar een fan.

Zich voor Glens suggestieve gefleem afsluitend scheurde Charley de envelop open, trok het gelinieerde, witte papier met het meisjesachtige handschrift ertussenuit en begon te lezen.

4

Beste Charley,

Hoi. Ik hoop dat je het niet erg vindt dat ik je schrijf. Je hebt het vast heel druk en krijgt waarschijnlijk stapels post, hoewel misschien niet vaak uit een gevangenis. Goh, ik kan nog steeds niet geloven dat ik hier zit, ook al ben ik hier nu al meer dan een jaar. Ik was vreselijk bang om hierheen te moeten – heb je die enge films over het leven in vrouwengevangenissen gezien? – maar ik moet toegeven: zo erg is het niet. Na alle doodsbedreigingen die ik ontving van zogenaamd gezagsgetrouwe burgers buiten de poort, gaf het me, om je de waarheid te zeggen, eigenlijk wel een gevoel van opluchting, en tot nu toe heeft niemand geprobeerd me te verkrachten met een bezemsteel of zoiets afschuwelijks. Het is hier tamelijk rustig, eerlijk gezegd, en ik ben blij dat het redelijk schoon is, ik ben namelijk best een pietje precies.

De andere gevangenen blijken best aardig te zijn, hoewel een hele poos niemand met me wilde praten. De meeste vrouwen zitten hier omdat ze iets met drugs te maken hebben gehad. Maar ik heb geprobeerd me van mijn beste kant te laten zien en heb mijn beste beentje voorgezet, ik was altijd vriendelijk en behulpzaam, en nu zijn ze bijna allemaal bijgedraaid. Een vrouw die hier zit omdat ze haar beste vriendin met een schaar te lijf is gegaan bij een ruzie over welk tv-programma ze zouden kijken, heeft me zelfs gezegd dat ik een lieve lach heb. Ik denk dat ze misschien wel verliefd op me is, hoewel ik daar helemaal geen aanleiding toe heb gegeven. Er zijn nog een paar vrouwen, vooral moeders van kleine kinderen, die niks met me te maken willen hebben, maar ik doe mijn best om ook hen voor me te winnen en ik voel dat hun weerstand afneemt.

Misschien klinkt het vreemd, en ik hoop dat je het niet verkeerd opvat, maar je bent altijd een soort rolmodel voor me geweest. Ik wil je laten weten dat ik je heel erg bewonder. Voordat ik in de gevangenis zat las ik je columns elke week. Vooral de column waarin je schreef over die keer dat een ex-vriendje je overhaalde te gaan bungeejumpen vond ik leuk, ik kon het me helemaal voorstellen, ik heb mezelf ook een paar keer tot dat soort onbezonnen dingen laten overhalen, en die over het dilemma wat je moest aantrekken toen de vader van je dochter trouwde en je de bruid niet de loef wilde afsteken. Ik vond het zó grappig, en ook ontroerend hoe je met ieders gevoelens rekening hield.

Ik heb zelfs een paar brieven naar je website geschreven, en je was zo aardig die te beantwoorden. Waarschijnlijk weet je dat niet meer. En waarom zou je ook. Ik schreef ze ongeveer drie jaar geleden, kort nadat je met je columns was begonnen. Dat was lang voordat er erge dingen gingen gebeuren, en omdat ik niet met mijn echte naam had ondertekend was er voor jou geen enkele reden om me in verband te brengen met dat monster over wie je later schreef. 'De beestachtige babysitter' noemde je me. Ik vond dat echt afschuwelijk, en nog steeds, ik vind het vreselijk dat je zulke negatieve gevoelens over mij hebt. Ik wil dat je me aardig vindt. Jouw mening is erg belangrijk voor me.

Hoe dan ook, de eerste keer dat ik je schreef ging, het over mijn oudere zus Pamela, die altijd al een onuitstaanbare meid is geweest. Ik had een oud bloesje van haar geleend – ik zweer je dat ik niet wist dat het haar lievelingsbloes was – en mijn vriend morste er per ongeluk rode wijn op. Dat vriendje heette Gary. (Misschien kun je je hem herinneren; tijdens de rechtszitting getuigde hij tegen mij.) Toen we de vlek er met water uit probeerden te krijgen, maakten we het alleen nog maar erger. (Ik had er niet aan gedacht dat de bloes van zijde was en dat hij gestoomd moest worden.) Maar Pam, en mijn hele familie, heeft zo'n opvliegend karakter dat ik haar niet durfde te vertellen dat ik haar bloes verknald had, dus gooide ik hem, lafaard die ik ben, in de vuilnisbak. Daarna voelde ik me vreselijk schuldig want ze ging huilen en haalde het hele huis *overhoop om dat bloesje te vinden. Dus schreef ik je en vroeg ik om advies. Je antwoordde dat je geen adviescolumnist was, maar naar jouw mening moest ik haar de waarheid vertellen en haar aanbieden de bloes te betalen. Ik vond dat een prima advies, ik wilde dat ik het had opgevolgd. Maar ik kon het gewoon niet, ik was veel te bang dat ze razend zou worden. (Bovendien had ik het geld niet.)*

De tweede keer dat ik je schreef had ik problemen met Gary. Ik vertelde dat hij heel dominant was en me dingen probeerde te laten doen die ik heel akelig vond, maar dat ik bang was hem kwijt te raken als ik ze niet deed. Weer maakte je duidelijk dat je geen adviescolumnist was, maar dat ik naar jouw mening niets moest doen wat ik vervelend vond en dat ik niet zo bang moest zijn om hem te verliezen maar moest opletten dat ik mezelf niet verloor. Die woorden raakten me diep, ook al deed ik er verder niets mee.

Denk alsjeblieft niet dat je advies niet goed was omdat ik niet sterk of verstandig genoeg was het op te volgen. Je had helemaal gelijk. Uiteindelijk ben ik mezelf inderdaad verloren en raakte ik in deze vreselijke situatie verzeild.

Ik wil je laten weten dat ik niets wat er gebeurd is ooit gepland heb. Het was nooit mijn bedoeling iemand te kwetsen. Ik kan nog steeds niet geloven dat ik een rol heb gespeeld in de afschuwelijke dingen die ze zeggen dat ik heb gedaan. Het lijkt onmogelijk dat ik er op een of andere manier bij betrokken ben geweest. In mijn hart ben ik echt een goed mens. Ik hoop dat je me gelooft. Ik hoop zelfs dat we misschien ooit vriendinnen zullen worden.

Dat brengt me op de reden van deze brief.

Het afgelopen jaar heb ik ruimschoots de tijd gehad om na te denken. Over van alles. Niet alleen over de verschrikkelijke dingen die me hier hebben doen belanden, hoewel die natuurlijk ook heel belangrijk zijn, maar ook over hoe het zover heeft kunnen komen met iemand met mijn achtergrond en opvoeding – mijn ouders zijn bijna vierendertig jaar bij elkaar en trouwe kerkgangers, en ik heb een oudere broer en zus die nog nooit met de politie in aanraking zijn geweest. Ik heb altijd heel veel rekening met anderen gehouden. Ik zou nog geen mier doodtrappen. Ik zweer je, als ik er een in huis zou zien, zou ik hem met een tissue oppakken en hem voorzichtig buiten zetten. Hoe is het dan mogelijk dat ik menselijke wezens zulke gruwelijkheden kan aandoen? Dat kan gewoon niet. Natuurlijk dacht iedereen eerst dat Gary schuldig was, dat hij het ware brein achter het gebeuren was. Maar dat was niet zo. Gary kan nog niet tot tien tellen, zei mijn moeder altijd. En hoe vreselijk ik het ook vind om toe te geven, ze had gelijk. (Niet tegen haar zeggen.) Trouwens, ook al was Gary ten tijde van de moorden officieel mijn vriend, ik was al bij hem weg. Sommige mensen denken nog steeds dat hij er iets mee te maken heeft gehad. Ze kunnen niet geloven dat een meisje helemaal alleen de gruwelijke misdaden kan begaan waarvan ik beschuldigd ben.

Misschien hebben ze gelijk.

Heb ik je interesse gewekt?

De laatste tijd speelt er van alles door mijn hoofd en vraag ik me allerlei dingen af. Het probleem is dat ik niet altijd de juiste vragen weet te stellen. Hopelijk kun jij hierbij iets voor me betekenen. Ook al lees ik je columns niet meer zo vaak als vroeger en zijn ze tegen de tijd dat ik ze onder ogen krijg meestal al oud, ik geniet er nog steeds van. Ik vind je een geweldige schrijver. Je verstaat de kunst om tot de kern van de zaak te komen en die duidelijk en zonder pretenties te verwoorden. Je bent gevoelig en sociaal, maar je pikt niet alles. Je komt voor je mening op en je bent niet bang om een impopulair standpunt in te nemen. Zelfs toen je al die rotdingen over me schreef, bewonderde ik je. Dat getuigt van een verbazingwekkend talent.

En ik heb een verbazingwekkend verhaal te vertellen.

Daar wil ik het over hebben.

Ik denk dat het tijd is om mijn verhaal te doen – het hele verhaal – en ik denk dat jij de enige bent die het tot zijn recht kan laten komen. Eigenlijk zou het meer een soort samenwerking moeten worden, omdat het gaat betekenen dat jij en ik veel tijd samen zullen doorbrengen. Ik denk niet dat dit onaangenaam voor je zal zijn. Ik ben echt niet zoals de media – waaronder jij – me afgeschilderd hebben. Ik ben niet dat beest waar je over schreef. Ondanks die afschuwelijke tapes die ze tijdens mijn rechtszitting afspeelden, ben ik geen monster.

Mensen denken dat ze me kennen.

Maar ze kennen me niet.

Ik denk eigenlijk dat we heel veel gemeen hebben. (Word alsje-
blieft niet kwaad omdat ik dit zeg.)

Maar kijk naar de feiten: we zijn beiden aantrekkelijke, jonge
vrouwen. (Oké, jij bent mooi!) Ik ben nog maar tweeëntwintig, en
dat is niet veel jonger dan dat jij bent. En we hebben beiden broers
en zussen, alhoewel jij de oudste van het gezin bent en ik de jong-
ste. Beiden zijn we blond en we hebben een flinke boezem. En ik
denk dat we wat mannen betreft dezelfde smaak hebben. We val-
len beiden op knappe, oudere mannen die niet altijd een goede
keus blijken te zijn. We houden ervan als een man sterk is en de lei-
ding neemt, maar we kunnen er niet tegen als hij ons beperkingen
probeert op te leggen. Is dat de reden waarom je nooit getrouwd
bent?

Zelf heb ik altijd graag willen trouwen. Ik droom van een
sprookjesbruiloft met alles erop en eraan. Vóór deze hele toestand
oefende ik altijd het ondertekenen van mijn huwelijksgelofte en te-
kende ik ontwerpen van mijn jurk. Overal in huis hingen schetsen
van bruidsjurken. Ik tekende een lange, witte jurk, strapless, maar
niet al te laag uitgesneden. Ik vind het ordinair als een bruid te veel
van haar decolleté laat zien, en ik wilde iets klassieks, iets Vera
Wang-achtigs. Ik zag haar altijd als inspiratiebron maar ik kon
haar kleding nooit betalen. Maar dat is nu helemaal niet meer aan
de orde, want Pembroke Correctional staat helemaal geen gevan-
genishuwelijken toe. Er is hier trouwens nauwelijks gelegenheid
om een geschikte man te vinden. (Ze houden mannen en vrouwen
gescheiden, maar soms vinden we een manier om elkaar te ont-
moeten. Hint: achter de boekenplanken van de gevangenisbiblio-
theek wordt heus niet alleen maar gelezen.) Als je het boek wilt
schrijven vertel ik je er alles over.

Alsjeblieft, ALSJEBLIEFT, ALSJEBLIEFT, denk over mijn voor-
stel na. Ik denk echt dat we een geweldig team zouden vormen. Ik
beloof dat ik heel behulpzaam zal zijn en dat ik al je vragen zo eer-
lijk mogelijk zal beantwoorden. Ik zal niets achterhouden. Ik zal je
alles over mijn jeugd, mijn ouders, mijn broer en zus, mijn vriend-
jes en mijn seksuele experimenten vertellen. (Net als jij was ik er al
vroeg bij. Maar in tegenstelling tot jou was het niet mijn keus.)
Kortom, ik zal je alle smerige details uit de doeken doen, inclusief

feiten die nooit eerder openbaar gemaakt zijn over de ongelukki-
ge dood van de kleine Tammy Barnet en Noah en Sara Starkey.
  Ik besef dat de gedachte mij beter te leren kennen jou, als moe-
der van twee jonge kinderen, ongetwijfeld tegen de borst stuit. Je
denkt waarschijnlijk nu al dat je meer van me weet dan je lief is.
Geloof me als ik je zeg dat je het mis hebt.
  Neem alle tijd die je nodig hebt om tot een beslissing te komen.
En je kunt erop vertrouwen dat je de enige kandidaat bent die ik
voor deze klus op het oog heb. Natuurlijk zou ik nog liever van-
daag dan morgen iets van je horen. Ik begrijp heel goed dat je een
drukbezette vrouw bent en dat iedereen tijd van je vraagt. Je hebt
een gezin om voor te zorgen en je moet elke week een column leve-
ren. Maar is het niet de droom van iedere journalist om een boek
te schrijven?
  In Palm Beach ben je al bekend, maar een verhaal als dat van mij
kan je landelijk beroemd maken. Je verdient dat, net zoals ik het
verdien dat de ware toedracht van wat er met die drie lieve kinde-
ren gebeurd is openbaar wordt gemaakt. Ik verwacht uiteraard
geen enkele financiële vergoeding. Nog afgezien van het feit dat de
wet zegt dat criminelen niet van hun wandaden mogen profiteren,
interesseert geld me niet. Welk bedrag je ook met een uitgever
overeenkomt, het zou helemaal voor jou zijn.
  Mijn verhaal moet verteld worden. Ik denk dat jij daar de moed
voor hebt.
  Reikhalzend wacht ik op je antwoord,

Jill Rohmer

P.S.: Als je besluit mijn voorstel te accepteren of nog vragen hebt,
kun je contact opnemen met Alex Prescott, mijn advocaat. Zijn
kantoor zit in Palm Beach Gardens, en ik heb hem al laten weten
dat de mogelijkheid bestaat dat je belt. Alsjeblieft, doe het. Ik ge-
loof dat het de moeite waard zal zijn
  Tot welk besluit je ook komt, ik blijf je trouwe fan.

Jill

'Godallemachtig,' zei Charley. Ze liet de brief op haar schoot vallen en zag dat haar vingers trilden.

'Slecht nieuws?' vroeg Glen van achter zijn bureau.

Charley zag dat hij de hoorn niet langer aan zijn oor hield. 'Hoezo?'

'Je ziet zo wit als een vaatdoek. Is alles in orde?'

'Ik weet het niet.'

Glen stond op van zijn bureau en liep naar haar toe. 'Kan ik ergens mee helpen?'

Charley schudde haar hoofd en keek weer naar de brief in haar hand. 'Herinner je je Jill Rohmer nog?' hoorde ze zichzelf vragen. 'Een paar jaar geleden slachtte ze drie kleine kinderen af. Alle media hadden verslaggevers naar haar rechtszaak gestuurd. Ook ik had een column over haar geschreven.'

Glens ogen vernauwden zich en hij fronste zijn wenkbrauwen. 'Ja. Ik herinner het me. Ze was de oppas of zoiets. Ik weet nog dat mijn ex zich er vreselijk over opwond.'

'Heb je kinderen?'

'Een zoon, Eliot. Hij wordt zaterdag zes.' Uit zijn zak haalde hij een foto tevoorschijn van een donkerharige jongen met een innemende lach en liet het aan Charley zien. 'Hij woont bij zijn moeder en haar nieuwe man in North Carolina. Ik zie hem niet zo vaak.'

'Wat erg voor je.'

'Ja, ik mis hem. Maar dit weekend nemen ze hem mee. Voor zijn verjaardag gaan we met z'n allen naar de Lion Country Safari.'

'Klinkt knus, een leeuwensafari.'

'Interessante woordkeuze,' zei hij, terwijl hij geen moeite deed de spanning in zijn stem te verbloemen. Hij stak de foto weer in zijn zak. 'En jij? Heb jij kinderen?'

'Twee. Een jongen en een meisje.'

'Maar geen man.' Glen keek nadrukkelijk naar de lege ringvinger van haar linkerhand.

'Geen man.'

'Zouden jullie het leuk vinden om zaterdag met z'n drietjes mee te gaan naar de leeuwensafari? Dan kan ik je laten zien wat een keurig nette burger ik eigenlijk ben.'

Charley lachte.

'Ik meen het,' zei Glen. 'Je zou me er een groot plezier mee doen. Het zou minder quasi-knus zijn.'

'Dank je, maar…'

'Denk er even over na. Het aanbod geldt tot zaterdag. Maar waarom hebben we het eigenlijk over Jill Rohmer?' ging hij in één adem verder.

Charley stak de brief omhoog. 'In tegenstelling tot jou is zij een fan.'

'Mag ik hem lezen?'

Charley gaf Glen Jills brief, en terwijl hij hem las keek ze naar hem om zijn reactie te peilen.

'En, heeft ze je interesse gewekt?' vroeg hij toen hij de brief gelezen had.

'O, dat wel.'

'Betekent dat dat je het gaat doen?'

'Wat gaat doen?'

'Contact met haar opnemen? Haar levensverhaal schrijven?'

Charley lachte afkeurend. 'Waarom zou ik?'

'Omdat ze precies de juiste dingen zegt. Ze doet een beroep op je ego én op je nieuwsgierigheid. Ze houdt je de kans op een primeur voor en de mogelijkheid om beroemd te worden. En de gelegenheid om de naakte waarheid aan het licht te brengen en "een ernstige fout van justitie" te herstellen.'

'Alsjeblieft zeg. Er is helemaal geen sprake van een ernstige fout van justitie. Die vrouw is een psychopaat. Ze heeft die kinderen vermoord, zonder enige twijfel. Herinner je je niet die afschuwelijke bandopnamen van de "doodskreten" van haar slachtoffers die de politie in haar slaapkamer gevonden heeft?'

'Het kan ook zijn dat iemand die banden daar heeft neergelegd.'

'Maar het was háár stem op de geluidsbanden. Ze had toegang tot het huis, haar vingerafdrukken zijn op de plaats delict gevonden en haar DNA is overal op de slachtoffers aangetroffen.'

'Zijn er alleen geluidsbanden, geen videotapes?'

Charley haalde haar schouders op. Er deden geruchten over videotapes de ronde, maar ondanks uitgebreide zoekacties van de politie zijn die nooit boven tafel gekomen. 'Wat suggereer je eigenlijk? Vind je dat ik moet overwegen haar te bezoeken?'

'Helemaal niet.'

'Oké. Dan zijn we het daar in elk geval over eens.'

'Maar je gaat toch wel.'

'Hoezo?'

'Je hebt me heus wel verstaan.'

Hoofdschuddend griste Charley de brief uit zijn hand en deed hem terug in haar tas. Zelfingenomen eikel, dacht ze. 'Je denkt dat je me kent, hè?'

Mensen denken dat ze me kennen.

Maar ze kennen me niet.

'Goed genoeg om te weten dat ze je in de tang heeft.'

'Is dat zo?'

Ik denk eigenlijk dat we heel veel gemeen hebben.

'Wie heeft wie in de tang?' zei Bram naast haar. Hij sloeg zijn ogen open en hees zich overeind op zijn ellebogen. Als hij zich al verbaasde over het feit dat hij zich in een vreemde kamer bevond in gezelschap van zijn zus en de man die hem bewusteloos had geslagen, was dat niet op zijn gezicht af te lezen. Hij zag er uitgerust en sereen uit. 'Hoorde ik jullie iets over Jill Rohmer zeggen?'

'Zo, eindelijk wakker,' zei Charley streng, vechtend tegen de neiging hem bij zijn schouders te pakken en door elkaar te rammelen. Zelfs met die grote blauwe plek op zijn kaak was Bram verreweg de knapste van de vier kinderen Webb; zijn blank porseleinen huid, zijn grote, lichtgevende, grijsblauwe ogen met wimpers zo lang en vol dat ze erop geplakt leken.

'Ik ging vroeger met haar zus uit, weet je,' zei hij achteloos, terwijl hij met zijn lange, slanke vingers de voorkant van zijn blauwzijden overhemd gladstreek.

Charley voelde het beetje geduld dat ze nog had op slag verdwijnen. 'Waar heb je het over?'

'Ik ging met haar zus uit – hoe heet ze ook al weer? Pamela?'

'Waar heb je het over?' vroeg Charley opnieuw, luider nu.

'Ik ging uit met…'

'Wanneer?'

'Weet ik veel. Een paar jaar geleden. Vlak nadat ik in Florida was komen wonen. We hebben een paar keer dezelfde colleges gevolgd.'

'Waarom heb je me dat nooit verteld?'

'Waarom zou ik? Het waren gewoon een paar afspraakjes. Het had niet veel te betekenen.'

'Al die tijd van haar proces heb je verzwegen dat je Jill Rohmer kende.'

'Ik kende háár niet. Ik kende haar zus. Waarom hebben we het trouwens over Jill Rohmer?'

Glen liep naar de deur van zijn kantoor. 'Ik denk dat je broer wel een kop koffie kan gebruiken.'

'Nee, dat is niet nodig,' protesteerde Charley.

'Ik snak naar een kop koffie,' zei Bram tegelijkertijd.

'Ben zo terug.' Glen liep de kamer uit en sloot de deur achter zich.

'Wat is er met je aan de hand?' siste Charley haar broer toe.

'Ho, wacht eens even! Wat is je probleem?' Bram greep naar zijn hoofd alsof hij wilde voorkomen dat het zou vallen.

'Wat is míjn probleem? Jíj bent mijn probleem,' foeterde Charley, terwijl ze haar stem probeerde te dempen. 'Jij gedraagt je godvergeten onverantwoordelijk.'

'Alleen omdat ik een beetje dronken was...'

'Je was niet alleen een beetje dronken. Je was straalbezopen. En God weet wat nog meer. Als Glen je niet had tegengehouden was je in die toestand gewoon naar huis gereden.'

Brams hand ging voorzichtig naar zijn kaak. 'Ja, zoiets herinner ik me vaag.'

'Herinner je je ook nog vaag dat we een afspraak hadden gisteren?'

'Moet je zo hard praten?'

'Denk je dat ik het leuk vind om helemaal voor niks naar Miami te rijden? Denk je dat ik het leuk vind om op mijn werk gebeld te worden door een vent die zegt dat hij mijn broer heeft, een vent die ik in mijn column beledigd heb? Waarom heb je in godsnaam juist deze tent uitgezocht?'

'Ik had er in je column over gelezen. Het klonk interessant.'

Nu was het Charleys beurt om naar haar hoofd te grijpen. 'Oké, ik houd erover op. Het regent niet meer. We gaan naar huis.' Ze greep haar broer bij zijn arm en trok hem overeind. Als een hoge boom torende hij boven haar uit.

'Mijn koffie,' protesteerde hij, terwijl Charley hem door het kantoor naar de voordeur duwde. 'Ik rijd in mijn auto achter je aan,' zei hij, toen ze bij het parkeerterrein kwamen.

'Weet je zeker dat je kunt rijden?'

'Ik voel me prima,' hield Bram vol. 'Ik blijf pal achter je.'

'Beloofd?'

Bram knikte instemmend en wurmde zich in de kleine MG.

Maar toen Charley rechtsaf South County Road insloeg en een paar tellen later in haar achteruitkijkspiegel keek, was hij ervandoor.

5

'Oké, dit was de laatste keer. Ik verdom het nog langer,' riep Charley uit. Ze gooide haar mobiel terug in haar tas, verliet de Old Dixie Highway en baande zich een weg naar huis door de wirwar van kronkelige straten achter het congrescentrum van Palm Beach. Het was bijna drie uur 's middags. Na vele vergeefse pogingen haar broer te bereiken was ze teruggegaan naar kantoor. Ze had geprobeerd hem om de tuin te leiden door vanaf verschillende telefoons te bellen om zo zijn nummerherkenning te omzeilen, maar hij nam noch zijn huistelefoon, noch zijn mobiele telefoon op. Ze had minstens tien boodschappen ingesproken. ('Bram, verdomme, waar ben je? Doe niet zo idioot.') Natuurlijk had hij er niet een beantwoord. Het was duidelijk dat hij haar niet wilde spreken.

Toen na een paar uur haar column nog niet wilde vlotten, besloot ze er een punt achter te zetten. 'Dat je je wilt bezatten, je in elkaar wilt laten beuken of in de gevangenis wilt belanden is jouw probleem, niet het mijne,' zei ze nu, naar haar spiegelbeeld in de achteruitkijkspiegel knikkend, alsof ze daarmee haar pas genomen besluit kracht bij wilde zetten. 'Ik kom je in elk geval niet meer redden. Ik zal niet komen opdagen om je toegetakelde, gebroken lichaam te identificeren in het lijkenhuis. Laat Anne het maar opknappen,' zei ze, toen ze langs New York Street reed en aan haar zus in haar met kussens overladen flat in New York moest denken. 'Misschien kan ze er tussen al haar voordrachten door tijd voor vinden. En misschien, héél misschien,' vervolgde Charley, terwijl ze New Jersey Street in draaide en haar oprit opreed, 'kan haar manager het tijdschrift *People* zelfs overtuigen een fotograaf mee te sturen. Zou dat niet fantastisch zijn?' zei ze, terwijl ze de motor afzette en uit haar auto stapte. 'Dat is een veel beter idee dan dat hele Brontë-plan,' zei ze, zich de woorden van haar zus herinnerend. 'Laat verdomme ook maar. Ze zoeken het maar uit.'

'Alles oké?' vroeg een stem, en Charley draaide zich met een ruk om naar het geluid. Bij het huis van haar buren was een grote verbouwing gaande en een bouwvakker met een gele helm op stond haar vanaf de oprit geamuseerd te bekijken, zijn handen op zijn slanke heupen, zweetplekken op de voorkant van zijn witte T-shirt en een blauw met grijs geruit overhemd om zijn middel geknoopt. 'We proberen het stof en alle troep zoveel mogelijk bij jouw huis vandaan te houden,' legde de man uit. 'Als er problemen zijn…'

'Het gaat prima,' zei Charley. Behalve dan met mijn broer, mijn moeder en mijn zussen en het feit dat ik afschuwelijke dreigbrieven krijg, overwoog ze eraan toe te voegen. O, en had ik al gezegd dat ik een brief heb gekregen van een veroordeelde kindermoordenaar die wil dat ik haar levensverhaal ga schrijven? 'Echt prima,' mompelde ze, en terwijl ze over het smalle betonnen pad naar haar voordeur liep voelde ze de ogen van de bouwvakker in haar rug prikken.

'Gelukkig is het gestopt met regenen,' zei hij.

Probeerde hij het gesprek te rekken, vroeg Charley zich af, terwijl ze naar de lucht keek die nog altijd grijs was en vervolgens haar ogen weer richtte op de man, die ongeveer van haar leeftijd was en er onder die gele helm grappig uitzag. Voor ze iets stoms zou doen, bijvoorbeeld hem uitnodigen iets te komen drinken, draaide ze zich om. De laatste keer dat ze in een opwelling een man bij zich thuis had uitgenodigd was hij drie weken gebleven en gedroeg hij zich tegenover haar zoon als een vader. 'Wanneer denken jullie klaar te zijn?' vroeg ze, terwijl ze de voordeur openmaakte.

'O, nog zeker een maand.'

'Dan zie ik je nog wel.'

'Inderdaad.'

Charley glimlachte, ze vond zijn arrogantie bijna net zo leuk als zijn biceps.

'Wat is hier aan de hand?' onderbrak plotseling een andere stem het gesprek.

Charley voelde haar schouders zakken. Ik had naar binnen moeten gaan toen ik de kans had, dacht ze. Het laatste wat ze wilde was het weer aan de stok krijgen met een nijdige buurtbewoner. 'Ik vroeg alleen even hoe de verbouwing ervoor staat,' antwoordde Charley, en ze zag het norse gezicht van Gabe Lopez al voor ze zich had omgedraaid.

'Alles verloopt precies volgens schema.' Donkere ogen keken haar dreigend van onder zwarte, doorlopende wenkbrauwen aan. 'Maar dat is niet aan jou te danken.'

'Oké, nou...' zei Charley, haar voordeur openduwend, '... succes verder.' Ze liep naar binnen en deed de deur achter zich dicht. 'Eikel,' mompelde ze. 'Geen wonder dat je vrouw ervandoor is gegaan.' Ze schopte haar zwarte instapschoenen uit en liep over de koude tegels van de kleine hal naar de warme, hardhouten vloer van de woonkamer. 'Maar dat was toevallig mijn schuld niet,' riep ze in de richting van de voordeur.

'Praat je altijd zo hard?' vroeg haar broer vanaf de bank.

Charley hapte naar adem en stootte tegen een bamboetafeltje dat tegen een ivoorkleurige muur stond waardoor een glazen vaas met rood- en geelzijden tulpen bijna omviel. 'Mijn god! Ik schrik me dood. Wat doe jij hier?'

'Je zei toch dat ik je naar je huis moest volgen,' bracht hij haar in herinnering. Met zijn dunne armen boven zijn hoofd strekte hij zijn broodmagere lijf in zijn volle lengte uit, zodat hij nog langer leek dan een meter negentig. Tegelijkertijd legde hij zijn voeten op de glazen salontafel voor hem.

'Wat je niet deed.'

'Alleen omdat ik een kortere weg wist. Ik dacht dat ik sneller zou zijn. Wat inderdaad zo was. Ik zit al de hele dag op je te wachten. Waar was je?'

'Ik ben teruggegaan naar kantoor.'

'Jammer. Ik hoopte dat je boodschappen had gedaan. Weet je dat de koffie op is?'

Charley schudde geërgerd haar hoofd. 'Niet te geloven.'

'Echt. Kijk zelf maar.'

'Ik heb het niet over de koffie, idioot.'

'Hé, hé. Niet gemeen worden.'

'Waar staat je auto?'

'Aan het einde van de straat. Voor dat huis met die enorme Amerikaanse vlag. Is dat niet dat huis waar je over schreef, waar ze al die orgiën houden?'

'Het was een Passion Party,' verbeterde Charley hem.

'Is dat niet hetzelfde?'

'Mijn hemel.' Wat was dit voor een gesprek? 'Ik heb je de hele dag gebeld. Luister jij je berichten niet af?'

'De batterij van mijn mobiel is leeg. Vergeet steeds dat stomme ding op te laden.'

'Je hebt je antwoord altijd klaar, hè?'

'En jij een vraag.'

Charley keek hulpeloos de kamer rond. Wat had het voor zin om te ruziën? Ze had het nog nooit van haar broer gewonnen. Trouwens, hij was er, en daar ging het om. Dat wilde ze toch? (Wees voorzichtig met wat je wenst, dacht ze.) En alles leek nog op de juiste plek te staan. De spullen stonden als altijd: twee ruime rotanstoelen tegenover een kleine beige bank midden op het sisaltapijt, een plafondhoge boekenkast die de hele noordelijke muur van het huis in beslag nam en zo volgestouwd was met boeken dat zich de laatste tijd een nieuwe rij op de grond had gevormd, foto's van haar kinderen op de schouw achter de bank en op de tafel in de erker. Er leek niets te ontbreken. 'Hoe ben je eigenlijk binnengekomen?'

'Met mijn sleutel.'

'Hoe kom je aan een sleutel?'

'Die heb jij me gegeven.'

'Ik weet van niks,' protesteerde Charley.

'Echt,' hield Bram vol. 'Die keer dat ik op de kinderen paste...'

'A, je hebt nog nooit opgepast,' onderbrak Charley hem, 'b, ik heb je nooit een sleutel gegeven.'

'Oké, misschien heb ik toen ik laatst kwam eten wel een rondslingerende reservesleutel gevonden,' gaf hij schaapachtig toe.

'Heb jij mijn reservesleutel meegenomen? Daar heb ik dagenlang naar lopen zoeken.'

'Had je het even aan mij moeten vragen.'

'Waarom zou ik?'

'Omdat ik hem had.' Hij glimlachte.

'Je vindt het blijkbaar nogal leuk.'

Zijn lach verbreedde zich. 'Inderdaad, ja.'

Charley bedwong de neiging om de vaas met zijden tulpen naar zijn hoofd te slingeren. 'Geef mijn sleutel terug.'

'Niet zo flauw, zusje.'

'Zusje? Sinds wanneer noem je mij zusje? Hou alsjeblieft op met dat "zusje".'

'Weet je wel dat je een beetje slist?' vroeg Bram provocerend.

'Dat komt denk ik van het schreeuwen. Schreeuw je net zo tegen je kinderen als tegen mij?'

'Ik schreeuw nooit tegen mijn kinderen.'

'Nee? Maar je schreeuwde al toen je binnenkwam. Waar ging dat eigenlijk over?'

'Hoezo?' Charley schudde haar hoofd in een poging helder te worden. Haar broer was er altijd al een meester in geweest haar uit haar evenwicht te brengen.

'Ik kan me herinneren dat je je het woord "eikel" liet ontvallen.'

'O, dat ging over die vervelende buurman van me.' Charley plofte in een van de rotanstoelen neer en legde haar voeten op de salontafel, zodat haar tenen bijna de punten van de zwarte laarzen van haar broer raakten. 'Hij is aan het verbouwen, voor het geval je de troep hiernaast niet opgemerkt hebt. En hij was witheet toen de buren bezwaar maakten tegen sommige veranderingen die hij wilde aanbrengen...'

'Buren? Je bedoelt zeker jezelf?'

'Ik was een van hen. Hij wilde een enorme, twee verdiepingen hoge aanbouw neerzetten die alle zon uit mijn achtertuin zou halen...'

'Ik herinner me dat ik iets in de krant heb gelezen over gevoelloze bewoners die de traditionele plaatselijke verordeningen aan hun laars lappen en stijlvolle oude wijken ruïneren.' Bram vouwde zijn handen achter zijn hoofd en deed of hij nadacht. 'Waar heb ik dat nou gelezen?'

'Oké, misschien heb ik er in mijn column iets over losgelaten, maar de hele straat was van slag. Ik was het niet alleen. Trouwens wat gebeurd is, is gebeurd. Je moet het maar accepteren. Wil je iets kouds drinken?' Charley sprong op en liep naar de wit met bruine keuken aan de achterkant van het huis.

'Gin-tonic?' stelde Bram hoopvol voor.

'Geen denken aan. Wil je jus d'orange?'

'Heb je bier?'

'Wil je jus d'orange?' herhaalde Charley.

'Geef dan maar jus d'orange,' zei Bram.

'Goeie keus.' Charley schonk hun beiden in en liep terug naar de woonkamer.

'Waarom zou hij er jou de schuld van geven dat zijn vrouw ervandoor is?' vroeg Bram.

Het duurde even voordat Charley besefte dat het nog steeds over Gabe Lopez ging. 'Geloof me. Ik had er niks mee te maken.'

'Niks?'

'Volgens mij heb ik in mijn hele leven niet meer dan twee woorden tegen die vrouw gezegd.'

'Waren die twee woorden toevallig "dump hem"?'

'Leuke grap. Je hebt je roeping gemist, weet je dat?'

Bram nam een flinke slok jus d'orange en vertrok zijn gezicht. 'Wat ik zeker weet is dat er hier iets aan ontbreekt. Er kan wel een scheutje wodka bij.'

Charley zuchtte. 'Waar ben je mee bezig, Bram? Wat is er met je aan de hand?'

'Kom op, Charley. Begin nu niet weer.'

'Je bent veel te slim om je leven zo te verknallen.'

'Ik ben pas vierentwintig,' herinnerde hij haar. 'En zo slim ben ik nou ook weer niet.'

'Je zei laatst dat je in therapie zou gaan. Je zei dat je je bij de AA zou aansluiten. Je hebt het beloofd.'

'Ik ga het ook doen.'

'Wanneer?'

'Ooit.'

'Bram…'

'Kom op, Charley. Je denkt toch niet dat ik het leuk vind om op de bank van een of andere vreemde snuiter wakker te worden? Maar nu ik dit zo zeg, bedenk ik dat jij je wel vaker zo zult voelen.'

Charley draaide met haar ogen. 'Dat is geen leuke grap.'

'Ik zal mijn leven beteren.'

'Probeer eerst maar eens op je woorden te letten.'

'Oeps, volgens mij heb ik een gevoelige snaar geraakt.'

'Ik ben geen slet, Bram.' Charley liep naar het voorraam en keek hoe de man met de gele helm een ladder opklom naar het dak van de buren. 'Dat ik twee kinderen van twee verschillende mannen heb, wil nog niet zeggen dat ik gemakkelijk te krijgen ben.'

Maar ja, wat kun je ook verwachten van een vrouw die er prat op gaat dat ze met geen van de vaders van haar kinderen is getrouwd?

'Sorry. Het was niet mijn bedoeling te suggereren dat...'

'Natuurlijk wel.'

Natuurlijk wel, echode de stem van haar moeder.

'Rustig, ik zat je gewoon te plagen,' zei haar broer, nog een slokje jus d'orange nemend. 'Ik probeer gewoon de aandacht van mezelf af te leiden.'

Charley zag een geel schoolbusje de hoek omkomen en bij de halte voor haar huis stoppen. 'Daar zijn de kinderen.' Ze haalde diep adem, liep naar de voordeur en trok die open. 'Probeer in hun bijzijn geen al te stomme dingen te zeggen.'

'Ja, pa,' hoorde ze Bram mompelen.

Ze voelde een scherpe steek van spijt en dacht aan de manier waarop haar vader altijd tegen zijn zoon had gesproken. Bram had gelijk, besefte ze. Ze klonk precies als haar vader. 'Het spijt me, Bram. Het was niet mijn bedoeling...'

'Mama!' riep James, de bus uit springend, blakend van energie. Terwijl hij op de stoeprand op zijn zusje stond te wachten was hij voortdurend in beweging; met zijn rechterhand zwaaide hij in de lucht, met zijn linkerhand sjorde hij zijn kakibroek op. Hij verplaatste voortdurend zijn gewicht van zijn linker- naar zijn rechtervoet om tegen een steentje te schoppen en intussen flitsten zijn ogen zoekend door de straat.

'Hoi schatje,' riep Charley terug en wachtte tot Franny van achter in de bus naar voren was gelopen. Franny stond pas op als ze zeker wist dat de bus volledig stilstond. Alleen dan ondernam ze de tocht van haar plaats achterin naar voren, onderweg de leuningen van de stoelen vastpakkend.

Het was altijd al een voorzichtig kind geweest, bedacht Charley. Als peuter was ze al zo dat ze de kleinste beslissingen zorgvuldig overwoog. Charley dacht terug aan die keren dat ze naast haar dochter op de speelweide had gestaan, terwijl Franny probeerde te besluiten welke schommel ze zou kiezen. Haar broer was intussen al tien keer ondersteboven van de hoge glijbaan afgeroetsjt, maar Franny stond nog altijd naast de zandbak. Met eten was het net zo. Als James al klaar was en ongeduldig op zijn stoel zat te wippen, nadat hij zijn eten in twee tellen naar binnen geschrokt had, moest Franny haar eerste hap nog nemen. Ze was rustig en bedachtzaam, totaal het tegenovergestelde van Charley, en zei alleen iets als ze echt iets te zeggen had.

'Het is een bijzonder serieus kind,' had de onderwijzer van groep vijf aan het begin van het schooljaar gezegd. 'Je kunt haar hersenen horen kraken.'

Dat serieuze had ze van haar vaders kant, dacht Charley nu, zich de ernstige, knappe man voor de geest halend, terwijl Franny haar broertje bij de hand pakte, naar links en rechts keek en hem de straat over loodste. Zodra ze op de stoep waren, rukte James zich van zijn zusje los en rende over het tuinpad naar Charley.

'We hebben geschilderd op school vandaag. Ik heb een alligator en een slang gemaakt.'

'O ja?'

'Waar is mijn schilderij?' vroeg James, alsof zij dat kon weten. Hij draaide zich met een ruk om. 'O, nee! Ik ben het verloren.'

'Ik heb het,' zei zijn zusje rustig, die achter hem aan kwam. 'Je had het in de bus laten vallen.' Ze gaf het schilderij aan Charley.

'Kijk,' riep James triomfantelijk uit, en hij wees naar een vormeloze klodder fluorescerende groene verf en een veeg paars. 'Dit is de alligator en dat de slang. Zullen we hem op de koelkast plakken?' En weg was hij, door de voordeur naar binnen.

'En hoe was jouw dag, lieverd?' vroeg Charley haar dochter die geduldig op haar beurt wachtte.

'Ging goed. En hoe ging het met jou?'

'Ging goed,' echode Charley, en ze bedacht dat als ze later groot was ze op haar dochter wilde lijken.

'Hé, Franny,' riep James opgewonden vanuit de kamer. 'Raad eens wie er is.'

'Ome Bram,' kondigde Bram aan. Hij liep naar de voordeur met James onder zijn arm geklemd.

Franny's gezicht begon te stralen, zoals altijd als Bram er was.

'Hoi oom Bram. Wat heb je een leuk shirt aan.'

'Vind je?'

'Blauw is mijn lievelingskleur.'

'O ja? Mijne ook.'

'Mijne ook,' gilde James.

'Jij houdt toch van paars,' bracht Franny hem in herinnering.

'Ik hou van paars,' beaamde James. 'Maar blauw is mijn lievelingskleur.'

Franny glimlachte en zweeg.

Ze weet precies wanneer ze haar mond moet houden, dacht Charley met stijgende bewondering. Ze heeft haar punt gemaakt. Meer hoeft ze niet te zeggen. 'Wie heeft er trek in melk en koekjes?' vroeg ze.

'Ik!' schreeuwde James, die nu ondersteboven aan Brams armen hing.

'Wat voor koekjes?' vroeg Franny.

'Ik heb een idee,' zei Bram. 'Zullen we Chinees bestellen voor het avondeten? Ik trakteer.'

'Ja!' riep James uit.

'Is dat goed, mam?' vroeg Franny.

'Ja, prima,' antwoordde Charley. 'Misschien kunnen we vragen of...'

'Geen denken aan,' onderbrak Bram haar.

... oma het leuk vindt om te komen, maakte Charley haar zin in gedachten af.

'Hoezo, geen denken aan?' vroeg Franny.

'Niks.' Bram nam Franny onder zijn andere arm en liep met beide kinderen naar de keuken.

Hoe komt het dat ik nu opeens met drie kinderen zit? vroeg Charley zich af, terwijl ze het kunstwerk van de alligator en de slang, dat uit James' hand was gevallen, van de grond opraapte en achter hen aan liep.

Later, toen Bram naar huis was en de kinderen in bed lagen, zat Charley op haar bed de brief van Jill Rohmer nog eens over te lezen.

Beste Charley, Hoi. Ik hoop dat je het niet erg vindt dat ik je schrijf...

'Nou, nu je het zegt, ik kan niet zeggen dat ik zo enthousiast ben.'

Misschien klinkt het vreemd, en ik hoop dat je het niet verkeerd opvat, maar je bent altijd een soort rolmodel voor me geweest...

'Goh, daar ben je aardig in geslaagd.'

In mijn hart ben ik echt een goed mens. Ik hoop dat je me gelooft. Ik hoop zelfs dat we misschien ooit vriendinnen zullen worden.

'Moge God het verhoeden.'

Mijn verhaal moet verteld worden. Ik denk dat jij daar de moed voor hebt.

Was dat zo? vroeg Charley zich af. Had ze de moed, de wens, de zín om zich te verdiepen in de gruwelijke gebeurtenissen die heel Florida maandenlang in hun ijzingwekkende greep hadden gehouden? Zelfs nu, een jaar na het proces, en bijna twee jaar na de moorden, lagen de details ervan haar nog vers in het geheugen.

Kleine Tammy Barnet was vijf toen ze op een zonnige middag uit haar omheinde achtertuin verdween. Vier dagen later werd haar lichaam in een ondiepe grafkuil naast de Intracoastal Waterway gevonden. Ze was gemarteld en verkracht en daarna in een plastic zak verstikt.

Vijf maanden later waren Noah en Sara Starkey, een zesjarige twee-eiige tweeling, verdwenen toen ze in de voortuin tikkertje speelden. Hun moeder had hen twee minuten alleen gelaten om de telefoon op te nemen. Toen ze terugkwam, waren de kinderen weg. Een week later werden ze gevonden met de plastic zakken nog om hun hoofd, op hun naakte lijfjes weerzinwekkende brandwonden van sigaretten en afdrukken van beten. Beide kinderen waren met scherpe voorwerpen gewelddadig verkracht.

De moorden brachten in heel Florida een golf van beroering teweeg. De politie was er zeker van dat ze niet alleen met een seriemoordenaar te maken hadden, maar bovendien met iemand die zo gestoord was dat hij onschuldige kinderen martelde en vermoordde. Iemand die sluw genoeg was om die kinderen pal onder het waakzame oog van hun ouders weg te kapen. Iemand die de kinderen kennelijk vertrouwden, want er was geen gegil gehoord. Iemand die waarschijnlijk een kennis was van beide gezinnen.

Op het eerste gezicht hadden de Barnets en de Starkeys weinig gemeen. De Barnets waren jong en tamelijk welgesteld, terwijl de Starkeys al wat ouder waren en het niet breed hadden. Ellis Barnet was beleggingsadviseur, Clive Starkey lasser. Joan Barnet was onderwijzeres, Rita Starkey huismoeder. Ze verkeerden in totaal verschillende kringen. Maar na een paar weken had de politie de gemeenschappelijke factor tussen beide gezinnen ontdekt. En die factor was Jill Rohmer.

De Barnets hadden Jill in dienst genomen om op zaterdagavond op Tammy te passen als ze hun 'avondje uit' hadden. Jill kwam altijd stipt op tijd en bleef met alle plezier zolang het nodig was. Ze speelde met Tammy met de poppen en las haar voor ze haar naar bed bracht urenlang voor. Uit gesprekken met de ouders kwam naar voren dat Tammy dol was op Jill.

Net als Noah en Sara Starkey, op wie ze vrijdags paste, en later ook op zaterdag, toen die dag plotseling vrijkwam. Omdat Jill wist dat de Starkeys het financieel gezien moeilijk hadden, weigerde ze meestal geld aan te nemen. 'De kinderen zijn fantastisch,' zei ze dan. 'Ik zou jullie moeten betalen.'

De politie kreeg een huiszoekingsbevel om het huis te doorzoeken waar Jill met haar ouders en haar oudere broer en zus woonde. Onder haar bed vonden ze het met bloed bevlekte ondergoed van Tammy Barnet en de bandopnamen met de laatste doodskreten van de drie kinderen. Jills stem was duidelijk hoorbaar. Haar DNA kwam overeen met het speeksel dat op de lichamen was gevonden. Het was een uitgemaakte zaak.

Aanvankelijk gonsde het van de geruchten over een medeplichtige, zowel haar broer als haar vriend werd verdacht, maar er was niet genoeg bewijs om hen te arresteren. Jill weigerde hen erbij te betrekken en wilde zichzelf niet verdedigen. Haar advocaat, Alex Prescott, deed zijn uiterste best om aan te tonen dat er genoeg reden was voor gegronde twijfel, maar kon dat uiteindelijk niet hard maken. Jill Rohmer werd schuldig bevonden en ter dood veroordeeld.

En nu wilde ze blijkbaar praten.

Als je besluit mijn voorstel te accepteren of nog vragen hebt, kun je contact opnemen met Alex Prescott, mijn advocaat. Zijn kantoor zit in

Palm Beach Gardens, en ik heb hem al laten weten dat de mogelijkheid bestaat dat je belt.

Charley kwam met moeite overeind van haar bed en liep op haar tenen over de overloop naar de grotere slaapkamer waar de kinderen sliepen. Ze stak haar hoofd om de deur en zag aan de ene kant van de kamer Franny slapend in haar bed en James half in, half uit bed aan de andere kant. Terwijl ze haar kinderen zo zag liggen vroeg ze zich af hoe een ogenschijnlijk normale jonge vrouw zulke gruwelijkheden kon begaan. En wat zou ze in hemelsnaam te vertellen hebben dat haar gedrag verklaarbaar zou maken? Was het mogelijk dat iemand anders schuldig was? Iemand die nog steeds vrij rondliep?

Charley liep naar de keuken, zette een kop kruidenthee, pakte de telefoon en belde nummerinformatie. 'Palm Beach Gardens, Florida,' sprak ze in. 'Alex Prescott, advocaat.'

6

De volgende ochtend belde ze meteen het advocatenkantoor voor een spoedafspraak.

'Meneer Prescott is tot elf uur in de rechtbank,' zei zijn secretaresse op een zelfverzekerde toon die duidelijk maakte: *ik ben een ijzige blondine met een onberispelijk kapsel en mijn gemanicuurde nagels combineren uitstekend met mijn perfect gestifte lippen.*

Charley keek omlaag en zag op de voorkant van haar bruine bloes een grillige sliert witte tandpasta die bij het tandenpoetsen van haar elektrische tandenborstel gevallen moest zijn. ('En dan verwijt je mij dat ik niet met een mobiele telefoon kan omgaan,' hoorde ze in gedachten haar moeder plagen.) 'Wat vervelend nou,' mopperde Charley, haar mobiel tussen schouder en oor balancerend terwijl ze haar bloes begon los te knopen.

'Misschien later in de week, donderdag bijvoorbeeld...'

'Nee. Het moet eerder.' Charley trok haar bloes van haar schouders en gooide hem op de grond. 'Heeft hij vandaag helemaal geen tijd?'

'Ben bang van niet. Hij is tot elf uur in de rechtbank, dan heeft hij om twaalf uur een lunchafspraak, om twee uur weer een andere afspraak...'

'Oké, laat maar dan.' Charley klapte haar mobiel dicht en gooide hem op haar onopgemaakte bed. Dit was duidelijk een teken dat haar samenwerking met Jill Rohmer geen goed plan was. Ze liep naar haar kast en staarde naar de indrukwekkende collectie designerjeans en naar de rest van haar kleren, een minder indrukwekkende hoeveelheid. 'Wat wil een mens nog meer?' vroeg ze het lege huis. De schoolbus had Franny en James een halfuur daarvoor opgehaald. Uiteindelijk koos ze voor een beige T-shirt met bergkristalletjes waarvan op de onderste helft een doodshoofd met gekruiste beenderen prijkte. Omdat ze die ochtend toch niet naar Alex Prescott zou gaan, was het niet nodig zich formeler te kleden. 'Het mag blijkbaar niet zo zijn,' zei ze weer, dit keer hardop.

Ze was verbaasd en een beetje in de war toen ze zich realiseerde dat ze teleurgesteld was, vooral omdat ze eigenlijk al min of meer besloten had dat ze niets met Jill Rohmer en haar weerzinwekkende verhaal te maken wilde hebben. Ze had de hele nacht slapeloos in haar bed liggen woelen, had alle mogelijkheden afgewogen, bedacht hoe ze haar tijd het beste kon indelen en in gedachten zelfs een opzetje voor het boek gemaakt. Ik moet het niet doen, had ze zich die nacht telkens weer voorgehouden, intussen een lijst met vragen bedenkend die ze Alex Prescott zou voorleggen en voorwaarden waaraan met het oog op een eventuele samenwerking voldaan moest worden. Het is vragen om moeilijkheden, dacht ze 's ochtends toen het licht begon te worden terwijl ze zich tegelijkertijd haar eerste ontmoeting met Jill Rohmer probeerde voor te stellen, hoe zij zou reageren als ze haar zag en wat ze zou zeggen. Toen haar wekker om zeven uur afging, was ze al zover dat ze het boek voor zich zag, haar naam in reliëf in zilveren letters onder de titel, of beter nog, erboven. (Op de cover zou natuurlijk een foto van Jill Rohmer staan, maar op de achterkant een nog veel mooiere van haarzelf. Misschien kon ze zelfs de witte, kanten kussens van haar zus lenen.) 'Nee, ik moet het niet doen,' zei ze hardop toen ze onder de douche stapte om haar haar te wassen. Maar tegen de tijd dat haar haar droog was, had ze de eenvoudige openingszin voor het voorwoord al klaar: *Gisteren kreeg ik een brief van een moordenaar.*

Nou ja, die zin kon ze in elk geval nog eens gebruiken om een toekomstige column mee te beginnen, bedacht ze. Ze pakte haar mobiel van haar bed, liet hem in de achterzak van haar jeans glijden en sloeg vervolgens het effen witte dekbed over de effen witte lakens, zodat het leek alsof het bed was opgemaakt. Ooit zal ik mijn leven op orde hebben, dacht ze, terwijl ze haar portemonnee van de kale, hardhouten vloer griste en naar de overloop liep. Dan koop ik mooie lakens en een kleed en draag ik volwassen kleding.

Hoewel, wat hield dat tegenwoordig in, volwassen kleding? vroeg ze zich af. Het leek wel of iedereen hetzelfde aanhad. Er bestond geen dresscode meer en er was geen onderscheid meer tussen de generaties. Driejarigen droegen dezelfde mode als dertigjarigen. Zelfs mensen van zeventig hadden hetzelfde aan als dertigjarigen. En dertigjarigen kleedden zich als tieners. Geen wonder dat niemand meer wist waar hij aan toe was.

'De tijden zijn beslist veranderd,' had haar moeder onlangs opgemerkt toen ze aan het winkelen waren en een cadeautje voor Franny's verjaardag zochten. 'Toen ik jong was, kwam het niet in mijn hoofd op om in mijn moeders kledingkast iets te zoeken om aan te trekken.'

'Ik zou het niet weten,' had Charley gezegd. 'Jouw kast was leeg.'

Het gesprek was abrupt geëindigd.

Had dit vervagen van de generaties, deze weerzin van mensen om hun jeugd achter zich te laten en de regelrechte weigering om oud te worden op de een of andere manier bijgedragen aan de toenemende seksualisering van de jeugd? Waren huidige modetrends, die je kon zien als een afspiegeling van de houding van de maatschappij ten opzichte van belangrijkere zaken, misschien deels verantwoordelijk voor wat er met de kleine Tammy Barnet en Noah en Sara Starkey gebeurd was?

'Doe niet zo belachelijk,' mompelde Charley, terwijl ze in de keuken bleef staan om deze gedachten snel neer te pennen. (In elke kamer van het huis had ze blocnotes neergelegd voor het geval ze onverwachts inspiratie kreeg.) Ook onuitgewerkt waren de ideeën provocerend genoeg om later in een column te verwerken. En het leek alsof Charleys toekomst wat onbezorgder zou verlopen dan dat ze zich die nacht had voorgesteld.

'Het mag blijkbaar niet zo zijn,' herhaalde ze voor de zoveelste keer terwijl ze de voordeur opentrok en met haar hand haar ogen afschermde voor de stralende zon die de mistroostigheid van de dag ervoor had vervangen. Toen ze opkeek zag ze Gabe Lopez op haar oprit staan, leunend tegen haar auto. Uit de norse uitdrukking op zijn gezicht viel op te maken dat hij daar niet stond om haar goedemorgen te wensen. Wat had ze nu weer gedaan? 'Kan ik iets voor u doen, meneer Lopez?' vroeg ze, voorzichtig op hem aflopend.

'Ja, mijn werklui met rust laten,' zei hij. Door zijn donkere zonnebril kon ze zijn ogen niet zien. 'Ik ben geen relatiebureau.'

Charley voelde elke spier in haar lichaam verstrakken. 'Oké. Fijn om te weten.' Ze klemde haar tanden op elkaar om het woord 'eikel' niet te laten ontsnappen. 'Als u me nu wilt excuseren, ik moet naar mijn werk.'

'Ik heb het idee dat het je bedoeling is om via die columns een vriendje op de kop te tikken,' vervolgde Gabe Lopez, alsof hij nog niet duidelijk genoeg geweest was.

'Opzij, u staat in de weg.'

Gabe Lopez maakte net genoeg ruimte om Charley het portier van haar auto open te laten maken. 'Sukkel,' zei ze binnensmonds, toen ze met trillende vingers de autosleutel in het contact stak. Terwijl ze achteruit van haar oprit de straat op draaide, zag ze dat de bouwvakker met de gele helm vanaf het dak naar haar stond te staren. Toen ze de hoek omsloeg, keek ze over haar schouder achterom. De bouwvakker stond er nog en keek nog steeds.

'Meneer Prescott is in de rechtbank vanochtend,' zei zijn secretaresse even na elven tegen Charley, 'en ik ben bang dat hij de hele middag bezet is.'

Het deed Charley enigszins genoegen te zien dat de vrouw die toch zeker ergens in de veertig moest zijn, inderdaad een ijzige blondine was en dat haar haar zeer onflatteus geknipt was in een model dat haar vierkante kaak en haar overdreven gebruinde teint extra accentueerde. Haar gemanicuurde nagels vormden echter een perfecte combinatie met het diepe koraalrood van haar lippen. 'Ik hoopte dat ik hem misschien tussen al zijn afspraken door even kon spreken. Verwacht u hem voor lunchtijd nog terug?'

De secretaresse keek op haar horloge. 'Het zou kunnen. Maar hij gaat er meteen weer vandoor. Zal ik een afspraak voor later in de week voor u maken?'

'Als u het geen bezwaar vindt, blijf ik liever wachten.'

'Volgens mij is dat zonde van uw tijd.'

'Dat risico neem ik.' Charley nam plaats op de laatste van de vier donkergroene stoelen die tegen de lichtgroene muur stonden.

De secretaresse haalde haar schouders op, richtte haar aandacht op haar computer en probeerde de indruk te wekken dat ze het druk had.

Hoe hebben we ons ooit zonder computers kunnen redden? vroeg Charley zich afwezig af, terwijl ze de laatste *Time* van de stapel tijdschriften op het tafeltje naast haar pakte en die ongeïnteresseerd doorbladerde. Ik zou echt niet meer zonder kunnen, dacht ze, en ze probeerde iemand te bedenken die wel zonder zou kunnen.

Mijn moeder, dacht ze.

Elizabeth werkte drie middagen in de week in een cadeauwinkeltje op Worth Avenue en verkocht 'reissieraden', een term waarmee ze in Palm Beach 'nepsieraden' aanduiden. Het was voor Elizabeth meer om iets te doen te hebben dan dat het noodzaak was. Haar voormalige 'levenspartner', de vrouw met wie ze naar het binnenland van Australië was gevlucht, was drie jaar terug aan kanker overleden en had Elizabeth Webb haar hele, verrassend aanzienlijke, vermogen nagelaten. Onmiddellijk had Elizabeth haar koffers gepakt en was naar de Verenigde Staten teruggekeerd met het zeer onrealistische idee zo eerlijk mogelijk haar tijd tussen haar vier kinderen – die ze eerder in haar leven had afgedankt – en hun kroost te verdelen. Had ze nu werkelijk verwacht dat ze haar dankbaar in de armen zouden vliegen?

Charley schudde haar hoofd in een poging haar moeder uit haar gedachten te bannen en richtte haar aandacht op een artikel over een nieuw onderzoek naar botdichtheid dat – verrassing! – volledig in tegenspraak was met alle voorafgaande onderzoeken. Het pilletje dat als het wondermiddel tegen osteoporose aangeprezen werd, bleek toch niet zo'n godsgeschenk te zijn. Integendeel, het medicijn bracht schade toe, het veroorzaakte necrose van de kaak. Stoppen met het medicijn had geen zin. Als het verdomde spul eenmaal in je systeem zat, bleef het er. Net als moeders, dacht Charley, en terwijl ze het tijdschrift op het tafeltje teruglegde rook ze een vleug van Elizabeth Webbs lievelingsparfum. 'Volgens mij gebruikt mijn moeder hetzelfde parfum als u,' zei ze tegen de secretaresse.

'Chanel nummer vijf,' antwoordde de secretaresse zonder op te kijken. 'Bestaat al eeuwen.'

Charley plukte de laatste *Vogue* tussen de stapel vandaan en dacht dat het toch wel heel attent van Alex Prescott was om zijn tijdschriften zo up-to-date te houden. Ze sloeg het blad open en onmiddellijk werd haar aandacht getrokken door een beeldige witkanten bloes van Oscar de la Renta. 'Slechts zesduizend dollar,' merkte ze schamper op.

'Sorry. Zei u iets?' vroeg de secretaresse.

'Ik zie hier een bloes voor zesduizend dollar.'

'Ongelooflijk.'

'En deze tas,' mompelde ze even later, 'deze tas is vijfenzeventigduizend. VIJFENZEVENTIGDUIZEND dollar! Wie betaalt er nu vijfenzeventigduizend dollar voor een tas?'

'Mijn moeder zei altijd: "De rijken zijn anders dan jij en ik,"' zei de secretaresse.

'F. Scott Fitzgerald,' fluisterde Charley.

'Wat zegt u?'

'"De zeer rijken zijn anders dan jij en ik." Dat zei F. Scott Fitzgerald in *De grote Gatsby*.'

'O ja? Dat heeft hij dan vast van mijn moeder.'

Charley grinnikte. Altijd kwam alles weer op moeders neer, dacht ze. Plotseling vloog de deur van Alex Prescotts advocatenpraktijk open en stormde er iets knaps in een donkerblauw pak de wachtkamer binnen.

'Allemachtig, wat een ochtend,' riep hij uit, terwijl hij langs het bureau van zijn secretaresse scheerde en zijn kantoor in stormde, zonder een blik in Charleys richting te werpen. Een paar tellen later zoemde de intercom van de secretaresse en vroeg een onzichtbare stem: 'Zag ik daar net iemand zitten?'

De secretaresse glimlachte vertederd. 'Ze hoopt dat u tijd voor haar kunt vrijmaken.'

'Geen denken aan. Ik zit tot over mijn oren in het werk. Maak maar een afspraak met haar.'

'Meneer Prescott, wacht even.' Charley sprong op, het tijdschrift viel op de grond. 'Ik ben Charley Webb. Ik wilde met u praten over…'

De deur van Alex Prescotts kantoor vloog ogenblikkelijk open. 'Dé Charley Webb?' Er speelde een lachje om zijn mond. 'Hoe zou ik u kunnen weigeren? Even geen telefoontjes,' instrueerde hij zijn secretaresse, terwijl Charley het tijdschrift van de grond opraapte en het op weg naar zijn kantoor op een stoel gooide. 'O ja, bel Cliff Marcus even. Zeg dat ik een paar minuten later zal zijn voor de lunch. Neemt u plaats,' zei hij tegen Charley, de deur achter haar sluitend. Toen hij zich even later op de stoel achter zijn bureau installeerde, streek hij zijn lichtbruine haar van zijn voorhoofd en keek haar met doordringende blauwe ogen aan.

'Bent u altijd zo... druk?' vroeg Charley. Het viel haar op dat zijn bureau onberispelijk was en dat er geen gezinsfoto's op stonden.

'U bedoelt "gestrest"?'

Charley glimlachte. 'U doet me eerlijk gezegd aan mijn zoon denken.'

'Kalend hoofd, grote neus, klein buikje?'

Charley schoot in de lach. 'Dat buikje is me niet opgevallen.'

'Gelukkig. Dat zal mijn trainer fijn vinden. Wat kan ik voor u doen, Charley Webb?'

Charley haalde voor hen beiden diep adem. 'Het betreft een cliënt van u.'

'Jill Rohmer,' zei hij.

'Ze heeft me een brief geschreven.'

'Ze wil dat u haar verhaal schrijft.'

'Ja.'

'Volgens mij moet u dat niet doen,' zei hij.

'Wat zegt u?'

'Volgens mij moet u dat niet doen.'

Charley deed geen moeite haar verbazing te verbergen. 'Mag ik vragen waarom niet?'

'Vat het alstublieft niet verkeerd op...'

'Maar?'

'Volgens mij bent u niet de juiste persoon om Jills verhaal te vertellen.'

'Mag ik vragen waarom niet?' herhaalde Charley haar vraag.

'Luister, ik ben een grote fan van u,' begon hij. 'Ik lees uw column trouw elke week. Ik vind u provocatief en onderhoudend, maar...'

'Oppervlakkig en onbenullig,' maakte Charley de zin voor hem af.

'Nou, zo cru zou ik het niet willen stellen.'

'Maar dat bedoelde u wel,' zei Charley, in een poging niet te stekelig te reageren op zijn wat al te familiaire opmerking.

'Ik zeg niet dat u niet goed schrijft. U schrijft goed. Het punt is dat Jill Rohmer een zeer gecompliceerde jonge vrouw is.'

'En ik ben te dom om haar gecompliceerdheid te kunnen bevatten,' stelde Charley vast.

'Dat heb ik niet gezegd.'

'Dat is ook niet nodig.'

'Hebt u ooit eerder een boek geschreven, mevrouw Webb?'

'Ik schrijf al drie jaar columns.'

'Dat is iets heel anders. Luister, ik begrijp waarom dit project u aanspreekt.'

'O ja?'

'Natuurlijk. Het is duister. Het is fascinerend. Het is sexy, op een bijzonder zieke, perverse manier...'

'Denkt u dat ziek en pervers me aanspreken?' Charley vouwde haar armen over het doodshoofd met gekruiste beenderen van haar T-shirt.

'Het is sensationeel,' vervolgde hij, haar interruptie negerend. 'Het zal u veel publiciteit opleveren en misschien een ster van u maken.'

'Mits ik goed werk lever.'

'Waarom zou u het überhaupt wíllen?'

'Ik weet nog niet zeker of ik het ga doen.'

'Maar wat doet u hier dan?'

'Ik had een paar vragen.'

'Brand maar los!'

Charley haalde opnieuw diep adem. Alex Prescott was vermoeiend, vond ze, terwijl ze keek hoe hij zijn stropdas met een blauw motiefje lostrok en achterover in zijn stoel leunde. Hij kon niet veel ouder zijn dan zij, dacht ze, terwijl ze haar eerste vraag probeerde te formuleren. 'Wat het boek betreft, wat heeft Jill volgens u in gedachten?'

Alex Prescott dacht na en keek naar het raam van zijn kleine, onpersoonlijke kantoor. Het viel Charley op dat er niet eens een schilderij aan de muur hing. 'Ze wil haar eigen versie van het verhaal bekendmaken, denk ik,' zei hij.

'Denkt u dat ze een versie heeft?'

'Ik denk dat ze er meerdere heeft.'

'Waarin ze in alle gevallen schuldig is,' zei Charley.

'Dit is nou precies de reden waarom u niet de juiste persoon bent om haar verhaal te vertellen.'

'Omdat ik denk dat ze schuldig is?'

'Omdat u niet onbevangen naar haar kunt luisteren.'

'Ze heeft een eerlijk proces gehad.'

'Jill is in haar hele leven nog nooit eerlijk behandeld.'

'Probeert u te insinueren dat ze onschuldig is?' Charley hoorde zelf het ongeloof in haar stem.

'Ik zeg dat er heel veel is wat u niet weet en dat er heel veel is wat de jury niet gehoord heeft.'

Charley schoof heen en weer op haar stoel, haar toenemende belangstelling bedwingend. 'Hoe bent u bij deze zaak betrokken geraakt, meneer Prescott?'

'Ik geloof in ons rechtssysteem,' antwoordde hij, haar vraag ontwijkend. 'Zelfs iemand die van kindermoord wordt verdacht heeft recht op de allerbeste verdediging.'

'Hoe heeft Jill u gevonden?' drong Charley aan, om hem bij het onderwerp te houden.

'Volgens mij begrijp ik uw vraag niet helemaal.'

'Jill Rohmer heeft geen geld, u werkt niet voor de sociale advocatuur en u was niet door de rechtbank aangewezen. Ik heb de rapporten vanochtend nagekeken.'

'Ik ben onder de indruk.'

'Wat bracht jullie samen?'

Het was even stil. 'Ik heb mijn diensten aangeboden.'

'U hebt uw diensten aangeboden,' herhaalde Charley.

'Gratis.'

'Ook al hebt u geen ervaring met dit soort zaken?'

'Ik heb hiervoor al een aantal moordzaken gedaan.'

'Maar nog nooit een zaak die zo "gecompliceerd" was,' zei ze, zijn term gebruikend. 'En die zoveel aandacht en publiciteit trok.'

'Klopt.'

'Dus waarom bood u zich vrijwillig voor deze zaak aan?'

Hij haalde zijn schouders op. 'Waarschijnlijk omdat ik dacht dat het een interessante zaak zou worden.'

'Of misschien omdat u dacht dat het u veel publiciteit zou opleveren. Misschien zelfs een ster van u zou maken,' stelde ze vast, opnieuw zijn woorden gebruikend.

Hij glimlachte. 'Misschien had het daar wel iets mee te maken, ja.'

'Stonden de details van de zaak u niet tegen?'

'Zeker, die stonden me vreselijk tegen.'

'Dacht u toen u Jill voor het eerst ontmoette dat ze schuldig was?'

'Eerlijk gezegd wel, ja.'

'Toch nam u de zaak aan. Het feit dat u dacht dat ze schuldig was weerhield u er niet van haar de best mogelijke verdediging te geven die er volgens de wet mogelijk is.'

'Voor mij juist een reden om mijn uiterste best te doen.'

'Oké,' zei Charley. 'Kort samengevat: u bood uw diensten vrijwillig aan, u nam de zaak op u ondanks het feit dat u niet veel ervaring had met misdaden van deze omvang, maar het gegeven dat er veel publiciteit aan zou worden besteed en u er waarschijnlijk beroemd mee zou worden trok u over de streep. Ik wil niet grof zijn, maar wat geeft u in hemelsnaam het recht om over mij te oordelen? Wat geeft u het recht mijn motieven in twijfel te trekken en te zeggen dat ik niet de juiste persoon ben om dit boek te schrijven? Of ik denk dat Jill Rohmer wel of niet schuldig is, is volkomen irrelevant. Het gaat erom dat zij mij wil. Uw cliënt is ter dood veroordeeld, meneer Prescott. Hoe zou ik haar verhaal slechter kunnen vertellen dan u gedaan hebt?'

Ze zuchtte diep. Hij deed hetzelfde.

'Een overtuigend betoog,' zei hij met duidelijke bewondering.

'Dank u.'

'Heeft iemand u ooit gezegd dat u het als advocaat goed zou doen?'

'Mijn vader wilde dat ik advocaat zou worden.'

'Maar u luisterde niet naar uw vader?'

Ook nu schoof Charley onrustig op haar stoel heen en weer. 'Het enige waar ik als advocaat van zou genieten zou het moment zijn dat ik een of andere crimineel in de ogen zou kijken en kon zeggen: "Vertel dat maar aan de rechter."'

Alex lachte. 'Dat gebeurt niet vaak.'

'Als ik dit boek zou gaan schrijven,' zei Charley, op het onderwerp terugkomend, 'zou ik volledige toegang tot de dossiers van Jill Rohmer moeten hebben.'

'Mijn medewerking hebt u.'

'Ik heb ook afschriften van de rechtszaak nodig.'

'Eind van de middag hebt u ze.'

'Ik zal met haar familie, vrienden en vriendinnen moeten praten.'

'Ik zal kijken wat ik kan doen.'

'En ik zal Jill natuurlijk regelmatig moeten kunnen bezoeken.'

'Dat zullen we met de gevangenisautoriteiten moeten regelen.'

'Ik eis totale vrijheid en absolute zeggenschap. Jill moet begrijpen dat ze het eindresultaat misschien helemaal niet leuk vindt.'

'Dat moet u met Jill bespreken.'

'Wanneer kunt u een ontmoeting regelen?'

'Komt zaterdagmiddag u uit?'

Charley wist dat Franny en James het weekend bij hun respectievelijke vaders zouden doorbrengen maar haar moeder wilde haar trakteren op een dagje sauna; zes uur lang onafgebroken de moeder-dochterband verstevigen. Charley lachte Alex over zijn bureau heen toe. 'Prima,' antwoordde ze.

7

WEBB SITE

Toen ik laatst een bezoek bracht aan een advocatenkantoor had ik de tijd om een aantal tijdschriften door te bladeren. Gelukkig waren het allemaal nieuwe nummers en hoefde ik mijn tijd niet te verdoen met me af te vragen waarom de filmwereld zo onderste-boven was van de dood van Marlon Brando terwijl ik toch vrijwel zeker wist dat hij al een paar jaar geleden overleden was.

Algauw trokken diverse onderwerpen mijn aandacht. Zoals een verontrustend artikel over een populair, veelvuldig voorgeschre-ven medicijn tegen osteoporose en een tot dusver onbekende bij-werking ervan, iets wat 'necrose van de kaak' genoemd wordt en wat zich bij een alarmerend groot aantal vrouwen heeft voorge-daan die tandheelkundig behandeld zijn. De tandarts met wie ik vervolgens contact zocht, zei dat het inderdaad zo afschuwelijk is als het klinkt. 'Het kaakbeen sterft letterlijk af,' vertelde dr. Sa-muel Keller. 'Vrouwen die dit medicijn gebruiken en iets eenvou-digs als het uittrekken van een kies moeten ondergaan worden met een vreselijk probleem geconfronteerd.'

Dit is echter niet het enige vreselijke probleem waar vrouwen vandaag de dag mee geconfronteerd worden.

'Oké,' zei Charley, terwijl ze de openingszinnen voor haar column van die zondag herlas. 'Tot nu toe gaat het goed.'

Een ander probleem zijn de prijzen tegenwoordig. Of om specifie-ker te zijn, de prijs van een tas op Worth Avenue. Of om nog spe-cifieker te zijn de prijs van een kersenrode, krokodillenleren tas die wat grootte betreft volgens de overdreven maatstaven van tegen-

woordig helemaal niet zo groot is, maar voor het exorbitant hoge bedrag van vijfenzeventigduizend dollar te koop staat.

Ja, u leest het goed.

Vijfenzeventigduizend dollar.

Voor een tas.

Dit gaat mijn verstand te boven. Wie haalt het in zijn hoofd om zoveel geld aan een handtas uit te geven? 'Is hij soms met goud gevoerd?' vroeg ik de sprietmagere verkoopster met het sluike, donkere haar die me bij de deur van de prachtig ingerichte Bottega Veneta-winkel in het centrum van Palm Beach begroette.

De verkoopster glimlachte met het strakke lachje van iemand die net iets te vaak plastische chirurgie heeft ondergaan en antwoordde geduldig: 'Hij is handgemaakt.'

O, vandaar. Dat verklaart alles. 'Mag ik hem zien?'

'We hebben hem niet in de winkel,' antwoordde de verkoopster, alsof dat heel vanzelfsprekend was. 'U zou hem speciaal moeten bestellen.'

'Is het niet illegaal om tassen van krokodillen te maken?' waagde ik te vragen. Als antwoord ontving ik een misprijzende blik.

Wie wil er überhaupt iets wat van reptielenhuid is gemaakt, vroeg Charley zich af, die bij de gedachte letterlijk huiverde.

Het volgende halfuur bekeek ik de andere, iets minder extreem dure spullen die op eerbiedige afstand van elkaar op een lange plank aan beide zijden van de kleine winkel uitgestald waren. Tussen de schitterende gevlochten tassen, Bottega's handelsmerk, stonden prachtige sandaaltjes met open hiel, ballerina's en hoge hakken, het ene paar nog mooier dan het andere en stuk voor stuk krankzinnig duur, hoewel pumps van zevenhonderd dollar nog redelijk betaalbaar lijken naast een tas van zevenduizend dollar. En wat is zevenduizend dollar vergeleken met vijfenzeventigduizend dollar? Een koopje eigenlijk, dacht ik, en ik besloot, voor ik voor de bijl ging, de winkel te verlaten.

Ik liep verder over Worth Avenue en bezocht nog wat andere winkels. Bij Giorgio Armani zag ik een lange, zijden rok voor vijftienduizend dollar, bij de boetiek van Chanel een eenvoudig ka-

toenen jurkje voor achtduizend en bij Van Cleef and Arpel een
hanger met gele diamanten van twee miljoen dollar. Bij Neiman
Marcus stuitte ik op de bloes van zesduizend dollar van Oscar de
la Renta die ik in het laatste nummer van Vogue *had bewonderd.*
Hij hing gewoon aan een rek! Tussen allerlei andere kledingstuk-
ken van dezelfde prijsklasse. Alsof het de gewoonste zaak van de
wereld was. 'Wilt u hem passen?' vroeg een verkoopster op zake-
lijke toon.

'Misschien een ander keertje,' antwoordde ik, terwijl ik het
pand uit vluchtte en rechtsaf in de richting van de zee liep om mijn
hoofd leeg te maken.

'Wie koopt dat soort dingen?' hoorde ik mezelf hardop vragen,
mijn stem werd door een zacht briesje naar de zee gevoerd. Ik
schopte mijn sandalen (16,99 dollar bij Payless) uit en kuierde
over het koele zand…

'Nee, nu wordt het te *Remember Love*-achtig,' mompelde Charley
fluisterend. Ze schrapte de laatste twee regels en dacht na hoe ze
verder zou gaan.

Wie koopt dat soort dingen? vroeg ik me af, stiekem iedere vrouw
die ik passeerde bestuderend. Zou die afzichtelijke tas aan de arm
van dat slonzige typetje in haar donkerblauwe trainingspak bijna
net zoveel kosten als mijn huis? Zouden de oversized zonnebrillen
die de puistjes maskeren van de tienermeisjes die voor Tiffany
staan te giechelen meer kosten dan de maandelijkse aflossing van
mijn auto? Was niemand anders gechoqueerd door de prijzen die
ontwerpers voor hun spullen vragen en die mensen blijkbaar ook
betalen?

'Hm. Beetje hypocriet misschien,' fluisterde Charley.

Begrijp me niet verkeerd. Ik weet echt wel wat het kost om er van-
daag de dag modieus uit te zien. Zelf sta ik er bijvoorbeeld om be-
kend dat ik altijd een fortuin neertel voor jeans, louter vanwege het
feit dat er op de achterzak een kroontje geborduurd is. Maar zes-
duizend dollar voor een bloes? Vijfenzeventigduizend dollar voor

een tas? Zijn ze nou helemaal van lotje getikt? En wat bereiken we
uiteindelijk met die extravagantie?

Ja, wat bereiken we ermee, vroeg Charley zich af, niet goed wetend
wat ze eigenlijk duidelijk wilde maken.

Levert het ons betere seks, een betere gezondheid of een langer le-
ven op?
Terwijl we op onze arme voeten op veel te hoge stilettohakken
over straat paraderen, onze schouders verkrampt onder het ge-
wicht van die veel te grote krokodillenleren tassen, dreigen onze
botten het al bijna te begeven. Hoewel we de grootste moeite doen
het te ontkennen en ondanks de voortschrijdende ontwikkeling
van de moderne wetenschap worden we ouder. Voor je het weet
loop je necrose van het kaakbeen op van één wonderpilletje dat
niet goed valt.

'Charley?' onderbrak Michael Duff haar.

Charley draaide zich om.

De hoofdredacteur stond in de deuropening van haar werkcel.
'Er is hier een politieagente die je wil spreken.'

'Politie?'

'Over die e-mail,' legde hij uit. 'Ze is in mijn kantoor.'

'Oké.' Charley drukte op OPSLAAN op haar computer en sloeg de
tekst van haar column op voor ze opstond en Michael naar zijn
kantoor volgde. Eigenlijk was ze die e-mail van maandag al bijna
vergeten. Het leek zo lang geleden. 'Weten ze wie die e-mail gestuurd heeft?' vroeg ze, tegen de rug van Michaels groen-wit ge-
streepte golfshirt pratend.

'Volgens mij wil ze gewoon met je praten,' antwoordde hij. Hij
opende de deur van zijn kantoor en deed een stap opzij om Charley voor te laten.

Een agente in uniform sprong onmiddellijk op. 'Jennifer Ramirez,'
stelde ze zich voor terwijl ze haar hand uitstak. Ondanks haar tengere bouw en verlegen glimlach was haar handdruk stevig en vastberaden. Haar donkere haar was samengebonden in een knot in haar nek
en haar bruine ogen hadden de warme kleur van chocolade.

'Charley Webb,' zei Charley.

Michael Duff ging achter zijn bureau zitten en gebaarde de vrouwen plaats te nemen. 'Wilt u echt geen kopje koffie?' vroeg hij de politieagente.

'Nee, dank u. Ik heb mijn dosis vanochtend al gehad.'

'Jij, Charley?' vroeg hij.

Ze schudde haar hoofd. 'Weet u wie me die e-mail gestuurd heeft?'

'Ik ben bang van niet,' antwoordde Jennifer Ramirez, haar blocnote uit de zak van haar marineblauwe overhemd trekkend. 'Hebt u er nog meer gekregen?'

'Ik word dagelijks bedolven onder de e-mails.'

'E-mails waarin u met de dood wordt bedreigd?'

'Nee, godzijdank meestal niet. Ik stuur dat soort mailtjes altijd door naar Michael.' Ze knikte in zijn richting.

'We bewaren alle dreigbrieven in een speciaal bestand,' legde hij uit.

'Misschien moeten we die later bekijken.'

'Dat kan.'

'Maar deze brief was de eerste waarin uw kinderen bedreigd werden?' vroeg agente Ramirez, hoewel het meer een constatering dan een vraag was.

'Er stond "sterf, bitch, sterf" en dat ik mijn bastaardkinderen mee moet nemen! Er stond ook in dat ik mijn kinderen goed in de gaten moest houden en dat ik nog niet half wist waar sommige mensen toe in staat zijn,' citeerde Charley, terwijl ze de e-mail net zo duidelijk voor haar geestesoog zag als eerder die week op haar computerscherm.

'En u interpreteert dat als een bedreiging?'

'U niet?'

'Het is zeker geen leuke brief,' antwoordde de politieagente.

'Denkt u dat degene die hem geschreven heeft gevaarlijk is?'

'Ik denk dat hij kwaad is.'

'Kwaad genoeg om mijn kinderen iets aan te doen?'

'Hopelijk is het een of andere halve gare die een kick krijgt van het schrijven van enge brieven.'

'Dat zei Michael ook al,' zei Charley. 'Misschien was mijn reactie wat overdreven.'

'Je kunt niet voorzichtig genoeg zijn.'

'U hebt de computer niet kunnen traceren?'

'Nee, helaas niet. U hebt de afgelopen dagen dus geen dreigbrieven meer ontvangen?'

'Sinds maandag niet, nee.'

'Dat is fijn. Excuses voor mijn onwetendheid, mevrouw Webb, maar waar schrijft u zoal over?'

Charley probeerde haar verbijstering over het feit dat de politieagente onbekend was met haar werk te verbergen. 'Ik schrijf wekelijks een column over allerlei actuele onderwerpen. Wat er maar in mijn hoofd opkomt.'

'Maar wat er in uw hoofd opkomt kan anderen soms choqueren,' stelde agente Ramirez vast.

Michael Duff schoot in de lach. 'Charley staat erom bekend dat ze de boel aardig kan oppoken.'

'Klinkt interessant. Ik denk dat ik uw columns ook maar ga lezen. Opnieuw excuses voor mijn onwetendheid, mevrouw Webb, maar hebt u zich in uw columns ooit op iemand in het bijzonder gericht, iemand die zich misschien op u wil wreken vanwege iets wat u hebt geschreven?'

'Dat is ongetwijfeld een hele lijst.'

'Die zou ik graag willen zien.'

'O,' zei Charley, terwijl ze de gezichten van Lynn Moore, Gabe Lopez en Glen McLaren voorbij zag flitsen. En dat waren nog maar de meest recente voorbeelden. 'Kunt u niet beter wachten of ik nog meer e-mails krijg voordat u iemand gaat ondervragen? Ik wil die mensen niet nog meer tegen me in het harnas jagen.' Ze probeerde te lachen, maar dat lukte niet echt.

'Natuurlijk. Dit is nog maar het vooronderzoek,' legde Jennifer Ramirez uit. 'Maar die lijst wil ik wel graag hebben. Gewoon voor het geval dat.'

'Hoezo?' vroeg Charley. 'Voor het geval mij iets overkomt? Bedoelt u dat?'

'Is er iemand anders, iemand uit uw privéleven misschien die deze e-mail gestuurd kan hebben? Een ex, misschien? Een collega met wie u het aan de stok hebt?'

Charley schudde haar hoofd. Ze stond op redelijk goede voet

met de vaders van haar kinderen, hoewel minder met Franny's stief-moeder. En ofschoon ze geen dikke vrienden met de andere jour-nalisten van de redactie was, leek het haar onwaarschijnlijk dat een van hen zo de pest aan haar had dat hij haar en haar kinderen zou bedreigen. 'Nee, ik zou niemand weten.'

'Het is waarschijnlijk gewoon een ontevreden lezer,' merkte Mi-chael op.

'Vast.' Agente Ramirez stond op. 'Ik zou me maar niet te veel zorgen maken als ik u was, mevrouw Webb. De kans is groot dat dit een eenmalige actie was. Geef me zo snel mogelijk die lijst, en als u nog meer "interessante" brieven ontvangt, neem dan alstu-blieft onmiddellijk contact met me op.' Ze gaf zowel Charley als Michael haar visitekaartje. 'Fijn u ontmoet te hebben. Ik kom er wel uit.'

'Gaat het?' vroeg Michael toen de politieagente weg was.

'Ja, prima.' Misschien had ze de agente over de 'interessante' brief van Jill Rohmer moeten vertellen, dacht ze. Dat was nog eens een naam die haar belangstelling zou wekken en haar wakker zou schudden. Maar wat zou het voor zin hebben? Jill kon haar die e-mail niet gestuurd hebben. Charley betwijfelde of moordenaars in de gevangenis de beschikking hadden over computers. Dat was toch ook de reden dat Jill haar een handgeschreven brief gestuurd had? Nee, het noemen van Jill Rohmers naam zou alleen maar de aandacht van de politieagente afgeleid hebben. Jill zou het onder-zoek hebben weggekaapt nog voor het goed en wel van de grond was.

Maar toch was het vreemd dat Charley een ontmoeting met een veroordeelde kindermoordenaar overwoog terwijl haar eigen kin-deren bedreigd werden.

Ze schoot bijna in de lach. Wie hield ze nu eigenlijk voor de gek? Ze overwoog helemaal niets. Haar besluit stond vast. Hoewel, als ze terugdacht aan haar gesprek met Alex Prescott begreep ze niet hoe het hem gelukt was haar over te halen Jill te bezoeken. Ze glim-lachte, en opnieuw vroeg ze zich af wie nu eigenlijk wie voor de gek hield. Alex Prescott had haar helemaal nergens toe overgehaald. Hij was er juist tegen dat ze Jills verhaal zou vertellen. Zij had hém overgehaald, zo zat het.

'Wat is er?' vroeg Michael.

'Hoezo?'

'Waar zit je over te piekeren?'

'Nergens over. Waarom vraag je dat?'

'Je was mijlen ver weg.'

Iets meer dan vijfenzeventig, dacht Charley, de afstand naar de gevangenis in Pembroke Pines berekenend. 'Ik denk er eerlijk gezegd over een boek te gaan schrijven.'

'Alleen denken of ben je het van plan?' vroeg Michael raak.

Charley glimlachte. 'Van plan.'

'Betekent dat dat je ook van plan bent een tijdje vrij te vragen?'

'Nee,' haastte Charley zich te zeggen. 'Tenzij je het onderwerp afkeurt natuurlijk.'

'En het onderwerp is?'

'Jill Rohmer.' Charley begon Michael onmiddellijk de bijzonderheden van Jills brief uit te leggen en ze vertelde over haar bezoek aan het advocatenkantoor van Alex. 'Vind je het een slecht idee?'

'Integendeel, normaal gesproken zou ik het een fantastisch idee gevonden hebben.'

'Normaal gesproken?'

'Je hebt net een e-mail ontvangen waarin je kinderen bedreigd worden. Vind je dit nu echt de juiste tijd om contact te leggen met een veroordeelde kindermoordenaar?'

Charley dacht even over de vraag na. Misschien droeg het feit dat haar kinderen bedreigd werden bij tot haar bereidheid – oké, haar enthousiasme – om Jill Rohmer te ontmoeten. Misschien had ze de behoefte de denkwijze te doorgronden van iemand die tot dergelijke afschuwelijke daden in staat was.

Of misschien wil ik gewoon beroemd worden, gaf ze zichzelf toe.

'Maar als je besluit het werkelijk te gaan doen krijg ik natuurlijk de eerste rechten om het boek uit te geven,' voegde Michael eraan toe, terwijl hij zijn aandacht op de kranten op zijn bureau richtte – zijn manier om duidelijk te maken dat het gesprek ten einde was.

'Afgesproken.' Charley stond op en verliet zijn kantoor.

Toen ze haar werkcel in liep rinkelde haar telefoon. 'Hallo,' zei ze, nog net voordat haar voicemail in werking trad.

83

'Charley?'

'Steve?'

'Hoe gaat het met je?' vroeg hij, terwijl Charley zich voorstelde hoe de vader van haar zoon trots naast een zwembad stond dat hij zojuist had helpen aanleggen, zonder overhemd en met een glas 7UP dat een flirtgrage buurvrouw hem gegeven had in de hand.

Zo had ze hem tenslotte leren kennen, dacht ze glimlachend. Nadat ze hem een paar weken lang met zijn verrukkelijke, half ontblote lichaam een nieuw zwembad bij de buren had zien spitten, pleisteren en betegelen, had ze haar hoofd over de schutting van haar achtertuin gestoken en hem gevraagd of hij iets kouds wilde drinken. 'Wat heb je?' had hij gevraagd, terwijl hij achter haar aan haar huis in liep.

Negen maanden later werd James geboren, die als twee druppels water op zijn vader leek, en hoewel Steve nooit een stabiele factor in hun leven was geweest deed hij zijn uiterste best om zijn zoon een paar keer per maand te zien. Hij was twee jaar jonger dan Charley en nog steeds tevreden om van baantje naar baantje, van tuin naar tuin en van 7UP naar 7UP te zwerven.

'Gaat prima. Met jou?' Charley vroeg zich af of er iets aan de hand was. Het was niets voor Steve om haar op haar werk te bellen.

'Goed. Behalve dat ik een probleempje heb met aanstaand weekend.'

'Hoe bedoel je, een probleempje?'

'Ik kan niet.'

'Hoe bedoel je, je kunt niet?'

'Is dat een probleem?'

'Ja, inderdaad. Ik heb plannen.'

'Sorry Charley. Je weet dat ik dit niet zou doen als het niet echt belangrijk was.'

'Belangrijker dan je zoon?' vroeg Charley, waarna ze onmiddellijk spijt had. Het was niets voor haar om een van haar exen met een schuldgevoel op te zadelen. Geen van beiden had immers om het ouderschap gevraagd, en bovendien was ze maar al te blij dat ze alleenstaande moeder was. Ze wilde niet dat een van beide mannen het middelpunt van haar leven zou vormen. Ze had hun nooit iets gevraagd, ook geen alimentatie. Toch had Ray, Franny's vader, er altijd op aangedrongen een actieve rol in het leven van zijn dochter te spelen. Hij gaf Charley steevast elke maand geld en zelfs Steve droeg zo nu en dan wat bij. Beide mannen namen meer verantwoordelijkheid dan waar ze recht op had of ze redelijkerwijs kon verwachten.

'Kom op, Charley. Doe niet zo flauw.'

'Sorry. Nieuwe baan?'

'Nieuw vriendinnetje,' antwoordde hij, en Charley hoorde de lach in zijn stem. 'Ze wil dat ik met haar ouders kennismaak. Ze wonen in Sarasota.'

'Klinkt serieus.'

'Tja, wie weet?'

Charley voelde een lichte steek in haar borst. Zíj wist het wel, ook al wist hij het niet. Maar ze wist ook dat vrouwen moeilijk konden doen. Het was allemaal een stuk ingewikkelder geworden nadat Ray met Elise was getrouwd, dacht ze.

'Misschien kan James met Franny mee,' stelde Steve voor. 'Dat is toch al eerder gebeurd?'

Steve had gelijk. Al minstens twee keer eerder had Franny gevraagd of haar broertje mee mocht naar haar vader, en Ray was er grootmoedig mee akkoord gegaan. Misschien kon ze hem nog een keer overhalen. 'Maak je geen zorgen. Ik bedenk wel iets.'

'Zeg maar tegen James dat ik het binnenkort zal goedmaken.'

'Ik zal het zeggen.'

'Bedankt, Charley. Je bent een kanjer.'

'Ja, weet ik. Fijn weekend.'

'Jij ook.'

Daar ging haar bezoekje aan Pembroke Pines, dacht ze terwijl ze ophing. Ze kon toch moeilijk een kindermoordenaar interviewen met haar eigen kind op schoot. Maar toch, de gedachte het gesprek te moeten uitstellen... Ze pakte de telefoon en belde Ray op zijn huistelefoon.

Na vijf keer overgaan werd er opgenomen. 'Hallo?' gilde een vrouw boven het geluid van een huilende baby uit.

Charley zag de eeuwig vermoeide vrouw met de donkere krullen voor zich, het huilende kind over haar schouder hangend. 'Hoi Elise. Met Charley.'

'Ray is er niet.'

Franny's vader runde vanuit huis een klein adviesbureau. Charley wist eigenlijk niet precies waar Ray advies in gaf, en eerlijk gezegd kon het haar ook niet schelen. Ze hadden elkaar vlak nadat ze naar Florida verhuisd was leren kennen. Hij werkte voor een computerzaak en zij kwam een laptop kopen. Ze kwam thuis met een nieuwe computer en de man die hem haar verkocht had. 'Komt hij zo terug?'

'Geen idee. Hij is net weg. Kan ik je ergens mee helpen?'

Charley haalde diep adem en waagde het erop. 'Ik vroeg me af of het misschien mogelijk is dat James dit weekend met zijn zusje mee komt,' begon ze.

'Dat meen je niet.'

'Ik snap dat het druk is…'

'O ja?'

'James' vader heeft afgezegd en ik moet de stad uit voor mijn werk…'

'Is dat mijn probleem?' vroeg Elise, terwijl haar baby opnieuw begon te krijsen.

'Nee. Natuurlijk is dat niet jouw probleem. Weet je, misschien kan ik beter wachten tot Ray thuis is.'

'Waarom? Denk je dat hij gemakkelijker te manipuleren is?'

Charley zweeg. Ze kon moeilijk 'ja' antwoorden.

'Luister, we konden al niet met elkaar overweg voor we zelf een kind hadden,' bracht Elise Charley onnodig in herinnering. Voordat Elise Daniel kreeg was de verhouding tussen de twee vrouwen al gespannen. En het werd alleen maar erger. 'Zoek een ander om voor je karretje te spannen,' zei Elise voor ze ophing.

Snel nam Charley in gedachten haar lijst met mensen door die ze in noodgevallen kon bellen. Tot haar schrik was die aanzienlijk korter dan de lijst die politieagente Ramirez haar gevraagd had op te stellen: degenen die in aanmerking kwamen waren alleen haar moeder, die nadat Charley hun kuuroorduitje had afgezegd een weekendcruise naar de Bahama's had geboekt, en haar broer, maar met hem had ze het voorlopig gehad. Verder was er niemand, besefte ze. Toen ze naar de telefoon reikte om Alex Prescott te bellen en de afspraak van zaterdag af te zeggen, begon die juist te rinkelen. 'Charley Webb,' zei ze moedeloos.

'Is er iets?' vroeg de beller.

Onmiddellijk herkende Charley Glen McClarens stem. 'Ik heb gewoon mijn dag niet.'

'Kan ik iets voor je doen?'

De vraag bracht Charley op een idee. Misschien moest ze het maar gewoon proberen, dacht ze. Ze schoof naar het puntje van haar stoel. Maar meteen bedacht ze zich weer: wat bezielde haar? Ze kende die man nauwelijks en wát ze van hem wist was op z'n zachtst gezegd ongunstig. Een nachtclubeigenaar, een charmeur, een 'wannabe-gangster'. Had ze hem zelfs niet beschuldigd van allerlei ongure contacten met dealers? Toch zei haar gevoel haar dat hij in wezen een goede vent was. Trouwens, hij zou niet alleen zijn met haar zoon. Ook zijn eigen zoon zou er met zijn moeder en stiefvader bij zijn. Bovendien was James dol op de Lion Country Safari. Maar toch, wat zei het over haar, dat ze een relatief vreemde meer vertrouwde dan haar eigen vlees en bloed?

'Charley? Ben je er nog?'

'Luister, Glen,' begon ze. 'Geldt je aanbod nog?'

8

'Ziet u dat?' vroeg Alex Prescott.

Charley staarde door de voorruit van Alex' tien jaar oude, mosterdkleurige Malibu-cabriolet naar de lage, vaalwitte gebouwen in de verte. De fletse, legerachtige barakken vormden een sterk contrast met de prachtige oude pijnbomen aan weerskanten van de toegangsweg. 'Is dat Pembroke Correctional?'

'Ja.'

'Wat lelijk.'

'Van dichtbij is het nog erger.'

Charley streek het haar dat in haar ogen en mond waaide achter haar oren en zette haar zonnebril recht, hoewel ze die niet echt nodig had. De zon was even voor twaalven verdwenen, ongeveer op hetzelfde moment dat Glen in zijn zilverkleurige Mercedes voor haar huis was gestopt. Naast hem zat zijn zoon. Op de achterbank zaten zijn ex en haar nieuwe man.

'Jij bent vast Eliot,' had Charley gezegd tegen het bolwangige, donkerharige jongetje dat aan de broek van zijn vader hing toen ze samen Charleys huiskamer in liepen. 'Gefeliciteerd.'

'Wat zeg je dan?' vroeg Glen zijn zoon.

'Waar is James?' riep Eliot als antwoord, zijn gezicht in de zwarte broek van zijn vader verbergend.

'Op de wc,' riep James terug.

Charley lachte. 'Brave jongen.'

'Aardig huis,' merkte Glen op.

'En jij bent aardig dat je dit wilt doen. Als ik eens iets voor jou kan betekenen...'

'Oké, ik zal het onthouden.'

Op dat moment was James de kamer in gestormd en bijna tegen Glen op geknald, terwijl hij zijn gulp dicht probeerde te ritsen.

'Ho, tijger!' riep Glen.

'Ik ben geen tijger.' Verontwaardigd gooide James zijn armen in de lucht. 'Ik ben een jongen, dommerd.'

'Ja, dat ben je zeker.'

'Glen... Eliot... dit is mijn zoon, James,' zei Charley terwijl ze hem rustig probeerde te houden zodat ze hem kon voorstellen. 'Waar is het cadeautje voor Eliot?'

James sloeg zijn hand tegen zijn voorhoofd. 'Vergeten.'

'Ga het maar even halen.'

'Dat is niet nodig, hoor' protesteerde Glen toen James de kamer uit rende.

'Natuurlijk wel. Vind je ook niet, Eliot?'

Eliot lachte en knikte verwoed.

'Het is een boek,' kondigde James op zijn terugtocht aan, terwijl hij het vrolijk verpakte cadeautje in Eliots uitgestoken handen liet vallen. 'Kom op, Eliot. We gaan!'

'Zoals je ziet is hij erg verlegen tegen vreemden.'

'Is er verder nog iets wat ik moet weten?' vroeg Glen, toen de twee jongens naar de voordeur renden.

'Verlies hem geen moment uit het oog.'

'Ik zal hem met mijn leven bewaken.'

'Je moet hem constant in de gaten houden.'

'Hij zal niet aan mijn aandacht ontsnappen.'

'Zorg dat hij de auto niet uit gaat als hij de leeuwen ziet.'

'Als het moet ga ik op hem zitten.'

'Ik ben tegen zessen weer thuis.'

'Tot dan.'

Een paar tellen nadat de hele familie in Glens Mercedes vertrokken was, was Alex in zijn oude Malibu-cabriolet de bocht om komen rijden.

'Klaar?' riep hij, niet de moeite nemend uit te stappen.

Dat was zo'n beetje hun enige conversatie geweest. Tijdens de anderhalf uur durende rit van West Palm Beach naar het Pembroke Correctional Institute in Pembroke Pines, dat ten zuiden van Fort Lauderdale en ten oosten van Hollywood lag, luisterde Alex met zijn koptelefoon op naar bandopnamen van juridische uiteenzettingen, ter voorbereiding van een zaak waar hij mee bezig was. 'Ik hoop dat u het niet erg vindt. De zaak komt maandag voor en ik wil niets aan het toeval overlaten,' had hij zonder zich te verontschuldigen uitgelegd toen Charley instapte. Zo had ze bijna anderhalf uur de tijd om het landschap te bekijken en zich in gedachten voor de kop te slaan dat ze iemand die ze nauwelijks kende had gestrikt om op haar zoon te passen.

Charley wierp een blik in Alex' richting, probeerde al die bezorgde gedachten uit haar hoofd te bannen en hoopte op een geruststellende glimlach, maar hij staarde door de voorruit, verdiept in zijn bandopnamen en blijkbaar vergeten dat zij naast hem zat.

Ze streek haar korte, bruine plooirokje over haar dijen en controleerde gedachteloos de voorkant van haar groene t-shirt op ontsierende tandpastaresten, maar alles bleek in orde. Het voelde vreemd om zo dicht naast een man te zitten die duidelijk geen belangstelling voor haar had, dacht ze. Ze kon zich de laatste keer dat dat was gebeurd niet herinneren. Ze was gewend dat mannen de gekste capriolen uithaalden om indruk op haar te maken. Dat Alex Prescott niet gevoelig bleek voor haar knappe gezicht, blonde haar en blote benen bracht haar in de war.

Was hij getrouwd? Ze zag dat hij geen ring droeg, maar dat zei niets. Misschien woonde hij samen. Of had hij een relatie. Of was hij homo.

Bij het begin van de rit was ze blij dat ze niet over koetjes en kalfjes hoefde te praten. Het was heerlijk om alleen maar achterover in de bruinleren stoel te hoeven leunen, haar ogen te sluiten en de wind door haar haar te laten waaien. Maar naarmate de rit vorderde en de wind toenam, was de stilte steeds ongemakkelijker geworden. Ze had de radio aan willen zetten, maar wilde Alex niet afleiden. Hij deed al genoeg voor haar. Het was tenslotte Alex die de nodige telefoontjes met de gevangenisleiding gepleegd had, Alex die als tussenpersoon tussen Charley en Jill Rohmer gefungeerd had, en Alex die aangeboden had haar naar Pembroke Pines te rijden. Ze betwijfelde of dit louter altruïsme van hem was. Het was duidelijk dat hij een oogje in het zeil wilde houden, er zeker van wilde zijn dat de belangen van zijn cliënt werden beschermd. Als Charley ooit in de situatie zou belanden dat ze een advocaat nodig had, bedacht ze een seconde voordat hij zijn koptelefoon afdeed en naar de gevangenis aan het einde van de weg wees, was hij degene die ze zou inschakelen.

'Sorry,' verontschuldigde hij zich en gooide de koptelefoon op de achterbank. 'Het is een lastige zaak.'

'Kun je er iets over vertellen?'

'Ik zal niet in details treden, maar de zaak draait om een stel ontevreden erfgenamen van een aanzienlijk vermogen. Het is een broer tegen zijn zus, zus tegen tante, en de hele club tegen moeder.'

'Klinkt bekend.'

Hij glimlachte veelbetekenend. 'Iedere familie heeft wel problemen, denk ik.'

'Het gaat vast niet alleen om het geld,' zei Charley.

'Geloof me,' wierp Alex tegen. 'In dit geval draait het alleen maar om het geld.'

Charley lachte, en ze draaiden de weg op die regelrecht naar de gevangenis leidde, en ze merkte het plotselinge ontbreken van bomen op, de droge grond, het verdorde gras en de rollen prikkeldraad boven op de hoge gevangenismuren. Toen ze dichterbij kwamen schoof ze haar zonnebril op haar hoofd. Ze kon nu de spijlen voor de ramen zien, de zware geweren van de bewakers in hun wachtposten en de pistolen in de holsters van de patrouillerende wachters. 'Die zien er niet bepaald vriendelijk uit.'

'Wat weet u van het gevangeniswezen?' vroeg Alex.

'Niet veel.' Ze had zich nog zo voorgenomen wat vooronderzoek te doen maar tussen het zorgen dat haar column op tijd af was, Franny helpen pakken voor het weekend bij Ray en de ongerustheid over James was er geen tijd en energie meer overgebleven. En bovendien had ze nog niet besloten of ze het boek werkelijk ging schrijven. Er stond nog niets vast en er was nog niets toegezegd. Alles hing af van het bezoek van vanmiddag.

'Volgens het Departement van Ordehandhaving van Florida dat sinds 1930 misdaadstatistieken bijhoudt,' begon Alex spontaan uit te leggen, 'tonen de laatst beschikbare cijfers aan dat de criminaliteit in deze staat de afgelopen tien jaar met meer dan achttien procent is gedaald en de gevangenisopnamen met bijna vijftien procent.'

'O ja? Hoe kan het dan dat ik telkens lees dat de gevangenissen overbevolkt zijn?'

'Dat komt in de eerste plaats,' antwoordde Alex, de statistische gegevens stroomden net zo makkelijk uit zijn mond als water uit een glas, 'omdat volgens een wet die in 1995 van kracht ging gevangenen niet voorwaardelijk vrijgelaten kunnen worden voordat ze ten minste vijfentachtig procent van hun straf hebben uitgezeten. En ten tweede is het in Florida toegestaan dat gevangenissen een capaciteit van honderdvijftig procent hebben.'

'Wat?'

'Het is niet zo erg als het klinkt. De meeste gevangenissen bieden nog allerlei andere faciliteiten. Zo volgen veel gevangenen op andere locaties een vakopleiding of een re-integratieprogramma, sommige verblijven in het ziekenhuis of in een afkickcentrum.'

'Hoeveel mensen zitten er in Florida gevangen?' vroeg ze.

'Ik denk zo'n vijfenzeventigduizend.'

De prijs van een tas van Bottega Veneta, dacht Charley.

'Vijfduizend van hen zijn vrouwen,' vervolgde Alex.

'Hoe is die verhouding in Pembroke Correctional?'

'De maximumcapaciteit is vijfhonderdveertig. Het aantal gevangenen op dit moment is meer dan zevenhonderd.'

'Ik bedoelde de man-vrouwverhouding.'

'Er zitten alleen maar vrouwen.'

'Alleen maar vrouwen?' herhaalde Charley.

'Verbaast u dat?'

'Ik weet zeker dat Jill het over... Wacht even.' Charley trok Jills brief uit haar tas en las hem vluchtig door. 'Ja, hier heb ik het. "Pembroke Correctional staat helemaal geen gevangenishuwelijken toe. Er is hier trouwens nauwelijks gelegenheid om een geschikte man te vinden. (Ze houden mannen en vrouwen gescheiden, maar soms vinden we een manier om elkaar te ontmoeten. Hint: achter de boekenplanken van de gevangenisbibliotheek wordt heus niet alleen maar gelezen.) Als je het boek wilt schrijven vertel ik je er alles over."'

Alex lachte. 'Daar heb je het al.'

'Hoe bedoel je?' vroeg Charley geërgerd.

'Ze probeert u kennelijk om de tuin te leiden.'

'Ik hou er niet van voorgelogen te worden.'

'Nou ja, féítelijk gezien is het geen leugen. Pembroke Correctional is een vrouwengevangenis en zoals het woord al zegt zitten er alleen vrouwen. Maar er zíjn wel mannen: de leiding, personeel, bewakers en medewerkers. Ze vinden vast zo nu en dan manieren om de gevangenen te ontmoeten.'

'Misschien.' Charley deed de brief terug in haar tas; ze was niet overtuigd. 'Ik heb er de pest aan als ik het gevoel krijg dat ik gemanipuleerd word,' vervolgde ze. 'Wil dit project slagen, dan moet ik Jill kunnen vertrouwen. Ze zal volkómen eerlijk tegen me moeten zijn, niet alleen féítelijk.'

'Ik begrijp het. Luister. U kunt nog terug.' Alex bracht de auto ongeveer vijfenveertig meter voor de hoofdingang tot stilstand. 'Als u twijfelt over dit project breng ik u meteen naar huis.'

'Ik heb nog niets toegezegd,' herinnerde Charley hem.

'Klopt.'

'Dit is nog maar een voorbereidend gesprek.'

'Jill is zich dat terdege bewust.'

'De eerste keer dat ik haar op een leugen betrap, stap ik op.'

'Volkomen begrijpelijk.'

'Oké,' zei Charley, maar in gedachten gaf ze hem gelijk: ze zouden rechtsomkeert moeten maken en naar huis moeten gaan. Ze was vast niet de juiste persoon voor deze klus. Ze had niet genoeg ervaring, niet wat het schrijven van boeken betreft en niet met psychopaten. Maar wat maakte het ook eigenlijk uit? Ze waren er nu. Ze waren toch niet helemaal hierheen gereden om op het laatste moment om te draaien? Ze kon net zo goed naar binnen gaan en Jill Rohmer ontmoeten. Ze pakte haar identiteitsbewijs uit haar tas om aan de bewaker te laten zien. 'We beginnen gewoon.'

Alex parkeerde de auto op het grote parkeerterrein achter de gevangenis.

'Misschien moet je de kap dichtdoen,' adviseerde Charley 'Voor het geval het gaat regenen.'

'Het gaat niet regenen,' zei hij zelfverzekerd, terwijl hij de kap openliet en snel langs haar liep. 'Komt u?' riep hij naar haar.

Charley versnelde haar pas, hoewel het op haar plateausandaaltjes moeilijk was hem bij te houden. Waarom had ze niet gewoon jeans en gymschoenen aangetrokken? Wie probeerde ze te imponeren met haar rokje en die hakken? Jill Rohmer? Of Jills advocaat? Waarom zou ze een van hen überhaupt willen imponeren?

Jill was al onder de indruk van haar, dat was zeker. Het was ook zeker dat haar advocaat dat niet was en waarschijnlijk ook nooit zou zijn. Hij duldt me, meer niet, dacht ze, zijn ferme stappen met de grootste moeite bijbenend terwijl ze de hoek van het gebouw omsloegen en op de hoofdingang afkoersten. Hij vindt me een lichtgewicht.

Had hij gelijk? vroeg Charley zich af. Ze dacht aan haar vaders vernietigende oordeel over haar talent. 'Kinderlijk en oppervlakkig,' luidde zijn laatdunkende oordeel over de columns die ze hem had opgestuurd toen ze nog maar net bij *Palm Beach Post* begonnen was.

'Je vond het dus niks,' had ze geheel overbodig geconcludeerd, dankbaar voor de kilometers telefoonkabel tussen hen in zodat hij niet zag hoe haar ogen zich met tranen vulden.

'Je weet dat ik weinig tolerantie heb als het om onzin gaat.' Met die woorden had hij haar de laatste genadeslag gegeven.

Wat had ze dan verwacht? Ze volgde Alex door de zware glazen draaideuren naar de centrale hal van de gevangenis. Wat had je te verwachten van een man voor wie kritiek spuien even natuurlijk was als ademen, een man die hardvochtig en nors, sarcastisch en rancuneus was? Toen haar vader erachter was gekomen dat Charley contact met haar moeder onderhield, had hij haar volledig uit zijn leven gebannen en weigerde hij zelfs nog met haar te praten.

'Mevrouw Webb,' onderbrak Alex Prescott haar gedachten.

'Wat is er? Sorry. Zei je iets?'

'Ik zei dat u uw identiteitsbewijs bij de hand moet houden. U zult het een paar keer moeten laten zien.'

'O. Oké. En wil je me alsjeblieft geen mevrouw Webb noemen?'

'Ik zie u niet echt als een "Charley",' zei hij, de enige aanwijzing dat hij doorhad dat ze een vrouw was. Toen: 'Nu krijgen we de metaaldetector.'

Charley gaf haar handtas aan de vrouwelijke bewaker, die hem doorzocht en vervolgens een grote, eeltige hand uitstak om haar identiteitskaart aan te pakken. De bewaakster was een grofgebouwde vrouw met brede schouders en grote handen, met op haar neus en wangen meisjesachtige sproetjes die nogal uit de toon vielen. Haar donkerbruine ogen schoten heen en weer tussen Charley en de foto op haar rijbewijs. 'Maak uw zakken leeg,' zei ze, naar de lopende band knikkend.

'Charmant type,' mompelde Charley, toen ze de metaaldetector gepasseerd waren. Alex nam haar bij haar elleboog en leidde haar de gang door. De onmiddellijke troost die zijn aanraking teweegbracht verbaasde haar. Ze had zich niet gerealiseerd hoe zenuwachtig ze was, hoe kwetsbaar en onveilig ze zich voelde. Het was alsof ze iets op haar geweten had en elk moment ontmaskerd en in de boeien geslagen kon worden.

'Weer een identiteitscontrole,' zei hij.

Charley opende haar mond om diep adem te halen, toen ze op de volgende controlepost afliepen, maar de lucht om haar heen was dik en penetrant. 'Eau de Desinfectans,' zei ze, hopend op een glimlach, maar Alex was al een paar stappen vooruit en luisterde niet.

De lange gangen waren niet alleen bijzonder lelijk, maar ook intens saai. Bleekgroen en kaal draaiden ze als in een doolhof steeds verder naar het midden, steeds dichter naar het benauwende middelpunt, verder en verder van de vrijheid verwijderd. Ik zou het hier nog geen week uithouden, dacht Charley, terwijl ergens achter haar zware deuren in het slot vielen en er voor de zoveelste keer waakzame ogen wachtten om haar rijbewijs aan een grondige controle te onderwerpen.

'Zo, zo, zo,' mompelde de vrouwelijke bewaker met een spottend lachje om haar brede mond. Ze was praktisch de tweelingzus van de eerste bewaker, maar dan zonder de kinderlijke sproeten. 'Dus u bent Charley Webb. Ik krijg altijd een enorme kick van uw columns.'

Charley glimlachte en voelde zich op een vreemde manier dankbaar. 'Bedankt.'

'Ja. Je kunt er tenminste om lachen. En de boeken van uw zus zijn natuurlijk heel erg populair hier in Pembroke Correctional.'

Charleys glimlach bevroor. 'Natuurlijk.'

'Leuk u ontmoet te hebben, mevrouw Webb,' zei ze. 'Eerste gang rechts, dan links.'

Opnieuw leidde Alex Charley door de lange gang. Maar dit keer nam hij haar niet bij haar elleboog. 'Zo, je zus schrijft dus boeken,'

95

zei hij, toen ze bij klapdeuren kwamen met weer een bewaker, dit keer een man. Hij stond op van zijn stoel.

'Hier meteen rechtsaf,' zei hij, nadat hij hun identiteitsbewijzen gecontroleerd had. 'Kamer 118.'

Kamer 118 was precies zoals Charley zich voorgesteld had. Klein, schaars gemeubileerd met een goedkope formicatafel die in de betonnen vloer verankerd was en drie ongemakkelijke klapstoelen. De kale muren hadden dezelfde kleur groen als de gangen en de ingebouwde tl-verlichting scheen schel van het lage plafond. Er waren geen ramen en er was nauwelijks frisse lucht.

'Ze hebben ongeveer vijf minuten nodig om haar naar beneden te brengen,' legde Alex uit.

'Waar halen ze haar vandaan?'

'Er is een aparte afdeling voor vrouwen die ter dood veroordeeld zijn.'

'Zijn dat er veel?'

'Een stuk of vijf.'

'Delen ze een cel?'

'Ze behoren tot de weinige gevangenen in Florida die een eigen cel hebben. Een van de voordelen van het ter dood veroordeeld zijn.'

'Dat maakt het bijna de moeite waard,' merkte Charley sarcastisch op.

'Dat wil zeggen tot het moment dat de gouverneur het executiebevel tekent. Dan wordt de gevangene overgebracht naar een speciale dodencel, dichter bij de plaats waar de doodstraf voltrokken wordt.'

'Waar is dat?'

'In Starke. Vlak bij Raiford, de mannengevangenis. Ten noorden van Gainesville,' voegde hij eraan toe, voor het geval ze het niet wist.

'Ik weet wel waar Raiford ligt,' zei ze, hoewel ze eigenlijk geen idee had. 'En wanneer wordt Jill geëxecuteerd?'

Alex haalde zijn schouders op. 'Waarschijnlijk over een jaar of twaalf.'

'Twaalf jaar?'

'Dat is gemiddeld de periode die mensen in de dodencel doorbrengen.'

Charley overwoog deze informatie te noteren, maar besloot het niet te doen. Ze wilde niet al te enthousiast lijken. Ze had immers nog niets besloten, zei ze tegen zichzelf. 'Omdat ze beroep aantekenen?'

'Beroep aantekenen, nieuwe processen, nieuwe verhoren, het herzien van het vonnis, clementiepleidooien; het heeft allemaal tijd nodig.'

'En in de tussentijd verblijven deze vrouwen ieder in een eigen cel, met airconditioning.'

'In de dodencel is geen airconditioning,' zei Alex op vlakke toon waar enige ergernis in doorklonk.

'Sneu,' zei Charley, die geen enkele moeite deed haar gebrek aan medeleven te verbergen.

'Vind je niet dat ze het al moeilijk genoeg hebben?' vroeg hij.

'Ze eten, ze slapen en hebben gemiddeld twaalf jaar langer te leven dan hun slachtoffers. Klinkt toch niet al te erg.'

'Ze brengen praktisch al hun tijd in hun cel door en worden minimaal één keer per uur gecontroleerd. Elke keer dat ze hun cel verlaten krijgen ze handboeien om, behalve op de luchtplaats en als ze gaan douchen, wat ze om de dag mogen.'

Charley lachte schamper. 'Jill deed voorkomen alsof ze hier heel veel vriendinnen had gemaakt.'

'Dat was waarschijnlijk voordat ze uit de gewone gevangenisbevolking gehaald werd. Ik denk dat je versteld zult staan, Charley. Jill Rohmer is een vrouw die je waarschijnlijk snel zult mogen.'

Charley wist niet wat haar meer verwarde, het idee dat je een veroordeelde kindermoordenaar aardig kon vinden of de verleidelijke manier waarop Alex de naam 'Charley' had uitgesproken. 'Ja, haar slachtoffers droegen haar vast op handen,' zei ze, in een poging deze afleidende gedachten van zich af te zetten.

'Ik vraag je alleen haar onbevangen tegemoet te treden.'

Op dat moment ging de deur van de verhoorkamer open. Jill Rohmer stapte naar binnen.

9

In het echt was Jill kleiner dan Charley verwacht had. Ongeveer een meter achtenvijftig lang, donkerblond haar in een hoge paardenstaart, haar donkerbruine ogen verlegen neergeslagen, een kleine ronde mond en een vriendelijk, hartvormig gezicht. Aantrekkelijk, maar eenvoudig. Niets was te groot of te klein, geen onooglijke puistjes of onregelmatige vormen, geen enkele gelaatstrek overschaduwde de andere, en er was niets wat speciaal opviel. Behalve misschien het feloranje T-shirt dat ze droeg, waaraan je haar kon herkennen als bewoner van de dodencel.

Tot Charleys grote verbazing was het eerste woord dat bij haar opkwam toen Jill binnenliep 'schattig'. Absoluut niet bedreigend. Zelfs een beetje gewoontjes. Niets in haar uiterlijk deed denken aan het monster dat in haar school. Met haar tengere bouw en kleine postuur leek Jill Rohmer eerder een onschuldig slachtoffer dan een koelbloedige moordenaar. Als Charley haar op straat had gezien en haar leeftijd moest schatten zou ze 'zestien' gezegd hebben. Amper zestien.

'Hoi,' zei Jill zachtjes.

Zelfs haar stem was kinderlijk, dacht Charley. Geen wonder dat ze zo gemakkelijk het vertrouwen van mensen kon winnen.

'Jill Rohmer, dit is Charley Webb,' begon Alex, hen op dezelfde manier aan elkaar voorstellend zoals Charley eerder op de dag Glen McLaren aan haar zoon had voorgesteld. 'Charley Webb... Jill Rohmer.'

'Fijn dat ik je nu eindelijk in levenden lijve ontmoet,' zei Jill, haar hand uitstekend.

'Hallo,' groette Charley terug, terwijl ze deed of ze het niet zag.

De hand trok zich terug. 'Ik ben al jaren een fan van je. Aardig van je dat je hier helemaal naartoe bent komen rijden.'

'Je advocaat reed.'

'Bedankt, Alex,' fluisterde Jill, naar de grond starend. 'Ik weet hoe druk je het hebt.'

'Waarom gaan we niet zitten?' Meteen klapte Alex een stoel uit en ging zitten.

Charley ging op de stoel naast hem zitten en keek toe terwijl Jill op de enige stoel aan de andere kant van de tafel plaatsnam en netjes haar handen in haar schoot vouwde.

'Je bent nog knapper dan op je foto in de krant.'

'Jij ook,' zei Charley nors. Het ergerde haar dat ze iemand die drie jonge kinderen op brute wijze had vermoord aantrekkelijk kon vinden.

Jills gezicht klaarde onmiddellijk op. Haar rechterhand ging naar haar paardenstaart die ze zenuwachtig tussen haar vingers rond begon te draaien. 'Dank je. Je mag hier geen make-up gebruiken. We mogen niet eens ons haar verven.'

'Je haar ziet er goed uit.'

'Ik denk dat lichter mooier zou zijn. Zoals jouw haar.'

'Ik weet het niet,' zei Charley, verbaasd dat ze over zo'n alledaags onderwerp zaten te kletsen. 'Deze kleur staat je goed.'

'Ja, vind je? Nou, dat is fijn. Is dit jouw eigen kleur? Het ziet er heel natuurlijk uit.'

'Met wat hulp,' gaf Charley toe.

'Echt? Dat zou je niet zeggen.'

'Dank je.'

'Dames,' kwam Alex tussenbeide. 'Hoe boeiend dit onderwerp ook is, ik denk dat we belangrijker zaken te bespreken hebben.'

Jill keek beschaamd. Ze boog haar hoofd naar haar schoot en op haar wangen verscheen een meisjeachtige, roze blos. 'Sorry,' fluisterde ze.

'Je hoeft je niet te verontschuldigen,' haastte Alex zich te zeggen. 'Maar we hebben weinig tijd en ik denk dat je die niet wilt verspillen.'

'Sorry,' zei Jill nogmaals.

'Wat wil je precies van me?' vroeg Charley op de man af.

Jill sloeg haar ogen op en staarde Charley aan. 'Wat ik in mijn brief zei. Ik wil dat je een boek over me schrijft.'

'Maar waarom zou ik dat willen?'

'Omdat je een goede schrijver bent,' antwoordde Jill onmiddellijk. 'En goede schrijvers zijn toch altijd op zoek naar een interessant onderwerp?'

'En dat interessante onderwerp zou jij zijn?'

'Ik weet alleen dat ik een verhaal te vertellen heb.'

'Je zult toch wat specifieker moeten zijn.'

'Ik begrijp niet wat je bedoelt.'

'Moordenaars zijn op zich niet altijd interessant,' zei Charley op vlakke toon.

'Zeg je dat ik een moordenaar ben?'

'Zeg jij dat je dat niet bent?'

'Ik zeg dat er veel is wat jij niet weet,' antwoordde Jill.

'Ik weet dat je verhoord en schuldig bevonden bent.'

'Omdat de jury nooit het hele verhaal heeft gehoord.'

'Waarom heb je het hun niet verteld?'

Jill schoof onrustig op haar stoel heen en weer en keek naar het plafond. 'Dat kon ik niet.'

'Waarom niet?'

'Ik kon het gewoon niet.'

'Waarom niet?' herhaalde Charley haar vraag. 'Nam je iemand in bescherming?'

'Nee.'

'Ben je bang voor iemand?'

Er was even een lichte aarzeling in Jills ogen. Toen zei ze: 'Niet meer.'

'Zeg je nu dat er nog iemand bij betrokken was?'

Langzaam keek Jill om zich heen, alsof ze er zeker van wilde zijn dat er geen luistervinken waren. 'Misschien,' fluisterde ze zo zacht dat Charley zich naar voren moest buigen en ook toen nog niet zeker wist of ze Jill goed had verstaan.

'Misschien? Betekent dat "ja"?'

Jill knikte langzaam.

'En waarom vertel je dit aan mij en niet aan de officier van justitie?'

'De officier van justitie is niet meer geïnteresseerd. Hij heeft me al schuldig verklaard.'

'En ben je bereid mij te vertellen wie die persoon is?'

Jill knikte opnieuw. 'Ik zal je alles vertellen. Ik wil dat mensen de waarheid te horen krijgen.'

'En de waarheid is?'

'Dat ik niet het monster ben waar ze mij voor aanzien.'

'Wat voor een monster ben je dan?' vroeg Charley scherp.

Jills ogen vulden zich met tranen.

Charley keek de andere kant op, de aanvechting zich te verontschuldigen onderdrukkend. Ze had geen tranen verwacht. Ze had ook niet verwacht dat ze iets anders dan minachting zou voelen voor een veroordeelde moordenaar van drie onschuldige kinderen.

'Waarom heb je juist mij gevraagd?' vroeg ze.

'Omdat ik je bewonder. Omdat ik je aardig vind. Omdat ik denk dat ik je kan vertrouwen.'

'Maar kan ik jou ook vertrouwen?'

'Ja. Ja, natuurlijk kun je mij vertrouwen.'

'Je hebt anders al twee keer tegen me gelogen,' zei Charley.

'Wat? Helemaal niet!'

Charley pakte Jills brief uit haar tas en begon te lezen. '"De andere gevangenen blijken best aardig te zijn, hoewel een hele poos niemand met me wilde praten. De meeste vrouwen zitten hier omdat ze iets met drugs te maken hebben gehad. Maar ik heb geprobeerd me van mijn beste kant te laten zien en heb mijn beste beentje voorgezet, ik was altijd vriendelijk en behulpzaam, en nu zijn ze bijna allemaal bijgedraaid. Een vrouw die hier zit omdat ze haar beste vriendin met een schaar te lijf is gegaan bij een ruzie over welk tv-programma ze zouden kijken, heeft me zelfs gezegd dat ik een lieve lach heb. Ik denk dat ze misschien wel verliefd op me is, hoewel ik daar helemaal geen aanleiding toe heb gegeven. Er zijn nog een paar vrouwen, vooral moeders van kleine kinderen, die niks met me te maken willen hebben, maar ik doe mijn best om ook hen voor me te winnen en ik voel dat hun weerstand afneemt."'

Charley legde de brief op tafel neer. 'Wil je dit uitleggen?'

Jill keek beduusd en wierp een smekende blik op haar advocaat.

'Ik heb mevrouw Webb verteld dat gevangenen die ter dood veroordeeld zijn hun eigen cellen hebben en zelden of nooit met elkaar omgaan,' zei hij.

'Ja, maar we zijn met z'n vijven en onze cellen grenzen aan elkaar,' legde Jill uit. 'We praten de hele tijd met elkaar.'

'Ik wist niet dat ze vrouwen voor drugskwesties ter dood veroordelen. Zelfs niet in Florida.' Charleys stem droop van sarcasme.

'Nee, dat is natuurlijk ook niet zo. Ik had het over de vrouwen die ik heb ontmoet toen ik hier nog maar net was. Voordat ik veroordeeld werd. Toen ik nog tussen de gewone gevangenen zat.'

'Je deed het anders voorkomen.'

'Ik probeerde je een algemeen beeld te geven.'

'Je loog dus.'

'Nee. Het was geen leugen. Het was meer een geval van "dichterlijke vrijheid". Zo noem je dat toch?'

'Is dit dan soms ook een voorbeeld van dichterlijke vrijheid? "Ze houden mannen en vrouwen gescheiden, maar soms vinden we een manier om elkaar te ontmoeten. Hint: achter de boekenplanken van de gevangenisbibliotheek wordt heus niet alleen maar gelezen." Denk je nu echt dat ik er niet achter zou komen dat er in Pembroke Correctional alleen vrouwen zitten?'

'Er zijn wel mannen hier,' zei Jill. 'Misschien geen gevangenen, maar...'

'Leiding, bewakers, medewerkers,' somde Charley op. 'Dat weet ik.'

'Ik wilde niet in details treden in mijn brief omdat... je maar nooit weet wie hem openmaakt en leest.'

'En jullie hebben het zo druk met seks in de bibliotheek waar jullie helemaal geen toegang toe hebben omdat jullie alleen je cel mogen verlaten om te douchen en te sporten.'

Opnieuw verscheen de roze blos op Jills bleke wangen. 'Ik had toegang tot de bibliotheek voordat ik overgeplaatst werd naar de dodencel. Ik heb dingen gezien die je echt niet gelooft.'

'Waarom zou ik ook maar iets geloven van wat jij zegt?'

'Je bent kwaad op me,' zei Jill met trillende stem. 'Ik heb je teleurgesteld.'

'Ik geef te weinig om je om teleurgesteld te zijn,' zei Charley, zich ervan bewust dat ze gemeen was en dat ze er een zeker genoegen uit putte, hoewel minder dan ze verwachtte.

'Je hebt gelijk,' zei Jill, terwijl de tranen over haar wangen begonnen te lopen. 'Ik ben je belangstelling en je tijd niet waard. Ik ben gewoon een stomme griet die zich heeft laten dwingen heel veel vreselijke dingen te doen. Ik verdien dit allemaal.'

'Wie heeft jou gedwongen?' vroeg Charley. De vraag kwam al over haar lippen voor ze het wist.

Jill schudde haar hoofd. 'Daar kan ik nu niet over praten.'

'Wanneer wel?'

'Niet voordat je mijn hele verhaal hebt gehoord.'

'Waar mevrouw Webb duidelijk geen interesse in heeft,' zei Alex, terwijl hij aanstalten maakte op te staan.

'Wacht even,' zei Charley. 'Ik heb niet gezegd dat ik geen interesse had.'

'Dus wel?' vroeg Jill hoopvol.

Charley moest toegeven dat dit inderdaad het geval was. 'Maar dat betekent nog niet dat ik om ben,' voegde ze er snel aan toe.

'Wat moet ik doen om je te overtuigen?'

'Weet ik niet.'

'Heb je de dossiers en de kopieën van het proces nog ontvangen?' kwam Alex tussenbeide.

'Ja. Bedankt dat je ze zo snel opgestuurd hebt.'

'Heb je ze gelezen?'

'Doorgekeken.'

'Dus niet gelezen,' concludeerde hij.

'Nee, ik heb ze niet gelezen.'

'Dus ik kan "doorgekeken" als een kleine "dichterlijke vrijheid" opvatten?' vroeg hij met één opgetrokken wenkbrauw.

Charley glimlachte. 'Ik heb het vreselijk druk gehad, en je dossiers zijn erg...'

'Grondig?'

'Saai,' verbeterde Charley.

Jill barstte in lachen uit. Haar lach klonk spontaan en luid, en haar hele gezicht straalde. 'Heeft ze jou even te pakken, Alex.'

'Ja, dat heeft ze zeker.'

'Dit is nu precies waarom ik zeker weet dat jij de juiste persoon voor deze taak bent,' zei Jill tegen Charley.

'Hoezo?'

'Je bent voor niemand bang,' legde Jill uit. 'Je kunt iedereen aan, zelfs Alex.' Ze schoot weer in de lach. 'Ik verwacht dat je mij flink aan de tand zult voelen. Je zult lastige vragen stellen, de júíste vragen. Je zult me uithoren om alles boven tafel te krijgen. En je zult me op tegenstrijdigheden wijzen, zoals je zojuist ook met mijn brief deed.'

Charley voelde zich gevleid, ook al wilde ze dat niet. *Ze zegt precies de juiste dingen,* hoorde ze Glen in gedachten zeggen. *Ze doet een beroep op je ego én op je nieuwsgierigheid.* Ze schraapte haar keel. 'Er mogen absoluut geen tegenstrijdigheden meer zijn.'

'Dat zal ook niet meer gebeuren. Ik beloof het.'

'Wat ga je doen als ik nee zeg?' vroeg Charley.

'Hoe bedoel je?'

'Wat ga je dan doen? Wie ga je dan benaderen?'

'Niemand,' antwoordde Jill. 'Dat heb ik ook in mijn brief geschreven. Jij bent mijn eerste en enige keus.'

'Bedoel je dat je bereid bent het verhaal over wat er werkelijk met die kinderen gebeurd is mee het graf in te nemen?'

Jill liet zich achteroverzakken in haar stoel. 'Daar heb ik nog niet over nagedacht. Ik ging er eigenlijk niet van uit dat je nee zou zeggen.'

'Charleys zus is schrijfster,' zei Alex. Charley rechtte haar rug. 'Wist je dat?'

'Natuurlijk weet ik dat. Anne Webb is haar zus. Ze is heel bekend.'

'Ik moet bekennen dat ik haar werk niet ken,' zei Alex.

'Hij had ook nog nooit van jou gehoord,' zei Jill tegen Charley, haar advocaat met een sierlijk handgebaar wegwuivend. 'Anne schrijft romans,' legde ze uit, alsof de vrouwen elkaar persoonlijk kenden. 'Ik vind ze niet zo goed,' voegde ze eraan toe. 'Als je het niet erg vindt dat ik dat zeg.'

'Vind je ze niet goed?' vroeg Charley.

'Nee, niet zo. Ze zijn zo voorspelbaar. Ik hoop niet dat je het erg vindt,' voegde ze er nogmaals aan toe.

Charley schaamde zich bijna dat het haar koud liet. 'Smaken verschillen,' zei ze.

'Haar boeken komen altijd op hetzelfde neer. Je weet wel. De namen zijn anders, maar in wezen is het steeds hetzelfde verhaal. Jongen ontmoet meisje. Meisje gaat bij hem weg. Uiteindelijk krijgt die jongen het meisje toch. En ze leefden nog lang en gelukkig.'

'Dat soort romantiek lijkt me echt iets voor jou,' merkte Alex op.

'O ja?' vroeg Jill. 'Ik heb het anders nog nooit meegemaakt.'

'Ik ook niet,' viel Charley haar bij.

'Zie je wel. Ik zei toch al dat we veel gemeen hebben.'

'Zover zou ik niet willen gaan,' zei Charley koel.

'Ik bedoelde niet... Wees alsjeblieft niet beledigd... Het spijt me...'

'Hou op met die verontschuldigingen,' beval Jills advocaat op scherpe toon. 'Je hebt niets verkeerds gezegd.'

'Ik wilde niet suggereren dat...'

'Dat weet ze heus wel,' zei Alex, iets vriendelijker. 'Toch, mevrouw Webb?'

'Charley heeft nog een zus, Emily,' kwam Jill haar te hulp. 'Zij is televisieverslaggever. Ze heeft ook nog een broer. Wat hij doet heb je volgens mij nog nooit verteld, toch?' vroeg ze Charley.

Logisch, want hij doet niets, dacht Charley. 'Hij heeft z'n draai nog niet echt gevonden,' zei ze. 'Hij heeft trouwens vroeger iets met je zus gehad. Wist je dat?'

'Wat?' riep Jill.

'Wat?' echode Alex.

'Verbazend, vind je niet? Blijkbaar hebben ze elkaar een paar jaar geleden op de avondschool leren kennen en zijn ze een paar keer uit geweest. Jullie hebben elkaar nooit ontmoet, begrijp ik?'

'Volgens mij niet. Pamela nam haar vriendjes nooit mee naar huis. Niet dat ze zoveel vriendjes had. Wow! Wat toevallig, hè?'

'Ik geloof niet zo in toeval,' verklaarde Charley.

'Echt niet?' vroeg Jill met een verbaasde blik. 'Bedoel je dat je denkt dat het het lot of zoiets is?'

'Ik geloof al helemaal niet in het lot.'

'Echt niet? Waar geloof je dan in?'

'We zijn hier niet om over mij te praten,' zei Charley geërgerd.

'Ik geloof dat alles wat er gebeurt een reden heeft,' zei Jill. 'Ook toevalligheden. Als je begrijpt wat ik bedoel.' Ze giechelde. 'Volgens mij is dit een voorteken. Alsof het zo heeft moeten zijn.'

Charley onderdrukte een huivering. 'Ben je gelovig?' vroeg ze.

'Ik ben doopsgezind opgevoed; mijn ouders sleepten ons elke zondag naar de kerk. Maar het was echt zo saai. Het kon me niet boeien. Maar Ethan haatte het gewoonweg. Zodra hij oud genoeg was om mijn vader tegen te spreken keerde hij de kerk de rug toe. Daarna stopte ik ermee. Alleen Pamela gaat nog steeds.' Jill grinnikte. 'Ik herinner me dat toen we klein waren Pammy altijd zei dat ze non wilde worden. Dat dreef mijn vader tot razernij. Een keer sloeg hij zo hard tegen de zijkant van haar hoofd, dat ze aan één oor doof raakte. "We zijn niet katholiek. We zijn doopsgezind, godverdomme!" schreeuwde hij.' Weer grinnikte Jill.

'Vind je dat grappig?' vroeg Charley.

'Dat hij haar sloeg niet natuurlijk. Dat vind ik niet grappig. Maar het beeld dat ik van hem in mijn hoofd heb, hoe hij stond te schreeuwen: "We zijn doopsgezind, godverdomme!" Dat is best grappig.'

'Dus je gelooft in God,' zei Charley.

'Jij niet?'

'Ik weet het niet.'

'O, je móét in God geloven,' drong Jill aan.

'Moet dat? Waarom?'

'Omdat zonder God niets zin heeft.'

'En met Hem wel?'

Jill staarde haar niet-begrijpend aan.

'Wat heeft het voor zin dat drie onschuldige kinderen door jouw toedoen dood zijn?'

'Ik hield van die kinderen,' zei Jill.

'Aparte manier om dat te laten zien.'

'Ik heb ze nooit pijn willen doen.'

'Je hebt ze gemarteld,' bracht Charley haar in herinnering. 'Je hebt hun doodskreten opgenomen.'

Jill schudde ontkennend haar hoofd. 'Nee…'

'Kleine kinderen die om hun mama schreeuwen…'

Jill sloeg haar handen voor haar oren, alsof ze zich voor het geluid van het geschreeuw wilde afschermen. 'Hou alsjeblieft op. Niet doen.'

'Is dat wat ze zeiden? Smeekten ze je op te houden?'

'Nee, hou alsjeblieft op.'

'Oké,' kwam Alex tussenbeide. 'Zo is het wel genoeg, Charley.'

'Waar zijn de videotapes?'

'Wat bedoel je?' vroeg Jill, haar gezicht nat van de tranen.

'Er gingen geruchten over videotapes.'

'Alleen geruchten,' zei Alex. 'De politie heeft maandenlang gezocht maar niets gevonden.'

'Dat wil niet zeggen dat ze niet bestaan.'

'Ze bestaan,' bevestigde Jill na een korte adempauze.

Er viel een stilte.

Charley merkte dat ze haar adem inhield. *Zijn er écht videotapes?* wilde ze gillen. In plaats daarvan fluisterde ze: 'Waar zijn ze?'

'Ik weet het niet.'

'Je moet je toch kunnen herinneren waar je ze gelaten hebt.'

'Ik heb ze nergens gelaten. Ik heb ze nooit gehad.'

'Maar iemand anders wel?' Charley keek naar Alex, die haar blik beantwoordde, even verbaasd als zij.

'Dit hoor ik voor het eerst,' gaf hij toe, met zijn hand over zijn voorhoofd wrijvend.

'Zie je, ik zei toch al dat zij de juiste persoon was voor de klus,' zei Jill. Door haar tranen heen klonk iets van triomf in haar stem.

'Je begrijpt dat je het verder wel kunt schudden als ik maar even het idee krijg dat je niet eerlijk tegen me bent, als ik je ooit op een leugentje om bestwil betrap of als ik maar het vermoeden heb dat je spelletjes zit te spelen,' maakte Charley haar duidelijk, zoals ze Alex Prescott al eerder had gezegd.

'Dat begrijp ik.'

'Als ik een contract voor het boek afsluit, krijg jij geen enkele vergoeding. Geen cent.'

'Dat wil ik ook helemaal niet.'

'Als het je niet bevalt wat ik schrijf, heb je pech.'

'Ik weet zeker dat dat niet zal gebeuren.'

'Als het wel zo is…'

'Heb ik pech.'

'Ben je bereid dat in een verklaring vast te leggen?'

'Absoluut.' Jill keek naar haar advocaat. 'Alex?'

'Ik zal maandagochtend meteen de papieren opmaken,' stemde hij in.

'Betekent dit dat we een deal hebben?' vroeg Jill hoopvol.

Charley slikte een brok in haar keel weg. Waar liet ze zich in hemelsnaam mee in? 'We hebben een deal.'

10

'Je had gelijk,' zei Charley, terwijl ze op de voorbank van Alex' oude cabriolet ging zitten. In het uur dat ze binnen de gevangenismuren hadden doorgebracht, hadden de wolken plaatsgemaakt voor een stralend blauwe lucht. 'Het heeft niet geregend.'

'Natuurlijk niet,' mompelde Alex glimlachend.

Charley vroeg zich af of hij een van die mannen was die altijd gelijk hadden of zo'n type dat dat altijd alleen maar dacht. Ze reikte in haar tas naar haar zonnebril, terwijl hij zijn veiligheidsgordel vastklikte en de auto startte. 'Wist je dat echt niet van die videotapes?' vroeg ze.

'Ik wist dat er geruchten gingen.' Hij reed achteruit de smalle parkeerplek uit en draaide in de richting van de gevangenispoort.

'Heeft ze je nooit verteld dat ze echt bestaan?'

'Er is blijkbaar wel meer over mijn cliënt wat ik niet weet.'

'Denk je nog steeds dat ze onschuldig is?' vroeg Charley.

'Ik heb nooit gezegd dat ze onschuldig is. Ik heb gezegd dat ze gecompliceerd is.'

'Gecompliceerd of geslepen?'

Alex dacht even over Charleys vraag na. 'Dat moet je zelf maar beoordelen.'

'Enig idee waar de tapes zijn?'

'Nee, ik zou het niet weten.'

'Ze heeft ze niet bij jou in bewaring gegeven?'

'Advocaten mogen geen bewijs achterhouden, Charley,' antwoordde hij licht geërgerd, terwijl een bewaker gebaarde dat hij de poort door kon rijden.

'En als je nu eens niet wist wat er op de tapes stond?'

'Dan zou ik wel ontzettend stom zijn,' antwoordde hij simpelweg, 'maar geloof me, dat ben ik niet.'

'Jij gelooft dus dat er nog iemand bij betrokken was,' stelde Charley vast, hoewel het in feite meer een vraag was.

'Dat heb ik altijd gedacht, ja.'

'Weet je wie het is?'

'Nee. Ze wil het mij niet zeggen.'

'Heb je enig idee?'

'Een paar.'

'Wil je ze vertellen?'

'Haar broer is een vreselijke etterbak.'

'Ik dacht dat hij een alibi had.'

'Hij zei dat hij zich toen Tammy Barnet vermist werd bij zijn vriendin verborgen hield – die natuurlijk zei dat zijn verhaal klopte – en zijn vader heeft zijn alibi ten tijde van de moord op de Starkey-kinderen bevestigd.'

'Geloof je hem niet?'

'De vader is nog erger dan die broer. Het zou me niets verbazen als ze er op de een of andere manier allebei iets mee te maken hebben.'

'En Jills vriendje?'

'Gary? Nee, uitgesloten. Hij was de stad uit toen Tammy vermoord werd, en bovendien beweert hij dat hij ten tijde van de Starkey-moorden geen verhouding meer met Jill had.'

'Heb je zin om ergens een kop koffie te gaan drinken?' Charley had geen idee waar haar voorstel opeens vandaan kwam. De adrenaline pompte nog door haar lijf van het bezoek aan Jill en cafeïne was wel het laatste wat ze nodig had. Bovendien wilde ze graag weer in Palm Beach terug zijn voordat Glen James thuisbracht. Toch had ze behoefte aan een time-out, een paar minuten om alle gebeurtenissen tot zich door te laten dringen. Alles was zo snel gegaan. Ze wilde nog even respijt en het allemaal laten bezinken.

'Dat kan niet,' antwoordde Alex. 'Ik moet echt terug.' Hij gaf geen nadere uitleg.

'Familieverplichtingen?'

'Zo zou je het kunnen zeggen.'

'Hoe bedoel je?'

Hij glimlachte. 'Die zaak waar ik het al eerder over had, over die inhalige broer tegen zijn zus, de zus tegen haar tante…'

'... en de hele club tegen de moeder,' concludeerde Charley.
'Vindt je vrouw het niet erg dat je op zaterdag zo hard werkt?' Mijn hemel, kon het nog doorzichtiger? Achter haar zonnebril draaide ze met haar ogen. Waarom vroeg ze niet gewoon of hij getrouwd was? Kon het haar überhaupt iets schelen?

'Ik ben niet getrouwd,' antwoordde hij.

'Gescheiden?'

'Nee.'

'Geen interesse?'

'Is dit een huwelijksaanzoek?' Voor het eerst sinds ze weer in de auto zaten, keek hij haar aan.

Charley lachte. 'Sorry. Het was niet de bedoeling je uit te horen.'

'Natuurlijk wel. Je bent niet voor niets journalist, toch?'

'Het was meer een poging tot een gesprek.'

'Je probeert informatie los te krijgen, bedoel je,' verbeterde hij.

'Is dat soms verboden?'

Nu was het zijn beurt om te lachen. 'Niet echt.' Maar vervolgens liet hij niets meer los.

Ze zwegen tot ze bij de toegang tot de tolweg kwamen.

'En, wat vond je van haar?' vroeg hij, terwijl hij een kaartje van de tolwegbeambte aanpakte en in het zakje van zijn overhemd stak.

'Ze is minder imposant dan ik dacht.'

'Ja, het is maar een klein grietje.'

'Toch dwingt ze ontzag af.'

'In welk opzicht?'

'Ik weet het niet. Ze heeft iets, iets waardoor je weet dat zij degene is die de dienst uitmaakt.'

Alex keek verbaasd. 'Interessante observatie.'

'Ben je het er niet mee eens?'

'Daar moet ik even over nadenken.' Hij zweeg. 'Wanneer wil je haar weer ontmoeten?'

Charley probeerde te bedenken hoe de komende weken eruitzagen, maar de auto vermeerderde snelheid en door de wind in haar gezicht kon ze zich moeilijk concentreren. Ze moest haar stem verheffen om zich verstaanbaar te maken. 'Gun me even de tijd om je kopieën en dossiers door te nemen, het een en ander zelf te onderzoeken, een paar uitgevers te bellen, een voorstel te schrijven...'

'Komt volgende week zaterdag je uit?'

Ze streek haar haar achter haar oren en hield het daar met beide handen vast. 'Eh… de weekenden komen mij meestal niet goed uit. Mijn kinderen…'

'O ja. Ik was vergeten dat je kinderen hebt.'

'Jij kennelijk niet,' zei Charley, hoewel het ook dit keer meer een vraag was.

'Nee. Ik heb me mezelf ook nooit met kinderen kunnen voorstellen.'

'Vind je ze niet leuk?'

'Integendeel. Ik vind kinderen geweldig.' Hij haalde zijn schouders op. 'Nou ja. Je weet maar nooit.'

'Je weet nooit', beaamde ze.

Ze reden een paar tellen zwijgend verder.

'Wanneer schikt het je wel Jill weer te ontmoeten?' vroeg hij.

Charley bladerde in gedachten haar agenda door. 'Woensdag over een week?'

'Ik zal kijken wat ik kan regelen.'

'Misschien kunnen we elke week een paar uur reserveren, plus zo nu en dan de zaterdag.'

'Lijkt me een goed idee.'

'Hopelijk langer dan een uur. Misschien twee of zelfs drie?'

'Drie uur is zeer onwaarschijnlijk. Maar, zoals ik al zei, ik zal kijken wat ik kan doen.'

'Heeft Jill de beschikking over een telefoon?'

'Beperkt telefoongebruik is toegestaan.'

'Ze kan me op kantoor bellen wanneer ze maar wil. Of op mijn mobiel. En brieven schrijven kan natuurlijk altijd. Misschien kan ze met haar kindertijd beginnen. Zeg dat ze niets moet weglaten. Ik bepaal wat relevant is en wat niet.'

'Ik zal het tegen haar zeggen.'

'Oké.' Charley liet zich achterover in haar stoel zakken, plotseling helemaal uitgeput. 'Oké.'

'Gaat het?'

'Alleen een beetje moe.'

'Plannen voor vanavond?'

'Nee, niets.' Vroeg hij haar uit? Als dat zo was, hoe moest ze dan reageren? Het was waarschijnlijk geen goed idee om zakelijk en privé te mengen, besloot ze. Nu moest ze terugkrabbelen en een of andere smoes verzinnen die hij niet door zou hebben. 'Nou, dat is fijn,' zei hij. 'Dan kun je een warm bad nemen, Chinees bestellen en de hele avond voor de buis hangen.'

Oké dan, dacht Charley, terwijl ze een steek van teleurstelling voelde. Wat was er met haar aan de hand? Waarom voelde ze geen opluchting? Ze vond hem helemaal niet bijzonder scherpzinnig of aantrekkelijk. Terwijl hij dat toch best was. Hij was gewoon niet haar type. Hij zag er veel te netjes uit, te ballerig. Ze hield meer van mannen die wat aan de sjofele kant waren. Trouwens, ze vond het zojuist toch zo'n slecht idee om zakelijk en privé te mengen? En hoe moest het verder als ze na een paar afspraakjes tabak van hem had? Zo ging het immers altijd bij haar. Wat zou het voor haar werkrelatie met Jill betekenen als ze hem zou dumpen? Zou Alex zijn cliënt kunnen overtuigen Charley van het project te halen?

Ze zuchtte. Waarom ze misschien vaag in Alex Prescott geïnteresseerd was, was omdat hij niet de minste interesse in haar getoond had. En we willen nu eenmaal altijd wat we niet kunnen krijgen, dacht ze, terwijl ze haar ogen dichtdeed en haar haar tegen haar gesloten oogleden wapperde.

Het volgende ogenblik zat ze op de grond van de slaapkamer van haar ouders te kijken hoe haar moeder een stapeltje los opgevouwen bloesjes in een koffer gooide. 'Wat doe je, mam?'

'Mama moet een tijdje weg, schat.'

'Waarheen?'

'Naar een land dat Australie heet.'

'Waar is dat?'

'Ver weg.'

'Mag ik met je mee?'

'Nee, lieverd, dat kan niet.'

'Huil je daarom?'

'Ja, liefje. Daarom huil ik. Omdat ik je verschrikkelijk zal missen.'

'Maar waarom kan ik dan niet met je mee?'

'Omdat ik wil dat je thuisblijft om voor mij op je broertje en je zusjes te passen.'

'Hoe lang blijf je weg?'

'Dat weet ik nog niet.'

'Ik wil niet dat je weggaat.'

'Weet ik, schatje. Maar ik moet wel.'

'Is het belangrijk?'

'Ja, het is belangrijk.'

'Belangrijker dan ik?'

'Niks is belangrijker dan jij,' had haar moeder geantwoord, en ze was nog harder gaan huilen.

'Maar waarom ga je dan?'

'Omdat ik geen keus heb.'

'Waarom niet?'

'Misschien dat ik je dat ooit nog eens kan uitleggen.'

'Leg het nu maar uit.'

'Dat kan ik niet.'

'Waarom niet?'

'Omdat het heel gecompliceerd is.'

'Wat betekent "gecompliceerd"?'

'Mijn hemel, Charlotte. Kun je voor één keer niet zoveel vragen stellen?'

'Charley,' klonk een stem, haar mijmeringen binnenglippend als een indringer een open raam.

Charley schoot verschrikt op, waardoor haar veiligheidsgordel onmiddellijk straktrok en haar op haar plaats hield.

Alex staarde haar aan. 'Je had een nachtmerrie,' legde hij rustig uit.

Het duurde enige seconden voor ze begreep waar ze was. Ze waren nog steeds op de tolweg; door de drukte was het verkeer genoodzaakt in een slakkengangetje te rijden. 'Hoe laat is het? Hoe lang heb ik geslapen?'

Hij keek op zijn horloge. 'Het is over vieren. Je was ongeveer veertig minuten buiten westen.'

'Ongelooflijk. Ik val 's middags nooit in slaap.'

'Het komt vast door al die frisse lucht in je gezicht.'

'Heb je nog kunnen werken toen ik bewusteloos was?' Ze zag de koptelefoon om zijn nek bungelen.

'Ik heb een poging gedaan, maar ik kon me niet concentreren.'

'Sorry dat ik geen aangenamer gezelschap was.'

'Heb je vaak nachtmerries?' vroeg hij.

'Tegenwoordig niet meer zoveel.'

'Vroeger wel?'

'Als kind wel, ja.'

'Waar ging deze over?'

'Ik weet het niet meer,' loog Charley, de gemakkelijkste weg kiezend.

'Ik kan mijn dromen ook nooit onthouden,' zei Alex. 'Kleine stukjes, misschien. Soms word ik midden in de nacht badend in het zweet wakker omdat ik denk dat ik achtervolgd word door een vent met een mes...'

'Ik denk dat ik die vent ken,' zei Charley.

'Een grote man in een zwarte jas met een vaag, onduidelijk gezicht?'

'Ja, dat is hem.'

'Nou, je mag hem hebben.'

'Dank je.'

Alex glimlachte. 'Vertel eens iets over je kinderen.'

'Wat kan ik vertellen? Ze zijn volmaakt.'

Hij lachte. 'Natuurlijk. Ik had ook niet anders verwacht. Hoe heten ze?'

'Franny en James. Hij is vijf, zij is acht.'

'Franny en James,' herhaalde hij. 'Leuke namen.'

'Mijn zussen zijn het er niet mee eens. Ze hadden liever Franny en Zooey gehad.'

'Sorry, wat zeg je?'

'Franny en Zooey,' herhaalde ze, dit keer luider. 'Dat is een boek van J.D. Salinger. "Een inferieur boek van een inferieure schrijver," zou mijn vader zeggen.'

Alex keek verbaasd.

'Het is een soort traditie in onze familie om onze kinderen literaire namen te geven. Mijn zussen en ik zijn vernoemd naar de gezusters Brontë,' vertrouwde ze hem toe, terwijl ze zich afvroeg waarom ze hem eigenlijk iets zou toevertrouwen en besloot hem de bijbehorende anekdote over *Charlottes Web* te ontzeggen. 'Anne en Emily hebben de literaire traditie allebei voortgezet. Anne heeft haar kinderen Darcy en Tess genoemd.'

'Uit *Trots en vooroordeel* en *Tess van de d'Urbervilles*,' zei Alex.

'Ik ben onder de indruk,' zei Charley, en dat was ze absoluut. De meeste advocaten die ze kende lazen alleen juristenbladen en op z'n tijd een spionageroman.

'En Emily?'

'Catherine, natuurlijk!'

'Natuurlijk, de hoofdpersoon uit *Woeste hoogten*.'

'Je bent erg snel,' merkte Charley op.

'Sommige mensen noemen het ad rem.'

'Ook goed. Ik hou wel van ad rem.'

Alex glimlachte en richtte zijn aandacht weer op de snelweg. 'We zijn er bijna,' zei hij, naar de afrit bij Okeechobee knikkend.

Tien minuten later bracht hij de auto voor haar huis tot stilstand. 'Bedankt. Ik waardeer het heel erg wat je allemaal gedaan hebt.' Ze maakte haar veiligheidsgordel los en duwde het portier open.

'Het was me een genoegen.'

'Ga je nog even mee iets drinken?' vroeg ze en beet daarna op haar onderlip. Wat was er met haar aan de hand? Wilde ze de middag werkelijk nog rekken? Was hun voorraad onbenullige onderwerpen zo langzamerhand niet uitgeput?

'Ik kan echt niet,' antwoordde hij. 'Maar ik bel je als ik wat zaken geregeld heb. Waarschijnlijk tegen het eind van de week.'

'Afgesproken.' Charley stapte uit.

'Bel me als je vragen hebt.'

'Doe ik. Nogmaals bedankt.' Ze zwaaide terwijl Alex de straat uit reed, maar hij keek niet om. Charleys vingers bleven een paar seconden doelloos in de lucht hangen voordat ze besefte dat er iemand naar haar keek. 'Lynn, hallo!' riep ze naar haar buurvrouw, die haar boos aanstaarde van achter de grote Amerikaanse vlag die het grootste gedeelte van haar voortuin in beslag nam.

Maar Lynn weigerde haar groet te beantwoorden. Ze draaide zich om op haar overdreven hoge hakken en haastte zich over het paadje naar haar huis. Een paar tellen later weerklonk het geluid van haar dichtslaande voordeur door de straat.

Charley had nog net genoeg tijd om te douchen en haar favoriete jeans aan te trekken toen Glen James thuisbracht van hun middagje in de Lion Country Safari.

'Het was fantastisch,' gilde James, door het huis naar het toilet rennend.

'Gelukkig,' riep Charley hem na. 'Hoe vond jij het?' vroeg ze Glen, die bij de voordeur heen en weer drentelde en er, zoals steeds, schandalig aantrekkelijk uitzag. Ze was blij dat haar gevoel over hem juist was gebleken.

'Het was fantastisch,' herhaalde hij.

'Ik kan je niet zeggen hoezeer ik het waardeer…'

'Hoeft helemaal niet. Hoe ging het bij Jill Rohmer?'

'Het ziet ernaaruit dat ik dat boek ga schrijven,' antwoordde ze.

'Weet je zeker dat je dat echt wilt?'

'Ja, ik weet het zeker,' verzekerde ze hem, zich realiserend dat dit inderdaad zo was.

'Nou, dat is fijn voor je. Gefeliciteerd.'

'Dank je. Nu moet ik alleen nog een uitgever vinden.'

'Ik kan me niet voorstellen dat dat een probleem zal zijn.'

'Hopelijk niet,' zei ze, en ze merkte dat ze niet wilde dat hij wegging. 'Wil je iets drinken? Daar ben je vast wel aan toe.'

'Nee, laat ik dat maar niet doen.'

'Spannende date?'

'Spannende nachtclub,' antwoordde hij. 'En een spannende date,' gaf hij meteen daarna toe.

Charley probeerde haar teleurstelling met een snelle glimlach te verbloemen. In één middag hadden twee mannen haar afgewezen. Voor het eerst. 'Volgens mij heb je me nooit verteld waarom je me laatst belde,' waagde ze te zeggen. Hij had vast gebeld om haar uit te vragen.

'Ik wilde gewoon weten of het goed ging met je broer.'

'O.' God, het was wel duidelijk dat ze niet meer wist hoe het moest. 'James,' riep ze richting het toilet, harder dan haar bedoeling was. 'Kom Glen even gedag zeggen.'

'Ik zit op de wc,' riep James terug.

'Dezelfde situatie als ik vanochtend aantrof,' zei Glen lachend. 'Dag, James. Tot gauw.'

'Dag, Glen.'

'Ik ben je nog iets leuks verschuldigd,' bracht Charley hem in herinnering.

Hij stond halverwege de gang toen hij zich naar haar omkeerde. 'Maak je geen zorgen,' zei hij. 'Daar kom ik echt nog wel op terug.'

II

Die vrijdag werd de volgende brief van Jill op Charleys kantoor bezorgd:

Beste Charley,

Ik kan je niet zeggen hoe spannend ik het vond je zaterdag te ontmoeten. Het was alsof mijn mooiste fantasie uitkwam. Je was precies zoals ik gehoopt had, nog beter zelfs. Niet alleen ben je in het echt mooier dan op je foto in de krant – je zou echt eens een nieuwe moeten laten maken, want deze doet je totaal geen recht – maar ook was je net zo slim en gevat als ik gedacht had. Je liet me nergens mee wegkomen, en dat is precies wat ik nodig heb, en wat dit boek nodig heeft, om ervoor te zorgen dat het hele verhaal verteld wordt.

Ik hoop trouwens dat Alex het je niet al te moeilijk maakt. Ik weet dat hij het niet zo ziet zitten dat jij dit project gaat doen; in ons laatste telefoongesprek zei hij dat hij nog steeds vindt dat we iemand met meer ervaring en 'intellectuele bagage' zoals hij dat noemt moeten vinden – ik moest hem eraan herinneren dat je aan Harvard hebt gestudeerd! – maar laat je alsjeblieft niet ontmoedigen door zijn negatieve houding of aan het twijfelen brengen dit boek te gaan schrijven. Het is niet zo dat hij je niet mag. Hij mag je echt wel. Het is gewoon zijn manier om me te beschermen. Ik ben ervan overtuigd dat hij je talent over een tijdje net zo zal waarderen als ik. Laten we dus bewijzen dat hij het bij het verkeerde eind heeft en een verdomd goed boek schrijven. Ik kan niet genoeg benadrukken hoezeer ik naar onze samenwerking uitkijk.

Zo, meneer Prescott vindt me dus nog steeds niet geschikt voor de klus, dacht Charley, en het irriteerde haar dat Alex' mening over haar beperkte 'intellectuele bagage' haar stoorde. 'Zelfingenomen kwast,' mompelde ze.

Hij vertelde me trouwens dat hij voor volgende week woensdag een ontmoeting probeert te regelen, en hoewel ik het jammer vind dat we nog zo lang moeten wachten voor we elkaar weer zien, ben ik blij dat het allemaal de goede kant op gaat. Ik ben je in het bijzonder dankbaar voor je vriendelijke aanbod dat ik je wanneer ik maar wil op kantoor of op je mobiel mag bellen. Ik beloof dat ik geen misbruik van je ruimhartigheid en welwillendheid zal maken en je alleen zal bellen als me iets heel belangrijks te binnen schiet of als ik denk dat ik het beter niet aan het papier kan toevertrouwen. Ik wil niet dat je me zat wordt. Ik zal echt niet lastig zijn, ik beloof het.

Ik ben het overigens helemaal eens met je idee om brieven te gaan schrijven. Zo besparen we veel tijd en het zou voor jou handig kunnen zijn om je vragen voor te bereiden. Niet dat ik je probeer voor te schrijven hoe je je tijd moet indelen. Dat is mijn bedoeling niet. Ik zou het niet in mijn hoofd halen een schrijver van jouw kaliber te vertellen wat te doen. Ik vind het gewoon zo fantastisch dat we gaan samenwerken, dus ik hoop dat je het niet erg vindt als ik soms al te enthousiast overkom.

Een bijkomend voordeel van het schrijven van brieven is dat het me iets te doen geeft. Ik ben zo vaak alleen in mijn cel, en ook al mogen ter dood veroordeelden een radio en een zwart-wit tv'tje in hun cel hebben – wist je dat trouwens? – soms wil je gewoon met iemand praten. (En dan bedoel ik niet de andere gevangenen.) Toegegeven, brieven schrijven is een beetje eenzijdig, maar ik doe gewoon alsof je hier bij me bent. Ik stel me voor dat je me aankijkt, aandachtig naar me luistert en me hopelijk probeert te begrijpen. Zelfs als dat alles is wat we bereiken, zou het voor mij genoeg zijn.

Alex zei dat jij dacht dat ik met mijn kindertijd moest beginnen. Dat lijkt me een uitstekend idee. We zijn tenslotte allemaal het product van onze kindertijd. Wie we als volwassenen zijn is het resultaat van wie we als kind waren, hoe we werden behandeld en wie en wat onze normen en waarden vormden. We zijn wie we waren – maar dan groter. Ben je het daarmee eens?

Charley liet de brief op haar schoot zakken. '"Wie we als volwassenen zijn,"' herhaalde ze hardop, '"is het resultaat van wie we als kinderen waren." Daar kan ik het wel mee eens zijn.' Ze haalde diep adem en liet de lucht ontsnappen alsof ze rook van een sigaret uitblies. *We zijn wie we waren*, las ze nogmaals in stilte. *Maar dan groter.* 'Je vindt jezelf zeker vreselijk slim, hè?' peinsde ze hardop.

'Ja, best wel. Nu je het zegt,' klonk de stem van Mitch Johnson achter haar.

Charley draaide zich met een ruk om. 'Fijn dat je even klopt,' zei ze tegen haar bolwangige, rondbuikige chef.

'Een deur zou ook fijn zijn, maar wat maakt het eigenlijk uit, we moeten roeien met de riemen die we hebben.' Hij kwam dichter bij haar stoel staan. Charley ving een vleug van zijn lichaamsgeur op. 'Nog dreigmails ontvangen?'

Charley legde Jills brief omgekeerd op haar knieën. 'Nee. Al de hele week niet.'

'Nou, dat is een hele opluchting.'

'Ja, dat is het zeker.' Ze wachtte tot hij óf iets zou zeggen, óf zou vertrekken. 'Kan ik iets voor je doen, Mitch?'

'Michael vertelde me dat je een boek over Jill Rohmer gaat schrijven.'

'Klopt, ja.'

'Het was fijn geweest als je het me zelf verteld had.'

'Het is allemaal nog in een heel vroeg stadium,' wierp Charley tegen. Ze was niet in de stemming om zich met Mitch' gekwetste ego bezig te houden 'Ik heb nog niet eens een contract.'

'Het is tamelijk onbekend terrein voor je, vind je niet?'

'Daar kom ik vanzelf wel achter, lijkt me.'

'Ik kan je wel helpen... Je een beetje wegwijs maken. Etentje? Morgenavond?'

Maakte hij een grapje, vroeg Charley zich af. 'Nee, ik kan niet,' antwoordde ze. 'Geef maar aan je vrouw door dat ik je aanbod zeer waardeer.'

'Polly en de kinderen zijn dit weekend de stad uit. We kunnen dat nieuwe Braziliaanse restaurant mooi uitproberen.'

Charley schudde haar hoofd. 'Ik vind dit echt niet kunnen, Mitch.'

'Kom op, Charley. Niet zo moeilijk doen, hoor. Je denkt toch niet dat ik het serieus meen, hè? Waar is je gevoel voor humor?'

'Heb ik niet, Mitch. Verder nog iets?'

'Je column van zondag,' antwoordde hij even daarna. 'Niet je beste.'

'Wat was er mis mee?'

'Veel te serieus.'

'Dronken rijden is nu eenmaal een serieus onderwerp,' zei Charley.

Zijn wenkbrauwen gingen tegelijkertijd omhoog. 'Het lijkt me beter de serieuze onderwerpen aan de serieuze journalisten over te laten.'

Net op het moment dat Charley de telefoon naar zijn hoofd wilde smijten begon hij te rinkelen. Mitch Johnson liep glimlachend de werkcel uit. 'Charley Webb,' snauwde ze in de hoorn.

'Mevrouw Webb, u spreekt met Ella Fiorio, de secretaresse van Alex Prescott.'

Charley zag in gedachten de diep gebruinde vrouw met haar onflatteuze kapsel voor zich. Ze haalde diep adem en probeerde Mitch Johnson uit haar gedachten te bannen. 'Hallo, hoe gaat het?'

'Goed, dank u. Meneer Prescott vroeg me u te bellen inzake Jill Rohmer.'

Even vroeg Charley zich af waarom Alex haar niet zelf belde.

'Hij vroeg mij door te geven dat hij voor volgende week woensdag om één uur een ontmoeting voor u met mevrouw Rohmer heeft kunnen regelen die twee uur lang zal duren. Ik hoop dat het uitkomt.'

Charley maakte een snelle berekening. Een twee uur durende ontmoeting met minstens anderhalf uur reistijd heen en terug betekende dat ze tussen elf en vijf bezet zou zijn. En dat betekende dat ze iemand zou moeten vinden die na schooltijd op Franny en James kon passen. Ze dacht aan Glen en schudde haar hoofd bij de gedachte aan de vorige keer, toen ze zo brutaal was geweest hem te vragen. Ze kon hem moeilijk nog een keer bellen. Trouwens, ze had de hele week niets van hem gehoord. Die spannende date was zeker wel heel spannend geweest.

'Mevrouw Webb, bent u daar nog?' vroeg de secretaresse.

'Ja, het komt goed uit.'

'Oké. Ik zal het aan meneer Prescott doorgeven.' Ze hing op voordat Charley de kans had te vragen of Alex wel of niet bij het gesprek aanwezig zou zijn, en of ze voor die tijd nog van hem zou horen.

Nog een aantrekkelijke man die geen behoefte had om met haar te praten, dacht ze. In tegenstelling tot de Mitch Johnsons in de wereld. Ze richtte haar aandacht weer op de brief op haar schoot.

Oké, waar zal ik beginnen?

Ik denk dat we wel kunnen beginnen met het eerste wat ik me herinner en dat is, geloof het of niet, dat ik in mijn ledikant sta en de longen uit mijn lijf schreeuw. Ik kan niet ouder dan twee jaar zijn geweest, hoewel mijn vader volhoudt dat het onmogelijk is je iets uit die tijd te herinneren, maar ik zweer je dat ik nog weet dat ik in dat ledikant sta, me aan de spijltjes vasthoud en keihard gil omdat mijn broer Ethan mijn teddybeer heeft afgepakt. Hij zit op de grond en rukt zo hard aan de armen van mijn beer dat ze er afscheuren. Al het vulsel loopt over het kleed, net als bloed.

Ethan beweert dat het nooit gebeurd is, maar ik weet het zeker omdat mijn zus Pammy me verteld heeft dat zij het zich ook herinnert. Ze is drie jaar ouder dan ik en moet toen dus zo'n jaar of vijf geweest zijn. En Pam heeft een fotografisch geheugen. Ze hoeft iets maar één keer te zien en ze slaat het in haar geheugen op. Net als een fototoestel.

'Of een videorecorder,' fluisterde Charley.

Ik kan er nog steeds niet over uit dat mijn zus jouw broer kent. Als ik haar weer zie zal ik eens vragen hoe dat zit. (Hoe heet hij ook al weer? Uit een van je columns herinner ik me zoiets als Brad, maar dan anders, het was een naam die minder vaak voorkomt.) Niet dat Pam ooit bij me op bezoek komt. Waarschijnlijk zul jij haar eerder zien dan ik. Als je haar spreekt wil je dan alsjeblieft zeggen dat ik haar mis en dat ik hoop dat ze me ooit kan vergeven dat ik haar zoveel pijn heb aangedaan. Wil je haar zeggen dat het nooit mijn bedoeling is geweest haar te kwetsen en dat het me echt spijt dat zij heeft moeten lijden omdat ik fouten heb gemaakt.

Zussen zijn maar raar, vind je niet? Omdat jij er twee hebt, begrijp je vast wat ik bedoel. Ze zijn je eigen vlees en bloed, ze zijn uit hetzelfde hout gesneden, dus zou je verwachten dat we op elkaar lijken. Qua uiterlijk lijken Pammy en ik zeker op elkaar. We zijn alle twee klein en blond en we hebben bruine ogen, alleen zijn mijne donkerder. Haar ogen zijn groter en er zitten kleine gouden vlekjes in. 'Toverstof' noemde mama die vlekjes altijd, en ik was stikjaloers omdat ik geen toverstof in mijn ogen had. Op een keer probeerde ik iedereen voor de gek te houden; ik ging naar de vieze, oude schuur in onze achtertuin en haalde daar alles overhoop, met de bedoeling stof in mijn ogen te krijgen. Uiteindelijk had ik overal stof, behalve in mijn ogen. Ik zat helemaal onder. Mijn moeder vond het ontzettend grappig, maar mijn vader zag er de humor niet van in. Van hem moest ik die vieze jurk 's middags aan naar een verjaardagsfeestje bij de buren. Ik schaamde me vreselijk en wilde er niet meer heen, maar hij zei dat als ik niet ging hij de kop van mijn schildpad zou afsnijden om me een lesje te leren. Dus natuurlijk ging ik toch naar dat feestje. Ik nam mijn schildpad mee – ze heette Tilly – en verstopte haar in de zak van mijn jurk. Maar ze moet eruit gekropen zijn, want toen ik later in mijn zak voelde was ze er niet meer en ik heb haar daarna nooit meer gezien. Pammy zei dat de kat van de buren haar waarschijnlijk gegrepen had. Mijn vader vond het net goed voor me. Mijn moeder zei dat het Gods wil was.

Maar om terug te komen op het onderwerp zussen, het verbaast me hoe verschillend mensen kunnen zijn, mensen die uit dezelfde ouders voortkomen en die in hetzelfde gezin zijn grootgebracht, met dezelfde normen en waarden en zo. Ik zal een voorbeeld geven: Pam was altijd een voorbeeldig kind. Ze had nooit problemen, maakte altijd haar huiswerk en haalde alleen maar hoge cijfers, terwijl ik altijd in de penarie zat. Ze had veel vrienden en vriendinnen, hoewel ze bij de jongens niet zo populair was als ik. Ze was een idealist, zo noem je dat geloof ik. Ze had het er altijd over dat ze bij het vredeskorps wilde en naar Afrika wilde gaan om arme mensen met aids en zo te helpen. Mijn vader zei dat als ze zich zo graag voor arme mensen wilde inzetten, ze thuis kon blijven om hem met mijn moeder te helpen, bij wie ongeveer tien jaar daarvoor MS was geconstateerd. Uiteindelijk is Pam dat ook gaan doen. Ook al slaagde ze als beste van haar klas voor haar eindexamen, ze is nooit gaan studeren. Een aantal jaren geleden heeft ze een paar avondcursussen gevolgd, maar daar is het bij gebleven. Nadat ik in moeilijkheden kwam, is ze een soort kluizenaar geworden. Ze kwam het huis niet meer uit, zorgde voor mijn moeder en kookte voor mijn vader en broer. Ethan is al in de dertig, maar woont nog steeds thuis. Hoe vind je dat? Hij is een tijdje getrouwd geweest, maar zijn vrouw heeft hem eruit gegooid toen hij een paar tanden uit haar mond geslagen had.

Ik dwaal geloof ik een beetje af. Wat ik probeer duidelijk te maken is dat Pammy en ik dan wel zusjes zijn, maar dat we ook tegenpolen zijn van elkaar. (Of is het Pammy en mij?) Ik was altijd de lastpost, ik zat altijd in de nesten. Het was niet zo dat ik vervelend wilde zijn. Dat wilde ik helemaal niet. Ik probeerde echt om goed te zijn. Zoals in de kerk. Het was echt geen pretje om elke zondag naar die predikant te luisteren die zei dat je voor elk kleinigheidje in de hel zou belanden. Ik kreeg zo langzamerhand het idee dat je nog beter in de hel kon zijn dan in de kerk. Die man was zo verdomde saai dat ik niet stil kon zitten en ging wiebelen en draaien, maar dan stak mijn vader zijn hand uit en gaf me een draai om mijn oren. Algauw kreeg ik een grote mond. Ik werd opstandig en op school raakte ik achter. Tot ik Wayne Howland leerde kennen, hij veranderde mijn leven en liet me zien hoe het anders kon.

Maar ik ga weer een beetje te snel. Je wilde weten hoe mijn jeugd was, en ik spring maar van de hak op de tak. Ik denk dat mijn geest gewoon zo werkt en dat ik daarom altijd in de moeilijkheden zat.

Maar wat weet ik nog meer van mijn jeugd? Nou, ik herinner me mijn moeder.

"'Ik herinner me mijn moeder,'" zei Charley, terwijl ze achterover in haar stoel leunde en haar armen en benen strekte. Ze legde de brief neer en pakte de telefoon. 'Hoi, mam,' zei ze, toen haar moeder de telefoon opnam nadat die één keer was overgegaan. 'Hoe is het?'

'Goed, schat. Ik ben blij dat je belt.'

'Sorry dat ik je niet teruggebeld heb. Ik heb het heel druk gehad.'

'Natuurlijk, lieverd.'

'Hoe was je cruise?'

'Het was fantastisch. Ik heb het geweldig gehad. Je kon er ook gokken. Ik heb vijftig dollar gewonnen.'

'Vijftig hele dollars?'

'Je weet hoe ik ben, lieverd. Op het moment dat ik win, kap ik ermee.'

'O, dat wist ik helemaal niet.'

'Ik ben geen echte gokker, denk ik.'

Charley wilde er bijna tegenin gaan. Noem je een vrouw die niet alleen haar gezin, maar haar hele leven achter zich laat om zichzelf aan de andere kant van de wereld opnieuw te ontdekken geen gokker?

'En ik heb een heel aardige man ontmoet,' vervolgde haar moeder, met iets van een meisjesachtige opwinding in haar stem.

'Heb je een man ontmoet?'

'Een weduwnaar uit Newark. Hij heet Phil Whitmore. Ik vind het zo'n vreselijk mooie naam, vind je ook niet? Hij is een gepensioneerde investeringsbankier die op zoek is naar een flat aan zee. Het zou leuk zijn als dat lukt want ik ben dol op de zee.'

'Mam?' onderbrak Charley haar.

'Ja, schat?'

'Je bent lesbisch,' bracht ze haar moeder in herinnering.

'Ik denk dat het woord "biseksueel" meer van toepassing is, liefje,' protesteerde Elizabeth. 'Phil vond dat trouwens geweldig interessant.'

'Ik denk niet dat ik dit gesprek nog langer aankan,' zei Charley.

Haar moeder lachte. 'O, lieverd, wat ben je toch een engel.'

'Luister, ik bel je eigenlijk om je een gunst te vragen,' stak Charley van wal.

'Zeg het maar.'

'Ik moet woensdagmiddag in de buurt van Fort Lauderdale zijn.'

'Wil je dat ik op de kinderen pas?'

Charley hoorde de hoopvolle klank in haar moeders stem. 'Als je het niet erg vindt.'

'Erg? Ik vind het fantastisch!'

'Het kan zijn dat ik er elke woensdag heen moet. Althans voorlopig.'

'Des te beter.'

'Ik ben tegen vijven thuis.'

'Doe maar rustig aan, lieverd.'

'Misschien kunnen we met z'n allen eten als ik thuiskom.'

'Ik zal iets speciaals maken,' zei haar moeder.

'Dat hoeft niet, hoor.'

'Laat mij maar mijn gang gaan.'

Charley glimlachte. 'Oké,' gaf ze toe. 'Maak maar wat je lekker vindt.'

'Je vond mijn geroosterde kip altijd zo heerlijk. Ik maakte het met sinaasappelsap.'

'Dat weet ik niet meer,' loog Charley. In werkelijkheid hing de geur van haar moeders geroosterde kip al zo sterk om haar heen, dat ze de smaak ervan bijna proefde.

'Geroosterde kip is eigenlijk ook niet zo speciaal.'

'Het klinkt juist heerlijk. Graag, als je het niet erg vindt...'

'Natuurlijk vind ik het niet erg. Bedankt, schat.'

'Doe niet zo gek. Ik zou jou moeten bedanken.'

'Onzin. Nou, dan zie ik je woensdag,' zei haar moeder.

'Kun je rond elf uur bij me zijn?'

'Ik ben er. Ik hou van je, lieverd.'

'Tot woensdag,' zei Charley, en ze hing op. Ze sloot haar ogen en voelde de tranen opwellen. Ik herinner me mijn moeder, dacht ze opnieuw, en ze herinnerde zich de vreselijke dagen na haar moeders vertrek naar Australië, de lege weken die maanden werden en de eenzame maanden die overgingen in jaren, zonder één telefoontje, zonder één brief.

Natuurlijk bleek later dat Elizabeth Webb wel gebeld had, zo vaak zelfs dat Charleys vader een nieuw, geheim telefoonnummer had aangevraagd. Dat ze elke dag geschreven had, maar dat al haar brieven ongeopend waren teruggestuurd. Ze was zelfs een keer naar Connecticut teruggegaan om met de hulp van een advocaat een bezoekregeling te bespreken, maar Robert Webb had geen toestemming gegeven en werd uiteindelijk door de rechter gesteund. Noch Charley, noch haar broer en zussen wisten er iets van. Ze wisten alleen dat hun moeder hen verlaten had.

Mijn moeder was de vredestichter in ons gezin, las Charley, haar aandacht weer op Jills brief vestigend.

Ze probeerde de boel altijd te sussen en te voorkomen dat we elkaar afmaakten. Dat zal niet gemakkelijk geweest zijn en ik heb altijd gedacht dat het een van de dingen was die uiteindelijk tot haar ziekte hebben geleid.

Geloof jij dat dat kan? Geloof jij dat onze geestelijke toestand ons lichamelijk welzijn kan beïnvloeden? Ik denk van wel. Ik weet nog dat ik altijd verschrikkelijke maagpijn kreeg als ik zenuwachtig of verdrietig was. Voor een belangrijk proefwerk bijvoorbeeld of voor een examen. Toen kleine Tammy Barnet overleden was, was ik zo ziek dat ik nauwelijks mijn bed uit kon komen.

Het was in elk geval niet gemakkelijk om in ons gezin op te groeien. Mijn vader was vreselijk opvliegend. Hij ging voortdurend door het lint. Mama zei altijd dat hij een perfectionist was, dat hij strenger voor zichzelf dan voor een ander was, maar dat ging er bij mij niet in. Voorzover ik het kon beoordelen waren wij het die leden, en bleef hij altijd buiten schot. (Wat betekent dat eigenlijk, buiten schot?) Ik vind het trouwens sowieso een vreselijk slap excuus. Als je een perfectionist wilt zijn, doe dat dan vooral. Maar laat anderen erbuiten. Bedenk eens hoe mooi de wereld zou zijn als we gewoon de filosofie 'leven en laten leven' zouden aanhangen.

Dit klinkt vast heel ironisch uit mijn mond. Maar ik geloof erin. Ondanks alles.

Mijn moeder dacht dat ze het iedereen naar de zin moest maken. Als ik aan haar denk, en dat doe ik heel vaak, zie ik haar voor me in haar oranje met bruin gebloemde schort, gebogen over het fornuis, roerend in een grote pan eigengemaakte soep. Mijn moe-

der is niet groot, zelfs nog kleiner dan ik, en ze weegt maar iets van veertig kilo. Of liever gezegd, dat woog ze. Sinds ze in haar rolstoel zit weegt ze denk ik nog minder. Ik durf te wedden dat ze haar haar nog steeds in hetzelfde model heeft: haar roodbruine krullen in een knot achter op haar hoofd opgestoken en eromheen een bruin netje net als verkoopsters van verse producten in de supermarkt. Ik weet nog dat mijn vingers er een keer in verstrikt raakten toen ik klein was, dat het netje aan een van mijn nagels bleef hangen en scheurde, dat mijn vader woest werd en al mijn nagels met een grote schaar zo ver afknipte dat het ging bloeden.

Mijn moeder vond het vreselijk als mijn vader een van ons te lijf ging. Ze probeerde hem tegen te houden, maar hij luisterde niet. Soms maakte haar gesmeek het alleen maar erger. Soms sloeg hij haar ook. Toen ze een keer de karbonades had laten aanbranden werd hij razend en drukte hij haar gezicht in de aardappelpuree. Toen ik ging huilen, gooide hij mijn bord op de grond en moest ik van de grond eten, als een hond.

We hebben een tijdje een hond gehad. Hij heette Sam. Mijn vader en broer mishandelden hem. Ze bonden hem vast in de achtertuin en zetten zijn eten net iets buiten zijn bereik. Het arme beest krabde over de grond en probeerde naar die bak met eten te komen, maar kon het niet. Als hij jankte, soms dagenlang, ging Ethan naar buiten en schopte hem. Het was vreselijk zielig. Als ze de kans kreeg gaf mijn moeder hem restjes eten, maar een keer betrapte mijn vader haar en sloeg hij haar in elkaar. Vervolgens schoot hij de hond voor onze ogen neer. Daarna hebben we nooit meer huisdieren gehad.

'Goeie god,' fluisterde Charley, bijna bang om verder te lezen.

Ik maak het waarschijnlijk erger dan het was. Mijn moeder zei altijd dat ik de neiging heb te overdrijven. En ik wil niet dat je denkt dat er geen goede tijden waren. Die waren er vaak. Zoals die keer dat mijn vader ons allemaal mee naar Disney World nam. Pammy werd tien en in een opwelling besloot hij haar verjaardag daar te vieren. We gingen met de auto. Ik weet niet of ik al verteld heb dat we in Dania woonden, een stadje even buiten Fort Lauderdale, iets voorbij het vliegveld. *Ken je het? Het is klein en het wordt steeds kleiner. Het was altijd een centrum voor antiek, maar het is een soort spookstadje geworden. De hoofdstraat bestaat alleen maar uit griezelige oude winkels. Vroeger kwamen mensen helemaal uit Florida om er te winkelen. Maar de laatste jaren is het behoorlijk achteruitgegaan, waarschijnlijk vanwege internet en eBay, en veel winkels zijn gesloten. Jammer. Nu is er niks meer.*

Maar ik had het over Disney World. Het was geweldig. We overnachtten in een motel met paarse gordijnen en rode muren. Het was in Kissimee, wat ik uitsprak als Kiss-a-me, in plaats van Kiss-ie-mie. Het was te duur om in Disney World zelf te overnachten, maar dat was niet erg. We waren dol op ons sjofele motelletje en we hadden twee kamers; een voor mijn ouders en een voor Ethan, Pam en mij. Onze kamer had twee tweepersoonsbedden. Het ene bed was bedoeld voor Ethan, het andere voor Pam en mij. Maar midden in de nacht tilde Ethan mij naar zijn bed en kroop zelf naast Pam. Toen zag ik dat hij boven op haar ging liggen. Even daarna hoorde ik haar huilen en roepen dat hij moest stoppen. Ik dacht dat hij haar kietelde. Ik wilde niet dat hij naar mij kwam om me te kietelen, want dat deed hij heel hard, dus ik deed net of ik sliep. De volgende dag waren de lakens bebloed en ik hoorde Ethan tegen Pam zeggen dat het de volgende keer nog meer pijn zou doen als ze het aan iemand zou vertellen. Ik begreep niet waarom je van kietelen zou gaan bloeden en ik denk dat ik het ook niet wilde weten. Maar ik kwam er gauw genoeg achter. We gingen dus naar Disney World, en ik moet bekennen dat ik me uitstekend amuseerde. Ik vergat Pammy en de bebloede lakens helemaal. We gingen in alle attracties en als ik het uitgilde, drukte mijn vader me tegen zich aan en noemde me zijn snoepje. En dat was fijn. Ik vond het heerlijk om zijn snoepje te zijn.

Maar er waren meer goede tijden. Goede tijden en slechte tijden. Net als in elk gezin, denk ik. Maar ik word een beetje moe en ik krijg kramp in mijn pols dus houd ik het voor vandaag voor gezien. Ik zal je morgen weer een brief schrijven en ik kijk ernaar uit je woensdag weer te zien. Twee hele uren. Wow!

Ik weet zeker dat ik je genoeg stof tot nadenken heb gegeven en dat je veel vragen zult hebben. Probeer niet te hard te oordelen.

Niemand is helemaal goed of helemaal slecht, dus ik heb mijn fa-
milie hun tekortkomingen vergeven. Wat staat er ook al weer in de
Bijbel? 'Vergeef ons onze schulden, zoals ook wij hebben vergeven
wie ons iets schuldig was.'

Tot ziens. Ik kan niet wachten je te zien.

Veel liefs,

Jill

P.S. Hebben er nog uitgevers toegehapt? Laat het me onmiddellijk
weten als je beet hebt.

Charley vouwde de brief op en deed hem in haar tas. Ze stond op,
verliet haar werkcel, liep naar het damestoilet aan het eind van een
lange gang, sloot zich in de eerste de beste wc op en barstte in tranen uit.

12

De bouwvakker met de gele helm stond op het dak van de buren toe te kijken, terwijl Charley haar oprit opreed. Bij het uitstappen glimlachte ze naar hem, en hij glimlachte terug. 'Hoe is het?' riep hij.

'Prima,' riep Charley terug. 'En met jou?'

'Gaat wel. Ik heb zin in het weekend.'

'Nou, veel plezier dan.' Charley keek argwanend om zich heen. Het laatste waar ze zin in had was een scène met Gabe Lopez. Ze was nauwelijks bekomen van de confrontatie met Mitch Johnson.

Waar haalde hij het lef vandaan haar column te gebruiken om zich te wreken voor het feit dat ze hem had afgewezen, dacht ze, terwijl ze haar voordeur openmaakte. In werkelijkheid was haar column voor de krant van komende zondag de beste sinds maanden. Misschien minder sexy dan haar laatste paar bijdragen, maar haar semi-serieuze suggestie om mensen die met een slok op achter het stuur zaten uit hun auto's te sleuren en ter plekke neer te schieten was absoluut controversieel en provocatief. Misschien zou zelfs haar broer ervan opkijken en zou het hem ertoe bewegen haar telefoontjes eens te beantwoorden. Waar hing hij trouwens uit? Ze had al een week niets van hem gehoord.

Nóg een man die haar uit de weg leek te gaan, besefte ze, terwijl ze de deur achter zich dichttrok en meteen naar haar slaapkamer liep. Ze voelde zich een beetje misselijk.

Geloof jij dat onze geestelijke toestand ons lichamelijk welzijn kan beïnvloeden?

Ik weet niet meer wat ik moet geloven, dacht Charley, toen ze haar slaapkamer in liep en haar witte t-shirt verving door een exemplaar dat exact hetzelfde was. Ik geloof dat kinderen het recht hebben om in een gezin op te groeien waar hun huisdieren niet voor hun ogen worden afgeslacht, waar ze niet worden gedwongen van de vloer te eten, waar ze niet worden geslagen en niet seksueel worden misbruikt.

Vertelde Jill haar de waarheid? En ook al zou alles wat ze zei of suggereerde waar zijn, was dat dan een excuus voor haar gedrag? Was het feit dat Jill Rohmer als kind ernstig was misbruikt een rechtvaardiging voor de onmenselijke manier waarop ze later andere kinderen had behandeld?

We zijn tenslotte allemaal het product van onze kindertijd. Wie we als volwassenen zijn is het resultaat van wie we als kind waren, hoe we werden behandeld en wie en wat onze normen en waarden vormden. We zijn wie we waren.

'Maar dan groter,' zei Charley hardop.

Maar hoe was het dan te verklaren dat de duizenden kinderen die er jaarlijks werden misbruikt toch konden uitgroeien tot liefdevolle, verantwoordelijke volwassenen? En omgekeerd, hoe kon het dat kinderen van liefhebbende, zorgzame ouders zich ontwikkelden tot gewetenloze, meedogenloze moordenaars? Hoe kon het dat de ene zus ervan droomde lid te worden van het vredeskorps, terwijl de andere fantasieën koesterde over het afslachten van onschuldige kinderen?

Ook al worden we gevormd door onze jeugd, dacht Charley, terwijl ze naar de keuken liep, er bestaat wel degelijk zoiets als een keuze. We zijn wat we dóén. Het is niet alleen een kwestie van groot of klein. Ze trok de koelkast open, pakte een gingerale en dronk rechtstreeks uit het blikje. Kijk ook eens naar je eigen familie, dacht ze. Nee. Doe het niet.

Maar het was al te laat. Haar broer en zussen stonden al op een rij naast haar. Emily met haar keurige, blonde, korte kapsel en haar suikerzoete verslaggeefsterstem, Anne met haar zachte kastanjebruine haar losjes opgestoken, Bram met zijn lenige ledematen en zijn lange wimpers. Wat zijn we verschillend, dacht Charley, en ze probeerde hen uit haar gedachten te bannen. Maar toch ook weer niet. De drie zussen waren ambitieus en op een vergelijkbaar vakgebied succesvol. Ieder van hen had kinderen uit verschillende stukgelopen relaties. Alle drie hadden ze te kampen met onzichtbare wonden.

Het was de manier waarop ze met die wonden omgingen die hen verschillend maakte.

En Bram?

Hij was gevoeliger dan zijn zussen, dat was zeker, meer geneigd tot zelfdestructief gedrag en opgeven zonder te vechten.

Gewoon... alles meer.

En minder.

We zijn tenslotte allemaal het product van onze kindertijd.

Was dat de reden dat ze zo vastbesloten was te zorgen dat haar eigen kinderen de beste jeugd kregen die er mogelijk was, waarom ze altijd klaarstond om hen te verwelkomen als ze uit school kwamen, waarom ze nooit langer dan twee dagen bij hen was weggeweest? Was dat ook de reden waarom het idee van het huwelijk haar zo tegenstond, waarom ze nooit langer dan twee maanden een relatie met een man had en waarom ze zichzelf het genoegen verliefd te worden niet gunde?

'Of misschien heb ik de ware jakob nog niet ontmoet,' zei Charley. Ze nam het laatste slokje gingerale en keek op haar horloge. De kinderen konden elk moment thuiskomen. Ze deed de voordeur open en ging op het stoepje zitten wachten. Ze hield van deze minuten van afwachting, waarin ze zich de gezichten van haar kinderen voorstelde en de vanzelfsprekendheid waarmee hun blik opfleurde zodra ze haar zagen. Ze vroeg zich af of haar moeder dit gevoel ooit gekend had. Maar als Charley zich haar moeder wachtend bij de voordeur probeerde voor te stellen, zag ze een lege plek. Haar sterkste jeugdherinnering aan haar moeder was haar afwezigheid.

En toen plotseling, twintig jaar nadat ze weggegaan was, was ze er weer. Charley herinnerde zich dat eerste telefoontje woord voor woord.

'Charlotte?' had een vrouwenstem aarzelend gevraagd.

Charley had onmiddellijk geweten dat het haar moeder was. Over dit moment had ze gefantaseerd, op dit moment had ze zich heel haar leven voorbereid. *Waar ben je? Waar was je al die tijd? Denk je dat je na al die jaren gewoon weer mijn leven in kunt komen walsen?* Maar toen het eindelijk zover was, was ze sprakeloos. Ze kon geen woord uitbrengen. Geen geluid was mogelijk. Ze kon nauwelijks ademhalen.

'Charlotte, lieverd, ben je er nog? Hang alsjeblieft niet op,' had haar moeder eraan toegevoegd, juist toen Charley dat overwoog. 'Ik ben het, je moeder. Dat hoor je toch wel? Zeg alsjeblieft iets, schat. Ik weet dat ik het niet verdien, maar zeg alsjeblieft iets.'

Waar ben je? Waar was je al die tijd? Denk je dat je na al die jaren gewoon weer mijn leven in kunt komen walsen?

'Hoe heb je me gevonden?' had Charley uiteindelijk kunnen uitbrengen.

'Ik heb een privédetective ingehuurd. Hij zei dat ik gewoon op internet had moeten kijken, dat ik je zelf wel had kunnen vinden. Maar ik snap niks van dat verdomde ding en, mijn god, wat ben ik blij dat ik je stem hoor. Gaat het goed met je, lieverd? Zullen we afspreken? Ik ben hier in Palm Beach. Ik kan nu meteen naar je toe komen.'

'Denk je dat je na al die jaren gewoon weer mijn leven in kunt komen walsen?' had Charley gevraagd, toen ze uiteindelijk de kracht verzameld had om die woorden haar mond uit te persen.

'Ik snap dat je kwaad bent,' had haar moeder gezegd. 'Ik weet dat ik geen vergeving verdien. Dat verwacht ik ook niet. Ik hoop dat ik de kans krijg het uit te leggen. Alsjeblieft, Charley.'

Charleys keel kneep zich samen en haar ogen vulden zich met tranen. 'Waarom noem je me zo?'

'Ik heb al je columns gelezen, schat. Vanaf de allereerste vorig jaar. De detective had ze voor me gevonden. Hij had ze uitgeprint. Heel interessant en goed geschreven. Ik ben apetrots.'

'Vond je ze leuk?' hoorde Charley zichzelf vragen.

'Ik vond ze fantastisch! En de naam van je column 'WEDD SITE' en je e-mailadres, CharleysWeb.com, zo goed gevonden, schat, ook al heb ik geen snars verstand van computers. De detective adviseerde om via e-mail contact met je te zoeken. Hij vond dat minder riskant dan een rechtstreekse benadering, en toen hij zag dat het idee van een e-mail me tegenstond bood hij zelfs aan het voor me te doen – maar ik wilde je stem horen. Kunnen we afspreken, alsjeblieft?'

Nee, we kunnen niet afspreken. Je hebt ons verlaten. Je maakt geen deel meer uit van mijn leven. Ik haat je.

'Oké.'

'O, dank je, lieverd. Wanneer? Ik kan nu meteen komen.'

'Weet je die fontein midden in het winkelcentrum?'

'Nee, maar die vind ik vast wel.'

'Ik zie je daar over een uur.' Voor ze van gedachten kon veranderen hing Charley op.

Toen ze aankwam stond haar moeder al te wachten, ook al was ze twintig minuten te vroeg. De beide vrouwen herkenden elkaar onmiddellijk, ook na al die jaren. Elizabeth Webb was nog steeds net zo indrukwekkend als in Charleys herinnering, haar haar nog even zwart en haar benen nog even lang. Hoewel haar lichte huid rimpeltjes vertoonde en haar donkere ogen troebel waren van de tranen, was ze nog even mooi als altijd. Charley had zich opzettelijk niet opgemaakt of omgekleed. Ze droeg de spijkerbroek en het blauwe T-shirt dat ze de hele dag al aanhad.

'God, wat ben je mooi,' had haar moeder gezegd.

De kalmerende klank van haar moeders stem werd plotseling overstemd door keiharde hamergeluiden van het dak van haar buurman. Charley keek op en zag dat de knappe bouwvakker met de gele helm op één knie balanceerde naast zijn maat, die minder leuk was en ook een gele helm ophad. De hamers in hun hand bewogen ritmisch op en neer, maar waar ze nu precies op sloegen was onduidelijk. Het gehamer duurde nu al weken. De hele buurt was de afgelopen jaren flink opgeknapt. De eens oninteressante verzameling vervallen straatjes in een ernstig verwaarloosd deel van de stad waar voornamelijk armen en asocialen woonden, was nieuw leven ingeblazen met de komst van het spectaculaire openluchtwinkelcentrum – bekend als City Place – het theater, het schitterende Kravis Centrum voor Uitvoerende Kunst en als laatste het spelonkachtige Palm Beach Congresgebouw. Stuk voor stuk hadden ze het stadsdeel meer werk, meer toeristen en meer geld bezorgd, met als gevolg dat er steeds meer gebouwd werd. Dit deel van Okeechobee tussen Congress en Dixie was niet langer alleen de route naar het centrum van Palm Beach – zo snel mogelijk, de raampjes dicht en de deuren op slot – maar was nu een doel op zich geworden.

Het resultaat was dat de omgeving een stuk was verbeterd. Dure, nieuwe appartementencomplexen verrezen als paddenstoelen uit de grond, bestaande huizen werden opgekocht, afgebroken en opnieuw opgebouwd. Charley was vlak na Franny's geboorte in haar bungalowtje getrokken. De eerste paar jaar huurde ze het en daarna had ze het geld dat haar grootmoeder haar had nagelaten als aanbetaling gebruikt om het te kopen, hoewel haar vader tegen zijn zin in toestemming had gegeven. Ze zat er al toen Lynn en Wally Moore het huis op de hoek betrokken, ze had gezien hoe Gabe Lopez zijn toenmalige bruid over de drempel droeg en ze had bezwaar aangetekend toen de familie Rivers naast haar een zwembad begon uit te graven in de achtertuin. Ze had gezien dat oude dakbedekkingen geleidelijk aan door nieuwe Spaanse dakpannen vervangen werden, dat er op de tweede verdieping slaapkamers werden gebouwd en keukens onder handen werden genomen. Er was altijd wel iemand bezig. De een had zijn gereedschap nog niet opgeborgen, of de ander begon alweer te klussen. Alleen Charleys huis zag er nog zo uit als op de dag dat ze er introk.

De schoolbus kwam de hoek om en Charley sprong op. Even later hielp Franny haar jongere broertje de straat over. Hij hield zijn laatste kunstwerk hoog boven zijn hoofd. 'Het zijn herten die water drinken uit een meertje midden in het bos,' zei hij, wijzend naar drie vreemd gevormde bruine klodders, een blauwe cirkel en een stel groene strepen. 'Zie je?' vroeg hij. 'Zie je de herten?'

'Fantastisch,' antwoordde Charley, en ze meende het. Ze wendde zich tot haar dochter. 'En jij, liefje? Heb jij ook iets gemaakt?'

'We hebben geen schilderen op vrijdag,' antwoordde Franny, op een manier alsof ze dat al duizend keer had gezegd.

'Dat is waar ook. Vergeten.'

'Ik heb dorst,' kondigde James aan.

'Heb je er nog aan gedacht appelsap te kopen?' vroeg Franny. Uit de toon waarop ze het zei bleek dat ze al vermoedde dat haar moeder ook dit vergeten was.

Shit, dacht Charley. 'Sorry. Ik ga het straks nog wel even kopen.'

Een zwarte Chevrolet kwam de hoek om en stopte op de oprit van het buurhuis. Doreen Rivers, een aantrekkelijke brunette van achter in de veertig, stapte uit de auto en begon boodschappen uit de achterbak te laden.

'Wacht. Ik zal je even helpen,' bood Charley aan. Ze liep erheen en nam een zware tas met boodschappen over uit de handen van de verbaasde vrouw.

'Wil je mijn schilderij zien?' riep James, op haar afrennend. 'Het zijn herten die water drinken uit een meertje midden in het bos.'

'Mooi, zeg,' zei Doreen Rivers, terwijl haar ogen bijna uit haar kassen rolden toen Charley een tweede tas uit de achterbak tilde en beide tassen over het pad naar de voordeur sjouwde.

Waarom kijkt ze zo naar me, vroeg Charley zich af. Ze voelde de ogen van haar buurvrouw in haar rug boren. Natuurlijk, ze hadden elkaar amper gesproken sinds Charley bezwaar had gemaakt tegen Doreens zwembad in de achtertuin. Maar zo onvriendelijk was ze toch ook weer niet? Of wel?

'Heb je appelsap gekocht?' vroeg James. 'Mijn mama is het vergeten.'

'Nee, om eerlijk te zijn,' antwoordde Doreen Rivers. 'Maar volgens mij heb ik nog wel wat in de koelkast staan, als jullie willen.'

'Mogen we, mam? Mogen we?'

'Nou, ik…'

'Natuurlijk mogen jullie dat.' Doreen Rivers maakte haar voordeur open en ging een aarzelende Charley en haar enthousiaste kinderen voor in het koele huis. 'De keuken is achter,' legde ze uit.

'Wat een mooi huis,' zei Charley bij het zien van de donkere hardhouten vloer en het strakke, minimalistische interieur.

'Volgens mij is de indeling hetzelfde als jouw huis,' zei Doreen, terwijl ze samen de tassen met boodschappen op het aanrecht zetten van de moderne, zwart met roestvrijstalen keuken. 'Behalve dat wij een derde slaapkamer hebben laten maken, en … het zwembad natuurlijk.'

'Mijn vader bouwt zwembaden,' zei James trots, zijn gewicht van de ene op de andere voet brengend, terwijl Doreen hem en zijn zusje een glas appelsap inschonk.

'Ja. Volgens mij heeft hij ons zwembad ook gebouwd.' Ze wierp een voorzichtige blik op Charley. 'Kan ik je iets fris inschenken?'

'Nee, dank je. We zullen je niet langer ophouden.'

'Het is geen enkele moeite. Trouwens, ik denk dat we nog nooit zo lang met elkaar gepraat hebben.'

'Mijn moeder vindt het beter om niet al te vriendschappelijk met buren om te gaan,' legde Franny uit. Charley deed haar ogen dicht en hoopte dat er een orkaan kwam opzetten.

'Ja, zoiets vermoedde ik al.'

'Waar zijn jouw kinderen?' vroeg James met een stem die glas kon laten breken.

'Ik heb maar één zoon. Hij heet Todd, hij zit op dit moment op school.'

'Drink je glas leeg, James,' beval Charley.

'Ik wil papa's zwembad zien,' zei James. 'Mag dat?'

'James…'

'Natuurlijk mag dat.' Doreen Rivers trok de glazen schuifpui naar de patio open, waar zich een niervormig zwembadje bevond dat bijna de hele tuin in beslag nam. 'Trekken jullie anders thuis je zwemspullen aan, dan kunnen jullie even zwemmen.'

'Mag het mam? Mag het?' vroeg James, aan Charleys arm trekkend.

'Ik dacht het niet.'

'Alsjeblieft!' smeekte hij. Zelfs Franny keek haar verlangend aan.

'Als je het niet vervelend vindt, Doreen.'

'Dan zou ik het niet gevraagd hebben.'

'Oké, bedankt. Dan is het goed.'

'Je hoeft niet bang te zijn dat je met me moet praten, hoor,' zei Doreen plagerig lachend, maar haar woorden werden bijna door James' vreugdekreten overstemd.

Later, toen de kinderen gezwommen en gegeten hadden en onder de wol lagen, werd Charley verrast door een klop op de deur.

'Wie is daar?' vroeg ze, in de veronderstelling dat het waarschijnlijk Doreen Rivers was. Ze kwam natuurlijk een kopje suiker lenen, een zelfgebakken koffiebroodje brengen of iets anders doen wat buren nu eenmaal doen als ze aardig willen zijn, en dat was nu precies wat Charley al die jaren angstvallig had weten te vermijden, omdat dit het risico ervan was. Contact, vriendschap, afhankelijkheid. Wat dat dan ook was. Een goede schutting maakt goede buren, volgens de dichter Robert Frost. Was een impulsief aanbod om een paar boodschappen naar binnen te tillen al genoeg om de imaginaire muur waar ze jarenlang aan gewerkt had af te breken?

Ik denk dat we nog nooit zo lang met elkaar gepraat hebben.

Nou ja. Zo erg is het nu ook weer niet, meende ze, aan Lynn Moore en Gabe Lopez denkend. Vroeg of laat zou ze wel weer een manier vinden om Doreen op afstand te houden. Charley zuchtte en zwaaide de voordeur open.

Een knappe jongeman met bruine krullen en kuiltjes in zijn blozende wangen stond glimlachend aan de andere kant van de drempel. Het duurde even voor Charley wist wie hij was. Ze herkende hem bijna niet zonder zijn gele helm.

'Ik dacht: ik waag het erop, misschien ben je thuis,' zei hij, een fles rode wijn achter zijn rug vandaan toverend. 'Doe je mee?'

Charley keek achter zich, half verwachtend dat James en Franny daar naar hen zouden staan kijken. Maar James en Franny lagen heerlijk te slapen, het was vrijdagavond, ze had in maanden geen echte date gehad en de laatste keer seks was nog veel langer geleden, en... Waar was ze mee bezig? 'Nee, dank je,' antwoordde ze.

'Weet je het zeker?' vroeg hij, terwijl hij probeerde niet al te verbaasd te klinken. Er waren verwarring en ongeloof op zijn knappe gezicht te lezen, waardoor ze begreep dat hij deze truc wel eerder gebruikt had en niet gewend was afgewezen te worden.

Wat kon het eigenlijk voor kwaad? Een paar glaasjes wijn met een knappe onbekende, wat zoete leugentjes fluisteren. Zachte tongzoenen, bedreven liefkozingen die misschien zouden leiden tot een ongecompliceerde, hartstochtelijke vrijage van een paar uur.

Waar? Op de bank? In haar bed?

De kinderen zouden binnen kunnen komen en hen zien.

Wat moest ze dan zeggen? Hoe kon ze het uitleggen?

Nee, deze man is niet jullie nieuwe papa. Ik ken hem nauwelijks. Nee, hij komt hier niet wonen.

Ongecomplicéérd? vroeg ze zich in gedachten af. Sinds wanneer was er iets in haar leven ongecompliceerd geweest?

Ze dacht aan de eerste keer dat Franny naar een verjaardagspartijtje van een klasgenoot was geweest. 'Waar woont de vader van Erin?' had ze gevraagd, toen Charley haar kwam ophalen.

'Hij woont bij Erin en haar mama,' had Charley geantwoord.

De verwarring op Franny's gezicht had plaatsgemaakt voor verbazing. 'Kunnen mama's en papa's dan bij elkaar wonen?' had ze gevraagd.

Charley staarde naar de gespierde jongeman die verleidelijk glimlachend voor haar deur stond. Zonder gele helm was hij nog veel sexyer, dacht ze, en ze voelde dat ze aan haar besluit begon te twijfelen en haar lichaam voor hem zwichtte. 'Ja, ik weet het zeker,' antwoordde ze en zachtjes deed ze de deur dicht.

13

'De term "buiten schot" stamt uit de Middeleeuwen en heeft betrekking op de belasting die stadsbewoners moesten betalen,' zei Charley toen Jill Rohmer de kleine verhoorkamer in Pembroke Correctional werd binnengeleid. 'Volgens het internet heeft "buiten schot" helemaal niets met Schotten, zuinigheid of iets dergelijks te maken,' vervolgde ze, terwijl ze haar onregelmatige hartslag tot bedaren probeerde te brengen. De bewaker maakte Jills handboeien los, verliet de kamer en sloot de deur achter zich.

Jill, gekleed in haar verplichte oranje T-shirt en slobberbroek, trok een stoel naar achteren en ging tegenover Charley zitten. Ze vouwde haar kleine handen op de tafel tussen hen in en staarde Charley met haar marterbruine ogen aan. 'Vertel er eens wat meer over.'

'"Schot" komt van het Scandinavische woord voor "vergoeding",' vervolgde Charley, blij dat ze aan Jills verzoek kon voldoen omdat het haar tijd gaf haar gedachten op een rijtje te zetten. Hoewel ze de afgelopen vijf dagen bezig was geweest met onderzoek en vragen had voorbereid, maakte de aanblik van de jonge vrouw met haar paardenstaart en het gevangenisuniform haar het denken tijdelijk onmogelijk. Het enige waartoe ze in staat was, was informatie opdiepen over de term 'buiten schot', die ze zomaar uit haar mouw schudde. 'De volledige term was eigenlijk "schot ende lot"; "schot" betekende "belasting" en "lot" was het aandeel dat je moest betalen. Alleen de mensen die hun "schot ende lot" betaalden mochten stemmen.'

'Ik mag niet meer stemmen,' onderbrak Jill haar. Meteen daarna: 'Sorry. Ik wilde je niet in de rede vallen. Ga verder.'

'Geeft niet, zo interessant is het nu ook weer niet. Ik zit gewoon wat kennis te spuien.'

'Helemaal niet,' protesteerde Jill. 'Ik vind het hártstikke interessant. Vertel alsjeblieft verder.'

Even dacht Charley dat Jill haar in de maling nam. Maar misschien had zij ook even de tijd nodig om zich te ontspannen en zich voor te bereiden op de moeilijke uren die komen gingen. 'Mensen werden naar draagkracht aangeslagen,' vervolgde Charley vriendelijk, 'en de belasting werd gebruikt om de armen te ondersteunen. Van iemand die de belasting wist te ontduiken werd gezegd dat hij "buiten schot" bleef. Daar komt de uitdrukking vandaan,' besloot ze met een hartelijk knikje. Genoeg onzin, betekende dat knikje. Tijd om te beginnen. Ze haalde een kleine taperecorder uit haar tas tevoorschijn en legde die met haar blocnote en een paar zwarte pennen op de tafel.

'Wow. Ik wist niet dat je een taperecorder zou gebruiken.'

'Ik dacht dat je wel van taperecorders hield,' zei Charley, en ze beet op haar tong toen alle kleur uit Jills hartvormige gezicht wegtrok. Wat was er met haar aan de hand? Wilde ze de jonge vrouw nog voordat ze goed en wel begonnen waren al tegen zich in het harnas jagen? Je vangt meer vliegen met honing dan met azijn, schoot haar te binnen, en ze vroeg zich af waar díé uitdrukking eigenlijk vandaan kwam. 'Sorry. Dat had ik niet moeten zeggen.'

'Je hoeft je niet te verontschuldigen,' zei Jill, maar haar huid bleef asgrauw. 'Ik weet wel hoe je over me denkt.'

'Het leek me een goed idee om onze sessies op te nemen,' legde Charley uit. 'Ten eerste omdat ik niet alles wat je zegt kan opschrijven, hoe langzaam je ook praat. Bovendien wil ik niet dat je daarover na moet denken. Ik wil dat je vrijuit praat, zo snel als je maar wilt, alsof we gewoon met elkaar zitten te praten.' Zo gewoon mogelijk, voorzover dat kan in een afgesloten ruimte voor ter dood veroordeelden, dacht ze, maar ze zei het niet. 'Ten tweede kan er zo later geen verwarring ontstaan over wat er gezegd is. Op deze manier kunnen we toekomstige meningsverschillen voorkomen over wat jij gezegd hebt of als ik je niet goed begrepen heb. Bovendien is een recorder voor mij handig om de context terug te halen of als ik de exacte toon waarop iets gezegd is vergeten ben.'

'Het is een manier om je in te dekken.'

'Dat geldt voor ons beiden.'

'Oké,' zei Jill. 'Ik vind het prima.'

'Oké,' beaamde Charley. 'Ik moet even testen of hij het wel doet.' Ze zette de taperecorder aan.

Jill boog haar schouders naar voren en begon recht in het apparaatje te praten. 'Naam, rang en nummer?' vroeg ze, en ze giechelde zenuwachtig.

Charley spoelde iets terug en drukte toen de PLAY-knop in. 'Naam, rang en nummer?' echode het samen met het meisjesachtige gegiechel door het vertrek. 'Blijkbaar doet hij het.' Ze drukte de stopknop in. 'Je hoeft niet zo dichtbij te praten. Het is een klein apparaat, maar heel goed. Het neemt alles op wat we zeggen, als je wilt kun je zelfs gaan staan of rondlopen.'

'Wow. Die is wel even beter dan de taperecorder die ik had.'

Charley voelde haar adem stokken. Had ze Jill goed verstaan? 'Ben je er klaar voor?' vroeg ze, toen ze weer in staat was te praten.

'Mag ik jou eerst nog wat vragen stellen?'

'Natuurlijk.'

'Heb je al contact gehad met een uitgever?'

'Ik heb er een paar gesproken,' antwoordde Charley, 'en ook een paar literair agenten. Ze leken erg geïnteresseerd.'

'O ja?' Jill keek blij verrast. 'Wat zeiden ze?'

'Ze vroegen of ik een voorstel op papier wilde zetten, daar ben ik al mee begonnen. Ik hoop dat ik hun eind volgende week iets kan toesturen.'

'Goh, spannend hè?'

'Zeker.'

'Wat vindt Alex ervan?'

'Ik heb hem niet gesproken.'

'O nee?' Jill keek teleurgesteld. 'Ik ook niet. Hij zal het wel druk hebben.'

'Kennelijk.'

'Wat vind je van hem?' vroeg Jill.

Charley haalde haar schouders op. 'Hij lijkt me een aardige persoon.'

'Hij is een geweldige advocaat.'

'Ja, ik heb de afschriften van de processtukken gelezen. Hij heeft je verdediging prima gedaan, zo goed als maar kon, gezien de omstandigheden.'

'Welke omstandigheden?'

'Het overweldigende bewijs tegen je.'

Jill tuitte vol afschuw haar lippen, en onmiddellijk daarna toverde ze een vrolijke glimlach tevoorschijn. 'Vind je hem aantrekkelijk?'

'Wat zeg je?'

'Alex. Vind je hem aantrekkelijk?'

'Niet echt op gelet,' loog Charley.

'Nou, ik vind hem best leuk. Hij is wel een beetje conservatief en zal waarschijnlijk over een paar jaar kaal zijn, maar....'

'Jill...' onderbrak Charley haar.

'Sorry,' zei Jill onmiddellijk, alsof ze gewend was zich te verontschuldigen voordat ze wist wat ze verkeerd gedaan had.

'We zijn geen vriendinnen,' herinnerde Charley haar. 'Ik ben hier niet om het gezellig over mannen te hebben.'

'Ik weet het. Sorry.'

'We hebben maar een paar uur; ik wil geen tijd verspillen.'

'Ik snap het.'

'We hebben genoeg om over te praten.'

'Sorry. Laten we nu beginnen. Het spijt me echt.'

'Je hoeft je niet te verontschuldigen.'

'Oké. Sorry.'

Charley zuchtte en drukte de opnameknop van de recorder in. 'Zullen we beginnen met de brief die je me vorige week geschreven hebt?'

'Was hij goed? Was het wat je bedoelde?'

'Ja, er stond veel informatie in.'

'Goed. Ik besloot niet verder te schrijven voor ik zeker wist of je het wel goed vond.'

'Het gaat er niet om of ik het wel of niet goed vind...'

'Nee, natuurlijk niet. Dat bedoel ik ook niet. Ik bedoel... Sorry.'

'Ik begrijp het wel.'

Jill haalde opgelucht adem. 'Oké.'

'In je brief zinspeel je op het feit dat je seksueel misbruikt bent,' zei Charley, met het idee dat het beter was meteen in het diepe te springen in plaats van eerst Jills brief helemaal door te nemen.

'Ik heb niet gezegd dat ik seksueel misbruikt ben,' protesteerde Jill fel. 'Ik zei dat Pam misbruikt was.'

Charley pakte de brief uit haar tas en zocht de betreffende alinea op. '"Ik begreep niet waarom je van kietelen zou gaan bloeden en ik denk dat ik het ook niet wilde weten,"' las ze voor. '"Maar ik kwam er gauw genoeg achter." Wat bedoelde je daar precies mee?'

'Weet ik niet.'

'Hoezo weet je dat niet?' drong Charley aan. '"Maar ik kwam er gauw genoeg achter."'

'Daar wil ik het nu niet over hebben.' Jill vouwde haar armen over elkaar en keek naar de muur tegenover haar.

'Waarom niet?'

'Omdat het te vroeg is.'

'Te vroeg voor wat?'

'Om dat soort dingen te bespreken. Ik vind dat ik je nog niet goed genoeg ken.'

'Bedoel je dat je me niet vertrouwt?'

'Ik vertrouw je wel,' hield Jill vol. 'Maar het is net zoiets als dat je tijdens je eerste afspraakje al seks hebt, weet je wel, nog voordat je eraan toe bent. Je moet me mee uit eten nemen, misschien eerst een paar drankjes voor me bestellen.' Ze draaide met haar ogen en stak haar tong uit, als een speels kind.

'Moet ik je eerst inpalmen?' vroeg Charley ongelovig. Voor de zoveelste keer vroeg ze zich af waar ze in hemelsnaam mee bezig was.

'Ik wil alleen maar zeggen dat ik enige gevoeligheid wel fijn zou vinden,' antwoordde Jill. Het speelse kind was verdwenen en had plaatsgemaakt voor de serieuze volwassene.

Charley knikte. 'Ik wilde niet ongevoelig zijn.'

'Het was een pijnlijke periode in mijn leven.'

'Dat kan ik me voorstellen.'

'Ik vind het moeilijk om over te praten.'

'Waar wil je het wel over hebben?' vroeg Charley, die eieren voor haar geld koos. De directe aanpak was blijkbaar toch niet de beste. Misschien was het beter het initiatief aan Jill over te laten en op het door haar gekozen pad verder te gaan.

'Ik weet het niet. Wat dacht je van Wayne?'

'Wayne Howland?' vroeg Charley, in haar aantekeningen zoekend, hoewel dat niet nodig was.

'Ja. Ik wil wel over hem praten.'

'Oké. Vertel me over Wayne.'

'Hij was mijn eerste echte vriendje.'

'Hoe oud was je?'

'Veertien. Dat weet ik omdat ik toen net voor het eerst ongesteld was geworden. Hoe oud was jij toen je voor het eerst ongesteld werd?'

Charley wilde zeggen dat het haar geen fluit aanging en haar er nogmaals aan herinneren dat ze geen vriendinnen waren die bij elkaar zaten om gezellig herinneringen aan hun persoonlijke hygiëne op te halen. Ze zat hier omdat ze een boek wilde schrijven. Een bestseller, liefst. Een gedegen, belangrijk boek dat in no time in de toptien zou staan en haar critici voor eens en altijd het zwijgen zou opleggen.

Maar misschien was een vriendin precies wat er nodig was om dat doel te bereiken. Als ze door het vertellen van een paar vertrouwelijkheden ervoor kon zorgen dat Jill loskwam en al haar vreselijke geheimen zou prijsgeven, moest dat maar. Charley ging terug in haar herinnering. 'Ik was twaalf,' zei ze.

'Ja? Had je erge kramp in je buik?'

'Weet ik niet meer.' Charley kon zich haar eerste ongesteldheid alleen maar goed herinneren omdat er niemand was om haar te helpen. Haar moeder was ergens in Australië, haar vader zat in zijn studeerkamer, haar zusjes waren jonger en nog naïever dan zij, ze had geen vriendinnen die ze in vertrouwen kon nemen en de toenmalige huishoudster noemde haar eigen menstruatie altijd onheilspellend 'de vloek'. Het weinige wat Charley over die dingen wist kwam uit de lessen gezondheidsleer en uit schoolboeken. Akelig koud en klinisch allemaal, terwijl ze behoefte had aan iemand die zijn armen om haar heen sloeg, iemand die zei dat het allemaal goed zou komen, dat de wereld van de volwassenen die ze betrad helemaal niet zo eng en vreselijk was. Een beetje gevoeligheid was fijn geweest, dacht ze nu, de woorden van Jill herhalend.

'Waarom kijk je zo?' vroeg Jill. 'Waar denk je aan?'

Charley schudde haar hoofd. 'Ik dacht aan de eerste keer dat ik een tampon gebruikte,' antwoordde ze ontwijkend. 'Ik wist niet dat je de papieren huls moest verwijderen.'

'Au!' riep Jill, en ze schoten beiden in de lach.

'Dat was nog voor er plastic inbrenghulzen waren. Maar we hadden het over Wayne,' zei Charley, Jill op het onderwerp terugbrengend.

'Ik vond hem geweldig,' zei Jill. 'Hij was niet zo heel lang. Ik denk iets kleiner dan jij. Hoe lang ben jij trouwens?'

'Een tweeënzeventig.'

'Meer niet? Je lijkt langer.'

'Een tweeënzeventig,' herhaalde Charley.

'Wayne zal zo ongeveer een achtenzestig geweest zijn, tamelijk klein voor een jongen, maar dat kon me niet schelen. Ik bedoel, ik ben ook niet groot, voor het geval je dat nog niet opgevallen was.' Ze maakte een geluid dat meer leek op een zenuwachtig gilletje dan een lach. 'En het was gewoon leuk om een jongen te hebben die niet altijd zo dreigend boven me uittorende.'

'Zoals Ethan?'

'Ja. Zoals Ethan.' Ze zuchtte.

Charley schreef snel in haar blocnote op dat Jill zuchtte. 'Hoe oud was Wayne?'

'Achttien.'

'Een stuk ouder.'

'Ik vond het altijd leuk als ze ouder waren.'

'Ze?'

'Mijn mannen,' antwoordde Jill met een stralende glimlach.

Van een diepe zucht naar een stralende glimlach, noteerde Charley. 'Wat was Wayne voor een jongen?'

'Hij was heel aardig. Je zult het niet geloven maar hij was de zoon van de predikant. Net als in dat liedje van vroeger, hoe was het ook al weer? *"The only man who could ever reach me..."'* zong ze. 'Dat was hij. De zoon van onze predikant. Volgens mij dacht hij dat hij me kon redden of zo.'

'Redden waarvan?'

'Van wat er allemaal in mijn leven gebeurde.'

'Zoals?'

'Hij wist dat mijn vader ons sloeg.'

'Wist hij van Ethan?'

'Van Ethan en Pammy, bedoel je?'

'Van Ethan en jou,' verbeterde Charley. Het was even stil. Charley hoorde de tape zachtjes zoemen in het recordertje. 'Vertel me over Ethan,' drong ze voorzichtig aan.

'Ik heb toch gezegd dat ik daar nog niet over wil praten.'

'Volgens mij wil je het wel,' zei Charley.

'Nou, je vergist je,' snauwde Jill. Ze stond op en begon heen en weer te lopen. 'Goed, wil je nog iets over Wayne horen of niet?'

'Ja, natuurlijk.'

Jill haalde diep adem en ging weer zitten. Ze rukte haar haar los uit het elastiek, nam het vervolgens weer met een ruwe beweging samen en bond het zo stevig vast dat haar voorhoofd straktrok en haar wenkbrauwen omhoog getrokken werden. Toen ze uiteindelijk weer sprak, klonk haar stem hard. 'Wayne was niet groot, zoals ik al zei, en hij was ook niet bijzonder knap. Hij had stekeltjes haar en een slechte huid, maar op de een of andere manier had hij gewoon iets wat ik leuk vond. Misschien omdat hij zo anders was dan Ethan en mijn vader.' Ze haalde haar schouders op. 'Ik weet niet meer waar we elkaar precies ontmoet hebben. Waarschijnlijk in de kerk, want daar zaten we elke week, hij ook. Algauw zochten we elkaar op. Als ik uit school kwam, stond hij aan het eind van de straat op me te wachten. Natuurlijk deed hij eerst alsof hij daar om een andere reden stond, maar na een tijdje begon hij met me mee naar huis te lopen. Soms gingen we naar de film of ergens een ijsje eten. Het was leuk. Hij probeerde nooit iets vervelends.'

'Jullie waren vrienden,' stelde Charley vast.

'Hij was mijn béste vriend. We praatten honderduit. Ik vertelde hem alles.' Ze was even stil. 'Dat was mijn fout,' vervolgde ze. Over haar rimpelloze gezicht trok een schaduw.

'Waarom was dat fout?'

'Hij ging zich anders tegen me gedragen.'

'Hoe ging hij zich gedragen?'

Een lange stilte. 'Zoals Ethan.'

'In welk opzicht gedroeg hij zich zoals Ethan?'

'Ik wil er niet over praten,' antwoordde Jill koppig.

Charley legde haar pen neer. 'Zo blijven we in hetzelfde kringe-tje ronddraaien, Jill.'

'Weet ik.'

'Op deze manier komen we niet verder.'

'Weet ik ook.'

'In welk opzicht leek Wayne op Ethan?' herhaalde ze.

Weer een lange stilte, dit keer nog langer. 'Nadat Pammy onge-steld werd,' begon Jill, 'besloot Ethan dat hij niet langer door kon gaan met wat hij deed zonder het risico te lopen dat hij haar zwan-ger maakte.' Ze zweeg, bewoog haar lippen zenuwachtig heen en weer en trok aan haar paardenstaart. Charley noteerde elke bewe-ging in haar blocnote. 'Vanaf die tijd kroop hij bij mij in bed.'

Charley ademde diep in en liet de lucht langzaam ontsnappen. 'Hoe oud was je toen?'

'Negen. Misschien tien.'

Charley dacht aan Franny. Over een jaar zou ze negen zijn. Mijn hemel, dacht ze, haar ogen sluitend. 'Wat heeft hij je aangedaan?'

Jill haalde haar schouders op. 'Je weet wel.'

'Ik wil het van jou horen.'

Jill haalde opnieuw haar schouders op, nu met meer overtuiging. 'Hij dwong me aan hem te zitten, het met mijn mond te doen,' zei ze nuchter. 'En hij verkrachtte me. Eerst met zijn vingers en daarna met zijn…. Welk woord gebruikt je zus ook al weer in haar boeken? Zijn "mannelijkheid".' Ze giechelde op haar gebruikelijke kinder-lijke manier. 'Je weet wel. De standaarddingen die je in kinderpor-no ziet. Het was behoorlijk grof.'

De standaarddingen die je in kinderporno ziet, herhaalde Charley in gedachten, terwijl ze haar pen stevig omklemde om het trillen van haar vingers tegen te gaan. 'En dat ging door tot…'

'… tot ik veertien was en eindelijk ook ongesteld werd. Ik heb zo lang om die dag gebeden, weet je, want ik wist dat hij me daarna met rust zou laten.'

'En deed hij dat?'

'Hij hield op me te verkrachten. Maar hij dwong me nog steeds het met mijn mond te doen. Hij zei dat ik het beter kon dan Pammy en andere meisjes die hij kende.'

Hoorde ze iets van trots in Jills stem? Charley nam zich voor dit stukje van de opname later terug te luisteren.

'Vind jij dat soort dingen leuk?' vroeg Jill.

'Wat?' Het klonk meer als een uitroep dan een vraag.

'Het met je mond doen. Je weet wel. Pijpen. Vind jij dat leuk?'

'Jij?' vroeg Charley.

'Ik vroeg het eerder.'

Charley dacht zorgvuldig na over haar antwoord. Ze kon gewoon weigeren de vraag te beantwoorden, maar dan zou Jill misschien kwaad worden en niets meer vertellen. Ze kon er omheen draaien en zeggen dat alle seksuele handelingen geoorloofd en fijn zijn als beide volwassenen ermee instemmen. Of dat liefde de seks versterkt. Maar hoe wist ze dat eigenlijk, zij die nog nooit verliefd was geweest? 'Ja,' antwoordde ze uiteindelijk in alle eerlijkheid. 'Ik vind dat soort dingen leuk.'

Langzaam trok er een glimlach over Jills gezicht die haar ogen bereikte. Opnieuw ging haar hand naar de paardenstaart om haar haar uit het strakke elastiek te bevrijden. Ze schudde haar hoofd en liet het zachte, blonde haar losjes over haar schouders vallen. 'Weet je wat ik het leukst eraan vind?' vroeg ze, op haar ellebogen naar voren leunend. 'Het gevoel van macht dat je dan krijgt. Je weet wel. Hij ligt daar, zo kwetsbaar als wat. Zijn ding is verdomme gewoon in jouw mond. Hij ligt daar te kreunen. Zijn lot ligt in jouw handen.' Ze gniffelde. 'In jouw mond, kan ik beter zeggen.' Ze liet het puntje van haar tong over haar onderlip glijden, leunde achterover in haar stoel en sloot haar ogen, alsof ze eraan terugdacht. 'En jij kunt beslissen... jij kunt beslissen...'

'Wat?' vroeg Charley. 'Wat kun je beslissen?'

Jill opende haar ogen en staarde Charley aan. 'Alles.'

14

Toen Charley naar huis reed, bleven Jills woorden in haar hoofd naklinken als het refrein van een irritant, maar goed in het gehoor liggend liedje. *Hij dwong me het met mijn mond te doen.* Ze zette de radio harder en veranderde lukraak van zender in een poging de woorden uit haar gedachten te bannen. *Hij ligt daar te kreunen. Zijn lot ligt in jouw handen.* Haar rechtervoet drukte het gaspedaal verder in. Met een ruk schoot de auto onder haar vooruit, ging hoorbaar over in een hogere versnelling en meerderde vaart. *Ik was negen, misschien tien.* Ze keek naar zichzelf in het achteruitkijkspiegeltje en zag Franny's onschuldige ogen haar aanstaren. Ze keek weg, zette de radio nog harder en drukte het gaspedaal nog verder in. *Jij kunt beslissen. Jij kunt beslissen.*

Wat kun je beslissen? had Charley haar gevraagd.

Alles, had het cryptische antwoord geluid.

Maar kon een vrouw die door een tirannieke, sadistische vader was grootgebracht, die door haar broer was verkracht toen ze nog maar negen jaar was, die op soortgelijke wijze door haar eerste vriendje werd misbruikt en gemanipuleerd en die door praktisch alle mannen die ze daarna had ontmoet in de steek was gelaten, ooit wel echt iets beslissen?

Onwillekeurig moest ze aan haar eigen jeugd denken, aan de kille, gereserveerde man die haar vader was en de schade die zijn harteloosheid had aangericht. Zijn echtgenote had troost gezocht in de liefdevollere armen van een vrouw en was met haar naar de andere kant van de aardbol gevlucht, en zijn dochters hadden hun geluk gezocht bij een reeks ongeschikte mannen. Emily was nog geen dertig en had al drie scheidingen achter de rug. Anne had echtgenoot nummer twee de laan uit gestuurd en verliet zich op de heldinnen die ze in haar romans creëerde om mannelijke perfectie en onvoorwaardelijke liefde te vinden. Hun broer Bram had zijn toevlucht gezocht in alcohol en drugs, waarvan de loze beloften zijn keel verbrandden en zijn longen verschroeiden. En Charley? Charley had kinderen van mannen van wie ze wist dat het geen blijvertjes waren en jaagde de schittering van de spotlights na om zich warm te houden.

Net als Jill had ze haar eerste echte vriendje toen ze veertien was. Hij heette Alan. Alan Porter, herinnerde ze zich, een jongen die even onbeduidend was als zijn naam. In gedachten zag ze de lange, magere jongen voor zich, met lang, rossig haar dat altijd voor zijn bleekgroene ogen hing. Ogen die toen zo mysterieus leken, maar vooral leeg waren, besefte ze nu. Het eigenlijke mysterie was de vraag waaróm ze hem zo aantrekkelijk had gevonden. Net zoals Wayne was ook hij niet bijzonder knap. Zijn aantrekkingskracht lag louter in het feit dat hij haar aantrekkelijk vond.

Op haar veertiende moest Charley zich al door de harde, moeilijk doordringbare schaal van haar jonge-meisjesjaren heen werken. Ze was ruim een kop groter dan de meeste jongens op school, haar lichaam was eerder schonkig dan rond, en haar brede schouders waren het opvallendst. Het zou nog een jaar duren voor haar borsten een bron van interesse en haar ogen een bron van kracht zouden worden. In de tussentijd lieten de jongens haar stelselmatig links liggen. Behalve Alan Porter, die, misschien overweldigd door de reflectie van zijn aantrekkingskracht in haar verlegen opgeslagen ogen, of wat aannemelijker was, op aandringen van een stel klasgenoten, de moed bijeenraapte om op een ochtend naar haar kluisje te lopen en hallo te zeggen.

De weken erna zochten ze elkaars gezelschap steeds vaker op en weer een paar weken later waren ze officieel een stel, hoewel ze zich niet kon herinneren dat ze echte afspraakjes maakten. Een paar feestjes misschien, van die vrijpartijen waar jongens en meisjes in een kelder bij iemand thuis op een stel ongemakkelijke banken en stoelen lagen, waar tienerlijven onhandig tegen elkaar aanschuurden, handen onder rokjes en behabandjes verdwenen, aan ritsen werd gefrummeld, laag werd gekreund en hoog gegild, en het obligate 'niet doen' gevolgd werd door een zeurderig 'laat me nou'.

Alan was niet te stuiten in zijn streven haar te ontmaagden en al even volhardend in zijn pogingen zich van haar te distantiëren toen hij zijn doel eenmaal bereikt had. 'Bel nog maar eens,' had hij na afloop gezegd, terwijl hij haastig weer in zijn broek stapte en besloot het bloed op het grijze tapijt in Charleys kamer te negeren. Ze had geprobeerd het eruit te schrobben, maar de veelzeggende vlek bleef, ook na herhaalde pogingen. Niet dat dat erg was. Het was haar vader nooit opgevallen.

Met een schok kwam Charley terug in de werkelijkheid. Ze had geen idee op welk moment ze besefte dat het lage loeigeluid dat ze hoorde geen lange gitaarriff op de radio was, maar een politiesirene. Evenmin kon ze zich het precieze moment herinneren waarop het tot haar doordrong dat de knipperlichten achter haar voor haar bestemd waren. Maar plotseling sneed een politieauto haar af en seinde dat ze moest stoppen. 'Verdomme', mompelde ze, terwijl ze op de vluchtstrook van de drukke snelweg tot stilstand kwam. Ze diepte haar rij- en kentekenbewijs op uit haar tas, opende het raampje en gaf de papieren aan de politieagent nog voor hij de kans had ernaar te vragen.

'Weet u wel hoe hard u reed?' vroeg hij, wat ze al verwacht had, hoewel zijn felle toon haar verbaasde.

Was hij werkelijk zo boos als hij klonk? Ze sloeg haar ogen naar hem op en beet op haar onderlip, een pose bedoeld om kwetsbaarheid en spijt te tonen. Het hulpeloze vrouwtje, overweldigd door de situatie en geïntimideerd door zulk mannelijk machtsvertoon. Deze aanpak had haar dit jaar al voor twee boetes voor te hard rijden behoed. 'Het spijt me vreselijk,' fluisterde ze hees, heftig met haar wimpers knipperend in een driftige poging tranen te produceren. 'Ik had helemaal niet door dat...'

'U reed honderdvijftig.'

Het lukte haar er een paar tranen uit te persen. De politieman gaf geen krimp. 'Weet u het zeker?' vroeg ze, en er klonk oprecht ongeloof door in de gespeelde onnozelheid van haar stem. Had ze echt vijftig kilometer te hard gereden? 'Ik ga nooit zo hard.'

'U kunt bezwaar aantekenen, als u wilt,' zei de politieman voordat hij naar zijn auto terugliep om haar gegevens in de computer te checken.

Charley zag in haar achteruitkijkspiegel hoe zijn gedrongen figuur steeds kleiner werd en probeerde te bedenken welke aanpak beter zou werken bij deze humeurige, middelbare man. Hij was duidelijk aan het eind van zijn dienst en niet in de stemming zich van zijn leuke kant te laten zien, hoeveel tranen haar grote blauwe ogen ook tevoorschijn toverden.

'Echt, het spijt me vreselijk,' zei ze toen hij weer terug was en ze besloot gewoon de waarheid te vertellen. 'Ik heb een heftige middag achter de rug.'

'Bedenk eens hoe heftig het geweest zou zijn als u iemand had doodgereden,' pareerde hij, terwijl hij haar rij- en kentekenbewijs overhandigde met daarbij een bekeuring van vierhonderd dollar.

'Vierhonderd dollar! Dat meent u niet!'

'En drie punten.'

'Verlies ik punten?' Dit keer waren de tranen in haar ogen echt.

De uitdrukking op het gezicht van de politieman werd onmiddellijk vriendelijker. Hij keek naar de grond en zuchtte.

Charley dacht dat hij zijn besluit misschien heroverwoog, dat hij de bekeuring terug zou nemen en de snelheid zou aanpassen zodat het haar op zijn minst geen punten kostte. Ze streek een haarlok achter haar oren en sloeg schuldbewust haar ogen neer.

De politieman sloeg zachtjes tegen de zijkant van haar auto. 'Voorzichtig rijden,' zei hij, waarna hij zich omdraaide.

'Shit,' vloekte ze toen hij buiten gehoorsafstand was en ze de bon in haar tas propte die als een ongeïnteresseerde passagier op de stoel naast haar lag. 'Drie punten! Vierhonderd dollar! Het is verdomme allemaal jouw schuld!' vervolgde ze, aan Jill denkend, en ze vroeg zich af of ze de bon als zakelijke kosten kon afschrijven. Dat ga ik uitzoeken, dacht ze, en wachtte op een gelegenheid weer op de snelweg in te voegen. 'Vierhonderd dollar!' jammerde ze nog maals, terwijl ze de snelheidsmeter nauwlettend in de gaten hield. Zonde! Wat ze niet allemaal met vierhonderd dollar kon doen! Ze kon er de hypotheek voor de komende maand van betalen of een mouw van een Oscar de la Renta-bloes van kopen. *U kunt bezwaar aantekenen*, had de politieman gezegd. Eigenlijk zou ik dat moeten doen, besloot ze aan Alex Prescott denkend, en ze vroeg zich af of hij kosten in rekening zou brengen of dat hij het gratis zou doen.

'Hij zou me een rekening sturen,' zei ze hardop, en bedacht dat haar charme dezelfde uitwerking had op de jonge advocaat als op de middelbare politieagent. 'Ik ben de kunst blijkbaar verleerd,' mompelde ze, terwijl Jills woorden zich opnieuw aan haar gedachten opdrongen. *Hij dwong me aan hem te zitten.* 'Kop dicht!' *Het met mijn mond te doen.* 'Lazer op!' *En hij verkrachtte me. Eerst met zijn vingers en daarna met zijn... Welk woord gebruikt je zus ook al weer in haar boeken? Zijn 'mannelijkheid'.* 'Ja, dat zou een goede vent voor je zijn,' riep Charley, toen ze iemand op de radio iets over 'bitches' hoorde schreeuwen en begreep dat het een liedje was. Onmiddellijk zocht ze een andere zender. Dit keer was het een vrouw die bedroefd over haar overspelige echtgenoot zong, smeekte dat hij tot bezinning kwam en verklaarde dat ze zonodig eeuwig op hem zou wachten. 'Idioot,' gilde Charley naar de jammerende vrouw. 'Je kunt nog beter een bitch dan een voetveeg zijn.' Ze klikte de radio uit. Helaas had ze geen bandopnamen van rechtszaken om naar te luisteren, zoals Alex de vorige keer op weg naar Pembroke Pines.

Dit was de tweede keer dat haar gedachten in hetzelfde aantal minuten naar Alex afdwaalden, realiseerde ze zich. Wat had dat te betekenen?'

Vind je hem aantrekkelijk?

Wat?

Alex. Vind je hem aantrekkelijk?

Niet echt op gelet.

Ja, vast.

Er wás wel een tape waar ze naar kon luisteren, opnieuw een blik op haar tas werpend, waar ze het taperecordertje in zag liggen. *Wow. Die is wel even beter dan de taperecorder die ik had,* hoorde ze Jill zeggen.

Ik had er nooit in moeten toestemmen dit boek te schrijven, dacht Charley. Ze wist zeker dat ze de tape niet af hoefde te spelen om zich de dingen die Jill haar verteld had te herinneren. De woorden van de jonge vrouw stonden in haar geheugen gebrand, als een gloeiende pook in vlees. Charley betwijfelde of ze die woorden ooit zou vergeten.

Ze wist in ieder geval zeker dat ze er tot over haar oren in zat.

Zodra ze haar voordeur opende rook ze dat de kip van haar moeder in de oven stond te braden.

'Charley, ben jij het?' riep haar moeder, terwijl James op haar af kwam gerend, haar bij haar knieën greep en haar bijna omverduwde.

'Mam! Oma maakt aardappelpuree en ik help haar.'

'Ja, dat zie ik.' Charley veegde iets zachts en wits van het puntje van zijn neus. Ze hoopte dat het aardappel was.

Franny verscheen in de deuropening van de keuken. 'Ik ga tafel dekken,' zei ze ietwat trots.

'Ik zou niet weten wat ik zonder die twee zou moeten,' zei Elizabeth Webb. Ze ging achter Franny staan en sloeg haar armen om de schouders van het kind. Voor het eerst viel Charley de ondefinieerbare, maar onmiskenbare gelijkenis tussen hen op.

'Dat denk ik ook altijd,' zei Charley.

'Oma zegt dat ik kok moet worden als ik groot ben,' riep James. 'Goed idee.'

'Kun je kok zijn en tegelijkertijd baas van een nachtclub?'

'Baas van een nachtclub?' vroeg Elizabeth.

'Glen heeft een nachtclub,' antwoordde James, heftig knikkend.

'Wie is Glen?'

'Mama's vriend, en hij heeft me meegenomen naar de Lion Country Safari.'

'Is er iets wat ik moet weten?' vroeg Elizabeth hoopvol.

'Er is wel meer wat je moet weten,' antwoordde Charley. 'Maar vanwaar die plotselinge belangstelling?'

De tranen sprongen in haar moeders ogen. Ze wendde zich af en veegde ze met de achterkant van haar hand af.

'Je hebt oma aan het huilen gemaakt!' riep James verwijtend.

'Sorry,' verontschuldigde Charley zich onmiddellijk. Wat was er met haar aan de hand? Haar moeder was zo aardig geweest om op te passen en zelfs eten te koken. 'Ik wilde niet...'

'Laat maar, het is al goed,' zei Elizabeth. 'Je moeder maakte me niet aan het huilen hoor, schat. Ik had gewoon iets in mijn oog.'

'Wat? Mag ik kijken?'

'Ik wil schrijver worden als ik later groot ben,' beweerde Franny.

Nu stonden bij Charley de tranen in haar ogen.

'Heb jij ook iets in je oog?' vroeg James, terwijl hij zijn eigen ogen tot spleetjes kneep.

'Schrijver zijn is prachtig,' zei Elizabeth.

'Ik wil ook schrijver worden,' besloot James. 'En nachtclubeigenaar.'

'Wat is er met de kok gebeurd?' vroeg Charley.

'Wat gebeurt er met mijn aardappelpuree?' riep Elizabeth quasi-wanhopig uit.

'O jee!' James rende terug naar de keuken en werd in een langzamer tempo gevolgd door Franny.

'Mam,' fluisterde Charley. 'Het spijt me echt.'

'Het geeft niet.'

'Het geeft wel.'

'Zware middag gehad?' vroeg haar moeder, terwijl ze een paar verdwaalde haren in het losse knotje in haar nek duwde.

'Dat is geen excuus.'

Haar moeder glimlachte, maar onmiddellijk daarna verscheen er een ernstige trek om haar mond en haar lippen begonnen te trillen. 'Ik hou van je, Charley,' zei ze. 'Ik heb altijd van je gehouden. Ik hoop dat je dat weet.'

Charley knikte, maar dacht: als je van me hield, waarom heb je me dan in de steek gelaten? Hoe kon je zomaar de benen nemen? Ik weet dat het niet makkelijk was om met mijn vader samen te leven, maar hoe kon je ervandoor gaan en je kinderen aan hun lot overlaten? Wat voor moeder doet dat? Ik zou nog liever mijn hart uitsnijden dan Franny en James verlaten. Denk je nu werkelijk dat alles vergeven en vergeten is als je na twintig jaar weer komt opdagen en kip met aardappelpuree voor ons klaarmaakt? Denk je dat nu echt? Denk je dat liefde zo gemakkelijk is?

'Geef me een knuffel,' zei haar moeder, en ze deed voorzichtig een stap naar voren.

Intuïtief deed Charley een stap naar achteren.

'Oma!' gilde James vanuit de keuken. 'Waar ben je nou?'

'Ik kom eraan,' antwoordde Elizabeth, Charley nog steeds aankijkend.

De twee vrouwen bleven elkaar nog enkele tellen aanstaren, geen van beiden bewoog.

'Oma!'

'Ga nu maar,' zei Charley, en ze voelde een steek van verdriet in haar borst toen haar moeder zich omdraaide en de kamer uit liep.

'Hoe was dat, leven met een andere vrouw?' vroeg Charley haar moeder toen de kinderen sliepen en de twee vrouwen in de woonkamer zaten en het laatste restje van een niet al te dure fles Bordeaux soldaat maakten. Charley zat op de grond, haar rug tegen een stoel, haar benen nonchalant voor zich uit. Hoog op de hoek van de bank zat haar moeder, de enkels stijfjes over elkaar geslagen onder haar lange plooirok.

Charley verwachtte dat haar moeder gepikeerd haar schouders naar achter zou trekken en van onderwerp zou veranderen, maar in plaats daarvan nam Elizabeth nog een slokje wijn en antwoordde: 'Het was wel wat vreemd in het begin. Later werd het wel leuk.'

'Wel leuk?'

'Hoe moet ik het zeggen?' Ze stelde de vraag meer aan zichzelf dan aan Charley. Het antwoord liet enige seconden op zich wachten.

'Maak je geen zorgen,' zei Charley, die de stilte verkeerd interpreteerde. 'Dit gesprek blijft onder ons.'

'Daar maak ik me geen zorgen over. Je mag het woordelijk opschrijven, als je zou willen.'

Zou ze erover kúnnen schrijven, vroeg Charley zich af. *Mijn moeder, de lesbienne.* Of: *mijn moeder, de biseksueel.* Daar zou ze wel eens een paar heel vervelende e-mails over kunnen krijgen.

'Wat wil je graag weten?' vroeg haar moeder.

'Dat weet ik niet precies.'

'Wil je weten hoe het in lichamelijk opzicht was?'

Mijn hemel. Wilde ze dat? 'Onder andere, ja.'

'In lichamelijk opzicht was het vreemd. Dat wil zeggen in het begin,' antwoordde haar moeder met een ontwapenende openhartigheid. 'Je moet natuurlijk aan nieuwe vormen wennen, aan een andere reuk en smaak. Het is een kwestie van wennen. Het is gemakkelijker om de ontvangende partij te zijn, moet ik toegeven. Het is veel makkelijker om gewoon te gaan liggen, je ogen dicht te doen en te genieten. Maar dat is tamelijk egoïstisch, op een gegeven moment moet je ook initiatief nemen als het ware. Dan wordt het avontuurlijk. Maar het is moeilijk het lichamelijke van het emotionele te scheiden. Het een is het gevolg van het ander. Maar ik ben niet zo geboren.' Ze nam een slok van haar wijn. 'Ik weet dat het niet zo politiek correct is om te zeggen, maar ik persoonlijk heb mezelf – en dan spreek ik alleen voor mezelf en uit mijn eigen ervaring – nooit als lesbienne beschouwd. Nog steeds niet. Integendeel, ik viel altijd op mannen, en dat is nog steeds zo. Ik heb altijd genoten van seks met mannen, ook met je vader. Hij was een behoorlijk goede minnaar. Verrassend genoeg.' Ze glimlachte naar Charley. 'Gaat het, schat? Je ziet wat bleekjes.'

Charley nam een flinke slok wijn en probeerde zich haar ouders vrijend voor te stellen. Maar ze kon zich onmogelijk voorstellen dat haar vader enige passie voor wat dan ook zou kunnen opbrengen.

'Helaas was het feit dat hij een goede minnaar was niet genoeg,' vervolgde haar moeder. 'Dat wil zeggen, de eerste tijd wel. En ik kreeg het zo druk met kinderen krijgen dat ik er nooit bij stilstond hoe ongelukkig ik was. Buiten de slaapkamer spraken we nauwelijks met elkaar en na verloop van tijd gebeurde daar ook niets meer. Misschien kwam het door mij. Ik weet het niet. Het was alsof ik het nooit goed deed. Je vader was ontzettend veeleisend, zoals je weet, op alle fronten een perfectionist, en ik was de slons.' Precies op dat moment veegde ze wat wijn van de voet van haar glas en een paar broodkruimels van haar wijde, witte bloes. 'Het is moeilijk om geen slons te zijn als je voor vier kleine kinderen zorgt, maar dat begreep hij niet. Hij zat altijd op me te vitten. Hij was zo kritisch. Ik deed nooit iets goed, het was nooit goed genoeg. Mijn kookkunst niet, mijn manier van huishouden niet. En als moeder deugde ik al helemaal niet. Hij keurde mijn vriendinnen af, de boeken die ik las, de films die ik wilde zien. Niet dat ik mezelf wil vrijpleiten. Of misschien ook wel,' verbeterde ze zichzelf snel. 'Ik was vreselijk eenzaam.' Ze pakte de fles wijn en schonk het laatste restje in haar glas. 'Er is niets zo eenzaam als een ongelukkig huwelijk.'

'Wanneer heb je Sharon ontmoet?' hoorde Charley zichzelf vragen.

'Ongeveer een halfjaar nadat Bram was geboren. Ik liep haar in de supermarkt letterlijk tegen het lijf. Ik reed met mijn karretje over haar voet en prompt barstte ik in tranen uit. Moet je je voorstellen, zij is degene die pijn heeft, maar ik ga staan huilen. Ze reageerde heel lief. We raakten aan de praat. Het klikte. Ze kwam uit Australië, waar ik altijd al heen wilde. Maar je vader hield niet van reizen. Hoe dan ook, zij zat voor een jaar in New Haven om aan haar promotieonderzoek in de antropologie te werken. Ik vond haar fascinerend. Ik vond het heerlijk om haar te horen praten. Dat prachtige Australische accent. En ze was zo enthousiast. Zo zonder vooroordelen. Zo anders dan je vader. Ik begon haar leuk te vinden. Er was niets lichamelijks tussen ons. Dat wil zeggen, in het begin niet.

Ze was lesbisch, dat wist ik. Daar maakte ze geen geheim van. Ze had verteld dat ze haar hele leven al lesbisch was, ze was een van die mensen die op jonge leeftijd al weten dat ze meer van vrouwen houden. Ik zei dat ik anders was, en dat accepteerde ze. We werden goede vriendinnen. Ik wilde gewoon bij haar in de buurt zijn. Ze gaf me een veilig gevoel.

En toen kreeg ik op een avond ruzie met je vader. Het ging over iets onbelangrijks, maar het escaleerde, zoals dat kan gaan, en voor ik het wist was ik op Sharons schouders aan het uithuilen. Ze troostte me, kuste mijn haar en zei dat alles goed zou komen, en daarna... ik weet het niet. Het gebeurde gewoon.'

'Die dingen gebeuren niet gewoon,' zei Charley, met meer overtuiging dan ze voelde.

'Nee, misschien niet,' gaf haar moeder met een verbazend gemak toe. 'Misschien wist ik al wat er zou gebeuren toen ik erheen ging. Ik weet het niet. Ik weet alleen dat ik me voor het eerst sinds lange tijd weer geliefd voelde. En het maakte niet uit dat Sharon een vrouw was. Het ging om het gevoel dat ze me gaf.'

'En je kinderen?' vroeg Charley koel, waarmee de kameraadschap van de avond in een klap verdween. 'Waren zij niet belangrijk?'

'Ik zal er tot aan mijn dood spijt van hebben dat ik jullie verlaten heb,' antwoordde haar moeder.

Op dat moment werd er een sleutel in het slot gestoken en beide vrouwen draaiden zich met een ruk om in de richting van het geluid. 'Hallo?' riep Charley, overeind krabbelend.

'Hoi Charley, hoe is het?' vroeg haar broer terwijl zijn slanke postuur plotseling in de deuropening van de huiskamer verscheen.

'O, sorry, ik wist niet dat je bezoek had.' Hij staarde naar de vrouw op de bank. Het besef wie ze was drong langzaam tot hem door en trof hem vervolgens met de kracht van een kogel keihard tussen zijn ogen. Toen kwam de volgende kogel, dit keer rechtstreeks in zijn hart. Charley zag Bram wit wegtrekken. Hij greep naar zijn borst en zijn adem stokte.

'Bram,' stamelde Elizabeth als in een zucht. Ze sprong op en rende om de bank heen naar hem toe. 'Mijn lieve jongen...'

'Niet doen,' waarschuwde hij, terwijl hij zijn arm als een zwaard voor zich uitstak en met zijn wijsvinger beschuldigend naar haar gezicht wees. 'Waag het niet.' Hij schuifelde terug naar de deur en rende vervolgens over het pad van de voortuin naar zijn auto die pal naast zijn moeders lichtpaarse Civic geparkeerd stond.

'Bram!' riep Elizabeth hem na.

Charley zag hoe haar broer zijn oude MG van de stoep reed en in een wolk van uitlaatgassen uit de straat verdween. Ze zag hoe haar moeders schouders omlaagzakten en hoe haar lichaam op de grond ineenstortte, terwijl haar lippen nog steeds haar broers naam vormden, nu meer een gebed dan een zucht. Charley stelde zich voor dat ze naar haar moeder liep en haar in haar armen nam, haar haar kuste, net als Sharon al die jaren geleden gedaan had en dat ze tegen haar zou zeggen dat alles goed zou komen.

Maar in plaats daarvan bleef ze als aan de grond genageld staan, en terwijl ze haar moeder hoorde huilen vroeg ze zich af hoe het überhaupt mogelijk is dat familie het ooit met elkaar uithoudt.

15

'Alles goed met je?'

Charley stond tegenover haar broer aan de andere kant van zijn hordeur. De hor was op verschillende plaatsen gescheurd en de tape die hier en daar slordig was aangebracht, hing er in losse stukken bij.

Achter de hordeur zag Bram er grijs en korrelig uit, als een personage uit een ouderwets zwart-wit tv-programma. Hij schopte de deur met zijn blote voet open. 'Ik heb geen kater, als je dat soms bedoelt. En ik ben ook niet stoned,' antwoordde hij op haar volgende vraag anticiperend, terwijl hij zijn witte T-shirt in zijn laaghangende jeans stopte.

Charley liep het benauwde tweekamerappartement in. 'Poeh, wat is het hier warm.'

'Het is buiten warm.'

Onopvallend snoof ze de geur van het appartement op of ze soms marihuana rook en wierp een steelse blik op de rechthoekige, glazen salontafel midden in de kamer op zoek naar halflege glazen alcohol. Maar het enige wat ze rook was de geur van verse koffie en het enige wat ze op tafel zag was een lege beker en een halve bagel met boter. Ze ademde uit en realiseerde zich tegelijkertijd dat ze haar adem de hele ochtend had ingehouden en dat ze dat eigenlijk al gedaan had vanaf het moment waarop haar broer de vorige avond haar huis was ontvlucht. Wat had ze verwacht aan te treffen? vroeg ze zich af, terwijl ze probeerde grip op de situatie te krijgen en te ontdekken wat er werkelijk achter het onbewogen uiterlijk van haar knappe broer schuilging. Ze had de hele nacht wakker gelegen, zich voorbereid op een telefoontje van de politie die zou meedelen dat ze haar broer dronken achter het stuur hadden aangehouden. Of erger: dat er een ongeluk op de I-95 was gebeurd en dat ze iemand nodig hadden om het lichaam te identificeren. Of dat ze hem als een hoop oud vuil in een steegje hadden gevonden, op de grond liggend, de vieze naald nog in zijn arm. Was ze hier vanochtend naartoe gereden in de verwachting hem comateus in bed aan te treffen, als slachtoffer van een fatale, zelf toegediende overdosis?

'Heb je geen ventilator?'

'In de slaapkamer.'

'Je zou hem hier kunnen zetten.'

'Zou kunnen.'

'Alles goed met je?' vroeg ze nogmaals.

'Ja, hoor.' Hij haalde zijn schouders op. Dat gebaar zei dat het niet zo geweldig ging. 'En met jou?'

'Best.'

'Trek in een kop koffie?'

'Lijkt me heerlijk.'

Bram was binnen een paar passen in de kleine ruimte aan het eind van de kamer die dienstdeed als keuken. Het was er niet groter dan drieënhalf bij één meter en werd van het woongedeelte afgescheiden door een hoge bar waar een tv'tje op stond.

Charley streek neer op de bruine corduroy bank tegenover de televisie en zette haar tas op de grond. Het viel Charley op dat de flat schoon en opgeruimd was en dat het hoogpolige, beigebruine tapijt dat een groot deel van de vloer van de woonkamer bedekte onlangs nog gestofzuigd was. In tegenstelling tot de gebroken witte muren die wel een verfje konden gebruiken, waren de reproducties die Bram had opgehangen vrolijk en kleurig. Er hing een litho van Jim Dine van een rij pastelkleurige badjassen, een andere litho van een oranje-gele mobile van Calder en een poster uit het Museum of Modern Art in New York van een naakt van Picasso; een vrouwenlichaam dat uit scherpe hoeken en elkaar kruisende bogen bestond. Er hingen ook drie schilderijen die Charley niet kon thuisbrengen. Ze stond van de bank op om ze beter te kunnen bekijken en probeerde tussen de levendige krullen een signatuur te ontdekken.

'Ik hoop dat je van zwarte koffie houdt,' zei haar broer, in de koelkast zoekend. 'Ik heb geen melk en suiker.'

'Zwart is goed. Van wie is dit schilderij?'

Hij kwam naast haar staan. 'Vind je het mooi?'

'Heel mooi. Hoe kom je eraan?' Ze pakte de kop hete koffie uit Brams handen.

'Ik heb het gemaakt,' antwoordde hij, terwijl hij op de bank neerplofte en duidelijk van de verbaasde uitdrukking op het gezicht van zijn zus genoot.

'Heb jíj dat geschilderd?'

'Je zoon is heus niet de enige met kunstzinnige aanleg, hoor.'

'Wanneer heb je het gemaakt?'

'Vorig jaar. Toen ik weer eens een cursus deed. Die twee zijn ook van mij.' Hij wees naar een abstract schilderij, een weergave van een landschap in roze en groen, en naar een schilderij van een schijnbaar chaotische kluwen ronde, helderrode vegen, die bij nadere beschouwing het gezicht van een clown bleken te vormen.

'Het zijn prachtige schilderijen, Bram.'

'Ik wilde dat je niet zo verbaasd reageerde.'

'Waarom heb ik ze nooit eerder gezien?'

'Omdat ik er gisteravond pas toe gekomen ben om ze op te hangen.'

'Gisteravond?'

'Ik ben aan het opruimen geslagen. Een deel van mijn nieuwe ik. Om te vieren dat ik al tien hele dagen nuchter ben. Ik ben zelfs naar Palm Beach gereden om mijn zus te bezoeken en haar het goede nieuws te vertellen.' Hij glimlachte quasi-zielig. 'Ik denk dat ik voortaan toch eerst even zal bellen.'

'Het moet een hele schok voor je geweest zijn om je moeder te zien.'

'Vroeg of laat moest het er een keer van komen.'

'Hoe wist je dat zij het was? Je hebt haar in geen...'

'... tweeëntwintig jaar gezien,' vulde Bram met een sardonische grijns aan.

'Toch wist je meteen wie ze was.'

'Ja, ik zag het onmiddellijk. Noemen ze dat niet moederinstinct? O, nee. Dat is wat moeders horen te hebben.'

'Bram...'

'Het grappige is dat toen ik die paarse Civic voor je huis zag staan, ik bij mezelf dacht: wie rijdt er nu in een paarse auto?'

'Zij beweert dat het roze is,' zei Charley, terwijl ze naast Bram op de bank ging zitten en een slok koffie nam. 'Heerlijk.'

'Ook een specialiteit van me.'

'Je zit ook vol verrassingen.'

'Net als jij. Jij rijdt op donderdagochtend helemaal naar Miami om te kijken hoe het met je kleine broertje is. Moet je niet werken?'

'Vind je dit geen werk?' vroeg Charley.

'Trouwens, hoe reageerde de dame met de paarse auto op de vluchtige verschijning van haar zoon?' vroeg Bram na een lang zwijgen.

'Ze was behoorlijk overstuur.'

'Ik durf te wedden dat ze er weer snel overheen was, toch.'

'Dat weet ik nog zo net niet.'

'Ik wel.'

'De laatste keer dat ze je heeft gezien, zat je nog in de luiers.'

'Klopt. Ik ben inderdaad geen steek veranderd.'

'Zíj wel.'

'Het enige wat veranderd is zijn de omstandigheden. Ze is ouder geworden en ze is helemaal alleen. Op het moment dat er een interessanter iets – iemand – in haar leven komt, gaat ze ervandoor, dat weet jij ook.'

'Dat weet ik niet.'

'Dat weet je wel. Waarom verdedig je haar?'

'Ik verdedig haar niet.'

'Hoe kun je het überhaupt verdragen om met haar in dezelfde ruimte te zijn?'

'Ze is onze moeder.'

'Onzin! Jij was meer moeder voor me dan zij ooit is geweest.'

'Ze heeft er vreselijk spijt van, Bram.'

'Het is een egoïstisch kreng. Ik snap niet dat je het allemaal kunt vergeven en vergeten.'

'Geloof me, ik ben het niet vergeten.'

'Maar je hebt haar kunnen vergeven?'

'Ja. Nee,' verbeterde ze onmiddellijk. 'Ik weet het niet,' vervolgde ze. 'Ik probeer het.'

'Waarom?'

'Zo kwaad als ik was en nog steeds ben, zoveel spijt heeft zij. Ze heeft er alles voor over om het goed te maken.'

'Nou, daar is ze dan twintig jaar te laat mee.'

'Als je haar zou ontmoeten, met haar zou praten...'

'Het laatste wat ik van plan ben is wel met die vrouw praten.'

'Die vrouw is je moeder.'

'Ja? Nou, misschien heb ik helemaal geen moeder meer nodig. Ik ben inmiddels aardig gewend aan een leven zonder.'

'Geef haar een kans. Geef jezélf een kans. Je hoeft niet van haar te houden. Je hoeft haar zelfs niet eens aardig te vinden.'

'Fijn zo. Ik haat haar namelijk hartgrondig.' Hij lachte, het holle geluid sneed door de lucht als een pikhouweel door een blok ijs. 'Klinkt volwassen, vind je niet?'

'Wat ik vind doet er niet toe.'

'Wat dan wel?'

'Jij.'

'Bedoel je dat dit zo'n geval is van "Je kunt pas plannen voor de toekomst maken als je vrede met het verleden sluit?"'

'Het is minder cliché dan jij het laat klinken.'

'O ja? Het klinkt anders behoorlijk cliché.'

'Bram...'

'Luister. Ik kon het gisteravond toch aardig aan? Ik ben niet meteen vanuit jouw huis de eerste de beste bar in gedoken. Ik heb niet die aardige dealer bij mij in de buurt gebeld. Weet je wie ik wel gebeld heb? Mijn coach,' vervolgde hij, en hij glimlachte verlegen. 'Heb ik je al verteld dat ik bij de AA zit?'

Charley barstte uit pure dankbaarheid in tranen uit.

'O, nee, niet huilen, Charley. Kom op.' Hij pakte de kop koffie uit haar trillende handen en sloeg zijn armen om haar heen. 'Niet huilen, alsjeblieft. Ik weet me geen raad als een vrouw huilt.'

'Waarom heb je het me niet verteld?'

Hij haalde zijn schouders op. 'Ik wilde eerst zien of het me wel lukte. En je moet er niet meteen van alles van verwachten. Tien dagen is nog helemaal niet zo'n prestatie.'

'Het is een enorme prestatie.'

'Ik zal waarschijnlijk nog wel eens terugvallen. Ik ben van plan heel erg mijn best te doen, maar ik doe geen beloften meer die ik niet kan waarmaken. Het is zoals ze bij de AA zeggen: dag voor dag.'

'Dag voor dag,' herhaalde Charley.

Er volgde een lange stilte. 'Ik ben er gewoon nog niet aan toe haar te ontmoeten,' zei Bram uiteindelijk.

'Dat begrijp ik.'

'Misschien ooit.'

'Wanneer je eraan toe bent.'

'Je kunt haar zeggen dat het goed met me gaat,' zei hij. 'En dat ik niet geflipt ben of zo.'

'Dat zal ik doen.' Ze zaten enige minuten zwijgend bij elkaar; Bram met zijn arm om zijn oudere zus, hun lichamen zacht heen en weer wiegend. Ten slotte gingen Charleys ogen weer terug naar de schilderijen aan de muur. 'Ze zijn echt fantastisch, weet je dat?'

'Denk je dat alleen de Brontë-zusjes talent hebben?'

Charley kneep in haar broers hand. 'Anne heeft me een exemplaar van haar boek gestuurd.'

'Echt? Ik heb er een moeten kopen.'

'Echt? Heb je het gekocht?'

'Het lag bij Costco in de uitverkoop.'

'Heb je het gelezen?'

'Ja.'

'En?'

'Ik vond het leuk,' gaf hij schaapachtig toe. 'Wat kan ik zeggen? Ik ben een romanticus.'

Charley kuste haar broer op zijn wang. 'Wat ben je toch een schat.'

Het schelle geluid van een ringtone sneed door de bedompte kamer.

'Wat is dat in godsnaam?' Bram sprong op.

'Rustig. Het is mijn mobiel maar.' Charley lachte en reikte in haar tas om haar telefoon te pakken. 'Hallo?'

'Spreek ik met Charley?' vroeg een vrouwenstem bedeesd. 'Ben jij het?'

Charley bukte zich voorover en dempte haar stem. 'Jill?'

'Bel ik ongelegen?'

Charley keek naar haar broer, die haar met een mengeling van nieuwsgierigheid en bezorgdheid aanstaarde. 'Nee, het is goed. Hoe gaat het?'

'Het gaat prima.'

'Fijn.'

'Kun je praten?'

Weer keek Charley naar haar broer en dacht dat ze dit gesprek eigenlijk alleen zou moeten voeren.

Haar behoefte aan privacy begrijpend, fluisterde hij: 'Waarom ga je niet naar de slaapkamer? Het is er in elk geval koeler.'

Geluidloos vormde ze de woorden 'Ben zo terug'. Ze stond op van de bank en liep naar de kleine kamer rechts van de keuken. 'Oké,' zei ze, toen ze op het blauwe dekbed van het tweepersoonsbed ging zitten. Een koel briesje van de ventilator voor het raam blies zachtjes in haar nek.

'Ben je aan het werk? Het lijkt net of ik je stoor,' zei Jill.

'Nee. Ik ben bij mijn broer.'

'O, wat leuk. Hoe is het met hem?' vroeg Jill, alsof zij en Bram oude bekenden waren.

'Goed.'

'Herinnert hij zich mijn zus?'

'Ja, natuurlijk. Hij zei dat ze een paar keer met elkaar uit zijn geweest.'

'Vond hij haar leuk?'

'Daar hebben we het niet over gehad.'

'Doe hem de groeten van me. Zeg maar tegen hem dat ik het geweldig vind om met zijn zus samen te werken.'

'Is er iets gebeurd, Jill? Bel je daarom?'

'Nee, hoor Denk je dat ik in de problemen zit?'

'Is dat zo?'

'Nee. Het gaat prima.'

Het gaat prima, herhaalde Charley in gedachten. Het was de tweede keer dat Jill dat zei. Charley vond het een eigenaardige woordkeus om het leven in de dodencel te beschrijven.

'De omstandigheden in aanmerking genomen, natuurlijk,' voegde Jill eraan toe, alsof ze de reden van Charleys zwijgen begreep. 'Ik bel alleen maar omdat ze zeiden dat ik vanochtend de telefoon mocht gebruiken, en jij had gezegd dat als ik wilde praten of zo…'

'Natuurlijk.' Charley keek om zich heen of ze ergens in de kamer pen en papier zag liggen om aantekeningen mee te maken. Maar op de ladekast die tegen de muur tegenover haar stond lag niets, behalve een borstel en een spuitbus deodorant, en op het nachtkastje naast het bed zag ze alleen een foto van Franny en James en het boek van Anne, *Remember Love*. Ze dacht aan het taperecordertje dat op haar eigen ladekast in haar slaapkamer thuis lag. Nooit zonder taperecorder de deur uit gaan, sprak ze zichzelf vermanend toe, terwijl ze haar fronsende blik in de spiegel boven de kast zag, voordat ze het laatje van het nachtkastje opentrok en gedachteloos doorzocht. 'Waar wil je over praten?' Ze vond een potlood, maar de punt was gebroken. Ze gooide hem terug in de la. Er was geen papier, helemaal niets waar ze op kon schrijven.

'Nou, toen je weg was gisteren, ben ik gaan nadenken.'

'Over?'

'De dingen die ik heb gezegd, maar vooral over wat ik in mijn laatste brief geschreven heb.'

'Was het niet waar?' Charley zag een omgekeerde foto achter in het laatje liggen en bedacht dat ze de achterkant kon gebruiken om op te schrijven, gesteld dat ze een pen kon vinden.

'O, jawel. Alles wat ik je verteld heb was de zuivere waarheid,' antwoordde Jill, en Charley zag in gedachten de ogen van de jonge vrouw zich wijd opensperren terwijl ze met haar hand het elastiek uit haar haar trok. 'Ik ben gewoon bang dat ik je een verkeerde indruk gegeven heb.'

'Hoezo?' Charley stond op het punt naar de woonkamer te lopen om haar tas te halen toen ze naast een oude pijp een balpen zag liggen. Gedachteloos bracht ze de pijp naar haar neus en rook een verschaalde hasjgeur. Verschaald gelukkig, dacht ze, en ze legde de pijp weer terug en opende de pen terwijl de telefoon op haar linkerschouder balanceerde en schreef op de achterkant van de foto: *telefoontje van Jill, 10.45, donderdag. Bang dat ze me tijdens ons gesprek een verkeerde indruk heeft gegeven.*

'Nou, ik denk dat ik een tamelijk negatief beeld van mijn familie gegeven heb.'

'Was het anders dan?'

'Het was niet alleen maar zo,' legde Jill uit.

'Ja, je hebt ook verteld dat er goede tijden waren. Het uitje naar Disney World toen je vader je zijn "snoepje" noemde.' En toen je broer je zusje verkrachtte in het bed naast je, voegde ze er in gedachten aan toe.

'Ja. Die dingen. Mijn vader is bepaald geen watje, maar hij heeft ook zijn goede momenten. Mijn moeder noemde hem altijd een "ruwe diamant". Weet je wat dat betekent?'

Een ruwe diamant, kon Charley nog net neerkrabbelen voor de inkt in de pen op was. 'Volgens mij duurt het duizenden jaren voor een stukje steenkool in een diamant verandert,' antwoordde ze, terwijl ze in het laatje naar een andere pen zocht. Ze vond er een onder een tweede foto. Ze nam de pen en de foto uit het laatje en staarde naar een foto van een glimlachende, donkere jongen van een jaar of zes. Wie was hij? Ze draaide de foto waar ze haar aantekeningen op geschreven had om. Ze zag de brede glimlach van een klein meisje, haar ronde, bruine gezicht werd omlijst door een lawine van vlechtjes die elk met een felrood strikje waren vastgemaakt. 'Sorry. Zei je iets?' vroeg ze, zich realiserend dat Jill iets gezegd had.

'Ik zei, wil je soms suggereren dat mijn vader een stuk steenkool is?' herhaalde Jill lachend.

Wie waren die kinderen op de foto's? vroeg Charley zich af, terwijl ze de foto weer omdraaide om erop te kunnen schrijven. 'Het betekent dat hij gepolijst moet worden om te kunnen schitteren.'

Weer lachte Jill. 'Dat is een mooie manier om het te zeggen. Heeft iemand je wel eens verteld dat je schrijver moet worden?'

'En je moeder?'

'Mijn moeder?'

'Vertel eens wat meer over haar. Ik weet dat ze MS heeft...'

'Mijn moeder is een schat. Niks over mijn moeder.'

'Ik zei niets.'

'Ze heeft gedaan wat ze kon.'

'Daar ben ik van overtuigd.'

Waarom verdedig je haar? hoorde Charley Bram in gedachten zeggen.

'Het zal niet gemakkelijk voor haar geweest zijn. Wat dacht je van dat opvliegende karakter van mijn vader en Ethan, die precies zo is. En zoals ik je al vertelde, ik was lastig. Ze kon er niet veel aan doen. Ze probeerde altijd de vrede te bewaren en het iedereen naar de zin te maken.'

'Wist ze wat Ethan deed?'

'Hoe bedoel je?'

'Wist ze wat hij met jou en je zusje deed?'

Het was even stil, toen antwoordde Jill: 'We hebben het haar nooit verteld, als je dat soms bedoelt.'

'Dat bedoel ik niet.'

'Denk jij dan dat ze het wist?'

'Ik weet het niet. Ik vraag wat jíj denkt.'

'Ik krijg zo langzamerhand spijt dat ik je gebeld heb.'

'Dat is niet nodig. Ik ben blij dat je belde.'

'Waarom stel je de hele tijd van die stomme vragen? Waarom kun je voor de verandering niet gewoon eens luisteren?'

Is zeer defensief als het om haar moeder gaat, noteerde Charley, het woord 'zeer' een paar keer onderstrepend. 'Sorry. Ik zal niets meer vragen.'

'Zelfs als ze het wist, had ze er niets aan kunnen doen.'

'Ik ben ervan overtuigd dat je gelijk hebt.'

'Waarom ben je altijd zo verdomd zeker van je zaak?'

'Dat ben ik helemaal niet.'

'Vooral over dingen waar je geen bal van snapt.'

De verbinding werd verbroken.

'Oké,' zei Charley, en ze bleef onbeweeglijk zitten. 'Oké.' Na een paar minuten stond ze op en liep terug naar de huiskamer.

'Alles goed?' vroeg haar broer.

'Blijkbaar snap ik er geen bal van.'

'Dat had ik je ook wel kunnen zeggen.'

'Bedankt. Enfin, ik moet weer aan het werk. Ik heb trouwens op de achterkant hiervan geschreven.' Ze hield de twee foto's omhoog. 'Is dat erg?'

Bram wierp een blik op de foto's. 'Nee, hoor. Het zijn gewoon een paar kinderen uit de buurt die ik misschien wilde schilderen.'

'Leuke kinderen,' zei Charley. Ze liet de foto's in haar tas vallen en liep naar de deur.

'Bedankt dat je langskwam,' zei Bram, naar voren buigend om een kus op haar wang te geven.

'Zou je er toch eens over na willen denken je moeder te ontmoeten?' vroeg Charley.

'Bedankt dat je langskwam,' herhaalde Bram, terwijl hij de hordeur voor Charleys neus dichtsloeg.

16

PALM BEACH POST

ZONDAG, 11 FEBRUARI 2007

WEBB SITE

Laatst hadden mijn moeder en ik een geanimeerd gesprek over het nature/nurture-vraagstuk. De discussie spitste zich vooral toe op de vraag welk n-woord verantwoordelijk is voor de seksuele voorkeur van de mens. Tegenwoordig is de heersende gedachte dat iemands seksualiteit aangeboren is, net als de kleur van zijn ogen. Maar is het wel zo eenvoudig? Denk eens aan die duizenden mannen en vrouwen in de gevangenis die zich tot seksegenoten richten om een beetje troost en steun te zoeken – of in sommige gevallen uit zijn op macht en intimidatie – maar onmiddellijk als ze vrij zijn weer bij de andere sekse terugkeren. (Hoe was die oude spreuk ook al weer? 'Als je niet bij degene kunt zijn van wie je houdt, houd dan van degene met wie je bent') Is het een kwestie van kiezen? Hebben we er überhaupt invloed op?

Mijn moeder denkt van wel. Of liever gezegd, ze denkt dat vrouwen een keus hebben. Maar voordat ik overladen word door een spervuur van e-mails van religieuze fundamentalisten die haar willen rekruteren om arme saffische dwaallichtjes te redden, wil ik laten weten dat mijn moeder er ook voor gekozen heeft lesbisch te zijn. Ze voerde in onze discussie aan, heel overtuigend moet ik zeggen, dat mensen meer zijn dan wat ze met hun genitaliën verkiezen te doen, en dat er talloze vrouwen zijn, waarschijnlijk de meerderheid, die geboren zijn om andere vrouwen te beminnen, maar dat er ook heel veel zijn die al dan niet bewust besluiten om van een seksegenoot te houden. Ze zijn misbruikt of mishandeld, verwaar-

loosd of genegeerd. Ze hebben het om welke reden dan ook met mannen gehad. Ze zoeken warmte, en als degene die dat geeft een lichaam heeft dat verdacht veel op dat van henzelf lijkt, tja, dan duurt het even om daaraan te wennen, maar uiteindelijk is het prima. Vrouwen zijn eraan gewend om aan dingen te wennen. We zijn er goed in ons aan de omstandigheden aan te passen.

Hoewel het er tegenwoordig op lijkt dat mijn moeder weer op het rechte pad is teruggekeerd, heeft ze twintig jaar lang verkozen lesbisch te zijn. Ze koos er ook voor niet bij haar kinderen te zijn, waarmee ze de prijs voor de beste moeder van het jaar behoorlijk heeft verspeeld. Maar wat maakt je eigenlijk een goede moeder? Weer komt het neer op de keuzen die we maken.

Dit doet me denken aan een verhaal dat een buurvrouw me een tijdje geleden vertelde. Ze kwam in het vliegtuig ergens vandaan, maar had de pech dat ze pal naast een beer van een vent en zijn zoontje kwam te zitten. Vlak na het opstijgen begon het jongetje onrustig op zijn stoel heen en weer te wiebelen en zijn vader snauwde dat hij stil moest zitten. De jongen klaagde dat zijn vader met zijn dikke lijf een groot deel van zijn stoel in beslag nam en dat hij te weinig ruimte had. De vader zei dat hij 'zijn kop moest houden of anders een schop onder z'n hol kon krijgen'. Het zoontje, dat blijkbaar zijn rechten kende, dreigde dat hij het alarmnummer zou bellen. Op dat moment gaf zijn vader hem een mep. Mijn buurvrouw riep de stewardess en vroeg een andere plaats. De moeder van de jongen, die in de rij achter hem bleek te zitten, bood onmiddellijk haar stoel aan. Toen ze van plaats wisselden, hoorde mijn buurvrouw hoe de moeder haar zoontje smeekte zijn vader te gehoorzamen.

Is zij een goede moeder? Ligt het in de vrouwelijke natuur iedereen altijd maar te sussen en het naar de zin te maken? Goed, ze heeft haar zoon niet in de steek gelaten, althans niet fysiek, maar wat was de boodschap die ze hem gaf? Dat je iemand mag intimideren en uitschelden als hij kleiner en weerlozer is dan jij? Dat macht boven recht gaat? Ze zou hier ongetwijfeld tegen inbrengen dat ze geen keus had, dat ze net zo weerloos was als haar zoon, dat verzet tegen haar man betekende dat haar een pak rammel te wachten stond. Maar ze had wél een keus, zoals alle volwassenen die hebben, en het is de taak van een moeder haar kinderen te beschermen, ook wanneer dat betekent dat ze daarmee zichzelf in gevaar brengt.

Ik heb de laatste tijd veel over kindermishandeling nagedacht, maar ik begrijp er nog steeds niets van. Waarom begin je aan kinderen als je ze gaat mishandelen? Het is niet zo dat we geen keus hebben. We kunnen uit allerlei soorten voorbehoedsmiddelen kiezen, we kunnen abortus laten plegen of ongewenste kinderen ter adoptie aanbieden, deze onschuldige wezens de kans geven om in een stabiel en liefdevol gezin op te groeien. Toch kiezen we er maar al te vaak voor dat kinderen in een liefdeloze, ronduit vijandige omgeving grootgebracht worden, bij ouders die in hun mogelijkheden beperkt zijn of in emotioneel opzicht ongeschikt om voor hen te zorgen.

Ik heb het nu niet over tienermoeders die van de bijstand leven, die zijn al genoeg zwartgemaakt. De meeste van deze meisjes zijn alleen maar op zoek naar liefde en velen zijn vroeger zelf misbruikt. Het merendeel van deze jonge vrouwen doet er alles aan een goede moeder te zijn, maar ze zijn beperkt in hun keuzen, als ze die al hebben. De goedkeuring die ze hun hele leven al zoeken ligt niet meer in handen van een los-vast vriendje maar van een afhankelijke baby, en als die de hele nacht ligt te huilen interpreteren deze vrouwen dat algauw als afkeuring. 'Je bent geen goede moeder,' herhaalt dat gehuil steeds opnieuw, hun grootste angst bevestigend. Een klap is dan gauw gegeven.

Maar waarom kan de een zich beheersen en wordt de ander zo razend dat hij het kind zo hard door elkaar rammelt dat zijn nekje breekt? Zijn sommige mensen gewoon van nature gewelddadiger of zijn ze in een gezin opgegroeid waar geweld gewoon was? Misbruik is een overdraagbare ziekte, een ziekte die van de ene generatie op de volgende wordt doorgegeven en zomaar fataal kan zijn.

Mijn moeder heeft me verlaten, maar ze heeft me tenminste niet geslagen. Daar kun je tegen inbrengen dat als ze me geslagen had, ze er in elk geval wel was. De discussie is net zo eindeloos en zinloos als het nature versus nurture-debat. Uiteindelijk gaat het om de keuzen die we in ons leven maken. We kunnen onze ouders niet kiezen. We kunnen wel kiezen wat voor een soort ouder we zullen *zijn. En als toeschouwer hebben we ook een keus: óf we komen in verzet tegen het onrecht waar we op dat moment getuige van zijn, óf we ruilen alleen maar van plaats en doen verder niets.*

Het gebons op Charleys voordeur was woest en dwingend, en vooral onverwacht. Het was zondagochtend, net negen uur, te vroeg voor bezoek. Charley zette haar koffiekopje neer, schoof de ochtendkrant waarin ze aan het lezen was opzij – ze vond het altijd leuk om te weten hoe het was om haar column in gedrukte vorm te lezen – controleerde of de ceintuur van haar blauwe badstof ochtendjas goed vastzat, stond op van de keukentafel en liep door het halletje naar de voordeur. 'Wie is daar?' vroeg ze, terwijl ze een blik sloeg op de slaapkamer van de kinderen waarin Franny en James een nieuw bordspel aan het spelen waren dat haar moeder voor hen had gekocht.

'Lynn,' kwam het nijdige antwoord. 'Doe open. Ik heb een appeltje met je te schillen.'

Charley sloot haar ogen, haalde diep adem, forceerde een lachje om haar mond en trok de deur open. Een typisch voorbeeld van een déjà vu, dacht ze toen ze Lynn Moore op het stoepje voor haar deur zag staan. Ze stond met de krant van die dag in haar gezicht te zwaaien en de kristalletjes op haar lange, rode nagels flitsten als de vierkantjes van een ronddraaiende discobal voor Charleys ogen. Haar donkere haar was in een scheve knot op haar hoofd opgestoken en dreigde ondanks de vele haarspeldjes elk moment in te storten. 'Alweer?' vroeg Charley vermoeid.

'Heb je niemand anders om te treiteren?'

'Je vond mijn column niet geslaagd,' constateerde Charley meer dan dat ze het vroeg.

'Wat heb je eigenlijk tegen me?'

Charley voelde haar schouders zakken. 'Wil je even binnenkomen?'

'Nee, ik wil niet binnenkomen.'

'Ik heb net koffie gezet.'

'Ik wil geen koffie. Ik wil met rust gelaten worden, verder niks.'

'En toch sta je hier,' bracht Charley in het midden.

'Was het nog niet genoeg om me als een of andere wanhopige seksmaniak af te schilderen…'

'Ik heb nooit gezegd dat je…'

'En nu zeg je weer dat ik me onverantwoordelijk gedraag.'

'Waar heb je het over?'

'Wat had ik dan moeten doen?' vervolgde Lynn, alsof Charley niets gezegd had. 'Ik zat daar in mijn stoel geklemd naast die kolossale kerel wiens hele houding "met mij valt niet te sollen" uitstraalde. Wat had ik in godsnaam moeten doen toen hij zijn kind begon te slaan? Ik heb de stewardess geroepen en verteld wat er aan de hand was en zij adviseerde me van plaats te wisselen. Nou wil ik wel eens van je weten wat ik had moeten doen.'

'Dat weet ik niet.'

'Nou wordt-ie helemaal mooi!' riep Lynn uit, de krant voor Charleys gezicht wapperend. 'Volgens jou, weetal die je bent, had ik in verzet moeten komen tegen het onrecht waar ik getuige van was, waarmee je voorbijgaat aan het feit dat ik opgesloten zat in een besloten ruimte elf kilometer boven zeeniveau en dat niemand in het vliegtuig gezien had dat die vent zijn zoontje sloeg.'

'Ik doelde niet speciaal op jou,' dekte Charley zich in.

'Natuurlijk wel. Wie heeft dat verhaal anders aan je verteld?

'Ik probeerde iets duidelijk te maken.'

'Nou, dat is goed gelukt. "En als toeschouwer hebben we ook een keus: óf we komen in verzet tegen het onrecht waar we op dat moment getuige van zijn, óf we ruilen alleen maar van plaats en doen verder niets." Word je het nu nooit eens zat een ander te bekritiseren?'

'Dat probeerde ik helemaal niet.'

'Nee, voor jou is het geen kwestie van proberen. Je bent gewoon zo, je kunt niet anders. Je bent een lastig portret, Charley, weet je dat?'

'Mama?' klonk een bang stemmetje achter haar.

Charley draaide zich om en zag Franny onvast op haar benen in de deuropening van de keuken staan, haar ogen waren groot van bezorgdheid. 'Er is niks aan de hand, schat. Mevrouw Moore is boos, dat is alles.'

'Op jou?'

'Niets aan de hand, Franny,' zei Lynn tegen het kind. 'Ik ga nu. Maar doe me een plezier, Charley, gebruik mijn leven niet langer als voer voor jouw column.'

'Bedankt dat je langskwam,' fluisterde Charley, Brams woorden herhalend terwijl ze de deur dichtdeed. Ze keerde zich om naar haar dochter.

'Waarom vindt niemand jou aardig?' vroeg Franny.

'Wat? Wie zegt dat niemand me aardig vindt?'

'Iedereen is altijd tegen je aan het schreeuwen.'

'Nee, hoor.'

Franny leek niet overtuigd. 'Ik heb Elise met papa horen praten.'

Charley knielde voor haar dochter neer en streek een paar verdwaalde haren van haar voorhoofd weg. 'Wat zei ze?'

'Ze zei dat je alleen maar aan jezelf denkt.' In Franny's ooghoeken welden tranen op, alsof ze het gevoel had dat ze niet loyaal was aan haar moeder, louter omdat ze de woorden van Rays vrouw herhaalde.

'Wat heeft ze nog meer gezegd?'

'Dat je onbeschrijfelijk egoïstisch bent.'

'Wow. Onbeschrijfelijk zelfs.'

'Wat betekent dat?'

Charley dacht even over het woord na. 'Het wil zeggen dat er geen woorden zijn om duidelijk te maken hoe egoïstisch ze me vindt.'

'Maar dat ben je helemaal niet. Toch?'

'Nee, dat ben ik niet,' stemde Charley in. Of wel?

'Ben je een lastig portret?'

Charley lachte. 'Laten we zeggen dat ik nog in ontwikkeling ben.'

'Wat betekent dat?'

'Dat ik nog het een en ander moet leren. Maar ik doe mijn best.'

'Ik vind je niet onbeschrijfelijk egoïstisch.'

'Dank je, schat. Dat vind ik fijn.'

'Wat vind je fijn?' vroeg James, die de hal in kwam rennen en met zo'n vaart op zijn moeder en zusje afstormde, dat ze alle drie omvielen.

Charley trok haar twee kinderen snel op haar schoot. 'Dat jullie mijn mooie engeltjes zijn.'

'Ik ben geen engeltje, gekkie,' zei James lachend.

'Hij is nog in ontwikkeling,' verkondigde Franny verlegen glimlachend.

'Ik hou zoveel van jullie,' zei Charley, en ze kuste hen tot ze er genoeg van hadden en zich losmaakten.

'Hoeveel?' gilde James, achteruit de hal uit rennend.

Charley zwaaide haar armen opzij en strekte haar vingers zo ver ze kon. 'Zoveel.' Huilend en lachend tegelijk keek ze hoe haar kinderen in hun slaapkamer verdwenen. Onbeschrijfelijk, dacht ze.

Een uur later ging de bel. 'Mijn hemel,' mompelde Charley. 'Wat nu weer.' Langzaam liep ze naar de voordeur. 'Wie is daar?'

'Glen McLaren.'

Charley trok de deur open. Hij ziet er inderdaad uit als een gangster, dacht ze ondanks zichzelf. Was hij gekomen omdat hij nog iets van haar te goed had? Wat wilde hij van haar? 'Wat een verrassing.'

'Een niet onaangename, hoop ik. Kom ik ongelegen?'

Correct gebruik van de dubbele ontkenning, dacht ze. Ze stapte opzij om hem binnen te laten. 'Koffie?' vroeg ze, ook al betekende dat dat ze verse moest zetten. Na Lynns bezoek had ze drie koppen hete koffie achter elkaar opgedronken en daarbij haar verhemelte verbrand.

'Nee, dank je.' Hij maakte geen aanstalten verder dan de gang naar binnen te gaan en zijn ogen gingen heen en weer van het huis naar zijn zilverkleurige Mercedes op straat. 'Waar is James?'

'Hij speelt Monopolie met zijn zusje,' antwoordde Charley, in de richting van de slaapkamers knikkend. 'Zal ik hem even roepen?'

'Nee, hoor. Ik kom voor jou.' Hij wierp weer een blik op zijn auto. Was hij soms bang dat iemand hem zou beschadigen?

'O ja?'

'Ik heb nog iets van je te goed. Daar kom ik voor.'

Zenuwachtig keek Charley naar de slaapkamers. 'Nu?'

'Nu lijkt me prima.'

'Waar denk je eigenlijk precies aan?'

'Hou je van honden?' vroeg Glen.

'Honden?'

'Om precies te zijn witte bastaardhondjes die Bandit heten, die geen haaruitval hebben en niet keffen, maar wel zindelijk zijn en heel veel verdriet zullen hebben als ze de komende drie weken naar een asiel moeten.'

'Heb jij een wit hondje dat Bandit heet?'

'Een vroeger vriendinnetje heeft hem ooit in een onbezonnen bui aan me gegeven.'

'Vanzelfsprekend.'

'Maar ik beloof dat hij goed is opgevoed en hij zal je geen enkele last bezorgen.'

'Is het soms de bedoeling dat ik drie weken voor je hond ga zorgen?'

'Ik ga naar North Carolina om op mijn zoon te passen, zijn moeder gaat op huwelijksreis die al heel lang is uitgesteld, en met degene die voor Bandit zou zorgen heb ik onenigheid gehad, om het zo maar te noemen. In elk geval wil ze mij en mijn hond nooit meer zien.'

'Interessant.'

'Niet echt. Maar Bandit is dat wel. Echt, je zult zo van hem gaan houden dat je hem niet meer terug wilt geven.'

Charley wist niet hoe ze moest reageren. 'Ik zeg niet dat ik het niet wil doen,' zei ze, eromheen draaiend, 'maar ik ben niet zo'n hondenliefhebber. Ik heb nog nooit in mijn leven een huisdier gehad. Ik zou niet eens weten hoe…'

'Het belangrijkste is dat je hem 's ochtends te eten geeft en voor vers water zorgt. En dat geldt ook voor 's avonds. Tussendoor laat je hem een paar keer uit. Het is nog een puppy, dus het zou fijn zijn als je hem om de paar uur zijn behoefte laat doen. Je zet hem gewoon ergens op het gras neer, je zegt "huppekee" en hij doet het.'

'Huppekee?'

'Ik weet dat het stom klinkt…'

'Het klinkt inderdaad héél stom.'

'Het werkt echt.'

'Maar ik ben bijna de hele dag weg.'

'Als je niet thuis bent, blijft hij braaf in zijn mand liggen slapen. Hij slaapt daar 's nachts ook. Hij jankt nooit, ik zweer het. Echt, hij kan heel goed alleen zijn.'

Een hond, dacht Charley, en bijna wenste ze dat het Lynn was die weer voor haar deur stond, niet Glen. Wat moest ze met een hond? Drie weken lang! Maar hij had haar zoon zonder te morren mee naar de Lion Country Safari genomen… 'Is hij te vertrouwen met kinderen?'

'Absoluut! Hij is dol op kinderen.'

'James kan nogal druk zijn.'

'Dat vindt-ie juist leuk.'

'Nou, vooruit,' gaf Charley zich gewonnen. 'Ik denk dat we het wel drie weken redden.'

'Dank je, dank je, dank je.' Glen trok de voordeur al open. 'Ik ga hem halen.'

'Wat?'

'Hij zit in de auto.'

'Heb je hem in de auto achtergelaten?' Charley liep achter Glen aan naar buiten.

'Dat is helemaal geen punt. Ik heb de raampjes opengelaten. Zie je hoe lief hij is?' vroeg hij, toen ze bij zijn Mercedes waren.

Een klein, harig, wit kopje sprong in beeld. Een staartje begon wild te kwispelen.

'Rustig maar, vriend,' zei Glen, toen de hond op en neer sprong op de zwartleren stoel. 'Zie je? Ik zei toch dat ik zo terug zou zijn.' Hij opende het portier en nam de opgewonden pluizige bol in zijn armen. Het hondje begon meteen in zijn nek te likken.

'Dit is desastreus voor je imago,' zei Charley.

Glen schoot in de lach. 'Zeg Charley eens gedag, Bandit. Zij gaat de komende drie weken voor je zorgen.' Hij legde het kronkelende beestje in Charleys armen. De hond kalmeerde onmiddellijk, nestelde zich in haar nek en legde zijn kin op haar schouder. 'Nou, nou, bof jij even!'

'Hoezo?'

'Als een hond op die manier zijn kop op je schouder legt betekent dat dat hij een vriend voor het leven is.'

'Wij... vrienden?'

'Voor het leven.'

'Voor drie weken,' benadrukte Charley, terwijl Glen een grote doos met Bandits spullen uit de achterbak tilde. 'Wat is dat allemaal?'

'Zijn mand, zijn eten, zijn bak, zijn riem, zijn speeltjes – de piepende hamburger is zijn favoriet – het telefoonnummer van de dierenarts...'

'Mijn hemel. Ik weet niet of ik dit wel kan.'

'Hou toch op! Iemand die Jill Rohmer aankan, kan zeker een paar weken een jong hondje aan.'

'Wie zegt dat ik Jill Rohmer aankan?' Charley volgde Glen over het pad terug naar haar huis.

'Ga je het boek niet doen?'

Charley haalde haar schouders op. Glen deed de voordeur open en zette de doos met Bandits spullen in de hal. 'Eerlijk gezegd weet ik niet hoe het er op dit moment voor staat. De laatste keer dat ik haar aan de telefoon had hing ze ineens op.'

'Nou, dat is je wel vaker gebeurd.' Er verscheen een ondeugend lachje om zijn mond. 'Wat is het eigenlijk voor een vrouw?'

'Ik weet het niet,' antwoordde Charley eerlijk. 'Ik weet niet goed wat ik van haar moet denken. Het ene moment is het een verloren meisje, zacht en kwetsbaar, je moet jezelf letterlijk knijpen om te blijven bedenken dat ze betrokken was bij de dood van drie onschuldige kinderen, en het volgende moment krijgt ze zo'n vreemde blik in haar ogen, alsof ze de maat van je doodskist inschat, en acht je haar tot alles in staat.'

'Klinkt intrigerend.'

'Ik weet het niet. Haar advocaat heeft misschien wel gelijk. Hij vindt mij niet de juiste persoon voor deze klus.'

'Dan heeft hij het mis,' zei Glen. 'Maar wie ga je geloven, een dure advocaat met weet ik hoeveel indrukwekkende academische titels of een wannabe-gangster met een schattige, witte puppy? De keus is vrij duidelijk, als je het mij vraagt.'

Charley lachte en ze voelde dat het hondje zich nog dichter in haar hals nestelde. 'Weet je zeker dat er niets met deze hond aan de hand is?'

'Doe niet zo gek! Hij is in de zevende hemel. Welke jongen zou dat niet zijn?'

Charley deed een stap naar achteren, alsof ze zich wilde distantiëren van het compliment en van de man die elke keer dat ze hem zag aantrekkelijker werd. Was dit gedoe met het hondje een truc om haar vertrouwen te winnen, een manier om haar te versieren en vervolgens te dumpen, om haar terug te pakken omdat ze in haar column gemene dingen over hem geschreven had? Het feit dat zij seks niet als wraak gebruikte, wilde nog niet zeggen dat hij dat niet deed. 'Nou, veel plezier met het bezoek aan je zoon.'

'Dank je. Dat gaat wel lukken.'

'Bel me zodra je terug bent. Om je hond op te halen,' voegde ze er onmiddellijk ter verduidelijking aan toe.

'Doe ik. Dag Bandit.' Hij liep om Charley heen om Bandit een kusje op zijn kop te geven. 'Wees voorzichtig,' zei hij tegen Charley. Charley bereidde zich min of meer op eenzelfde kusje voor en was bijna teleurgesteld toen Glen haar alleen maar op haar arm tikte voordat hij weer in zijn auto stapte, van de stoep reed en met zijn linkerhand uit het raampje uitgebreid zwaaide. Toen hij aan het eind van de straat de hoek om was, zette ze Bandit op het gras, haalde haar schouders op en zei: 'Wat kan mij het ook schelen. Huppekee.'

De hond liep een paar tellen snuffelend rond, vond een plekje op het gras dat hem aanstond, tilde zijn poot op en plaste.

'Ongelooflijk.' Charley nam de pup weer in haar armen net toen Gabe Lopez zijn voordeur opende en in haar richting keek. 'Goeiemorgen, meneer Lopez,' riep ze, vastbesloten een nieuwe start te maken. Met haar vrije hand zwaaide ze naar hem.

'Als je er maar voor zorgt dat die hond niet op mijn gras komt,' zei hij, voor hij de deur weer dichttrok en naar binnen liep.

17

Beste Charley.

Wow! Dat was me nog eens een column in de krant van
gisteren. Kon vanochtend niet wachten om naar mijn werk
te gaan om je te bedanken. Als maatschappelijk werker
vond ik je onderwerp heel goed gekozen. Mijn collega's
en ik hebben veel te lang gediscussieerd over de kwestie
nature versus nurture, en uiteindelijk concludeerden we
dat het er eigenlijk niet toe doet. Het gaat uiteindelijk niet
zozeer om de oorzaak als wel om het resultaat. Wat
we nodig hebben is niet een verschil van mening maar
tolerantie. Misschien dat als we allemaal verdraagzamer
en respectvoller met de verschillen van onze medemens
konden omgaan, zoiets als kindermisbruik niet zou
bestaan.

Hoogachtend,
Kara Stephenson

Van: Charley Webb
Aan: Kara Stephenson
Onderwerp: Bedankt
Datum: Maandag 12 februari 2007, 09:08

Beste Kara. Heel erg bedankt voor je aardige e-mailtje. Het is
fijn gewaardeerd te worden. Ik hoop dat je mijn columns blijft
lezen en ervan blijft genieten.

Hartelijke groeten,
Charley Webb

Van: Gealarmeerde
Aan: Charley@CharleysWeb.com
Onderwerp: Je laatste column
Datum: Maandag 12 februari 2007, 09:14

Beste Charley Webb,

Ik heb je columns altijd benaderd met een mengeling van
nieuwsgierigheid en terughoudendheid. Wie zul je vandaag
weer eens door de mangol halon en waarom? Wat heb je nu
weer met je lichaam uitgespookt? Wat gaat er allemaal in dat
knappe koppie van je om? Je kunt je voorstellen dat je laatste
column, die niet alleen tot nadenken stemde maar ook nog
eens diopzinnig was, me diep teleurstelde. Ik hoop niet dat je
van je meer egoïstische, pardon, altruïstische activiteiten als
de Brazilian wax en de Passion Party bent afgestapt – alles
in naam van de wetenschap uiteraard – en deze inruilt voor
belangrijkere, maar minder amusante onderwerpen als
kindermisbruik. Hoewel ik je ongetwijfeld sterke betrokken-
heid bij sociale gerechtigheid toejuich, verlang ik hevig naar

de oppervlakkigere Charley van vroeger. Stel me alsjeblieft
niet weer teleur.

Arnold Lawrence

Van: Charley Webb
Aan: Arnold Lawrence
Onderwerp: Wel en niet bedankt
Datum: Maandag 12 februari 2007, 09:20

Beste gealarmeerde Arnold,

Ik heb je e-mailtje nu een aantal keren gelezen en ik weet nog
steeds niet of ik gevleid of beledigd moet zijn. Hoewel het altijd
fijn is om aantrekkelijk gevonden te worden ben ik bang dat je
me zo'n beetje als een decoratieve lege huls ziet. En ook al
ben ik blij dat je van mijn columns geniet, het stelt me teleur
dat je ze oppervlakkig vindt. Het feit dat iets amusant is maakt
het niet per se minder waardevol, net zomin als schrijven over
een serieus onderwerp de schrijver iemand van gewicht maakt.
Je kunt erop vertrouwen dat ik zal blijven schrijven over
kwesties die ik belangrijk vind en die me intrigeren. Sommige
onderwerpen zullen serieus van aard zijn, andere niet. Het
is de bedoeling dat al mijn columns tot nadenken stemmen
en discussies losmaken. Ik hoop dat je ze blijft lezen met
je gebruikelijke mengeling van nieuwsgierigheid en terughoudendheid.

Vriendelijke groeten,
Charley Webb

Beste Charley,

Ik lees je al vanaf de tijd dat je bij de *Post* begon. Ik vind je columns helder, goed geschreven en van deze tijd. Verrassend genoeg is er nog een onderwerp dat je nodig eens aan de orde moet stellen, hoewel je er in je column van gisteren al op zin-speelde toen je het had over die vader die zijn zoon mishan-delt. Het betreft iets waar ik me persoonlijk groen en geel aan erger: dikke mensen in het vliegtuig! Je betaalt het volle pond voor een ticket maar komt vervolgens tot de ontdekking dat je het met een halve zitplaats moet doen omdat iemand die zijn eetlust niet in bedwang kan houden half over je stoel hangt. Dit alleen al zou voor mij reden genoeg zijn om een andere plaats te vragen! Ik zou graag willen weten hoe jij hierover denkt.

Hoogachtend,
Sheryl Volpe

Arme, lieve Charley.

Eindelijk snappen we wie ervoor gezorgd heeft dat je bent wie je bent! Je moeder! Wat een afschuwelijke, weerzinwekkende vrouw! Ze heeft absoluut hulp nodig, net als jij, het weerloze slachtoffer van haar amorele indoctrinatie. Er is een reden waarom godvrezende mensen degenen belasteren die de wil van God bezoedelen. God zelf besloot namelijk dat deze perverselingen ter dood gebracht moeten worden. Je moeder moet haar duivelse praktijken opgeven, en zolang ze dat niet doet, zul jij haar moeten verloochenen. Ik zal voor jullie bidden. God zij met jullie,

Een begripvolle lezer

Charley was net bezig een slim antwoord op de laatste twee e-mails te bedenken, toen de telefoon op haar bureau ging. 'Met Charley Webb.'

'Hoi,' klonk een heldere, vaag bekende stem.

Charley probeerde, voor de beller weer iets zou zeggen, een gezicht aan de stem te koppelen, maar dat lukte niet.

'Met Emily,' zei de vrouw na enige tijd. 'Je zus,' voegde ze eraan toe, elk woord duidelijk articulerend alsof ze in een microfoon sprak.

Onmiddellijk drong het beeld van een knappe jonge vrouw met sterke, verfijnde gelaatstrekken en steil, halflang blond haar zich aan haar op. 'Emily! Mijn hemel! Hoe gaat het met je?'

'Heel goed, dank je. Met jou?'

'Geweldig. Een beetje moe misschien. Ik heb beloofd om een paar weken op een jong hondje van een vriend te passen, hij zou in zijn mand moeten slapen, maar hij was de hele nacht aan het janken, tot ik hem uiteindelijk maar mee naar bed genomen heb, waar hij zich strak tegen mijn been aan wurmde, en ik ben natuurlijk absoluut niet gewend om mijn bed te delen...' Wat was er met haar aan de hand? Ze had haar zus al bijna twee jaar niet gesproken. Waarom zat ze zo over die stomme hond uit te weiden? 'Hoe gaat het met jou?' vroeg ze nogmaals.

'Nog steeds heel goed,' antwoordde haar zus koeltjes. 'Luister, ik begrijp dat je Anne gesproken hebt.'

'Een paar weken geleden, ja. Hoezo? Is er iets?'

'Nee, natuurlijk niet. Het gaat voortreffelijk. Haar nieuwe boek staat nummer twee op de bestsellerlijst van *The New York Times*.'

'Geweldig, zeg.'

'Heb je het al gelezen?'

'Ik hoop er dit weekend aan toe te komen.' Charley sloeg haar ogen op naar het plafond. 'Bram heeft het gelezen. Hij was enthousiast.'

'Was hij stoned toen hij het las?'

'Nee. Waarom? Is het zo slecht, dan?'

'Papa vindt het dom geneuzel.'

'Ik hoor het hem zeggen. Hoe vind jij het?'

'Geneuzel, maar niet dom,' antwoordde Emily, de woorden duidelijk uitsprekend.

'Wat een compliment!'

'Hoe gaat het trouwens met Bram?'

'Goed. Hij is nu al meer dan tien dagen helemaal clean en nuchter.'

'Tien hele dagen! Wow.' Emily was duidelijk niet onder de indruk. 'En Franny en James? Gaat het goed met ze?'

'Fantastisch. En Catherine?'

'Ze groeit als kool. Heeft Anne je verteld dat ze erin toestemt dat A.J. de kinderen krijgt?'

'Hoe bedoel je?' Charley herinnerde zich A.J.'s dreigement om de voogdij over Darcy en Tess op te eisen als Anne hem alimentatie weigerde te betalen. 'Heeft hij haar weten over te halen?'

'Nee. Ze geeft hem vrijwillig de volledige voogdij. Ze zegt dat ze momenteel zoveel reist, en dat ze, áls ze thuis is, bezig is met het voorbereiden van haar interviews en zo. Ze denkt dat de kinderen beter af zijn bij hem.'

'Maar dat is gewoon belachelijk.'

'Nee, het is gewoon Anne. Of liever gezegd, Elizabeth. Ik neem aan dat je nog steeds contact met haar hebt.'

'Ze zal het vreselijk vinden als ze dit hoort.'

'Hou toch op. Het is de ultieme bevestiging van haar eigen opvoedingsmethoden.'

'Zal ik Anne bellen? Proberen of ik haar op andere gedachten kan brengen?'

'O ja, dat zal veel uithalen. Jullie zijn zo close met elkaar.'

'Maar ze maakt echt een enorme fout. Dat weet je.'

'Misschien wel. Misschien ook niet. Maar ik bel trouwens voor iets anders.'

'Wat dan?'

'Dat plan van *People*.'

'*People*?' vroeg Charley, Emily's woorden duizelden nog in haar hoofd. Hoe kon Anne zelfs maar overwegen haar kinderen af te staan na alles wat ze zelf meegemaakt hadden?

'Het tijdschrift *People*. Het verhaal dat ze willen schrijven.'

Charley herinnerde zich vaag dat Anne daar iets over gezegd had. 'Dat Brontë-plan,' peinsde ze hardop.

'Ja. Normaal gesproken besteden ze geen aandacht aan schrijvers omdat die over het algemeen saai zijn, maar Anne is een uitzondering vanwege al dat gedoe met A.J. en ik ben natuurlijk op tv…'

'Het spijt me vreselijk dat ik je niet gezien heb bij *Good Morning America*,' onderbrak Charley haar.

'Maakt niet uit. In elk geval,' vervolgde Emily, 'toen ze bij *People* hoorden dat jij ook schrijver bent en dat je Charlotte heet, waren ze overstag. Ze zijn dolenthousiast en willen ons allemaal zo snel mogelijk interviewen. En omdat Anne tijdens haar tour Palm Beach aandoet dachten ze dat we elkaar daar kunnen ontmoeten.'

Duizenden vragen schoten door Charleys hoofd. Slechts één vraag sprong eruit. 'Wanneer?'

'De datum staat nog niet vast, maar waarschijnlijk ergens in de komende twee weken. Ik zal je de exacte tijd en plaats nog doorgeven.'

'Lijkt het je echt een goed idee?' vroeg Charley. Ze kon zich de laatste keer dat de drie zusters met elkaar in dezelfde ruimte hadden gezeten niet herinneren.

'Natuurlijk. Betere publiciteit kun je niet krijgen. Denk eens aan alle belangstelling en waar dat allemaal toe kan leiden. *Good Morning America* overweegt al een item over ons. Alles is mogelijk. Zelfs *Oprah*.'

Een verhaal in *People* zou de kans om uitgevers voor haar boek over Jill Rohmer te interesseren zeker vergroten, dacht Charley. Ze zouden voor haar in de rij staan en haar enorme bedragen in het vooruitzicht stellen. Een optreden in *Oprah* zou waarschijnlijk tot gevolg hebben dat het boek op ieders verlanglijstje kwam te staan. Ze zou rijk en beroemd worden, om nog maar te zwijgen van populair en gewaardeerd. Ze hoefde alleen maar ja te zeggen. 'En Bram?' vroeg ze in plaats daarvan.

'Bram? Wat is er met Bram?'

'Behalve het feit dat hij onze broer is, is hij ook een zeer getalenteerd schilder. Wordt hij er ook bij betrokken?'

'Hij past niet zo in het verhaal,' antwoordde Emily, 'maar hij zal heus wel genoemd worden.'

'Hij verdient meer dan dat,' zei Charley, plotseling fel.

'We hebben niets over de inhoud te zeggen, Charley.'

'En moeder?' vroeg Charley, de opmerking ontwijkend.

'Zij heeft hier niks mee te maken.' Emily's bestudeerde, honingzoete stem klonk plotseling hard en koud.

Charley zag haar zus voor zich, hoe ze op de zijkant van haar onderlip beet, zoals ze als kind al deed wanneer haar iets dwarszat. 'Ze heeft er alles mee te maken,' zei Charley. 'De drie zussen Charlotte, Emily en Anne zijn er dankzij haar.'

'Wat wil je nou eigenlijk?' vroeg Emily ongeduldig.

Wat wilde ze eigenlijk? 'Ik doe dat interview op twee voorwaarden.'

'Twee voorwaarden,' herhaalde Emily ongelovig.

'Ten eerste dat Brams inbreng in het interview even groot is als die van ons.'

'Denk je nu echt dat hij tegen die tijd nog steeds nuchter is?' onderbrak Emily haar.

'... en ten tweede, dat jij en Anne tijdens jullie verblijf hier een afspraak met moeder maken.'

'Wat? Geen denken aan.'

'Dan ben ik niet geïnteresseerd.'

'Je bent niet goed wijs. Dat verhaal levert enorme publiciteit op. Het is de kans van je leven.'

'Er komen wel meer kansen.' Was dat wel zo? Waar was ze mee bezig?

Er viel een lange stilte. 'Ik bel je nog wel.' Emily had al opgehangen voordat Charley gedag kon zeggen.

Charley legde de hoorn op de haak. Beduusd staarde ze naar

haar computer. Wat had ze in hemelsnaam gedaan? Had ze met haar onredelijke eisen werkelijk de kans van haar leven op het spel gezet? Wie was zij om anderen voor te schrijven wat ze moesten doen? Haar zussen hadden partij gekozen, maar dat had ze zelf ook. Wie was zij om hun te zeggen dat ze hun moeder een tweede kans verschuldigd waren? Emily had gelijk. Ze was inderdaad niet goed wijs.

Afwezig scrolde Charley door de lijst nieuwe e-mails die tijdens het telefoongesprek waren binnengekomen en klikte de laatste open.

Van:	Iemand met smaak
Aan:	Charley@CharleysWeb.com
Onderwerp:	Je laatste column
Datum:	Maandag 12 februari 2007, 09:53

Beste Charley,

Het lijkt wel of sommige mensen nooit leren! Na mijn laatste mail dacht ik dat er een kans, een heel klein kansje bestond dat je zou nadenken over wat ik gezegd heb en dat je je beter zou gaan gedragen. Je column waarin je schreef over geld over de balk smijten was beslist een stap in de goede richting en gaf me reden tot hoop. Maar helaas, IK HAD HET MIS!!! Je bent weer net zo STOM en GROFGEBEKT als altijd! Hoe durf je ons het ZIEKE, PERVERSE gedrag van je moeder in het gezicht te wrijven. Dat zij van BEFFEN houdt is al WALGELIJK, maar het genoegen dat jij erin schept het openbaar te maken kan een FATSOENLIJK mens nauwelijks aan. Ik kan geen greintje sympathie meer voor je opbrengen. **JE VERDIENT HET TE STERVEN!**

P.S.: Denk maar niet dat je kinderen gespaard zullen worden. Dat zal niet het geval zijn.

'O, nee,' fluisterde Charley in haar handpalm. Onmiddellijk stuurde ze de e-mail door naar Mitchell Johnson en Michael Duff, liet zich vervolgens in haar stoel zakken en las het bericht steeds weer opnieuw, tot ze het uit haar hoofd kende. 'Vuile schoft. Hoe durf je!' Ze trok de la van haar bureau open en pakte het visitekaartje dat Jennifer Ramirez haar gegeven had en belde haar op haar mobiel. Maar de politieagente was niet bereikbaar, en Charley kon alleen een boodschap op haar voicemail achterlaten. 'Verdomme! Verdomme!' schold ze, stond op en begon wanhopig achter haar stoel rondjes te lopen.

De telefoon ging. Onmiddellijk nam ze op. 'Hallo? Agente Ramirez?'

'Alex Prescott,' antwoordde een man. 'Bel ik ongelegen?'

Charley hield haar adem in en probeerde kalm te worden. 'Nee, dat is het niet... Ik heb zojuist een tamelijk vervelende e-mail gekregen.'

'Hoe bedoel je, vervelend?'

'Net als altijd, ik ben stom en walgelijk en ik verdien het te sterven.'

'Dat valt inderdaad onder de noemer "vervelend".'

'Krijg jij wel eens van dit soort e-mails?'

'Soms. Mijn favorieten zijn de mails waarin Shakespeare geciteerd wordt. Zoals: "Het eerste wat we moeten doen is alle advocaten ombrengen."'

'O, ja?' Charley merkte dat ze glimlachte en vroeg zich af waarom ze zoveel troost putte uit het feit dat Alex ook bedreigd werd. 'Jij vindt dus dat ik me geen zorgen hoef te maken?'

'Ik weet zeker dat het een loze bedreiging is.'

'Mijn kinderen worden ook bedreigd...' Ze hoorde dat haar stem brak.

'Dan moet je de politie bellen.'

'Dat heb ik al gedaan. Ze kunnen elk moment terugbellen.'

'Dan bel ik je later wel,' bood hij aan.

'Nee, dat is niet nodig. Waar bel je voor?' Had Jill hem gebeld en gezegd dat dat ruzietje van laatst haar niet lekker zat en ze een andere schrijver wilde?

'Jills zus, Pam, heeft erin toegestemd je te ontmoeten.'

'Echt? Wanneer?'

'Jammer genoeg kan het alleen aanstaand weekend. Haar vader en haar broer zijn dan de stad uit, en ze wil alleen met ons praten als die twee niet in de buurt zijn.'

'Ik zal kijken of ik het kan regelen.'

'Wil je het me zo snel mogelijk laten weten?'

'Natuurlijk.' Charley hing op. Onmiddellijk daarna ging de telefoon weer. 'Agente Ramirez?'

'Niet bepaald,' antwoordde haar zus, elk woord een blok ijs.

'Emily?'

'Ik heb Anne gesproken,' zei ze. 'Je krijgt je zin.'

18

'Je ziet er moe uit,' zei Alex toen Charley in zijn auto stapte. Het regende zacht, de kap van zijn cabriolet was gesloten.

Charley zwaaide naar haar moeder, die achter het raam van de woonkamer stond te kijken, en probeerde zich niets van Alex' opmerking aan te trekken. Ze had behoorlijk wat tijd besteed om zich voor dit uitstapje klaar te maken, nog meer dan voor een echte date, en vond dat ze er verdomd goed uitzag. Met veel zorg had ze haar kleding uitgezocht; een zachtroze bloes kon weer de kast in omdat die te meisjesachtig stond en een vrolijk gebloemde top werd afgekeurd omdat die te opzichtig was. Uiteindelijk was haar keus op een zachtpaars zijden truitje en een klassieke, zwarte broek gevallen. De outfit was gedistingeerd maar niet chique, verleidelijk maar niet al te sexy. 'Wie probeer je te imponeren?' had haar moeder gevraagd.

Ja, wie probeerde ze te imponeren? vroeg Charley zich af toen Alex wegreed. In ieder geval niet Pam, Jills zus. En Alex al helemaal niet, die een casual spijkerbroek en een ruitjesoverhemd droeg en duidelijk niet de moeite had genomen om háár te imponeren. 'Ik heb niet zo goed geslapen.'

'Nog meer dreigmails gekregen?' Alex sloeg af naar het noorden, richting Okeechobee, de weg naar de 1-95.

'Nee, godzijdank niet. Wel een puppy met een kleine blaas, dat is alles.'

Alex keek verbaasd. 'Nooit gedacht dat jij een hondenliefhebber zou zijn.'

'Ik doe het om een vriend te helpen.' In het kort legde Charley de situatie met Glen McLaren uit.

('Het is Glens hond,' had Charley haar moeder eerder die ochtend verteld. 'Wat moest ik? Ik was hem nog iets schuldig.' 'Nam hij geen genoegen met een blowjob?' was haar moeders eerste reactie.)

'Glen McLaren,' herhaalde Alex, de naam proevend alsof hij die eerder gehoord had.

'Ken je hem?'

'Die naam komt me bekend voor.'

'Hij heeft een nachtclub in Palm Beach.'

Alex haalde zijn schouders op, alsof het hem al niet meer interesseerde. 'Ik kom er nog wel op. Was dat je moeder die achter het raam naar ons stond te kijken?'

'Ja, dat was mijn moeder.'

'Knappe vrouw, voorzover ik het kon zien.'

'Met de nodige eigenaardigheden.'

Alex glimlachte. 'Hebben ze dat niet allemaal?'

'Het klinkt alsof je uit ervaring spreekt,' merkte Charley op.

'Volgens mij hebben we allemaal wel verhalen over moeders te vertellen.'

'Vertel.'

Even dacht Charley dat ze misschien te ver was gegaan, dat hij zou afhaken en zich in de veiligheid van zijn juridische bandopnamen zou terugtrekken, maar hij glimlachte en zei: 'Mijn moeder is een van die mensen die duizend woorden nodig hebben waar ze er met één kan volstaan. Ze kan de hele dag uitweiden over wat ze als ontbijt gegeten heeft.'

'Klinkt boeiend.'

'Dat is het niet. Maar wat doe je eraan?'

'Wat doe jij eraan?'

'Ik luister gewoon. Zo erg is het nu ook weer niet.'

'En je vader?'

'Hij is gestopt met luisteren toen ik twee was. Om een eind te maken aan mijn moeders ellenlange verhalen is hij op een dag weggelopen en niet meer teruggekomen.'

'Heb je hem daarna nooit meer gezien?'

'Voordat hij hertrouwde en een nieuw gezin stichtte zag ik hem nog wel eens. Daarna werd het minder. Ik heb nu al vijf jaar niets meer van hem gehoord. Volgens mij is hij naar Californië verhuisd.'

'Mis je hem?'

'Niet echt. Maar ik heb een paar halfbroers naar wie ik toch wel nieuwsgierig ben,' vervolgde hij uit zichzelf.

'Je kunt contact met hen zoeken,' opperde Charley.

'Kan ik doen,' beaamde hij. 'Als ik het me goed herinner zei Jill een keer dat jij een broer en twee zussen hebt.'

Charleys schouders verstijfden. Ze was nog steeds kwaad dat Jill haar eerder die week had afgescheept. Ze was helemaal naar Pembroke Pines gereden, maar had daar te horen gekregen dat Jill zich niet goed voelde en niet in staat was haar te ontmoeten. 'Als ze me zoiets nog één keer flikt,' zei Charley, zonder verdere uitleg, 'kap ik ermee.'

Alex probeerde niet net te doen alsof hij niet wist waar ze het over had. 'Ik moest van haar zeggen dat ze spijt heeft van haar gedrag.'

'Ze moet weten dat ik geen vraag uit de weg ga.'

'Dat weet ze.'

'Het boek was haar idee,' bracht Charley hem in herinnering. 'Ik wil niet belazerd worden.'

'Ze zweert dat het niet meer zal gebeuren.'

'Dat is haar geraden,' zei Charley, niet van plan Jill gemakkelijk te vergeven. Het was een drukke week geweest, met de stress rond het fabriceren van een volgende column en het gepieker over die laatste dreigmail.

'Ik heb die lijst toch echt nodig,' had agente Ramirez haar herinnerd, waarna Charley urenlang bezig was geweest de namen op te schrijven van mensen die ze ooit beledigd had, van Lynn Moore en Gabe Lopez tot en met kinderen van de basisschool. Ze had zelfs haar vader en zussen op de lijst gezet en daarbij de verbaasde blik in de donkere ogen van Jennifer Ramirez genegeerd.

'Mijn zussen komen trouwens over een paar weken naar Palm Beach,' hoorde Charley zichzelf zeggen.

'Wat leuk.' Alex zweeg en draaide zijn hoofd naar haar toe. 'Toch?'

'Dat moet nog blijken.' Ze zwegen weer enige minuten. Alex zette de radio aan en de klanken van rockballads vulden de auto. Josh Groban kweelde iets melodramatisch over 'volwassen zijn'.

'Van wat voor muziek hou jij?' vroeg Alex.

'Nu zou ik eigenlijk "klassieke muziek" moeten zeggen,' antwoordde Charley, nadat ze even had nagedacht.

'Waarom zou je?'

'Ik weet het niet. Om te voorkomen dat je me oppervlakkig vindt.'

'Ik vind je niet oppervlakkig.'

'Nee? Maar ik ben het wel,' zei ze, en ze was blij dat hij lachte. 'Country,' antwoordde ze even daarna. 'Ik ben gek op country.'

'Echt? Voorkeur voor een bepaalde artiest?'

'Ik vind ze allemaal leuk,' bekende ze. 'Garth Brooks, Vince Gill, Tim McGraw.'

'Geen vrouwen?'

'Faith Hill, Alison Krauss en natuurlijk Dolly Parton.'

'Natuurlijk. Iedereen houdt van Dolly.'

'Welke muziek vind jij leuk?' vroeg Charley op haar beurt, en ze realiseerde zich dat ze het uit interesse vroeg, niet omdat ze zich verplicht voelde.

'Klassiek,' antwoordde hij met een stalen gezicht. 'Geintje. Ik ben ook dol op country.' Hij zette de radio op een countryzender.

The Judds zongen *Mama, He's Crazy.* 'Ik speel zelf ook behoorlijk goed gitaar.'

'Dat verbaast me niks. Of eigenlijk verbaast het me wel dat je gitaar speelt, maar niet dat je het goed kunt, als je begrijpt wat ik bedoel.'

'Ik denk het wel.'

'Ik speelde vroeger piano,' zei Charley.

'Nu niet meer?'

'Ik ben gestopt toen ik twaalf was. Mijn vader zei dat mijn spel hem migraineaanvallen bezorgde.'

'Was je zo slecht?'

'Zo goed juist,' corrigeerde Charley hem. 'Er was heel wat oefening voor nodig om die man hoofdpijn te bezorgen.'

Alex was duidelijk nieuwsgierig geworden, maar vroeg geen verdere uitleg. 'Wat is je lievelingseten?' vroeg hij, waarschijnlijk omdat hij veiliger terrein zocht.

'Italiaans.'

'Dacht wel dat je dat zou zeggen. Wel eens bij Centro's gegeten?'

'Nee. Waar is dat?'

'In een winkelstraatje in de buurt van Pembroke Correctional. Misschien kunnen we daar woensdag gaan eten, nadat we bij Jill zijn geweest?'

Vroeg hij haar nu uit? Charley ontweek zijn vraag uit eten te gaan. 'Ik wist helemaal niet dat je mee zou gaan,' antwoordde ze, doelend op de afspraak met Jill.

'Gezien dat voorval van laatst leek het me een goed idee. Bovendien heb ik 's ochtends een afspraak in Fort Lauderdale. Ik kan je in de gevangenis ontmoeten. Tenzij je er bezwaar tegen hebt, natuurlijk...'

'Nee. Geen bezwaar.'

'Oké.'

Het gesprek viel weer even stil. Na The Judds kwam de groep Alabama. 'All I really got to do is live and die,' zongen ze uit volle borst.

'In hoeverre ben je op de hoogte van wat er is gebeurd?' vroeg Charley.

'Hoe bedoel je?'

'Je weet dat Jill seksueel misbruikt is door haar broer,' antwoordde Charley.

'Ja.'

'En dat haar vader haar ook misbruikte.'

'Hij sloeg haar, ja.'

'Heeft hij haar seksueel misbruikt?'

Er viel weer een stilte. 'Dat kun je beter aan Jill vragen.'

'Ik vraag het aan jou.'

'Ik vind het niet prettig om erover te praten.'

'En als Jill zegt dat je er met mij over mag praten?'

'Dan doe ik dat.'

Opnieuw een stilte. Het laatste refrein van Alabama ebde weg en werd gevolgd door het nieuws: een zesjarig jongetje was verdronken bij een bootongeluk in de Intracoastal Waterway, een plaatselijke politicus werd aan een politieonderzoek onderworpen inzake internetporno, de gevechten in Afghanistan waren weer opgelaaid.

'Hoe is het eigenlijk met die zaak waar je mee bezig was?' vroeg Charley.

'Welke zaak bedoel je?'

'Je weet wel. De hele wereld tegen die moeder...'

'O, die,' antwoordde hij grijnzend. 'Ik heb gewonnen.'

Dania lag iets ten noorden van Hollywood, een klein stukje rijden van het vliegveld Fort Lauderdale.

Jill had gelijk wat het stadje betreft, dacht Charley, terwijl ze van de ene kant van de verlaten hoofdstraat naar de andere keek en de dichtgespijkerde etalages zag. Er stonden behoorlijk wat panden leeg en het leek of dat al enige tijd zo was. Van buiten zagen ze er saai en doods uit; de verf was afgebladderd en hing er in lange, droge slierten bij, de letters op de winkelruiten waren afgeschilferd en nauwelijks te lezen, de ruiten zelf waren donker en vuil.

'Ik begreep,' zei Alex, 'dat dit vroeger het centrum was. Nu zijn er nog maar een paar winkels open.'

'Je schrijft "verzamelobjecten" toch met een c?' vroeg Charley, toen ze langs een lege winkel reden waar 'antiek en verzamelobjekten' op stond.

'Misschien mag het allebei.'

'Verzamel jij iets?' vroeg Charley.

'Als kind verzamelde ik baseballkaartjes. Jij?'

Charley schudde haar hoofd. 'Mijn moeder had een uitgebreide verzameling poppen uit de hele wereld. Minstens honderd. Ik ging altijd stiekem naar haar kamer om ermee te spelen.'

'Heeft ze die nog steeds?'

'Toen ze vertrokken was heeft mijn vader ze weggegooid. Toen ik op een dag van school thuiskwam waren ze allemaal weg. Eerst dacht ik nog dat ze ze misschien meegenomen had...' Charleys stem stierf weg. Ze wachtte tot hij een aantal obligate vragen over haar familie zou stellen, maar hij wilde óf niet aandringen óf het interesseerde hem niet.

'En antiek?' vroeg hij in plaats daarvan.

'Wat is daarmee?' Waarom interesseerde het hem niet?

'Hou je van antiek?'

'Niet speciaal.' Hij had haar toch net min of meer mee uit gevraagd? Was hij beledigd omdat ze hem geen antwoord had gegeven? 'Jij?'

'Ik geef er niets om. Ik ben liever de eerste eigenaar.'

'Dat verklaart je autokeuze.'

Alex schoot in de lach. 'Je kunt het geloven of niet, maar deze auto was ooit splinternieuw. Ik kon hem contant betalen, ik had er jarenlang voor gespaard. Ik wilde altijd al een cabriolet. Nog steeds kan ik het niet over mijn hart verkrijgen er afstand van te doen.' Hij sloeg aan het eind van de straat rechts af, daarna links en nog eens links. Algauw kwamen ze in een minder druk gedeelte van de stad. 'Hier wonen de Rohmers,' zei hij, een kilometer en een aantal bochten later. Hij wees naar een bescheiden, grijze, houten bungalow aan het einde van de straat.

Charley pakte de taperecorder uit haar tas, klikte hem aan en begon er zachtjes in te praten. 'Het huis is klein, misschien honderd vierkante meter, alles begane grond, ziet er hetzelfde uit als alle andere huizen in de buurt, bijna opzettelijk onopvallend. Het is grijs geverfd met witte sierlijsten, zit redelijk in de verf, verzorgde voortuin, gordijnen van het voorraam zijn dicht. Hek om de achtertuin. Enkele garage.' Ze deed de taperecorder weer terug in haar tas en haalde een kleine, digitale camera tevoorschijn. 'Mag ik foto's nemen?'

'Doe het wel discreet,' adviseerde Alex, terwijl hij de auto de oprit opreed.

Nog voor Alex de motor kon afzetten stond Charley al buiten te fotograferen, zonder dat ze zich daarbij iets van de gestaag vallende motregen aantrok.

'Deze kant op,' zei hij, terwijl hij haar bij de arm nam en naar de voordeur leidde. Hij belde aan en wachtte. Na tien seconden belde hij nog eens.

'Ze weet dat we komen, toch?' vroeg Charley, wensend dat ze het advies van haar moeder om een paraplu mee te nemen opgevolgd had.

'Ja, dat weet ze.'

Er gingen weer tien seconden voorbij. Charley voelde dat de regen door haar zijden truitje drong. Als ze nog tien seconden langer zo moest staan zouden haar kleren drijfnat zijn en zou haar haar plat als een mal hoedje op haar hoofd zitten. Zo zie ik er niet bepaald op mijn voordeligst uit, dacht ze, toen Alex voor de derde keer op de bel drukte. 'Misschien doet de bel het niet,' opperde ze. Maar terwijl ze het zei, hoorde ze het geklingel door het huis echoën.

Alex klopte op de deur. Nog altijd geen reactie. 'Wacht hier,' zei hij. Hij liep langs het huis en maakte het hek naar de achtertuin open.

'Nu wordt het leuk,' mompelde Charley in zichzelf, en ze voelde dat er iemand naar haar keek. Langzaam draaide ze zich om in de richting van het huis van de buren.

Er stond een vrouw in de deuropening. Ze leek een jaar of zestig, hoewel het lange, grijze haar haar misschien ouder maakte dan ze in werkelijkheid was. Ze was tamelijk dik en droeg een rood velours trainingspak, met op de voorkant van het jasje de tekst JUICY GIRL. 'Wat wil je?' riep ze.

Wat gaat jou dat aan? had Charley bijna geantwoord, maar ze hield zich in. Het was waarschijnlijk geen goed idee de buren tegen zich in het harnas te jagen. Misschien wilde ze hen later nog spreken, het kon immers zijn dat Pam van gedachten veranderd was en besloten had niet meer mee te werken. Eigenlijk kon ze net zo goed meteen even met hen gaan praten, besloot ze, en impulsief liep ze over de voortuin van de Rohmers naar het buurhuis terwijl ze stiekem de taperecorder in haar tas aan klikte. 'Ik kom voor Pamela Rohmer. Weet u of ze thuis is?'

'Ik heb haar niet gezien.' De stem van de vrouw klonk rauw en schor, waarschijnlijk het resultaat van het jarenlang te veel roken. Haar gele vingers bevestigden deze gedachte, evenals de muffe rookgeur van haar trainingspak. 'Wat wil je van Pam?'

'Ik heb een afspraak met haar,' antwoordde Charley, de vraag ontwijkend; en ze keek om zich heen of Alex in de buurt was, maar zag alleen maar regen. 'Alex!' riep ze. Waar was hij heen gegaan? 'Alex!'

'Je mag wel even binnenkomen,' zei Juicy Girl. 'Je wordt kletsnat zo.'

Charley keek nog even om zich heen voor ze het halletje met bruin-goud gestreept behang binnenstapte. Ze veegde haar voeten op een oude kokosmat en schudde met haar hand het water uit haar haar. 'Bedankt, mevrouw…'

'Fenwick. En jij bent…?

'Charley Webb.'

'Ben je journalist?'

Charley deed haar best niet al te verbaasd of gevleid te kijken. Blijkbaar was de vrouw ontwikkelder dan ze eruitzag en had ze een betere smaak dan de bruinleren zitzak tegen de muur van de woon-kamer deed vermoeden. 'Ja. Leest u de *Palm Beach Post?*'

'Waarom zou ik de *Palm Beach Post* lezen?' vroeg mevrouw Fenwick spottend.

'Zomaar. Hoe weet u eigenlijk dat ik journalist ben?'

'Wat zou je anders moeten zijn?' Mevrouw Fenwick sloeg haar waterige, blauwe ogen op naar een boven haar hoofd hangende lamp die veel van een doornenkroon weg had. 'Ik dacht dat jullie soort er nu wel eens genoeg van zou hebben. Er is niet veel meer te halen daar.'

'Ik begrijp niet zo goed wat u bedoelt.'

'Stelletje aasgieren,' vervolgde mevrouw Fenwick. 'Is het niet genoeg dat Jill ter dood veroordeeld is? Moeten jullie die arme Pammy nu ook nog het leven zuur maken?'

'Ik wil niemand het leven zuur maken, mevrouw Fenwick.'

'Je komt toch om Pam over haar zus te interviewen?'

'Ik ben hier op uitnodiging van Pam.'

'Werkelijk? En waarom doet ze dan niet open?'

Charley glimlachte geforceerd en voelde een regendruppel van het puntje van haar neus in haar mond vallen. Ze wierp een blik naar buiten om te kijken of ze Alex zag, maar hij was nog steeds in geen velden of wegen te bekennen. 'Ik ben een boek aan het schrijven.'

'Een boek? Toe maar. Is dat niet wat al te ambitieus?'

'Het was Jills idee. En ik verzeker u dat ze ontzettend goed meewerkt.'

Er trok een vreemde uitdrukking over mevrouw Fenwicks gezicht.

'Misschien mag ik u wat vragen stellen,' opperde Charley. Haar journalisteninstinct bespeurde een verandering in de houding van de vrouw en ze besloot er haar voordeel mee te doen.

'Wat voor vragen?'

'Om te beginnen, hoe lang woont u al naast de Rohmers?'

'Vijfentwintig jaar.'

'U kent Jill dus al...'

'Heel haar leven. Pammy ook. Schat van een meid die Pammy. Zorgt geweldig voor haar moeder.'

'En Jill?'

Mevrouw Fenwick schudde haar hoofd en plukte met haar vingers een paar onzichtbare stukjes tabak van haar tong. 'Beleefd, respectvol, wil anderen graag tevredenstellen. Het is moeilijk te geloven dat ze zulke afschuwelijke dingen heeft gedaan,' voegde ze eraan toe zonder dat Charley daarop aandrong.

'Moeilijk,' herhaalde Charley. Ze hoorde een trilling in de stem van mevrouw Fenwick. 'Maar niet onmogelijk?'

Er viel een stilte. 'Niet onmogelijk,' beaamde mevrouw Fenwick.

'Charley!' riep Alex plotseling. 'Charley, waar ben je?'

Charley deed de voordeur open, hoewel ze Alex nog steeds nergens zag. 'Kom er zo aan.' Ze wendde zich weer tot mevrouw Fenwick. 'Waarom niet onmogelijk?'

De vrouw stak haar hand in de zak van haar trainingsbroek en diepte er een losse sigaret en een doosje lucifers uit op. 'Ik weet het niet.'

'Volgens mij weet u het wel.'

'Waarom zou ik het je vertellen?' Mevrouw Fenwick deed de sigaret in haar mond, stak hem aan, inhaleerde diep en liet daarna de rook langzaam tussen haar lippen ontsnappen.

'Omdat ik denk dat u dat wilt.'

Mevrouw Fenwick schudde haar hoofd. 'Ik wil absoluut geen gelazer meer met Ethan.'

'Geen gelazer meer?'

'Pammy is het liefste kind van de wereld. Voor haar doe ik alles. En haar moeder is, tja, je weet dat die nu al jaren in die rolstoel zit, het gaat met de dag slechter met haar. Maar die man van haar, en Ethan. Die zijn altijd wel ergens kwaad over. Ik heb een keer geklaagd toen zijn auto voor mijn inrit geparkeerd stond. Vervolgens lag mijn voortuin vol afval. Hij heeft ook een keer eieren tegen mijn voordeur gegooid.'

'Charley?' riep Alex nogmaals.

'Wat kunt u me vertellen over Jill, mevrouw Fenwick?' vroeg Charley, Alex negerend.

'Het is waarschijnlijk niks. Maar ik had het gevoel dat...'

'Vertel verder.'

'Het is al lang geleden, acht, negen jaar misschien,' begon mevrouw Fenwick. 'We hadden een vogelnestje in een van de bomen in onze achtertuin, de eieren waren nog maar net uitgekomen. Vraag me niet wat voor soort vogels het waren. Waarschijnlijk gewoon mussen. Niet bijster interessant, maar ik vond het leuk om ernaar te kijken. Broodmager waren ze, altijd stonden die bekjes wagenwijd open en ze piepten omdat ze gevoed wilden worden. Ik liet het nestje aan Jill zien en ze leek heel geïnteresseerd. In elk geval, toen ik op een middag thuiskwam van mijn werk...'

'Charley!'

'Ik ben hier!' riep Charley ongeduldig terug toen Alex in de voortuin van de Rohmers verscheen. 'Wat gebeurde er toen u thuiskwam van uw werk, mevrouw Fenwick?'

'Ik weet niet goed waarom ik je dit vertel.'

'Wat was Jill aan het doen toen u die dag van uw werk thuiskwam?'

Na een moment van aarzeling vervolgde mevrouw Fenwick: 'Ze stond in mijn achtertuin aan de voet van de boom, het nest lag op de grond, de arme vogeltjes dood aan haar voeten. Ze huilde, zei dat een kat het gedaan moest hebben. Ik troostte haar. Samen begroeven we ze. Ik dacht er verder niet meer aan totdat ik later uit mijn slaapkamerraam keek en haar op het gras zag zitten. Ze zat met haar rug tegen het huis en speelde met een grote, lange stok terwijl ze met een raar lachje op haar gezicht omhoog naar mijn boom keek. Op dat moment wist ik dat het geen kat geweest was die die arme vogeltjes gepakt had.'

'Charley!' Alex kwam de voortuin in gerend.

'Kunnen we een andere keer verder praten?' vroeg Charley.

Mevrouw Fenwick schudde haar hoofd. 'Nee. Ik heb genoeg gezegd. Je moet gaan.' Ze deed de deur open en duwde Charley bijna in Alex' armen.

'Wat is er aan de hand?' vroeg Alex.

'Vertel ik later wel. Heb je Pam gevonden?'

Door de stromende regen wees Alex naar het huis van de Rohmers. De gordijnen waren open. Pamela Rohmer stond voor het raam en keek hoe ze dichterbij kwamen.

19

De voordeur van het huis van de Rohmers gaf onmiddellijk toegang tot de huiskamer. De kamer was klein en vierkant en werd gedomineerd door een grote plasma-tv, die een crèmekleurige muur grotendeels in beslag nam. Tegen de tegenoverliggende muur stond een versleten, beige bank tussen twee bruinleren La-Z-Boy loungestoelen. Typisch een mannenkamer, dacht Charley, en het verbaasde haar dat er op een glazen wandtafel naast de boogvormige doorgang naar een kleine eetkamer een vaas met verse bloemen stond; de enige aanwijzing dat er misschien ook een vrouw in het huis woonde. Charley zag dat de tafel voor het avondeten al gedekt was. Ze keek op haar horloge. Het was net twee uur geweest.

Pamela Rohmer stond bij het grote voorraam. Ze was groter dan haar zus, had hetzelfde donkerblonde haar en hartvormige gezicht. Haar ogen hadden dezelfde sombere bruine kleur, maar misten Jills vitaliteit. Ze waren flets, als een foto die te lang in de zon gelegen heeft, zonder enige nieuwsgierigheid, alsof ze alle antwoorden op de vragen des levens al kende en die zinloos en oninteressant vond. Ze droeg een spijkerbroek met een witte bloes met een rond kraagje, haar frisgewassen haar hing sluik op haar schouders. 'Charley is best een gekke naam voor een meisje,' zei ze voordat Alex hen aan elkaar kon voorstellen.

'Ik heet eigenlijk Charlotte.' Charley besloot nog even niet te vragen of ze een foto mocht maken.

'Charlotte Webb.' Pamela knikte alsof ze deze informatie tot zich door liet dringen. 'Je ouders vonden dat zeker leuk.'

'Maar ik zit ermee.'

Pamela glimlachte. 'Kan ik jullie iets inschenken?'

Charley schudde haar hoofd.

'Sorry dat ik jullie zo lang heb laten wachten. Ik was met mijn moeder bezig en kon de deur niet opendoen.'

'Gaat het goed met haar?' vroeg Charley.

'Ze slaapt. Voor zolang het duurt.' Pamela's stem was laag en leek van ver te komen, het was bijna alsof ze vanuit een andere kamer tegen je sprak. Charley wilde dat ze die observatie kon opschrijven voor ze die vergat. 'Neem plaats.' Pamela wees naar de bank.

Charley ging zitten. Uit de kussens steeg een onbestemde, muffe walm op, die wedijverde met de citroengeur van de luchtverfrisser. Pamela nam op het puntje aan de andere kant van de bank plaats. Ze sloeg haar enkels netjes over elkaar en vouwde haar handen stijfjes op haar schoot ineen. Alex liep naar het raam en deed alsof hij naar buiten, naar de regen keek. 'Fijn dat je me wilde ontmoeten,' begon Charley.

Pamela haalde haar schouders op. 'Jill wil het vooral.'

'Heb je haar gesproken?'

'Ze belde vorige week om te vragen of ik mee wilde werken.'

'Nou, in ieder geval bedankt.' Charley keek naar Alex in de hoop een aanmoedigend knikje te krijgen, maar hij tuurde nog steeds naar buiten, quasi-gefascineerd door de steeds heftiger wordende stortregen. Ze wierp weer een blik op Pamela, die haar uitdrukkingsloos aanstaarde. Wat doe ik hier eigenlijk? vroeg Charley zich af. Ik heb geen idee wat ik die vrouw moet vragen, geen idee waar ik moet beginnen. Ze probeerde zich de lijst met vragen te herinneren die ze de afgelopen week bedacht had, maar haar hoofd was net zo leeg als de blik in Pamela's ogen. Wat moet ik tegen die vrouw zeggen om haar vertrouwen te winnen? 'O ja, voor ik het vergeet,' hoorde ze zichzelf zeggen, 'je krijgt de groeten van mijn broer.'

'Je broer?'

'Bram Webb?' vroeg Charley, alsof ze het zelf niet zeker wist. 'Jullie gingen een paar jaar geleden met elkaar om?' Weer kwam de zin als een vraag uit haar mond. Ze beet op haar tong. Ze had de pest aan mensen die aan het eind van een constatering een vraagteken koppelden. Wisten ze soms niet waar ze het over hadden?

'Is Bram jouw broer?'

'Ik heb begrepen dat jullie dezelfde cursus deden.'

'Beeldende kunst, ja. Hij is bijzonder getalenteerd.'

'Hij zei dat jullie een tijdje met elkaar uit zijn geweest.'

'We zijn een paar keer uit geweest, ja. Bram en Pam was ons grapje. Een perfecte combinatie. Hoe gaat het met hem?'

'Goed. Het gaat goed met hem.' Hoop ik, voegde Charley er in gedachten aan toe. Ze had niets meer van haar broer gehoord sinds ze hem gebeld had om te vertellen dat er een familiereünie in het vooruitzicht lag. *Zeg me alsjeblieft dat ik hallucineer,* had hij alleen maar gezegd.

'Ik vond altijd dat hij zo'n vreemde naam had. Kennelijk hebben je ouders…'

'Kennelijk,' herhaalde Charley, en ze draaide met haar ogen.

'Bram Webb.' Pam schudde verbaasd haar hoofd. 'Wow. Wat is de wereld toch klein, hè?'

'Inderdaad,' beaamde Charley, terwijl ze haar taperecorder uit haar tas tevoorschijn haalde en die op het kussen tussen hen in zette. Heel even verscheen er angst op Pams uitdrukkingsloze gezicht. 'Als je liever niet wilt dat ik dit gesprek opneem,' zei Charley snel, 'maak ik alleen aantekeningen.' Ze pakte vlug een blocnootje uit haar tas en begon te zoeken naar een pen.

'Nee, ik vind het wel best.'

'Weet je het zeker?'

Pam knikte, streek haar haar glad, alsof ze dacht dat de taperecorder een camera was.

Charley zag dat de recorder nog steeds aanstond sinds haar gesprek met mevrouw Fenwick en vroeg zich af of Pam het zachte geruis ervan hoorde. 'Ik heb je buurvrouw gesproken,' zei ze.

'Mevrouw Fenwick?'

'Ze is een grote fan van je.'

Pam nam deze informatie zonder enige merkbare verandering in haar gezichtsuitdrukking in zich op. 'Het is een aardige vrouw.'

'Ze zegt dat je zo goed voor je moeder zorgt.'

Pam haalde haar schouders op. 'Ik doe mijn best.'

'Oké. Zijn we er klaar voor?' vroeg Charley.

'Ik denk van wel.'

'Wil je nog iets zeggen voor we beginnen?'

'Zoals wat?'

Of je bijvoorbeeld denkt dat je zus een koelbloedige kindermoordenaar is, dacht Charley, maar besloot een voorzichtigere, vriendelijkere aanpak te kiezen. 'Laten we, om te wennen, met wat achtergrondinformatie beginnen.'

'Achtergrondinformatie?'

'Hoe oud ben je precies?'

'Op 16 maart word ik vijfentwintig.'

'En je bent niet getrouwd.'

'Ik ben niet getrouwd,' herhaalde Pam.

'Gescheiden? Verloofd?'

'Single.'

'Heb je altijd thuis gewoond?'

'Ja.'

'Werk je? Buitenshuis, bedoel ik?'

Pam schudde haar hoofd. 'Met de verzorging van mijn moeder ben ik fulltime bezig.'

Het viel Charley op dat het zonder rancune gezegd werd. 'Dat zal wel zwaar voor je zijn.'

'Het is mijn moeder.' Weer haalde Pam haar schouders op. 'Wat zou jij doen?'

Charley schraapte haar keel en verplaatste de taperecorder een paar centimeter naar rechts, hoewel dat nergens voor nodig was. 'Is er niemand die je helpt?'

'Jill was er natuurlijk, maar...'

'Jill heeft me verteld dat je op een gegeven moment bij het vredeskorps wilde.'

'Weet ze dat nog? Dat is al heel lang geleden.'

'Ze vertelde ook dat je non wilde worden.'

Pam keek bedenkelijk. 'Nogal moeilijk om non te worden als je niet katholiek bent.'

'Ze zei dat je vader daar vreselijk kwaad om geworden is en je zo hard geslagen heeft dat je aan één oor doof werd.'

Als in een reflex greep Pam naar haar linkeroor. 'Dat was een ongelukje.'

'Een ongelukje dat hij je sloeg?'

'Dat hij zo hard sloeg,' verduidelijkte Pam. 'Bovendien had ik het verdiend.'

'Denk je dat je het verdiende geslagen te worden?'

'Ik heb niet gezegd dat ik geslagen werd.'

'Werd je niet geslagen?'

Pams ogen vernauwden zich. 'Ik dacht dat je me vragen zou stellen over Jill.'

'Ik wil het graag over jullie beiden hebben,' zei Charley ontwijkend. 'Ik vind het interessant dat broers en zussen meestal zulke verschillende herinneringen aan hun jeugd hebben. Soms kun je je niet voorstellen dat ze in hetzelfde gezin zijn opgegroeid.'

'Geldt dat ook voor jou en Bram?'

'Nou, in elk geval voor mij en mijn zussen,' gaf Charley toe.

'Alex zegt dat je zussen beroemd zijn.'

'Dat klopt, ja.'

'Hebben jullie een hechte band?'

'Niet zo.'

'Waarom niet? Ben je jaloers?'

De vraag overviel Charley. 'Jaloers? Nee. Nou ja, misschien een beetje,' gaf ze even later toe. Daarna: 'Misschien wel meer dan een beetje.' Was ze jaloers? Of zei ze dat alleen maar om Pam gunstig te stemmen, om op een slinkse manier haar vertrouwen te winnen? 'Was jij als kind jaloers op Jill?'

'Ja,' antwoordde Pam simpelweg. 'Ik haatte haar.'

'Daar zeg je me nogal wat.'

'Inderdaad. Ze was zo knap en zo engelachtig om te zien, ze kreeg altijd alle aandacht. Dat nam ik haar kwalijk. Ze hoefde maar te glimlachen en ze kreeg wat ze wilde. Mijn vader noemde haar altijd zijn "snoepje". Zelfs Ethan kon alles van haar hebben. Op school was het al net zo, de jongens hingen als vliegen om haar heen. Daar was ik stikjaloers op. Ik was altijd verlegen, onzeker in de buurt van jongens. Ik vroeg een keer haar advies over een jongen die ik leuk vond, Daniel Lewicki. Ze lachte en zei: "Je moet ze gemeen behandelen, dat willen ze graag." Maar dat kon ik niet. Jill zei dat ik het nooit zou leren. Ze zei dat ik het niet verdiende een vriendje te hebben, maar dat ze ervoor zou zorgen dat Daniel haar uit ging vragen. En dat lukte.'

'Pikte ze je vriendje af?'

'Nou ja, vriendje... We zijn nooit samen uit geweest.'

'Maar je vond hem leuk. Jill wist dat.'

'Zo erg was het nou ook weer niet. Ze had trouwens gelijk; ze behandelde hem als oud vuil maar hij bleef komen.'

'En Wayne Howland?' vroeg Charley.

'De zoon van de predikant? Wat wil je van hem weten?'

'Ik begreep dat hij en Jill nogal dik met elkaar waren.'

'Ze waren bevriend. Maar op een gegeven moment kregen ze mot en kwam hij niet meer.'

'Weet je waar die ruzie over ging?'

'Nee. Maar Jill was ongelooflijk koppig. Alles moest op haar manier, en anders niet. Misschien wilde Wayne na een tijdje gewoon niet zo "graag" meer.'

Charley probeerde het beeld dat Pam van Jill schetste te combineren met Alex' beschrijving van zijn cliënt: een jonge vrouw die door alle mannen die ze ooit ontmoet had misbruikt of gemanipuleerd was. Het was natuurlijk goed mogelijk dat Pams wrok jegens haar zus haar herinneringen kleurde. 'Hoe sta je nu tegenover Jill?'

'Ik heb medelijden met haar.'

'Omdat ze in de gevangenis zit?'

'Omdat ze het moeilijk heeft.'

'Waarom denk je dat ze het moeilijk heeft?'

'Dat kan toch niet anders?'

'Vanwege de dingen die ze gedaan heeft?'

'Niemand is onschuldig,' antwoordde Pam cryptisch.

'Hoe bedoel je?'

Er volgde een lange stilte. 'Er zijn bepaalde dingen met Jill gebeurd,' antwoordde Pam langzaam. 'Dingen die ik had kunnen voorkomen, dingen die ik had moeten doen.'

'Wat bijvoorbeeld?'

Traag schudde Pam haar hoofd. Ze zweeg.

'Welke dingen had je kunnen voorkomen?'

Pam schoof zenuwachtig heen en weer, het was alsof ze overwoog de kamer uit te vluchten.

'Jill heeft me over Ethan verteld,' zei Charley langzaam. 'Over wat hij met haar gedaan heeft.' Ze reikte over de kussens naar Pams hand en pakte die vast. 'Over wat hij met jou gedaan heeft.'

Pam trok haar hand weg, alsof ze zich gebrand had, en sloeg vervolgens haar armen over elkaar. Ze begon heen en weer te wiegen.

'Hoe oud was je toen het misbruik begon?'

'Ik wil er niet over praten.'

'Oké.' Charley deed alsof ze haar aantekeningen doornam. 'Zou je een paar zaken voor me kunnen bevestigen?'

Pam zweeg en bleef heen en weer wiegen.

'Jill vertelde dat jullie ter gelegenheid van je tiende verjaardag naar Disney World gingen...'

'Ik wil er echt niet over praten.'

'En dat ze in het motel een kamer met jou en Ethan deelde, Ethan in het ene bed en jij en Jill samen in het andere. Klopt dat?'

Pam knikte, haar lichaam begon te trillen.

'Dat Ethan haar midden in de nacht in zijn bed legde en vervolgens bij jou kroop. Ze zei dat ze je hoorde huilen, dat je zei dat hij moest stoppen en dat er de volgende ochtend bloed op de lakens zat.'

'Ik kan er niet over praten,' zei Pam.

'Zou het makkelijker zijn als ik er niet bij was?' vroeg Alex.

Charley schrok op bij het horen van zijn stem. Ze was hem helemaal vergeten.

'Misschien kun je even bij mijn moeder gaan kijken, als je wilt.' Pam gebaarde naar de kamers aan de achterkant van het huis. 'Door de eetkamer. De achterste deur rechts.'

Alex wierp een snelle blik op Charley toen hij de kamer uit liep. Rustig aan, waarschuwde die blik.

'Het spijt me dat we het over zulke pijnlijke herinneringen moeten hebben,' begon Charley.

'Je blijft denken dat het mettertijd gemakkelijker zal worden,' zei Pam, meer tegen zichzelf dan tegen Charley. 'Hoe is dat gezegde ook al weer? De tijd heelt alle wonden?'

Charley knikte.

'Nou, dat is niet waar. Sommige wonden helen nooit.'

Charley herinnerde zich hoe ze had toegekeken toen haar moeder haar spullen aan het pakken was om naar Australië te gaan, het holle gevoel in haar borst, alsof ze meermalen gestoken was en langzaam leegbloedde. Ze dacht terug aan de keer dat ze ontdekte dat de kast waarin haar moeder haar poppenverzameling bewaarde leeg was, hoe haar lichaam dubbel klapte, alsof ze een stomp in haar maag kreeg. Ze voelde opnieuw de ijzige kou die zich van haar lichaam meester maakte toen ze avond na avond bij de voordeur op de thuiskomst van haar moeder stond te wachten. Pam had gelijk, dacht ze, sommige wonden helen nooit.

'Sorry dat ik zo kinderachtig doe,' zei Pam.

'Je hoeft je echt niet te verontschuldigen.'

'Ik wil meewerken. Jill zegt dat het belangrijk is.'

'Wat heeft ze nog meer gezegd?'

'Dat ik niets achter hoef te houden, ze wil dat ik het hele verhaal vertel.'

'Denk je dat je dat kunt?'

'Ik weet het niet.'

'Ik denk van wel.'

'Het is niet gemakkelijk. Iedereen heeft zijn eigen waarheid. Niemand vindt zichzelf de slechterik. We hebben allemaal ons eigen, ingewikkelde systeem om de dingen die we doen te rechtvaardigen en te rationaliseren. Dat geldt ook voor Ethan.'

'Heb je ooit met hem gepraat over wat er gebeurd is?'

Pam lachte, een scherp, hol geluid, als een tak van een boom die in tweeën breekt. 'Ik heb het een keer geprobeerd. Toen zijn vrouw hem het huis uit geschopt had en hij hier weer introk. Maar hij ontkende alles, zei dat ik het hem alleen maar moeilijk wilde maken. Hij hield vol dat hij me nooit met een vinger heeft aangeraakt, dat ik alles verzonnen heb.'

'En je vader?' vroeg Charley.

Wat er nog aan kleur in Pams gezicht was, verdween. Haar vingers gingen naar haar linkeroor. 'Soms wordt hij een beetje agressief.'

'Is het waar dat hij jullie hond doodgeschoten heeft?'

'Die hond was oud en ziek. Het doodschieten van dat beest was eerder een daad van medeleven dan iets anders.'

'Geloof je dat werkelijk?'

'Wat maakt het eigenlijk uit? Het is al zo lang geleden.'

'Sommige wonden helen nooit,' herinnerde Charley haar.

Pam kreunde hoorbaar.

'Viel je vader je ook lastig? Viel hij Jill lastig?'

'Luister,' zei Pam smekend. 'Ik wil mijn zus helpen. Echt. Maar waar jij het over hebt, gebeurde heel lang geleden. Jill kan dit soort beschuldigingen makkelijk openbaar maken, maar ik moet hier in dit huis blijven wonen.'

'Dat moet niet. Je kunt naar de politie gaan. Ze zullen Ethan en je vader arresteren.'

'En mijn moeder? Wat gebeurt er dan met haar? Ik heb geen rooie cent. Hoe kan ik in godsnaam voor haar zorgen als mijn vader en mijn broer in de gevangenis belanden?'

Charley zweeg en herinnerde zich plotseling haar telefoongesprek met Jill. 'Denk je dat je moeder van het misbruik af wist?'

'Mijn moeder was ook slachtoffer, net als Jill en ik.'

'Maar wist ze wat er aan de hand was?'

'Ik weet het niet. Ze was vaak ziek. Trouwens, wat had ze kunnen doen?'

'Ze had jullie kunnen beschermen, jullie uit dit huis weg kunnen halen.'

'Denk je dat het zo gemakkelijk is om weg te lopen?'

Charley dacht aan haar eigen moeder. Hoe gemakkelijk was het voor haar geweest?

Plotseling stak Pam haar hand uit en klikte de taperecorder uit. 'Het interview is afgelopen.' Ze stond op. 'Ik vind dat je nu moet gaan.'

'Alsjeblieft, wacht even.' Charley sprong op. 'Nog een paar vragen.'

Pam hield haar hoofd schuin en wachtte tot Charley verderging. 'Denk jij dat Jill die kinderen vermoord heeft?'

'Het bewijs was behoorlijk overtuigend.'

'Dat vroeg ik niet.'

'Toch is dat mijn antwoord.'

'Denk jij dat ze het alleen gedaan heeft?'

'Misschien wel. Misschien ook niet.'

'Je denkt dus dat er misschien iemand anders bij betrokken was?'

'Doet het er iets toe wat ik denk?'

'Dat hangt ervan af. Denk jij dat die ander Ethan was?' drong Charley aan. Ze wilde dat ze de taperecorder weer aan kon zetten.

'De politie denkt dat blijkbaar niet.'

'En jij bent het daar niet mee eens?'

214

'Niet echt. Ethan is een eersteklas hufter, maar ik zie hem geen stel kleine kinderen vermoorden.'

'Pamela!' riep een vrouwenstem zwakjes vanuit de andere kamer. 'Pamela waar ben je? Wat is er aan de hand?'

'Ik moet gaan,' zei Pam. Ze liep in de richting van de slaapkamer, en Alex verscheen in de gang.

'Sorry,' verontschuldigde Alex zich. 'Ze werd wakker en zag me in de deuropening staan. Het was niet mijn bedoeling haar aan het schrikken te maken.'

'Pamela!'

'Ik kom eraan.'

'Kunnen we nog eens praten?' vroeg Charley, terwijl ze haar taperecorder van de bank pakte.

Pam schudde fel haar hoofd.

'Hier, mijn visitekaartje,' zei Charley, en ze duwde het in Pams onwillige hand. 'Als je nog iets te binnen schiet...'

'Dat zal niet gebeuren,' zei Pam. 'Zeg tegen Jill dat het me spijt.' Ze bleef voor de ingang naar de eetkamer staan. 'En vergeet alsjeblieft niet je broer de groeten te doen. Dat waren mooie tijden,' zei ze. En weg was ze.

20

'Verdomme. Niks lukt!' Tierend stormde Charley de voordeur binnen en liet die met een klap achter zich dichtvallen.

'Charley?' Haar moeder kwam uit de richting van de slaapkamers aanlopen. Bandit volgde haar op de voet. 'Je bent vroeg. Alles goed?'

Stampend liep Charley de huiskamer in en plofte neer op de bank. Ze liet haar tas op de grond vallen en gooide haar hoofd achterover tegen een kussen. Binnen een mum van tijd was de hond naast haar op de bank. Hij sprong tegen haar schouder op en likte enthousiast haar gezicht. Charley probeerde Bandits tong van haar mond weg te duwen. 'Ja, ja, het is goed zo. Wegwezen. Ik ben niet in de stemming. Nee, het gaat helemaal niet goed,' beantwoordde ze haar moeders vraag in één adem door. 'Waar zijn de kinderen?'

'In hun kamer, ze kleden zich om. Ze hebben de hele dag binnen gezeten, want het regende. Ik heb beloofd dat ik hen meeneem naar McDonald's en dat we naar de film gaan. We hadden je veel later verwacht. Wat is er gebeurd, schat? Ging het interview niet goed?'

'Dat is nog zacht uitgedrukt. Getver, Bandit! Je stak je tong recht in mijn mond!' jammerde ze, terwijl de hond zijn begroeting vrolijk voortzette.

'Hij is gewoon blij dat hij je ziet. Hij heeft een knuffel nodig.'

Een knuffel, dacht Charley. De hond heeft een knuffel nodig. Wordt er ook aan mij gevraagd wat ik nodig heb? En wat zou dat dan zijn? vroeg ze zich af, terwijl ze de krioelende, witdonzen bol oppakte. Onmiddellijk nestelde Bandit zich in haar nek, waar hij onbeweeglijk bleef liggen.

'Niet te geloven,' verzuchtte Elizabeth.

Charley voelde dat de spieren in haar nek en schouders zich on-

middellijk ontspanden toen Bandits warmte haar huid binnendrong.

'Wat kun je goed met hem overweg,' zei haar moeder.

'Ik deed niets bijzonders.'

'Hoeft ook niet. Dat is nu juist het mooie van honden. Ze houden van je, wat je ook doet.'

'In tegenstelling tot mensen,' merkte Charley op.

'Mensen zijn moeilijker tevreden te stellen.' Haar moeder ging naast haar op de bank zitten. 'Wat is er, schat? Je ging vanochtend zo enthousiast de deur uit.'

'Dat was voor ik besefte wat voor een waardeloze journalist ik ben.'

'Wie zegt dat jij een waardeloze journalist bent?'

'Ik,' gaf Charley toe. 'Het gaat me boven de pet, mam. Ik ben blijkbaar echt zo oppervlakkig als iedereen schijnt te denken.'

'Wie vindt jou oppervlakkig?'

'Ik weet niet hoe ik met mensen moet praten,' vervolgde Charley, alsof haar moeder niets gevraagd had. 'Sterker, ik weet niet hoe ik ze aan het praten moet krijgen. Ik weet niet welke vragen ik moet stellen. Ik weet niet eens of ik ze überhaupt iets moet vragen of dat ik ze gewoon maar moet laten kletsen. Ik weet niet wat wel of niet belangrijk is. Ik weet niet wíé wel of niet belangrijk is. Ik weet niet wat ik doe. Punt uit.' Ze voelde haar moeders hand zacht over haar haar strelen.

'Je praat nu weer net zoals toen je nog klein was. En zeg nu niet "hoe weet jij dat nou?"' zei haar moeder net op het moment dat Charley haar dat inderdaad voor de voeten wilde gooien. 'Ook al ben ik niet je hele kindertijd bij je geweest, de eerste acht jaar was ik er wel, en ik weet dat je telkens wanneer je voor een nieuwe uit-daging stond, of het nu een spelletje of een opdracht van school was, helemaal in paniek raakte omdat je er van overtuigd was dat je het niet kon.'

'Dit is iets heel anders.'

'Toch kreeg je het altijd weer voor elkaar.'

'Geef eens een voorbeeld,' vroeg Charley.

Haar moeder dacht een paar seconden na. 'Oké. Ik herinner me dat je, toen je een jaar of vier was, per se een jojo wilde hebben. Je bleef er maar om zeuren, ook nadat de man van de speelgoedwinkel je had uitgelegd dat je nog te jong was om zoiets te kunnen. Maar je was er zo van overtuigd dat je het onder de knie zou krijgen dat ik zwichtte en er een voor je kocht. En natuurlijk lukte het je niet. Je kon hem niet eens op en neer laten rollen, laat staan al die andere trucjes. Je huilde en ging stug door met oefenen, maar je werd er zo ongelukkig van dat ik zei dat je dat stomme ding weg moest gooien. Maar dat deed je niet. Je liet het er niet bij zitten. Je bleef doorgaan tot je op een goeie dag kon jojoën als een eersteklas prof.'

Charley schoof naar het puntje van de bank en keek haar moeder sceptisch aan. 'Zit je dit nou te verzinnen?'

'Ja,' bekende haar moeder zuchtend. 'Hoe weet je dat?'

'Ik haat jojo's. Ik kan er nog steeds niet mee overweg.'

'Goed, dat was dus geen goed voorbeeld, maar ik kon zo snel niets anders bedenken. Hopelijk begrijp je wat ik ermee wil zeggen.'

'En dat is?'

'Dat het heel normaal is dat je gefrustreerd raakt en je zorgen maakt als je iets nieuws aanpakt, dat je een slimme, getalenteerde jonge vrouw bent die alles waar ze haar zinnen op zet voor elkaar krijgt. En als je niet meteen de juiste vragen weet te stellen, kom je er even later wel op. Maak je dus geen zorgen en wees niet zo streng voor jezelf. Wil je weten wat Sharons geheim was om gelukkig te zijn?'

Charley probeerde niet zichtbaar te huiveren bij de terloopse verwijzing naar de overleden minnares van haar moeder. 'Natuurlijk.'

Haar moeder trok haar schouders recht en stak haar volle borsten vooruit. 'Verlaag je verwachtingen,' zei ze.

'Verlaag je verwachtingen? Is dat alles?'

'Ja, dat is alles. Sharon was de gelukkigste mens die ik ooit heb ontmoet. En trek nu maar iets makkelijks aan en ga met ons mee naar McDonald's en de film.'

Charleys hoofd tolde. Had haar moeder gelijk? Vroeg ze te veel van zichzelf? Van anderen? Was geluk louter een kwestie van niet zoveel verwachten? 'Vind je het erg als ik niet meega? Ik ben bekaf.'

'Dan heb ik een ander idee,' zei haar moeder. 'Wat vind je ervan als ik de kinderen voor een nachtje meeneem? Ik breng ze morgenochtend weer terug, dan kunnen we daarna met z'n allen bij TooJay's ontbijten. Wat vind je ervan?'

'Klinkt goed.'

'Oké. Geregeld.' Elizabeth sprong op en liep met grote passen naar de gang. 'Franny, James, jullie moeten je logeertas pakken. Jullie blijven vannacht bij oma slapen.'

Charley glimlachte toen ze de opgewonden vreugdekreten van haar kinderen hoorde. De hond, waarschijnlijk in beweging gebracht door de plotselinge commotie, begon als een dolle onder haar kin te likken. Ten minste één man die me aantrekkelijk vindt, dacht ze, terwijl ze niet aan Alex Prescott probeerde te denken. 'Tot woensdag,' had hij gezegd toen hij haar voor haar huis afzette. Waarom stelde hij niet voor ergens iets te gaan drinken als troost voor het mislukte interview met Pamela? Waarom zei hij niks meer over het dinertje komende woensdagavond bij Centro's? Hij had de hele rit vanaf Dania naar huis nauwelijks een woord gezegd. Waarschijnlijk was hij op haar zogenaamde interviewtechniek afgeknapt en was hij te beleefd om er iets over te zeggen. 'Ik neem aan dat je aantekeningen wilt maken nu alles nog zo vers in je hoofd zit,' had hij gezegd, maar Charley vermoedde dat hij haar gewoon in haar sop wilde laten gaarkoken. Ik wist wel dat je niet de juiste persoon voor deze klus was, maakte zijn zwijgen haar tijdens de lange rit naar huis duidelijk. Ze had zich dus geconcentreerd op het opschrijven van haar impressies van het huis van de Rohmers en de bewoners ervan, maar het liefst had ze haar blocnote naar zijn hoofd gekeild. *Twee zussen*, had ze boven aan een blaadje neergekrabbeld, *door dezelfde ouders in dezelfde omgeving grootgebracht, beiden mishandeld, beiden misbruikt. Als ze volwassen zijn verzorgt de één een ziek familielid, de ander wordt moordenaar.*

Waarom?

Ze had er geen antwoord op.

'Weet je nog hoe ik als baby was?' vroeg Charley aan haar moeder. 'Maar niets verzinnen, hoor.'

'Ik hoef niets te verzinnen. Natuurlijk weet ik nog hoe je als baby was. Je was een schoonheid,' zei Elizabeth. 'Wat gevoelig misschien, maar heel erg lief en heel nieuwsgierig. Je deed alles precies volgens het boekje.'

'En Emily en Anne?'

'Emily was meer een prima donna. Een pracht van een kind, maar ze huilde elke nacht vier uur lang, je kon de klok erop gelijk zetten, vanaf zes weken na de geboorte totdat ze drie maanden was. "Overprikkeld huilen" noemde dr. Spock het. Volgens hem zou het precies zes weken duren en hij had gelijk. Daarna kwam ze tot rust, maar toen Anne geboren werd kon ze er moeilijker aan wennen dan jij. Het syndroom van het middelste kind, denk ik. Dat Anne de liefste baby ter wereld was mocht niet baten. Zij was echt een cadeautje. Ze huilde nooit, maakte zich nergens druk om. Lachte altijd. Met dertien maanden was ze zindelijk, helemaal uit zichzelf. Heel bijzonder. Bram was helemaal het tegenovergestelde,' vervolgde ze. 'Hij huilde dag en nacht. Het maakte niet uit of je hem oppakte, wiegde of een stukje met hem in de auto ging rijden. Hij krijste aan één stuk door. Toen het huilen eindelijk ophield ging hij met zijn hoofd bonken. Als hij zijn zin niet kreeg kon hij urenlang met zijn hoofd tegen de zijkanten van zijn bedje slaan. Hij heeft zichzelf zelfs een keer bewusteloos gebonkt. Ik leefde voortdurend in angst dat hij zichzelf nog eens om zeep zou helpen.' Ze zuchtte. 'Er is eigenlijk niet veel veranderd.'

'Volgens mij gaat er binnenkort wel iets veranderen,' zei Charley.

'Hoezo?'

Charley vertelde haar moeder over het telefoongesprek met Emily.

'Komen je zussen hier?' Elizabeths ogen vulden zich met tranen.

'De datum is nog niet vastgesteld, maar waarschijnlijk binnen een paar weken.'

'Hebben ze gezegd dat ze me willen ontmoeten?'

'Ik dacht dat we misschien hier bij mij kunnen eten,' zei Charley, haar vraag ontwijkend. 'Bram komt ook.'

Elizabeth keek alsof ze elk moment kon flauwvallen. Ze zocht steun tegen de muur en huilde zachtjes. 'Dit had ik nooit verwacht.'

'Wat zei je ook al weer over het geheim van geluk?' vroeg Charley retorisch. Ze dacht dat ze misschien naar haar moeder toe moest gaan en haar in haar armen kon nemen, maar ze was niet in staat haar lichaam tot enige medewerking te bewegen. Ook al waren er sinds Elizabeths terugkomst inmiddels twee jaar verstreken, er lag nog altijd een periode van twintig jaar tussen de plek waar Charley zat en waar haar moeder stond. Die afstand was te groot om te overbruggen.

'Mama!' James kwam de kamer binnenstormen en stortte zich in Charleys armen.

'Waarom huilt oma?' vroeg Franny, die naast haar oma was gaan staan.

'Ik huil van geluk omdat ik jullie oma ben,' zei Elizabeth.

'Dat is gek,' riep James. 'Je huilt toch niet als je gelukkig bent.'

'Soms wel,' zei Charley, terwijl ze een poging deed haar zoon lang genoeg stil te laten zitten om hem een kus op zijn wang te geven.

'Oma neemt ons mee naar McDonald's en we gaan naar de film,' zei Franny. Haar stem klonk bezorgd, alsof ze bang was dat Charley bezwaar zou maken.

'Ga je mee?' vroeg James.

'Nee lieverd, vandaag niet. Dit keer heeft oma jullie helemaal voor haarzelf.'

'Mijn Superman-pyjama zit in mijn tas.'

'Dan zul je vannacht supergoed slapen.' Charley keek hoe haar zoon van de bank afklom en zijn armen om de knieën van zijn oma sloeg.

'Gaat het het hele weekend regenen?' vroeg Franny aan haar moeder, alsof die verantwoordelijk was voor het gure weer.

'Ik denk dat het morgen weer opklaart.'

'En ik denk dat we moeten gaan, als we niet te laat willen komen,' zei Elizabeth.

Charley volgde haar moeder en haar kinderen naar de voordeur. De hond lag als een sjaal om haar hals. 'Kijk, het regent al niet meer,' zei ze tegen Franny, die de grijze lucht bestudeerde en bedenkelijk keek. 'Dag, lieve schatten. Rustig aan met oma.' Charley knielde om haar kinderen een laatste knuffel te geven, maar James rende al over het tuinpad naar Elizabeths paarse Civic.

'Kom dan,' riep hij, wild met zijn armen zwaaiend om hen aan te sporen.

'Zorg je goed voor Bandit?' vroeg Franny aan haar moeder. 'Vergeet je hem niet eten te geven en uit te laten?'

'Ik zal het niet vergeten,' antwoordde Charley.

'Dag Bandit.' Franny gaf de hond een kus op zijn natte neus. Als antwoord lebberde Bandit met zijn tong haar gezicht af.

'Bel me als het je te veel wordt,' adviseerde Charley haar moeder toen Franny bij haar broertje aan de kant van de weg ging staan.

'Ik kan je niet genoeg bedanken, lieverd. Ik weet heus wel dat jij de anderen overgehaald hebt om me te zien.'

'Je hoeft me niet te bedanken.'

'Ik hou vreselijk veel van je. Dat weet je toch, hè?' vroeg haar moeder op de haar bekende manier.

'Ik weet het. Veel plezier,' zei Charley. Ze keek hoe haar kinderen op de achterbank hun gordel vastmaakten, en bleef staan zwaaien tot ze uit het zicht waren. Ze zette de hond neer op het gras. 'Huppekee,' commandeerde ze vriendelijk.

Onmiddellijk stak Bandit zijn poot omhoog. 'Ging alles maar zo gemakkelijk,' zei Charley. Ze tilde de hond op, liep haar huis in en sloot de deur achter zich.

De eerste keer dat Tiffany Lang Blake Castle zag, wist ze dat haar leven voorgoed veranderd was, las Charley. Ze pakte de fles wijn van de salontafel, schonk haar glas bijna tot de rand toe vol en nam een flinke slok. 'Hartversterkertje,' zei ze tegen Bandit, die opgekruld op het kussen naast haar lag. *Het was niet dat hij de knapste man was die ze ooit had gezien, hoewel dat ontegenzeggelijk het geval was. Het was niet het blauw van zijn ogen of de manier waarop hij dwars door haar heen leek te kijken, alsof hij regelrecht in haar ziel staarde en haar meest verborgen gedachten kon lezen.* 'Zo kunnen wij het ook,' zei ze tegen de hond. *Het was evenmin de schaamteloosheid waarmee hij bezit van de kamer nam, zijn smalle heupen iets naar voren, zijn duimen uitdagend in de zakken van zijn strakke jeans, de trek om zijn volle mond die een stille uitnodiging kenbaar maakte en haar uitdaagde dichterbij te komen. Op eigen risico, zei hij zonder te spreken.* 'Kijk, dit stukje is nog niet eens zo slecht.' Bandit hield zijn kop schuin. 'Die laatste zin *Op eigen risico, zei hij zonder te spreken* vind ik zelfs best leuk. Niet slecht.' Ze nam nog een slok wijn en las met hernieuwde moed verder. 'Dit boek staat als tweede op de bestseller-lijst in Amerika,' informeerde ze de hond. 'Volgende week staat het waarschijnlijk nummer één, en niet alleen zal ik het lezen, ik zal er ook van genieten. En als ik het uit heb zal ik Anne bellen om haar te zeggen dat ik er érg van genoten heb. Ik zal niet aanmatigend of arrogant doen, iets waar sommige advocaten zo goed in zijn.' Wat was er trouwens met Alex Prescott aan de hand? vervolgde Charley in zichzelf. Het ene moment stelde hij voor om in een of ander Italiaans restaurantje te gaan eten en het volgende moment negeerde hij haar totaal. 'En dat ben ik niet gewend, door mannen gene-geerd te worden,' zei Charley tegen de hond, wiens krachtige blaf als uitroepteken fungeerde. 'Hij is niet eens zo vreselijk knap. Hij heeft iets verwaands, snap je wat ik bedoel?' Bandit blafte weer, alsof hij het inderdaad begreep. 'Maar ik viel altijd al op arrogantie. Ik heb er zelfs een keer een column over geschreven. Ik denk niet dat je die gelezen hebt. Vertel eens,' gebood ze de hond, 'als nie-mand mijn columns leest, hoe komt het dan dat ik zo populair ben?' Bandit sprong van de bank en begon rondjes te rennen. 'Ik ben zo verdomd populair dat ik op een zaterdagavond in mijn een-tje thuis zit te drinken. Populairder kan bijna niet, toch?' Als ant-woord blafte Bandit drie keer snel achter elkaar en stormde vervol-gens naar de deur, waar hij ronddraaide en weer blafte. 'Nee, we zijn al uit geweest.'

Bandit begon aan de deur te krabben.

'Oké dan. Ik begrijp het.' Charley hees zich van de bank, nam nog een flinke slok wijn en besloot haar glas mee te nemen. Mis-schien zou de frisse lucht haar goeddoen, haar hoofd bevrijden van ongewenste gedachten en ervoor zorgen dat het hoogdravende proza van haar zus de aandacht kreeg die het ongetwijfeld verdien-de. 'We gaan tot de hoek, geen stap verder.' Ze trok de deur open...

De man die voor haar stond was niet groot, maar wat hij in leng-te miste werd met spieren gecompenseerd; zijn gespannen biceps puilden imposant en vervaarlijk onder zijn mouwloze, zwarte T-shirt uit.

Charleys adem stokte, haar glas viel op de grond, de hond vloog tussen de zwartleren puntlaarzen van de man door naar buiten. Geschrokken en bang wilde ze de deur in het gezicht van de man dichtslaan, maar hij was te sterk en te snel en binnen een paar seconden wist hij haar zonder haar met één vinger aan te raken terug de woonkamer in te werken tot ze op haar rug over de bank hing en hij – dreigend als een woeste grizzlybeer – half op haar lag. Was dit de engerd die die e-mails geschreven had? De man die haar en haar kinderen bedreigde? Goddank waren ze niet thuis, dacht ze, terwijl haar ogen iets zochten wat ze kon grijpen om naar zijn hoofd te smijten. Was hij hier om haar te vermoorden? Zouden haar moeder en de kinderen haar levenloze lichaam op de grond van de woonkamer aantreffen wanneer ze de volgende ochtend terugkwamen? Zou die idioot er dan nog zijn, zou hij hen opwachten? Charleys vingers raakten de fles wijn op de tafel. Zou ze hem kunnen pakken?

'Laat dat maar uit je hoofd,' zei de man.

Charleys hand viel slap naast haar neer. 'Wie ben je?' Maar terwijl ze de vraag stelde, besefte ze dat ze wist wie de man was. 'Je bent Ethan Rohmer,' zei ze. Er kwam een vreemd soort kalmte over haar.

'Aangenaam,' zei Ethan. Hij glimlachte en deed een paar stappen naar achteren, wat haar de mogelijkheid gaf te gaan staan.

'Wat wil je?' vroeg ze, hoewel ze ook dit keer het antwoord al wist.

'Ik wil dat je uit de buurt van Pamela blijft. Ik wil dat je uit de buurt van mijn moeder blijft. Ik wil dat je uit de buurt van mijn huis blijft.'

Charley zei niets. In gedachten probeerde ze al woorden te vinden om hem te beschrijven: donkere ogen omlijst door meisjesachtig lange wimpers, een neus die duidelijk meer dan eens gebroken was geweest, maar toch heel goed bij zijn perfect ovaalvormige gezicht paste, dunne lippen die met een pervers gemak glimlachten, halflang haar, blonder dan dat van zijn zussen, een romp die vergeleken met zijn benen zichtbaar te groot was.

'Toen ik vanavond thuiskwam begreep ik meteen dat er iets mis was,' zei Ethan. 'Het duurde even, maar ik wist het er algauw uit te krijgen. Bleek dat die patserige advocaat van die psychotische zus van me een of andere morsige journalist meegenomen had, die allerlei vuiligheid op ging zitten diepen voor een boek dat ze aan het schrijven is. Ze liegt dat ze barst en maakt iedereen van streek. Ik hou er niet van als vreemden mijn familie overstuur maken.'

'Wil je zeggen dat Jill liegt?'

'Ik zeg dat ze een psychotische bitch is.'

'Wat niet wil zeggen dat ze liegt.'

'Wat heeft ze je verteld? Dat ik haar geholpen heb met het vermoorden van die kinderen?'

'Is dat zo?'

'Ik heb niks met kinderen.'

'Je hebt haar verkracht toen ze een jaar of tien was,' bracht Charley hem in herinnering.

'Ze kan wel meer zeggen.' Hij lachte spottend en streek een haarlok uit zijn gezicht. 'Ik kan je verzekeren dat alles wat er tussen mij en Jill gebeurd is haar initiatief was.'

'En Pamela?'

'Pamela wil dat je bij haar uit de buurt blijft. Ze is bang dat als jij je neus in andermans zaken blijft steken er klappen gaan vallen.'

'Is dat een dreigement?'

Ethan glimlachte. 'Ik zeg het voor je eigen bestwil.'

'Ik denk dat je nu moet gaan,' zei Charley, geërgerd door de lichte trilling die ze in haar stem hoorde.

'Als het maar duidelijk is dat je uit de buurt van mijn familie moet blijven. Begrepen?'

Charley zag tegen de muur achter Ethan een schaduw flitsen. Ze hoorde iets klikken, een hond blaffen en sirenes de hoek omkomen.

'Niet bewegen,' riep Gabe Lopez, toen Ethan zich omdraaide en recht in de loop van een geweer keek. 'Of ik schiet je kop er af.'

'Hé, man,' riep Ethan. Hij stak zijn handen in de lucht, terwijl Bandit in Charleys armen kroop. 'Dit is gewoon een misverstand. Doe dat geweer weg, man!'

'Ik stond op mijn veranda en zag dat die vent je huis in ging en dat je hond naar buiten stormde,' legde Gabe uit. 'Toen je niet achter hem aan rende wist ik dat er iets mis was en heb ik de politie gebeld.'

'Dank je,' zei Charley, terwijl Bandit de tranen die over haar wangen liepen aflikte.

'Hoorde ik nou net dat je een tienjarig meisje hebt verkracht?' Gabe Lopez ontgrendelde de veiligheidspal van zijn geweer.

'Dat is een leugen, man. Ik heb nooit iemand verkracht.'

'Vertel dat maar aan de rechter,' zei Gabe Lopez lachend. Hij grinnikte nog steeds toen de politie Ethan een kwartier later de surveillancewagen in duwde. 'Dat heb ik nou altijd al een keer willen zeggen,' zei hij tegen Charley. Hij zette zijn geweer tegen de muur van de woonkamer en vroeg: 'Zit er nog iets in die fles? Ik kan wel een wijntje gebruiken.'

21

'Vertel me over Tammy Barnet,' commandeerde Charley nog voor Jill kon gaan zitten. In het kleine bedompte vertrek in Pembroke Correctional zat Charley, stijf rechtop, naast Alex aan de verhoortafel, haar taperecorder liep al. Na de domper van de week ervoor, toen ze onder begeleiding het pand had moeten verlaten omdat Jill haar weigerde te ontvangen, was ze vastbesloten het verloop van de bijeenkomst zelf te bepalen en Jill duidelijk te maken wie de leiding had.

'Hoi Alex,' zei Jill, Charleys bevel negerend terwijl ze haar stoel naar zich toe trok. 'Leuke bloes, Charley. Roze staat je goed.'

'Geef alsjeblieft antwoord op de vraag.'

'Ik heb geen vraag gehoord.'

'Hoe ben je in contact gekomen met de familie Barnet?' herformuleerde Charley haar vraag, terwijl ze de grond al onder haar voeten voelde wegzakken.

'Kom op, Charley. Doe een beetje aardig. Je kunt op z'n minst vragen hoe het met me gaat of zeggen dat je blij bent me te zien. Iets. Maakt niet uit wat. Vrouwen houden van een beetje voorspel voor het eigenlijke werk begint. Dat weet je best.'

'Ik ben niet in de stemming voor spelletjes, Jill. Je hebt al genoeg van mijn tijd verspild.'

Jill leunde naar voren, haar ellebogen op tafel, alle speelsheid was uit haar ogen verdwenen. 'Oké, laten we beginnen. Ik wil wedden dat je de familie Barnet al gesproken hebt.'

Inderdaad had Charley de dag ervoor een groot deel van de middag besteed aan een gesprek met Tammy Barnets moeder. Zij en haar man lagen midden in een pijnlijke scheiding; de moord op hun dochter was een te groot obstakel om samen te kunnen overwinnen. ('Hij geeft mij de schuld,' had mevrouw Barnet met tranen in haar ogen uitgelegd.) Meneer Barnet weigerde Charley te ontmoeten, maar mevrouw Barnet werkte wel mee. Ze wilde graag praten, hoewel ze twee jaar na het gebeuren nog steeds hevig geschokt was door het feit dat de ogenschijnlijk lieve jonge vrouw die ze had aangenomen om op haar kleine meisje te passen haar zo wreed van het leven had beroofd. 'Ik wil graag jouw kant van het verhaal horen,' zei Charley nu tegen Jill.

Jill glimlachte vriendelijk naar haar advocaat, alsof Charley niets gezegd had. 'Ik had je niet verwacht vandaag, Alex.'

'Ik ben meegegaan om ervoor te zorgen dat jullie ontmoeting soepel verloopt,' zei hij.

'Waarom zou dat niet het geval zijn? Ik heb al een paar keer mijn verontschuldigingen aangeboden voor mijn gedrag van vorige week. Je hebt mijn brief toch wel ontvangen, Charley?'

Het was duidelijk dat dit gesprek verder in Jills tempo en op haar voorwaarden zou verlopen, en anders helemaal niet. Het had geen zin om er tegenin te gaan, besefte Charley. 'Ja, die heb ik ontvangen. Bedankt.' Jills formele excuusbrief was die maandag aangekomen, samen met vierentwintig bladzijden dicht op elkaar geschreven onsamenhangendheden over haar moeder – *ik weet echt niet of ze wel of niet wist wat er gebeurde, maar ik kan het haar niet kwalijk nemen als ze het wist. Ze had niets kunnen doen om het tegen te houden* – over haar favoriete band – *ik ben dol op Coldplay en ik kan het nog steeds niet uitstaan dat Chris Martin met die broodmagere bitch, Gwyneth Paltrow, is getrouwd. Wat ziet hij in godsnaam in haar?* – en over haar angst voor kleine ruimten – *als ik in een ruimte ben waar ik niet rechtop kan staan raak ik totaal in paniek. Heb jij een idee wat dat betekent?*

'Dus het is weer goed tussen ons?' vroeg Jill.

'Ja, het is weer goed. We hebben alleen veel te bespreken, ik zou graag beginnen. Het spijt me dat ik zo kort aangebonden was.'

'Het spijt mij wat er met jou en Ethan gebeurd is.'

'Heb je dat gehoord?' Charley wierp Alex een beschuldigende blik toe. Ze had hem onmiddellijk na het vertrek van de politie gebeld, maar hij was niet thuis geweest. De volgende ochtend had hij haar meteen teruggebeld om zijn bezorgdheid en verbijstering te tonen. Vervolgens had hij gevraagd of ze van het project af wilde, gezegd dat hij het volkomen zou begrijpen als ze van gedachten veranderd was en hun overeenkomst wilde verbreken. Ze had geantwoord dat ze hem woensdagmiddag zou zien, zoals afgesproken.

'Ja, natuurlijk!' zei Jill. 'De bewakers konden niet wachten het me te vertellen.'

'Hoe wisten zij het?'

Jill haalde haar schouders op. 'Je hebt geen idee hoe snel dit soort nieuwtjes hier de ronde doen. Het lijkt wel of ze een soort paranormale nieuwsdienst hebben of zoiets. Ze zeiden dat mijn broer gearresteerd is omdat hij bij je heeft ingebroken en je heeft bedreigd. Ze vonden het nogal grappig. Ik heb meteen Alex gebeld, maar hij was bezig en had het schijnbaar te druk om terug te bellen,' voegde ze er vinnig aan toe.

Alex negeerde de gespeelde verontwaardiging in Jills stem. 'Ik heb er niet veel over te zeggen. Je vader heeft de borgsom betaald. En wat Ethan betreft zal het wel bij een vermaning blijven, gezien het feit dat hij niet echt heeft ingebroken bij Charley en er geen echte bedreigingen zijn geuit, behalve door een woedende buurman die met een geladen geweer dreigde Ethans hoofd er af te schieten.'

'Ik had nooit kunnen denken dat ik de wapenlobby nog eens dankbaar zou zijn,' zei Charley, over haar voorhoofd wrijvend bij de herinnering aan Gabe Lopez die haar was komen verdedigen. Wie had dat ooit gedacht? vroeg ze zich af, terugdenkend aan de scène die daarna was ontstaan: de politie die kwam binnenstormen, Ethan arresteerde en wegvoerde, de buren die zich voor haar huis verzamelden, nieuwsgierigen die zich naar binnen waagden, waar Gabe Lopez en Charley aan de wijn zaten, mensen die naar huis terugkeerden om hun eigen flessen te halen, de hele toestand die spontaan in een straatfeest veranderde, Lynn Moore die aangeschoten verzoenende omhelzingen en zelfgebakken chocoladekoekjes uitdeelde, en de toch al zo onwerkelijke avond die met de halve straat feestend in Doreen Rivers zwembad geëindigd was.

Agente Ramirez had Charley gisteren gebeld om te zeggen dat er geen hard bewijs was om Ethan in verband te brengen met de dreigmails die ze ontvangen had, maar dat ze hem goed in de gaten

zouden houden. Ze konden hem ook niet aanklagen wegens ver-
krachting, tenzij Pamela de beschuldigingen van haar zus zou bevestigen. Het woord van een ter dood veroordeelde kindermoordenaar werd blijkbaar niet serieus genomen.

Charley twijfelde er niet aan dat Ethan zijn beide zussen seksueel had misbruikt. Ze was echter minder overtuigd van al het andere dat Jill verteld had, ze wist zelfs niet zeker of ze wel slim genoeg was om door te hebben waar de leugens ophielden en de
waarheid begon. Was het misschien mogelijk dat Jill dat zelf ook
niet wist?

Nadat ze die zondag bij TooJay's hadden ontbeten, was Charley
de rest van de dag bezig geweest met het opstellen van een lijst van
mensen die ze moest spreken – de Barnets, de Starkeys, Wayne
Howland, die in het leger zat en van wie gezegd werd dat hij in Irak
vocht, Gary Gojovic, wiens getuigenverklaring de zaak van zijn
vroegere vriendin bepaald geen goed had gedaan, Jills vroegere le-
raren, haar klasgenootjes, vriendjes en vriendinnetjes uit haar
jeugd, de agenten die haar gearresteerd hadden, de rechercheurs,
de openbare aanklagers, de leden van de jury, zelfs Alex. Wat
moest ze al die mensen in hemelsnaam vragen?

'Je bent een slimme, getalenteerde jonge vrouw die alles waar ze
haar zinnen op zet voor elkaar krijgt', had haar moeder gezegd. 'En
als je niet meteen de juiste vragen weet te stellen, kom je er even
later wel op.'

Met wat professionele hulp waarschijnlijk wel, gaf Charley toe.
Die maandagochtend had ze dr. John Norman te pakken weten te
krijgen, de psycholoog die Jill ondervraagd had en tijdens het gerechtelijk onderzoek tegen haar getuigd had. 'Ik heb uw hulp nodig,' was ze begonnen, nadat ze zichzelf geïntroduceerd had en
haar penibele situatie aan hem uitgelegd had.

'Ik verwacht om tien uur een patiënt,' antwoordde de man op af-
gemeten, vlakke toon. 'U kunt toch niet van me verwachten dat ik
in twintig minuten tijd een les in afwijkend gedrag kan geven.'

Charley stelde zich de man met wie ze sprak voor als kaal en van
middelbare leeftijd, als de psychiater uit *Law & Order,* hoewel hij
natuurlijk net zo goed jong kon zijn en een dikke bos haar kon hebben. Stemmen kunnen nu eenmaal misleidend zijn.

'U hebt mijn rapport gelezen, neem ik aan?'

'Ja. U schrijft daarin dat Jill een "borderline-persoonlijkheidsstoornis" heeft, wat betekent…'

'Dat ze sterk narcistisch is en basale menselijke emoties, zoals empathie, mist.'

'Hoe ontstaat zo'n stoornis?' vroeg Charley.

'De huidige opvatting is dat borderline het gevolg is van drie hoofdfactoren,' legde dr. Norman geduldig uit. 'Erfelijkheid, opvoeding en omgeving. In het geval van iemand als Jill Rohmer heeft het feit dat ze als kind gewelddadig is behandeld ertoe bijgedragen dat ze later zelf op die manier met mensen omgaat.'

'Maar niet iedereen die als kind misbruikt is ontwikkelt zich tot een koelbloedige moordenaar. Haar zus bijvoorbeeld niet.'

'Mevrouw Webb, als ik in staat zou zijn te voorspellen welke kinderen moordenaars zullen worden, zou ik beroemder zijn dan Freud. Voor u is van belang dat u zich blijft realiseren dat Jill Rohmer een slimme tante is. Ze is zeer manipulatief en ze kan liegen alsof het gedrukt staat.'

'En hoe moet je met zo iemand omgaan?'

'Heel voorzichtig,' had de psycholoog geantwoord.

'Ik heb mevrouw Barnet in het park ontmoet,' zei Jill nu, plotseling de vraag beantwoordend die Charley gesteld had maar bijna vergeten was. 'Het park lag een paar huizenblokken van ons huis. Ik ging daar altijd heen als ik op mezelf wilde zijn.'

'Bedoel je Crescent Park?'

Jill keek oprecht verbaasd. 'Ik weet het niet. Ik wist niet eens dat het een naam had.'

'Ga verder.'

'Toen ik op een dag op een van de schommels zat – er waren er drie – kwam Tammy naar me toe gerend. Haar moeder kwam achter haar aan. Je kon zien dat ze gek op Tammy was; je zag het aan de uitdrukking op haar gezicht. Maar waarom wil je hier nu eigenlijk over praten?' vroeg Jill aan Charley. 'We zijn toch nog niet klaar met mijn jeugd?' Ze leek enigszins teleurgesteld.

'Ik dacht dat we je jeugd beter even konden laten rusten,' antwoordde Charley.

'Hoezo?'

'Je hebt me al heel veel informatie gegeven in je brieven en onze vorige gesprekken. Ik dacht dat we het vandaag misschien over iets anders konden hebben. Tenzij je iets speciaals met me wilt delen.'

Jill leunde achterover in haar stoel en keek sceptisch voor zich uit, terwijl ze een haarlok tussen haar vingers ronddraaide. 'Iets met je délen? Je lijkt wel een psychiater.'

'Je brieven zijn heel bijzonder,' zei Charley. Ze voelde vijandschap en probeerde de situatie in de hand houden. (Dr. Norman had sterk benadrukt dat het belangrijk was Jill nooit de leiding te geven. 'Als er iemand de lakens uitdeelt, zorg dan dat jij het bent,' had hij gezegd.) 'Je hebt echt gevoel voor schrijven,' zei Charley. 'Je hebt talent.'

Jill glimlachte spontaan en trots. 'Denk je?'

'Zeker. Die brieven vertellen veel over je.'

'Wat bijvoorbeeld?'

'Dat je een slimme, getalenteerde jonge vrouw bent,' antwoordde Charley met de woorden van haar moeder, en ze vroeg zich af of haar moeder ook zo onoprecht was geweest. 'Dat je alles voor elkaar krijgt waar je je zinnen op zet.'

'Echt? Of zeg je dat maar?'

Charley schudde haar hoofd. 'Ik meen het echt.'

'Wat aardig. Het betekent heel veel voor me dat je dat denkt.'

Waar moeders al niet goed voor zijn, dacht Charley. 'Je hebt Tammy en haar moeder dus in het park ontmoet,' herhaalde ze.

'Tammy wilde de schommel waar ik op zat. Ze zei dat ze die de beste vond omdat hij hoger ging dan de andere. Ik vond het goed. Ik bood zelfs aan haar te duwen. Van het een kwam het ander. Ik heb mevrouw Barnet waarschijnlijk mijn telefoonnummer gegeven, want een paar dagen later belde ze om te vragen of ik die zaterdagavond op kon passen. Het leek me leuk. Toen bleek dat de Barnets elke zaterdagavond op stap wilden, dus had ik een vast baantje. Gary vond het natuurlijk minder geslaagd. Heb je hem al gesproken?'

'Nog niet.'

'Nou, kijk maar uit, zou ik zeggen. Hij zuigt alles uit zijn duim.'

Jill schoot in de lach. 'Dat zei mijn vader altijd. "Die vent zuigt alles uit zijn duim," zei hij. Ik wist heel lang niet wat hij bedoelde. Maar toen ik erachter kwam, kwam ik niet meer bij.'

'Dus Gary vond het maar niks dat je op zaterdagavond ging babysitten?'

'In het begin vond hij het nog wel oké omdat hij dacht dat hij dan mocht langskomen en dat we, je weet wel, konden vrijen en zo. Het leek hem fantastisch om het in het bed van de Barnets te doen, maar dat zat mij niet lekker. Stel dat ze vroeg thuiskwamen of dat Tammy wakker werd? Na een tijd mocht hij dus niet meer langskomen van me. Hij had behoorlijk de pest in. Maar toen ik de vrijdagavonden ook nog eens bij de Starkeys ging oppassen, werd hij pas echt pissig. Hij zei: "Leuk, zo'n vriendin die het hele weekend op een stel rotkinderen gaat passen."'

'Het is ook wel een beetje ongebruikelijk voor een meisje van jouw leeftijd, vooral als ze een vriendje heeft. Hoe oud was je toen?'

'Ik was negentien toen ik op Tammy ging passen.'

'Misschien vond Gary het erg dat hij zo vaak alleen was.'

'Hij vond het erg dat hij niet zo vaak gepijpt werd als hij wilde. Althans niet door mij,' zei Jill.

Oké, dacht Charley. 'Je vond oppassen kennelijk heel erg leuk,' was wat ze zei.

'Ja, hartstikke,' zei Jill, zo enthousiast dat het onmogelijk was haar niet te geloven. 'Ik was dol op die kinderen. Tammy was zo schattig, dat rode haar en die zwarte lakleren schoentjes. Ze had zo'n grappig mopsneusje. En ze kon zo gek giechelen. Ik vond het altijd heerlijk om haar aan het lachen te maken.'

'En de Starkey-tweeling?'

'Dat waren schatjes. Blond haar, blauwe ogen. Noah had een littekentje boven zijn rechterwenkbrauw omdat hij daar een korstje afgekrabd had toen hij de waterpokken had. Ik gaf daar altijd een kusje op. Hij was om op te eten. Zijn zusje ook. Echt lieve kinderen.'

En toch vermoord je ze! wilde Charley roepen. Die lieve kleine kinderen met hun mopsneusjes en littekens om te zoenen zijn dood door jouw toedoen. Hoe kun je hier met een stalen gezicht zitten verkondigen dat je ze zo schattig vindt? Kalm blijven, waarschuwde de journalist in haar. Laat haar praten. Stel directe vragen. Houd het overwicht, zoals dr. Norman geadviseerd had. Ga niet te snel, dan haakt ze af. 'Heb je mevrouw Starkey ook in het park ontmoet?'

Jill dacht na, haar ogen vernauwden zich. 'Nee. Ik heb haar in het winkelcentrum ontmoet. Ik was in de boekhandel om een cadeautje voor Tammy te kopen toen ze met de tweeling binnenkwam. Ze vroeg me welk boek ik ging kopen en ik vertelde het haar. Het was *De prinses in de papieren zak,* een heel goed boek. Ik zei dat ik het van harte kon aanbevelen en ze kocht het. Daarna gingen we met de kinderen een ijsje kopen, zo ging het balletje rollen. Net als toen met mevrouw Barnet. Ik kan heel goed met mensen omgaan,' zei Jill. 'Ze zijn dol op me.'

Charley knikte. Ze zocht een spoortje ironie in Jills stem maar kon er geen ontdekken. 'Wat deed je zoal met de kinderen?'

'Gewoon, de normale dingen. Ik las voor, we keken tv, we speelden met barbiepoppen en deden verstoppertje.'

'Speelde je ook doktertje met hen?'

'Wat?' Jill zette grote ogen op. Ze wierp Alex een verbaasde blik toe. 'Wat bedoel je daarmee?'

'Kinderen vinden het soms leuk om doktertje te spelen,' antwoordde Charley.

'Ik ben geen kind.'

Charley verwonderde zich over Jills verontwaardiging. Ze leek oprecht geschokt door haar suggestie. 'Hebben ze je ooit vragen gesteld over seks?'

'Wat bijvoorbeeld?'

'Waar baby's vandaan komen, of hoe ze gemaakt worden?' ging Charley door.

Jill aarzelde. 'Soms zei Noah wel eens dat hij een piemel had en Sara niet. Dat soort dingen.'

'Werkten ze nooit op je zenuwen?'

'Nee. Het waren lieve kinderen,' antwoordde Jill.

'Dus je hebt ze nooit geslagen of zo?'

'Natuurlijk niet.'

'Hoe strafte je ze?'

'Dat was niet nodig.'

'Moest je ze nooit naar hun kamer sturen om af te koelen?'

'Nee, ze waren geweldig. Ze waren nooit vervelend.'

'Ging je wel eens met ze zwemmen?' vroeg Charley, het over een andere boeg gooiend.

'Zwemmen?'

'De Barnets hadden toch een zwembad?'

'Ja, Tammy en ik hebben een paar keer samen gezwommen.'

'Een badpak kan lastig zijn voor kleine kinderen. Heb je Tammy ooit geholpen met het uittrekken van haar natte badpak?'

'Vast wel.'

'Je hebt haar dus bloot gezien.'

'Waarschijnlijk wel. En wat dan nog?'

'Wond dat je op?'

'Of ik opgewonden werd van het zien van een bloot meisje? Hoe ziek denk je dat ik ben?'

Deze vraag werd Charley te veel. 'Jill, ik moet je herinneren aan het feit dat je ter dood veroordeeld bent voor het vermoorden en verkrachten van drie kleine kinderen. Waarom reageer je zo verontwaardigd op mijn vraag?'

'Kinderen winden me seksueel niet op,' antwoordde Jill nadrukkelijk. 'Ik hou verdomme niet eens van seks.'

'Nee?'

'Het is voor mij een straf.'

Interessante woordkeuze, dacht Charley. 'Hou je van straf?'

'Wat?'

'Hou je ervan iemand te straffen?'

'Nee. Natuurlijk niet.'

'Gezien je opvoeding zou dat helemaal niet zo abnormaal zijn.'

'Zou dat niet abnormaal zijn?' stamelde Jill.

'Psychiaters beweren dat het feit dat je als kind gewelddadig bent behandeld ertoe kan leiden dat je zelf later ook op die manier met mensen omgaat,' antwoordde ze, dr. Normans woorden herhalend.

'Is dat zo?'

'Hoe verklaar jij zelf wat er met die kinderen gebeurd is? Hoe verklaar jij de beetafdrukken, de brandwonden van sigaretten, de verkrachtingen en de...'

Jill bedekte haar oren met haar handen. 'Hou op. Hou op.'

'Tammy en de tweeling zijn gemarteld voordat ze werden vermoord. Ze werden met plastic zakken verstikt, de bandopnamen met hun doodskreten zijn in jouw slaapkamer gevonden. Jouw stem stond op die banden. Jouw DNA is op hun lichamen aangetroffen.'

'Er zijn redenen...'

'Vertel.'

'Dat kan ik niet.'

'Wat doe ik hier dan?'

'Je begrijpt het niet.'

'Help me dan het te begrijpen.'

'Het was niet mijn idee. Ik wilde die kinderen geen pijn doen. Ik hield van ze.'

'Wiens idee was het?'

Jill beet op haar onderlip, haar ogen schoten van Charley naar Alex en weer terug naar Charley. Ze trok aan haar haar, draaide onrustig heen en weer op haar stoel en begroef haar gezicht in haar handen. 'Het was Jacks idee,' zei ze ten slotte.

Charley schoof naar het puntje van haar stoel en probeerde niet al te gretig over te komen. 'Jack?'

'Mijn vriend.'

'Ik dacht dat Gary je vriend was.'

Jill giechelde. 'Dat dacht hij ook.'

Het gegiechel maakte Charley onzeker. Hield Jill haar voor de gek? 'Jack wie?'

Jill schudde haar hoofd. *'Jack Splat, could eat no fat...'*

'Dat was Jack Sprát,' blafte Charley, niet in de stemming om in de maling genomen te worden.

'Ja? Nou, het zou Splát moeten zijn. Weet je wel, net als wanneer je een vlieg tot moes slaat, dan gaat het *splat*!' Met een plotselinge hoofdbeweging zwaaide Jill haar haar van de ene naar de andere schouder.

'Vertel eens over Jack,' drong Charley rustig aan.

Jills ogen kregen een dromerige, afwezige blik. Om haar mondhoeken speelde een lachje. 'Hij is geweldig.'

Charley hield haar hoofd schuin. Ik lijk Bandit wel, dacht ze, terwijl ze wachtte tot Jill verder vertelde.

'En dan bedoel ik niet alleen dat hij goed is in bed. Wat hij natuurlijk wel is. Hij is absoluut geweldig. Met zijn tong bezorgt hij me ongelooflijke orgasmen.'

In een reflex sloeg Charley haar benen over elkaar. 'Ik dacht dat je niet van seks hield,' viel ze Jill in de rede, terwijl ze een snelle blik op Alex wierp, die naar zijn schoot staarde. Hij wenste waarschijnlijk dat hij in Palm Beach Gardens was gebleven, dacht Charley.

'Ik hou er ook niet van. Of liever gezegd, ik hield er niet van. Tot Jack.'

'Wat maakt hem zo bijzonder? Afgezien van zijn tong?' Charley sloeg haar benen weer over elkaar, nu de andere kant op.

'Alles. Hij is lief, slim, grappig, attent.' Jill haalde haar schouders op. 'Ik weet het niet. Hij is gewoon heel anders dan alle andere jongens die ik gekend heb.'

'En het was het idee van deze lieve, slimme, grappige, attente jongen om drie hulpeloze kinderen te kidnappen en te vermoorden?' vroeg Charley voor ze zich had kunnen bedwingen.

'Je hebt je oordeel wel erg snel klaar, Charley,' zei Jill bestraffend.

'Sorry. Ik vind het moeilijk om die bijvoeglijke naamwoorden met zijn daden te combineren.'

'Ik begrijp het niet.'

Je bent niet de enige, dacht Charley. 'Was het Jacks idee om Tammy Barnet en Sara en Noah Starkey te kidnappen?'

'Hij zei dat het leuk zou zijn.'

'Leuk?'

'Hij zei dat we hen op een onvergetelijk avontuur mee zouden nemen. Ik ben er echt nooit van uitgegaan dat...' Jills stem stierf weg.

'Vertel me wat er gebeurd is.'

Jill keek naar Alex, haar ogen vroegen of ze door mocht gaan. Hij knikte.

'Ik ging naar Tammy's huis. Ze was in haar boomhut in de achtertuin aan het spelen. Ik wist dat ze daar elke middag speelde. Haar moeder kon haar vanuit de keuken tijdens het koken in de gaten houden. Ik sloop langs het huis naar de achtertuin en trok Tammy's aandacht. Ik legde mijn vinger tegen mijn mond, je weet wel, om duidelijk te maken dat ze stil moest zijn, en gebaarde dat ze naar me toe moest komen, alsof het om een groot geheim ging. Ik zei dat ze mee moest gaan, dat we haar moeder gingen verrassen. Ze werd helemaal opgewonden en pakte mijn hand. Samen stapten we in Jacks auto die om de hoek stond te wachten, en weg waren we.'

Charley kon een huivering nauwelijks onderdrukken. 'En je hebt nooit bedacht dat haar iets zou kunnen gebeuren?'

'Nee, daar heb ik echt nooit aan gedacht.'

'En Sara en Noah Starkey? Je had toen kunnen weten wat hun te wachten stond.'

Jill staarde naar haar schoot. 'Jack zei dat het anders zou zijn.'

'Maar dat was het niet, hè?'

'Nee.'

'En jij ging gewoon met hem mee. Je hielp hem…'

'Ik deed wat me opgedragen werd.'

'Waarom?' vroeg Charley ongelovig. Het beeld van Gabe Lopez verscheen plotseling in haar gedachten. 'Hield hij een geweer tegen je hoofd?'

'Dat was niet nodig.'

'Hoe bedoel je?'

'Hij had macht over me. Het was alsof ik geen keus had. Hoe gaat dat kinderversje van vroeger ook al weer? *Jack and Jill went up the hill to fetch a pail of water. Jack fell down and broke his crown…*'

Geen keus, dacht Charley, terwijl ze in gedachten het versje afmaakte.

And Jill came tumbling after.

22

'Wat denk jij? Denk je dat er werkelijk een Jack bestaat?' vroeg Charley aan Alex.

'Ik denk wel dat er een man bij betrokken is, maar of hij Jack heet, zou ik niet kunnen zeggen.'

'Heeft ze je dat echt nooit verteld?'

Alex schudde zijn hoofd, pakte zijn vork en prikte in zijn salade. Het was een paar minuten over vijf 's middags. Ze zaten in de kleine achterkamer van Centro's, een pretentieloos Italiaans restaurant in een nog pretentielozer winkelstraatje een paar kilometer ten oosten van Pembroke Pines, en dronken een heerlijke shiraz, terwijl ze probeerden te doen alsof het etentje een puur zakelijke aangelegenheid was. Was dat wel zo? vroeg Charley zich af. Wat was de bedoeling van dit etentje eigenlijk? *Jack and Jill*,' mijmerde ze. 'Het is bijna te mooi om waar te zijn.'

Alex trok één wenkbrauw op en terwijl hij een hap van zijn salade nam, zag hij er op de een of andere manier toch nog aantrekkelijk uit, ook al glinsterde er een druppeltje dressing in zijn mondhoek. 'Vind je de carpaccio niet lekker?' Hij gebaarde met zijn kin naar haar voorgerecht waar ze nog nauwelijks een hap van gegeten had.

'Jawel, het is zalig.' Charley bracht een plakje rauw vlees naar haar mond, maar liet haar vork bijna meteen weer zakken. 'Het is zo frustrerend,' vervolgde ze. 'Het ene moment ben ik ervan overtuigd dat Jill en ik vooruitgaan, maar het volgende moment slaat ze weer volledig dicht.'

'Je kwam te dichtbij.'

'Dicht bij wat?'

'De waarheid, dat is wel duidelijk.'

'De waarheid is allesbehalve duidelijk,' verbeterde Charley hem.

'De waarheid is dat Jill niet alleen handelde. De waarheid is dat iemand anders de leiding had.'

'En die ander was Jack Splat?' Charley leunde achterover in haar stoel, terwijl Alex weer zijn vork vol salade spietste. 'Wat doe ik hier, Alex?'

'Niet van je voorgerecht eten, zo te zien.'

Charley grinnikte en bracht opnieuw haar vork naar haar mond. 'Ik bedoelde…'

'Ik begrijp wat je bedoelde.'

'Wat doe ik met Jill? Of misschien kan ik beter zeggen: wat doet Jill met mij? Is dit alles voor haar een minutieus uitgedacht spel? Speelt ze met me? Zoals ze met Tammy Barnet en de Starkey-tweeling speelde voordat ze…' Haar stem stierf weg en haar blik dwaalde af naar de handbeschilderde kaart van Italië op de muur achter Alex.

'Dat denk ik niet,' zei Alex. 'Ik denk echt dat ze mee wil werken, dat ze de waarheid boven tafel wil hebben. Ik wéét dat ze een hoge dunk van je heeft.'

'Moet ik daar blij mee zijn? Dat een psychopathische kinder-moordenaar me geweldig vindt?'

'Het is moeilijk voor haar, Charley. Ze heeft dit soort dingen nog nooit eerder besproken. Met niemand.'

'Ook niet met jou?'

'Zelfs niet met mij.' Hij nam de laatste hap van zijn salade. 'Dat wil zeggen: niet zo gedetailleerd als met jou. Ik weet het natuurlijk van Ethan. En ik verdenk haar vader ook van het een en ander.'

Charley liet haar vingers over de rand van het witpapieren tafel-kleed glijden. 'Van wat?'

Alex aarzelde.

'Kom op, Alex. Ik weet dat Jill je toestemming gegeven heeft om hier met mij over te praten.'

'Ja, dat heeft ze inderdaad. Maar ik ben nu eenmaal gewend om vertrouwelijk met bekentenissen van cliënten om te gaan, die niet aan journalisten door te vertellen. Het is moeilijk om met die ge-woonte te breken.'

Charley merkte dat zijn terloopse opmerking over 'journalisten' haar kwetste. Doe niet zo belachelijk, sprak ze zichzelf vermanend toe, terwijl ze de carpaccio in haar mond propte en er woest op begon te kauwen. Je bent toch journalist? Je probeert je werk te doen, de waarheid aan het licht te brengen en een diepzinnige bestseller te schrijven over een harteloze, koelbloedige psychopaat, waarmee je en passant rijk, beroemd en gerespecteerd wordt, niet per se in die volgorde. Waarom zou je in zijn ogen méér dan een journalist zijn?

Wat zou je meer wíllen zijn? vroeg ze zich af, op een nieuw hapje rauw vlees kauwend. 'Waar verdenk je Jills vader dan van?' vroeg ze, terwijl ze er niet op probeerde te letten hoe gedistingeerd Alex er in zijn donkerblauwe pak uitzag en hoe die kleur zijn diepblauwe ogen extra deed uitkomen. Wat was er met haar aan de hand?

'Ik denk dat hij Jill misschien seksueel misbruikt heeft, net als Ethan. Dat denk jij toch ook?'

Charley zuchtte. 'Ik denk dat de Webbs vergeleken met de Rohmers bijna normaal lijken.'

Alex lachte. Charley wachtte tot hij de voor de hand liggende vragen over haar familie zou stellen, maar dat deed hij niet.

Het is wel duidelijk dat het hem niet interesseert, dacht ze. 'Waarom heb je dit soort zaken niet tijdens Jills proces naar voren gebracht?'

'Wat voor soort zaken?'

'Het misbruik, de familiegeschiedenis, de mysterieuze Jack Splat.'

'Ik was het wel van plan.'

'Mocht het niet van Jill?'

'Ze weigerde te getuigen,' antwoordde hij eenvoudig. 'Ze zei dat ze alles zou ontkennen als ik maar enigszins op de mogelijkheid van misbruik of een medeplichtige zou zinspelen.'

'Weigerde ze omdat ze iemand beschermde of omdat ze bang was?'

'Waarschijnlijk allebei een beetje.' Hij dronk zijn glas leeg en keek om zich heen of hij een ober zag. 'Ik denk dat dit boek haar getuigenis zal worden.'

'Een beetje laat, vind je niet? Ze zit in de dodencel.'

Alex schoof heen en weer op zijn stoel, schoof zijn saladebord naar het midden van de tafel, waarbij hij bijna het vaasje vrolijk gekleurde plastic bloemen omgooide. 'Ik ben me er pijnlijk bewust van waar mijn cliënt zit, mevrouw Webb,' zei hij.

'Het spijt me. Het was niet mijn bedoeling…'

'Nee, het spijt mij,' zei hij onmiddellijk. 'Het was niet mijn bedoeling je af te snauwen. Zullen we het over iets anders hebben? Maakt niet uit wat. Al is het maar eventjes.'

'Natuurlijk.'

Er viel een stilte.

'Waarom ben je advocaat geworden?' vroeg Charley, en ze draaide daarna met haar ogen. Kon ze nog dommere vragen stellen? dacht ze, en ze voelde zich als een tiener op haar eerste afspraakje. Waarom was ze zo zenuwachtig?

'Wil je me even excuseren?' vroeg hij alsof ze niets gevraagd had, en voordat ze de kans had te antwoorden ging hij van tafel.

Ze keek hem na terwijl hij naar het toilet achter in het restaurant liep. 'Goh, het gaat lekker zo,' zei ze fluisterend. Daarna in zichzelf: wat had je dan gedacht? Het was toch wel duidelijk dat die man geen belangstelling voor haar had, dat hij haar alleen maar uit eten nam – nota bene om vijf uur 's middags als er alleen maar bejaarden in het restaurant zaten omdat die op dit vroege tijdstip korting kregen – omdat hij zich daartoe verplicht voelde. En nu wist hij niet hoe gauw hij van haar af moest komen. Daarom wilde hij natuurlijk dat ze haar voorgerecht opat. Niet omdat hij haar met de kwaliteit van het eten wilde imponeren, maar zodat de ober het hoofdgerecht kon serveren en ze ervandoor konden. Omdat ze met haar eigen auto was, zou hij zich op de lange rit naar huis ook niet aan haar gezelschap hoeven storen. Ze konden ieder vrolijk hun eigen weg gaan.

Dit wilde zij toch ook? Wanneer was het begonnen dat ze Alex Prescott niet langer zag als iemand die ze kon gebruiken om haar doel te bereiken? Zo aantrekkelijk was hij nu ook weer niet, dacht ze, hem observerend terwijl hij de toiletruimte uit kwam en zigzaggend tussen de tafeltjes door naar haar toe liep.

Het was niet het blauw van zijn ogen of de manier waarop hij dwars door haar heen leek te kijken, alsof hij regelrecht in haar ziel staarde en haar meest verborgen gedachten kon lezen, citeerde Charley in gedachten, toen hij bleef staan om iets tegen de ober te zeggen. *Het*

was evenmin de schaamteloosheid waarmee hij bezit van de kamer
nam, zijn smalle heupen iets naar voren, zijn duimen uitdagend in de
zakken van zijn strakke jeans, de trek om zijn volle mond die een stille
uitnodiging kenbaar maakte en haar uitdaagde dichterbij te komen.
Op eigen risico, zei hij zonder te spreken. 'Shit,' zei ze hardop, terwijl
ze de rest van haar wijn in één teug achteroversloeg.

'Is er iets? vroeg Alex, terwijl hij zijn stoel van tafel trok en ging
zitten.

Charley hield haar lege glas omhoog. 'Mijn wijn is op.'

'Ik heb de ober gevraagd of hij ons nog een glas wil brengen.
Dus,' zei hij, voorover op zijn ellebogen leunend. 'Waarom ik advocaat geworden ben? Was dat de vraag?'

Ze haalde haar schouders op. 'We moeten het toch ergens over
hebben.'

Hij glimlachte. 'Tja, eens even denken. Mijn moeder zei altijd dat
ik iedereen onder tafel kon kletsen. Een vroeger vriendinnetje
klaagde dat ik altijd het laatste woord moest hebben. En het idee
van gerechtigheid als doel heeft me altijd gefascineerd.'

'Wat bedoel je?'

'Mensen proberen altijd een positieve draai aan dingen te geven,'
legde hij uit. 'Als er iets ergs gebeurt, hoop je onmiddellijk dat het
iets goeds zal opleveren. Als iets stukgaat, probeer je het te maken.
Als iemand zich bezeert, wil je het afkussen. Als een gezin uit elkaar valt, zoek je een schuldige. Als kinderen worden afgeslacht,
roep je om het bloed van de dader. Er moet iemand boeten. Mensen willen gerechtigheid,' concludeerde hij. 'Ze denken dat dat belangrijk is.'

'Vind jij dat dan niet?'

'Ik zeg dat ik dat idee nog niet helemaal verlaten heb, en dat ik,
om je vraag van net te beantwoorden, daarom advocaat geworden
ben.'

'Idealist en cynicus in één persoon,' zei Charley, niet zonder bewondering.

'Ik hou van de structuur van het rechtssysteem,' vervolgde Alex,
alsof ze niets gezegd had. 'De samenvoeging van de twee woorden
recht en systeem en het idee dat je een systéém van gerechtigheid
kunt hebben, fascineert me. Ik hou van de geïnstitutionaliseerde

procedures, arrestaties, aanklachten, jury's, dagvaardingen, processen, vonnissen en in beroep kunnen gaan. Ik vind het fijn dat mensen naar me toe komen omdat ze denken dat ik hen kan helpen. Ik geniet ervan dat dat me soms lukt. Ik ben blij dat ik mijn talent om te debatteren in kan zetten voor de goede zaak en dat mijn laatste woord soms goed genoeg is om iemand uit de gevangenis te houden. Zo nu en dan komt alles zelfs goed.'

'Je kust het af,' zei Charley, en ze glimlachte.

Plotseling stond Alex op, boog zich over de tafel en kuste haar op haar mond. Daarna ging hij weer zitten en zag op haar wangen een blos verschijnen, terwijl de ober met twee nieuwe glazen wijn kwam aanlopen. 'Sorry. Dat had ik niet moeten doen,' zei hij, zodra de ober weg was.

Charley zei niets. Als ze iets zou zeggen, zouden de woorden misschien de verrukkelijke tinteling die ze op haar lippen voelde verjagen. Wat was er zojuist gebeurd?

'Kunnen we net doen alsof ik dat niet deed?'

'Waarom deed je het?' vroeg Charley.

'Omdat ik blijkbaar niet goed bij mijn hoofd ben.'

'Ik vind je helemaal geen idioot.'

'O nee?'

Charley schudde haar hoofd. Alex boog zich naar voren en kuste haar nogmaals. Dit keer beantwoordde Charley zijn kus.

'Goh, wat een verrassing,' zei Alex, terwijl de ober met hun eten aankwam.

'Zeker,' stemde Charley in.

'Sorry,' zei de ober. 'Had u lasagne besteld?'

'Jawel,' zei Alex. 'Ik heb lasagne besteld.'

'En ik de ravioli.'

De ober zette de ravioli voor Charley neer, de damp die van haar bord oprees ontnam voor een deel haar zicht op de man tegenover haar. Wie was hij? vroeg ze zich af. Of eigenlijk: wie was zíj? 'Ik voel me net een personage uit een van de boeken van mijn zus,' bekende ze.

'En hoe voelt dat?'

'Eigenlijk wel goed.'

Ze lachten.

'Wat gebeurde er daarnet eigenlijk?'

'Ik kuste je. En jij kuste mij,' antwoordde hij.

'Maar waarom kuste je me? Ik dacht dat je me helemaal niet leuk vond.'

'Dacht je dat ik je helemaal niet leuk vond?' herhaalde Alex ongelovig. 'Denk je dat ik telkens weer die ongelooflijk saaie rit hierheen maak omdat ik je niet leuk vind?'

'Ik ging ervan uit dat je dat deed om Jills belangen te behartigen.'

'Ik deed het om jou.'

'O ja?'

'Kijk je nooit in de spiegel?' vroeg Alex. 'God, de eerste keer dat je mijn kantoor binnenliep, viel ik bijna van mijn stoel. En toen je je mond opendeed werd het alleen maar beter. Je was intelligent, geestig en zo dartel als een veulen, zoals mijn moeder altijd zei, en ik dacht: shit, man, ik ga voor de bijl.'

'Je gaf anders geen krimp.'

'Je moest eens weten hoe moeilijk dat was.'

'Ik vond je een arrogante eikel. Wat niet per se negatief hoeft te zijn,' verduidelijkte ze onmiddellijk, 'want ik heb een zwak voor arrogante eikels.'

Hij schoot in de lach. 'Ik deed mijn best afstand te houden, aardig en zakelijk te zijn en ik probeerde niet te zien hoe leuk je haar zat en hoe lekker je rook. Maar toen je net tegenover me zat, niet van je carpaccio at, niet wist waar je het over moest hebben en iets over kussen zei ... toen deed ik het maar.'

'En wat doen we nu?'

'Dat is aan jou.'

'Nou, ik heb in elk geval geen honger,' zei Charley, haar bord wegschuivend. 'Ik eet nooit zo vroeg.'

'We kunnen een doggybag vragen,' opperde Alex. 'Dan eten we later.'

'Later?'

'Daarna.'

'Daarna?' herhaalde ze. 'Als in: "En daarna leefden ze nog lang en gelukkig?"'

Hij glimlachte. 'Nou, gewoon "daarna".'

Het was bijna tien uur voor ze eindelijk gingen eten. 'Ik sterf van de honger,' zei Charley, en terwijl ze haar ravioli opschrokte zag ze een klodder pittige tomatensaus over Alex' lichtblauwe overhemd druipen. 'O, nee toch. Kijk nou wat ik heb gedaan.'

Alex reikte over de ronde, glazen tafel om de vlek weg te vegen en wreef met zijn hand over Charleys blote borst eronder. 'Het is toch een oud overhemd.'

Ze zaten in de kleine eethoek naast de grote keuken van zijn tweekamerflat aan de PGA Boulevard in het hart van Palm Beach Gardens. Het appartement op de zevende etage keek uit over een kunstmatig aangelegd meer waar aan de overzijde een nieuw winkelcomplex lag met chique restaurants en boetiekjes. Het fabuleuze winkelcentrum Gardens Mall was om de hoek. De zee was nog geen tien minuten lopen. Ik zou hier wel willen wonen, dacht Charley, en ze verjoeg die gedachte onmiddellijk. Ze moest niet te hard van stapel lopen. Dat Alex Prescott goed was in bed – of liever gezegd gewéldig – betekende nog niet dat hun relatie langer stand zou houden dan haar vorige. Ze nam nog een hap ravioli en hoopte dat hij in elk geval bij haar bleef tot ze met het onderzoek voor haar boek klaar was.

'Je fronst je voorhoofd,' zei hij.

'O ja?'

'Heb je je bedacht?'

Ze schudde haar hoofd. 'Ik vraag me alleen af wat dit voor invloed op onze werkverhouding zal hebben.'

'Het hoeft er helemaal geen invloed op te hebben. We zijn beiden professionals.'

'Dat is zo, maar ik ben een vrouw,' bracht Charley hem lachend in herinnering. 'We verdelen niet alles in hokjes zoals mannen.'

'Dat betwijfel ik.' Hij nam een hap lasagne, en daarna nog een. 'Waarom ben je nooit getrouwd?' vroeg hij, en meteen daarna: 'Laat maar. Het was een stomme vraag.'

'Nee, helemaal niet. Ik bedoel, ik heb per slot van rekening twee kinderen.' Die nu tot ze weer thuiskwam vriendelijk verzorgd werden door haar moeder.

'Heb je een afspraakje?' had Elizabeth geïnformeerd toen Charley haar vanuit het restaurant belde.

'Het is geen afspraakje.'

'Natuurlijk niet. Veel plezier, schat.'

'Trouwen had voor mij gewoon niet echt prioriteit,' legde Charley hem uit. 'Waarschijnlijk omdat het huwelijk van mijn ouders zo waardeloos was.' Ze haalde haar schouders op. 'En jij?'

'Ik heb een keer op het punt gestaan. Een paar jaar geleden. Het werkte niet.'

Ze aten verder en zwegen enige minuten. Charley was naakt onder het overhemd dat Alex aan had gehad voordat ze gingen vrijen. Boven zijn spijkerbroek was hij nu bloot. Ze wilde hem vragen waarom het huwelijk niet was doorgegaan, maar besloot het niet te doen. Waarschijnlijk wist hij het toch niet. Wie kon nu precies zeggen waarom een relatie niet werkte? Elk verhaal had toch twee kanten? De werkelijkheid was subjectief, de waarheid een kwestie van opvatting. De conclusie was dat relaties of wel, of niet werkten.

'Wat is het volgende punt op de agenda?' vroeg hij. 'Wat Jills boek betreft?'

'Míjn boek,' corrigeerde Charley hem.

Hij glimlachte. 'Sorry. Jóúw boek.'

'Ik dacht Jills vroegere vriendje te gaan ondervragen.'

'Gary Gojovic.' Alex sprak elke lettergreep duidelijk articulerend uit.

'Ben je geen fan van hem?'

'Vooral Gary's getuigenverklaring heeft ervoor gezorgd dat Jill in de dodencel zit.'

'Het was inderdaad behoorlijk belastend,' gaf Charley toe. 'Dat verhaal dat hij gezien heeft dat Jill een kat martelde...'

'Dat heeft ze altijd ontkend.'

'Alex, ze heeft drie kleine kinderen vermoord,' bracht Charley hem in herinnering. 'Waarom zou ze geen kat kunnen martelen?'

Alex gooide zijn vork op zijn bord. 'Over dieren gesproken, hoe is het eigenlijk met dat hondje van je?'

Er verscheen een lach op haar gezicht. 'Hij is geweldig. Zo ontzettend lief. Als ik thuiskom, staat hij bij de deur op me te wachten. Als ik ga zitten, springt hij op mijn schoot. Als ik de kamer uit loop, komt hij achter me aan. Als ik twee tellen weg ben, is hij zo blij me weer te zien als ik terugkom, dat je zou denken dat ik jarenlang weggeweest ben. Ik probeer me niet te veel aan hem te hechten.'

'Het klinkt of je al aardig aan hem verslingerd bent.'

'Nou ja, onvoorwaardelijke liefde heeft ook wel iets heel aantrekkelijks. Maar ik moet niet vergeten dat het niet mijn hond is, dat ik hem binnenkort weer terug moet geven.'

'Aan Glen McLaren,' stelde Alex vast, terwijl hij onrustig met zijn vingers op het glazen tafelblad trommelde.

'Is er iets?' vroeg Charley, die voelde dat hem iets dwarszat.

'Hoe goed ken je die vent?'

'Glen? Niet zo heel goed. Maar ik beschouw hem als een vriend,' antwoordde Charley. 'Ik herhaal, is er iets?'

'Ik weet het niet. Misschien.'

'Wat wil je nu eigenlijk zeggen, Alex? Het is niks voor jou om zo om de hete brij heen te draaien.'

'Begrijp me goed, het was geen bemoeizucht van me. Maar omdat zijn naam me bekend voorkwam, ben ik het een en ander gaan uitzoeken. Bleek dat Glen McLaren ooit financieel betrokken is geweest bij een paar nachtclubs in Lauderdale.'

'Weet ik. En?'

'Wist je dat een van de mensen die altijd in die clubs rondhingen een dealertje was dat Ethan Rohmer heette?'

'Wat?'

'Ik kwam erachter dat Ethan op een avond gearresteerd is toen hij drugs aan een undercoveragent probeerde te verkopen, maar dat een slimme advocaat de aanklacht ongegrond heeft kunnen verklaren.'

Charley probeerde de informatie tot haar door te laten dringen. Wat betekende dit? 'Probeer je me duidelijk te maken dat Glen en Ethan iets met elkaar te maken hebben?'

'Ik probeer je helemaal niks duidelijk te maken. Misschien kennen ze elkaar wel helemaal niet.'

'Het feit dat Ethan een vaste klant was in een club waar Glen financiële belangen had zegt niet meer dan...'

'... dat Ethan vaste klant was in een club waar Glen financiële belangen had,' beaamde Alex.

'Het is heel goed mogelijk dat die twee elkaar nog nooit ontmoet hebben, dat ze niet eens van elkaars bestaan weten.'

'Inderdaad.'

'Maar het is wel toevallig, dat moet je toegeven.'

'Het hoeft niks te betekenen. Waarschijnlijk is het niks.'

'Maar jij denkt van niet,' zei Charley.

'Ik weet niet wat ik ervan moet denken,' bekende Alex.

'Verdomme.'

'Het is waarschijnlijk niks,' herhaalde Alex.

Charley knikte.

'Je moet gewoon voorzichtig zijn, dat is alles.' Hij liep om de tafel, legde zijn handen op haar schouders en begon zachtjes haar nekspieren te masseren. 'Kun je blijven slapen?'

Ze schudde haar hoofd. 'Nee. Ik moet naar huis.'

'Ik rijd achter je aan,' bood hij aan, toen ze zich aangekleed had en bij de deur stond.

'Nee, dat is niet nodig.'

'Ik sta erop.'

'Alex, echt, ik red me wel.'

'Discussie gesloten,' zei hij.

Charley glimlachte. Ze zei het niet hardop, maar dit was een discussie die ze maar al te graag verloor.

23

Haar moeder zat op de bank, diep in slaap, *Remember Love* opengeslagen op haar schoot en Bandit dommelend aan haar voeten toen Charley op haar tenen de woonkamer in liep. 'Mam,' fluisterde ze zacht. De hond werd wakker en begon van opwinding op en neer te springen. 'Ja, hallo, Bandit, hallo. Ik ben ook blij dat ik je weer zie,' zei Charley, en ze besefte dat dit inderdaad zo was. 'Mam,' fluisterde ze nogmaals, iets luider nu. Ze bracht haar rechterhand naar haar moeders schouder maar stopte voordat ze haar aanraakte. 'Ik ben thuis.'

'Lieverd,' zei haar moeder, terwijl ze haar ogen opensloeg en haar rug rechtte. 'Hoe ging het?'

'Goed. Alles ging goed.'

Haar moeder glimlachte en bewoog haar nek heen en weer. 'Ik moet weggedommeld zijn. Hoe laat is het?'

'Bijna elf uur. Je kunt vannacht hier blijven slapen als je wilt.'

'Nee hoor.' Elizabeth legde het boek op de salontafel neer, ging met veel moeite staan en strekte haar armen hoog boven haar hoofd, waarbij ze haar vingers naar het plafond rekte. 'Ik moest maar eens gaan.' Ze pakte haar knalrode shawl van de leuning van de bank en sloeg die over haar schouders terwijl ze naar de voordeur liep.

Charley dacht dat ze haar moeder misschien moest proberen over te halen om te blijven slapen, of dat ze op z'n minst een paar minuten moest besteden om te informeren hoe haar dag geweest was, maar zei: 'Ik bel je morgen.' Bandit stond aan haar voeten en blafte gedag toen haar moeder in haar paarse Civic stapte en wegreed. 'Moet je nog van huppekee?' vroeg Charley de hond.

Als antwoord rende hij naar het dichtstbijzijnde struikje en tilde zijn poot op.

'Ongelooflijk,' mompelde Charley verbaasd als altijd. 'Ongelooflijk,' herhaalde ze, en ze vond het het perfecte woord om de gebeurtenissen van de dag te beschrijven. Om maar niet te spreken van de avond. Ze nam de hond in haar armen en liep door de hal naar de slaapkamer van haar kinderen, deed de deur open en gluurde naar binnen. 'Droom zacht, mijn mooie engeltjes,' fluisterde ze voor ze de deur sloot en naar haar eigen kamer liep.

Ze kleedde zich uit en dacht terug aan de nauwgezetheid waarmee Alex haar kleren een voor een uitgetrokken had, zijn handen zacht op haar borsten en billen, de aanraking van zijn lippen in haar hals, zijn tastende vingers tussen haar benen, de bedreven zoektocht van zijn tong. Mijn god, als hij in de rechtszaal maar half zo goed was als in de slaapkamer, zou hij net zo bekend worden als Clarence Darrow, dacht ze, zich de wetboeken herinnerend die op de grond langs de muren van zijn woonkamer lagen opgestapeld en in aantal niet onderdeden voor zijn indrukwekkende collectie filmklassiekers. Verder verschilde het appartement niet veel van de flats van de meeste mannen die alleen woonden: de prominent aanwezige, super-de-luxe stereo-installatie, de bruinleren bank en de bijpassende stoel op de Mexicaanse tegelvloer, een breedbeeldtelevisie, een dvd-speler en een ouderwetse videorecorder voor de oude films. De schilderijen aan de muur waren meer decoratief dan artistiek: een nietszeggend landschap, een schaal met groene appelen, een haven met zeilboten.

De slaapkamer was totaal anders. Hier domineerden schitterende zwart-witfoto's de muren: een man en een vrouw, volledig gekleed liggend op een kiezelstrand, die elkaar achter een grote paraplu omhelsden, van Henri Cartier-Bresson, een uitbundige zeeman die op Times Square op D-day een jonge vrouw kust, van Robert Doisneau, een prachtig bloeiende orchidee van Robert Mapplethorpe, een foto van Diane Arbus van twee zusjes die uitdrukkingsloos in de verte staren, en een foto van twee vrouwen die uitgelaten lachen, hun hoofd naar achteren, hun mond wijdopen. 'Wat een prachtige collectie,' had ze gefluisterd, terwijl ze de gitaar tegen de zijkant van het bureau tegenover het bed opmerkte. Door het zijraam scheen de maan, die reflecteerde in het scherm van zijn computer. 'Misschien wil je later voor me spelen.'

'Later?' had hij gevraagd.

'Daarna,' had ze gefluisterd.

En ze hadden gelachen.

Uiteindelijk had Alex gevraagd of hij een andere keer voor haar mocht spelen, zo had hij nog een troef achter de hand, zei hij, en zou hij ervan verzekerd zijn dat ze weer terug zou komen. Daar hoefde hij niet bang voor te zijn, dacht Charley nu, zachtjes kreunend. 'Ongelooflijk,' fluisterde ze nogmaals, en ze waste haar gezicht, poetste haar tanden en kroop in bed. Onmiddellijk vlijde Bandit zich met zijn warme, kleine hondenlijf in de holte van haar knieën, en ze viel in slaap.

Ze droomde dat ze over een veld met bloemen achter een grote, zwarte paraplu aan rende met Ethan Rohmer op haar hielen, terwijl mannen in matrozenpakken hem langs de kant stonden aan te moedigen. Ze voelde Ethans hete adem in haar nek, zijn handen grepen naar haar haar. Ze viel en zag zijn schaduw dreigend boven zich, terwijl hij haar overeind trok. 'Wat wil je van me?' vroeg ze smekend, toen hij haar in een knalrode shawl begon te wikkelen. Maar opeens was de man Ethan niet meer. Hij was Glen McLaren.

Charley schrok wakker en hapte naar adem. Bandit schoot overeind en likte het zweet van haar gezicht en nek. 'Rustig maar, er is niks aan de hand. Rustig maar, Bandit,' kalmeerde Charley de hond, terwijl ze hem op zijn kop klopte in een poging hen beiden gerust te stellen. Algauw was de droom weer verdwenen, verdampt als ochtenddauw. Ze werd door iets achtervolgd, herinnerde ze zich, maar ze wist niet meer door wat, en een groep matrozen had staan kijken. Iets dergelijks was het. Daarna had Ethan haar gegrepen. Maar het was Ethan niet. 'Het was Glen,' stelde ze hardop vast.

Glen McLaren was financieel betrokken bij een paar nachtclubs in Lauderdale.

Weet ik. En?

Wist je dat een van de mensen die altijd in een van die clubs rondhingen een dealertje was dat Ethan Rohmer heette?

Nou en? Wat betekende dat? Had het eigenlijk wel iets te betekenen?

Charley lag wakker, draaide van haar linker- naar haar rechterzij en ging op haar rug liggen, waarna ze bijna een uur naar de langzaam ronddraaiende ventilator aan het plafond bleef staren en haar hoofd probeerde vrij te maken van alle bewuste gedachten. Uiteindelijk gaf ze de pogingen om in slaap te vallen op en ging, op de voet gevolgd door Bandit, naar de keuken, waar ze een kopje kruidenthee zette. Ze nam de thee mee naar de woonkamer en plofte op de bank. Ze vroeg zich af of Alex ook wakker was, of hij ook moeilijk sliep. Ze zag het boek van haar zus op de salontafel liggen en pakte het op. Ze beleefde dat verdomde verhaal zelf in levenden lijve, dacht ze. Dan kon ze net zo goed gaan lezen wat haar als volgende te doen stond. Trouwens, haar moeder was van het boek in slaap gevallen. Met een beetje geluk zou het op haar hetzelfde effect hebben.

Maar in plaats daarvan bleef Charley de hele nacht lezen. Om zeven uur 's ochtends was ze bij de laatste zinnen.

Tiffany zag hoe Blake wegliep. Zoals altijd werd ze getroffen door zijn vastberaden tred, zijn stevige stappen. Ze vroeg zich af waar zijn zelfverzekerdheid vandaan kwam en of ze ooit in staat zou zijn die zelf te ervaren zonder Blake aan haar zijde, de man die haar bij elke stap begeleidde. Zou hij achteromkijken? vroeg ze zich af, terwijl ze een dappere glimlach tevoorschijn toverde voor het geval hij het deed. Zou hij zich de dagen herinneren waarop ze gelachen hadden, de nachten waarin ze elkaar bemind hadden, de uren, minuten, seconden dat ze hem met elke vezel van haar wezen omhelsd had? Zou hij, zoals zijzelf, gekweld worden door de herinnering aan de liefde waar ze eens in geloofd hadden, maar die zo wreed en achteloos verspeeld werd?

'Remember love,' fluisterde ze, terwijl zijn schaduw door de donkere nacht werd opgeslokt en hij voor altijd uit haar leven verdween. 'Remember love.'

Charley klapte het boek dicht en veegde een traan weg. 'Alsjeblieft zeg. Je gaat toch niet huilen? Je gaat me toch niet vertellen dat die belachelijke onzin je echt iets doet? Wat is er met je aan de hand?'

'Mama?' Franny stond in de deuropening. Ze droeg een lila nachtponnetje met kleine roze lintjes, en door de slaap zat haar haar in een aandoenlijke wirwar van knopen. 'Is oma er nog?'

'Nee, schat. Ze is gisteravond naar huis gegaan.'

'Tegen wie zit je dan te praten?'

'Tegen mezelf.'

Franny ging naast haar moeder op de bank zitten. Bandit sprong onmiddellijk op haar schoot. 'Waarover?'

'Het boek van tante Anne.' Ze gooide het op het kussen naast haar.

'Is het goed?'

'Beloof je dat je het nooit aan iemand verklapt?'

Franny knikte ernstig.

'Ik vond het mooi.'

'Nou, dat is toch fijn?'

'Ik weet het niet zeker.'

Franny knikte, alsof ze het begreep. 'Oma zegt dat tante Anne en tante Emily binnenkort op bezoek komen.'

'Dat klopt.'

'Mag ik hen dan ook zien?'

'Natuurlijk. We gaan met z'n allen eten.'

'Gaat oma dan die lekkere kip maken?'

'Daar heb ik nog niet aan gedacht. We kunnen het aan haar vragen.'

'Ik vind dat je tante Anne moet vertellen dat je haar boek mooi vond.'

'Vind je?'

'Jij vindt het toch ook fijn als mensen iets aardigs over je columns zeggen.'

'Je hebt gelijk. Hoe komt het eigenlijk dat je zo slim bent?'

'Elise zegt dat ik op papa lijk,' antwoordde Franny ernstig.

'O ja,' zei Charley verveeld. 'Wat zegt ze nog meer?'

'Dat ze me mooi vindt.'

'Daar heeft ze gelijk in.'

'En dat je het goed gedaan hebt met mij.'

'Heeft ze dat gezegd?' Charley was niet in staat de verbazing in haar stem te verbergen.

'Ik hoorde haar met een van haar vriendinnen bellen. Ze zei dat je het goed gedaan hebt met mij en James, dat ze hoopt dat zij het er met Daniel net zo goed van afbrengt.'

Opnieuw schoten Charleys ogen vol tranen.

'Huil je?'

Snel veegde Charley met de achterkant van haar hand haar tranen weg. 'Ik ben gewoon moe.'

'Ik ga wel even huppekee doen met Bandit,' bood Franny aan.

'Bedankt, schat. Dat vind ik lief van je.'

Franny sloeg haar armen om haar moeders hals en gaf haar een zoen op haar wang. 'Ik hou van je.'

'Ik hou ook van jou.'

Remember love, dacht Charley, en ze glimlachte, of ze wilde of niet.

'Met het huis van mevrouw Webb,' kondigde de huishoudster aan.

'Kan ik Anne alstublieft spreken? Ik ben haar zus, Charley,' voegde ze er snel aan toe, terwijl ze een blik op de klok naast haar computer in haar kantoor van *Palm Beach Post* sloeg en zag dat het nog geen halftien was. Was Anne zo vroeg op? Werkte ze 's ochtends? Zou ze haar storen? Was haar zus eigenlijk wel thuis of was ze al op tournee? Charley besefte hoe weinig ze eigenlijk van het leven van haar zus wist.

'Charlotte?' vroeg Anne een paar tellen later. 'Alles goed?'

Waarom was dat altijd de eerste vraag die ze elkaar stelden, alsof je alleen belde als er iets aan de hand was. 'Ja, alles goed. Ik heb je boek gelezen.'

'Echt?'

'Ik vond het mooi. Ik ben de hele nacht opgebleven. Kon niet stoppen.'

'Het klinkt alsof het je verrast,' merkte Anne op.

'Nee, dat niet. Of misschien ook eigenlijk wel. Aangenaam verrast.'

'Dat is fijn.'

'Hoe gaat het met de kinderen?' vroeg Charley.

'Goed. Heeft Emily je verteld dat ik ermee akkoord ga dat A.J. de voogdij krijgt?

'Vind je dat wel verstandig?'

'Dat weten we pas over twintig jaar, als ze hun autobiografie schrijven.'

'Weet je het echt zeker, Anne? Je hebt me verteld dat A.J. de kinderen alleen maar als chantagemiddel gebruikte om meer alimentatie te krijgen.'

'Ja, maar dat is anders gelopen dan hij gehoopt had.'

'Ik denk echt dat je er nog eens goed over moet nadenken…'

'En ik denk echt dat jij je niet met mijn zaken moet bemoeien.'

'Sinds wanneer gaan jouw zaken mij niet aan?'

'Al heel lang niet meer,' bracht Anne haar in herinnering.

'We blijven zussen,' bracht Charley Anne op haar beurt in herinnering.

'Bespaar me dat emotionele gedoe. Dat is niks voor jou, Charley. Wat is er aan de hand?'

'Er is niks aan de hand. Ik wil gewoon niet dat je iets doet waar je later spijt van krijgt. Zoals Tiffany in *Remember Love*,' voegde ze er met haar ogen draaiend aan toe. Had ze zojuist werkelijk het boek van haar zus als referentiepunt gebruikt?

Anne lachte, alsof ze Charleys gedachten kon lezen. 'Luister, je hoeft je niet ongerust te maken. A.J. is een geweldige vader. Hij kan veel beter met de kinderen overweg dan ik. Hij zal goed voor ze zorgen.'

'Zoals papa voor ons zorgde?'

'Papa hééft voor ons gezorgd, Charley. Hij was misschien niet de warmste persoon ter wereld…'

'Warm?' onderbrak Charley haar. 'Hij was nog niet eens lauw!'

'Hij heeft zijn best gedaan.'

'Hij heeft het minimale gedaan.'

'Je hebt hem nauwelijks de kans gegeven.'

'Ik heb hem alle kans van de wereld gegeven. Ik ben niet degene die het contact heeft verbroken.'

'Hij voelde zich verraden, Charley.'

'Hoezo verraden? Omdat ik toestemde mama na twintig jaar weer te zien?'

'Je ziet haar nog steeds.'

'Ja, waarom niet? Waarom zou ik partij moeten kiezen?' vroeg Charley.

'Omdat het zo nu eenmaal gaat.'

'Dat hoeft niet.'

'Je liet hem geen enkele keus.'

'Dat is belachelijk. We hebben allemaal een keus.'

'Inderdaad. Jij hebt jouw keus gemaakt. Hij de zijne. En ik die van mij. Zullen we het daarbij houden?'

'Kun je alsjeblieft nog iets langer nadenken voor je een definitieve beslissing neemt?'

'Geloof me, ik heb er heel goed over nagedacht. Ik verlaat mijn kinderen niet, Charley. Ik vlucht niet naar Australië,' zei ze scherp. Twintig jaar verdriet vulde de afstand tussen hen.

'Oké,' gaf Charley zich gewonnen.

'Maak je alsjeblieft geen zorgen om mij. Het gaat allemaal geweldig. Mijn boeken vliegen als warme broodjes over de toonbank. Ik heb een miljoenendeal getekend voor drie volgende romans. Mijn tournee is een daverend succes. Vorige week kwamen er in Kansas City vierhonderd mensen opdagen. Dat is echt ongelooflijk.'

Ongelooflijk, herhaalde Charley, terwijl ze Alex in een hoekje van haar gedachten zag glimlachen.

'En maandag waren er in Atlanta bijna net zoveel mensen. Morgen ga ik naar Denver, daarna naar Los Angeles en San Francisco.'

'Wanneer ben je in Florida?'

'Waarschijnlijk ben ik zaterdag over een week in Palm Beach, volgens mij is dat 3 maart. Die middag moet ik waarschijnlijk ook signeren en mijn uitgever probeert zondag te reserveren voor het interview met *People*. En als je nu vraagt "welk interview met *People*?" doe ik je wat.'

Charley noteerde de data. 'Goed, zullen we dan zaterdagavond een etentje plannen?'

Stilte.

'Anne? Zaterdagavond met z'n allen eten bij mij thuis?'

'Oké,' antwoordde Anne kortaf. 'Ik bel je volgende week.'

'Doe voorzichtig,' zei Charley.

'Jij ook.'

Charley wachtte tot haar zus de verbinding verbrak. Ze staarde een paar minuten naar de foto van haar kinderen op haar computerscherm en probeerde zich voor te stellen hoe het zou zijn hen uit vrije wil af te staan. Onmogelijk, concludeerde ze.

Haar vingers drukten op de daarvoor bestemde toetsen en onmiddellijk verscheen er een lege pagina op het scherm. 'WEBB SITE', typte ze boven aan de pagina, en ze scrolde naar beneden om met de eerste alinea te beginnen. *De laatste tijd heb ik veel over gezinnen nagedacht,* begon ze. *Over mijn eigen gezin. Over dat van an-*

deren. En ik ben tot de conclusie gekomen dat het wonderlijke fenome-
nen zijn. Sterke patchwork dekens, bijeengehouden door ragfijn, teer
draad. Het kleinste scheurtje kan maken dat de deken gaat rafelen en
uit elkaar valt. Toch zijn sommige dekens sterk genoeg om dergelijke
scheurtjes meerdere generaties te overleven. Waarom de ene wel en de
andere niet?

Ze stopte. Drukte op delete. Te hoogdravend, vond ze. De woorden verdwenen ogenblikkelijk. Ze begon opnieuw. *De laatste tijd*
heb ik veel over gezinnen nagedacht. Zoals trouwe lezers van deze co-
lumn weten heeft mijn moeder mij en mijn broertje en zusjes verlaten
toen we klein waren. Mijn zus denkt er nu over haar kinderen hetzelf-
de aan te doen. Traditie! *hoor ik Tevye vanaf zijn dak brullen.* Delete.
Te veroordelend.

De laatste tijd heb ik veel over gezinnen nagedacht. De afgelopen
weken heb ik Jill Rohmer meermalen gesproken over het gezin waar zij
uit voortkomt. Jill werd lichamelijk mishandeld door haar vader, seksu-
eel misbruikt door haar broer en emotioneel in de steek gelaten door
haar moeder. Momenteel wacht ze op haar terechtstelling na de weer-
zinwekkende lustmoorden op drie onschuldige kinderen. Verbaast het
ons?

Delete. Te akelig. Wat hield haar nog meer bezig?

Gisteravond eindelijk weer eens geneukt. Hoera!

'Problemen?' vroeg Mitch Johnson vanaf de deuropening van
haar kantoor.

Charley drukte ogenblikkelijk op de deleteknop en draaide zich
om. 'Mitch. Ik had niet in de gaten dat je daar stond.'

'Dacht eens even te kijken hoe het met mijn sterreporter is. Ik
heb haar de laatste tijd nauwelijks gezien hier.'

'Ik kwam af en toe even binnenvliegen.'

'Kreeg de indruk dat je meer aan het uitvliegen was. Wat is Jill
Rohmer eigenlijk voor een vrouw? Is ze net zo sexy als op de foto?'

'Vind je Jill Rohmer sexy?' Charley wist niet of ze nieuwsgierig
of geschokt was.

'Op een perverse, ziekelijke manier.' Mitch glimlachte. 'Vind jij
niet?'

'Nee, absoluut niet.'

'Jammer, zeg. Spannend beeld, jullie twee samen.'

'Ik moet weer aan het werk,' zei Charley geïrriteerd.

'Waar hebben jij en de kindermoordenaar het eigenlijk over?'

'Je zult nog even geduld moeten hebben, dan kun je het boek lezen.'

'Alleen als ik een gratis exemplaar krijg.'

Charley draaide zich om naar haar computer.

'Je column voor zondag moet om vier uur op mijn bureau liggen,' hoorde ze Mitch zeggen toen hij de kamer uit liep.

'Eikel,' mompelde ze toen hij weg was.

Ik ben mijn zus een excuus schuldig, begon ze te typen. *Ze heeft zes bestsellers geschreven en tot gisteravond had ik er nog geen een gelezen.*

De telefoon ging. 'Charley Webb,' zei ze gedachteloos, terwijl ze haar volgende zin probeerde te formuleren.

'Met Gary Gojovic,' zei de stem. 'Ik begrijp dat u hebt geprobeerd me te bereiken.'

'Ja, hallo, meneer Gojovic. Fijn dat u terugbelt.'

'Ken ik u?'

'Ik denk het niet. Ik ben journalist bij de *Palm Beach Post.*' De verbinding werd verbroken. 'Hallo? Meneer Gojovic? Hallo?' Charley hing op, checkte zijn telefoonnummer in haar adresboek en belde zijn kantoor.

'Hartley and Sons, loodgieters- en installatiebedrijf,' kondigde de receptioniste aan.

'Gary Gojovic, alstublieft.'

'Een ogenblikje. Ik verbind u door.'

'Gary Gojovic,' zei de stem een paar tellen later.

'Met Charley Webb. Niet ophangen, alstublieft.' Opnieuw werd de verbinding verbroken. 'Verdomme.' Ze drukte op nummerherhaling.

'Hartley and Sons, loodgieters- en installatiebedrijf,' kwam de nu bekende stem.

'Ik wil een nieuwe douche laten installeren,' improviseerde Charley. 'Een vriendin raadde me Gary Gojovic aan.'

'Ja, Gary is onze topinstallateur. Hebt u iets speciaals in gedachten?'

'Ik wil graag een heel nieuwe look.'

'Dat is altijd spannend. Waar woont u?'

Charley gaf de vrouw haar adres.

'Ik kan zorgen dat Gary morgenochtend tussen tien en twaalf bij u op de stoep staat, als dat u schikt.'

'Prima.'

'Mag ik uw naam?'

Charley wist opeens niets meer te zeggen. Ze staarde naar haar computerscherm. *Ik ben mijn zus een excuus schuldig. Ze heeft zes bestsellers geschreven en tot gisteravond had ik er nog geen een gelezen.*

'Tiffany,' hoorde Charley zichzelf zeggen, de naam van haar zusters laatste heldin gebruikend. 'Tiffany Lang.'

24

'Mevrouw Lang?' vroeg de jongeman glimlachend toen hij haar zag. Hij was ongeveer dertig, klein en enigszins gedrongen. Hij had gemillimeterd blond haar en lichtgroene ogen en als hij glimlachte gingen zijn mondhoeken omlaag in plaats van omhoog. 'Gary Gojovic, van Hartley and Sons.'

Charley stapte uit de deuropening om hem binnen te laten en Bandit kwam aansnellen om hem te begroeten. 'Sorry voor mijn hond,' zei ze, verbaasd door haar onopzettelijke gebruik van het bezittelijk voornaamwoord. 'Hij denkt dat iedereen voor hém komt.'

Gary boog zich voorover om Bandit achter zijn oren te aaien, waarbij het stapeltje folders dat hij in zijn hand hield op de grond gleed. Bandit kwispelde zo enthousiast, dat zijn hele lijfje schudde. 'Rustig maar, jongen. Je valt nog om als je niet uitkijkt. Wat is het voor een hond?'

'Volgens mij is het een mix. Je houdt van honden, zo te zien.' Charley drukte op de knop van het taperecordertje dat in de zak van haar korte spijkerbroek zat, terwijl ze haar gewicht van haar ene blote been naar het andere overbracht. Om een gesprek op gang te brengen gaat er niets boven een hondje en een beetje bloot, hoopte ze, heimelijk het decolleté van haar laag uitgesneden, witte T-shirt controlerend. Niet al te veel, maar voldoende om het testosteron te bevorderen en de tong los te maken.

'Ja, ik ben dol op honden. Ik heb er drie.'

'Drie? Goeie genade.' *Goeie genade?* herhaalde Charley in stilte. Misschien was ze echt Tiffany Lang. 'Wat zijn het voor honden?'

'Dobermannpinchers.'

'Zo!' Automatisch deed Charley een paar passen naar achteren.

'Dobermanns zijn geweldige honden. Je moet die onzin die je

over ze leest niet geloven. Als je goed voor ze bent, zijn ze ook goed voor jou.'

'Net als mensen.'

'Precies.' Gary raapte zijn folders van de grond op en ging weer rechtop staan. Charley schatte hem op hooguit één meter vijfenzeventig. 'Sorry dat ik zo laat ben. Ik kon de weg niet goed vinden.'

'Ja, het is inderdaad lastig.' Charley probeerde zich Gary naast Jill voor te stellen. Ze pasten goed bij elkaar, vond ze, en terwijl ze de vorm van zijn schouders en de stand van zijn heupen bestudeerde, ontstond vanzelf het beeld van Jill om hem heen.

'Ik was te vroeg afgeslagen. Uiteindelijk moest ik een rondje om het Convention Center rijden.'

'Dat gebeurt iedereen. Wil je koffie?'

'Nee, dank je. Ik heb al genoeg koffie gehad.'

'Wat sinaasappelsap?'

Gary schudde zijn hoofd en wierp een blik op de achterzijde van het huis. 'Je wilt dus een nieuwe douche laten plaatsen?'

'Ik ben erover aan het denken.' Charley ging hem voor naar de badkamer die aan haar slaapkamer grensde, waarbij ze extra, maar niet overdreven met haar heupen wiegde en Bandit voor hen uitrende. Ze leidde Gary langs haar fris opgemaakte bed de witte badkamer in.

'Niet al te veel ruimte hier,' zei hij, terwijl zijn ogen van het plafond naar de vloer en van het raam naar de spiegel boven de wastafel schoten. 'Dat beperkt je mogelijkheden.' Hij bestudeerde de bad-douchecombinatie, trok het witte plastic douchegordijn opzij, ging op de rand van het bad zitten en liet zijn stompe vingertoppen over de vierkante witte tegels op de muur naast de douche glijden. 'Heb je problemen gehad met die tegels?'

'Niet dat ik weet. Hoezo?'

'Het zijn geen echte badkamertegels. Ze absorberen het vocht. Het verbaast me dat ze nog niet van de muur gevallen zijn.' Hij klopte ertegen alsof hij wilde illustreren waar hij het over had. 'Hoor je dat?'

Charley leunde naar voren. 'Het klinkt een beetje hol.'

'Kan een behoorlijk probleem worden. Geldt ook voor de vloertegels.' Hij bonkte met de hak van zijn zwarte laars op de vloer.

'Dat meen je niet.' Waren de tegels van de vloer en de douche niet goed? Konden ze ieder moment losraken? Moest ze haar badkamer opnieuw laten betegelen?

'Allereerst raad ik je aan om alle tegels te vervangen. Vervolgens zou ik een douchedeur nemen in plaats van een gordijn. Zo'n douchedeur houdt het water gewoon veel beter tegen. We hebben diverse modellen die heel makkelijk op het bad gemonteerd kunnen worden. Ik kan je er een paar laten zien die hier volgens mij goed zouden passen.' Hij tikte op de foldertjes op zijn schoot. 'Je zou ook eens aan een grotere douchekop kunnen denken. Tenzij je natuurlijk het hele zooitje met bad en al wilt vervangen. Maar ik denk niet dat dat nodig is. Het bad ziet er goed uit, en zoals ik al zei, je mogelijkheden zijn beperkt met zo weinig ruimte.'

'Over hoeveel praten we?'

'Tja, dat hangt ervan af wat je wilt. De prijs voor een douchedeur varieert van iets onder de vijfhonderd dollar tot meer dan tweeduizend.'

'Tweeduizend dollar voor een douchedeur?'

'Maar dan heb je ook wat. En het is inclusief arbeidsloon.'

'Mag ik die folders eens zien?'

'Natuurlijk.' Hij reikte ze Charley aan.

Ze bladerde de eerste folder door en vroeg zich af hoe ze het gesprek op een subtiele manier van badkamersanitair op kindermoordenaars kon brengen. 'Weet je, ik heb ontzettende trek in koffie.' Ze liep de badkamer uit voordat Gary Gojovic kon reageren. 'Weet je zeker dat je echt niet wilt?' vroeg ze, terwijl ze de keuken in liep en de folders op tafel neerlegde. Ze schonk zichzelf de koffie in die ze kort voor Gary's komst gezet had.

'Een halfje dan. Melk, geen suiker.' Hij ging aan de keukentafel zitten en wees naar James' schilderij van de alligator en de slang die op de deur van de koelkast was geplakt. 'Wie is de kunstenaar?'

'Mijn zoon James. Hij is vijf.' Charley gaf Gary zijn koffie aan, waarbij haar vingers de zijne raakten. 'Ik heb ook een dochter van acht.'

'Ga weg! Je ziet er veel te jong uit om een dochter van acht te hebben.' Gary glimlachte verlegen, alsof hij wist dat hij het niet al te bont moest maken.

'Bedankt. Dat vind ik een compliment.'

Zijn lach werd brutaler. 'Zo was het ook bedoeld.'

'En jij?' Charley nam een slok koffie, waarbij de stoom het rijke aroma tot diep in haar neus bracht. 'Heb jij kinderen?'

'Nee, tenzij je mijn dobermanns als kinderen beschouwt.'

'Een vrouw?'

'Nee. Nooit getrouwd.'

'Interessant. Ik ook niet.'

Gary keek verbaasd. 'Dat kan ik bijna niet geloven.'

'Waarom niet?' Charley leunde naar voren om een schaal met zandkoekjes voor Gary op tafel te zetten en ze voelde zijn blik naar haar decolleté gaan.

'Nou, je ziet er fantastisch uit.' Hij zweeg en sloeg zijn ogen naar haar op. 'Maar dat weet je wel, hè?'

Waar was ze mee bezig? Het was niet de eerste keer dat ze met een man flirtte om informatie los te krijgen, maar het was wel de eerste keer dat ze zich er schuldig over voelde.

Gary stak een koekje in zijn mond. 'Zandkoekjes. Mijn lievelingskoekjes. Hoe wist je dat?'

Charley ging zitten, haalde het taperecordertje uit haar zak en zette het midden op tafel tussen hen in. Het was tijd om een eind aan deze schertsvertoning te maken. 'Dat zandkoekjes je lievelingskoekjes zijn weet ik omdat Jill Rohmer me dat verteld heeft.'

Het koekje viel uit Gary's hand. 'Wat krijgen we verdomme nou?' Hij sprong van zijn stoel, alsof hij een elektrische schok had gekregen. De koffie klotste over de rand van zijn kopje en liep over zijn hand. Bandit begon te blaffen.

'Ga alsjeblieft zitten, Gary. Ik wil alleen maar even met je praten.'

'Wat is dit allemaal? Wie ben je in godsnaam?'

'Ik ben Charley Webb. We hebben elkaar gisteren aan de telefoon gehad.'

Gary's ogen vernauwden zich tot spleetjes. 'Die journalist van de *Palm Beach Post*?'

'Ik wil je spreken over Jill Rohmer.'

'Ik ga ervandoor.' Gary knalde het kopje op tafel en beende de keuken uit, terwijl hij zijn eigen stem op tape hoorde herhalen: *Nou, je ziet er fantastisch uit. Maar dat weet je wel, hè?* Hij bleef staan, liep terug en keek Charley beschuldigend aan. 'Wat ben je eigenlijk van plan? Ga je mijn baas inlichten, zodat ik ontslagen word? Is dat je bedoeling?'

Was dat zo? Zou ze zoiets werkelijk kunnen doen? Zou ze er zelfs mee kunnen dreigen? 'Ik heb alleen maar een paar vragen.'

'Ik heb mijn antwoorden in de rechtszaal al gegeven. De zaak is gesloten. Ik heb niks meer te zeggen.'

'Ik ben een boek over Jill aan het schrijven,' legde Charley uit, 'en ik probeer alle kanten van het verhaal te belichten, ook jouw kant.'

Gary schudde zijn hoofd. 'Jullie vormen een geweldig team samen.'

Charley probeerde zich niets van zijn opmerking aan te trekken. 'Ga alsjeblieft zitten, Gary. Ik heb je hulp echt nodig.'

Hij keek naar de grond. 'Heb ik een keus?'

Charley stak haar hand uit, drukte op een knop van het taperecordertje, wiste hun gesprek en wachtte.

Gary bleef een paar seconden onbeweeglijk staan, zijn armen langs zijn zij, zijn handen tot knuisten gebald. Toen liep hij de keuken uit.

'Verdomme,' mompelde Charley, zich op het geluid van de dichtklappende deur voorbereidend.

De klap bleef uit.

'Wat wil je weten?' vroeg hij, toen hij een paar tellen later weer de keuken in kwam lopen.

Charley slaakte een diepe zucht van opluchting. 'Heel erg bedankt.'

'Bespaar me je bedankjes. Schenk me liever nog een kop koffie in.' Hij liet zich op de houten stoel zakken. 'En maak het kort. Ik heb nog een drukke middag voor de boeg.'

Charley stond op, schonk een nieuwe kop koffie in en deed er melk bij. 'Heb je bezwaar…?' Ze wees naar de taperecorder.

'Integendeel. Ik sta erop. We hoeven natuurlijk geen test meer te doen,' voegde hij eraan toe.

'Sorry, het spijt me van daarnet.'

'Dat zal wel, ja.' Hij griste een koekje van de schaal en propte het in zijn mond. 'Heerlijke koekjes, trouwens.'

'Je naam is Gary Gojovic?' stak Charley van wal. 'Spreek ik het goed uit?'

'Gojovic,' herhaalde hij. 'Je zegt het goed.'

'Wat is het voor een naam?'

'Slavisch. Mijn grootouders komen uit de Oekraïne.'

'Maar je bent in de Verenigde Staten geboren?'

'Tweede generatie Oekraïner in Florida.'

'Dat hoor je niet vaak.'

'Klopt. Maar wat heeft dit met Jill te maken?'

'Ik probeer gewoon wat aanvullende informatie te verzamelen. Hoe oud ben je, Gary?'

'Negenentwintig.'

'Hoe lang werk je al bij Hartley and Sons?'

'Bijna drie jaar.'

'Is het bedrijf in Juno Beach?'

'Ja.'

'En daarvoor?'

'Daarvoor werkte ik bij Jennings Hardware in Dania.'

'Woon je daar?'

'Vroeger wel. Nu woon ik in Jupiter.'

'Maar je hebt Jill Rohmer in Dania ontmoet?'

'Ik heb haar ontmoet toen ze in de winkel kwam om een brood-rooster te kopen.'

'Vertel eens wat over haar.'

Hij haalde zijn schouders op. 'Wat kan ik vertellen? Ik vond haar leuk. We raakten aan de praat. Ik vroeg of ik haar een keer mocht bellen. Ze zei dat ze mij zou bellen.'

'Interessant.'

'Je kunt veel van Jill zeggen, maar ze is zeker interessant.'

'Hoe oud was je toen?'

'Vier…vijfentwintig, misschien.'

'En Jill was zeventien?'

'Ik dácht dat ze achttien was.'

'Kregen jullie iets met elkaar?'

'Zoiets.'

'Hoe bedoel je?'

'Wat wil je dat ik zeg?'

'Ik wil gewoon dat je me over je relatie met Jill vertelt. Zo gede-tailleerd mogelijk, als je het niet vervelend vindt.'

'Ik vind dit hele gedoe vervelend.'

'Ik weet dat het niet makkelijk is.'

'Je weet helemaal niets.' Gary nam een hap van een koekje, waarbij er wat poedersuiker op zijn kin viel, het waren net sneeuwvlokjes. 'Heb je enig idee hoe het is om erachter te komen dat degene met wie je overwoog te trouwen een maniakale moordenaar blijkt te zijn? Dat de vrouw van wie je dacht dat ze misschien ooit de moeder van je kinderen zou worden drie kleine hummels vermoordt? Ik bedoel, dat zegt toch ook iets over mij?'

'Ja, dat je erin getuind bent.'

'Dat ik dom ben klopt,' zei hij. 'Dat heb jij vanochtend wel bewezen.'

'Iedereen kan zich vergissen, Gary.'

'O ja? Op hoeveel psychopaten ben jij verliefd geworden?'

'Was je verliefd op Jill?' vroeg Charley, zijn vraag met een wedervraag beantwoordend.

Gary leunde achterover in zijn stoel en keek naar de achtertuin. 'Ik denk het wel.'

'Vertel eens wat meer over haar.'

Hij snoof, het was een half lachend, half verachtelijk geluid. 'Wat kan ik nog over Jill zeggen? Alles is al gezegd.' Hij glimlachte ondanks zichzelf. 'Ze was onschuldig en tegelijkertijd ondeugend. Het ene moment een en al zachtheid, het volgende moment zo hard als steen. Satijn en staal. En verdomd leuk om te zien. Ze zag er schattig uit. Wat zeggen ze ook al weer: een dame op straat, een hoer in bed?'

'Was Jill een hoer in bed?'

Gary's glimlach verbreedde zich. 'Er was niets wat ze niet wilde proberen.'

'Oké. We lopen een beetje op de zaken vooruit. Kunnen we teruggaan naar jullie eerste afspraakje?'

'Dat was ons eerste afspraakje,' antwoordde Gary lachend.

'Ging ze de eerste keer dat jullie afspraken met je naar bed?'

'Ik hoefde haar niet eens eerst mee uit eten te nemen. Toen ik die middag klaar was met mijn werk stond ze op me te wachten. Ik liep naar de parkeerplaats en daar stond ze naast mijn auto. Ik vroeg hoe ze wist dat die van mij was, en ze antwoordde dat ze me al een paar weken in de gaten had gehouden. Even later hadden we seks op de achterbank. Het ging er behoorlijk heftig aan toe.'

'Ga verder.'

'Daarna zagen we elkaar regelmatig. Twee, drie keer per week. Ik had natuurlijk ook nog andere vriendinnetjes. Dat wil zeggen in het begin. Tot Jill erachter kwam.'

'Vroeg ze je daarmee te stoppen?'

'Nee, dat niet. Ze pakte het probleem aan bij de bron. Sloeg een van die meisjes in elkaar. Brak haar neus.'

'Hoe heet dat meisje?'

'Susan. Susan Nicholson. Volgens mij woont ze nog steeds in Dania.'

'En die andere meisjes?'

'Er was er nog één. Christine Dunlap. Jill heeft een kousenband-slang in het zwembad van haar ouders gestopt.'

'Wat?'

'Natuurlijk heeft niemand het ooit kunnen bewijzen, en Jill heeft het altijd ontkend,' vervolgde Gary. 'Maar ik wist het. Iedereen wist het.'

'Wonen de Dunlaps nog in Dania?'

'Natuurlijk niet. Drie maanden later verkochten ze hun huis. Ze zijn geloof ik naar Tampa verhuisd.'

'Wat vond jij er eigenlijk van?'

'Dat is nu juist het afschuwelijke van alles. Eerlijk gezegd was ik… gevleid. Snap jij dat nou? Sukkel die ik was! Ik dacht dat het een bewijs van haar liefde was. Zo zie je maar wat een goede pijp-beurt met je kan doen. Wat dat betreft begrijp ik Bill Clinton maar al te goed.'

Vind jij dat soort dingen leuk? hoorde Charley Jill plotseling in gedachten vragen. 'Die andere meisjes zag je dus niet meer?' vroeg ze.

'Ik had niet veel keus.'

'En Jill werd je vriendin.'

'Vanaf toen zag ik haar bijna elke avond.'

'Hoe lang heeft dat geduurd?'

'Een jaar ongeveer.'

'Wat deden jullie zoal, behalve seks hebben?'

'We gingen naar de film, dansen, iets drinken. De gewone dingen.'

'Had Jill veel vrienden?'

Gary schudde zijn hoofd. 'Niet zoveel. Haar zus was volgens mij haar beste vriendin.'

'Heb je haar broer ooit ontmoet?'

'Ethan? Wat een eikel. Ik bleef zo ver mogelijk bij hem uit de buurt.'

'Had Jill het wel eens over hem?'

'Ze zei dat hij haar als kind lastigviel.'

'En wat heeft ze over haar vader verteld?'

'Dat hij haar altijd sloeg en dat hij haar hond heeft doodgeschoten. Ze moest daar ontzettend om huilen. Daarom was ik zo geschokt toen ik zag wat ze met die zwerfkat deed.'

'Wat deed ze met die kat?'

'Ze had hem vast. Hij probeerde te ontsnappen. Eerst dacht ik nog dat ze hem kietelde of zo. Maar toen begon hij van die afschuwelijke geluiden te maken, het was meer krijsen dan gillen. Ik ging naar haar toe en zei dat ze hem los moest laten. Pas toen zag ik dat ze dat beest aan het steken was met een zakmes. Ik trok hem uit haar armen. Hij vloog er als een speer vandoor.'

'Wat deed Jill?'

Gary haalde zijn schouders op. 'Ze lachte. Zei dat ze nooit van katten gehouden had. Ik zweer je dat ze dat zei. Ze had nooit van katten gehouden.'

'Wat dat het eind van je relatie met haar?'

'Zo ongeveer wel. We zagen elkaar nog af en toe. Ik ben er niet trots op, maar het is gewoon moeilijk om een punt achter een relatie te zetten als de seks zo goed is. Maar het werd nooit meer hetzelfde. In die tijd begon ze met babysitten, het was bijna elk weekend raak. Ik had het vermoeden dat ze iemand anders had.'

'Enig idee wie dat was?'

'Nee, geen idee. Maar ik denk niet dat het een jongen uit de buurt was. Anders had ik er wel iets over gehoord.'

'Wanneer heb je Jill voor het laatst gezien?'

'Op de rechtszitting. Zijn we nu klaar?'

Charley leunde voorover en schakelde de taperecorder uit. 'Mag ik je bellen als me nog meer vragen te binnen schieten?'

Gary schoof de folders over tafel naar haar toe. 'Alleen als het over douchedeuren en badkamertegels gaat.' Hij propte nog een koekje in zijn mond en liep de kamer uit.

De bloemen, een prachtig boeket van roze rozen en witte margrieten, werden precies om twaalf uur 's middags bezorgd. *Ben je vrij morgenavond?* stond er op het kaartje. Ondertekend, *Alex.*

'Wat had je in gedachten?' vroeg Charley, de telefoon tussen haar schouder en oor balancerend, terwijl ze een grote vaas met water vulde.

'Wat vind je van een etentje bij Taboo?'

'Klinkt goed. De kinderen zijn dit weekend bij hun vaders, je kunt dus als je wilt je tandenborstel meenemen.'

'Reken daar maar op,' zei Alex onmiddellijk.

'De bloemen zijn buitengewoon.'

'Gisternacht was buitengewoon.'

Charley voelde dat ze bloosde. 'Het was inderdaad fantastisch,' beaamde ze.

'Hoe laat ben je morgen thuis van je bezoek aan Jill?'

'Rond vijf uur. Fijn dat je een extra bezoek voor me geregeld hebt, bedankt.'

'Geen dank. Zal ik je om halfacht oppikken?'

'Lijkt me prima.'

'Tot morgenavond.'

'Dag.' Charley schikte de bloemen in de vaas en bracht ze naar de woonkamer. Pas toen ze haar spiegelbeeld in het raam van de kamer zag besefte ze dat ze glimlachte, van oor tot oor.

25

Fronsend kwam Jill de verhoorkamer binnen. 'Je bent te laat.'

'Het verkeer zat tegen.' Charley wierp een blik op de stapel papieren in Jills hand. 'Wegwerkzaamheden waar ik niet op gerekend had.'

'Je had eerder van huis moeten gaan.'

'Ik kom niet vanuit huis. Zijn die papieren voor mij?'

Jill hield de gekreukte blaadjes stevig vast. 'Misschien.' Met een verongelijkt pruilmondje ging ze op de stoel tegenover Charley zitten, duidelijk niet van plan haar te vergeven dat ze tien minuten te laat was.

'Het spijt me, Jill. Het zal niet weer gebeuren.'

Jills ogen schoten vol tranen, een paar rolden er over haar wangen. 'Ik dacht dat je misschien niet zou komen, dat je ergens kwaad over was.'

'Waar zou ik kwaad over moeten zijn?'

'Ik weet het niet. Waar was je eigenlijk?'

'In Dania.'

Jill zette grote ogen op. 'Ben je teruggegaan om met Pam te praten?'

'Nee. Ik ging erheen om Susan Nicholson te ontmoeten.'

'Wie?'

'Zegt die naam je niets?'

'Moet dat dan?'

'Je hebt naar het schijnt een paar jaar geleden haar neus gebroken.'

Langzaam verscheen er een lachje om Jills mond. De tranen verdwenen uit haar ogen. 'Susan Nicholson. Goh, ik was haar helemaal vergeten.'

'Zij is jou niet vergeten.'

'Dat zal wel niet. Hoe ziet haar neus er tegenwoordig uit?'

'Alsof iemand hem op drie plaatsen gebroken heeft.'

'Nou, het was haar verdiende loon. Moet ze maar niet met het vriendje van een ander rotzooien.'

'Ik heb begrepen dat het precies andersom was.'

'O ja? Heb je Gary soms ook gesproken?'

Charley knikte.

'Hij heeft je dus over Susan verteld. Wat zei hij nog meer?'

'Hij zegt dat je een giftige slang in het zwembad van Christine Dunlap gestopt hebt.'

Ongeduldig wuifde Jill de beschuldiging weg. 'Hij kletst maar wat. Dat heb ik helemaal niet gedaan. Ik bedoel, in Florida zijn er gewoon slangen. Soms komt er een in een zwembad terecht. Ik had er niks mee te maken. Stomme eikel.' Ze sloeg met de papieren die ze in haar hand had tegen de tafel. 'Ik snap niet wat ik ooit in die gast gezien heb.'

'Hij zegt dat hij heeft gezien dat je een katje martelde.'

'Ja, daar had hij het in de getuigenbank ook over.'

'Is het waar?'

'Dat stomme beest krabde me. Ik wilde dat hij van me afging.'

'Door hem te steken?'

'Dat werkte toch? Hij ging er als een razende vandoor.'

Charley wees naar de stapel papieren in Jills hand. 'Wat is dat?'

'Ik heb het een en ander opgeschreven.'

'Wat veel.'

'Zestig bladzijden. Heb ik gisteren geschreven.'

'Heb je in één dag zestig bladzijden geschreven?'

'Er is hier niet veel anders te doen.' Ze legde de blaadjes op tafel en schoof ze naar Charley.

Charley streek de randen glad en bladerde er vluchtig doorheen. De blaadjes waren volgekrabbeld met Jills slordige handschrift.

'Het is zo'n beetje alles wat ik me van mijn jeugd kan herinneren. Dingen die ik leuk vond, dingen die ik niet leuk vond. Mijn favoriete acteurs, popsterren, fotomodellen en tv-programma's. Ik heb zelfs een beoordeling gegeven. Je kent het wel: duim omhoog, duim omlaag. Dat was leuk.'

Charley pakte haar taperecorder uit haar tas en stopte de blaadjes er voorzichtig in. 'Ik zal ze later lezen.'

'Er staan ook heel veel andere dingen in. Over wat er hier allemaal gebeurt.'

'Ken je een jongen die Glen McLaren heet?' vroeg Charley, zich de eventuele link tussen Glen en Jills broer Ethan herinnerend.

'Glen hoe?' vroeg Jill. Nauwelijks merkbaar verstijfden haar schouders.

'McLaren.'

Jill schudde haar hoofd en staarde naar de muur achter Charley.

'Volgens mij niet. Wie is dat?'

'Hij is de eigenaar van een paar clubs. Je broer kent hem waarschijnlijk wel.'

'O ja? Ik zal het hem vragen als hij de volgende keer op bezoek komt.' Ze lachte. 'Mijn vader was hier een paar dagen geleden. Wist je dat?'

Charley probeerde haar verbazing te verbergen en schakelde de taperecorder in. 'Nee, wist ik niet. Hoe verliep dat?'

Jill liet zich achterover in haar stoel vallen en sloeg haar armen over elkaar. 'Niet zo best.'

'Hoezo niet?'

'Hij wil niet dat ik met je praat, hij wil niet dat ik aan dit boek meewerk. Hij zegt dat het niet goed voor mijn moeder is en dat Ethan er al door in de moeilijkheden is geraakt.'

Charley zei niets. Ze wachtte tot Jill verderging.

'Ik zei tegen hem dat het te laat was, dat ik het toch ging doen.'

'En wat zei hij daarop?'

'Dat ik een ondankbaar kreng ben, dat het maar goed was dat ik in de dodencel zit, dat hij me anders zelf had vermoord.'

'Aardig.'

Jill grinnikte. 'Dat had ik tegen hem moeten zeggen.'

'Wat heb je gezegd?'

'Dat het me speet.' Ze begon te huilen. 'Dat snap je toch niet? Ik bood hem mijn excuses aan!'

'Waarom?'

'Omdat ik niet de dochter ben die hij zich gewenst had. Omdat ik mijn moeder kwets. Omdat ik het hem moeilijk maak. Omdat ik ons gezin te schande maak.'

'Hij heeft toch ook schuld, Jill.'

'Weet ik.'

'Hij zou jou zijn excuses moeten aanbieden.'

'Weet ik wel. Maar dat zal hij nooit doen.' Ze schudde heftig haar hoofd, waardoor haar paardenstaart tegen haar nek sloeg. 'Wat is jouw vader voor een man?'

Charley voelde de adem in haar keel stokken. Ze kon nauwelijks een woord uitbrengen. 'Hij is bijzonder intelligent. Een wetenschapper. Professor in de Engelse literatuur aan de universiteit van Yale. Een fenomenaal docent. Zeer geliefd.'

'En niet te vergeten zeer veeleisend,' voegde Jill eraan toe, alsof ze er alles van wist.

'Ook dat,' stemde Charley in.

'Je had toch in een van je columns geschreven dat jullie geen contact meer hebben?'

'Ja. Dat klopt.'

'Waarom niet?'

'Waarschijnlijk ben ook ik niet de dochter die hij zich gewenst had.'

Jill knikte. 'Dat hebben we dan gemeen.'

'Inderdaad.'

'Volgens mij hebben we heel veel gemeen.'

'Dat heb je al eerder gezegd,' zei Charley, zich Jills eerste brief herinnerend.

'En dan bedoel ik niet alleen onze behamaat,' zei Jill. 'We hebben beiden veel woede in ons.'

'Denk je dat ik kwaad ben?'

'Niet dan?'

'Ben jíj kwaad?' vroeg Charley, de vraag terugspelend.

'Ik vroeg het eerst aan jou.' Jill leunde achterover in haar stoel en sloeg haar armen over elkaar.

'Ik ben niet kwaad.'

'Je liegt.'

Charley lachte spottend. 'Waarom zou ik liegen?'

'Ja, vertel me dat maar eens.'

'Er valt niks te vertellen.'

'Ben je niet kwaad op je moeder omdat ze ervandoor is gegaan en je achter heeft gelaten toen je klein was? Ben je niet kwaad op je vader omdat hij een briljant wetenschapper is maar als mens een sukkel? Ben je niet kwaad op je zussen omdat ze beroemder en succesvoller zijn dan jij, ondanks het feit dat ze minder getalenteerd zijn? Ben je niet boos op je broer omdat hij een zooitje van zijn leven maakt? Ben je niet kwaad op je buren omdat ze je het leven zuur te maken? Ben je niet kwaad op je vrienden? O nee, wacht even, ik was het bijna vergeten. Je hebt geen vrienden. Waarom eigenlijk niet? Omdat ze je kwaad maken.'

'Oké, Jill. Je punt is inmiddels wel duidelijk.'

Jill lachte. 'Dat krijg je met het soort columns dat je schrijft, Charley. Mensen leren tussen de regels door te lezen. Daar staan de sappige details.'

Charley knikte en deed net alsof ze de taperecorder controleerde, terwijl ze in feite tijd probeerde te rekken om haar ademhaling weer onder controle te krijgen zodat ze kon praten zonder te schreeuwen.

'Het verschil tussen jou en mij is,' vervolgde Jill, 'dat jij een positieve uitlaatklep voor al je woede hebt. Jij hebt je columns,' ratelde ze door, voordat Charley iets kon vragen. 'Jij kunt stoom afblazen, jij hebt een middel om je woede in woorden om te zetten. Ik kreeg dat pas door toen ik je brieven begon te schrijven. Toen besefte ik hoe cathartisch het werkt om alle ellende eruit te gooien. "Cathartisch", is dat het goede woord?'

Charley knikte.

'Toen ik gisteren begon te schrijven kon ik gewoon niet meer stoppen. De woorden vloeiden als vanzelf uit mijn pen. Hoe meer ik schreef, hoe beter ik me voelde. Misschien hadden die arme kinderen niet hoeven sterven als ik zo'n soort uitlaatklep had gehad.'

Opnieuw sprongen de tranen in Jills ogen.

Charley reikte in haar tas en gaf haar een tissue.

'Dank je.' Jill depte haar ogen, hoewel de tranen onverminderd bleven stromen. 'Ik ben geen monster, weet je.'

'Ik weet het.'

'Ik hield van die kinderen.'

'Dat weet ik.'

'Het was nooit mijn bedoeling dat er iets ergs met hen zou gebeuren. Je moet me geloven.'

'Ik geloof je.'

'Ik heb nooit gewild dat ze doodgingen.'

'Wat is er gebeurd, Jill?'

'Ik weet het niet. Ik weet het niet.' Ze begon zenuwachtig in haar stoel heen en weer te schommelen.

'Je weet het wel.'

'Jack zei dat het leuk zou worden. Hij beloofde dat hij Tammy niet echt pijn zou doen.'

'Wat deed hij?'

'Hij gebruikte zo'n verdovingspistool op haar. Hoe noemen ze die dingen ook al weer, *tasers*?'

Charley knikte, niet in staat te antwoorden.

'Ze raakte zo'n beetje bewusteloos. Daarna reden we naar een verlaten, oude garage. Ik denk dat het vroeger een benzinestation was of zo. Toen Tammy langzamerhand weer bijkwam, deed Jack een blinddoek over haar ogen en bond haar handen op haar rug. Ze huilde, zei dat ze naar huis wilde. Jack vond dat vervelend. Hij zei dat we nog maar net begonnen waren. Toen zei hij dat...' Ze maakte haar zin niet af.

'Zei hij wát?' fluisterde Charley geforceerd.

'Hij zei dat ik haar kleren moest uittrekken. Ik zei nee. Ik wilde het niet.'

'Maar je deed het wel,' stelde Charley vast.

'Ik moest wel. Jack wilde het.'

'En toen?'

'Dat weet je. Het staat in Tammy's autopsierapport.'

'Brandde je haar met sigarettenpeuken en penetreerde je haar met een fles?'

'Ik probeerde net te doen alsof. Maar Jack was slim; hij had het in de gaten. Ik moest het van hem doen.'

'Kwam het niet in je op om nee te zeggen?'

Jill keek Charley aan alsof ze niet goed bij haar hoofd was. 'Dat zou ik nooit kunnen.'

'Maar je kon wel een hulpeloos kind martelen.'

'Zo hulpeloos was Tammy niet.'

'Hoe bedoel je?'

'Ze had weg kunnen rennen. Ik fluisterde aldoor in haar oor dat ze weg moest rennen. Maar ze was zo eigenwijs. Ze bleef stilzitten.

Ze bleef maar janken dat ik haar naar huis moest brengen. Maar hoe kon ik dat doen? Jack stond naast me met een camera en zei me wat ik allemaal moest doen, alsof hij een of andere belangrijke Hollywood-pief was. Ik zei tegen haar dat ze niet zoveel herrie moest maken, maar ze bleef maar krijsen. Uiteindelijk moest ik die plastic zak over haar hoofd doen om haar stil te krijgen.'

Charley vocht tegen de neiging te gaan braken. Ze was op haar handen gaan zitten om te voorkomen dat ze Jill bij haar nek zou grijpen.

'Je walgt van me. Ik zie het aan je gezicht,' zei Jill.

'Het is geen pretje om dit allemaal aan te horen, Jill.'

'Ik weet het. Maar bedenk eens hoe moeilijk het voor mij was.'

'Hoe moeilijk was het voor je?' vroeg Charley op vlakke toon.

'Ik probeerde Tammy zoveel mogelijk te helpen,' antwoordde Jill. 'Ik prikte met mijn nagels een paar gaatjes in die plastic zak, zodat ze kon ademen. Maar ik denk dat ze niet groot genoeg waren. Ik weet het niet. Ik probeerde haar te helpen. Echt.'

'En de Starkey-tweeling?'

'Dubbel plezier,' zei Jill, en ze probeerde te glimlachen. 'Sorry, dat had ik niet moeten zeggen. Het was iets wat Jack altijd zong. "Dubbel plezier, dubbel genot…" Ik denk dat het een oud reclamedeuntje voor kauwgum was of zo. Sorry. Ik had het niet moeten zeggen. Dat was gevoelloos van me.'

'Vertel eens over de Starkey-tweeling,' zei Charley, te geschokt om iets anders te zeggen.

'In principe ging het hetzelfde. Maar dan keer twee. O, en Jack stelde voor dat de tweeling dingen met elkaar deed. Je weet wel… seksdingen. Maar omdat ze er niet zo goed in waren, moest ik het voordoen van Jack.'

'Staat dat allemaal op video?'

Jill deed haar ogen dicht. 'Ik weet niet wat Jack met die tapes gedaan heeft, die vraag heeft dus geen zin. Ik heb gevraagd of hij ze wilde vernietigen, maar dat heeft hij volgens mij niet gedaan.'

'Wie is Jack? Waar kunnen we hem vinden?'

Opnieuw vulden Jills ogen zich met tranen. 'Hij is er allang vandoor.'

'Hij neemt de benen en laat jou voor alles opdraaien. Jij kunt tot je executie in de gevangenis wegrotten,' merkte Charley op, in de hoop Jill ertoe te bewegen de identiteit van haar ex-geliefde bekend te maken.

'Ik wilde dat het al zover was,' zei Jill tot haar verbazing.

'Wil je echt dood?'

'Ik verdien het toch? Na alles wat ik gedaan heb?'

'Je hebt het niet alleen gedaan,' zei Charley, terwijl ze eigenlijk wilde zeggen: *Ja! Je verdient het te sterven! Ik zou graag zelf de trekker overhalen!* 'Waarom bescherm je hem?'

'Ik heb geen keus.'

'Ik begrijp het niet. Hij kan je nu toch niets aandoen?'

'Ik wil er niet meer over praten.'

Charley zuchtte diep. Zij wilde er ook niet meer over praten. De waarheid zou gauw genoeg aan het licht komen. Elke keer dat ze Jill sprak, onthulde ze meer. Nu had ze een bekentenis over wat er met die kinderen gebeurd was in handen, in de woorden van de moordenaar zelf. Binnenkort zou Jill Jacks ware identiteit bekendmaken. Daar was Charley zeker van.

'Hoe is het met Franny en James?' vroeg Jill, alsof het een heel normale vraag was.

'Wat?'

'Ik vroeg hoe het met...'

'Ik heb je wel verstaan.'

'Waarom kijk je zo naar me?'

Charley besefte dat ze Jill over de tafel heen dreigend aanstaarde. Ze wendde haar ogen af en probeerde haar kaken te ontspannen. 'Ik wil niet over mijn kinderen praten.'

'Ik probeer gewoon een gesprek te voeren.'

'Doe dat maar over iets anders.'

'Je klinkt kwaad.'

'Ik wil niet over mijn kinderen praten,' herhaalde Charley nadrukkelijk.

'Oké. Maakt niet uit. Rustig maar.' Jill stond op, liep naar de deur en klopte erop om de aandacht van de bewaker te trekken. 'Wat mij betreft zijn we klaar voor vandaag. Heb jij nog iets?'

Terwijl Charley de taperecorder uitschakelde en hem terug in haar tas deed, zag ze de zestig bladzijden met de door Jill handgeschreven gedachtespinsels liggen. 'Ik denk dat ik daar voorlopig wel even zoet mee ben.'

Jill bleef in de deuropening staan, terwijl de vrouwelijke bewaker naast haar bleef wachten. 'Charley...'

Charley dwong zichzelf Jill aan te kijken.

'Ik had geen keus. Zeg alsjeblieft dat je het begrijpt. Ik had geen keus.'

Charley knikte. 'Tot volgende week.'

'Godsamme!' riep Charley toen ze weer in haar auto zat. 'Tering, klote, kut!' Ze sloeg tegen het stuur, beukte op het zijraampje en ramde met haar vuisten op de stoel naast haar. 'Shit, fuck, kak!'

Shit, fuck, kák? dacht ze, terwijl de woorden door de kleine ruimte nagalmden. Ze barstte in lachen uit. 'Hoe oud ben je? Vijf?'

De leeftijd van James?

De leeftijd van Tammy.

'Shit,' riep ze nogmaals, en ze barstte in tranen uit. 'Verdomme.' Hoe was het mogelijk dat Jill zulke afschuwelijke dingen gedaan had? Hoe kon ze er zo nuchter over praten? Wat was er met haar aan de hand?

Ze kan dat omdat ze geen geweten en geen empathisch vermogen heeft, dacht Charley, zich de uitleg van dr. Norman herinnerend. Ze is alleen in staat haar eigen pijn te voelen. En of ze zo geboren was of dat het empathisch vermogen er bij haar als kind uit geslagen was, was niet langer belangrijk. Belangrijk was het feit dat er drie onschuldige kinderen dood waren. Belangrijk was dat de persoon die deze gruwelijke moorden beraamd had nog steeds vrij rondliep. Maar het allerbelangrijkste was dat er meer kinderen gevaar liepen.

Elke dag.

Overal.

Ze dacht aan de beangstigende e-mails waarin Franny en James bedreigd werden. Als iemand zou proberen haar kinderen iets aan te doen, dan zou ze hem vermoorden.

We hebben beiden veel woede in ons, had Jill gezegd.

Ze had gelijk.

Haar mobieltje floot. Charley zocht in haar tas tot ze hem gevonden had. Ze keek op het display, het nummer was onbekend. 'Hallo? Hallo?' herhaalde ze toen er geen antwoord kwam. Ze wachtte drie tellen, klapte haar telefoon dicht en gooide hem terug in haar tas. 'Idioot,' zei ze. Toen ging haar telefoon weer. 'Hallo?'

'Charley?' Haar naam werd onduidelijk uitgesproken, de stem was onherkenbaar.

'Met wie spreek ik?'

'Charley.' Dit keer klonk haar naam meer als een zucht.

Ze voelde een misselijk gevoel in haar maag opkomen. 'Bram, ben jij het?'

'Hoe is het, Charley?'

'Verdomme, Bram. Ben je dronken?'

'Weet ik niet. Denk je?'

'Waar ben je?'

'Niet schreeuwen alsjeblieft, Charley. Ik verga van de hoofdpijn.'

'Waar ben je, Bram?' herhaalde ze.

'Ik weet eigenlijk niet.'

'Shit!'

'Je mag niet vloeken. Daar houdt mama niet van.'

'Is er iemand bij je? Iemand die ik kan spreken?'

'Er is hier ook een vrouw.' Hij hinnikte. 'Ik weet niet meer hoe ze heet, maar ze komt nu de badkamer uit gelopen, ze heeft geen kleren aan. O jee, ze kijkt niet blij.'

'Geef hier,' hoorde Charley een vrouw zeggen. 'Hallo? Met wie spreek ik?'

'Ik ben Brams zus. Wie ben jij?'

'Mijn naam doet er niet toe. Je broer is hier de hele nacht geweest, en ik krijg tweehonderd dollar van hem. Ga jij daarvoor zorgen of moet ik andere maatregelen nemen, als je begrijpt wat ik bedoel?'

Charley sloot haar ogen en wreef over haar voorhoofd. 'Zeg maar waar jullie zijn,' zei ze, het adres op de achterkant van een van de blaadjes van Jill kalkend. 'Ik kom er zo snel mogelijk aan.'

26

'Ben je daar eindelijk.' De vrouw in de deuropening had de huidskleur van dikke, donkere stroop. Ze droeg een karmozijnrood polyester truitje met een lage v-hals die haar volle nepborsten accentueerde, een kort lichtgroen rokje en bruinsuède laarzen tot over de knie. Een dikke bos donkere krullen omlijstte haar ronde gezicht, wat de rimpels om haar waakzame bruine ogen en collageenlippen extra benadrukte.

Het was het gezicht van een vrouw die alles al gezien had en behoorlijk teleurgesteld was, dacht Charley, terwijl ze het vervallen appartement binnenstapte waar het naar snelle seks en verschaald bier stonk. 'Ik kon niet sneller. Er zijn overal wegwerkzaamheden.'

'Bespaar me de details. Waar is mijn geld?'

'Waar is mijn broer?'

'Slaapt.' De vrouw wees met haar duim naar de slaapkamer aan de achterzijde en hield vervolgens haar hand op.

Charley haalde het geld uit de achterzak van haar spijkerbroek en legde het in de wachtende handpalm. De vrouw telde de tien briefjes van twintig dollar na die Charley uit een geldautomaat in de buurt van het appartement getrokken had, propte ze in haar decolleté en leidde Charley daarna de verduisterde woonkamer door. Alhoewel er geen licht brandde en de gordijnen dicht waren, kon Charley de lege drankflessen die over het goedkope, pluizige tapijt verspreid lagen onderscheiden. *Hij liegt of het gedrukt staat,* hoorde ze Jill in gedachten zeggen toen de geur van marihuana haar neus binnendrong. 'Wat heeft hij voor drugs gebruikt?' vroeg ze toen de vrouw de deur van de slaapkamer openzwaaide.

'Ik weet niks van drugs.' De vrouw wees naar de figuur die op zijn rug dwars op het bed lag. 'Zorg dat hij hier zo snel mogelijk verdwijnt. Ik moet weer aan het werk.'

Charley liep naar het bed toe. Brams witte overhemd hing los en de gulp van zijn spijkerbroek stond halfopen, alsof de inspanning van het aankleden hem te veel geworden was en hij van pure uitputting was flauwgevallen. Als hij een riem om gehad had, was die nu verdwenen. Maar zijn schoenen had hij nog aan. 'Kun je me even helpen?'

De vrouw zwaaide met haar lange nepnagels in de lucht. 'Sorry, schat. Stel je voor dat deze juweeltjes breken. Ze hebben me een fortuin gekost.'

Charley haalde diep adem en hield die in haar longen vast om de walm die uit de lakens oprees niet te hoeven inhaleren. Ze greep Brams rechterarm, gooide die over haar schouder en probeerde hem overeind te krijgen. Het was alsof je de stronk van een oude eikenboom met wortel en al uit de grond probeerde te trekken. 'Kom op, Bram. Wakker worden.'

Bram verroerde geen vin.

'Kom op, Bram. Ik ben het spuugzat.' Na een paar minuten kreeg ze het voor elkaar hem van het bed af te slepen. Hij viel met een klap op een imitatieberenvacht en krulde zich onmiddellijk in foetushouding. 'Bram, ik waarschuw je. Nog één minuut en ik laat je hier achter.'

'Geen denken aan,' zei de vrouw vanaf de andere kant van de kamer.

'Dan zul je me toch echt moeten helpen.'

'Jezus,' mompelde de vrouw, tegen Brams benen schoppend. 'Overeind jij!' Opnieuw raakte haar laars met volle kracht Brams benen.

'Au!' Bram greep de vrouw bij haar enkel, maar zijn ogen bleven dicht.

'Laat mijn voet los, of ik doe je wat,' riep de vrouw.

Bram opende zijn ogen. 'Katarina, engel van me.'

'Je kunt de pot op met je Katarina. Opdonderen. Wegwezen hier.'

'Bram…' zei Charley, terwijl ze haar broer overeind probeerde te hijsen. 'Kom, sta op.'

Bram glimlachte zijn meest gelukzalige glimlach. 'Charley, wat doe jij hier?'

'Ik kom je redden. Voor de laatste keer,' antwoordde Charley, en ze hoopte dat ze het meende. Hij was duidelijk niet in staat te rijden, wat inhield dat ze hem terug naar zijn appartement moest brengen en te laat in Palm Beach zou zijn voor haar afspraak met Alex, iets waar ze de hele dag naar uitgekeken had. En dat allemaal dankzij die verdomde broer van haar. Waarom regelde hij z'n eigen zaakjes niet? 'Waar staat je auto?' vroeg ze, toen ze bij de voordeur waren.

Langzaam tuurde Bram links en rechts de straat af en keek Charley aan. 'Ik weet zeker dat hij hier gisteravond nog stond.'

'Verdomme, Bram.'

'Verdomme, Charley.'

'Charley, Bram… Wie heeft jullie in godsnaam die namen gegeven,' zei Katarina, terwijl ze Charley en haar broer naar buiten duwde en de deur dichtsloeg.

'Jeetje, Bram,' zei Charley, terwijl ze haar broer op de passagiersstoel van de auto plantte en zijn veiligheidsgordel vastmaakte. 'Als we je auto niet vinden, moeten we de politie bellen en aangifte doen…'

'Lijkt me geen goed idee,' zei Bram, en hij liet zijn hoofd tegen de rugleuning rusten. 'Dit is een ongure buurt, voor het geval dat je nog niet opgevallen was, bovendien ben ik niet geweldig…'

Charley wachtte tot haar broer de zin afmaakte. *In vorm, in de stemming, in de …* enzovoort. Maar dat deed hij niet, en zonder te hoeven kijken wist Charley dat hij alweer sliep.

'Hoe gaat het nu met hem?' vroeg Alex, toen Charley weer terug in de woonkamer kwam en naast hem op de grond voor de bank ging zitten. Bandit kwam achter haar aan en begon aan de open, halflege bakjes van de afhaalchinees te snuffelen die op de salontafel stonden. Onmiddellijk sloeg Alex zijn armen om haar heen.

Charley nestelde zich tegen hem aan, en Bandit krulde zich op haar schoot op. 'Slaapt als de spreekwoordelijke os.'

'Nou, dat is in elk geval goed.'

'Ja. Hij heeft zijn rust nodig, want zodra hij wakker wordt, maak ik hem af.'

Alex lachte. 'Bravo, meisje!'

Charley glimlachte. Was ze zijn meisje? 'Bedankt dat je het allemaal zo goed opneemt.'

'Geen dank. We gaan wel een andere keer bij Taboo eten.'

'Ik had me er zo op verheugd.'

'Ik ook. Maar die dingen gebeuren nu eenmaal.'

'Ja, maar ze gebeuren me veel te vaak.'

'Heb je enig idee wat zijn gedrag heeft veroorzaakt?'

'Het is waarschijnlijk mijn eigen fout,' bekende Charley. 'Nadat ik Anne had gesproken heb ik hem gebeld om de datum van de familiereünie door te geven. Ik zei dat ik hem daar op z'n paasbest verwachtte.'

Alex knikte. 'Waarschijnlijk was "op z'n paasbest" te veel voor hem.'

'Ik had het inderdaad nooit over dat verdomde paasbest moeten hebben,' zei Charley lachend. 'Bedankt dat je de politie over die auto hebt ingelicht.'

'Ze moeten Bram zelf nog spreken,' herinnerde Alex haar.

'Is er enige hoop dat hij hem heel terugkrijgt?'

Alex haalde zijn schouders op. 'Er is altijd hoop.'

'Daar begin ik zo langzamerhand aan te twijfelen. Wat mijn broer betreft althans.'

Alex pakte een gefrituurde wonton, dipte hem in de zoete, oranje saus en nam een hap. 'Probeer niet al te streng voor hem te zijn, Charley. Horen dit soort fouten niet bij het genezingsproces?'

'Ze horen bij de ziekte,' corrigeerde Charley hem. 'Ik weet dat ik, net als bij elke andere akelige ziekte, meelevend en steunend zou moeten zijn, maar iets in mij blijft zeggen dat er hier sprake is van een zekere keuze, een luxe die mensen met bijvoorbeeld kanker of de ziekte van Parkinson niet hebben. Je kunt er niet voor kiezen dat soort ziekten niet te krijgen. Maar Bram kán ervoor kiezen te stoppen met drinken en geen drugs meer te gebruiken.'

'Misschien is het wel niet zo gemakkelijk.'

'Ik zeg niet dat het gemakkelijk is. Ik zeg dat het nodig is.'

Alex kuste de tranen weg die over Charleys wangen liepen.

'Sorry. Het was niet mijn bedoeling om tegen je uit te vallen,' zei Charley. 'Je bent wel de laatste op wie ik kwaad zou moeten zijn.'

'Je bent niet kwaad. Je bent gepassioneerd.'

Charley glimlachte. 'Dat woord vind ik veel leuker.'

'Gebruik het wanneer je maar wilt.' Hij kuste haar mond.

Charley proefde de zoete wontonsaus die zijn lippen op haar mond overbrachten. 'Jill zegt dat ik veel woede in me heb.'

'O ja, zegt ze dat? En wat zegt de charmante mevrouw Rohmer nog meer?'

'Dat we veel op elkaar lijken.'

'Ik kan niet zeggen dat ik enige gelijkenis zie.'

'Ik héb veel woede in me.'

'Passie,' verbeterde Alex.

'Je had haar vanmiddag moeten horen, Alex,' zei Charley, aan het gesprek terugdenkend. 'Zo nuchter als ze over het vermoorden van die kinderen vertelde. Vlak daarna vroeg ze naar Franny en James, en ze snapte niet waarom ik daarvan schrok.'

'Psychopaten kunnen zich niet in een ander verplaatsen.'

Charley week naar achteren. 'Het is voor het eerst dat ik je Jill een psychopaat hoor noemen.'

'Luister, ik heb het rapport van dr. Norman ook gelezen, en het feit dat ik advocaat ben wil nog niet zeggen dat ik achterlijk ben,' zei Alex lachend. 'Het is net zoiets als wat je zojuist over Bram en zijn verslaving zei. Ik weet dat Jill geslagen, misbruikt en gemanipuleerd werd, dat ze geen enkele kans had op een gelukkig, geregeld leven. Dat vind ik erg voor haar. Echt heel erg. Ik heb met haar te doen. Soms vind ik haar zelfs aardig. Maar ik weet ook wat ze die kinderen heeft aangedaan. En ik weet dat normale mensen die dingen niet doen, hoe slecht ze ook behandeld zijn of hoe geraffineerd ze ook gemanipuleerd werden. Het is duidelijk dat die Jack in Jill een geestverwant vond, anders had hij wel iemand anders gezocht.'

'Jij denkt dus dat ze een partner had?'

'Jij niet?'

Charley streek peinzend over Bandits kop. Hij rolde zich onmiddellijk op zijn rug om op zijn buik geaaid te worden. 'Ik weet het niet. Het ene moment ben ik ervan overtuigd dat ze me de waarheid vertelt, het volgende moment heb ik het idee dat ze alles verzint, dat het voor haar één groot spel is.'

'Met welk doel zou ze dat doen?'

'Geen enkel doel. Gewoon voor de gein. Om iets te doen te hebben. Ik weet het niet. Ik denk dat het behoorlijk saai is in die dodencel.'

'Denk je dat ze met mij ook spelletjes speelt?' vroeg Alex.

'Ik denk dat ze dat maar wat graag zou willen,' plaagde Charley. 'Ze krijgt van die lichtjes in haar ogen als ze het over jou heeft. Schattig eigenlijk.'

'Hou je in.'

'Ik hou me liever niet in.'

Hij bracht zijn lippen naar die van haar. 'Oké, ga je gang.'

Charleys mond opende zich om hem te verwelkomen. De kus die volgde was intens en teder. Ze wilde dat er nooit een eind aan kwam.

'Ik dacht al dat ik chinees rook,' zei een stem ergens boven Charleys hoofd. Blote voeten schuifelden de woonkamer in en bleven naast de salontafel staan.

Onmiddellijk maakte Charley zich los uit Alex' omhelzing, en Bandit sprong van haar schoot om Bram te begroeten. 'Ik dacht dat je sliep,' zei Charley.

'Ik sliep ook. Maar toen fluisterde de onmiskenbare geur van kip met cashewnoten in mijn oor.'

'Ik weet niet of geuren kunnen fluisteren,' merkte Alex met een uitgestreken gezicht op.

'Wie ben jij?' vroeg Bram.

'Dit is Alex Prescott. Alex, dit is Bram, mijn broer.'

'Aangenaam, Alex.'

'Insgelijks, Bram.'

'Mag ik bij jullie komen zitten?' Bram wees naar het eten op de tafel. 'Jullie hebben genoeg overgelaten, zie ik.'

'Weet je wel zeker dat je maag dat kan hebben?'

'Ik voel me goed, Charley.'

'Ik zal een bord voor je pakken,' bood Alex aan.

'Nou graag, Alex. Wie ís die vent?' fluisterde Bram, toen Alex de kamer uit was.

'Een vriend van me.'

'Meer dan zomaar een vriend, te oordelen naar wat ik zag toen ik net binnenkwam. Maar vertel eens, hoe ben ík hier beland?'

'Weet je niet meer dat ik je ben komen halen?'

Bram schudde zijn hoofd. 'Ik herinner me vaag een stel torpedovormige borsten.'

'Die waren niet van mij.'

286

'Van wie dan wel?'

'Die moeten van Katarina geweest zijn.'

'De orkaan?'

'De hoer. Die orkaan heette trouwens Katrina.'

'Wie is die Alex ook al weer?'

'Een vriend.'

'Ben je zwanger?'

'Ben je niet goed bij je hoofd?'

'Ik word dronken, jullie zwanger,' legde Bram uit, toen Alex weer de kamer binnenkwam. 'Ik krijg black-outs, jullie baby's,' vervolgde hij, niet bepaald fluisterend.

'Eet smakelijk,' zei Alex, terwijl hij hem een vork en een bord aangaf.

Bram liet zijn blik over de restjes eten gaan. 'Kip met cashewnoten, gefrituurde wontons, zoetzuur varkensvlees, in honing en knoflook gemarineerde spareribs, garnalen met sesamzaad in pittige citroensaus en iets spannends met groenten. Goeie keus, jongens. Goed gedaan.' Hij schepte van elk gerecht grote porties op zijn bord en plofte daarna op de bank neer. 'Er is zeker geen wijn over?'

'Wil je vannacht op de stoep slapen?' retourneerde Charley zijn vraag.

'Kom op, Charley. Waar is je gevoel voor humor?'

'Op dezelfde plek als je auto.'

'Mijn auto?'

'Je teerbeminde MG die recent voor het liefdesnestje van de orkaan Katarina vandaan is gejat.'

'Shit!' riep Bram, terwijl hij zijn hoofd op zijn borst liet vallen.

'Alex heeft de politie al op de hoogte gebracht. Maar je moet morgenochtend zelf aangifte doen.'

'Shit!' riep Bram nog eens.

'Je zoekt waarschijnlijk het woord "dank je".'

'Dat zijn er nog altijd twee.'

'Doe niet zo bijdehand.'

'Ik was echt stapel op die auto.'

'Dan had je er beter voor moeten zorgen.'

'Ja, had ik moeten doen,' snauwde Bram, terwijl hij opstond. 'Bedankt voor je geweldige advies, moeder.'

'Rustig aan, Bram. Straks valt je eten op de grond, daar heb ik geen behoefte aan.'

'En ik heb geen preek nodig.'

'Wat heb je dan wel nodig?' Charley was gaan staan, haar geduld was op, evenals haar goede wil en al haar goede bedoelingen. 'Wat is er eigenlijk met je aan de hand? Hoe vaak moet dit nog gebeuren? Wat heb je nodig om je leven op orde te krijgen?'

'Ik weet het niet, ik weet het niet, ik weet het niet,' riep Bram uit. Bandit begon te blaffen en te springen. 'Waar komt die verrekte hond vandaan?'

'Rustig, Bram,' zei Alex.

'Rot toch op, Alex.' Hij hield het bord met eten voor Alex' borst, hem dwingend het aan te pakken.

'Bram, kappen nu. Ik meen het,' waarschuwde Charley.

'En anders? Krijg ik huisarrest? Pak je me mijn auto af? O, ik was het bijna vergeten. Iemand anders heeft hem al ingepikt.'

'Hou in godsnaam op met zo lullig te doen.'

'Omdat jij het wilt?'

'Misschien omdat je het zelf wilt.'

Er viel een stilte. Bram ging op de bal van zijn voet staan en deinsde weer terug. 'Het gaat prima met me, Charley. Je hoeft je over mij geen zorgen te maken.'

'Je bent mijn broer. Hoe kan ik me nu géén zorgen om je maken?'

'Het spijt me.'

'Met spijt ben je er niet.'

'Het is het enige waar ik goed in ben,' zei Bram, en hij liet zich weer moedeloos op de bank vallen.

Charley stond naast hem. 'Dat is onzin, en dat weet je zelf ook wel. Je bent goed in heel veel dingen.' De hond sprong op Brams schoot en likte over zijn gezicht.

'Jezus, haal die verdomde hond weg!'

Charley pakte Bandit van haar broers schoot en zette hem op de grond. 'Kom op, Bram…'

'Kom op, Charley. Kijk nou eens naar me. Al mijn pogingen zijn mislukt.'

'Probeer dan iets anders.'

Bram keek van zijn zus naar Alex en langzaam verscheen er een lachje op zijn knappe gezicht. 'Het is me er een, die zus van me, vind je niet?'

'Zeker,' beaamde Alex.

'Wat is er gebeurd, Bram?' vroeg Charley. 'Het ging zo goed met je.'

'Ik weet het niet. Ik weet het werkelijk niet. Ik zat gisteravond televisie te kijken toen dat achterlijke amusementsprogramma kwam met dat vreselijke aanstellerige mens. Ze had het over allerlei domme beroemdheden van wie ik nog nooit gehoord had. Plotseling verscheen Annes foto in beeld, en die opgewekte stem vertelde over Annes beslissing afstand van haar kinderen te doen. Ik begon naar de tv te schreeuwen en mijn buurman begon tegen de muren te bonken, en wat er daarna gebeurd is weet ik niet meer, maar opeens stond ik in een of andere bar tegen een stel torpedovormige borsten te praten. De rest is volkomen vaag. Is het echt zo dat Anne ermee instemt dat A.J. de kinderen krijgt?'

Charley sloeg haar arm om haar broers schouder. 'Blijkbaar.'

'Ongelooflijk. Hoe is dat gezegde ook al weer? De geschiedenis leert ons dat de geschiedenis ons niets leert?'

'Misschien kun je haar tijdens het etentje volgende week op andere gedachten brengen.'

'Ja, wie weet.' Hij wierp een blik op Alex. 'Over eten gesproken, geef mijn bord eens terug.'

'Ik moest maar eens gaan,' zei Alex tegen Charley, Bram zijn bord aanreikend.

'Nee, niet gaan.'

'Ja, het is beter dat ik ga.'

'Je hoeft voor mij niet te gaan,' zei Bram.

'Fijn kennisgemaakt te hebben, Bram.'

'Insgelijks.'

Charley liep achter Alex aan naar de voordeur. 'Sorry dat het zo gelopen is.'

'Het geef niet. Nu kan ik me extra goed voorbereiden op mijn zaak van maandag.'

'Bel je me?'

Alex nam Charleys gezicht in zijn handen en kuste haar teder op haar mond. 'Wat dacht je.' Hij deed de deur open en liep de frisse avondlucht in.

'Vergeet je hond niet,' riep Bram hem na.

Charley sloot haar ogen en deed het enige wat ze in deze situatie kon doen: ze lachte.

Even na twaalf uur ging de telefoon.

Charley tastte in het donker en nam halverwege de tweede beltoon op. 'Hallo?'

'Hoi,' zei de stem. 'Met mij.'

'Jill?' Charley ging rechtop zitten. 'Het is al laat. Is er iets?'

'Hoe gaat het met Franny en James?'

'Wat?'

'Ik dacht dat ik ze om hun mama hoorde roepen.'

'Wat?' riep Charley, harder nu. Daarna weer, tot ze schreeuwde: 'WAT? WAT?'

'Charley,' onderbrak een andere stem haar geschreeuw. 'Charley, wakker worden!'

Ze voelde een hand op haar schouder.

'Charley, wakker worden. Er is niks aan de hand. Je hebt een nachtmerrie.'

Ze deed haar ogen open en zag haar broer naast zich op bed zitten, terwijl de hond aan zijn hand likte. 'O, god. Het was vreselijk.'

'Droomde je over mij?'

Charley schudde haar hoofd en probeerde te lachen. 'Nee. Dit keer niet.'

'Ik zal zorgen dat ik mijn leven op orde krijg, Charley,' zei Bram. 'Morgenochtend zal ik meteen mijn coach bellen. Ik beloof het. Het zal niet meer gebeuren.'

'Dat zou fijn zijn.'

'Sorry dat ik je avond verpest heb.'

'Sorry dat ik je wakker gemaakt heb.'

'Ik ben blij dat ik hier was.'

'Ik ook. Ik hou van je, Bram.'

'Ik ook van jou.'

27

De volgende ochtend ging om klokslag negen uur de telefoon. 'Kan ik Charley Webb alstublieft spreken?'

Charley probeerde zich bij de onbekende mannenstem een gezicht voor te stellen. Had ze weer een nachtmerrie? Ze nam een slok koffie en was blij toen ze die in haar keel voelde branden. Het betekende dat ze wakker was. 'U spreekt met Charley Webb.'

'Mijn naam is Lester Owens. Ik ben chef-redacteur bij Pinnacle Books in New York. Sorry dat ik zo vroeg bel, en op zondag nog wel...'

'Maakt niets uit.'

'Ik ben er gisteravond pas toe gekomen uw voorstel en columns te lezen die u mij hebt toegestuurd, en ik wilde u zo snel mogelijk bellen om te zeggen dat het idee voor het boek me bijzonder aanspreekt. Ik vind dat u geweldig schrijft. Uw stijl is zo toegankelijk en prettig. Ik hoop dat u nog niet bij een andere uitgever hebt getekend.'

'Ik heb nog niets getekend,' zei Charley met ingehouden adem. Oké, als het dan geen nachtmerrie was, dacht ze, was het toch zeker een fantasie.

'Gelukkig. Hebt u een agent?'

'Ik heb een advocaat,' antwoordde ze. Was dat zo? Zou Alex bereid zijn de onderhandelingen voor haar te voeren? Of liep ze op de zaken vooruit? Rustig, sprak ze zichzelf toe. Rustig. Ze gaf Lester Owens Alex' naam en telefoonnummer.

'Ik houd u op de hoogte,' zei Lester Owens in plaats van 'dag'.

Charley legde de telefoon op het aanrecht en nam nog een slok koffie. 'Hij houdt me op de hoogte,' zei ze tegen de hond aan haar voeten. Bandit hield nieuwsgierig zijn kop schuin toen de telefoon opnieuw ging. 'Hij is vast van gedachten veranderd,' jammerde ze, terwijl ze de telefoon aarzelend naar haar oor bracht. 'Hallo?'

'Ik wil alleen even zeggen dat ik enorm van je column van vanochtend genoten heb, schat,' zei haar moeder. 'Je zus zal er heel blij mee zijn, dat weet ik zeker. Je zegt zulke aardige dingen over haar boek. En ik vind dat je gelijk hebt dat er een elitaire houding ten opzichte van vrouwenboeken bestaat.'

'Mam, ik heb waarschijnlijk ook een deal met een uitgever!' riep Charley, en ze vertelde haar moeder over haar gesprek met Lester Owens.

'O, schat, gefeliciteerd. Dat is geweldig nieuws.'

'Nou ja, het is nog niet helemaal in kannen en kruiken, maar…'

'Wat is nog niet in kannen en kruiken?' vroeg Bram, die de keuken binnen kwam sloffen en een kop koffie inschonk. Bandit kwam aanrennen om hem te begroeten. 'Wat doet die hond hier toch?' vroeg hij, terwijl hij aan de keukentafel ging zitten.

Snel nam Charley afscheid van haar moeder. 'Hoe voel je je?'

'Moe en gammel. Wie belde er trouwens zo vroeg? Het is net het Grand Central Station hier. Waarom sta je zo te glunderen?'

'Ik heb misschien een deal voor mijn boek,' zei Charley, de neiging op en neer te springen beheersend.

'Schrijf jij een boek?'

'Over Jill Rohmer.'

'Over Jill Rohmer,' herhaalde Bram. Hij fronste zijn wenkbrauwen. 'Sinds wanneer?'

'Ongeveer een maand. Ze schreef me een brief, dat weet je toch nog wel. Toen we in Glens kantoor waren…'

'Wie is Glen in godsnaam?'

'Glen McLaren. De eigenaar van Prime.'

Terwijl Bram nadacht, vernauwden zijn ogen zich. 'Die vent die me geslagen heeft?'

'Ja die. Bandit is Glens hond, trouwens.'

Bram bracht zijn hand naar zijn voorhoofd, alsof hij door een acute hoofdpijn overvallen werd. 'Weet je, ik denk dat ik maar beter dronken kan zijn. Dan snap ik alles veel beter.'

'Heel grappig.'

De telefoon ging weer. Charley nam op. 'Hallo.'

'Ik had zojuist een zeer boeiend gesprek met ene meneer Lester Owens uit New York,' zei Alex. 'Hij is nogal geïnteresseerd in een boek dat geschreven wordt door een fantastische columnist en debutant-schrijver die ik blijkbaar representeer.'

'Meen je dat? Wil je dat?'

'Natuurlijk! Het is geweldig. Over een paar dagen komt hij met een voorstel. Gefeliciteerd.'

'Dank je. Ik ben er helemaal zenuwachtig van.'

'Dat kan ik me voorstellen. Hoe is het met je broer?'

Charley wierp een blik op Bram. 'Hij ziet er eigenlijk wel goed uit. We drinken net een kop koffie. Heb je zin om ook te komen?'

'Laat ik dat maar niet doen. Houd ik het aanbod tegoed?'

'Natuurlijk.'

'Ik bel je later.'

'Dat was vast Alex Prescott, aan die glimlach op je gezicht te zien,' zei Bram toen Charley de hoorn neerlegde en tegenover haar broer ging zitten.

'Hij gaat de onderhandelingen over mijn boek voeren.' Charleys glimlach verbreedde zich. Haar gezicht straalde.

'Is hij literair agent?'

'Hij is advocaat. Jills advocaat, om precies te zijn,' voegde ze eraan toe. Haar glimlach verdween.

'Jill Rohmers advocaat,' herhaalde Bram.

'Hij is heel goed.'

'Jij gaat dus met de man die Jill Rohmer verdedigde,' zei Bram vol ongeloof.

'Het is niet zo gek als het klinkt.'

'Gelukkig, want het klinkt inderdaad gek. Was dat boek zijn idee?'

Charley lachte spottend. 'Nee, integendeel. Hij wilde mij er helemaal niet bij betrekken.'

'Goed. Dat wil ik namelijk ook niet.'

Brams felheid verraste Charley. 'Hoezo niet? Waarom niet?'

'O, ik weet niet. Wacht, ik weet het wél. Jill Rohmer is gestoord. Ze snijdt net zo gemakkelijk je keel af als dat ze naar je kijkt. Wat dacht je daarvan?'

'Ik dacht dat je Jill niet kende.'

Bram streek met zijn vrije hand het haar uit zijn gezicht en liet zich achterover in zijn stoel zakken. 'Ik ken haar ook niet. Niet echt.'

'Niet echt? Hoe bedoel je?'

'Ik heb haar een keer ontmoet, en geloof me, één keer was meer dan genoeg. Ik ben toen behoorlijk van haar geschrokken.'

Charley stond op van tafel, rende naar haar slaapkamer en kwam terug met haar taperecorder. Ze zette hem midden op tafel en drukte op *record*. 'Vertel.'

'Moet dat nou, dat ding?'

'Ja. Vertel.'

'Het is niet belangrijk.' Bram hief zijn handen op, ten teken van overgave. 'Goed dan. Op een avond gingen Pam en ik na college ergens een pizza eten. Plotseling verschijnt Jill – wat leuk dat jullie hier ook zijn, toevallig zeg, enzovoort, enzovoort – ploft naast haar zus neer, begint van Pams pizza te eten en gaat schaamteloos met mij zitten flirten.'

'Hoe reageerde Pam?'

'Ze zat daar alleen maar, zei niks. Ik kreeg het gevoel dat ze bang voor haar zus was. Toen Jill opstond om weg te gaan, stootte ze "per ongeluk" Pams cola over haar heen. Pam voelde zich vreselijk vernederd. Toen ik haar weer mee uit vroeg, zei ze nee.'

'Was dat de enige keer dat je Jill ontmoet hebt?'

'Ja, de enige keer.'

'Weet je het zeker? Ben je nooit met haar uit geweest, heb je nooit met haar geslapen?'

'Dat zou ik me toch echt wel herinneren,' hield Bram vol.

'Is er niets anders wat je me moet vertellen?'

'Het was de eerste, de laatste en de enige keer dat ik haar gezien heb.'

'Waarom heb je me dit niet eerder verteld?'

'Ik dacht dat het niet belangrijk was. Waarom heb jij me niet verteld dat je een boek aan het schrijven bent?'

Waarom had ze hem dat eigenlijk niet verteld? 'Ik wilde wachten tot het wat meer vorm kreeg. Tot dusver heb ik alleen nog maar gegevens verzameld.'

'Bedoel je dat je Jill al ontmoet hebt?'

'Een paar keer, ja.'

'Zei ze niks over mij?'

'Nee. Ze heeft helemaal niet verteld dat ze je ontmoet heeft.'

'Misschien weet ze het niet meer.'

'Dat betwijfel ik.'

'Het verklaart in ieder geval wel waarom je nachtmerries hebt.'

De telefoon ging weer. Charley stond op en liep naar het aanrecht. 'Hallo?'

'Charley, met Lynn Moore,' kondigde haar buurvrouw aan. Charley stelde zich Lynn zittend aan de keukentafel voor, omringd door dildo's en met bont gevoerde handboeien. 'Ik wilde alleen maar even zeggen dat ik het volkomen eens ben met wat je over vrouwenromans zegt in je column van vanochtend.'

'Dank je,' zei Charley, en ze draaide zich weer om naar haar broer. Maar ze zag alleen een sliert stoom van zijn koffie, die langzaam verdween terwijl hij de kamer uit liep.

De dag was wel heel anders verlopen dan ze verwacht had, dacht Charley, toen ze Bram bij het appartement van zijn coach had afgezet en richting tolweg reed. Ze zou James om vijf uur bij zijn vader ophalen en het was al na vieren. En ze kon onmogelijk op tijd in Boynton Beach zijn, wat betekende dat ze ook te laat in Lantana zou zijn om Franny op te pikken. Elise zou haar staan opwachten met die verwijtende Elise-trek op haar gezicht die maakte dat Charley haar wilde slaan.

Dit was niet bepaald de manier waarop ik mijn zondag had willen doorbrengen, zei ze bij zichzelf. Ik had me deze dag in bed voorgesteld, heftig en hartstochtelijk vrijend met een van de meest geweldige minnaars van de wereld, een man die begreep hoe het lichaam van een vrouw werkte, die precies de juiste hoeveelheid druk wist toe te passen, op de juiste plek en op het juiste moment. In plaats daarvan was ze de hele dag met haar broer in de weer geweest; ze had hem naar zijn appartement in Miami gereden, waar ze een groot deel van de middag aangifteformulieren hadden zitten invullen. Daarna had ze hem naar Coral Gables gebracht om zijn coach te bezoeken; een man van middelbare leeftijd met bruin haar en een grijzende baard, die vriendelijk naar Charley had geglimlacht en haar had geadviseerd hulp te zoeken bij de Anonieme Alcoholisten. Ze had gezegd dat ze het zou doen zodra ze tijd had. Hij had geduldig geknikt en gezegd dat haar reactie hem erg aan haar broer deed denken, wat maakte dat ze ook hem wilde slaan.

We hebben beiden veel woede in ons, hoorde ze Jill in gedachten zeggen.

'Ik ben niet kwaad,' zei Charley hardop. 'Geil misschien, maar niet kwaad.' Trouwens, de dag had ook goed nieuws gebracht: het telefoontje van Lester Owens uit New York, de kans op een lucratief contract lag in het verschiet. Ze had wel wat te vieren, dacht ze, terwijl ze in noordelijke richting over de snelweg reed. Misschien kon ze met de kinderen uit eten gaan. Misschien kon ze Alex overhalen mee te gaan. Nee, dat was geen goed idee, dacht ze onmiddellijk. Het was nog veel te vroeg om hem aan haar kinderen voor te stellen. Toch? Wat zat ze allemaal te bedenken?

James zat naast zijn vader op het trappetje van Steves kleine caravan op de tamelijk chique camping in Boynton Beach waar hij woonde. 'Mama!' riep James, opspringend zodra hij haar auto zag. Hij stormde op haar af, toen ze over het paadje over het gras kwam aanlopen. 'Moet je horen! Je raadt het nooit! Papa gaat trouwen!'

Steve keek ongemakkelijk naar zijn laarzen en streek met zijn rechterhand door zijn lange blonde haar. 'We zouden toch even wachten voor we je moeder daarmee gingen overvallen,' zei hij, terwijl hij opkeek en bloosde. 'Sorry, Charley.'

'Gaan jullie trouwen?'

'We hebben nog geen datum, maar…'

'… jullie gaan trouwen.'

'Ja.' Steve glimlachte verwachtingsvol naar haar.

Charley wilde zijn glimlach beantwoorden, maar wist niet goed wat ze ervan vond. Niet dat ze niet verwacht had dat Steve een keer zou gaan trouwen. Niet dat ze nog enige belangstelling voor hem had. Het was meer dat alles tussen hen tot nu toe betrekkelijk gemakkelijk en ongecompliceerd verlopen was, net zoals haar contact met Ray soepel en simpel verliep totdat Elise in beeld kwam. 'Nou, gefeliciteerd,' hoorde ze zichzelf zeggen. 'Je ziet er gelukkig uit.'

'Ben ik ook. Dank je.'

'Ze heet Leeuw en ze is een Laurie,' kondigde James trots aan.

'Hoe bedoel je?'

'Hij bedoelt dat ze Laurie heet en een Leeuw is,' legde Steve uit. 'Leeuw is haar sterrenbeeld. Ze houdt zich met dat soort dingen bezig,' voegde hij er schaapachtig aan toe.

'Er zijn wel ergere dingen om je mee bezig te houden.' Charley dacht aan haar broer.

'Wil je met haar kennismaken?'

'Is ze hier?'

'Ze zit binnen te wachten.'

'In dat geval wil ik haar graag ontmoeten.' Charleys lichaam spande zich, toen Steve op de deur van de caravan klopte.

Een seconde later ging de deur open, en een knap meisje met bruin haar tot op haar middel en schitterend witte tanden stapte de late middagzon in. 'Fijn je te ontmoeten,' zei ze, haar hand uitstekend. 'Ik lees je columns op het internet sinds Steve verteld heeft wie je bent. Ze zijn hartstikke goed. Je bent Vissen, toch?'

Mijn hemel, dacht Charley, die meid is totaal gestoord. Maar ze vroeg: 'Hoe weet je dat?'

'Ik zweer je dat ik het haar niet verteld heb,' zei Steve trots.

'Het is overduidelijk. Je bent creatief, intuïtief en gevoelig. Dat zie je allemaal terug in je columns.'

Goed, misschien niet totáál gestoord, herzag Charley haar mening. 'Ben je astroloog?'

'Nee, het is gewoon mijn hobby. Ik ben Leeuw. Leeuwen zijn gek op dat soort dingen.'

'Laurie is tandtechnicus,' bracht Steve in het midden. 'Zo hebben we elkaar ontmoet.'

'Ik vond dat hij van die mooie tanden had,' zei Laurie giechelend.

'Hij heeft inderdaad prachtige tanden,' beaamde Charley.

'Heb ik mooie tanden?' riep James, terwijl hij zijn lippen met zijn vingers van zijn tandvlees omhoogtrok en zijn mond zo ver hij kon opende.

'Je hebt de mooiste tanden van iedereen,' zei Laurie net op het moment dat Charley dat oók wilde zeggen. James sloeg zijn armen om Lauries knieën, en als vanzelfsprekend streelde ze over zijn haar.

Ogenblikkelijk voelde Charley haar lichaam zich ontspannen. Wat maakte het uit dat Laurie een beetje gestoord was? Ze was lief en vriendelijk en blijkbaar was ze gek op haar zoon. Wat wilde ze nog meer? 'Ben je van plan hier te gaan wonen?'

'We hopen dat we een huis kunnen vinden,' antwoordde Laurie. 'Een huis dat we kunnen betalen.'

'We proberen te sparen,' voegde Steve eraan toe.

'Dan zal het vast lukken.'

'Ik hoop dat je op de bruiloft kunt komen,' zei Laurie.

Dit had Charley niet verwacht. 'Dat is lief van je.'

'Ik mag de ringen aandoen,' kondigde James trots aan.

'Aangeven,' verbeterde zijn vader.

'Het wordt een eenvoudige bruiloft,' vervolgde Laurie, 'en we zouden het geweldig vinden als James' zusje bloemenmeisje kon zijn.'

'Dat zal ze fantastisch vinden.'

'En als jij iemand mee wilt nemen…'

'Dat is aardig van je.'

'Nou, wat vind je van haar?' vroeg Steve, nadat Laurie weer terug in de caravan was gegaan en James in de gordels van zijn autozitje was vastgemaakt.

'Ik vind het een schat. Je hebt geluk, Steve.'

'Altijd gehad.' Steve boog zich naar voren en gaf haar een kus op haar wang. 'Bedankt, Charley.'

'Wees voorzichtig.'

'Jij ook.'

Even later reed Charley over de Military Trail richting Lantana. Pas toen ze in haar achteruitkijkspiegel keek of James goed zat, besefte ze dat ze huilde.

'Zo, zo. Kijk eens wie we daar eindelijk hebben,' zei Elise, de voordeur van haar kleine splitlevelwoning opentrekkend, nog voor Charley de gelegenheid had aan te bellen. Haar donkere krullen waren hoog op haar hoofd opgestoken in een weerbarstige knot die de baby op haar rechterheup probeerde los te wurmen.

'Sorry,' verontschuldigde Charley zich. 'Hallo, Daniel. Hoe is het met jou, schatje?'

'Het schatje krijgt tandjes en voelt zich ellendig. Hij heeft ons de hele nacht wakker gehouden. Franny! Je moeder is er,' riep Elise naar binnen. 'Ze is met Ray een fort van lego aan het bouwen. Ze zijn er al het hele weekend mee bezig. Franny! Je moeder staat te wachten! Wil je binnenkomen?' vroeg ze, niet bepaald uitnodigend.

Charley keek naar haar auto. James was vijf minuten voor ze in Lantana arriveerden in zijn autozitje in slaap gevallen. Ze wilde hem niet wakker maken. 'Laat ik dat maar niet doen.'

In de huiskamer ging de telefoon over; een, twee, drie keer.

'Verdomme. Kan niemand die telefoon opnemen?' vroeg Elise aan niemand in het bijzonder. 'Moet ik alles alleen doen hier?' De telefoon bleef rinkelen. De baby begon te huilen. Het leek of Elise op het punt stond hetzelfde te doen.

'Geef Daniel even aan mij, dan kan jij opnemen,' bood Charley aan.

Elise duwde de baby in Charleys armen en verdween naar binnen.

'Hallo, lieverd,' zei Charley tegen de baby die acht maanden was en zeker twintig pond woog. Hij staarde Charley aan alsof ze drie hoofden had. 'Heb je last van je tandjes? Ik weet misschien een tandtechnicus die je kan helpen.'

De baby stak zijn hand uit naar haar neus, greep het puntje vast en kneep erin.

'Die verdomde telemarketeers,' mopperde Elise, toen ze weer terugliep. 'Godsamme, Ray, het is nu wel genoeg geweest met dat stomme fort. Charley staat te wachten.'

'Kom er zo aan,' riep hij terug.

Elise schudde haar hoofd. 'Echt waar, hij is nog erger dan de kinderen.' Ze keek naar haar baby in Charleys armen. 'Kijk uit dat hij je niet onderkwijlt.'

'Geeft niet. Het is toch een oud shirt.' Daniels mollige knuistje ging van haar neus naar haar oor.

Elise zuchtte en leunde tegen de deurpost.

'Gaat het wel?'

'Ik ben zwanger,' antwoordde Elise, vermoeid haar schouders ophalend.

'O!'

'Ray vindt het geweldig, natuurlijk.'

'Jij niet?'

'Ik ben aan het eind van mijn Latijn. Ray! Franny! Komen!' Ze staarde naar de donker wordende lucht. 'Het is niet dat ik niet blij ben met de baby. Heus wel. Het is gewoon dat mijn hele leven de laatste paar jaar zo radicaal veranderd is. Ik ben getrouwd, werd stiefmoeder en daarna moeder. Nu krijg ik nog een kind. Soms heb ik het gevoel dat het allemaal te veel is, snap je? Ik zou wel "stop" willen gillen en alles op een rustiger tempo willen beleven.'

'Kan ik iets voor je doen?' vroeg Charley. De vraag verraste hen beiden. 'Ik bedoel, als je eens iemand nodig hebt om een middagje op Daniel te passen of zoiets…'

'Zou je dat doen?'

Zou ze dat doen? 'Waarom niet? Franny is hier vaak, en je was ook zo aardig om een paar keer op James te passen…'

'Probeer je me nou een rotgevoel te bezorgen omdat ik dat de laatste keer dat je belde niet wilde?'

'Wat? Nee, natuurlijk niet.'

'Sorry,' verontschuldigde Elise zich meteen. 'Ik ben gewoon een zeurpiet. Zo noemt Ray me de laatste tijd: zijn zeurpietje.'

Charley probeerde te glimlachen. Ze had er geen behoefte aan te weten wat voor troetelnaampjes haar ex-geliefde zijn huidige vrouw gaf. Maar ze begreep wat Elise bedoelde. Haar leven was de afgelopen twee jaar, sinds haar moeder terug was gekomen, ook drastisch veranderd. Alleen al in de afgelopen weken hadden zich allerlei schokkende gebeurtenissen voorgedaan: ze was een nieuwe fase in haar carrière tegemoet gegaan, had een man leren kennen die misschien meer dan een tijdelijke scharrel was, haar zussen en broer hadden – zij het met tegenzin – met een familiereünie ingestemd en ze had het contact met haar buren hersteld. Ze had verdomme zelfs een hond, ook al was het een logé. Steve ging trouwen en Ray kreeg nog een kind. Niets bleef hetzelfde. Er was geen tijd om achterom te kijken, alleen maar vooruit. En wanneer ze dat deed verwachtte ze alleen nog maar meer veranderingen.

'Betekent dit dat je vriendinnen wilt worden?' vroeg Elise zenuwachtig.

'God, nee,' antwoordde Charley onmiddellijk. Verandering kon ook omslaan in gekte.

Elise zuchtte opgelucht. 'Gelukkig. Dat leek me namelijk geen goed idee. Vanwege Ray en alles.'

'Ik wil geen vriendinnen worden,' zei Charley nadrukkelijk.

'Oké. Gelukkig.' Elise pakte de baby uit Charleys armen. 'Franny! Opschieten! Je moeder staat te wachten.'

Franny verscheen in de deuropening en pakte haar moeders hand. 'Tot ziens,' riep Charley zwaaiend, toen Ray achter zijn vrouw kwam staan en een hand beschermend op haar schouder legde.

'Rij voorzichtig,' riepen ze in koor, toen Charley achteruit de oprit afreed. Ze stonden nog steeds te zwaaien toen ze de bocht omging en op huis aan koerste.

28

'Ik begrijp dat je een contract met een uitgever hebt. Gefeliciteerd,' zei Jill toen ze de verhoorkamer binnenliep.

Charley verstijfde. Iets in de toon waarop Jill sprak alarmeerde haar, evenals het feit dat ze bijna een kwartier te laat was. Charley zette de taperecorder die al klaarstond aan en legde haar blocnote op de tafel voor haar recht. 'Je hebt Alex blijkbaar gesproken.'

'Ik heb hem vanochtend gebeld. Hij was nogal trots op zichzelf.'

'Dat mag ook wel. Hij heeft geweldig onderhandeld.'

'Hoe lang is dit eigenlijk al gaande? Die... onderhandelingen.'

Wat had Alex haar precies verteld? Charley besloot de weinig subtiele insinuatie van Jills opmerking te negeren en alleen antwoord te geven op de vraag die ze gesteld had. 'Sinds gisterochtend. Een uitgever deed een bod, Alex deed een tegenbod. Dat ging een paar keer over en weer, en tegen het eind van de ochtend kwamen ze tot een akkoord. Zojuist, toen ik op het punt stond van kantoor te vertrekken, belde Alex me om het goede nieuws te vertellen.'

'Ik denk dat ik hem direct daarna aan de telefoon had.'

'Dat zal wel, ja.'

'Ik had al het gevoel dat er iets aan de hand was.'

'Het lijkt wel of je geërgerd bent,' merkte Charley op.

'Waarom zou ik geërgerd zijn?'

'Weet ik niet. Heb ik gelijk?' Verbeeldde ze het zich?

'Heeft hij een goede deal gesloten?' Jill trok haar stoel van tafel, maar bleef staan.

'Volgens mij wel. Gezien het feit dat het mijn eerste boek is en alles.'

'En alles,' herhaalde Jill.

'Is er iets, Jill?' Charley maakte het bovenste knoopje van haar witte bloes los en draaide het dunne, gouden kettinkje om haar hals recht. 'Dit is toch wat we wilden?'

'Ja.'

'Waarom doe je dan zo?'

'Hoe bedoel je?'

'Ik weet het niet. Ik heb gewoon het gevoel... Je vertelt me toch wel alles, hè?'

'Dat kan ik beter aan jou vragen.'

'Met mij gaat het prima,' zei Charley.

'Dat geloof ik graag. Je hebt een uitgever voor je boek, een nieuwe vriend...'

'Een nieuwe vriend?'

'Hoe lang is dat eigenlijk al aan de gang?'

'Hoe lang is wát al aan de gang?'

'Alsjeblieft Charley, ik ben niet achterlijk.'

'Dat denk ik ook helemaal niet.'

'Behandel me dan ook niet alsof ik gestoord ben.'

'Wat heeft Alex je eigenlijk verteld?'

'Alex? Die bijt nog liever z'n tong af dan dat hij iets over z'n privéleven loslaat.'

'Hoe kom je er dan bij?'

'Ontken je het?' vroeg Jill.

Kon ze het ontkennen? vroeg Charley zich af.

'Denk je dat iemand me moet vertellen dat er iets tussen jou en Alex is? Denk je dat ik geen ogen in mijn kop heb? Denk je dat het me niet opvalt? Denk je dat ik niet zie hoe hij naar je kijkt, dat ik niet hoor hoe trots zijn stem klinkt als hij alleen al je naam uitspreekt? Denk je dat ik het niet aan je gezicht kan zien? Ga zo door, Charley. Lieg maar tegen me. Zeg maar dat je niet met hem naar bed gaat. Houd maar vol. Doe het met overtuiging. Wie weet ga ik je nog geloven.'

'Het gaat je niks aan,' zei Charley in plaats daarvan, haar toon verzachtend om haar woorden minder scherp te doen klinken.

'Je neukt met mijn advocaat en het gaat me niks aan?' vroeg Jill. 'Ik bedoel, is dat niet op z'n zachtst gezegd een beetje onethisch?'

'Er gebeurt niets onethisch.'

'Neuk je niet met mijn advocaat?'

'Hij is niet míjn advocaat.'

'Heeft hij niet de onderhandelingen voor je boek gevoerd?'

'Dat was pas na...' Charley zweeg toen ze een sluw lachje om Jills mond zag verschijnen. 'Er is niets onethisch aan het feit dat ik iets met Alex heb.'

'Je hebt dus iets met hem? Hij was eerst van mij, weet je nog.'

'Van jou?'

'Míjn advocaat. Míjn vriend,' zei Jill met hoge stem. 'Hij wilde helemaal niet dat ik dit boek ging doen. Hij zei dat hij het een slecht idee vond. En hij wilde al helemaal niet dat jij erin betrokken werd. Hij vond je te oppervlakkig, een lichtgewicht.'

'Ik weet wat hij van me vond.' Het verbaasde haar dat de woorden haar nog steeds konden kwetsten.

'Hij vond je ook helemaal niet zo aantrekkelijk. "Ze kan ermee door," zei hij tegen me toen je voor het eerst bij hem op kantoor was geweest. "Weet je zeker dat je niet iemand wilt zoeken die wat meer in huis heeft?" Maar plotseling probeerde hij me er niet meer van te overtuigen dat ik een ander moest zoeken en klonk zijn stem teder als hij je naam zei. Toen wist ik dat er iets gaande was. Waarschijnlijk nog voor jullie viespeuken het zelf doorhadden.'

'Het spijt me dat je het erg vindt.' Het was duidelijk dat Jill Alex als haar persoonlijk eigendom beschouwde en Charley als een indringer zag.

'Alex is een serieuze vent,' riep Jill, terwijl de tranen in haar ogen sprongen. 'Hij verdient het niet dat je zijn hart breekt.'

'Wie zegt dat ik dat ga doen?'

'Niet dan?'

'Ik heb geen idee hoe het gaat lopen.'

'Hij is dol op je. Ik zie het.'

'Ik ben ook dol op hem,' zei Charley.

'Nou, hiep hoi. En ik dan, waar blijf ik?'

'Alex zal je echt niet in de steek laten, Jill.'

'O nee? Hij komt nauwelijks meer op bezoek.'

'Ik weet dat hij aan je hoger beroep werkt.'

'Hij gaat verliezen.'

'Misschien niet. Zodra jij iedereen vertelt wat er werkelijk is gebeurd, zodra de autoriteiten eenmaal weten wie er nog meer bij betrokken was...'

'Wil je beweren dat het boek mijn leven kan redden? Dat ik Charley Webb als mijn redder en verlosser moet erkennen?'

'Je weet best dat ik dat niet bedoel.'

'Je wilt gewoon weten wie Jack is,' stelde Jill vast.

Charley leunde naar voren in haar stoel en Jill hield op heen en weer te lopen. Ze wist dat Jill haar wilde provoceren en dat alles wat ze over dit onderwerp zou zeggen verkeerd was.

'En als ik nu eens besluit het je niet te vertellen?' vroeg Jill.

Charley probeerde uit alle macht de uitdrukking op haar gezicht zo passief mogelijk te houden, te doen alsof Jills dreigement haar koud liet. 'Dat is je goed recht.'

'Inderdaad.' Jill rechtte haar rug en strekte haar nek van links naar rechts alsof ze zich op een gevecht voorbereidde. 'Hoe moet het dan verder met dat geweldige contract van je? Hoe moet het verder als ik vind dat ik je al meer dan genoeg verteld heb?'

'Het contract voor mijn boek zou ongewijzigd blijven. Ik heb voldoende informatie, om maar niet te spreken van je bekentenis die op band staat. Alles wat er nog bijkomt zal de kers op de taart zijn.'

'De kers op de taart,' herhaalde Jill, en ze schoot in de lach. 'Ik weet niet wat Jack ervan zou vinden om "de kers" genoemd te worden.' Ze ging op haar stoel zitten, strekte haar benen voor zich uit en staarde naar de muur tegenover haar. 'Hoewel hij natuurlijk heerlijk is.' Ze liet haar tong over haar onderlip glijden en keek Charley weer aan.

'Persoonlijk,' vervolgde Charley, in een poging het over een andere boeg te gooien, 'zou ik het natuurlijk erg jammer vinden als we nu zouden stoppen.'

'Persoonlijk? Wat bedoel je daar precies mee?'

'Ik dacht dat we een band hadden.'

'Wil je daarmee zeggen dat je me als een vriendin beschouwt?'

Betekent dit dat je vriendinnen wilt worden? hoorde Charley Elise in gedachten vragen.

'Nee,' antwoordde Charley. 'We zijn geen vriendinnen.'

'Wat gebeurt er met onze wekelijkse afspraken als je alle informatie hebt die je nodig hebt?' vroeg Jill, terwijl haar ogen zich opnieuw met tranen vulden. 'Zal ik je ooit nog zien?'

'Natuurlijk.'

'Waar? In de krant? Op tv? Of in mijn dromen?'

'Ik weet niet hoe het allemaal gaat lopen.'

'Ik wel,' zei Jill. Ze trok aan haar haar en veegde met de achterkant van haar hand de tranen uit haar ogen. 'Ik weet zeker dat je geen tijd meer voor me zult hebben als je dat boek af hebt. Dan heb je je handen vol aan andere projecten en aan Alex. Misschien gaan jullie wel trouwen. Ga je me voor de bruiloft uitnodigen?'

'Ho, ho. Je loopt nu wel erg hard van stapel.'

'Je komt echt niet meer terug,' hield Jill vol, haar hoofd heftig heen en weer schuddend. 'Wie komt er dan bij me op bezoek? Denk je dat Jack komt?'

Charleys adem stokte. 'Ik weet het niet. Is hij hier wel eens op bezoek geweest?'

Jill haalde diep adem en keek rusteloos om zich heen tot haar blik op de taperecorder midden op tafel bleef rusten. 'Wanneer moet je dat boek eigenlijk af hebben?' vroeg ze.

'Aan het eind van het jaar.'

'Zo, dus theoretisch gezien kan ik je nog tien maanden aan het lijntje houden.'

'Ben je daarmee bezig? Me aan het lijntje te houden?'

'Misschien.'

'Heb je me daarom niet verteld dat je mijn broer kent?'

'Je hebt mij nooit verteld dat je het met mijn advocaat doet,' wierp Jill tegen.

'Ik wil niet voor de gek gehouden worden, Jill. Dat heb ik je de eerste keer dat we elkaar ontmoetten meteen duidelijk gemaakt.'

'En ik wil niet als gebruikte Kleenex afgedankt worden.'

Charley stak haar hand uit over tafel en klikte de taperecorder uit.

'Wat doe je nou?'

'We komen geen stap verder zo, Jill.' Charley stond op en liet de recorder in haar tas vallen.

'Hoe bedoel je? Wacht. Je gaat toch niet weg?'

'Volgens mij heb je tijd nodig om na te denken en te beslissen of je wel door wilt gaan.'

'Ik wil dat je gaat zitten. Ik wil dat je tegen me praat.'

'Dat is niet de reden waarom ik hier ben, Jill. Het is de bedoeling dat jij tegen míj praat.'

'Goed. Oké, dan. Ik zal praten. Ga zitten. Doe in godsnaam niet zo ongeduldig. Waar is je gevoel voor humor gebleven?'

'Ik heb nog niets grappigs gehoord,' antwoordde Charley, terwijl ze weer ging zitten en de taperecorder opnieuw midden op tafel zette.

'Zal ik iets grappigs vertellen?' vroeg Jill. 'Mijn vader was er gisteren weer. Dat was behoorlijk grappig.'

Charley wachtte tot Jill verderging.

'Hij zegt dat mijn moeder achteruitgaat. Dat het steeds moeilijker voor hem wordt haar thuis te verzorgen.'

'Ik had de indruk dat je zus vooral voor haar zorgde.'

'Ja, dat is nou juist het leuke ervan. Wat moet die arme Pammy nu doen? Zij is het lachertje van het hele verhaal.'

'Hoezo?'

Jill haalde haar schouders op. 'Pammy is een lachertje.'

'Je mag je zus niet erg, hè?'

Jill glimlachte op haar allerliefst. 'Waar heb je het over? Ik hou van mijn zus. Hou jij niet van je zussen?'

Charley negeerde Jills vraag. 'Probeerde je daarom altijd haar vriendjes te versieren?'

'Daar hoefde ik niet veel voor te doen.' Ze was even stil. 'Vraag maar aan je broer, als je me niet gelooft.'

Ook dit keer probeerde Charley niet te reageren, maar haar ogen verraadden haar. 'Bedoel je dat er iets tussen jou en mijn broer is voorgevallen?'

'Ik zeg toch dat je het hem zelf moet vragen.'

'Heb ik al gedaan.'

'Nou dan weet je het.'

'Hij heeft gezegd dat er niks gebeurd is.'

'Dan zal dat wel zo zijn.' Haar glimlach verbreedde zich. 'Broers en zussen liegen niet tegen elkaar, toch?'

'Ik geloof mijn broer.'

'Dat is goed. Ik denk dat je dat moet doen.'

'Waarom heb je een hekel aan je zus?' vroeg Charley, terwijl ze haar stem probeerde te beheersen.

'Ik heb nooit gezegd dat ik een hekel aan mijn zus heb. Jij zei dat.'

'Omdat ze beter was dan jij?'

'Waarin?'

'Pam was altijd het brave, leergierige, verstandige meisje.'

'De martelares,' onderbrak Jill haar.

'Degene die voor je moeder zorgde, die het gezin bijeenhield…'

'Nou dat is goed gelukt!'

'Volgens je eigen aantekeningen bracht ze je, toen je klein was, elke dag naar school, smeerde ze tussen de middag een boterham voor je, maakte ze je huiswerk af zodat je niet in de problemen zou komen…'

'… en haalde ze opgelucht adem toen Ethan bij mij in bed kroop in plaats van bij haar,' snauwde Jill. 'O, ja. Wat was ze geweldig. Ze zorgde fantastisch voor me!'

'Wat had ze kunnen doen?'

'Weet ik veel. Ze had het tegen iemand kunnen zeggen misschien? Zij was toch zo verstandig? Zij was degene naar wie iedereen luisterde, degene die iedereen geloofde. Ik was het liegbeest, de lastpost. Denk je dat iemand me had geloofd als ik verteld had dat mijn broer me misbruikte en …'

'En?' Deze ene lettergreep zweefde over tafel en bleef dreigend tussen hen in hangen.

'Moet ik het voor je uitspellen?'

'Viel je vader je lastig?'

'Hij bedreef sodomie met me!' gilde Jill. 'En wil je iets heel grappigs horen? Wil je iets horen wat zo leuk is dat je helemaal in een deuk ligt? Hij zei dat hij het om mijn bestwil deed. Omdat ik dan niet bang hoefde te zijn dat ik zwanger zou raken. Was dat nou niet attent van hem?' Jill wist een nieuwe huilbui te onderdrukken. 'En nu komt hij me bezoeken en doet hij alsof er nooit iets gebeurd is, alsof ik de normaalste jeugd van de wereld gehad heb. En wat doe ik? Ik doe doodleuk aan die achterlijke schertsvertoning mee.'

'Heb je hem er nooit op aangesproken?'

'Heb jij je vader er ooit op aangesproken?' vroeg Jill.

'Hoe bedoel je?'

'Heb jij je vader ooit op zijn gedrag aangesproken?'

'Mijn vader heeft me nooit lastiggevallen.'

'Nee? Maar wat deed hij wel?'

'Niets. Dat was nu juist het probleem.'

'Lijkt op mijn probleem met Pam.'

Er viel een stilte.

'Interessant, hè?' vervolgde Jill. 'Ik kan wat mijn vader en Ethan deden negeren, maar ik kan me er niet overheen zetten dat Pammy en mijn moeder níéts deden. Jij hebt je moeder kunnen vergeven dat ze je in de steek heeft gelaten, maar je kunt het niet opbrengen je vader te vergeven, voor het feit dat hij niets gedaan heeft.'

'Wat een belachelijke onzin,' foeterde Charley uren later nog, toen ze over de gang van de derde verdieping van de *Palm Beach Post* naar haar kantoor stormde en Jills woorden in haar hoofd nagalmden. 'Zorg dat ze geen vat op je krijgt. Zorg dat ze geen vat op je krijgt.'

'Charley?' riep Michael Duff vanuit zijn kantoor toen ze langs marcheerde. 'Heb je even?'

'Natuurlijk.' Charley bleef even staan om tot rust te komen en liep vervolgens terug naar Michaels kantoor.

'Ik kan je feliciteren, heb ik begrepen,' zei hij toen ze binnenkwam.

'Feliciteren?'

'Ik werd vanmiddag gebeld door een vriend van me uit New York. Een van mijn stercolumnisten heeft blijkbaar een contract met een uitgever gesloten.'

'Ik weet het pas sinds vanochtend. Ik was van plan het je te vertellen,' stamelde Charley.

'De uitgeverswereld is tamelijk incestueus. Nieuws verspreidt zich snel.'

'Er kwam van alles tussen. Sorry.'

'Je hoeft je niet te verontschuldigen. Maar vergeet niet dat ik op een voorpublicatie reken.'

'Afgesproken,' beloofde Charley terwijl ze Michaels kantoor verliet en naar haar eigen werkplek liep.

'Gefeliciteerd,' riep iemand van de technische dienst toen ze de hoek omkwam.

'Dank je,' riep Charley terug, en ze dacht: inderdaad, nieuws verspreidt zich snel.

Mitchell Johnson zat achter haar computer.

'Mitchell?' vroeg Charley. Hij draaide zich met een ruk naar haar om en werd knalrood. 'Kan ik iets voor je doen?'

Hij sprong op. 'Michael vertelde me dat je een uitgever voor je boek hebt gevonden. Ik wilde je feliciteren, maar je was er niet.'

'En dan strijk je maar gewoon neer?'

'Ik zat te wachten tot je terugkwam.'

Charley gebaarde naar haar computer. 'Nog iets interessants gevonden?'

'Niet echt.' Hij lachte, het klonk hol en geforceerd. 'Een boek en een wekelijkse column. Neem je niet een beetje te veel hooi op je vork?'

'Ik denk dat ik dat wel aankan.'

'Flinke meid.'

'Ik denk ook dat je moet gaan.'

Mitchell trok zijn mond in een onaantrekkelijke pruillip samen. 'Zoals je wilt.'

'En blijf voortaan uit mijn kantoor als ik er niet ben,' zei Charley terwijl hij langs haar weg beende. Ze zag hoe zijn rug zich enigszins verstrakte, en vervolgens was hij verdwenen, maar de weeë geur van zijn aftershave bleef hangen. 'Verdomme,' zei ze, terwijl ze de spulletjes op haar bureau waar hij waarschijnlijk aangezeten had rechtzette: de blocnotes en de zwarte pennen, de glazen presse-papier in de vorm van een appel, de maandkalender van de plaatselijke makelaar, het stuk paarsrood kristal dat geluk moest brengen. 'Eigenlijk zou ik alles met een spray moeten behandelen,' zei ze, terwijl ze zich afvroeg of Mitchell geprobeerd had een van haar computerbestanden te openen. Hij had de reputatie dat hij graag zijn neus in andermans zaken stak en het was waarschijnlijk niet voor het eerst dat hij zonder haar medeweten in haar kantoor zat. Ze boog zich over haar stoel en opende haar e-mail in de hoop dat er niets dringends was. Het was vijf uur geweest. Ze had een zware dag achter de rug en verlangde naar huis.

Van:	Lester Owens
Aan:	Charley@CharleysWeb.com
Onderwerp:	Welkom aan boord!
Datum:	Woensdag 28 februari 2007, 02:10

Beste Charley,

Ik kan niet genoeg zeggen hoe geweldig ik het vind dat we tot een deal zijn gekomen en dat je je bij de Pinnacle Books-familie aansluit! Zo zien we onszelf namelijk, als een familie! Welkom! Ik zal je binnenkort bellen en ik hoop je op korte termijn persoonlijk te ontmoeten. Toch wil ik de gelegenheid te baat nemen om je welkom aan boord te heten en mijn hoop op een langdurige en voorspoedige samenwerking uit te spreken. Als je iets nodig hebt of als ik iets voor je kan doen, laat het me alsjeblieft weten. Ik sta geheel tot je beschikking. Met spanning kijk ik uit naar je eerste hoofdstukken.

Vriendelijke groeten,
Lester Owens

Van:	Een ongeruste fan
Aan:	Charley@CharleysWeb.com
Onderwerp:	Je laatste columns
Datum:	Woensdag 28 februari 2007, 02:32

Beste Charley,

Als trouwe lezer van je columns moet me van het hart dat je laatste stukken mij hebben verontrust. Ze zijn veel te serieus en te tolerant. Waar is de Charley van vroeger? De Charley die een ouwehoerboek als *Remember Love* zou neersabelen, die het op de vuilnisbelt, waar het thuishoort, zou smijten.

Heeft het feit dat je zus de schrijver is je oordeel beïnvloed? Uit de vorige columns over je familie kreeg ik de indruk dat je daar lak aan had. Ik had het waarschijnlijk mis. Ik schrijf dit in de hoop dat je in je column van aanstaande zondag weer in topvorm bent. Misschien moet je weer naar de schoonheids-salon voor een nieuwe Brazilian wax. Het wordt wel weer eens tijd, lijkt me. Liefs, een ongeruste fan.

Van:	Enthousiasteling
Aan:	Charley@CharleysWeb.com
Onderwerp:	Je bent de beste!
Datum:	Woensdag 28 februari 2007, 10:10

Beste Charley,

Ik wil je even laten weten dat ik heel erg van je laatste columns genoten heb. Ze waren niet alleen amusant, zoals gewoonlijk, maar boden ook nieuwe inzichten. Wat je te zeggen had over het boek van je zus vond ik met name hart-verwarmend, ik ben dan ook blij dat het met je familie de goede kant op gaat. In de wereld van vandaag is er niets zo belangrijk als je familie. Ik wens jullie allen veel geluk.

Van:	Glen McLaren
Aan:	Charley@CharleysWeb.com
Onderwerp:	Bandits en andere vreemde snuiters
Datum:	Woensdag 28 februari 2007, 03:28

Hoi Charley.

Dit is zo'n brief met goed en slecht nieuws. Eerst het goede nieuws: ik heb een drukke tijd achter de rug met mijn zoon, een fantastisch joch trouwens, bovendien heb ik een paar investeerders gesproken die er misschien gat in zien dat ik hier in de buurt van Raleigh een paar nachtclubs open. Dit brengt me op het slechte nieuws: ik moet waarschijnlijk een paar dagen langer blijven dan aanvankelijk gepland, ik hoop dat dit voor jou geen probleem is wat Bandit betreft. Ik weet dat ik gebruikmaak van onze vriendschap – is het aanmatigend van me dat ik zeg dat we vrienden zijn? – maar ik hoop dat je het me zult vergeven en dat je met me uit eten gaat als ik weer terug ben. Zeg tegen het kleine mormel dat ik hem mis en geef hem een knuffel en een kus van me. (Jij kunt er ook een krijgen.) Tot gauw. Bedankt en alle goeds, Glen.

'Nee!' riep Charley hardop uit, het besef dat ze geen afstand van Bandit wilde doen sloeg bij haar in als een bom. In de korte tijd dat ze voor hem zorgde, had hij een plaats in haar leven veroverd. Hij deelde haar dagen, haar nachten, zelfs haar bed. 'Huppekee' was een vanzelfsprekend onderdeel van haar woordenschat geworden en zijn lieve kop op haar schouder gaf net zoveel troost als een zacht kussen.

En nu moest ze hem binnenkort teruggeven.

'Nee. Dat kan ik niet. Bandit is van mij. Van mij, van mij, van mij.' Ze stond net op het punt Glens e-mail te beantwoorden, hem te zeggen dat ze Bandit voor geen goud zou teruggeven, hem te smeken als het moest, toen ze zag dat ze nog een e-mail had. Ze klikte hem open.

Van:	Iemand met smaak
Aan:	Charley@CharleysWeb.com
Ondorwerp:	Je kinderen
Datum:	Woensdag 28 februari 2007, 04:02

Beste Charley,
Ik kom eraan. Duurt nu niet lang meer.

29

'Franny, James, waar zijn jullie?'

De stilte die op Charleys vraag volgde was bijna ondraaglijk. Vastberaden liep Charley van haar slaapkamer de woonkamer in en ging vervolgens, haar tred versnellend en met Bandit op haar hielen, terug door de keuken en de hal naar de slaapkamer van de kinderen. 'Franny? James?' Ze waren druk in een spelletje Twister verdiept geweest toen ze besloten had nog wat op te ruimen voordat haar zussen kwamen, maar nu, waar waren ze...? Ze controleerde de badkamer en de kasten, snelde terug naar de keuken, liep de patio op en speurde de kleine binnenplaats af. Er was niemand te bekennen. 'Franny? James?' Charleys stem steeg paniekerig en ze wierp een snelle blik over de houten schutting in de achtertuin van de buren. Tot haar opluchting was het zwembad van Doreen Rivers leeg, en bovendien, stelde Charley zichzelf gerust, zouden haar kinderen nooit gaan zwemmen zonder eerst toestemming te vragen. Ze zouden nooit zomaar ergens heen gaan.

Maar waar waren ze dan?

'Problemen?' vroeg een stem ergens boven Charleys hoofd.

Ze bracht haar hand naar haar voorhoofd om haar ogen tegen de felle middagzon te beschermen en keek omhoog naar Gabe Lopez' nieuwe dakpannen. De bouwvakker met de gele helm keek vanaf het dak op haar neer, zijn knappe gezicht was bezweet. 'Heb je mijn kinderen toevallig gezien?' vroeg Charley.

Hij schudde zijn hoofd. 'Sinds vanochtend niet meer.'

Charley knikte zwijgend, bang dat als ze nog iets zou zeggen, ze zou gaan gillen. Waar waren ze in godsnaam? Ze had hun toch duidelijke instructies gegeven de deur niet open te doen zonder dat zij erbij was en zelfs Bandit niet uit te laten? Ze liep de keuken weer in, trok de patiodeur achter zich dicht en kon nog net voorkomen dat

Bandits achterpoten bekneld raakten. 'Oké, rustig. Rustig. Denk even rustig na. Waar kunnen ze zijn?'

Toen hoorde ze iets, een piep, een gilletje, gevolgd door het onmiskenbare geluid van ingehouden gegiechel, dat ergens uit de richting van de hal kwam.

'James? Franny?' Opnieuw marcheerde Charley door de hal naar de kinderslaapkamer en gluurde naar binnen. En weer zag ze niets. Plotseling schoot Bandit naar het dichtstbijzijnde bed en stak, als een dolle kwispelend, zijn neus onder het overhangende dekbed.

'Ga weg Bandit,' fluisterde een stemmetje, terwijl er een handje onder het dekbed vandaan kroop om de nieuwsgierige hond opzij te duwen.

Bandits staartje ging zo heftig heen en weer dat het beestje dreigde om te vallen. Hij blafte drie keer, wachtte en blafte nogmaals.

'Oké, jongens, zo is het genoeg. Kom eronder vandaan.' De toon waarop Charley het zei maakte duidelijk dat het menens was.

Franny kwam als eerste uit haar schuilplaats onder het verste bed tevoorschijn. Haar zojuist geborstelde haar stond alle kanten op en haar gestreken witte bloesje zat onder het stof.

'Mijn hemel, kijk nou eens hoe je eruitziet,' jammerde Charley, en ze wist niet wat ze liever deed, haar dochter door elkaar rammelen of omhelzen. 'Waar zaten jullie nou? Ik ben jullie al vijf minuten aan het roepen.'

'We speelden verstoppertje,' gilde James, terwijl hij onder het bed vandaan kroop en overeind krabbelde.

'O ja? De volgende keer moeten jullie dat wel even zeggen.'

'Ben je boos?' vroeg Franny. 'Je klinkt boos.'

'Zeg maar liever razend. Ik ben me doodgeschrokken.'

'Waarom ben je je doodgeschrokken?' James tilde Bandit op en begon hem wild heen en weer te schudden.

'Omdat ik niet wist waar jullie waren, daarom,' snauwde Charley, en ze zweeg toen ze de tranen in haar dochters ogen zag springen. 'Sorry,' haastte ze zich te zeggen. 'Ik hoef natuurlijk niet zo te schreeuwen. Laat maar verder. Het is goed zo.' Het is helemáál niet goed, vervolgde ze in gedachten. Er loopt een of andere idioot rond die dreigt jullie iets aan te doen. Iemand die in zijn laatste e-mail zei dat hij binnenkort zal komen. En de politie weet niet wat ze moet doen. Volgens hun deskundige zijn de e-mails van verschillende computers afkomstig, waardoor het bijna onmogelijk is de verzender op te sporen. Alles wat ik kan doen is extra goed opletten, maar wat als dat niet genoeg is? *Wat als dat niet genoeg is?* Charley dacht aan Jill Rohmers huiveringwekkende bekentenis, aan het feit dat er legio gekken vrijuit rondliepen en hoe makkelijk het was onschuldige kinderen van het leven te beroven. 'Het komt door dat project waar ik mee bezig ben,' zei ze. 'Ik word er een beetje nerveus van.'

'Wat is dat, nerveus?' vroeg James.

'Zenuwachtig,' legde Charley uit. 'Prikkelbaar.'

'Wat is prikkelbaar?'

'Dat wil zeggen dat ze met dat project moet kappen,' antwoordde Franny, de kamer uit lopend.

'Mogen we met Bandit wandelen?' James zette het spartelende beestje op de grond.

'Straks. Als oma er is. Dan ga ik met jullie mee.'

'Mogen we vingerverven?'

'Nee schat, vandaag niet. Mama's zussen komen op bezoek, weet je nog, en ik weet niet precies hoe laat ze er zullen zijn.'

'Wat mogen we wel doen?'

De bel ging.

'Ik doe open,' zei James, de kamer uit rennend.

'Wacht op mij,' riep Charley hem na.

Maar de deur was al open voordat Charley en haar kinderen in de hal waren. 'Ik vergeet steeds dat ik een sleutel heb,' zei Elizabeth Webb verontschuldigend, waarna haar glimlach plotseling in een frons veranderde. 'Wat is er aan de hand?'

'Mama is prikkelbaar,' riep Franny.

'Ik verveel me,' zei James.

'En jij, wat ben jij?' vroeg Elizabeth aan Franny.

Franny keek haar moeder dreigend aan. 'Ik ben bóós,' zei ze.

'Mijn hemel,' riep Elizabeth. 'Volgens mij kom ik als geroepen.'

'Ga jij voor de zussen koken?' vroeg James.

'Ja. De boodschappen staan in de auto. Wil je me helpen de tassen naar binnen te dragen?'

James was de deur al uit toen hij plotseling bleef staan en zich omdraaide. 'Mag het?' riep hij naar zijn moeder.

Charley knikte. De telefoon ging. 'Houd ze goed in de gaten,' fluisterde ze haar moeder toe.

'Natuurlijk.'

'Je ziet er mooi uit,' voegde Charley eraan toe, haar moeders felrode bloes en zwierige, zwarte rok bewonderend. Elizabeth klopte op de nette wrong in haar nek en glimlachte meisjesachtig. De glans in haar ogen werd door een vleugje mascara geaccentueerd. Charley ging naar de keuken en nam de telefoon op terwijl haar moeder bijna dansend naar de voordeur liep. Ze kreeg nauwelijks de kans om hallo te zeggen.

'Charlotte, met Emily,' zei haar zus.

Onmiddellijk wist Charley dat er iets aan de hand was. Er was een spanning in de stem van haar zus die verderging dan het gebruik van haar officiële naam. Maar ze drukte haar gedachten weg en overstemde die met een stortvloed van woorden. 'Emily, godzijdank. Ik probeer jou en Anne al de hele week te bereiken. Waar zitten jullie? Zijn jullie net aangekomen? Zal ik jullie op komen halen?'

'Charlotte... Charley...Wacht. Luister even.'

'Mam is hier net met alle boodschappen. Ze gaat die heerlijke kip maken. Ik weet niet of je het nog weet, maar het is de lekkerste...'

'Charley, we komen niet.'

'Wat zeg je? Doe niet zo gek. Hebben jullie dat hele eind toch niet voor niks gereisd? Jullie komen toch wel eten?'

'We zijn niet in Florida.'

'Hoe bedoel je?'

'Voorzichtig met die tas, James,' riep Elizabeth toen James de keuken in rende, gevolgd door zijn zus en oma. 'Er zitten flessen in die niet mogen breken.' Elizabeth hielp James de tas voorzichtig op het aanrecht te zetten terwijl Franny nog meer tassen op de keukentafel deponeerde. 'Oké. We gaan nog een keer. Er is nog veel meer. Ik denk dat ik wat al te enthousiast geweest ben,' zei ze naar Charley knipogend.

'Hoe bedoel je, "we zijn niet in Florida"?' fluisterde Charley nijdig in de hoorn.

'Anne heeft besloten haar lezing af te zeggen.'

'Waar heb je het over? Wanneer heeft ze dat besloten?'

'Een paar dagen geleden. Ze belde me vanuit Atlanta en zei dat ze van gedachten veranderd is.'

'Van gedachten veranderd,' herhaalde Charley op matte toon.

'En ze nam niet de moeite dat aan mij te vertellen.'

'Ze wilde er niet een hele toestand van maken.'

'Je bedoelt dat ze niet wilde dat ik zou proberen haar over te halen,' verbeterde Charley haar.

'Ik denk niet dat dat je gelukt was. Ze reist nu al weken het hele land door. Ze is bekaf.'

'Toevallig dat ze juist Florida laat schieten.'

'Dat is niet toevallig natuurlijk.'

'Kon je haar niet tot rede brengen?'

'Waarom zou ik? Ik ben het helemaal met haar eens. Als er iemand tot rede gebracht moet worden ben jij het wel.'

Charley schudde haar hoofd. Ze was kwaad en kon het niet geloven. 'En dat interview met *People*?'

'Dat is verzet naar volgende week. In New York. Je bent natuurlijk van harte welkom om ook te komen.'

'Ik dacht het niet.'

'Doe niet zo koppig, Charley. Je gooit je eigen glazen in.'

'Denk je dat?'

'Ja toch? Ik hoorde dat je een contract voor je boek hebt. Het is een uitgelezen moment om naar New York te komen, lijkt me.'

Ik kom eraan. Duurt nu niet lang meer.

'Ik kan nu niet weg.'

'Nee? Nou, het maakt ook eigenlijk niet uit. Dat artikel gaat toch vooral over Anne. Waarschijnlijk zal iemand van het tijdschrift volgende week contact met je opnemen, misschien willen ze je nog een uitspraak ontlokken of zo. Ik moet gaan nu...'

'Jullie hadden moeten komen eten.'

'We doen niet altijd wat we zouden moeten. Weet je, het is klaar nu. Het heeft geen zin om het er verder nog over te hebben.'

'Ze zal vreselijk teleurgesteld zijn,' zei Charley toen haar moeder opnieuw de keuken in kwam en nog meer tassen met boodschappen op het aanrecht zette.

'Daar komt ze wel overheen. Nou, doe de kinderen de groeten, ik spreek je wel weer.'

'Wel weer,' herhaalde Charley, de woorden herkauwend, en de verbinding werd verbroken.

'Wie zal er teleurgesteld zijn?' vroeg haar moeder, terwijl Franny en James de keuken in stormden en in de plastic tassen begonnen te graaien.

'Het was Emily,' antwoordde Charley. Ze zag hoe het enthousiasme uit het gezicht van haar moeder wegtrok en hoopte dat ze geen verdere uitleg hoefde te geven. Maar Elizabeth bleef haar verwachtingsvol aanstaren, alsof ze de woorden wilde horen om het werkelijk te geloven. 'Anne moest haar afspraak in Florida afzeggen, dus ze komen niet.'

'Komen de zussen niet eten?' vroeg James.

'Kom, James,' zei Franny, ongerust van haar moeder naar haar oma kijkend. 'We gaan Twister spelen.'

'Ga je nou niet die heerlijke kip maken?' drong James aan.

Elizabeth trok haar schouders recht en haalde diep adem. 'Natuurlijk ga ik die heerlijke kip maken. Ik heb alleen een paar minuten nodig om op adem te komen, dat is alles.'

'Jullie mogen vingerverven, als jullie zin hebben,' zei Charley tegen de kinderen.

James dook onmiddellijk onder de gootsteen om de spullen te pakken.

'Móést Anne haar afspraak in Florida afzeggen?' vroeg Elizabeth. De kinderen installeerden zich buiten op de patio met de verf en Bandit rende over het gras heen en weer.

'Hadden we werkelijk gedacht dat ze kwamen?' vroeg Charley. De vraag was zowel voor zichzelf als voor haar moeder bedoeld.

Elizabeth liet zich op een van de keukenstoelen zakken en schoof een tas met boodschappen opzij. 'Ik wel.'

'Sorry.'

'Ik blijf hopen...'

'Weet ik. Ik ook.'

'En Bram?'

'Ik denk dat hij waarschijnlijk ook niet komt,' antwoordde Charley. Ze had Bram die ochtend een paar keer zonder succes gebeld en hij had haar berichten op zijn voicemail niet beantwoord.

'Ik heb zoveel eten gekocht.'

'Dat zie ik.'

Elizabeth glimlachte bedroefd, haar onderlip trilde. 'En die jongeman met wie je omgaat? Denk je dat hij mijn kipgerecht zou willen proberen?'

Charley wilde nee zeggen – ze had immers al besloten dat het te vroeg was om Alex aan haar familie voor te stellen – maar bedacht zich. Wat maakte het ook uit. Alex' gezelschap zou de avond voor een regelrechte ramp kunnen behoeden. Dus belde ze hem, en ze legde uit wat er gebeurd was.

'Hoe laat verwacht je me?' was zijn onmiddellijke antwoord.

'Hij is er om halfzeven,' zei Charley tegen haar moeder.

'In dat geval,' zei Elizabeth, terwijl ze zich overeind hees en een blik op de klok van de magnetron wierp, 'moeten we aan de slag.'

'Dit was de heerlijkste kip die ik ooit in mijn hele leven gegeten heb,' zei Alex, terwijl hij de laatste restjes van zijn bord bijeenschraapte.

'En een heerlijke wijn,' zei Elizabeth. 'Bedankt voor het meenemen.'

'Mag ik een beetje?' vroeg James.

'Ik denk dat je het voorlopig bij melk moet houden,' zei Charley tegen haar zoon, en ze glimlachte naar het kleine groepje dat om haar keukentafel zat. Haar intuïtie had haar niet in de steek gelaten. Het idee om Alex uit te nodigen was goed uitgepakt. Hij kon prima met haar kinderen en haar moeder overweg, en zijn aanwezigheid leek het feit dat ook Bram niet was komen opdagen enigszins te verzachten. In tegenstelling tot zijn zussen had hij zelfs niet het fatsoen gehad te bellen. Vlak voordat haar moeder het eten opdiende had Charley nogmaals zijn huis gebeld en de inmiddels bekende instructies van zijn voicemail afgeluisterd om na de piep een gedetailleerde boodschap in te spreken. Maar ze had niet veel woorden nodig gehad. Haar boodschap was kort en bondig: 'Eikel,' had ze gezegd voor ze de hoorn op de haak smeet.

'Wat is jouw sterrenbeeld?' vroeg James plotseling aan Alex.

'Mijn wat?'

'Je sterrenbeeld,' herhaalde James quasi-geërgerd. 'Franny is Tweelingen. Oma en ik zijn Stier en mama is Vissen.'

'Hij is tegenwoordig in astrologie geïnteresseerd,' legde Charley uit.

'Mijn vader gaat met een Leeuw trouwen,' zei James, alsof dat alles verklaarde.

'Nou, eens even denken. Ik ben 5 november jarig,' zei Alex. 'Wat ben ik dan?'

James dacht even na. 'Een Maagd. O nee. Een Schorpioen.'

'Mama is volgende week jarig,' riep Franny.

'O ja?'

'Op 10 maart,' verklaarde ze.

'Een van de gelukkigste dagen in mijn leven,' zei Elizabeth zacht. Charleys ogen vulden zich met tranen. Ze vocht tegen de neiging van haar stoel op te staan, haar moeder in haar armen te nemen en haar warme, zachte wangen te kussen. In plaats daarvan stond ze van tafel op en begon met veel lawaai af te ruimen.

'In dat geval moeten we iets bijzonders doen om het te vieren,' zei Alex.

'Zullen we naar Disney World gaan?' James begon op zijn stoel op en neer te wippen.

'James…' waarschuwde Charley.

'We zijn nog nooit naar Disney World geweest,' zei Franny.

'Franny…'

'Ik ben er ook nog nooit geweest,' merkte Elizabeth op.

'Mama…'

'Ik ook niet,' sloot Alex aan. 'Eerlijk gezegd wil ik er altijd al heen.'

'Zullen we, mam? Mag het? Mag het?' riepen Franny en James in koor, waarbij Franny bijna nog hoger uit haar stoel opsprong dan James.

'We kunnen zaterdagochtend weggaan, daar overnachten en zondagmiddag teruggaan,' opperde Alex.

'Alsjeblieft, alsjeblieft, alsjeblieft.'

'Mijn secretaresse kan alles regelen,' bood hij aan. 'Kom op, Charley. Het wordt een dolle boel.'

'Gaan we mam? Alsjeblieft. Gaan we?'

'Ik weet het niet…'

'Waar gaan we heen?' kwam een stem uit de hal. Alle ogen schoten naar het geluid.

'Oom Bram!' James sprong van zijn stoel en rende naar de hal. 'We gaan naar Disney World voor mama's verjaardag volgende week! Ga je mee?'

Charley hield haar adem in toen James haar broer de kamer in trok.

Bram droeg een grijszijden overhemd en een keurig gestreken zwarte broek, zijn donkere haar was sinds de laatste keer dat ze hem gezien had geknipt, zijn ogen stonden helder en scherp. Charley vond hem knapper dan ooit. En banger dan ooit.

Wat moest ze nu doen? Hen aan elkaar voorstellen? *Bram, dit is je moeder. Mam, dit is je zoon.* Ze vroeg zich af of hij besefte dat Emily en Anne er allebei niet waren, en toen hij zijn mond opendeed om iets te zeggen was het alsof haar hart ophield te slaan, zo bang was ze voor wat hij zou gaan zeggen.

'Sorry dat ik zo laat ben.' Bram ontweek de starende blik van zijn moeder en keek Charley strak aan. 'Het ruikt heerlijk. Is er nog iets voor me over?'

Elizabeth sprong meteen op. 'Ik zal een bord voor je pakken,' zei ze, terwijl ze haar blik op haar zoon gericht hield.

Charley trok een stoel bij de tafel, pakte haar broers hand, ging naast hem zitten en vroeg zich af wie van hen beiden het meeste trilde.

'Oké jongens, het is bedtijd. Zeg iedereen welterusten,' kondigde Charley even na achten aan. De maaltijd was voorbij, het dessert geserveerd en Bram zat aan z'n derde kop koffie. Noch hij, noch zijn moeder had veel van de perziktaart gegeten.

James gaf zijn moeder en oma een knuffel en keek daarna Alex hoopvol aan. 'Neem je ons echt mee naar Disney World?'

Alex wierp een vluchtige blik op Charley en trok één wenkbrauw op. Ik geef het op… dacht ze, en ze glimlachte instemmend.

'Hoera!' riep James. 'We gaan naar Disney World! We gaan naar Disney World!'

'Slaap lekker, James,' zei Alex. 'Welterusten, Franny.'

'Welterusten, Alex,' zei Franny verlegen. 'Ik vond het leuk om met je kennis te maken.'

'Dat vond ik ook.'

Franny gaf hem een hand en kuste haar moeder en oma.

'Mag oom Bram een verhaal voorlezen?' James trok al aan Brams arm.

Bram bood geen weerstand. Tijdens de maaltijd had hij weinig gezegd, behalve tegen de kinderen en zo nu en dan iets tegen Alex, wiens aanwezigheid als buffer gefungeerd had, waardoor lang gekoesterde wrokgevoelens op veilige afstand waren gebleven. Het enige wat Bram tegen zijn moeder gezegd had, zonder haar aan te kijken, was de vraag hoe het met haar ging. Elizabeth had simpelweg geantwoord dat het goed ging. Toen ze eraan toevoegde dat ze zo blij was met zijn komst, had hij gemompeld dat hij het leuk vond om zijn neefje en nichtje te zien. Vervolgens had hij de rest van de maaltijd met James zitten dollen. 'Ik denk dat ik jullie wel zes verhaaltjes mag voorlezen,' zei Bram, terwijl hij zich door de kinderen door de gang liet slepen.

'Over twintig minuten moet het licht uit,' riep Charley hun na.

'Wat een fantastische kinderen,' zei Alex.

'Charley is een geweldige moeder,' zei Elizabeth.

'En jij bent een geweldige kok. Bedankt voor de verrukkelijke maaltijd,' zei Alex.

'Dat lijkt verdacht veel op een afscheidszin.' Charley keek hoe Alex opstond. 'Je gaat toch nog niet?'

'Ik denk dat dat het beste is.' Hij nam haar bij de hand en leidde haar naar de voordeur. 'Ik heb zo het vermoeden dat jullie drieën heel veel te bespreken hebben.'

'Denk je echt dat dit verstandig is?'

Hij kuste haar teder op haar mond. 'Ik denk dat het tijd is,' zei hij.

30

'Oké Bram, genoeg verhalen voor vanavond.' Toen Charley de deur van de kinderslaapkamer een halfuur later opende, was het er tot haar verbazing donker. Haar ogen waren na een paar tellen aan de duisternis gewend, en ze zag dat haar kinderen sliepen en dat Bram op de rand van Franny's bed voor zich uit zat te staren, het boek opengeslagen aan Franny's voeten.

'Ze vielen in slaap tijdens verhaal nummer drie,' zei hij zacht, zonder op te kijken.

'Hoe lang geleden was dat?'

'Tien, vijftien minuten.'

'En sinds die tijd zit je zo?'

'Ik was opgestaan om het licht uit te doen.'

'En toen ging je weer zitten,' zei Charley.

'Inderdaad. Het is fijn hier. Rustig. Niet zo druk. Hoorde ik net iemand weggaan?'

'Alex.'

'Dat is het foute antwoord.'

'Ze gaat niet weg, Bram.'

'Had je niet een paar reisgidsen kunnen neerleggen? Een paar mooie fotoboeken van Australië zodat ze naar huis gaat verlangen?'

'Ze ís thuis.'

'Voor zolang het duurt.'

'Ze is hier nu al twee jaar,' bracht Charley hem in herinnering.

'Zo oud was ik toen ze ervandoor ging. Grappig, die overeenkomst.'

'Ze heeft er vreselijk spijt van.'

'Ik ook.' Bram zuchtte diep, alsof er een zware last op zijn schouders rustte. 'Ze is een vreemde voor me, Charley. Als ik naar haar kijk zie ik geen enkele verwantschap.'

'Vreemd, want je lijkt precies op haar,' merkte Charley op. 'Dat donkere haar, de vorm van je gezicht, je ogen, zelfs de manier waarop je je handen beweegt als je praat.'

Onmiddellijk sloeg Bram zijn armen over elkaar en stopte zijn handen onder zijn oksels. 'Je ziet dingen die er niet zijn.'

'Emily en ik lijken meer op papa. Jij en Anne lijken precies op...'

'Je ziet wat je wilt zien,' onderbrak Bram haar.

'Misschien.'

'Ik had niet moeten komen vanavond.'

'Ik ben blij dat je gekomen bent. Er was veel moed voor nodig.'

Hij lachte. 'Ja. Daarom zit ik me hier het afgelopen halfuur verborgen te houden.'

'Ze bijt niet.'

'Haar aanwezigheid is al erg genoeg.'

Langzaam liep Charley naar hem toe en stak haar hand uit. 'Kom. Ze wordt er niet jonger op.'

Bram greep haar hand en hield hem stevig vast, maar hij kwam niet in beweging. 'Waarom heb ik het gevoel alsof dat wel voor mij geldt?'

Charley glimlachte, ze begreep precies wat hij bedoelde. 'Kom,' zei ze weer. 'Ze zit te wachten.'

Ze zaten bij elkaar om de salontafel in de zitkamer, als de laatste drie pionnen in een niet al te vriendschappelijk schaakspel. Charley zat op de bank, haar moeder en Bram op de twee ruime rotanstoelen tegenover haar. Charleys ogen schoten zenuwachtig van haar moeder naar haar broer, bang dat haar blik te lang op een van beiden bleef rusten. Haar moeder staarde angstig naar Bram, bang haar blik af te wenden. Bram staarde naar de grond, het was duidelijk dat hij zich ergens anders wenste.

'Ik weet dat dit niet gemakkelijk voor je is,' zei Elizabeth tegen haar zoon.

'Je weet helemaal niks van me.'

'Ik weet dat je kwaad bent en dat je daar alle recht toe hebt.'

'Heel nobel van je, dat je mijn kwaadheid goedkeurt.'

'Bram,' waarschuwde Charley, die op het puntje van de bank zat, klaar om over de salontafel heen te springen en hen te scheiden als de discussie uit de hand zou lopen.

325

'Er zijn vast heel veel dingen die je tegen me zou willen zeggen,' begon Elizabeth.

'Integendeel,' zei Bram. 'Ik heb je helemaal niets te zeggen. Ik heb geleerd niet met vreemden te praten.'

Op Elizabeths wang verscheen een lichtrode plek, alsof ze geslagen was. 'Ik ben je moeder,' zei ze, haar onderlip trilde.

Bram lachte hard, maar hij stopte meteen toen zijn blik die van Charley ontmoette. 'Sorry. Ik dacht dat het een grap was.'

'Ik weet dat ik heel lang weinig voor je heb betekend…'

'Tweeëntwintig jaar helemaal niets, kun je beter zeggen,' verbeterde Bram haar.

'En dat woorden niet kunnen uitdrukken hoeveel spijt ik daarvan heb…'

'Er zijn geen woorden nodig want ze interesseren me niet.'

'Ik heb elke dag aan je gedacht…'

'Goh, dat is interessant, want ik heb geen moment aan jou gedacht.' Bram keek naar de vaas met de rode en gele zijden tulpen die op de bamboetafel tegen de muur stond. 'O nee, dat is toch niet helemaal waar. De eerste tijd heb ik waarschijnlijk wel aan je gedacht. Ik was twee jaar, een peuter verdomme, en kleine kinderen hebben hun moeder nodig. Ik zal dus wel gehuild hebben. Klopt dat, Charley? Heb ik gehuild?'

'We waren allemaal erg verdrietig,' gaf Charley toe.

'En ik zal dat verdriet de rest van mijn leven met me meedragen.' Elizabeths ogen vulden zich met tranen en de blos op haar wangen verspreidde zich over haar gezicht.

'Niemand vraagt je iets te dragen,' snauwde Bram. 'Geloof me, dat is nergens voor nodig. Een kind van twee heeft namelijk het geluk dat het alles vergeet. Kun je je dat voorstellen? *Ik ben vergeten dat je ooit hebt bestaan.* Jij kunt dus wel gaan huilen en zeggen dat je tweeëntwintig jaar lang elke dag aan me gedacht hebt, maar ik heb geen enkele herinnering aan je. Niets. Nada. Nul. Noppes. Als ik naar je kijk,' vervolgde hij, terwijl hij zijn moeder voor het eerst die avond aankeek en zich onmiddellijk daarna weer afwendde alsof hij door een pijnlijk licht verblind werd, 'zie ik een knappe vrouw op leeftijd die een beetje op mij lijkt, maar die absoluut níets voor me betekent. Het spijt me als dat hard klinkt. Het spijt me als het je kwetst. Maar wat had je na al die tijd verwacht? Ik ben Charley niet. Charley was acht toen je wegging. Zij heeft herinneringen aan je. Je ging weg voordat ik oud genoeg was herinneringen op te slaan, en eigenlijk ben ik daar blij om. Maar ik heb geen zin om de draad weer op te pakken of om de brokstukken te lijmen. Ik heb geen zin om je te leren kennen of een relatie met je op te bouwen. Ik wil geen bánd met je. Het is te laat. Ik wil je niet. Ik heb je niet nodig.'

'Ik denk van wel,' zei Elizabeth rustig en overtuigd.

Bram sprong op en begon achter zijn stoel heen en weer te lopen. 'Daar draait het dus allemaal om. Het gaat er alleen maar om wat jíj denkt, wat jíj wilt, wat jíj doet. Jij bent het centrum van het universum, zo is het altijd geweest. Mijn god, wat heb ik trek in een borrel.'

Plotseling stond Elizabeth op, ze stak haar hand uit om Brams rusteloze geijsbeer te doen stoppen. Hij deinsde terug voor haar aanraking en hief zijn armen op alsof hij kwade geesten wilde afweren. 'Je kunt zeggen dat je geen herinnering aan me hebt,' zei Elizabeth terwijl ze een paar stappen naar achteren deed. 'Je kunt zeggen dat ik een vreemde voor je ben, dat ik een egoïstische, oude vrouw ben die niets voor je betekent en dat je niets met me te maken wilt hebben. Dat zal ik moeten accepteren. Maar zeg niet dat je me niet nodig hebt, want ik weet dat dat wel zo is. Ik weet dat zolang je me uit de weg blijft gaan, je problemen met alcohol en drugs je zullen blijven achtervolgen.'

'Denk je dat mijn problemen met alcohol en drugs jouw schuld zijn? Mijn god, komt er geen einde aan je macht? Weet je, ik snák werkelijk naar een borrel.' Zijn ogen zochten de kamer af, alsof hij een verdwaalde fles wijn zocht.

'Bram...' zei Charley dwingend.

'Ik denk dat je je kwaadheid op mij op jezelf richt, dat alcohol en drugs...'

'... ervoor gemaakt zijn om niet naar dit soort gezeik te hoeven luisteren.' Bram streek met zijn hand door zijn haar, en keek naar het plafond alsof hij om hulp smeekte.

'... jouw manier zijn om je pijn te verdoven.'

'O ja? Wat voor pijn? De pijn die ik voelde toen ik erachter kwam dat mijn moeder een pot is, of de pijn die ik voel als ik besef dat mijn moeder een egoïstisch kreng is die naar believen uit mijn leven verdwijnt en weer op komt dagen?'

'Bram…'

Bram stampte de keuken in. Charley hoorde het geluid van het openen en dichtslaan van de deur van de koelkast. 'Verdomme, heb je niet één biertje in huis?' vroeg hij, toen hij weer de zitkamer in kwam en zijn handen ophief, alsof hij confetti in de lucht gooide. 'Geen witte wijn? Heb je geen champagne gekocht om te vieren dat Emily en Anne komen? O, nee. Ik was het bijna vergeten. Ze zijn helemaal niet gekomen. Ze waren zo verstandig op het laatste moment af te zeggen. Bedankt voor het doorgeven trouwens.'

'We kunnen in therapie gaan,' bood Elizabeth haar zoon aan. 'Samen.'

'In therapie? Ik wil niet naar zo'n verdomde therapeut. Ik wil verdomme naar een kroeg.'

'Oké Bram, genoeg gevloekt voor vanavond,' zei Charley.

Bram lachte. 'Oké, mama.' Hij lachte opnieuw en wees beschuldigend naar zijn moeder. 'Hoorde je dat? Charley was meer een moeder voor me dan jij ooit geweest bent.'

'Dat weet ik en…'

'En wat? Heb je spijt? Dat hebben we inmiddels wel begrepen. Je hebt spijt. Maar wat hebben we daar verdomme aan?'

Er klonk geschuifel. Charley draaide zich om en zag Franny in de deuropening staan, James naast haar.

'Oom Bram vloekt,' riep James uit, zijn slaapdronken ogen wijdopen.

'We hoorden geschreeuw,' zei Franny.

'Er is niets aan de hand, schat.' Snel liep Charley naar hen toe. 'Oom Bram was gewoon opgewonden.'

'Omdat we naar Disney World gaan?' vroeg James.

'Natuurlijk,' antwoordde Bram. 'Sorry voor het lawaai.'

'Jij gaat toch ook mee, hè oma?' vroeg Franny voorzichtig, alsof ze bang voor het antwoord was.

Elizabeth glimlachte zwijgend.

'Het is mama's verjaardag,' zei Franny.

'Ze is Vissen,' vulde James aan.

'Natuurlijk gaat oma mee,' zei Bram. 'Je denkt toch niet dat ze je moeders verjaardag wil missen? De gedachte alleen al,' voegde hij er zacht aan toe.

'Kom jongens,' zei Charley tegen de kinderen. 'Naar bed.'

'Ik stop ze wel even in,' bood Elizabeth aan, de kinderen de kamer uit loodsend.

'Gaat het?' vroeg Charley haar broer zodra ze weg waren.

Bram schudde zijn hoofd. 'Een borrel zou me goeddoen.'

'Misschien moet je je coach bellen.'

'Wat kraamt ze een onzin uit, vind je niet?'

'Ik weet het niet. Misschien is therapie nog niet zo'n slecht idee. We kunnen met z'n allen gaan.'

'Ik ga er maar eens vandoor, voordat dr. Phil terugkomt.' Snel liep hij naar de voordeur.

'Bram...'

'Maak je geen zorgen over Disney World. Ik zal me niet opdringen en het voor iedereen verpesten. Zo'n pretpark is trouwens niks voor mij.' Hij stak zijn hand uit naar de deurknop.

'Bram...' Dit keer was het niet Charleys stem die hem tegenhield maar die van zijn moeder. Tegen zijn zin liet hij de deurknop los en draaide zich langzaam om. 'Alsjeblieft,' zei Elizabeth. 'Ik moet je iets zeggen.'

'Excuses aanvaard,' zei hij voorbarig. 'Kan ik nu gaan?'

'Dit is geen verontschuldiging.' Elizabeth trok haar schouders naar achteren, vouwde haar handen samen en haalde, alsof ze voor een volle zaal ging speechen, diep adem.

'Goed,' zei Bram. 'Als je nog iets te zeggen hebt, voor de draad ermee.'

Charley zag hoe haar moeder opnieuw diep ademhaalde, en deed met haar mee.

'Ik weet dat je me niet gelooft, maar ik begrijp je pijn heel goed.'

'Natuurlijk.'

'Ik begrijp je boosheid. Ik kan me die zelfs heel goed voorstellen. Het is vreselijk wat ik gedaan heb, het was afschuwelijk dat ik naar Australië vluchtte en jou en je zusjes in dat huis achterliet. Tot aan mijn dood zal ik er spijt van hebben.'

'Dat heb je al gezegd.'

'Maar ik kan er nu niets meer aan doen,' vervolgde Elizabeth alsof Bram niets gezegd had. 'Gedane zaken nemen geen keer. Ik heb keuzen gemaakt. Terecht of onterecht, ik heb ze gemaakt en ik kan ze niet ongedaan maken. Misschien ben ik wel zo egoïstisch en slecht als jij denkt. Misschien ben ik schuldig aan al die afschuwelijke zaken en nalatigheden waar je me van beticht. Maar je kunt je moeder niet eeuwig de schuld blijven geven. Uiteindelijk moet je zelf de verantwoordelijkheid voor je leven in handen nemen. Je bent geen twee meer, Bram. Je bent volwassen en wat er nu met je gebeurt is jóúw keuze. Je kunt ervoor kiezen om in het verleden te blijven hangen, je kunt drinken en drugs gebruiken tot je erbij neervalt, maar daarmee verander je niet wat er gebeurd is. Het is tijd om verder te gaan, tijd om je eigen leven op te bouwen. Met of zonder mij. Ik gaf je geen keus toen ik al die jaren geleden wegliep. Die keus heb je nu wel. Ik wil heel graag deel uitmaken van je leven, niets liever dan dat. Maar ik kan niet de rest van mijn leven sorry blijven zeggen. Daar schieten we geen van beiden veel mee op.'

'Je zegt dus eigenlijk dat je er een zooitje van gemaakt hebt, maar dat het nu mijn probleem is. Begrijp ik dat goed?'

'Ik weet dat het niet eerlijk is, maar…'

'Nou, daar heb je ongetwijfeld gelijk in. Wil je verder nog iets zeggen?'

'Dat ik van je hou.'

Bram knikte, zijn handen naast zijn lichaam balden zich tot vuisten. 'Oké. Kan ik nu gaan?'

'Bram, alsjeblieft,' waarschuwde Charley toen haar broer de voordeur opendeed. 'Doe geen domme dingen.'

'Dag Charley. Bedankt voor het eten.' Hij haastte zich naar de onopvallende, witte huurauto die op de hoek geparkeerd stond. 'Fijne verjaardag,' riep hij toen hij instapte, en al zwaaiend reed hij de stoep af. 'En voor het geval ik je volgende week niet zie, nog vele jaren.'

Het was bijna middernacht toen Charley haar bed in klom en de telefoon pakte. Hij is vast nog wel op, dacht ze. Hij bleef altijd lang op om achterstallig leeswerk in te halen, zeker tot ver na twaalven. Vanaf het moment dat haar moeder vertrokken was, had ze zitten dubben of ze hem zou bellen. De woorden die haar moeder tegen

Bram gezegd had klopten na in haar hoofd, als kiezelsteentjes die tegen een raam gegooid werden. *Ik heb keuzen gemaakt... ik kan ze niet ongedaan maken... Misschien ben ik schuldig aan al die afschuwelijke zaken en nalatigheden waar je me van beticht... Uiteindelijk moet je zelf de verantwoordelijkheid voor je leven in handen nemen... Je bent volwassen en wat er nu met je gebeurt is jouw keuze... Je kunt ervoor kiezen om in het verleden te blijven hangen... Het is tijd om verder te gaan, tijd om je eigen leven op te bouwen... Maar je kunt je moeder niet eeuwig de schuld blijven geven.*

'Of je vader,' zei Charley hardop, en voor ze van gedachten kon veranderen tikte ze zijn telefoonnummer in. Ze luisterde hoe de telefoon een, twee keer overging voordat hij opgenomen werd.

'Robert Webb,' zei de nette stem, zonder een spoor van vermoeidheid.

Charley hoorde papiergeritsel en vroeg zich af bij welke van de drie kranten die hij 's avonds las ze hem stoorde: *The New York Times, The Washington Post* of *New Haven Register*. 'Pap, met mij. Charley.' Het was stil en even wist Charley niet of haar vader zonder iets te zeggen opgehangen had. 'Pap?'

'Wat kan ik voor je doen, Charlotte?'

Charley voelde dat haar adem in een reeks korte, pijnlijke krampen aan haar longen ontsnapte. De stem van haar vader verraadde niets van wat hij voelde, iets wat haar niets verbaasde. Ze had zich al zo vaak afgevraagd of hij überhaupt gevoel had. Maar toch, het was bijna middernacht en ze had hem al bijna twee jaar niet gesproken. Moest hij zo'n zakelijke toon aanslaan? 'Hoe gaat het met je?' vroeg ze vriendelijk, een poging wagend.

'Goed.'

Hij was kennelijk niet van plan het haar gemakkelijk te maken. 'Sorry dat ik zo laat bel. Maar ik herinnerde me dat je bijna nooit voor enen naar bed gaat.'

Stilte. Toen: 'Is er een reden dat je belt, Charlotte?'

'Niet echt. Ik bedoel: er is niets aan de hand of zo. Het gaat goed met de kinderen. Ik zit niet in de problemen. Het was meer een impulsiefachtig iets.'

'Meer een impulsiefachtig iets,' herhaalde hij. Charley zag hem in gedachten gruwen van haar taalgebruik.

'Ik vroeg me gewoon af hoe het met je gaat, waar je allemaal mee bezig bent…'

'Het gaat goed met me. Ik doe in feite nog dezelfde dingen die ik altijd deed. Lesgeven, vergaderen, lezen.'

'Zie je Emily en Anne vaak?'

'Ze nemen regelmatig contact op.'

'Annes boek doet het goed.'

'Schijnt zo, ja.'

'Heb je het gelezen? Het is best goed. Het is natuurlijk geen hoogstaande literatuur of zoiets,' ze merkte dat ze een slag om de arm hield omdat ze zijn afkeuring voelde, 'maar ik heb er erg van genoten. Ik kon niet stoppen met lezen. Dat zegt toch wel iets.'

'Denk je?'

Charley zag hem in gedachten naar de klok naast zijn bed kijken. Ze haalde diep adem. 'Ik heb trouwens net een contract afgesloten met een uitgever om een boek te schrijven. Non-fictie. Over Jill Rohmer. Ze heeft drie kleine kinderen vermoord, de kinderen op wie ze altijd paste…'

'Klinkt als iets wat je wel interessant zult vinden.'

Charley probeerde de afkeuring in haar vaders stem te negeren, maar zijn opmerking stak in haar hart, als de steek van een wesp. 'Jij had het ook altijd over het schrijven van een boek,' zei ze. 'Hoe staat het daarmee?'

'Serieuze literatuur vergt ontzettend veel tijd en denkwerk. Het is niet iets wat je in je vrije tijd zomaar even uit je mouw schudt. En ik zit bijzonder krap in mijn vrije tijd, helaas.'

'Soms moet je voor dat soort dingen tijd máken,' zei Charley.

'Dat zal ik in gedachten houden. Verder nog iets?'

'Nee. O ja, wel,' verbeterde Charley zichzelf en voor ze de moed verloor ging ze verder. De woorden stroomden uit haar mond als water uit de kraan. 'Je bent mijn vader. We zijn familie. Maar we zien elkaar nooit. We spreken elkaar nooit. Zo hoeft het toch niet te gaan. Het spijt me als ik je teleurgesteld heb. Dat spijt me echt. Ik weet dat ik geen perfecte dochter ben. Verre van dat. Maar jij hebt mij ook teleurgesteld. In allerlei opzichten zou ik willen dat je anders was. Maar je bent wie je bent, dat moet ik accepteren. Net zoals ik hoop dat jij mij kunt accepteren zoals ik ben. We zijn mensen. We maken keuzen en we maken fouten. Maar dat hoort bij het volwassen zijn, toch? Dat je verantwoordelijkheid neemt voor je keuzen, de keuzen van anderen leert accepteren en verder, vooruitgaat.'

'En de essentie van deze preek is...'

'De essentie is dat mijn keus om wel of niet een relatie met mijn moeder te hebben niet van invloed zou mogen zijn op mijn relatie met jou. Het een sluit het ander namelijk niet uit. Dat ik contact met haar heb maakt al hetgeen jij voor me gedaan hebt niet ongedaan, net zomin als de opvoeding die je me gegeven hebt of het feit dat jij er was toen zij er niet was. Maar het feit dat ze ons verlaten heeft betekent niet dat ze niet meer bestaat, net zomin als dat haar terugkomst niet betekent dat jij niet meer belangrijk bent. Zij is mijn moeder. Jij bent mijn vader. Het zou niet zo moeten zijn dat ik tussen jullie moet kiezen.'

Het was stil. Voor de tweede keer vroeg Charley zich af of haar vader de verbinding verbroken had. 'Ben je klaar?' vroeg hij ten slotte.

Charley knikte, en realiseerde zich vervolgens dat ze het hardop moest zeggen. 'Ja.'

'Goh, dat was een heel betoog. Op wat kleine foutjes in de grammatica en een overmatig clichégebruik na was het een redelijk beknopte en goed voorgedragen uiteenzetting. Ik twijfel er niet aan dat je oprecht bent, maar je bent absoluut ook misleid.'

'Misleid?'

'Breng voor mij alsjeblieft dezelfde beleefdheid op als ik voor jou, en laat me zonder onderbrekingen uitpraten.'

'Sorry,' mompelde Charley. 'Ga door.'

'Je hebt het over keuzen. Nou, ik heb mijn keus tweeëntwintig jaar geleden gemaakt toen je moeder wegging en een scheiding aanvroeg. Ik heb het besluit genomen de rest van mijn leven kwaad, verbitterd en rancuneus te zijn.'

'Maar dat is toch...'

'Gek? Belachelijk? Misschien wel. Maar het is mijn keus,' zei hij met luide stem, haar elk woord toesnauwend. 'Ik heb er geen belang bij je moeder te vergeven of het jou gemakkelijk te maken. Zo denk ik erover, zo heb ik verkozen mijn leven te leiden. Je moeder heeft me verraden. Ze heeft ons allemaal verraden. En ik beschouw het feit dat jij haar vervolgens in je armen sluit als een daad van verraad aan mij. Als jij haar wilt vergeven is dat je goed recht, dat is jouw keus, die ik zal moeten accepteren. Maar ik hoef het niet leuk te vinden. Ik hoef het niet goed te keuren. En ik hoef al helemaal geen verrader in mijn midden te verwelkomen.'

'Een verrader? Pap, in godsnaam…'

'Ik dacht dat ik tijdens ons laatste gesprek heel duidelijk gemaakt had dat ik een dergelijk verraad niet zou tolereren. Misschien zou je niet tussen je vader en moeder moeten kiezen, maar zo is het nu eenmaal. En je hebt je keus gemaakt. Tenzij je van gedachten veranderd bent. In dat geval kunnen we de draad weer oppakken. Is dat de reden dat je belt, Charlotte?'

Het bleef lang stil. 'Ik ben niet van gedachten veranderd,' antwoordde Charley.

Dit keer was de stilte van de verbroken verbinding niet mis te verstaan.

31

WEBB SITE

Familie. Je wordt geacht van ze te houden. Toch?
Neem die van mij bijvoorbeeld. Ik heb twee geweldige kinderen
op wie ik dol ben. Ik heb een moeder die ik nu pas leer kennen, een
vader die weigert met me te praten, twee zussen die ik zelden zie en
een broer die het vooral druk heeft met zichzelf.
Dit brengt me op het afgelopen weekend.
Om diverse redenen – ik weet zeker dat minstens één me op dat
moment zinnig leek – vond ik het tijd om mijn broer en zussen met
hun moeder te herenigen. Het verleden is voorbij, zo redeneerde ik.
Het werd tijd om te leven en te laten leven. Ik chanteerde mijn zus-
sen en zette mijn broer onder druk om mijn uitnodiging te komen
eten te accepteren en ik haalde mijn moeder over haar vermaarde
kipgerecht te maken. Vervolgens deed ik mijn kinderen onder de
douche, ik borstelde de hond en ik bad dat we een manier zouden
vinden om met elkaar om te gaan. We zijn tenslotte familie. Toch?
Maar maak dat mijn zussen maar eens wijs, die op het laatste
moment afzegden, of mijn broers die mijn moeder de hele avond
geen blik waardig keurde, hoe vaak en hoe oprecht ze zich ook ver-
ontschuldigde dat ze ons als kinderen in de steek had gelaten. Daar
stond ik dan met mijn ideeën over vergeving. Daar stond ik dan
met mijn 'het verleden is voorbij'. Niemand lijkt het te kunnen los-
laten. We hebben te hard moeten knokken om het leven van toen
te veranderen in het leven van nu.
De trieste waarheid is echter dat het verleden nooit echt voorbij
is. We dragen het altijd met ons mee. Soms is het sterk en steunend,
duwt het ons naar de toekomst als een gunstige wind in de rug.
Maar vaak zit het verleden zo strak als een lijkkleed om onze

schouders gewonden, trekt het gewicht ervan ons naar beneden, kluistert het ons aan de grond en worden we er zo nu en dan zelfs levend onder begraven. Het vreemde is dat wanneer we de kans krijgen om ons uit dit dodelijke omhulsel te bevrijden, we juist geneigd zijn ons eraan vast te klampen.

'Je bent geen twee meer,' zei mijn moeder geërgerd tegen mijn broer toen de maaltijd ten einde was. 'Alles wat je over me zegt is waarschijnlijk waar, maar je bent volwassen en het is nu jouw probleem.' Ik geef hiermee een verkorte, vrije weergave van haar woorden, maar de boodschap is duidelijk: je bent volwassen. Shit happens. Leer ermee leven.

Dit gold niet alleen voor mijn broer, besefte ik op dat moment. Ik ben ook volwassen en ik heb mijn eigen problemen. Mijn vader bijvoorbeeld, die ik al veel te lang niet gesproken had. Het feit dat ik mijn moeder in mijn leven accepteer interpreteert hij als een afwijzing van hem, dat is zijn keuze. Ik wilde me graag met hem verzoenen, in mijn, maar ook in zijn belang. Dus ik pakte de telefoon en belde hem in New Haven. Ik verontschuldigde me voor het late tijdstip en voor de pijn die ik hem in de loop der jaren heb aangedaan, en mijn trots overwinnend smeekte ik hem niet langer van me te eisen tussen hem en mijn moeder te kiezen. Hij wees mijn verzoek van de hand. Letterlijk waren zijn woorden: 'Tweeëntwintig jaar geleden heb ik besloten de rest van mijn leven kwaad, verbitterd en rancuneus te zijn.'

Hè?!

Waarom zou iemand er bewust voor kiezen de rest van zijn leven kwaad, verbitterd en rancuneus te zijn? Vrijwillig, actief, zelfs opzettelijk ongelukkig te zijn? Heeft dat zin? Blijkbaar wel. Voor hem althans. Je bent voor of tegen me, vindt hij. Leer er maar mee omgaan.

Oké. Ik leer ermee omgaan, pap. Ik vind dat sommige mensen het verdriet dat het kost om van hen te houden niet waard zijn, omdat liefde niet alleen verdiend maar ook gewaardeerd moet worden. Als jij ervoor kiest zo te leven, zul je het zonder mij moeten doen. Je kwaadheid en je verbitterdheid maakten me als kind ongelukkig en eenzaam. Je was hard in je woorden en onzorgvuldig in je daden. Ik was bang voor je. Maar nu ben ik nog veel ban-

ger voor je. Ik heb zelf kinderen. Ze moeten beschermd worden te-
gen mensen zoals jij.
   Wat niet wil zeggen dat ik mijn familie helemaal heb opgegeven.
Ik hoop nog steeds dat mijn broer en zussen ooit op een avond bij
mij rond de tafel zullen zitten om van mijn moeders kipgerecht te
genieten, en dat we het verleden, als we het dan niet kunnen laten
rusten, in elk geval een plek kunnen geven. Maar voorlopig breng
ik eerst de hond voor een weekendje naar de buren en ga ik met
mijn kinderen, mijn moeder en de nieuwe man in mijn leven naar
Disney World om mijn verjaardag te vieren.
   Het lijkt wel of ik eindelijk volwassen word.

Charley staarde naar haar computerscherm, las en herlas de column die ze voor de krant van die zondag geschreven had. Misschien kon ze het woord 'shit' beter schrappen, maar ach wat, ze
liet het gewoon staan, zo had Mitchell nog iets te redigeren. Zouden haar zussen het lezen? Bram? Haar vader? Waarschijnlijk niet.
'Doet er ook niet toe,' zei ze hardop, terwijl ze het artikel naar
Mitchell e-mailde.
   'Wat doet er niet toe?'
   Met een ruk draaide Charley zich om in haar stoel. 'Glen!' Ze
sprong op. Haar ogen absorbeerden de donkere, knappe man in het
witzijden overhemd en de gedistingeerde, zwarte pantalon, die in
de deuropening van haar kantoor stond. Wat deed hij hier? 'Wanneer ben je teruggekomen? En waarom heeft de receptioniste me
niet gebeld?'
   'Ik ben gisteravond teruggekomen. En ze heeft je niet gebeld om-
dat ik heb gezegd dat ik je wilde verrassen. Stoor ik?'
   'Nee. Ik ben net klaar met mijn column.'
   'Hoe is het met je? Je ziet er weer fantastisch uit.'
   'Ik voel me goed.' Was hij gekomen om te zeggen dat hij Bandit
zo snel mogelijk terug wilde hebben? 'Hoe was het bezoek aan je
zoon?'
   'Fantastisch. Het is het geweldigste kind van de wereld.'
   Iets in zijn toon maakte Charley ongerust. 'Problemen?' vroeg
ze.
   'Niet echt. Kunnen we het tijdens de lunch bespreken?'

'Lunch?'

'Ik heb bij Renato's gereserveerd.'

Charley voelde de kleur uit haar gezicht trekken. 'O, mijn hemel. Hebben we een...'

'Afspraak? Nee. Ik ben gewoon een uitzonderlijk eigengereide en brutale persoon. Maar wat vind je ervan? Ben je vrij?'

Charley keek op haar horloge. Het was bijna twaalf uur, en ze had om twee uur een afspraak met Jill. 'Over het algemeen ben ik dol op eigengereid en brutaal, maar ik moet om twee uur in Pembroke Pines zijn. Zullen we een kop koffie drinken?'

'Prima.'

'Er is een kantine op de begane grond.'

'Ik kom achter je aan.'

'Het is geen Renato's,' verontschuldigde ze zich, toen ze even later de ruime kantine binnenliepen. Het rook er naar tonijn uit de oven en vet, en het was al behoorlijk druk. Alle ogen schoten onmiddellijk haar richting uit.

'Het lijkt de middelbare school wel,' merkte Glen op, terwijl hij achter Charley tussen de rijen lange tafels aan liep naar de koffiemachines achterin.

'Hoi Jeff, hoi Anita,' groette Charley twee van haar collega's. Haar begroeting leek hun enigszins te verrassen. 'Vertel, wat is het probleem met je zoon?' vroeg ze, toen ze een paar minuten later met een kop koffie aan een kleine tafel tegen de achterwand waren gaan zitten.

'Eliot is niet het probleem.' Glen keek naar het verlaagde plafond. 'Het is mijn ex...'

'Maakt ze je het moeilijk?'

'Nee, dat is het niet.'

'Hou je nog van haar?'

'O god, nee.'

'Wat dan?'

'Het gaat om haar man. Ik weet niet. Ik ben bang dat...'

'Je zult altijd Eliots vader blijven, Glen,' zei Charley.

Glen nam een slok koffie. 'Maak je altijd andermans zinnen af?'

Charley glimlachte schaapachtig. 'Zo'n eigengereide en brutale persoon ben ik nu eenmaal.'

Hij lachte. 'Zie je wel. Ik wist dat we verwante geesten waren. Hoe gaat het eigenlijk met je boek?'

Charley vertelde over haar contract met de uitgever en haar gesprekken met Jill. 'Wist jij dat Ethan Rohmer drugs dealde in een van jouw clubs in Fort Lauderdale?'

'O ja? Wie heeft je dat verteld?'

'Is het waar?'

Glen keek geërgerd en nam nog een slok koffie. 'Ik zou het niet weten. Niet als ik toezicht hield.'

'Heb je hem ooit ontmoet?'

'Niet dat ik me herinner. Hoezo?'

'Ik ben gewoon nieuwsgierig.'

'Ik ga niet om met drugsdealers, Charley.'

'Dat suggereerde ik ook niet.'

'O nee?'

'Nee, natuurlijk niet. Kom op, ik heb mijn zoon met je mee naar de Lion Country Safari laten gaan, weet je nog? Dat zou ik nooit gedaan hebben als ik niet zeker wist dat je een fatsoenlijke vent was.'

'Je kende me nauwelijks,' bracht hij haar in herinnering.

'Ja, maar mijn intuïtie zei dat ik je kon vertrouwen.'

Hij hief zijn koffiekopje op en proostte. 'Op je intuïtie dan maar.' Hij dronk het laatste restje op. 'En, hoe gaat het met Bandit? Ik hoop dat hij je niet al te veel last heeft bezorgd.'

'Nee. Helemaal niet.'

'Het is een schat van een beest, vind je niet?'

'Je krijgt hem niet terug,' zei Charley, harder dan de bedoeling was. Een aantal hoofden draaiden zich naar hen om.

'Hoe bedoel je?'

'Ik kan het niet over mijn hart verkrijgen. Ik kan het gewoon niet,' vervolgde ze. 'Misschien is het brutaal, maar ik geef hem niet terug. Weet je nog dat hij zijn kopje op mijn schouder legde toen je hem voor het eerst bij me bracht en jij toen zei dat dat betekende dat hij een vriend voor het leven zou zijn...'

'Charley...'

'Je hebt niet verteld wat er met míj zou gebeuren, dat ik me ook aan hém zou hechten. Maar dat is wat er is gebeurd. Ik ben zo aan dat beestje verslingerd geraakt, dat mijn hart zou breken als ik hem moest missen. Ik weet dat het niet eerlijk is, dat een ex-vriendin hem aan je gegeven heeft en alles, maar je was vast toch niet zo dol op haar, en je hebt het vreselijk druk en ik zal heel goed voor hem zorgen. Je kunt hem opzoeken zo vaak je maar wilt...'

'Charley...'

'Dwing me alsjeblieft niet hem terug te geven.' Haar ogen vulden zich met tranen.

Er volgde een stilte. 'Mag ik hem zo vaak als ik wil opzoeken?'

Charley vloog uit haar stoel rechtstreeks in Glens armen. 'O dank je, dank je!'

'Wat vind je van zaterdagavond?' vroeg hij toen ze weer op haar plaats ging zitten. 'Om Bandit te bezoeken, bedoel ik. We kunnen pizza bestellen en...'

'Ik ga dit weekend met de kinderen naar Disney World.'

'Disney World. Ik ben dol op Disney World. Zin in gezelschap?'

'Mijn moeder gaat ook mee.'

'Ik ben stapel op moeders.'

'En mijn vriend,' voegde Charley eraan toe.

'En minder stapel op vriendjes,' zei Glen met een bedroefde glimlach. 'Sorry, ik wist niet dat je iemand had.'

'Het is ook nog maar net.'

'Is het serieus?'

'Ik weet het niet. Kan het wel worden, denk ik.'

'Nou, jammer dan,' zei Glen, en hij lachte.

'Mag ik Bandit evengoed houden?' vroeg Charley plagerig.

'Hij is helemaal van jou.' Glen hees zich op uit zijn stoel. 'Ik zal je niet langer ophouden.'

'Je hoeft toch nog niet te gaan?'

'Ja, ik ga.' Hij boog zich voorover en nam haar kin in zijn hand. 'Pas goed op jezelf, Charley.'

'Jij ook.' Ze bleef onbeweeglijk op haar stoel zitten, de afdruk van Glens vingers gloeide na op haar huid, terwijl hij zonder achterom te kijken wegliep.

'Wat ben je stil vandaag.' Jill leunde achterover in haar stoel en keek Charley over de tafel heen glimlachend aan.

'Het is de bedoeling dat ik luister,' bracht Charley haar in herinnering. Jill was bijna twee uur aan het woord geweest, hoofdzakelijk over onbeduidende herinneringen aan haar middelbare-schooltijd. Met als gevolg dat Charleys gedachten telkens weer naar Glen afdwaalden en naar de verrassend zachte aanraking van zijn vingers op haar huid.

Jill wierp een blik op de taperecorder midden op de tafel. 'Hoeveel uur bandopnamen heb je nu?'

Ik zal je niet langer ophouden, hoorde ze Glen zeggen. 'Sorry. Wat zeg je?'

'Ik vroeg hoeveel uur bandopnamen je nu hebt.'

'Geen idee. Veel.'

'Heb je ze al eens beluisterd?'

'Nee.'

'Waarom niet?'

Omdat ik er niet tegen kan, dacht Charley. Maar ze antwoordde: 'Ik wil eerst informatie verzamelen. Daarna verwerk ik alles tot een geheel.'

'Dat wordt leuk,' merkte Jill op, met een dromerige klank in haar stem en een afwezige blik in haar ogen. 'Je zult het allemaal weer opnieuw gaan beleven.'

Charley voelde hoe haar maag zich omkeerde. 'Zoals jij met die tapes die ze onder je bed vonden?' Ze probeerde de vraag zo normaal en nonchalant mogelijk te stellen. Ze keek weg en plukte wat onzichtbare pluisjes van haar grijze broek.

'Dat moet je niet doen,' zei Jill.

'Waar heb je het over?'

'Naar de grond kijken, net doen alsof het je niet interesseert. Je verraadt jezelf ermee.'

'Ik verraad mezelf?'

'Met kaarten noem je dat een "tell".'

'Ik begrijp niet wat je bedoelt.'

Jill zuchtte diep, alsof haar beste leerling zich onuitstaanbaar dom gedroeg. 'Heb je wel eens gepokerd?'

'Nee.'

'Oké. Ik zal het proberen uit te leggen. Een tell is een gebaar dat je maakt. Als je een goede kaart hebt, raak je bijvoorbeeld je neus aan of je krabt in je nek als je bluft. Je hebt zelf niet door dat je het doet. Maar iemand die erop let heeft het binnen de kortste keren in de gaten.'

'Vind je dat ik dat doe?'

'Voortdurend. Als je niet wilt laten merken dat je iets wat ik gezegd heb heel erg interessant vindt, ga je naar de grond kijken of je begint opeens je nagels te bestuderen. En je bent ook aldoor stof van je kleren aan het vegen.' Jill lachte. 'Je bent net zo makkelijk te lezen als die boeken van je zus.'

Charley kookte inwendig, maar probeerde haar ergernis met een glimlach te verbergen.

'Nu ben je kwaad. Telkens als je niet wilt dat ik weet hoe je je voelt, krijg je zo'n strak lachje op je gezicht.'

'Je denkt dat je me aardig doorhebt,' zei Charley.

Je denkt dat je me kent.

'Heb ik het mis?'

'Waarom zou ik doen alsof ik niet geïnteresseerd ben in de dingen die jij vertelt?'

'Waarschijnlijk ben je bang dat ik dichtklap als je te gretig overkomt. Zoals net, toen we het over die tapes hadden en ik zei "je zult het allemaal weer opnieuw gaan beleven." We weten allebei dat dat een tamelijk provocerende opmerking is. Het belooft allerlei sappige ontboezemingen. Jij gaat vervolgens heel nonchalant doen, je denkt dat ik zo stom ben dat ik dat niet doorheb, dat ik gewoon door blijf ratelen en dat ik, om jou te imponeren, mijn hele ziel en zaligheid op tafel zal leggen.'

'Is dat wat je doet, proberen me te imponeren?'

Jill haalde haar schouders op, rekte haar nek van links naar rechts. 'Ik heb een stijve nek. Ik zal wel verkeerd gelegen hebben.'

'Waarom bewaarde je die tapes onder je bed?' Charley werd het zo langzamerhand zat om door een psychopaat geanalyseerd te worden. Was ze werkelijk zo makkelijk te lezen als de boeken van haar zus?

'Dat is toch wel duidelijk, of niet?' vroeg Jill.

'Blijkbaar niet.'

Jill wreef over haar nek. 'Ik wilde niet dat iemand ze zou vinden.'

'Heb je ze ooit beluisterd?'

'Waarom zou ik dat doen?'

'Om het allemaal opnieuw te beleven,' antwoordde Charley, Jills woorden herhalend.

'Waarom zou ik het opnieuw willen beleven?'

'Waarom zijn ze überhaupt gemaakt?'

'Dat was Jacks idee.'

'Maar jij was degene die ze bewaarde.'

Jill haalde haar schouders op en trok vervolgens uitdagend haar wenkbrauwen op.

'Kreeg je misschien een kick als je die tapes beluisterde?' vroeg Charley indringend.

'Een kick?'

'Wond het je op?'

'Iemand moet wel behoorlijk ziek zijn om van dat soort dingen opgewonden te raken.'

Charley besloot niet te reageren met de meest voor de hand liggende opmerking dat iemand die dit soort dingen doet sowieso behoorlijk ziek moest zijn. Ze dempte haar stem en probeerde zoveel medeleven op te brengen als ze kon. 'We hebben onze seksuele gevoelens niet altijd in de hand.'

'Heel aardig van je, Charley.' Jill stak haar armen omhoog en strekte haar rug. 'Ik vraag me af welke impulsen jij niet in de hand hebt.'

'We hebben het nu over jou.'

'Kom op, Charley. Doe eens een beetje gezellig. Vertel eens waar jij heet van wordt.'

'Ik heb hier geen tijd voor, Jill.'

'Word je heet als je met mijn advocaat neukt?'

'Oké. Ik ga.' Charley stond op.

'O, ga in godsnaam zitten. Genoeg gekkigheid. Wil je nou weten wie Jack is of niet?'

Charley bleef staan. 'Om je de waarheid te zeggen betwijfel ik of Jack bestaat.'

Jill keek oprecht geschokt. 'Geloof je me niet?'

'Ik zou je maar wat graag geloven. Ik zou maar wat graag denken dat ik hier niet elke week voor niets heen rijd, dat alles wat je me verteld hebt geen onzin is. Maar ik ben er niet langer zeker van.'

'Jack zou het heel erg vinden als hij zou horen dat je aan zijn bestaan twijfelt.'

Charley ging weer zitten en keek Jill in de ogen. 'Zeg dan wie hij is.'

'Heel goed, Charley,' riep Jill uit. 'Dat was prima. Geen enkele tell. Heel sterk.'

'Wie is hij, Jill?'

'Daar kom je wel achter.'

'Wanneer?'

'Dat zal niet lang meer duren.'

'Mijn geduld raakt op, Jill.'

'Volgende week. Goed? Als verjaardagscadeautje.' Jill glimlachte. 'Wat? Verbaast het je dat ik weet wanneer je jarig bent? Herinner je je die column niet waarin je schreef dat je verjaardag niet meer gevierd werd toen je moeder ervandoor was en dat je, nu je zelf kinderen hebt, juist veel werk van verjaardagen maakt? Ik heb dat onthouden omdat wij thuis ook nooit verjaardagen vierden, en ik dacht altijd, als ik ooit nog eens kinderen heb…' Ze zweeg. De plagerige fonkeling in haar ogen was verdwenen. 'Het ziet er niet naar uit dat dat er binnenkort van zal komen.'

'Zou je graag kinderen willen?'

'Dat is toch de droom van ieder meisje?'

'Jij bent nu niet bepaald "ieder meisje".'

Plotseling was de fonkeling weer terug in haar ogen. 'Dat is waar. Wat zijn je plannen voor je eenendertigste?'

'We gaan naar Disney World,' antwoordde Charley zachtjes, zich Jills afschuwelijke bezoek aan het Magic Kingdom herinnerend. Ze vroeg zich af hoe ze zou reageren.

'O, wat geweldig!' riep Jill oprecht enthousiast. 'De kinderen zullen het fantastisch vinden. Ben je er ooit eerder geweest?'

Het duurde even voor ze Jills reactie verwerkt had. 'Nee. Dit wordt de eerste keer.'

'Ik vond de Teacup Ride super,' zei Jill. 'De meeste mensen vinden Space Mountain en Pirates of the Caribbean het leukst, maar mijn favoriet was de Teacup Ride en It's a Small World.' Ze begon 'It's a Small World after All' te zingen. 'Weet je wat er in Small World gebeurde? Je hebt nog nooit zoiets grappigs beleefd. Moet je horen.' Ze wiebelde onrustig op haar stoel heen en weer, leunde naar voren en begon vlak voor de taperecorder te praten. 'Daar zaten we dan, met z'n allen in die kleine bootjes die zogenaamd de wereld rond varen, en al die poppen die steeds maar, toch zeker twintig minuten, dat stomme liedje zingen, wat ik natuurlijk uit volle borst meezong. Ik vond het helemaal fantastisch. Mijn vader deed net alsof hij elk moment iedereen zijn hoofd af ging rukken, en Ethan dreigde uit het bootje te springen. En toen was het bijna voorbij. We konden het licht aan het einde van de tunnel al zien. We hadden nog ongeveer dertig seconden. Maar plotseling stond alles stil. De lichten gingen uit en er bewoog niets meer. Behalve de poppen. Die bleven zingen. En wij zaten daar maar – het duurde zeker weer twintig minuten – te luisteren naar die stomme poppen die dat stomme liedje zongen, tot zelfs ik er kotsmisselijk van werd. En toen opeens, net toen iedereen wilde gaan gillen, sprongen de lichten aan en kwam er beweging in de bootjes. Maar in plaats van vooruit, gingen ze achteruit. Nog eens twintig minuten om terug te komen op de plek waar we gestart waren! En al die tijd zongen de poppen *It's a small world after all*.' Jill lachte. *It's a small world after all*. Het was zó grappig.' Ze veegde de tranen van het lachen uit haar ogen. 'Over opnieuw beleven gesproken.' Ze leunde achterover en zuchtte diep. 'Ik wilde dat ik met je mee kon.'

Terwijl deze woorden in haar hoofd nagalmden, zette Charley de recorder uit, borg hem weg in haar tas en stond op, bijna haar stoel omvergooiend. 'Ik zal je er volgende week alles over vertellen.'

'Ik kijk ernaar uit.'

Charley liep naar de deur en klopte om een bewaker te waarschuwen.

'Charley?'

Charley draaide zich om.

Jill was gaan staan. Er speelde een schuins lachje om haar mond en koket sloeg ze haar ogen neer. 'Gefeliciteerd,' zei ze.

32

Eerst hoorde ze het geluid in haar droom. Ze zocht een paar schoenen voor bij de zwart-witte jurk die ze aan wilde naar een etentje bij Renato's, maar kon alleen lelijke, afgetrapte, paars met groene pumps vinden. Teleurgesteld smeet ze de schoenen op de grond. Eén stuiterde terug en raakte haar midden op haar voorhoofd. Ze voelde het bloed tussen haar ogen sijpelen. Op dat moment werd ze wakker.

Charley opende haar ogen en merkte dat Bandit haar gezicht aan het likken was. 'Wat doe jij zo vroeg uit de veren?' vroeg ze de hond. Ze ging rechtop zitten en keek op de wekker op haar nachtkastje. Het was vijf over halfzeven. 'We mogen nog vijfentwintig minuten.' Ze zuchtte en ging weer liggen. Toen hoorde ze het geluid opnieuw.

Bandit sprong van het bed, rende naar de slaapkamerdeur en racete weer terug naar Charley alsof hij haar aanspoorde met hem mee te komen. Tegen haar zin stapte Charley uit bed en sloeg een roze katoenen ochtendjas over haar witte T-shirt en haar boxershort. Waarschijnlijk kon een van de kinderen niet slapen vanwege de opwinding voor het uitstapje van vandaag, dacht ze, terwijl ze door de hal naar de kinderkamer liep en de deur opendeed. Maar beide kinderen waren nog in diepe rust, hun weekendtassen gepakt naast hun bed.

Ze hoorde Bandit opgewonden blaffen. Snel verliet ze de slaapkamer van haar kinderen en sloot de deur achter zich. Er was iemand in de keuken, besefte ze. Ze probeerde te begrijpen wat er aan de hand was. Was het een inbreker? Maar welke inbreker breekt om bijna zeven uur 's morgens in? dacht ze. Waarschijnlijk droomde ze nog steeds. Op dat moment hoorde ze een stem.

'Sst!' waarschuwde die. 'Zachtjes. Je maakt iedereen wakker.'

Charley vatte moed en liep de keuken in. De man droeg een spijkerbroek en een overhemd met een groen-witte Hawaïprint. Hij stond naast het aanrecht, alle keukenkastjes stonden wijd open.

'Bram!'

Bram draaide zich met een ruk om. 'Hartelijk gefeliciteerd, Charley.'

'Wat doe je hier?'

'Heb ik je wakker gemaakt?'

'Het is halfzeven. Wat denk je zelf?'

'Ik denk dat ik je wakker gemaakt heb. Je was altijd al zo chagrijnig 's ochtends.'

'Wat doe je hier?' vroeg ze nogmaals.

'Ik maak bosbessenpannenkoeken. Althans, die probéér ik te maken,' zei hij geërgerd. 'Ik heb pannenkoekenmix gekocht en de bosbessen. Ik dacht dat jij wel een mixer zou hebben. Maar dat blijkt een kolossale vergissing te zijn.'

'Ga je pannenkoeken bakken?'

'Ik doe een poging, ja.'

'Ben je dronken?'

'Jij?'

'Natuurlijk niet.'

'Ik ook niet. Nou, waar is je mixer?'

Charley wees naar de keukenmachine op het aanrecht, naast het koffiezetapparaat.

'Shit,' zei Bram. 'Ik heb dat ding helemaal over het hoofd gezien.'

'Wat doe je hier, Bram?' vroeg ze ten derde male.

'Ik maak bosbessenpannenkoeken voor je verjaardag,' antwoordde hij. Hij nam haar in zijn armen en kuste haar wang. 'Ik wilde er zijn voordat je wegging. Ik ga trouwens mee.'

'Ga je mee naar Disney World?'

'Is dat een probleem?'

'Mama gaat ook mee,' bracht Charley hem in herinnering, ervan overtuigd dat het allemaal maar een droom was.

Er volgde een stilte. 'Weet ik.'

'Kun je dat aan?'

Weer een stilte, langer nu dan de vorige. 'Dat zullen we wel zien.'

'O, Bram!' Charley sloeg haar armen om haar broer heen. Als dit een droom was, wilde ze voor geen goud wakker worden. 'Dank je. Dit is het mooiste verjaardagscadeau ooit.'

'Ben blij dat je het leuk vindt, want je kunt het niet ruilen. Hoe laat vertrekken we?'

'Mama en Alex zouden er voor achten zijn.'

'O, ik was Alex helemaal vergeten.'

'Is dat een probleem?'

'Het betekent alleen dat we met twee auto's moeten. Wat geen probleem is omdat…' Bram loodste Charley naar de voordeur en trok die open. 'Tadaa! Ze hebben hem gevonden!' Hij wees naar zijn pas gewassen sportauto op de stoep voor het huis. 'Trouwens, we moeten Katarina misschien een bos bloemen en een bedankbriefje sturen,' zei hij, terwijl Bandit naar buiten racete, een plas deed en weer naar binnen rende.

'Ter gelegenheid van?'

'Als ik niet met haar mee naar huis gegaan was, zou mijn auto niet gestolen zijn en was er geen bericht van de politie geweest toen ik vorige week na mijn bezoek aan jou thuiskwam waarin stond dat ze hem gevonden hadden. Helemaal onbeschadigd. Hoe kon ik me bezatten als ik mijn auto nog op moest halen? Maar ik heb nog meer goed nieuws: degene die mijn auto gestolen heeft, heeft ook mijn voorraad wiet en al die andere lekkernijen die ik in het handschoenenkastje verstopt had gejat én mijn mobiele telefoon. Ik kon dus niet stoned worden, ik kon ook mijn dealer niet bellen. Tegen de tijd dat ik weer in mijn appartement kwam kon ik geen pap meer zeggen en wilde ik alleen nog maar naar bed. En hier ben ik dan, een week later. Clean, nuchter en klaar voor het Magic Kingdom.'

Charley wist niet of ze moest lachen of huilen, dus deed ze het beide.

'O, niet huilen alsjeblieft. Ik weet me geen raad als een vrouw huilt.'

'Ik ben gewoon blij. Ik was zo bang toen ik je niet kon bereiken…'

'Ik had gewoon tijd nodig om alleen te zijn en na te denken.'

'En wat is je conclusie?'

'Dat het tijd is dat je je gaat aankleden zodat ik voor zes personen verjaardagspannenkoeken kan gaan bakken.'

'Beloof je dat je niet van gedachten verandert, dat je er nog bent als ik terugkom?'

'Ik ben er nog als je terugkomt.'

Tegen de tijd dat Charley beneden kwam, fris gedoucht en gekleed in een kraakheldere witte bloes en een kakikleurige capribroek, waren de kinderen al op en hielpen ze Bram met tafeldekken. 'Lang zal ze leven,' zong Franny ter begroeting. Ze droeg een roze T-shirt met een bijpassende broek, haar haar was geborsteld en aan weerszijden met twee speldjes in de vorm van roze cupidootjes vastgemaakt.

'Lang zal ze leven, lang zal ze leven!' echode James. Hij droeg een Mickey Mouse-T-shirt dat half uit zijn donkerblauwe korte broek hing.

'Oom Bram bakt pannenkoeken,' zei Franny trots.

'En hij gaat mee naar Disney World!' riep James.

'Ik weet het. Geweldig hè?'

Als antwoord rende James opgewonden rondjes om de tafel, Bandit op zijn hielen.

De voordeur ging open. 'Hallo?' riep Elizabeth Webb vanuit de hal. 'Wat ruikt er zo lekker?' Ze verscheen in de deuropening van de keuken en bleef abrupt staan toen ze Bram bij het fornuis zag met een koekenpan in zijn hand.

'Ik bak bosbessenpannenkoeken,' zei hij tegen haar. 'Blijkbaar ben je niet de enige in de familie die een specialiteit op het gebied van koken heeft. Hoewel die van mij gewoon uit een pakje komt. Maar dat mag de pret niet drukken.'

'Oom Bram gaat mee naar Disney World,' zei James tegen zijn oma.

'Echt waar?' Elizabeth keek haar zoon strak aan.

'Dat is toch hoe volwassenen zich gedragen?' Bram draaide zich snel om en goot het beslag in de pan.

'Ik zal koffiezetten,' bood Elizabeth aan.

Er werd op de buitendeur geklopt.

'Dat zal Alex zijn,' zei Charley, en ze haastte zich erheen.

Ze trok de deur open. Gabe Lopez stond op de stoep. 'Sorry dat ik je zo vroeg stoor,' stak hij van wal, 'maar ik zag een auto je oprit inrijden, dus ik ging ervan uit dat je wakker was.'

'Is er iets?' vroeg Charley, terwijl Bandit op en neer tegen Gabes scheenbeen sprong.

Gabe bukte om Bandit op zijn kop te kloppen. 'Ik wilde je even waarschuwen dat de werklui de hele dag op het terras achter met drilboren aan de gang zullen zijn. Het zal wel een vreselijke herrie worden.'

'Dat is geen probleem want we gaan het hele weekend naar Disney World. Maar bedankt voor de waarschuwing.'

Gabe Lopez stak zijn neus in de lucht. 'Ruikt lekker.'

'Mijn broer bakt bosbessenpannenkoeken. Eet je een hapje mee?'

'Dat moest ik maar niet doen,' antwoordde Gabe Lopez, terwijl hij aanstalten maakte om weg te lopen. 'Maar ik doe het toch.'

'Leuk.' Het verbaasde Charley te beseffen dat ze het meende. 'Kom verder. Jongens, dit is mijn buurman, Gabe Lopez,' riep ze hem na. 'Hij ontbijt met ons mee.' Ze wilde net de deur sluiten toen ze Alex' auto de hoek om zag komen. 'Je raadt nooit wie er komt ontbijten,' riep ze, toen hij met grote stappen het pad op kwam lopen.

'Wat is er aan de hand?' vroeg hij.

'Je zult het zelf wel zien.'

'Oké. Is iedereen klaar voor een stukje hemel?' vroeg Bram een paar minuten later.

James begon te giechelen. 'Een stukje hemel,' herhaalde hij bewonderend, en hij schoot weer in de lach.

Het was inderdaad een stukje hemel, dacht Charley, terwijl ze tussen haar moeder en Alex aan tafel ging zitten. Franny en James zaten aan weerskanten van Gabe Lopez. Bram torende boven iedereen uit en voorzag alle borden van pannenkoeken.

'Wie wil er jus d'orange?' vroeg Alex, terwijl hij opstond om iedereen in te schenken.

Ik zou mijn camera moeten pakken, dacht Charley, zodat ik dit moment voor eeuwig kan bewaren, en het wanneer ik maar wil terug kan zien en de herinnering levend kan houden. *Opnieuw te beleven*, dacht ze huiverend, terwijl ze Jills schuinse glimlach in de patiodeur weerspiegeld zag. Ophoepelen, beval ze in gedachten. Je bent niet uitgenodigd voor dit feestje.

'Is er iets, schat?' vroeg haar moeder.

'Nee, hoor,' antwoordde Charley snel, het beeld van Jill uit haar gedachten bannend, dat niet helemaal verdween maar als een kwade geest bleef rondwaren, knipogend vanuit de schaduw, terwijl Charley de pannenkoeken van haar bord naar binnen schrokte. 'Ik moet Bandit naar Lynn brengen,' zei ze toen ze uitgegeten was, en ze hoopte dat de frisse lucht Jills boosaardige geestverschijning voor eens en voor altijd zou verdrijven.

'Ik moest ook maar eens gaan,' zei Gabe Lopez. Hij stond op en boog zijn hoofd. 'Heel hartelijk bedankt.'

'Ik vond het leuk dat je er was,' zei Charley, terwijl ze met hem meeliep naar de voordeur.

'Het is fijn zulke aardige buren te hebben,' merkte hij op.

'Inderdaad.'

Toen Gabe Lopez over het gras naar zijn huis liep, kwam er een vrachtwagen met een paar werklui zijn oprit oprijden. De man met de gele helm was er niet bij.

Charley deed Bandit aan de riem. 'Jongens, komen jullie even afscheid nemen van Bandit?'

Franny en James renden naar de voordeur, gooiden Bandit in de lucht en overlaadden hem met kusjes. 'Dag Bandit,' riepen ze in koor.

'Braaf zijn, hoor,' voegde James er in zijn eentje aan toe.

'Ik ben zo terug.' Charley pakte de papieren tas met de spullen die Bandit het weekend nodig zou hebben en liep met de hond naar buiten.

Lynn stond al bij haar voordeur te wachten toen Charley arriveerde, haar lange, rode nagels om het oor van een dampende kop koffie geklemd. Zelfs op dit uur van de dag was ze volledig opgemaakt; haar haar tot een wijd uitstaande bal getoupeerd, haar blote voeten in acht centimeter hoge hakken geperst. 'Hoe gaat het met mijn kleine donzen bol?' kirde ze toen Bandit haar tenen likte en Charley haar de tas met zijn spullen aangaf.

'Volgens mij zit alles erin. Zijn voer, zijn etensbakje en zijn lievelingsspeeltje.' Charley trok een rubberen hamburger uit de tas en kneep erin. Het piepgeluid eiste onmiddellijk Bandits aandacht op. 'Het nummer van de dierenarts zit in de tas, voor als er iets gebeurt...'

'Er gebeurt niks. Toch, grote knul van me? Natuurlijk niet.' Ze tilde Bandit op en tuitte haar rode lippen om te worden gekust. Bandit gehoorzaamde en stak zijn tong rechtstreeks in haar mond. 'Grote genade! Jij loopt hard van stapel. Je bent me er eentje. Je loopt heel hard van stapel. Dat had ik niet verwacht. Nee, helemaal niet.'

'Heel erg bedankt, Lynn.'

'Graag gedaan, hoor. Daar heb je toch buren voor?'

Charley wilde glimlachen maar een plotselinge scherpe pijn in haar maag verhinderde dat.

'Is er iets?' vroeg Lynn.

'Ik denk dat ik te veel bosbessenpannenkoeken gegeten heb.'

Lynn klopte op het vet op haar buik. 'Ik weet er alles van. Wil je een paar Rennies?'

'Nee, het gaat zo wel weer over.'

Maar tegen de tijd dat Charley weer thuis was, had ze zo'n maagkramp dat ze nauwelijks rechtop kon staan.

'We zijn aan het bedenken wiens auto we zullen nemen,' zei haar moeder toen ze de voordeur binnenkwam. 'Die van Alex is wat ruimer, maar mijne is nieuwer…'

'En paarser,' voegde Bram eraan toe.

'En paarser ja,' zei Elizabeth glimlachend. 'En veiliger. Ik heb al een autozitje voor James geïnstalleerd, en…'

'We nemen jouw auto,' hakte Alex de knoop door, en hij tilde de eerste weekendtassen naar de paarse Civic die op de oprit stond, daarbij op de voet gevolgd door James. 'Gaat het goed?' vroeg hij Charley toen hij terugliep. 'Je ziet zo bleek.'

'Mijn maag speelt op,' gaf ze toe. 'Ik ben zo'n groot ontbijt niet gewend.' Ze voelde opnieuw een steek, maar wendde zich af om haar toenemende ongemak te verbergen. Onmiddellijk daarna werd ze duizelig en ze leunde tegen de muur om te voorkomen dat ze viel.

'Wat is er, lieverd?' vroeg haar moeder.

'Niks. Het is niks.'

'Weet je het zeker?' vroeg Alex. 'We hoeven niet nu meteen weg.'

'Nee, het gaat goed. Echt.'

'Je ziet er niet goed uit,' zei Franny.

'Is er iets?' vroeg Bram.

'Kom, jongens,' schreeuwde James, die naast de auto stond. 'We gaan.'

'Het gaat echt wel,' hield Charley vol, terwijl een hevige kramp door haar ingewanden schoot.

'Het gaat helemaal niet,' zei Alex. 'Kom. Ga even rustig zitten.' Hij leidde haar naar de huiskamer en ging naast haar op de bank zitten. 'Ben je misselijk?'

'Ik weet het niet.'

'Diep ademhalen.'

Charley deed wat haar gezegd werd, maar voelde zich niet beter.

James kwam de kamer binnenstormen. 'Kom!' drong hij aan. 'Straks komen we nog te laat.'

'Mama voelt zich niet lekker,' legde Franny hem uit.

'Maar ze is jarig!'

'Het gaat echt wel,' zei Charley, vastbesloten geen roet in het eten te gooien. Ze probeerde op te staan, maar de pijn was als een stomp in haar maag. Ze viel terug op de bank.

'Oké, het is wel duidelijk,' zei Alex. 'Het spijt me, jongens, maar het ziet er niet naar uit dat we vandaag nog weggaan.'

'Nee!' gilde James. De teleurstelling die uit dat ene woord sprak was verpletterend, hartverscheurend.

'Natuurlijk gaan we,' hield Charley vol.

'Je kunt je amper bewegen, Charley,' zei Alex.

'Over tien minuten voel ik me vast weer beter.'

'Dan gaan we over tien minuten,' zei Alex. 'Luister. Ik heb een idee. Bram en je moeder kunnen alvast gaan met de kinderen, inchecken in het motel en naar het Magic Kingdom gaan. Wij komen zodra je je beter voelt. We hebben toch twee auto's nodig. Wat vind je ervan?'

'Mag het, mama? Mag het?'

'Ik weet het niet.'

'Wat vinden jullie ervan? Redden jullie het een paar uur zonder ons?' vroeg Alex aan Charleys moeder en broer.

'Dat lukt best,' zei Elizabeth optimistisch. 'Wat denk jij ervan, Bram?'

'Ik denk dat we het maar moeten proberen.' Het geforceerde enthousiasme in Brams stem kon de paniek in zijn ogen niet maskeren.

'We zetten nog even de bagage in de auto,' zei Alex, 'dan kunnen jullie gaan.' Hij hielp Bram de rest van de tassen naar buiten te sjouwen, met James op zijn hielen.

'Ik weet niet of het wel zo'n goed idee is,' zei Charley toen de mannen buiten waren.

'Het is een uitstekend idee,' zei haar moeder. 'Het is voor je broer en mij een goede gelegenheid om met elkaar in contact te komen. Weet je zeker dat je de boel niet voor de gek zit te houden met die pijn in je maag?'

'Geloof me, ik houd niemand voor de gek.'

'Denk je dat je straks weer beter bent?' vroeg Franny.

Charley knikte. De beweging maakte dat ze zich nog beroerder voelde. 'Mam, wil je me mijn mobiel aangeven? Hij zit in mijn tas.'

Snel pakte haar moeder het toestel uit Charleys tas. 'Alsjeblieft schat. Wil je dat ik de dokter bel?'

'Nee. Ik wil dat je hem meeneemt.'

'Hoezo? Ik heb de pest aan die dingen.'

'Mam, het moet. Brams mobiel is gestolen, ik moet je kunnen bereiken. Ik kan je niet zonder laten gaan.'

'Maar ik ben een vreselijke kluns met die dingen.'

'Je kunt het heus wel. Ik weet het zeker. Maar onthoud één ding: hij belt niet, hij fluit.'

'Natuurlijk, ja.' Tegen haar zin gooide haar moeder het toestel in haar tas.

'Franny, oma, komen!' schreeuwde James vanuit de voortuin. 'We gaan!'

Franny streek zacht over haar moeders hand en rende vervolgens de kamer uit.

'Je weet de naam van het motel?' vroeg Charley aan haar moeder.

'Ik weet alles, lieverd. Maak je geen zorgen.'

'Ga dan maar,' drong Charley aan. 'Ik bel je zodra ik me beter voel. Als jullie er zijn en nog niets van me gehoord hebben, bel je míj. '

In plaats van op te staan ging Elizabeth op het kussen naast Charley zitten, nam haar liefdevol in haar armen en wiegde haar zachtjes heen en weer. Charley voelde de warmte van haar moeders omhelzing, de aanraking van haar lippen tegen haar voorhoofd. Iets in haar kwam instinctief in opstand en wilde haar moeder wegduwen, maar iets anders, iets wat al tweeëntwintig jaar op dit moment wachtte klampte zich stevig aan haar vast. Wat een toeval dat dit nu net op haar verjaardag gebeurde, dacht ze, terwijl ze haar hoofd tegen haar moeders borst vlijde en als een pasgeboren baby huilde.

'Mijn mooie meisje,' fluisterde haar moeder, terwijl ze haar dochter op haar kruin kuste. 'Mijn lieve, mooie meisje. Ik hou zoveel van je.'

'Ik hou ook van jou,' zei Charley, en ze begon nog harder te huilen.

'Oké, alle tassen staan in de auto.' Alex kwam samen met Bram de kamer binnen. 'De kinderen zitten in de gordels en trappelen van ongeduld.'

Charley verslapte de bankschroefachtige greep om haar moeders middel, en Elizabeth kuste haar voorhoofd. 'Maak je geen zorgen, lieverd. Zorg jij maar dat je beter wordt.'

'En snel,' vulde Bram aan.

Charley knikte, maar voelde zich steeds belabberder.

Het geluid van de drilboren bonkte door de muren. 'Mijn god,' klaagde ze, terwijl Bram zich bukte om haar een afscheidskus te geven. 'Houd de kinderen goed in de gaten,' waarschuwde ze.

'Ik zal over hen waken,' zei Bram.

'Rijd voorzichtig,' hoorde Charley Alex roepen toen haar moeders auto even later de oprit afreed. Een paar tellen later zat Alex weer naast haar. 'Denk je echt dat het een goed idee was?' vroeg Charley.

'Volgens mij was het een prima idee. Je moet rusten.'

'Er moet wel iets gebeuren, ja.'

'Misschien moet ik je naar de eerste hulp brengen.'

'Nee, zeg. Dit is echt geen noodgeval.'

'Het zou je blindedarm kunnen zijn.'

'Het is mijn blindedarm niet. Het zijn die verdomde bosbessenpannenkoeken.'

'Ze waren inderdaad behoorlijk machtig,' gaf Alex toe. 'Wil je iets hebben, een kopje thee misschien?'

'Nee, dank je. Ik denk dat ik even ga slapen.' Precies op dat moment begonnen de drilboren weer te dreunen en de trillingen sneden als een elektrische zaag door haar lichaam. 'O, nee hè.'

Alex draaide zijn gezicht naar het geluid. 'Wat zijn ze daar in hemelsnaam aan het doen?'

'Geen flauw idee, maar het gaat de hele dag duren.'

'Nou, dan kunnen we hier niet blijven.' Hij boog zich voorover en trok haar overeind, legde haar arm over zijn schouder en pakte haar stevig om haar middel beet.

'Wat doe je? Waar gaan we heen?'

'Naar mijn appartement. Hoe eerder, hoe beter. Eerlijk gezegd voel ik me ook niet zo lekker.'

'Lekker stel zijn we,' zei Charley, en ze probeerde te glimlachen.

Alex bleef bij de voordeur staan en kuste haar teder op haar wang. 'Dat vind ik goed klinken,' zei hij.

33

Charley schrok wakker van het verre geluid van het sluiten van een deur. Ze deed haar ogen open, ging rechtop zitten en probeerde zich te oriënteren. Bevangen door duizeligheid liet ze zich weer zakken. Langzaam, heel voorzichtig, wierp ze een blik op de muur rechts van haar en herkende de prachtige serie zwart-witfoto's die er hing. Dit moest Alex' slaapkamer zijn, dacht ze, hoewel ze zich de rit naar zijn appartement nauwelijks herinnerde en ook amper nog iets wist van een lift. Ze herinnerde zich dat ze half gedragen, half gesleept zijn slaapkamer in gebracht was, toegedekt werd en dat Alex zich op bed naast haar had laten vallen. Maar hij was er niet meer, realiseerde ze zich, terwijl ze op de plek voelde waar hij gelegen had. 'Alex?' riep ze, maar haar stem was al verdwenen voordat het geluid contact met de lucht maakte. Waar was hij?

Hoe laat was het? vroeg ze zich af, terwijl ze haar hoofd voorzichtig naar de klok op het tafeltje naast het bed draaide. Het duurde een paar tellen voor haar ogen konden focussen, en nog meer tellen voor ze kon geloven wat ze zag. Was het echt al bijna elf uur? Dat kon toch niet? Was bijna de hele ochtend aan haar voorbijgegaan?

De anderen zouden nu zo'n beetje in Kissimee zijn, dacht ze. Misschien hadden ze zelfs al ingecheckt. Hoe heette dat motel ook al weer? vroeg ze zich af, terwijl ze in paniek raakte omdat de naam haar niet meteen te binnen schoot. Het was iets grappigs, dacht ze. Het kasteel van de slapende dwergen... De herberg van de schone slaapster... 'Motel De Mooie Dromers,' mompelde ze. Ze knikte bevestigend, maar moest onmiddellijk haar ogen sluiten omdat de kamer terugknikte. Wat was er verdomme aan de hand? Ze had zich die ochtend toen ze opstond prima gevoeld. Kon griep zo snel en krachtig toeslaan?

'Ik moet mijn moeder bellen,' zei Charley, hoewel het geluid haar oren niet bereikte. Had ze het wel hardop gezegd? Haar moeder was vast vreselijk ongerust, dacht ze. Ze had natuurlijk geprobeerd haar te bereiken, maar had geen idee waar ze was of hoe ze haar te pakken moest krijgen. Ze had waarschijnlijk al talloze keren naar Charleys huis gebeld en alleen maar haar voicemail gekregen, waar ze natuurlijk helemaal getikt van werd. 'Ik moet haar bellen,' zei Charley weer, en ze dwong haar lichaam opnieuw in zittende positie. Ze bleef roerloos zitten tot de kamer niet meer draaide.

Langzaam dwaalden haar ogen over het bed, van het ene bijzettafeltje naar het andere op zoek naar de telefoon. Maar er stond alleen een houder. En Alex was nergens te bekennen. 'Alex!' riep ze nogmaals. Het woord, dat ze van achter uit haar keel perste kwam samen met een golf gal. Zo snel als ze kon rende ze naar de marmeren badkamer naast de slaapkamer, gaf over in de wc en viel vervolgens op de grond neer. Ze legde haar hoofd op de koele vloertegels en vroeg zich af wat er in hemelsnaam met haar aan de hand was. Ze had wel vaker maagpijn gehad en tijdens beide zwangerschappen was ze 's ochtends misselijk geweest. Maar dit was anders. Zou Alex gelijk hebben? Zou ze een blindedarmontsteking hebben? Waar was hij trouwens?

Charley haalde een paar keer diep adem tot ze genoeg lucht had om overeind te komen. 'Wat nu?' vroeg ze aan haar asgrauwe gezicht in de spiegel boven de wastafel.

Zoek een telefoon, adviseerde haar spiegelbeeld.

Charley strompelde de badkamer uit en ging door de slaapkamer en de hal de woonkamer in. De draadloze telefoon lag op de salontafel bij de bank. Ze greep hem voordat haar benen het begaven en ze als een afgedankte marionet op de grond in elkaar viel. Met de bank als ruggensteun toetste ze de nummers in en wachtte tot de telefoon overging.

'Het nummer dat u hebt gebeld is helaas niet in gebruik,' informeerde een robotachtige stem haar een paar tellen later.

'Onzin! Waar heb je het over?' Charley probeerde het nummer opnieuw, maar haar vingers hadden geen kracht meer, en ze zag ze zo onhandig over de telefoon bewegen dat ze moest stoppen en het opnieuw moest proberen. Ze hoorde de telefoon een, twee, drie keer overgaan alvorens er werd opgenomen.

'Hallo,' zei een meisje te midden van lach- en giechelgeluiden.

'Franny?'

'Margo, waar zit je verdomme? We zitten allemaal op je te wachten.'

'Margo?' herhaalde Charley.

'Hou nu maar weer op met die flauwe geintjes,' zei het meisje. 'Je bent veel te laat.'

'Met wie spreek ik?'

'Wat?'

'Ik moet Bram hebben,' zei Charley.

'Wíé?'

Charley hing op. Blijkbaar had ze het verkeerde nummer gebeld. 'Shit. Wat is er met je aan de hand?' Ze probeerde haar nummer opnieuw, dit keer met een nauwgezetheid die in andere omstandigheden lachwekkend zou zijn. De telefoon ging vier keer over, voordat ze naar haar voicemail doorgeschakeld werd.

Met Charley Webb, hoorde ze haar eigen stem zeggen. Sorry dat ik op dit moment niet kan opnemen, maar laat je naam, telefoonnummer en een korte boodschap achter en ik bel je zo gauw mogelijk terug.

'Mam, ik ben het,' zei Charley. 'Waar ben je? Ik ben bij Alex. Zijn nummer is…' Wat was zijn nummer eigenlijk? Ze had geen idee. 'Zoek het maar even op. Alex Prescott, Palm Beach Gardens. Bel me.' Ze verbrak de verbinding en liet het toestel op de grond vallen waarna het onder de salontafel stuiterde. Maar wat was ze eigenlijk stom bezig – haar moeder had geen flauw idee hoe ze toegang tot haar voicemailberichten kon krijgen. Misschien was Bram zo bijdehand het te ontdekken. Hoewel hij niet bepaald om zijn gezonde verstand bekendstond, dacht ze, en ze zou erom gelachen hebben als haar hoofd niet zo vreselijk zwaar had gevoeld. Griep of geen griep, ging het door haar heen, terwijl haar ogen bijna dichtvielen, één ding was zeker: ze zou nooit meer bosbessenpannenkoeken eten.

Nog geen tel later sliep ze.

Ze droomde dat ze in een porseleinwinkel was en theekopjes zocht. 'Ik verzamel ze,' zei ze tegen de verkoopster in een lange plooirok.

'Dan moet u deze zien.' Ze bracht Charley naar een achterkamertje vol met enorme grote koppen in allerlei pastelkleuren.

Glen McLaren zat in de kop die het dichtst bij de deur stond.

'Glen!' riep Charley uit. 'Wat doe jij hier?'

Hij lachte. *'It's a small world.'*

Op dat moment ging het brandalarm af.

'Maak je uit de voeten,' zei Glen, terwijl het gerinkel harder en dringender werd.

Charley opende haar ogen. Het gerinkel hield aan. De telefoon, dacht ze. Ze haalde diep adem en probeerde het toestel te vinden, haar handen tastend over de grond. Hoe lang had ze dit keer geslapen? Toen ze haar hand onder de salontafel stak zag ze het horloge om haar pols en probeerde te ontdekken hoe laat het was. Het was óf tien minuten over elf óf vijf voor twee, dacht ze, omdat ze het verschil tussen de kleine en de grote wijzer niet kon zien. Ze greep de telefoon en drukte op verschillende knopjes tot ze toevallig de goede vond. 'Hallo,' fluisterde ze in de hoorn toen de verbinding tot stand was gekomen. 'Mam, ben jij het?'

U hebt een collect call van... zei een stem, en er volgde een stilte om de beller de gelegenheid te geven zich bekend te maken.

'Jill Rohmer,' klonk het duidelijk.

Accepteert u de kosten voor dit gesprek? vervolgde de stem.

'Wat?' riep Charley. Wat gebeurde er?

Accepteert u de kosten voor dit gesprek? herhaalde de stem, alsof die het begreep.

Charley probeerde de controle over haar verstand terug te krijgen. Was het mogelijk dat ze Jill Rohmer aan de lijn had? Ze droomde natuurlijk nog. Dit hoorde vast allemaal bij de nachtmerrie die met een stapel bosbessenpannenkoeken was begonnen en met een collect call van een moordenaar eindigde. Maar wat het ook was, realiteit of illusie, Charley begreep dat er een antwoord van haar verwacht werd. 'Ja,' hoorde ze zichzelf zeggen. 'Ik accepteer de kosten.'

Na een korte stilte volgde Jills stem. 'Alex?'

'Jill,' riep Charley. 'Is er iets aan de hand?'

Opnieuw een stilte. 'Charley?'

'Ja. Is er iets?'

'Wat doe jij daar? Ik dacht dat je naar Disney World was.'

'Ik ben niet lekker.'

'Wat doe je in Alex' appartement?'

'Dat is een lang verhaal,' antwoordde Charley in de hoop dat ze het niet hoefde te vertellen.

'Ik heb alle tijd,' zei Jill, alsof ze haar gedachten kon lezen.

Charley sloot haar ogen en vocht tegen het gevoel dat ze elk moment flauw kon vallen. Ze had de kracht noch de energie om met Jill in discussie te gaan. 'Alex is er niet.'

'Ik moet hem spreken. Ze dreigen mijn privileges terug te schroeven. Waar is hij?'

'Ik weet het niet. Kan ik een boodschap aan hem doorgeven?'

'Wat krijgen we nou? Ben je tegenwoordig zijn secretaresse?' vroeg Jill.

'Ik zal zeggen dat je gebeld hebt.'

'Dat doe ik zelf wel. Hij is míjn advocaat.'

'Sorry, Jill. Ik heb hier op dit moment helemaal geen zin in.'

'Geen zin in?' herhaalde Jill verontwaardigd. 'Wat krijgen we nou? Word ik aan de kant gezet?'

'Ik voel me niet lekker.'

'Zeg eens, waar heb je wel zin in?'

'Dag, Jill.'

'Zou je willen weten wie Jack is?'

Charley boog zich voorover en drukte de hoorn stevig tegen haar oor. 'Wat zeg je?'

'Voel je je nu opeens weer beter?'

'Genoeg nu, Jill. Ik ben niet in de stemming voor je spelletjes.'

'O nee? Ben je niet in de stemming?'

'Zoals ik al zei, ik voel me niet lekker.'

'Hóé voel je je eigenlijk? Alsof je door een vrachtwagen overreden bent? Alsof je ingewanden in de fik staan?' Voor ze de laatste woorden uitsprak wachtte ze even, lang genoeg om Charleys volle aandacht te trekken. 'Alsof je tijdens het ontbijt te veel bosbessenpannenkoeken gegeten hebt?'

Er klonk een luid gesuis, alsof alle lucht uit de kamer gezogen werd. Charley merkte dat ze naar adem snakte en dat het haar eigen lichaam was dat het geluid produceerde. 'Wat zei je?'

'Die pannenkoeken zijn moordend, vind je niet?' vervolgde Jill spottend. 'Ik probeer ze niet te eten. Al die calorieën. Zo lekker zijn ze nou ook weer niet.'

'Hoe weet je dat ik pannenkoeken gegeten heb?'

'Wat denk je? Dat is toch het enige wat hij kan klaarmaken? Ik heb geprobeerd hem duidelijk te maken dat hij eens wat moet gaan experimenteren, meer kan ik niet doen. Die kerel mag dan de pest aan zijn moeder hebben, hij is dol op pannenkoekenmix.'

De woorden dreunden na in Charleys hersenpan; ze had te veel pijn om ze te begrijpen. 'Waar heb je het over?'

'Kom op, Charley. Moet ik het voor je spellen?'

'Ja, dat moet,' antwoordde ze streng. 'Je moet het spellen.'

'Nou, eens even kijken. Hoe spel je Jack? O, ik weet het al: B...R...A...M.'

Met moeite kwam Charley overeind. De letters kwamen stuk voor stuk met een klap tussen haar ogen terecht en dreigden haar tegen de grond te slaan. 'Ik geloof je niet.'

'Wat geloof je niet, Charley? Dat Bram Jack is, of dat je niet half zo slim bent als je dacht? Wiens voorstel was het, denk je, dat ik contact met jou opnam? Denk je dat het toeval is dat ik de broer ken van de vrouw aan wie ik gevraagd heb mijn verhaal te schrijven? Het gaat hier trouwens meer om "kennen" in de bijbelse betekenis van het woord.'

'Je liegt,' protesteerde Charley zwakjes.

'Arme, domme, kleine Charley. Vadertje en moedertje spelen met mijn advocaat, terwijl je broer... Waar is hij eigenlijk? O ja, ik weet het al. In Disney World. Daar is hij toch? En hij is daar niet alleen, hè? Hij is met je kinderen.' Ze grinnikte, een obsceen geluid dat ergens diep achter uit haar keel vandaan kwam.

'Je bent gestoord.'

'En jij bent dom. Het is je verdiende loon.' De minachting in Jills stem was hoorbaar. 'Vergeet je niet aan Alex door te geven dat ik gebeld heb? O ja, nog gefeliciteerd, Charley. Nog vele jaren.'

De verbinding werd verbroken.

'Jill! Jill!' schreeuwde Charley. Daarna: 'Neeeeee! Het kan niet waar zijn. Het kan gewoon niet.' Haar lichaam begon te schokken, ze kokhalsde, klapte dubbel en viel tegen de bank, terwijl ze uit alle macht poogde de cijfers op de draagbare telefoon in te toetsen. 'Alsjeblieft, mam. Neem op. Neem de telefoon op,' gilde ze, terwijl ze opnieuw haar eigen stem hoorde.

Met Charley Webb. Sorry dat ik op dit moment niet kan opnemen...
Charley drukte op de annuleertoets, wist de herhaaltoets te vinden en drukte die meerdere keren in. 'Neem de telefoon op,' commandeerde ze. 'Verdomme, neem die telefoon op!'
Met Charley Webb...
Ze smeet de telefoon door de kamer en zag het toestel tegen de muur stuiteren en op Alex' verzameling klassieke films vallen, waardoor er een paar over de grond vlogen. Op dat moment hoorde ze dat iemand haar naam riep.

'Charley,' schreeuwde de stem ergens van de galerij. 'Wat is er aan de hand? Gaat het wel goed?' De deur ging open en Alex stormde naar binnen, een tasje met boodschappen in zijn armen. Prompt liet hij de tas op de grond vallen en rende naar Charley toe. 'Wat is er gebeurd? Ik kon je beneden in de hal horen schreeuwen.'

'Het is Bram!' gilde Charley, terwijl ze hem bij zijn armen greep om overeind te komen.

'Wat?' Alex keek om zich heen. 'Waar?'

'Hij heeft mijn kinderen!'

'Ik begrijp het niet. Natuurlijk heeft hij de kinderen.'

'Hij is Jack!'

'Waar heb je het over?'

'Mijn broer. Hij is Jack! Hij is Jack!' Charley barstte in snikken uit.

Alex leidde haar naar de bank en ging naast haar zitten. 'Charley, rustig. Je slaat wartaal uit.'

'We moeten de politie bellen.'

'Dat gaan we doen,' zei Alex sussend. 'Maar vertel eerst wat er gebeurd is.'

'Jill belde.'

'Belde Jill hierheen? Waarom?'

'Ze wilde je spreken.'

'Waarover?'

'Iets over het terugschroeven van haar privileges,' antwoordde Charley ongeduldig. 'Ik weet het niet. Ik weet alleen nog dat ze zei dat mijn broer Jack is.'

'Belachelijk.' Alex schudde zijn hoofd, alsof Charley een taal sprak die hij niet begreep. 'Oké, begin nog eens van voren af aan. Je moet het me woord voor woord vertellen.'

'Daar is geen tijd voor. We moeten de politie bellen.'

'Wanneer heeft Jill gebeld?'

'Een paar minuten geleden.' Charley keek op haar horloge. De cijfertjes dansten voor haar ogen, weigerden stil te staan. 'Denk ik.'

'Hoezo?'

'Ik lag in bed. De telefoon ging,' begon Charley. Ze stopte. 'Nee, zo was het niet. Ik lag in bed. Iets maakte me wakker. Jij was er niet...'

'Ik was kippensoep gaan kopen. Ik dacht dat ik terug zou zijn voor je wakker werd.'

'Ik ging uit bed,' vervolgde Charley alsof hij niets gezegd had. 'Ik zocht de telefoon...'

'Die had ik weggelegd zodat je niet in je slaap gestoord werd.'

'... ik heb overgegeven in het toilet.'

Alex streek over haar wang. 'Wat rot voor je.'

'Daarna ging ik naar de kamer, vond de telefoon en probeerde mijn moeder te bellen. Maar ze nam niet op. Ik denk dat ik toen weer in slaap gevallen ben. Ik weet niet hoe lang. Hoe laat is het?'

'Bijna twaalf uur.'

'Mijn god, ik moet in slaap gevallen zijn. Ik werd wakker van de telefoon. Het was Jill.'

'Weet je het zeker?' vroeg Alex. 'Weet je zeker dat je niet droomde?'

'Niet helemaal,' antwoordde Charley eerlijk. Was het een droom geweest? 'Ik weet het niet. Ik weet het echt niet.'

'Oké. Wat zei Jill precies?'

Zo goed ze kon vertelde Charley hoe het gesprek was verlopen.

Alex luisterde aandachtig, stond vervolgens op en keek ongerust de kamer rond. 'Waar heb je de telefoon neergelegd?'

'Geen idee. Ik smeet hem...'

Alex was al aan de andere kant van de kamer. Zijn ogen speurden de vloer af. Uiteindelijk zag hij het toestel bij de verste muur liggen.

'Wat doe je?' vroeg Charley, hem aankijkend.

'Ik bel de politie.'

'Ik snap het niet. Als je denkt dat ik droomde...'

'Zo logisch kan een droom niet zijn,' zei hij kortweg.

Charley barstte in snikken uit.

'Hallo? Hallo? Ja. Ik moet de politie in Kissimee waarschuwen,' zei Alex met krachtige stem. 'Wat zegt u? Ja, dat is goed. Snel alstublieft.' Hij legde zijn hand op de hoorn. 'Ze proberen me met de juiste mensen door te verbinden.' Hij begon heen en weer door de kamer te lopen. 'Ik kan mezelf wel voor mijn kop slaan dat ik niet eerder het verband heb gelegd. Natuurlijk was het geen toeval dat ze juist jou moest hebben... Hallo, hallo? Ja, dit is een spoedgeval. Ik moet de politie van Kissimee hebben... Mijn naam? Alex Prescott. Ik ben advocaat... Ja, Prescott. Dubbel t. Luister. De kinderen van mijn vriendin verkeren in gevaar. Ze zijn bij haar broer, we hebben reden te denken dat... Nee, zet me niet in de wacht. Shit! Ze hebben me weer in de wacht gezet.'

'O, nee! Wat moeten we doen?' Charley probeerde te gaan staan, maar haar knieën weigerden haar gewicht te dragen en ze viel weer terug op de bank.

'Haal diep adem en probeer je te concentreren. Als je je sterk genoeg voelt ga je naar de slaapkamer, pak je mijn mobiele telefoon uit mijn tas en probeer je je moeder te bereiken. Hallo, hallo? Waar zitten al die lui in godsnaam?'

Charley haalde een paar keer diep adem en probeerde zichzelf gerust te stellen dat alles in orde zou komen. Alex was er nu. En er was nog altijd een kans, hoe klein ook, dat deze krankzinnige dag niet meer dan een gigantische nachtmerrie was. Ze zou wakker worden en haar kinderen in hun bed vinden, haar moeder en Alex waren op weg naar haar toe, en haar broer... Haar broer stond in de keuken bosbessenpannenkoeken te bakken.

Die kerel mag dan de pest aan zijn moeder hebben, hij is dol op pannenkoekenmix.

'Dit is toch niet mogelijk.'

'Het komt goed, Charley,' stelde Alex haar gerust. 'Ik beloof je dat alles goed komt.'

Charley knikte. Gesterkt door Alex' woorden hees ze zich van de bank en wankelend liep ze de kamer uit. Tegen de tijd dat ze de slaapkamer bereikte was ze buiten adem. Ze transpireerde hevig. Ze zocht steun bij de muur. Het duurde een minuut voor ze zich herinnerde waarom ze in de slaapkamer was en nog een minuut voor ze Alex' tas op de grond naast zijn bureau zag staan en weer een minuut om erachter te komen hoe die open moest. De mobiele telefoon lag boven op een stapel officieel uitziende papieren, maar toen ze hem pakte viel de tas uit haar handen en vlogen de papieren als waardeloze prullen over de grond. 'O god! Wat doe ik nou?' Snel toetste ze het nummer van haar mobiele telefoon in. 'Neem op. Neem op alsjeblieft,' bad ze, op haar knieën vallend, terwijl ze Alex' papieren met trillende handen bijeenraapte.

Met Charley Webb. Sorry dat ik op dit moment niet kan opnemen...

'Nee! Nee!'

Alex kwam de slaapkamer in rennen en trok haar overeind. 'Charley, wat doe je?'

'Al je papieren zijn uit je tas gevallen...'

'Geeft niet. Dat is nu niet belangrijk.'

'Er neemt niemand op.'

Hij ging naast haar op het bed zitten. 'Oké, luister. Luister je naar me?'

Charley knikte, hoewel zijn woorden onduidelijk en vaag waren, alsof hij onder water was.

'Ik heb de politie gesproken. Ze hebben beloofd dat ze iemand naar het motel in Kissimee sturen.'

'Godzijdank,' verzuchtte ze, voordat opnieuw de paniek bij haar toesloeg. 'En als ze daar niet zijn?'

'Dan keren ze Disney World binnenstebuiten. Ik ga er nu met de auto heen...'

'Ik ga met je mee.' Charley probeerde op te staan.

'Jij blijft thuis. Je kunt je amper bewegen.'

'En jij dan? Jij voelde je ook niet lekker.'

'Ik voel me lang niet zo beroerd als jij.'

'O, Alex. Als hij mijn kinderen iets aandoet...'

'Dat gebeurt niet.'

'Beloof je het?'

'Ja, dat beloof ik.' Hij kuste haar. 'Ik ga nu en ik neem mijn mobiele telefoon mee, zodat je me kunt bellen zodra je je moeder gesproken hebt.'

'Ik weet je nummer niet.'

'Ik zal het opschrijven. Ik laat het nummer achter op de salontafel in de woonkamer. Goed? Jij blijft je moeder bellen en als je haar hebt gesproken bel je mij. Begrijp je, Charley? Kijk me aan. Begrijp je het?'

'Ik blijf mijn moeder bellen.'

'En je belt mij als je haar bereikt hebt.'

'Ik bel jou als ik haar bereikt heb.'

'Ik leg mijn nummer op de salontafel,' herhaalde hij.

'Bel je me als je er bent?' vroeg ze.

'Ik bel je zodra ik er ben.'

Ze liep achter hem aan naar de woonkamer, keek hoe hij het nummer van zijn mobiele telefoon op een papiertje schreef en het op de salontafel neerlegde.

'Ik leg het hier neer,' zei hij tegen haar, en hij liep naar de deur. 'Jij blijft proberen je moeder te bereiken.'

Ze knikte, zocht steun tegen de muur en moest zo hard huilen dat ze hem nauwelijks meer kon zien.

Hij deed de deur open, aarzelde en draaide zich om. 'Denk je dat het lukt? Misschien kan ik je beter naar het ziekenhuis brengen.'

'Nee. Geen ziekenhuis. Niet voordat ik weet dat de kinderen veilig zijn.'

'Beloof je me dat je het alarmnummer zult bellen wanneer je je slechter gaat voelen?'

'Ja, dat zal ik doen.'

'Weet je zeker dat het wel gaat?'

'Ja. Schiet alsjeblieft op.'

Ze staarden elkaar nog enige seconden aan. Charley wachtte tot Alex verdwenen was voor ze op de grond instortte.

34

Het volgende uur was de duim van haar rechterhand het enige lichaamsdeel dat Charley bewoog. Ze drukte, en drukte steeds opnieuw op de herhaaltoets van de telefoon.

Drukken. Bellen.

Met Charley Webb. Sorry dat ik op dit moment niet kan opnemen…

Drukken. Bellen.

Met Charley Webb. Sorry…

Drukken. Bellen.

Met Charley Webb.

Drukken. Bellen.

Met…

'O, god,' jammerde Charley, terwijl ze haar hoofd schudde. Ze moest opstaan. Ze kon niet eeuwig zo op de grond blijven zitten. Ze moest overeind komen, haar gezicht wassen, haar haar borstelen zodat ze klaar zou zijn als Alex belde en ze halsoverkop moest vertrekken.

Drukken. Bellen.

Met Charley Webb…

Met de muur als steun wist Charley zich langzaam, voorzichtig in staande positie te hijsen.

Drukken. Bellen.

Met Charley Webb…

Langs de muur schuifelde ze de hoek om naar de slaapkamer, waar ze de officiële documenten die over de grond verspreid lagen negeerde, en ging de badkamer in. Voor de wastafel streek ze haar haar achter haar oren, gooide een plens koud water in haar gezicht, vond vervolgens in het medicijnkastje een oude tandenborstel en poetste haar tanden. 'Dat voelt een stuk beter,' zei ze, hoewel dat eigenlijk niet zo was.

Drukken. Bellen.

Met Charley Webb. Sorry...

Ze liep terug naar de slaapkamer, met haar gympen verschillende officiële paperassen vertrappend. Langzaam liet ze zich op de grond zakken, wat voelde alsof ze door een vat dikke honing gleed, verzamelde de papieren en deed ze terug in Alex' aktetas. *Pinnacle Books* las ze, de woorden schitterden haar als knipperlichten tegemoet. *Charley Webb.* Haar boekcontract, besefte ze, en het drong tot haar door hoe verguld ze geweest zou zijn als ze dit een paar uur eerder gezien had.

Drukken. Bellen.

Met Charley Webb. Sorry...

Ze had spijt. Spijt dat ze Jill Rohmer ooit opgezocht had. Spijt dat ze zich had laten meeslepen door fantasieën over rijk en beroemd zijn. Spijt dat ze zo welwillend naar Jills verleden van misbruik geluisterd had, hoe afschuwelijk dat ook was, terwijl Jill haar al die tijd achter haar rug uitgelachen had en samen met haar broer – haar geliefde broer, dat was toch niet mogelijk? – plannen smeedde om haar kinderen iets aan te doen.

Het was niet te bevatten.

Drukken. Bellen.

Met Charley Webb...

Charley liep terug naar de woonkamer, iets sneller nu, en zag de tas met boodschappen op de grond bij de voordeur staan. Ze tilde de tas naar de keuken en pakte er een paar blikjes kippensoep uit. Misschien zou ze van wat soep opknappen. Op de een of andere manier lukte het haar een blikje te openen en de soep in een beker te gieten. Ze zette de beker in de magnetron, schakelde hem in en keek hoe de automatische timer de seconden aftelde tot de soep klaar was.

Drukken. Bellen.

Met Charley Webb. Sorry...

Met Charley Webb. Sorry...

Met Charley Webb. Sorry...

Ze liep naar de woonkamer en ging op de bank zitten, terwijl de geurige damp van de soep in haar neus drong. Ze nam een slokje en voelde achter in haar keel hoe heet die was. Als ze het maar binnen hield, dacht ze, terwijl ze het nummer voor de zoveelste keer probeerde.

Drukken. Bellen.

Met Charley Webb...

'Waar zijn jullie, verdomme? Waarom nemen jullie niet op?'

Ze stelde zich voor hoe haar moeder verward om zich heen keek en zich afvroeg waar dat vreemde lokfluitje vandaan kwam. Verdomme. Ze had een gewone ringtone in moeten stellen. Waarom had ze haar ringtone niet veranderd?

Ze stelde zich haar kinderen voor: de lieve, gevoelige Franny met haar grote, droevige ogen en haar scherpe, analytische geest; de uitgelaten, zorgeloze James met zijn tomeloze energie en enthousiasme. Hoe kon het in iemand opkomen hun kwaad te doen?

Ze dacht aan de e-mails die ze had ontvangen.

Ik kom eraan, had de laatste dreigend aangekondigd. *Duurt nu niet lang meer.*

Had Bram ze gestuurd?

Ze dacht terug aan de foto's van de kinderen die ze in het nachtkastje naast zijn bed had gevonden. *Het zijn gewoon een paar kinderen uit de buurt die ik misschien wil gaan schilderen,* had Bram tegen haar gezegd. Was dat zo? Waren het potentiële portretten? Of waren het potentiële slachtoffers? 'Nee. Alsjeblieft, laat het niet waar zijn.'

Was haar knappe, aan lager wal geraakte broer, die de laatste tien jaar grotendeels in een drugsroes geleefd had, werkelijk in staat iemand anders dan zichzelf iets aan te doen?

Drukken. Bellen.

Met Charley Webb. Sorry…

Hoe vaak had ze hem laten vallen? Hoe vaak had ze hem teleurgesteld, hem uitgefoeterd, hem de rug toegekeerd? Hij was de jongste, de knapste en veruit de kwetsbaarste van de vier kinderen Webb. Haar zussen hadden op de een of andere manier het leed van hun jeugd in iets productiefs weten om te zetten, maar Brams verdriet kon alleen door alcohol en verdovende middelen verlicht worden.

Charley herinnerde zich hoe haar moeder haar had geleerd hoe ze Bram moest vasthouden toen hij een baby was. Ze herinnerde zich haar aanwijzingen hem zachtjes te wiegen, nog niet beseffend dat binnenkort háár armen de enige zouden zijn die dat konden doen. Ze herinnerde zich hoe hij aan de saaie rokken van een reeks kinderjuffen had gehangen, zijn ogen vol tranen, tranen die uiteindelijk helemaal zouden opdrogen. Ze herinnerde zich de wrede pesterijen van de kinderen die hem van school naar huis achternaliepen en de nog veel wredere aansporing van zijn vader om 'het als een man op te vatten'.

Drukken. Bellen.

Met Charley Webb. Sorry...

Ook zij had hem aan zijn lot overgelaten, gaf Charley in gedachten toe. Meteen na haar afstuderen was ze naar Florida gevlucht, vastbesloten naam te maken, en het feit dat ze zich volledig op zichzelf richtte maakte dat ze nauwelijks tijd had zich om haar losbandige jongere broer te bekommeren. Uiteindelijk had Bram het initiatief genomen. In zijn oude MG was hij naar Miami gereden, had daar een appartement gehuurd en, als hij niet al te stoned was, een paar schildercursussen gevolgd. Tijdens een van die cursussen had hij Pamela Rohmer ontmoet. En via Pamela haar zus Jill.

Jack en Jill.

Het kon toch niet waar zijn?

Charley drukte opnieuw op de herhaaltoets. Ze hoorde de telefoon overgaan en bereidde zich voor op het ongewenste geluid van haar eigen stem.

'Hallo?' hoorde ze in plaats daarvan haar moeder zeggen. 'Hallo? Met wie spreek ik?'

Charleys adem stokte in haar keel. Ze had hen bereikt. Ze waren veilig.

'Er wordt niks gezegd,' vervolgde haar moeder. 'Ik denk dat ik het niet goed doe.'

'Mam!' schreeuwde Charley. Het woord kwam eruit als een explosie. 'Mam? Luister!'

'Charley?'

'Waar zat je al die tijd? Ik ben je al uren aan het bellen.'

'We waren in het Magic Kingdom. Het was daar zo druk dat ik je fluitje niet gehoord heb. Ik probeerde je nog te bellen, maar ik kreeg aldoor je voicemail.'

'Is dat mama?' hoorde Charley een klein stemmetje vragen.

'Franny?' riep Charley. 'Is dat Franny?' Haar dochter was er. Ze was ongedeerd.

'Ja, natuurlijk is het Franny. Ik geef je haar, dan kun je met haar praten. Ik moet even gaan liggen. Mijn maag is de hele dag al van streek.'

Charley hoorde dat het toestel doorgegeven werd. 'Waar ben je, mama?' vroeg Franny. 'Ben je er al bijna?'

'Nog niet, schat. Maar Alex komt er zo aan. Ik wil dat jij en James rustig blijven zitten en nergens heen gaan totdat hij er is...'

'James is hier niet,' onderbrak Franny haar.

Charley voelde haar lichaam verstijven. 'Wat zeg je?'

'James is hier niet,' herhaalde Franny.

'Waar is hij dan?'

'Bij oom Bram.'

Charley beet op haar onderlip om niet te gaan gillen. 'Waar zijn ze?'

'Ze zijn nog steeds in het Magic Kingdom. James wilde in de Pirates of the Caribbean, maar er stond een heel lange rij en oma voelde zich niet lekker.'

'Geef haar nog even.'

'Ze is echt heel ziek, mama...'

'Franny, geef oma aan de telefoon,' snauwde Charley.

'Wat is er nou?' Franny begon zachtjes te huilen.

'Wat is er, lieverd?' hoorde Charley haar moeder aan Franny vragen.

'Volgens mij is mama boos op me...'

'Charley?' vroeg haar moeder, toen ze weer aan de lijn was. 'Wat...?'

'Heb je James met Bram mee laten gaan?'

'Dat mag toch wel? Ze vermaakten zich uitstekend samen. Ik wilde het niet voor iedereen verpesten omdat ik me niet lekker voelde. Franny wilde bij mij blijven.'

'Hoe lang geleden was dat?'

'Niet zo lang. Iets meer dan een halfuur geleden. Hoezo? Is er iets?'

'Ja,' antwoordde Charley. 'Er is iets. We moeten James vinden. Hij moet bij Bram weg.'

'Waar heb je het over?'

'Ik kan het nu niet uitleggen. Hebben jullie de politie al gesproken?'

'De politie? Mijn hemel, nee! Waarom zouden we...?'

'Waarschijnlijk zijn ze langs geweest toen je in het Magic Kingdom was. Hopelijk komen ze terug...'

'Waarom? Wat heeft dit allemaal te betekenen?'

'Alex zal het straks allemaal uitleggen. Ondertussen moet je Franny goed in de gaten houden en als Bram met James terugkomt moet je ervoor zorgen dat ze niet weggaan.'

'Je maakt me bang.'

'Niet bang zijn. Gewoon doen wat ik zeg.'

'Wanneer komt Alex?'

Charley keek op haar horloge hoewel dat geen enkele zin had. De cijfers op de wijzerplaat dansten voor haar ogen. 'Over ongeveer een uur.' Klopte dat? Hoe lang was hij nu onderweg? Ze zag het papiertje met het nummer van zijn mobiele telefoon op de salontafel liggen. 'Ik ga hem meteen bellen. Let goed op Franny. Houd haar goed in de gaten,' zei Charley. Het waren dezelfde woorden die ze die ochtend tegen haar broer gezegd had.

Ik zal over hen waken, had hij toen geantwoord.

Zou hij al die tijd van plan zijn geweest hen te vermoorden?

Nee, dat kon niet waar zijn. Dat was onmogelijk.

Charley verbrak de verbinding en toetste onmiddellijk daarna Alex' nummer in. De lijn was nog nauwelijks overgegaan of Alex nam op.

'Charley?' vroeg hij. 'Heb je je moeder kunnen bereiken?'

'Ik heb haar zojuist gesproken. Ze is met Franny in het motel.'

'Waar is James?'

'Nog in Disney World. Met Bram.'

Er volgde een stilte. 'Oké, luister. We weten in elk geval dat Franny veilig is.'

'Waar ben jij?'

'Ik ben er bijna. Ik zal de politie bellen en hen inlichten. Zei je moeder verder nog iets?'

'Franny zei dat James in de Pirates of the Caribbean wilde maar dat er een heel lange rij stond.'

'Zo'n rij kan uren duren. Met een beetje geluk staan ze er nog tegen de tijd dat de politie arriveert.'

'Denk je?'

'Er is een kans. Hoe voel je je?'

'Iets beter,' loog Charley.

'Fijn. Ik bel je zodra ik iets weet.'

'Bel me sowieso.'

'Doe ik. Probeer rustig te blijven.'

Nadat ze Alex gedag gezegd had, zat ze nog minstens tien minuten op de bank zonder een vin te verroeren. Alles komt goed, verzekerde ze zichzelf keer op keer. Franny was veilig. Alex was onderweg. Hij zou James vinden voordat Bram hem iets aan kon doen. Alles zou goedkomen.

Behalve dat het nooit meer zo zou zijn als het geweest was. Dat wil zeggen, als het waar was dat Bram Jills medeplichtige geweest was. Als het waar was dat hij haar gedrogeerd had om haar van haar kinderen te scheiden. Als het waar was dat hij net zo gestoord en wreed was als Jill.

Zou het echt waar zijn?

Kón het waar zijn?

Dat Jill haar bedroog was niet zo shockerend, maar dat ze belazerd werd door iemand die ze letterlijk zijn hele leven al kende was iets heel anders. Haar eigen vlees en bloed. Lieve, gevoelige, knappe Bram. Hij had problemen, ja. Hij gedroeg zich onverantwoordelijk, ja. Maar hij was daarnaast een fantastische broer en een geweldige oom. Het was uitgesloten dat hij een sadistische psychopaat was. Het was uitgesloten dat hij in staat was de kinderen die hij vanaf hun geboorte adoreerde iets kon aandoen. Het was uitgesloten dat ze dat ooit zou geloven.

Waarom zou ze ook? vroeg ze zich plotseling af. Omdat Jill het gezegd had? Waarom zou ze geloven wat Jill tegen haar zei?

Omdat ze bepaalde dingen wist, dacht Charley. Ze wist van de bosbessenpannenkoeken. Ze wist over Brams besluit naar Disney World te gaan. Dat kon ze niet weten... tenzij iemand haar gebeld had en haar die informatie gegeven had.

Het volgende moment was ze overeind en liep heen en weer door de kamer. 'Het kan niet. Het kan gewoon niet.' Maar toch was het de enige mogelijkheid. Ze rende terug naar Alex' slaapkamer en begon haastig de laden van zijn ladekast te doorzoeken. Waar was ze mee bezig? Waar zocht ze naar? 'Hier is niks,' zei ze hardop, terwijl ze T-shirts en truien uit de laden trok en naast zich op de grond liet vallen. Vervolgens stevende ze op zijn kledingkast af, trok de deur open en liet zich op haar knieën vallen. 'Alleen maar heel veel schoenen,' zei ze, en ze gooide ze eruit. Op dat moment zag ze in de hoek van de kast een hoge stapel tijdschriften. Ze trok ze naar zich toe. 'Nee. O, nee!' fluisterde ze naar de omslag starend: een naakte vrouw, vastgebonden en met een prop in haar mond. Haar lichaam was in een onnatuurlijke positie gedraaid en ze had een van pijn verkrampt gezicht. De andere tijdschriften waren nog erger, de plaatjes binnenin werden steeds explicieter en bij het omslaan van de bladzijden werden de foto's steeds weerzinwekkender. Charley keek omhoog en zag op een hoge plank een schoenendoos staan. Ze reikte er met haar hand naar en stootte hem in één beweging om. De deksel viel eraf en de inhoud verspreidde zich over de grond. Terwijl de pornografische foto's van kinderen als as uit een crematorium over haar hoofd dwarrelden, barstte Charley in huilen uit.

Ze greep naar haar maag, vocht tegen beginnende braakneigingen en rende de woonkamer in. Haar ogen schoten naar Alex' collectie klassieke films, waarvan er nog een paar op de grond verspreid lagen. *White Christmas, Casablanca, An Affair to Remember.* Ze gooide de ene na de andere cassette naast zich neer. Waar zocht ze naar?

Enig idee waar de tapes zijn?

Nee, ik zou het niet weten.

Ze heeft ze niet bij jou in bewaring gegeven?

Advocaten mogen geen bewijs achterhouden, Charley.

'Het spijt me verschrikkelijk, Bram. Ik ben vreselijk stom geweest.'

Op dat moment zag ze het.

Helemaal achter op de plank, tussen *Lawrence of Arabia* en *Citizen Kane* in, lag een eenvoudige zwarte cassette, waar op de zijkant in blokletters drie woorden geschreven stonden.

Jack en Jill.

Charley pakte de cassette. Haar hand trilde en de zachte haartjes op haar armen stonden recht overeind.

Langzaam en zorgvuldig haalde ze de cassetteband uit de kartonnen hoes, schoof hem in de videorecorder en drukte op play. Ze wachtte, haar gezicht slechts een paar centimeter van het kolossale toestel verwijderd. Een paar seconden bleef het scherm leeg en helblauw, en even dacht Charley dat de opnamen op de band misschien gewist waren. Maar het volgende moment verscheen Jills lachende gezicht. De extreme close-up maakte haar gewoonlijk fijne gelaatstrekken lachwekkend, waardoor ze er bijna als een waterspuwer uitzag, alsof het de camera op de een of andere manier gelukt was tot haar ziel door te dringen. Ze rookte een sigaret en wierp de lens kusjes toe.

'Wat doe je? Zo ben ik niet op mijn voordeligst,' zei ze, waarna haar stem in een meisjesachtig gegiechel verdween. 'Wat vind je hiervan.' Ze tilde haar T-shirt op om haar blote borsten te laten zien.

Op dat moment werd Charley zich bewust van andere geluiden. Gefluisterde instructies van een man, gedempt gehuil van een kind. 'O, nee,' kreunde Charley toen de camera langzaam naar de kleine Tammy Barnet draaide, die aan een stretcher was vastgebonden en zich met een blinddoek voor haar ogen jammerend in bochten wrong. 'Nee. O, alsjeblieft, nee.'

'Oké, Jill,' fluisterde de mannenstem verleidelijk. 'Druk nu de sigaret tegen Tammy's dijen.'

'Mijn god.' Charley sloeg haar handen voor haar ogen.

'Zorg dat dat kind d'r bek houdt,' commandeerde de man fel. 'Ze begint op mijn zenuwen te werken.'

'Ik wil naar mama,' krijste het kind.

'Je krijgt je mama nooit meer te zien als je niet ophoudt met janken.'

'Toe, Tammy,' drong Jill aan. 'Wees nou lief. Nog even en het is voorbij.'

Plotseling slaakte het meisje een huiveringwekkende schreeuw.

'Dat was gewoon een liefdesbeetje, gekkie,' riep Jill lachend.

'Nu ik,' zei de man. Charley schoof ongemerkt dichter naar de tv; de stem van de man trok haar als een magneet dichterbij. Ze zag dat Jill de camera uit zijn uitgestrekte armen overnam.

'Oké, baas. Het is nu jouw beurt om te schitteren,' zei Jill, de camera op de schoenen van de man richtend. Langzaam schoof het beeld langs zijn benen omhoog en bleef een paar tellen rusten op de geprononceerde bobbel in het kruis van zijn jeans. Daarna klom het beeld verder omhoog naar zijn borst en nek tot uiteindelijk zijn lachende gezicht verscheen.

Alex.

Charley begon heen en weer te wiegen, niet in staat haar blik af te wenden toen Alex aanstalten maakte een plastic zak over het hoofd van het meisje te trekken. 'Dit kan niet. Dit kan niet.' Ze krabbelde overeind, zette de videorecorder uit voor ze nog meer zou zien, trok de cassette uit het apparaat en terwijl haar nagels zich in het plastic boorden, probeerde ze te bevatten wat ze zojuist gezien had. Maar er was geen tijd om haar gedachten te ordenen of zich bezig te houden met het hoe en waarom. Op dit moment was dat niet van belang. Er was maar één ding belangrijk: Alex had die kinderen vermoord. Hij was Jills minnaar, haar medeplichtige, haar raadsman.

Hij was Jack.

Hij had die kinderen omgebracht en was nu op weg om haar zoon te vermoorden.

'Kom in beweging,' commandeerde ze haar benen. 'Vooruit.' Het volgende ogenblik stond ze en zocht ze haar tas. Ze vond hem op de grond in de slaapkamer, gooide de cassette erin en zocht haar sleutels. Maar ze was niet thuis. Haar auto was hier niet. Bovendien was ze absoluut niet in staat om te rijden, bracht haar maag haar met een plotselinge golf van misselijkheid in herinnering. Het was duidelijk dat Alex haar vergiftigd had. Maar wanneer? Bram had de pannenkoeken gebakken, haar moeder had de koffie gezet.

Wie wil er jus d'orange? hoorde ze Alex in gedachten opgewekt vragen.

Oké, daar heb ik nu geen tijd voor, berispte Charley zichzelf. Ze moest iets doen. Kennelijk had Alex net gedaan alsof hij de politie belde, wat betekende dat er geen agenten op weg waren om James in veiligheid te brengen. Ze moest haar moeder zien te bereiken, haar zeggen dat ze de plaatselijke politie moest bellen. Ze liep terug naar de woonkamer, pakte de telefoon en toetste het nummer van haar mobiel.

Met Charley Webb. Sorry dat ik op dit moment niet kan opnemen…

'Shit!' Wat was er aan de hand? Charley belde het alarmnummer.

'Waarmee kan ik u helpen?' vroeg een telefonist.

'Ik moet de politie van Kissimee hebben. Er is een man op weg naar Disney World. Hij wil mijn zoon iets aandoen.'

'Sorry. U moet langzamer praten. Is uw zoon iets aangedaan?'

'Nog niet. Maar er is een man, hij heet Alex Prescott...'

'Is uw naam Prescott?'

'Nee. Mijn naam is Charley Webb. Luister. Mijn zoon verkeert in gevaar. Hij is in Disney World...'

'Sorry, maar u moet toch echt de plaatselijke politie hebben.'

'Goed. Kunt u me doorverbinden?'

'Nee, sorry. Dat is niet mogelijk.'

Charley verbrak de verbinding en toetste het inlichtingennummer.

Welke stad? vroeg het bandje geanimeerd.

'Dit kan ik niet,' mompelde Charley, terwijl haar hoofd weer begon te tollen. Ze verbrak de verbinding. Maar ergens ver weg in haar gedachten bleef een nummer rondcirkelen. En zodra ze scherp kon zien toetste ze die cijfers in. Een paar tellen later nam een man op.

'Glen!' riep Charley dankbaar. 'Met Charley, ik heb je hulp nodig.'

35

'Oké, Charley. Haal diep adem. Probeer rustig te worden.'
Charley hapte naar adem alsof ze aan het verdrinken was en voor de derde en laatste keer onder zou gaan. Haar blik schoot naar de weg voor haar. De auto's op de rechter rijstrook waren niet meer dan flitsende rijen kleurige strepen, terwijl Glens zilverkleurige Mercedes in hoge snelheid voorbijschoot. Zo zou James ze geschilderd hebben, dacht Charley. Ze onderdrukte een schreeuw. 'Kun je niet wat harder?'

'Ik rijd honderdtwintig,' antwoordde Glen. 'Ik wil graag heelhuids aankomen.'

'Maar wel zo snel mogelijk alsjeblieft,' smeekte Charley, terwijl er een nieuwe tranenvloed over haar wangen stroomde, waardoor Glens knappe gelaatstrekken in elkaar overgingen en zich omvormden tot een reeks elkaar kruisende lijnen en vage vormen als van een abstract schilderij. 'Vertel nog eens wat de politie tegen je gezegd heeft.' Ze deed haar uiterste best zich te herinneren wat Glen haar had verteld, maar haar hersenen waren een soort teflon; de woorden wilden niet blijven hangen. Vaag herinnerde ze zich dat hij gezegd had dat de politie wilde dat ze rustig bleven wachten tot ze ondervraagd konden worden, maar daar was ze absoluut niet toe bereid. Ze herinnerde zich de ergernis in Glens stem toen hij herhaaldelijk geprobeerd had de politie van de ernst van de situatie te overtuigen. Ze herinnerde zich de plotselinge stilte aan de andere kant van de lijn toen Glen de naam Jill Rohmer genoemd had.

'Denk je dat ze je geloofden?' vroeg ze, terwijl ze zeker wist dat ze die vraag al een paar keer eerder gesteld had.

'Ik weet het niet,' gaf hij toe. 'Ik denk dat ze heel veel telefoontjes van idioten krijgen. Het was beter geweest als we hen persoonlijk gesproken hadden en de videotape hadden kunnen laten zien.'

'Ik kan die tape in Kissimee laten zien. Dat heb je hun toch wel gezegd, hè?' Charley vocht zich door de mist in haar hoofd om de exacte woorden terug te halen die Glen had gebruikt toen hij de tape beschreef.

'Ja, dat heb ik hun gezegd.'

'Ontmoeten ze ons in het motel?'

'Ze zeiden dat we moeten bellen zodra we er zijn. Waarom probeer je je moeder niet nog eens te bereiken?'

Charley pakte de telefoon die op haar schoot lag en belde haar moeder.

Met Charley Webb. Sorry dat ik op dit moment niet kan opnemen…

'Waarom neemt niemand op? O, mijn god!' Haar adem stokte.

'Wat is er?'

'Stel dat Alex er al is? Stel dat hij haar verbiedt de telefoon op te nemen? Stel dat…'

'Bel de receptie,' zei Glen, de leiding op zich nemend.

'De receptie?' Natuurlijk, de receptie! Waarom had ze daar niet eerder aan gedacht? Wat was er toch met haar aan de hand? 'Ik weet het nummer niet,' jammerde ze, terwijl de paniek toesloeg toen ze zich zelfs de naam van het motel niet herinnerde. *De zeven dwergen… De schone slaapster…?* Hoe heette dat verdomde ding nou? 'Ik kan niet denken. Ik kan niet denken.'

'Charley, rustig. Je moet kalm zijn.'

'Ik ben zo duizelig. Mijn hoofd tolt. Ik kan niet…'

'Je kunt het wel,' zei Glen kalm. 'Je kunt het wel.'

Charley haalde opnieuw diep adem, deed haar ogen dicht en probeerde de afbeelding van het motel zoals die op de website stond op te roepen. Stukje bij beetje verscheen er een beeld, zoals een foto in ontwikkelvloeistof langzaam maar zeker duidelijk wordt en er uit vage schaduwen heldere vormen ontstaan die daarna veranderen en concreet worden. *'Mooie Dromers,'* zei Charley hardop, toen er een groot, wit, twee verdiepingen hoog gebouw op haar geheugenscherm verscheen en ze het logo in kersrode hoofdletters tegen de helderblauwe skyline zag oplichten. Ze belde inlichtingen, kreeg het telefoonnummer van het motel en ging ongeduldig akkoord met de extra vijftig cent om automatisch doorverbonden te worden. 'Schiet op. Schiet op.'

'Motel De Mooie Dromers,' stamelde een honingzoete mannen-stem een paar tellen later, alsof Charley de man aan de andere kant van de lijn uit een diepe slaap gewekt had.

'Ik moet Elizabeth Webb spreken,' beval Charley, terwijl het zweet haar uitbrak. Ze liet haar hoofd tegen de hoofdsteun rusten en deed haar uiterste best om haar duizeligheid in toom te houden en bij haar positieven te blijven, terwijl overal om haar heen de palmbomen naast de snelweg wild rondtolden alsof ze naar het oog van een orkaan gezogen werden.

Een korte stilte, het geluid van het tikken op een toetsenbord, en daarna: 'Sorry. We hebben hier niemand met die naam geregistreerd staan.'

'Wat zegt u? Natuurlijk wel. Waar hebt u het over?'

Weer een stilte, weer getik. Toen: 'Nee, sorry. Ik zie niemand met die naam.'

'Wacht! Wacht,' riep Charley, meer tegen zichzelf dan tegen de slaperige jongeman aan de andere kant van de lijn. 'Probeer Alex Prescott,' zei ze, de naam bijna kokhalzend uitsprekend. Te beden-ken dat ze een paar uur geleden nog serieus overwogen had haar leven met die man te delen.

Weer het tikgeluid. Daarna: 'Ja, dat is beter. Ik zie dat er twee ka-mers onder die naam gereserveerd staan. Slechts een ervan is mo-menteel in gebruik. Wilt u dat ik u doorverbind?'

'Ja!' *Snap dat dan!* gilde Charley bijna toen hij haar doorverbond. De telefoon ging twee keer over voordat hij opgenomen werd.

'Hallo?' zei een kinderstem.

'Franny. Godzijdank.'

'Mama! Waar ben je?'

'Ik ben er bijna, schat. Geef me oma even.'

'Ze slaapt. Ze is hartstikke ziek, mam. Ik ben bang.'

'Oké, luister...' Charley hoorde in de verte een zwak geklop.

'Er is iemand aan de deur,' kondigde Franny aan.

'Wat zeg je?' Met een ruk kwam Charley naar voren in haar stoel zodat haar hoofd bijna tegen de voorruit van de auto klapte. Haar veiligheidsgordel trok strak om haar borst en hield haar stevig op haar plaats. 'Wacht! Niet opendoen. Franny, hoor je me? Niet opendoen!'

'Waarom niet?'

Charley haalde diep adem. Misschien was het Bram. Of de politie. 'Oké, luister, lieverd. Ik wil dat je naar het raam loopt om te kijken wie het is. Kun je dat?'

'Oké.'

Charley hoorde dat haar dochter de telefoon neerlegde. Voor haar geestesoog zag ze het meisje naar het grote voorraam van het motel lopen en de gordijnen opzij schuiven. Het volgende moment was Franny weer aan de lijn. 'Er is niks aan de hand hoor, mam,' zei ze, en in haar stem klonk een lach door. 'Het is Alex.'

'Wat? Nee! Laat hem niet binnen! Franny? Franny?'

Maar Franny was al op weg naar de deur.

'Niet opendoen! Franny, hoor je me? Niet opendoen!'

Het geluid van een deur die opengemaakt werd. 'Hoi, Alex,' hoorde ze haar dochter zeggen.

Stilte.

Het bloed stolde in Charleys aderen. Ze draaide zich naar Glen, wiens gezonde huidskleur asgrauw was geworden. 'Hij heeft Franny,' zei ze.

'Oké, luister. Dit is geen telefoontje van een of andere idioot,' riep Glen een paar tellen later in zijn telefoon tegen de politie. 'De man heet Alex Prescott en hij heeft een meisje gekidnapt dat Franny Webb heet. Ze is acht jaar.'

Charley rukte de telefoon uit Glens hand en gaf de agent aan de andere kant van de lijn snel een gedetailleerde beschrijving van haar dochter en haar zoon. 'Op dit moment is Alex waarschijnlijk op weg naar Disney World,' zei ze tegen de agent, de woorden er tussen het snikken door uit persend. 'Alsjeblieft, houd hem tegen voor hij mijn kinderen iets aandoet.'

De agent sloeg een meelevende toon aan en vroeg of ze het hele verhaal nog eens van voren af aan aan zijn chef wilde vertellen. Opnieuw deed Charley het hele gruwelijke verhaal uit de doeken. Hoe vaak had ze het afgelopen uur niet hetzelfde verteld? Tegen hoeveel mensen? Waarom wilde de politie haar niet geloven? 'En als het nu eens te laat is?' vroeg ze toen ze in de wacht gezet was.

'Het is niet te laat,' antwoordde Glen, hoewel hij niet bepaald overtuigd klonk.

'Ik overleef het niet als hij hun iets aandoet.'

'Probeer daar niet aan te denken, Charley.'

'Jij hebt de videoband niet gezien,' riep ze uit. 'Jij hebt niet gezien wat voor afschuwelijke dingen hij met die kinderen deed.' Ze keek naar de tas op haar schoot en voelde de videoband, als zoutzuur op de huid, dwars door de voering branden. 'Ja, ik ben er nog,' zei ze plotseling in de telefoon. 'In wat voor auto Alex rijdt,' herhaalde ze hardop de vraag die haar zojuist gesteld was. Zo gedetailleerd mogelijk beschreef ze wat ze zich van de oude, mosterdkleurige Malibu-cabriolet herinnerde. 'Hij is ongeveer tien jaar oud. Nee, sorry, het kenteken weet ik niet. Maar zoveel zullen er toch niet zijn?' Ze begon te trillen. Glen nam de telefoon van haar over en stond de agent aan de andere kant van de lijn op gedempte toon te woord.

'Ze slaan groot alarm,' zei hij even later tegen haar.

'Godzijdank.'

'En ze sturen een ambulance naar het motel. Daar wachten ze ons op.'

Charley veegde haar tranen met de rug van haar hand weg en probeerde rechtop te gaan zitten. 'Hoe lang duurt het nog voor we er zijn?'

'Ongeveer een halfuur.'

'Ik ben zo vreselijk stom geweest.'

'Het feit dat je belazerd bent wil nog niet zeggen dat je stom bent geweest,' zei Glen. Hij pakte haar hand. 'We krijgen hem wel te pakken, Charley. Ik beloof het je. We krijgen hem te pakken.'

'Voordat hij mijn kinderen iets aandoet?'

Glen kneep zachtjes in haar hand, maar zei niets.

Vijfentwintig minuten later reden ze de parkeerplaats van motel De Mooie Dromers op. Er stonden al vier politieauto's en een ambulance. Op trillende benen wankelde Charley naar de ingang, waar ze bijna tegen een bejaard echtpaar op botste dat bij de ingang stond te treuzelen. 'Waar kan ik de politie vinden?' vroeg ze de jongeman achter de receptie van de goud en wit gekleurde hal. 'In welke kamer?'

'U bent…?' Hij bracht een telefoon die het dichtst bij hem lag naar zijn oor. Het viel haar op dat hij een groepje sproeten op de brug van zijn neus had en kleine, lichtbruine ogen achter een vierkant designermontuur.

Ze schreeuwde bijna toen ze haar naam tegen de jongeman zei, die automatisch een stap naar achteren deed en zijn rechterhand opstak. 'Kamer 221, tweede verdieping, aan uw rechterhand. Volg het zwembad tot…' Charley luisterde niet meer. Ze was de hal al uit, haastte zich de gang door, volgde de chloorgeur terwijl ze één, twee keer de hoek om holde en al rennend over de rood met goudkleurige vloerbedekking struikelde. Glen wist haar nog net op tijd op te vangen. Hoe lang zou het nog duren voor ze zich beter voelde? Hoe lang zou het duren voor ze zich weer mens voelde?

Wanneer ik mijn kinderen terug heb, dacht ze.

'Deze kant op,' zei Glen, aan haar arm trekkend. En hij leidde haar naar een andere gang tot ze bij een groot zwembad kwamen. 'Kom,' zei hij, haar om een drietal jongens heen loodsend die op het trappetje bij het ondiepe gedeelte zaten. 'Deze kant op.' Hij trok haar richting de betonnen trap. 'Gaat het nog?'

Charley hees zichzelf de trap op, sloeg toen ze boven was links af en viel bijna in de armen van een wachtende agent. 'Charles Webb?' vroeg de agent, naar Glen kijkend.

'Ik ben Charley Webb,' zei Charley, met alle autoriteit die ze bijeen wist te rapen. 'Hoe is het met mijn moeder?'

'Het ambulancepersoneel is nu bij haar. Ze hebben haar iets gegeven om haar maag tot rust te brengen. Ze zal zo wel opknappen.'

Charley rende door de gang waar een andere agent voor kamer 221 de wacht hield. De ruime kamer stond vol politieagenten en medisch personeel. Het rook er naar braaksel. Haar moeder zat aan het voeteneind van een van de twee eenpersoonsbedden. Om haar schouders lag een rood-wit gebloemde sprei, haar gezicht was lijkbleek, haar donkere haar was nat van het zweet en plakte tegen haar voorhoofd. 'Sorry,' fluisterde Elizabeth toen ze Charley zag. 'Het overviel me in de auto toen we nog maar net weg waren. Ik probeerde het te negeren. Ik wilde het uitstapje niet verpesten. Wat is er gebeurd?'

'Je bent gedrogeerd,' antwoordde Charley, terwijl ze op het bed ging zitten en haar moeder in haar armen nam. Glen stond de politie te woord. 'Alex heeft iets in onze jus d'orange gedaan.'

Haar moeders gezicht was een en al verwarring. 'Alex? Ik snap het niet. Waarom zou...'

'Kun je je überhaupt iets herinneren?' onderbrak Charley haar. Elizabeth schudde haar hoofd. 'Nee, sorry. Ik weet alleen dat ik me steeds beroerder begon te voelen. Ik kan me vaag herinneren dat ik uit het toilet ben gekropen en op bed ben gaan liggen. Franny heeft een sprei over me heen gelegd. Wat er daarna is gebeurd weet ik niet meer. Het volgende wat ik me herinner is dat de politie binnen kwam stormen, dat ik probeerde rechtop te gaan zitten, dat iedereen van alles aan me vroeg en aan me zat te sjorren, maar Franny zag ik nergens meer... Sorry, lieverd. Het spijt me zo.'

'Mevrouw Webb?' vroeg een man. Hij was groot en kalend, ongeveer vijftig jaar en hij droeg een onopvallend bruin pak en een olijfgroene das. Charley nam aan dat hij de leiding had. Ze dwong zichzelf op te staan. 'Rechercheur Ed Vickers van de politie Florida. Ik moet u een paar vragen stellen.'

'U moet mijn kinderen vinden voor dat monster toeslaat.'

'We doen ons best, mevrouw Webb. Hebt u een foto van hen bij u?'

Charley zocht in haar tas, pakte haar portemonnee en trok er de laatste schoolfoto's van Franny en James uit.

'Weet u nog wat ze vandaag aanhadden?'

'Franny droeg een roze T-shirt met een bijpassende broek...'

'Ze had twee roze speldjes in haar haar, in de vorm van engeltjes,' voegde haar moeder toe.

'Cupidootjes,' zei Charley zacht. 'James had een blauw T-shirt met Mickey Mouse aan en een donkerblauwe korte broek.'

'Ik neem aan dat u geen foto van Alex Prescott hebt,' zei de rechercheur half vragend, terwijl hij de foto van haar kinderen aan een van de agenten gaf, die op zijn beurt hun signalement aan iemand aan de andere kant van zijn mobiele telefoon doorgaf.

Charley reikte nogmaals in haar tas, pakte er de videoband met het opschrift JACK EN JILL uit en overhandigde hem aan Ed Vickers.

'Wat is dat?'

Charley legde het hem uit en zag dat zijn bruine ogen zich versmalden en dat zijn borstelige wenkbrauwen op de brug van zijn brede neus zakten.

'Hoe komt u daaraan?' vroeg Ed Vickers, terwijl het stil werd in de kamer.

'Alstublieft,' begon Charley, 'ik zal u onderweg naar Disney World alles uitleggen. We moeten mijn zoon vinden voordat Alex hem te pakken krijgt.' Ze bereidde zich voor op een regelrechte weigering van Vickers en een nors advies te blijven waar ze was.

'U kunt met me meerijden,' zei hij in plaats daarvan. 'De verplegers zullen uw moeder naar het ziekenhuis brengen.'

'Niet voordat ik zeker weet dat mijn kleinkinderen in veiligheid zijn,' protesteerde Elizabeth. Ze kwam overeind, ging rechtop staan en kromp ineen van de pijn, wat er zeer indrukwekkend uitzag. 'Ik ga met jullie mee.'

'Goed,' zei rechercheur Vickers, terwijl hij naar de deur beende en bevelen naar zijn ondergeschikten schreeuwde.

Charley pakte haar moeders hand, en samen liepen de twee vrouwen achter de agenten aan naar buiten.

Ook zonder drugs in haar lijf zou Charley Disney World als overweldigend ervaren hebben: de mensenmassa, het lawaai, de attracties, de als stripfiguren vermomde artiesten die zich door het hele pretpark heen tussen hun jonge fans mengden. Duizenden, duizenden mensen, besefte Charley, terwijl haar ogen de menigte afspeurden, op zoek naar iets roze, iets blauws. Het was alsof ieder jongetje dat ze zag een Mickey Mouse-shirt aanhad en praktisch ieder meisje in het roze was. 'Hoe kunnen we ze ooit vinden?' fluisterde ze wanhopig, toen de Teacup Ride langzaam tot stilstand kwam en zijn opgetogen passagiers uitbraakte, en er een nieuwe groep enthousiast gillende jongelui naar voren snelde om ogenblikkelijk hun plaats in te nemen.

'Vergeet niet dat Alex met hetzelfde probleem zit,' herinnerde Glen haar.

'Maar hij heeft een flinke voorsprong.'

'Bram zal James niet aan Alex meegeven,' zei Elizabeth, zich aan Charley vastklampend.

Charley kneep in haar moeders hand die op haar arm rustte en besefte dat ze niet langer wist wie wie ondersteunde, dat het onmogelijk was te zeggen waar haar moeder ophield en zij begon. Iedereen was gealarmeerd. Politieagenten controleerden de wegen en kamden de vele kilometers parkeerplaats van Disney World uit op zoek naar een oude mosterdkleurige Malibu-cabriolet. Het pretpark werd vrijwel van de buitenwereld afgesloten. Iedereen die het park wilde verlaten werd gescreend en onderzocht. Als Alex ergens in de buurt was zouden ze hem vinden, had rechercheur Vickers haar verzekerd. Zou het nog niet te laat zijn?

Een levensgrote Cinderella in een prachtige witte lange jurk kwam statig langszweven, gevolgd door een stel lachende kinderen. Waar waren hun ouders? vroeg Charley zich af. Wie lette op hen?

'Daar is de Pirates of the Caribbean.' Glen leidde haar naar de enorme zigzaggende rij voor de populaire attractie.

Vliegensvlug scande Charley de gezichten van de mensen die stonden te wachten. Ze zou haar broer die altijd boven iedereen uittorende er zo uit kunnen pikken. Maar Bram en James waren nergens in de rij te bekennen. Bovendien had Alex ongetwijfeld hier als eerste gezocht. Had hij hen gevonden?

Ze liepen verder. 'Dat is hem,' riep Charley plotseling. Ze rukte zich van Glen en haar moeder los en stormde op een jongetje af met een Mickey Mouse-ballon. Op bijna hetzelfde moment stroomden agenten toe om het geschrokken kind te omsingelen, maar nog voor Charley zijn lieve, maar duidelijk niet op James lijkende gezichtje zag en de verontwaardigde protesten van zijn ouders hoorde wist ze dat ze zich vergist had. 'Het spijt me,' mompelde ze, en ze zou flauwgevallen zijn als niet al die mensen om haar heen hadden gestaan. 'Het spijt me vreselijk.'

'Het is niet erg, Charley,' zei Glen, haar bij de hand nemend. 'Kom maar.'

Plotseling hoorde ze een bekend, irritant deuntje. *It's a small world after all. It's a small...* 'O, mijn hemel.'

'Wat is er?' vroeg Glen.

Het liedje trok Charley als een magneet aan totdat ze recht voor de kleurige, met poppen versierde attractie stond. Ook hier bestudeerde ze de gezichten van de mensen die in de snel vorderende rij stonden te wachten om in een van de bootjes te kunnen springen. Aan de ene kant erin en aan de andere kant eruit, dacht ze, zich het verhaal van Jill herinnerend over de keer dat ze met haar familie aan het einde van de tunnel had vastgezeten. 'Hebben deze attracties allemaal een aparte uitgang?'

'Sommige wel.'

'We moeten naar de andere kant.' Charley was al weg. Maar er stonden net zoveel mensen aan de achter- als aan de voorkant. Ze bleef een paar minuten staan om de gezinnen die de attractie verlieten te bekijken, sommige zongen nog steeds met het eindeloze, opgewekte deuntje mee.

It's a small, small world.

Ze zag een deur waar ALLEEN PERSONEEL op stond en duwde hem open. 'Kan ik u helpen?' vroeg een man in een Goofy-pak. Charley schudde haar hoofd en maakte snel rechtsomkeert.

Er kwam een agent op haar af, en even dacht ze dat hij haar wilde arresteren omdat ze zich op verboden terrein begeven had. Maar hij zei: 'Misschien hebben we een spoor.'

Wat hij nog meer zei ging in de echo van die vijf woorden verloren.

'Bram!' riep Charley uit, naar de man op de grond toesnellend. Hij had zijn benen voor zich uitgestrekt en leunde met zijn rug tegen een deur aan de achterzijde van Space Mountain.

'Charley!' Hij probeerde te gaan staan maar viel opzij. 'Waar is James? Wat is er allemaal aan de hand?'

'We hebben hem daarbinnen gevonden,' zei een agent ergens naast Charley. Hij wees naar een andere deur waar ALLEEN PERSONEEL op stond.

'Ik zweer dat ik niet dronken ben, Charley.'

'Dat weet ik.'

'Het lijkt wel of iemand hem met een taser-pistool beschoten heeft,' zei de agent.

'Een taser-pistool!' riep Bram uit. Hij streek zijn haar van zijn voorhoofd en schudde zijn hoofd. 'Shit. Ik dacht dat ik een hartaanval kreeg. Kan iemand me misschien vertellen wat er aan de hand is?'

'Heb je gezien wie het gedaan heeft?'

'Ik heb helemaal niks gezien.'

'Kun je vertellen wat er precies gebeurd is?' drong de agent aan.

'Ik had voor James een grote speelgoedslang gekocht. Het was de slang uit *Jungle Book*,' zei Bram, de woorden met moeite uitsprekend. 'We liepen wat rond en we hadden het erover dat die slang op die van zijn schilderij leek, toen ik plotseling een verschrikkelijke pijn onder in mijn rug voelde. Het volgende wat ik me herinner is dat mijn benen het begaven en ik onderuitging. Toen werd ik in een soort donkere kast gesmeten waar er weer op me geschoten werd. Ik zag niks. Ik moet buiten bewustzijn geraakt zijn. Hoe laat is het?'

'Bijna halfvijf,' antwoordde Charley.

'Dan ben ik niet langer dan twintig minuten buiten westen geweest. Waar is James?'

'Weten we niet.'

'Verdomme. Help me overeind.' Hij probeerde weer te gaan staan. En weer lukte het niet.

'Je gaat nergens heen voordat de verplegers je hebben onderzocht,' zei de agent.

'Waar is mama?' vroeg Bram aan Charley, en hij klonk zo jong en weerloos als een vijfjarig jongetje.

'Hier,' antwoordde Elizabeth, achter Glen vandaan stappend. Ze knielde voor haar zoon neer. 'Hier ben ik.' Ze liet zich op de betonnen vloer zakken en nam hem in haar armen. Bram legde zijn hoofd tegen haar schouder en sloot zijn ogen.

Dit bijzondere beeld sloeg Charley als een talisman in haar herinnering op, terwijl ze zich opnieuw in de bruisende menigte begaf.

Ze kreeg hen in het oog toen ze uit het toilet kwamen lopen; een knappe man en een jongetje, hand in hand. Het jongetje had een Mickey Mouse-hoedje op dat bij zijn T-shirt paste en hield een grote, paarse speelgoedslang vast. Charley zag de slang het eerst.

'Dat zijn ze,' zei ze, zo zacht dat ze niet zeker wist of iemand haar gehoord had. Pas toen ze zag dat rechercheur Vickers in zijn headset sprak en de anderen op de hoogte bracht van hun positie was ze weer in staat te ademen. Haar lichaam wierp zich naar voren, maar werd ogenblikkelijk door Vickers' arm tegengehouden.

'Wacht,' zei hij, 'tot we iedereen in positie hebben.'

We hebben hem, dacht Charley, James is er en hij is veilig. Mijn kind is in veiligheid!

Maar Franny was nergens te bekennen.

Waar was Franny?

'Oké, luister goed,' zei rechercheur Vickers. 'Luistert u?'

Charley knikte, haar blik strak gericht op haar zoon, die vijftien meter verderop stond. Alex tilde hem over zijn hoofd en zette hem op zijn schouders.

'Denk eraan dat hij geen idee heeft dat u iets in de gaten hebt, zorg dat hij niet achterdochtig wordt totdat we James hebben. Lach gewoon en doe net alsof er niets aan de hand is. Oké? Kunt u dat?'

Weer knikte Charley. 'Alex!' riep ze, een glimlach forcerend. 'James!' Ze zag de verbazing in Alex' ogen. Toen bevroor de uitdrukking op zijn gezicht om onmiddellijk daarna over te gaan in iets wat bijna blijdschap was. Als ze niet beter geweten had, zou ze gedacht kunnen hebben dat hij oprecht blij was haar te zien.

'Charley! Ik heb hem gevonden. Hij is ongedeerd.'

'Godzijdank,' riep Charley. 'Kom, lieverd. Mama wil je vasthouden.'

'Hoe ben je hier gekomen?' vroeg Alex, terwijl hij de voeten van haar zoon stevig vasthield.

'Ik hield het niet langer uit. Een vriend heeft me een lift gegeven.'

'Ik wil staan,' zei James, tegen Alex' borst aan trappend.

'Rustig, knul. Even wachten.'

'Nee, ik wil nú staan.' James begon met zijn speelgoedslang op Alex' hoofd te timmeren. 'Ik vind je niet lief. Het is jouw schuld dat oom Bram is gevallen.'

Alex rukte de slang uit James' handen en gooide hem nijdig naast zich neer. Op dat moment kwam Glen aanrennen, greep James van Alex' schouders en drukte hem snel in Charleys uitgestrekte armen.

Onmiddellijk overlaadde ze het gezicht van haar zoon met kussen. Had hij ooit zo heerlijk geroken? Ze liet haar handen over zijn armen, gezicht, benen gaan om er zeker van te zijn dat hij er echt was en dat hij niet verwond, verbrand of misbruikt was.

'Glen!' schreeuwde James enthousiast, toen die de speelgoedslang van de grond raapte en aan hem teruggaf. 'Ben jij ook met ons mee naar Disney World?'

'Charley, wat heeft dit allemaal te betekenen?' vroeg Alex streng.

'Je hebt mijn broer met een taser-pistool beschoten.'

'Om je zoon te redden.'

'Was dat hetzelfde pistool dat je bij Tammy Barnet en de Starkey-tweeling gebruikt hebt?'

Alex schrok. 'Waar heb je het over?'

'Ik heb de videotape gevonden,' antwoordde Charley eenvoudig.

Alex zei niets, maar zijn ogen schoten onrustig heen en weer, alsof hij overwoog het op een lopen te zetten.

'Laat dat maar uit je hoofd,' adviseerde rechercheur Vickers, die twee stappen naar voren deed.

'Waar is Franny?' vroeg Charley.

'Geen idee,' antwoordde Alex.

'Je hebt haar meegenomen uit het motel. Wat heb je met haar gedaan?'

Langzaam gleed er een lachje om Alex' mond. 'Als je de video gezien hebt,' antwoordde hij, 'weet je wel wat het antwoord op die vraag is.'

Charley greep naar haar maag en beet op haar onderlip om niet te gaan gillen. 'Nee,' zei ze in plaats daarvan, haar stem klonk laag en grommend. 'Daar was niet genoeg tijd voor. Want je wilt er toch graag alle tijd voor nemen, Alex?'

'Ik heb je anders nooit horen klagen,' zei hij, duidelijk van zijn eigen opmerking genietend.

'Vertel waar dat meisje is,' commandeerde rechercheur Vickers, 'misschien kan ik dan wel een goed woordje voor je...'

'Alsjeblieft zeg, meneer de rechercheur. Denk je nu echt dat ik ook maar enigszins in jouw goede woordjes geïnteresseerd ben?'

'Hij heeft geen tijd gehad om haar ergens naartoe te brengen.' Charley merkte dat ze hardop dacht. 'Hij is rechtstreeks van het motel hierheen gereden. Dat betekent dat ze nog in zijn auto zit.'

'Goed zo, Charley,' zei Alex, terwijl hij in de handboeien werd geslagen. 'Als het niks wordt met dat boek, kun je altijd nog een carrière als rechercheur overwegen.'

Rechercheur Vickers' mobiele telefoon ging. Hij nam op en keek van Charley naar Alex, en weer terug. 'Ze hebben de auto gevonden,' zei hij tegen haar.

'Franny?'

'Ze lag in de kofferruimte. Bewusteloos, maar ongedeerd. Het komt wel goed met haar.'

Twee geüniformeerde agenten leidden Alex weg.

'Wacht,' riep Charley hun na. Ze rende naar hen toe, bleef zo'n dertig centimeter voor Alex' gezicht staan en keek over haar schouder naar Glen. 'Moet het zo?' vroeg ze, terwijl ze razendsnel haar gewicht van haar achterste naar haar voorste voet verplaatste, haar rechterhand samenbalde en haar vuist met een klap op Alex' kaak liet neerkomen.

36

Charley zat in de kleine verhoorkamer van Pembroke Correctional te wachten tot de bewakers Jill van haar cel naar beneden brachten. Ze was er niet zeker van of Jill haar wel wilde ontmoeten. Het feit dat ze met het gesprek ingestemd had, was geen garantie dat ze haar woord zou houden.

En wat zou Charley doen als ze Jill zag, die glimlachende psychopate die haar minnaar eropuit gestuurd had om haar te verleiden, die de ontvoering van en de moord op de twee allerdierbaarste wezens in haar leven beraamd had?

Inmiddels was er sinds haar eenendertigste verjaardag meer dan een maand verstreken, een maand waarin Charley midden in de nacht badend in het zweet wakker schrok, terwijl nachtmerrieachtige visioenen over kinderen die gemarteld werden in haar hoofd rondcirkelden als aasgieren die elk moment konden toeslaan om van haar vlees te pikken. Het daglicht bracht nauwelijks verlichting. Overal om zich heen zag ze de kleine Tammy Barnet in de plastic zak om lucht vechten en hoorde ze de Starkey-tweeling om hun moeder gillen, terwijl hun huid met gloeiende peuken bewerkt werd. Ze zag haar moeder gewikkeld in een rood met wit gebloemde sprei, haar mond open en nauwelijks bij bewustzijn. Ze zag haar broer wijdbeens zittend op de grond, zijn gewoonlijk heldere grijsblauwe ogen troebel van pijn en ongeloof. Ze zag haar zoon, ongemakkelijk zittend op Alex' schouders, worstelend om neergezet te worden. Ze zag haar dochter, asgrauw en krachteloos in de armen van een verpleegster, en elke keer dat ze zich realiseerde dat ze hen echt bijna had verloren, barstte ze in snikken uit.

Ze kon niet slapen. Ze kon niet eten. Ze kon niet schrijven. Ze had vrij genomen van de *Palm Beach Post*. Ze kon niet aan haar boek werken. Ze bracht haar kinderen 's ochtends met de auto naar school en pikte hen 's middags weer op. In de uren ertussenin zat ze in de woonkamer en probeerde zich niet de ramp voor te stellen die had kunnen plaatsvinden. Soms lukte dat, meestal niet.

Haar kinderen daarentegen bleken opmerkelijk veerkrachtig. Franny herinnerde zich niet dat ze door de taser was geraakt. Ze wist alleen nog dat ze de deur van de motelkamer had opengedaan en dat ze in haar moeders armen wakker was geworden. James beklaagde zich er alleen over dat zijn uitje naar Disney World in het water gevallen was, en hij verkondigde tegen iedereen die het horen wilde dat hij Glen veel leuker vond dan Alex.

Glen belde vaak, meestal alleen maar om dag te zeggen en te vragen hoe het met haar ging. Charley wist dat hij er zou zijn zodra ze maar een kik gaf. Maar Charley wist niet goed meer wat de juiste woorden waren. Alex had haar van haar intuïtie beroofd. Hij had haar als een stradivarius bespeeld.

Toch kon ze hem niet van alles de schuld geven. Uiteindelijk was het háár ego, háár ambitie, háár zelfzucht geweest waardoor haar kinderen in gevaar waren gebracht. 'Mijn vader had waarschijnlijk toch gelijk met zijn mening over mij,' vertrouwde ze haar moeder op een avond toe.

'Je vader is een zak,' zei haar moeder.

Het was haar moeder die op een confrontatie met Jill had aangedrongen.

Aanvankelijk had Charley er niets voor gevoeld. Ze zei tegen zichzelf dat ze er geen belang bij had Jill ooit nog te zien. Ze had haar niets meer te vragen. Bovendien interesseerden Jills antwoorden haar niet. De politie had haar al verteld dat Jill Alex via Ethan ontmoet had – Alex was de 'slimme advocaat' geweest die Ethan had weten vrij te pleiten toen hij werd aangeklaagd wegens drugs dealen – en je hoefde geen genie te zijn om te begrijpen dat Jill in Alex haar ideale partner had gevonden; een man wiens perverse fantasieën naadloos bij die van haar pasten. Wat deed het ertoe dat deze twee psychopaten zich onafhankelijk van elkaar waarschijnlijk nooit hadden laten leiden door hun moordzuchtige neigingen, dat ze alleen wanneer ze hun krachten bundelden tot moord in staat waren? Bovendien zou Jill haar alleen maar leugens vertellen.

En ook al zou ze niet liegen, Charley had niet langer het vertrouwen in zichzelf dat ze het verschil zou merken.

Het enige wat ertoe deed was dat Alex in afwachting van het gerechtelijk onderzoek vastzat en dat hij binnenkort net als zijn minnares in de dodencel zou belanden. Wat ertoe deed was dat die twee zich nooit meer aan andermans kinderen konden vergrijpen.

Nee, probeerde Charley zichzelf te overtuigen, ze paste ervoor zich nog langer door Jill te laten vernederen en gemanipuleerd en belazerd te worden. Ze moest maar iemand anders zoeken om zich mee te amuseren.

'Ik vind het niks voor jou,' had haar moeder gezegd. 'Sinds wanneer voel jij je schuldig over dingen, en dan met name dingen waar je je helemaal niet schuldig over hoeft te voelen? Sinds wanneer zit je bij de pakken neer en wentel je je in zelfmedelijden? Je bent de beste moeder, de beste zus, de beste dochter die je je kunt voorstellen. Je bent zoveel meer dan ik verdien. Bovendien ben je een geweldige schrijfster. Je hebt een gave. Twijfel daar nooit aan. Laat die ellendige kleine idioot dat niet van je afpakken. Waag het niet haar die macht te geven!'

'Heb ik een keus?' had Charley gevraagd.

'Je hebt altijd een keus.'

Kon ze dit werkelijk aan? vroeg Charley zich af, toen ze aan de andere kant van de deur voetstappen tot stilstand hoorde komen. Het volgende ogenblik zwaaide de deur open en leidde een gespier de bewaakster Jill Rohmer de kamer binnen. Meteen maakte de bewaakster Jills handboeien los en vertrok. Jill droeg het verplichte oranje T-shirt en de trainingsbroek die ze altijd aanhad, en haar haar, dat in Charleys herinnering langer was, hing slap om haar gezicht. Ze tuitte haar lippen onaantrekkelijk vooruit en staarde naar de muur. 'Ik weet niet of ik wel met je wil praten,' zei ze.

'Ik weet ook niet of ik wel met jou wil praten,' hoorde Charley zichzelf antwoorden.

Ze zag hoe Jill haar gezicht naar haar toedraaide, en voor het eerst sinds meer dan een maand maakten hun ogen contact. 'Je bent afgevallen,' zei Jill.

'Jij bent aangekomen.'

'O ja? Nou ja, je probeert je in leven te houden met de troep die je hier voorgeschoteld krijgt,' zei Jill geërgerd. 'Alleen maar zetmeel. Hoe is het met je hand?' vroeg ze, alsof de twee opmerkingen iets met elkaar te maken hadden. 'Ik heb gehoord dat je een paar vingers hebt gebroken toen je Alex te lijf ging.'

Charley strekte haar vingers, die nog altijd pijn deden, onder tafel en zweeg.

'Op tv lijkt het zo makkelijk, vind je niet?' vroeg Jill. 'Die mannen die met elkaar op de vuist gaan, links en rechts klappen uitdelen en knokken tot ze erbij neervallen, zonder iets te breken, zelfs niet een paar vingers.' Ze lachte, maar haar lach bleef plotseling in haar keel steken. 'Ik zou je moeten haten voor wat je gedaan hebt, weet je dat?'

'Jíj zou míj moeten haten?'

'Maar ik haat je niet. Ik vind je zelfs aardig. Je bent de enige vriendin die ik heb.'

'Ik ben je vriendin niet, Jill.'

'Nee, dat zal wel niet. Maar toen het nog goed was tussen ons was het leuk, vond je niet?'

'Het was van alles en nog wat,' antwoordde Charley, 'maar beslist niet leuk.'

'Ai! Dan heb ik me in je vergist.'

'Inderdaad, ja.'

'En waarom ben je hier vandaag?' Jill ging tegenover Charley zitten en leunde naar voren op haar ellebogen. 'Hoop je iets af te sluiten? Ben je daarom gekomen?'

'Zo zou je het kunnen zeggen, ja. Ik heb een laatste hoofdstuk voor mijn boek nodig.' Charley haalde haar taperecorder uit haar tas tevoorschijn, zette die midden op de tafel, drukte op de aanknop, ging achteroverzitten en wachtte.

'Bedoel je óns boek?'

'Nee. Ik bedoel míjn boek. Het boek dat me rijk en beroemd gaat maken terwijl jij hier zit weg te rotten tot ze je op een brancard binden en een naald in je arm steken.' Charley glimlachte. 'Dát is pas leuk.'

Jill verstijfde. 'En wat komt er van dat succesboek van je terecht als ik besluit niets meer te vertellen? Wat ga je dan doen?'

'Dan zal ik iets moeten verzinnen.' Charley haalde haar schouders op. 'Zo gecompliceerd ben je ook weer niet, Jill. Ik weet zeker dat ik wel iets kan bedenken.'

'Je bent ijselijk zelfverzekerd voor iemand wiens kinderen bijna zijn vermoord.'

Charley schoof haar stoel naar achteren en ging staan, reikte over de tafel naar de taperecorder, terwijl ze Jill het liefst naar de keel wilde vliegen.

'Ga toch zitten. Doe niet zo chagrijnig,' zei Jill. 'Ik heb je zelfvertrouwen juist altijd zo bewonderd.'

Langzaam liet Charley zich weer op haar stoel vallen en wachtte tot Jill verderging.

'Het is interessant, vind je niet, hoe het allemaal gelopen is? Ik bedoel, ik ben niet zo'n lezer. Ik heb nooit kranten gelezen, behalve als ik er zelf in stond natuurlijk.' Jill giechelde, keek of Charley lachte, en stopte toen dat niet gebeurde. 'Een keer op een zondag zat Pammy aan de keukentafel je column hardop aan mijn moeder voor te lezen nadat ze vertelde dat ze een paar keer met je broer op stap was geweest. Ik begon mee te luisteren – het was die column waarin je vertelde hoe je ertoe gekomen was aan kinderen te beginnen zonder te gaan trouwen – ik vond het grappig en stoer, en ik vond je foto geweldig. Alsof je maling aan de hele wereld had. Vanaf toen ben ik bijna elke week je columns gaan lezen. Ik kwam van alles te weten over je zussen, je moeder en je kinderen. Ik kwam te weten waar je wel en niet van hield. Ik leerde je behoorlijk goed kennen en ik besloot dat als ik ooit beroemd zou worden ik jou moest hebben om mijn verhaal te schrijven. Toen ontmoette ik Alex.' Ze glimlachte, haar ogen schitterden bij de herinnering. 'Wil je weten hoe we elkaar ontmoet hebben?'

'Ik weet al hoe jullie elkaar ontmoet hebben.'

'O ja? Wil je weten hoe ons eerste afspraakje ging? Ik zal het je vertellen, maar dan moet je beloven dat je niet jaloers wordt.'

'Ik ben geen jaloers type.'

'Dan heb je geluk.' Jill schudde verbaasd haar hoofd. 'Ik ben zó jaloers. Ik was des duivels toen je met Alex begon af te spreken. Niet dat ik niet wist wat jullie uitspookten. Ik heb het plan zelf helpen bedenken. Maar bedenken is iets anders dan iets werkelijk uitvoeren. Het idee dat hij je kuste, dat jij je armen om hem heen sloeg maakte me kotsmisselijk. Ik werd gek als ik aan jullie samen dacht. Als ik me voorstelde dat jullie vrijden, kreeg ik kippenvel. Sorry, hoor,' zei ze, opnieuw giechelend.

'Ik krijg er ook kippenvel van,' zei Charley.

Jill lachte. 'Nu misschien, ja. Maar toen niet, dat weet ik zeker. Ik bedoel, heb je ooit zo'n goede minnaar gehad? Ik had het toch al gezegd. Dat heb ik niet gelogen.'

'Je had het over jullie eerste afspraakje,' zei Charley, in een poging het gesprek een andere wending te geven.

'Het is eigenlijk niet zo'n interessant verhaal. Hij nam me mee naar een klein Italiaans restaurantje. Alex is dol op Italiaans. Maar dat weet je, hè?'

Charley huiverde en keek naar de taperecorder.

'Het enige interessante wat er gebeurde, is dat ik hem in het herentoilet gepijpt heb.'

'Je hebt echt stijl,' zei Charley.

'Maar jij bent een echte preutse trut, toch Charley? Ondanks die reeks afgedankte minnaars en je twee bastaardkinderen ben je diep in je hart verschrikkelijk preuts. Om je slap te lachen.'

'Ik ben blij dat ik je amuseer.'

'Nou, dat doe je zeker. Absoluut. Alex en ik hebben heel wat om je gelachen. Je vond jezelf zo slim terwijl je zo verdomd stom bezig was, dat ik het bijna niet kon geloven. Je tuinde overal in, net als Alex voorspeld had.' Ze strekte haar armen boven haar hoofd uit en gaapte luidruchtig. 'Hij wist precies hoe hij je moest strikken om mijn verhaal te schrijven.' Ze lachte. 'Hij vertelde me precies wat ik in die brief moest schrijven, hoe ik je in de ene zin moest vleien en in de volgende moest sarren. Toen je hem daarna opzocht zei hij dat je niet goed genoeg kon schrijven, dat ik beter verdiende, omdat hij wist dat je dan alleen maar vastbeslotener werd om het te gaan doen. Zoals hij ook wist dat hij in je broekje kon komen door net te doen alsof hij dat helemaal niet wilde. Je tuinde overal in, Charley.'

'Wiens idee was het die kinderen te vermoorden?' vroeg Charley, opnieuw pogend de aandacht van zichzelf af te leiden.

Jill begon met haar haar te spelen en wond het om haar vingers. 'Alex' idee. Ik klaagde dat ik elk weekend op die rotkinderen moest passen, en hij zei dat we ze gewoon moesten vermoorden. Eerst dacht ik nog dat hij een geintje maakte, maar toen zei hij dat we hen eerst konden martelen zoals ik met die kat gedaan had. Dat had ik hem verteld. Zijn moeder strafte hem toen hij klein was altijd met brandende sigaretten,' vervolgde ze, bijna opgetogen. 'Wist je dat?' Charley deed haar ogen dicht en weigerde medelijden te voelen. 'Dus zo werd het idee eigenlijk geboren.'

'Al die tijd wist je dus wat er met Tammy Barnet ging gebeuren. Je vond het helemaal niet erg,' stelde Charley vast, zich Jills eerdere beweringen herinnerend.

'O nee, je begrijpt me verkeerd. Ik vond het heel erg wat er met Tammy gebeurde. Het was een mooi, lief kind. Ik was helemaal van streek toen ze doodging. Maar wat moesten we anders?'

'Wat moesten jullie anders?' herhaalde Charley langzaam.

'Nou, ze kon ons identificeren. Het was uitgesloten dat ze zou zwijgen over wat er gebeurd was, en we konden de kans dat we gepakt werden niet riskeren.'

'Toch ben je gepakt.'

'Ja, maar niet meteen. Eerst hadden we nog de Starkey-tweeling.' De blik in Jills ogen was bijna weemoedig. 'Wat vond je trouwens van de video?'

De tranen sprongen Charley in de ogen. Ze staarde naar de tafel en zweeg.

'O jee. Het raakte je. Wat schattig.'

'Kop dicht, Jill.'

'Je wilt toch dat ik praat.'

'Ik wil dat je sterft,' beet Charley haar toe. Ze zag paniek in Jills ogen verschijnen. 'Maar helaas krijgen we niet altijd wat we willen. Dat wil zeggen, niet onmiddellijk. Vertel eens, hoe reageerde Alex toen je gearresteerd werd?'

'Zo ongeveer zoals jij zojuist. Hij was helemaal van slag.'

'Omdat hij bang was dat je een deal met de aanklagers zou sluiten?'

'Nee, helemaal niet!' Jill keek oprecht beledigd. 'Alex wist dat ik hem er nooit bij zou lappen.'

'Maar hij liet jou er mooi helemaal alleen voor opdraaien.'

'Het had geen zin om allebei vast te zitten. Hij heeft er trouwens altijd alles aan gedaan om me eruit te krijgen. Wiens idee was het denk je om dit boek te gaan doen?'

'Dacht hij dat het boek je uit de gevangenis kon krijgen?'

'In elk geval uit de dodencel. Als eenmaal boven tafel zou komen dat ik misbruikt werd…'

'Was dat allemaal wel waar?'

'Ja, dat was allemaal waar. Mijn vader, mijn broer, Wayne. Ze zijn allemaal aan de beurt geweest. Heb je Wayne trouwens ooit te pakken kunnen krijgen?´

'Nee. Hij is gesneuveld in Irak.'

'O ja? Nou, ik kan niet zeggen dat ik er kapot van ben.' Jill bewoog haar mond heen en weer. 'Alex begreep wat ik had moeten doorstaan. Wist je dat hij lastiggevallen werd door een van de vriendjes van zijn moeder toen hij ongeveer acht was?' Nog voordat Charley kon antwoorden, ratelde ze verder. 'We dachten trouwens dat als het boek niets zou opleveren we ons er in elk geval mee konden amuseren. Bovendien was het een manier om met elkaar in contact te blijven. Om de droom die we hadden levend te houden. Elkaar door dik en dun steunen, zoiets. Het was een manier om de tijd te verdrijven. Het kan hier afschuwelijk saai zijn.'

'En jullie kozen mij omdat…'

'Omdat je helemaal perfect was. Je paste precies in ons plaatje.'

'Behoorden mijn kinderen altijd al tot jullie plan?'

'Snap je het nou nog niet? Het was ons om hen te doen.' Jill haalde diep adem en glimlachte heel even. 'Ik bedoel, we hadden het net zo leuk samen. Waarom zouden we ons door een kleinigheid als een gevangenis laten weerhouden lol te hebben? We wilden een boek uitbrengen, we wilden een paar kinderen vinden. Alex zei dat we op die manier twee vliegen in één klap zouden slaan.' Ze lachte. 'Kom op, Charley, je moet toegeven dat het slim bedacht was.'

'Verwacht je nou echt dat ik iets slim vind als het om het vermoorden van mijn kinderen gaat?'

Jill haalde haar schouders op. 'Nee, dat zal wel niet.'

'En mijn broer?'

'Hij was de kers op de taart. Ik bedoel, hij is niet bepaald het toonbeeld van betrouwbaarheid, dat moet je toch toegeven. We wisten dat we niet op hem konden rekenen. Maar uiteindelijk hadden we hem toch nog aardig te pakken, vind je niet? We loerden al de hele tijd op een mogelijkheid om hem er op de een of andere manier in te betrekken. Maar wie had kunnen voorzien dat hij die ochtend kwam opdagen en bosbessenpannenkoeken ging bakken? We hadden geen beter script kunnen verzinnen. Ik bedoel, we lieten het van de omstandigheden afhangen en wachtten tot zich een gunstige gelegenheid voordeed. En toen, bingo, daar diende Bram zich aan. Alex heeft ter plekke aan de ontbijttafel besloten die drugs door jullie jus d'orange te doen. Maar als hij het toen niet had gedaan, had hij het later gedaan. Je moet het juiste moment weten te kiezen. Zoals Alex me ook op het idee bracht naar zijn appartement te bellen om je te overdonderen met die verdachtmaking van je broer. Omdat je zo ziek was als een kat, kon je niet helder denken. En het was niet al te ver gezocht. Bram had een geschiedenis van alcohol- en drugsmisbruik, hij was onverantwoordelijk én hij kende mijn zus. We moesten hem alleen nog een andere naam geven.´

'Jack,' zei Charley zacht.

'Jack,' herhaalde Jill glimlachend. 'Maar we hadden ook nog andere opties. Echt, er waren nog veel meer potentiële verdachten. Die vriend van je, die man die je die hond gaf? Hij heet toch Glen? Alex heeft dat verhaal dat hij mijn broer misschien kende verzonnen. En natuurlijk al die dreigmails die je steeds maar kreeg, die mails waarin je kinderen werden bedreigd.'

'Bedoel je dat Alex die gestuurd heeft?'

'Hij is zo slim.'

'Het is anders behoorlijk stom dat hij die videotape niet vernietigd heeft,' bracht Charley haar in herinnering.

'Ja, dat was jammer. Net toen we dachten dat het allemaal zo goed ging. We werden overmoedig, denk ik.'

'Ik denk het, ja.' Charley reikte over de tafel en zette de taperecorder uit. Ze stond op en liet de recorder in haar tas vallen.

'Wacht. Wat ga je doen? Je gaat toch nog niet?'

'Ik heb alles wat ik nodig heb.'

'Helemaal niet,' protesteerde Jill. 'Ik heb je nog lang niet alles verteld. We hebben het nog amper gehad over wat er hier allemaal gebeurt, over de bewakers, de seks…'

Charley trok haar schouders naar achteren, haalde diep adem en grijnsde van oor tot oor. 'Vertel dat maar aan de rechter.'

37

PALM BEACH POST
ZONDAG 7 OKTOBER, 2007

WEBB SITE

*Zo'n negen maanden geleden is me iets heel interessants over-
komen. Nee, ik raakte niet zwanger. Ik ontving een brief van een
moordenaar. De naam van de moordenaar was Jill Rohmer, de
vrouw die ik in mijn column enige jaren geleden 'de beestachtige
babysitter' noemde. Jill deed me een voorstel: als ik haar verhaal
wilde schrijven zou zij me alles vertellen. Ze zou zelfs de identiteit
bekendmaken van haar minnaar en medeplichtige, de duivel die
haar tot haar daden aanzette. Zoals we inmiddels allemaal weten
is de naam van die duivel Alex Prescott. Hij bleek op drie fronten
een gevaar te zijn: hij was niet alleen Jills minnaar en medeplichtige, maar ook haar advocaat. Momenteel is hij in een gevangenis-
ziekenhuis herstellende van de steekwonden die hem bijna fataal
werden. Ze werden hem toegebracht in de gevangenis van Raiford
waar hij in afwachting van zijn rechtszaak verbleef. Als iemand
zoiets verdiende was hij het wel.*

En ik kan het weten. Want Alex Prescott was ook mijn minnaar.

*'Ik denk dat we veel gemeen hebben,' schreef Jill me negen
maanden geleden. Op dat moment vond ik die uitspraak flauwe-
kul. Behalve enkele onbelangrijke overeenkomsten zag ik niet dat
we iets gemeenschappelijks hadden. Maar toen ik Jill beter leerde
kennen kwam ik tot de ontdekking dat we meer op elkaar leken
dan ik aanvankelijk besefte. We zijn beiden het product van een
ongelukkige jeugd, waarin onze moeders geestelijk of lichamelijk
afwezig waren en onze vaders ons geestelijk of lichamelijk bescha-*

digd hebben. De verhouding met onze broers en zussen was ge-
spannen en onbevredigend, terwijl onze relaties met mannen over
het algemeen oppervlakkig en onbezonnen waren. Beiden ge-
bruikten we seks als een middel om te krijgen wat we wilden, wat
zelden werkte omdat we niet wisten wat dat was.
Dit brengt me terug op Alex Prescott.

Vergeet alstublieft niet dat toen we elkaar ontmoetten ik in de
veronderstelling verkeerde dat hij een rechtschapen burger was,
een toegewijd advocaat, en een gevoelige, zorgzame man die in
een oude cabriolet reed en behoorlijk gitaar speelde. Het bleek dat
hij mij nog veel beter bespeelde. Het bleek dat hij de spreekwoordelijke wolf in schaapskleren was. Het bleek dat ik belazerd kan
worden.

Al die tijd die ik met Jill Rohmer doorbracht, al die uren die ik
met haar sprak, haar observeerde, de kleinste verandering in haar
grote, chocoladebruine ogen opmerkte, de kleinste buiging in haar
misleidend zachte stem aanhoorde, heb ik haar niet echt leren
kennen. Zij mij wel.

Psychopaten zijn daar goed in. Jij geeft; zij nemen. Ze voelen
precies aan wat mensen nodig hebben, ze zijn daar meester in. Een
goede vriend van me heeft me dat ooit verteld. Hij heeft me ook gezegd dat het feit dat je belazerd wordt nog niet wil zeggen dat je
stom bent.

Leugenaars en bedriegers spinnen goed garen bij de menslie-
vendheid van anderen. Maar hoewel niemand me er ooit van beticht heeft dat ik bijzonder menslievend ben, heb ik deze laatste
negen maanden een paar interessante ontdekkingen over mezelf
gedaan: ik ben lang niet zo cynisch en hard als ik dacht. Het blijkt
dat ik, ondanks, of misschien dankzij alles wat er gebeurd is, in de
goedheid van de mens geloof. Het blijkt dat ik geloof dat mensen in
staat zijn te veranderen. Het blijkt dat ik zelfs een tikkeltje romantisch ben. Ik ben per slot van rekening naar Charlotte Brontë vernoemd. (Ook naar een spin trouwens, wat misschien mijn venijn
verklaart.)

Ik heb me gedurende de lange maanden van mijn afwezigheid in
deze krant vooral beziggehouden met zelfonderzoek, het terug-
vinden van mijn levenslust en mijn evenwicht, en ik heb genoten

van de twee geweldigste kinderen in de wereld. (Ja, ik weet het. Uw kinderen zijn ook geweldig. Maar mag ik u er even aan herinneren dat dit mijn column is?) In de tussentijd is er veel veranderd. Mijn moeder bijvoorbeeld is er weer helemaal bovenop. Ze is onlangs getrouwd met een man die ze vorig jaar tijdens een weekendcruise naar de Bahama's heeft ontmoet. Het is een schat van een man, en ze hebben een prachtig appartement aan zee, waar mijn kinderen, mijn broer, mijn hond en ik vaak te gast zijn. Mijn twee zussen, Emily en Anne, hebben me nog niet zo lang geleden laten weten dat ze binnenkort naar Florida denken te komen voor een lang uitgestelde familiereünie, misschien nemen ze zelfs hun kinderen mee. Ik heb zelfs twee nieuwe stiefzusters – Grace en Audrey, vernoemd naar Grace Kelly en Audrey Hepburn – en ik vind het fantastisch hen te leren kennen. Mijn broer heeft zich kortgeleden fulltime ingeschreven aan het College of Art and Design in Miami en heeft al bijna tien maanden geen alcohol of drugs gebruikt. Ik ben erg trots op hem. Er is ook een nieuwe man in mijn leven, de eerdergenoemde goede vriend die in alle opzichten het tegenovergestelde van Alex Prescott is – hij is het schaap in wolfskleren. Ik heb zelfs een nieuwe badkamer!

Misschien werd er negen maanden geleden dus wel een zaadje in mijn buik geplant. Alleen is het kind dat ik voortbracht – mijn nieuwe ik – eenendertig jaar, één meter tweeënzeventig lang en honderdtwintig pond zwaar. Ze heeft een dikke bos blond haar, een onderzoekende geest en een alarmerend grote mond.

Ik wil van deze gelegenheid gebruikmaken alle mensen te bedanken die me gedurende mijn afwezigheid met e-mails gesteund hebben. Tussen al het navelstaren door ben ik druk bezig geweest met het schrijven van mijn boek Down the Hill: The True Story of Jack and Jill, *dat deze week in de boekwinkels ligt. Degenen onder u die minder blij zijn met mijn terugkeer bij de* Palm Beach Post *hebben pech. Bedenk echter dat we in een vrij land leven en dat niemand u dwingt mijn columns te lezen. Maar houdt u alstublieft uw hatelijke e-mails voor u als u ze niet leuk vindt. Zoals mijn moeder altijd zei – oké, het was misschien niet mijn moeder, maar vast wel iemands moeder – als je niets aardigs te zeggen hebt, houd dan liever je mond. Wat mijzelf betreft: ik ga rustig door met te zeggen wat ik wil, zo puur en helder mogelijk. Omdat ik, in te-genstelling tot Jill Rohmer en Alex Prescott, geen verborgen agenda heb. En omdat het, ik zal het u nogmaals in herinnering bren-gen, mijn column is.*

Van: Gelukkige lezer
Aan: Charley@CharleysWeb.com
Onderwerp: Jij
Datum: Maandag 8 oktober 2007, 08:33

Beste Charley, Welkom terug!

Eindstation

Jamie is het zwarte schaap van de familie, haar baan bevalt haar niet, en ze heeft net een scheiding achter de rug. Als ze besluit haar verdriet te verdrinken in een café ontmoet ze de knappe en rijke Brad. Overrompeld door zijn charmes neemt ze hem mee naar huis.

In Brad vindt Jamie de ideale minnaar. Hij fluistert haar precies in wat ze wil horen: hoe mooi, hoe slim en hoe avontuurlijk ze wel niet is. Al snel zegt Jamie haar baan op en stemt ze in om alles achter te laten en op de bonnefooi met hem mee te gaan op reis. Maar ze heeft niet door dat haar bestemming allang is bepaald...

Lees ook van Joy Fielding

Het spoor bijster

Cindy maakt zich aanvankelijk geen zorgen als haar 21-jarige dochter Julia 's avonds laat nog niet thuis is. Julia komt en gaat altijd al wanneer het haar uitkomt. Maar als ze vier uur na een auditie bij een Hollywood-producer nog steeds niet op komt dagen, vreest Cindy dat er iets verschrikkelijks is gebeurd.

Het is het begin van een verbeten zoektocht naar haar dochter, waarbij Cindy haar handen vol heeft aan haar ex, de politie en de media. En naarmate Julia's vermissing voortduurt moet ze de verontrustende waarheid onder ogen zien: eigenlijk heeft ze haar dochter nooit echt goed gekend...

Het spoor bijster is een verrassende psychologische thriller over een mysterieuze verdwijning die onaangename geheimen aan het licht brengt, oude wonden openrijt en een gezin ontwricht.